UNA PAREJA CASI PERFECTA

MARIAN KEYES

UNA PAREJA CASI PERFECTA

Traducción de
Matilde Fernández de Villavicencio

PLAZA JANÉS

Papel certificado por el Forest Stewardship Council®

Título original: *The Break*
Primera edición: marzo de 2018

© 2017, Marian Keyes
© 2018, Penguin Random House Grupo Editorial, S. A. U.
Travessera de Gràcia, 47-49. 08021 Barcelona
© 2018, Matilde Fernández de Villavicencio, por la traducción

Printed in Spain – Impreso en España

ISBN: 978-84-01-02082-7
Depósito legal: B-293-2018

Compuesto en Revertext, S. L.

Impreso en Liberdúplex
Sant Llorenç d'Hortons (Barcelona)

L 020827

Penguin
Random House
Grupo Editorial

Para Louise Moore, con amor y gratitud

Antes

1

—Hugh y yo vamos a tomarnos un descanso —anuncio.

—¿Un descanso tipo viajar a una ciudad donde se coma bien? —Maura afila la mirada—. ¿O un descanso tipo Rihanna? ¿Eh? —me achucha—. ¿Es el descanso tipo viajar a una ciudad donde se coma bien?

—No, es...

—¿El descanso tipo Rihanna? Vamos, es broma, ¿no?, porque Rihanna tiene... ¿Cuántos? ¿Veintidós? Y tú...

—Yo no tengo veintidós.

Tengo que cortarla, no puedo permitir que pronuncie mi edad. No me explico cómo he llegado a cumplir cuarenta y cuatro. Está claro que hasta el momento he andado despistada, pero más vale tarde que nunca y ahora intento evitar cualquier referencia a mi edad. No solo por el miedo que me da morir o, peor aún, que me cuelguen los carrillos, sino porque me gano la vida con las relaciones públicas, un sector joven y dinámico que no valora a los «menos jóvenes». Tengo facturas que pagar, es más que nada por pragmatismo.

Por tanto, evito toda mención a mi edad, *siempre*, con la esperanza de que si nadie la pronuncia, nadie sabrá los años que tengo y así podré vivir sin edad hasta el fin de los tiempos. (Lo único que lamento es no haber adoptado esa actitud a los veintisiete, pero qué sabía yo a los veintisiete.)

—Soy tu hermana —dice Maura—. Te llevo siete años, o sea que si yo tengo cincuenta y uno...

—Lo sé —la interrumpo, levantando la voz para cerrarle el pico—. Lo sé, lo sé, lo sé.

A Maura nunca le ha preocupado hacerse mayor. Que yo recuerde, siempre ha sido una anciana que parecía más la hermana gemela de papá que su hija mayor.

—O sea que es un «descanso» en el que Hugh puede largarse… ¿a dónde?

—Al Sudeste Asiático.

—¿En serio? Y luego… ¿qué?

—Volverá.

—¿Y si no vuelve?

Maldigo la hora en que decidí confesarle la situación, pero Maura tiene el arte de sacarle la verdad a la gente. (La llamamos la Torturadora.) Siempre intuye si hay gato encerrado. Se ha dado cuenta de que hace cinco días que me pasa algo. Pensé que me dejaría en paz si pasaba de sus llamadas, pero es obvio que tengo una acusada capacidad para autoengañarme, porque era solo cuestión de tiempo que se presentara en mi trabajo y se negara a marcharse hasta obtener toda la información.

—Oye, no hay nada definitivo —pruebo—. Puede que no se vaya. —Es que puede que no lo haga.

—No puedes permitirle que se largue —espeta—. Dile que no puede y punto.

Ojalá fuera tan sencillo. Ella no ha leído la carta de Hugh, por lo que no puede saber lo mucho que está sufriendo. Dejarle ir es lo mejor que puedo hacer para salvar mi matrimonio. Puede.

—¿Tiene que ver con la muerte de su padre?

Asiento. El padre de Hugh murió hace once meses y desde entonces Hugh vive replegado en sí mismo.

—Pensaba que con el tiempo lo superaría.

—Pero no ha sido así. Todo lo contrario. —Maura se está calentando—. Maldita familia la que me ha tocado. ¿Cuándo terminarán los dramas? Esto parece el cuento de nunca acabar. —Los arranques coléricos de Maura son habituales y ya no consiguen aterrorizarme—. En cuanto uno empieza a salir del hoyo, va otro y hace saltar su vida por los aires. ¿Por qué sois tan torpes todos?

Se refiere a mis hermanos y a mí, y no somos tan torpes. Bueno, no más que otras familias, que es lo mismo que decir que mucho, pero también lo son las demás, así que somos bastante normales, la verdad.

—Debe de ser culpa mía —declara—. ¿Fui un mal ejemplo?

—Sí.

A decir verdad, Maura no fue un mal ejemplo ni mucho menos, pero estoy molesta con ella. Dada mi situación, merezco un poco de compasión, digo yo.

—¡Mira que llegas a ser cruel! —dice—. A ver cómo hubieras salido tú si fueras una niña —se refiere a ella— cuya madre se pasa meses en el hospital con tuberculosis, y encima en una época en que ni siquiera se hablaba de la tuberculosis porque ya hacía años que estaba erradicada. Una niña con cuatro hermanos pequeños que no paran de llorar, una casa grande y fría que se cae a pedazos y un padre superado por la situación. Pues sí, tengo un sentido de la responsabilidad hiperdesarrollado, pero...

Me sé el discurso de memoria, podría recitarlo palabra por palabra, pero es casi imposible hacer callar a Maura a media rabieta. (Mis hermanos y yo solemos comentar en broma que su marido EPD —El Pobre Desgraciado— desarrolló un mutismo espontáneo poco después de la boda y que nadie le ha oído hablar en los últimos veinte años. Insistimos en que las últimas palabras que le oímos decir —en un tono de duda extrema— fueron «¿Sí quiero...?».)

—¿Por qué te pones así? —pregunto, perpleja por tanta hostilidad—. No he hecho nada malo.

—Todavía no —augura—. ¡Todavía!

—¿Por qué dices eso?

Parece sorprendida.

—Si tu marido se toma «un descanso» con respecto a vuestro matrimonio —hace el gesto de las comillas con los dedos—, ¿no significa que tú también estás tomándote —más comillas— «un descanso»?

Tardo unos segundos en digerir sus palabras. Acto seguido, y para mi gran asombro, siento que despierta en mi interior una esperanza que, después del horror de los últimos cinco días, recibo como un agradable alivio. En un pequeño rincón de mi alma se enciende una lucecita.

Lentamente, digo:

—Visto así, supongo que tienes razón.

2

Ahora que ya tiene lo que vino a buscar, Maura recoge sus cosas, un robusto maletín marrón y un chubasquero.

—Te lo ruego, Maura —digo con vehemencia—, *ni una palabra* a nadie.

—¡Pero es tu familia! —¿Cómo consigue que suene como una maldición?—. Y hace siglos que Hugh no viene a las cenas de los viernes. Intuyen que algo pasa.

—Hablo en serio, Maura. Las chicas todavía no lo saben y no quiero que se enteren por otro lado.

—¿No se lo has contado ni siquiera a Derry? —Maura está sorprendida.

Derry es nuestra otra hermana. Solo me lleva quince meses y estamos muy unidas.

—Oye, puede que al final no ocurra nada. Puede que no se vaya.

En ese instante la compasión asoma por primera vez en el semblante de Maura.

—Estás en proceso de negación.

—Estoy en algo, sí —reconozco—. En shock, creo. —Pero también hay vergüenza, miedo, pena, culpa y sí, negación, todo mezclado en una horrible maraña.

—¿Todavía quieres hacerte cargo de la cena de esta noche?

—Sí. —La cena de los viernes en casa de mamá y papá es una tradición que mantenemos desde hace por lo menos una década. Mamá carece de energía para dar de comer cada semana a todos los que nos presentamos en su casa (mis hermanos, sus hijos, sus parejas y sus ex parejas —ah, sí, aquí somos muy modernos—), de modo que cada semana le toca a uno de nosotros—. ¿Alguna idea de cuántos seremos esta noche? —pregunto.

Hay tal barullo de O'Connell que es imposible determinar jamás el número exacto de asistentes a fin de calcular la comida. Cada viernes los mensajes vuelan, cancelando y confirmando, sumando y restando, y si hay una cifra que puedes estar segura de que *no* se cumplirá es la que crees que será. Pero sea cual sea el recuento final, lo mejor es llevar comida para un ejército. Dios te libre de que falte en tu turno: te lo recordarán toda la vida.

—Yo —dice Maura contando con los dedos—. Tú. Hugh no, evidentemente.

Me encojo.

Nos interrumpe un suave golpeteo en la puerta. Thamy asoma la cabeza.

—Cinco minutos para que llegue —anuncia.

—Debes irte —digo a Maura—. Tengo una reunión.

—¿Un viernes por la tarde? —Las antenas de Maura se han encendido—. ¿Quién pone una reunión un viernes por la tarde? Alguien está en un aprieto, ¿verdad?

—Largo —digo—, por favor.

Hatch, la pequeña agencia de la que poseo una tercera parte, realiza toda clase de labores de RRPP, incluida la Gestión de la Imagen. Rehabilitamos a políticos, gente del deporte, actores... en definitiva, personajes públicos de todos los ámbitos que han sido avergonzados públicamente. Antes predominaban los escándalos sexuales, pero hoy día las oportunidades de caer en desgracia se han multiplicado. Destacan las acusaciones de racismo, que te harán perder, y con razón, el trabajo. El sexismo, el edadismo y el tamañismo son arriesgados, como también lo son el acoso escolar, robar objetos pequeños, como el bolígrafo de Putin, o aparcar en una plaza para discapacitados si no lo eres.

Por supuesto, los métodos para avergonzar públicamente también han cambiado. Antaño, los famosos vivían temiendo las portadas dominicales de la prensa sensacionalista, pero como hoy en día los móviles lo captan todo, actualmente el miedo es convertirse en viral.

—¿No hay regalitos? —pregunta Maura mientras Thamy y yo la vamos empujando por toda la oficina hacia la salida.

—Dale algunas bragas para la incontinencia —le digo a Thamy.

EverDry es uno de nuestros principales clientes y, por deprimente que resulte, la incontinencia es un área en auge.

—¡Quita, quita! —dice Maura—. Yo no tengo ni esto de incontinente. ¿No hay bombones? Ah, hola, Alastair...

Alastair acaba de llegar de Londres, por lo que está aún más imponente que de costumbre con su traje de diseño y su impecable camisa blanca. Clava los ojos grises en Maura y, muy lentamente, deja ir La Sonrisa. Es *patético*.

—Hola, Maura —dice en un tono grave e íntimo.

—Hola —trina ella al tiempo que un rubor intenso trepa por su cuello.

—¿Bombones? —dice Alastair—. Espera...

Hatch representa a un fabricante de bombones artesanales, una tortura, porque no paran de enviarnos muestras a la oficina y es agotador tener que resistirse a comérselas.

Alastair saca una caja de bombones del armario y un par de exfoliantes corporales hechos con turba (lo *sé*). Como pequeño gesto de desafío, añado un paquete de bragas para la incontinencia a la pila.

Thamy conduce a mi hermana a las escaleras para que no se cruce con la señora EverDry, que está subiendo en el ascensor. Thamy es un regalo caído del cielo. Nacida en Brasil, es nuestro departamento de Recepción, de Facturación y de Mercancías, todo en un mismo paquete encantador. Es capaz de persuadir al deudor más reacio de que apoquine, jamás refunfuña por tener que preparar café y, a diferencia de sus predecesoras, no es idiota. Todo lo contrario. (Ahora me preocupa haber utilizado la palabra «idiota», otras personas han sido criticadas en Twitter por mucho menos. Rehabilitar a gente desprestigiada te vuelve muy consciente de esas cosas.)

Alastair y yo ponemos rumbo a la sala de reuniones, la misma sala donde Maura me ha sonsacado mi triste secreto. (El local de Hatch es diminuto porque no podemos permitirnos otra cosa. Dicho esto, yo trabajo desde Londres un par de días a la semana, donde *no* podemos permitirnos local alguno.)

No tengo tiempo de cepillarme el pelo, así que pregunto a Alastair:

—¿Estoy bien?

Cuando la gente se entera de que trabajo de relaciones públicas apenas logra ocultar su asombro. Las mujeres RRPP acostumbran ser altas, esqueléticas, rubias y distantes; visten trajes de chaqueta blancos y ceñidos que abrazan sus flancos libres de celulitis; su sonrisa es gélida y su aura glacial. Atrapada en un cuerpo bajito y con tendencia a una redondez que debo vigilar como un halcón, está claro que no encajo en el prototipo. Menos mal que soy buena en lo que hago.

—Cierta dejadez tiene su encanto —dice Alastair—, te da un aire simpático. Pero… —procede a enderezarme el cuello de la blusa— creo que hoy te has *pasado*.

Le aparto el brazo. Tiene las manos demasiado largas a la hora de tocar a las mujeres. Pero es cierto que voy arrugada, y no puedo permitir que el desmoronamiento interno empiece a reflejarse en mi aspecto. Pienso a toda prisa en maneras de mejorar mi imagen. Planchar la ropa de trabajo sería un buen comienzo.

En un arrebato de optimismo, me planteo hacer algo mágico con mi pelo. Podría cortármelo un palmo. Pero eso sería como autolesionarme: mi pelo es mi gran tesoro. Un tanto exigente, quizá, y según algunas revistas demasiado largo para una mujer de más de cuarenta, pero es el rasgo más glamuroso que poseo.

¿Y si me cambio el color? ¿Ha llegado por fin el momento de dejar atrás el castaño oscuro y abrazar un tono más claro y apropiado para mi edad?

Mi peluquero me soltó el trillado discurso de que la piel de las mujeres se aclara con la edad.

—Sigue tiñéndote el pelo de oscuro —me dijo— y parecerá que te han embalsamado.

—Ya sé lo que dice la «gente», Lovatt —le repliqué—, pero en este caso la «gente» se equivoca. Soy una excepción. O un bicho raro, si lo prefieres.

No lo prefería. Apretó los dientes con gesto rebelde y, para castigarme, me ahuecó las raíces.

—¿Haces algo este fin de semana? —me pregunta Alastair.

Pienso en el plan de huida de Hugh. En la necesidad de contárselo a las chicas. En que aquí termina la vida que conozco. Me encojo de hombros.

—Nada especial. ¿Y tú?

—Un taller. —Parece un poco avergonzado.

—¿Otro de tus Aprende el Secreto de la Felicidad en Cuarenta y Ocho Horas? Alastair —digo en vano—, estás buscando algo que no existe.

Calculo que Alastair dedica un fin de semana al mes a Sanar las Heridas de la Infancia o al Vacío en la Era de la Abundancia o algo similar, pero hasta la fecha nada le ha funcionado.

—He aquí el secreto de la felicidad —le digo—. Bebe hasta donde el cuerpo aguante, compra cosas y si nada de eso funciona, tírate tres días en la cama comiendo bollería. ¿Cómo crees que sobrevivimos los demás?

Antes de que pueda replicar, Tim, el tercer socio de Hatch, entra en la sala.

Los tres —Tim, Alastair y yo— trabajábamos juntos en una importante agencia de RRPP irlandesa, pero cinco años atrás nos pusieron de patitas en la calle. Como parte de su búsqueda incansable, Alastair se fue a un *ashram* de la India, del que le pidieron que se fuera porque se pasaba el día seduciendo a las practicantes de yoga. Yo pasé algunos años nefastos en la jungla de los trabajadores autónomos y Tim regresó a la universidad para sacarse el título de contable. Eso da una idea de las tres energías diferentes que Alastair, Tim y yo aportamos.

Abrimos nuestra pequeña agencia hace dos años y medio y vamos trampeando, preguntándonos cada mes si seguiremos en pie al cabo de treinta días. Es muy angustioso vivir así. Tan angustioso que padezco una gastritis crónica, por lo que uno de los alimentos básicos de mi dieta es el Zantac. Mi médica (desde hace doce años) me dijo que eliminara el estrés y yo asentí obedientemente, pero por dentro pensaba con sarcasmo: «¿Tú *crees*?». Luego me dijo que perdiera un kilo y casi me echo a llorar: ese kilo era una consecuencia de haber dejado de fumar. Eso hizo que considerara la posibilidad de hacer todo lo que no me conviniese y tener una muerte prematura. Por lo menos habría disfrutado de la vida.

Por ahí viene la señora EverDry, robusta e intimidante con su traje sastre. Nos levantamos de un salto y le damos una calurosa bienvenida. Maura se equivocaba cuando dedujo que una reunión un viernes por la tarde era un indicativo de crisis: el viernes por la tarde es cuando la señora EverDry gusta de recibir su informe mensual. Vive en una casa de campo que es todo lo contrario de idílica y le va bien venir a Dublín un fin de semana al mes «por las tiendas».

—Usted. —Me señala a mí.

«Mierda. ¿Qué he hecho? ¿O dejado de hacer?»

—Me he enterado de que es la madre de Neeve Aldin —dice—. La Neeve Aldin de *¿Qué coño...?*

—¡Oh! Eh... ¡sí!

—Siempre miro sus vlogs de maquillaje con mi hija de catorce años. Es la monda, nos partimos de risa con ella.

—Ah... qué *bien*.

—Eso sí, me estoy arruinando con los productos que recomienda. ¿No puede pedirle que proponga marcas más baratas?

—¡Puedo intentarlo! —Neeve no me escucharía ni *atada* a una silla.

—¿Por qué no lleva su apellido?

—Es de mi primer matrimonio. Lleva el apellido de su padre.

—Misterio aclarado. Empecemos.

Comienza la reunión y la señora EverDry se muestra satisfecha con nuestros progresos: nos han mencionado en *Coronation Street*.

—Pero he decidido que necesitamos un embajador —dice.

Sus palabras tropiezan con un silencio sepulcral.

—La cara pública de la marca.

Sabemos qué es un embajador, simplemente no sabemos cómo decirle que está flipando.

—Interesante... —Estoy intentando ganar tiempo.

—No me venga con lo de interesante —me dice.

Tendrá que ser Alastair quien neutralice el tema. La mujer lo *adora*.

—Señora Mullen —empieza con suavidad—, no será fácil encontrar a alguien dispuesto a reconocer públicamente que tiene incontinencia.

—Solo necesitamos una persona —insiste ella—. Después, la gente empezará a verlo como algo natural.

Y tiene razón. No hace tanto que tener cáncer era un secreto o que nadie reconocía un diagnóstico de alzhéimer.

—¡Todo el mundo tiene incontinencia! —declara la señora EverDry. Mira a Alastair y suaviza el tono—. Bueno, usted no. Usted es perfecto.

Hay en mí más cosas mal de las que imagina. —Alastair piensa que está siendo encantador, pero estoy de acuerdo con él.

La señora EverDry observa a Tim con detenimiento.

—Para mí que usted tampoco sufre incontinencia.

—Soy demasiado joven —dice Tim.

—Y demasiado tieso.

Inesperadamente, nos echamos a reír, todos. La señora EverDry es nuestra clienta más importante, pero es imposible que no caiga bien.

Se vuelve hacia mí.

—No puedo decir que tenga incontinencia —digo en tono de disculpa—, pero mi vejiga ya no es la que era.

—Puede que *todavía* no todo el mundo sea incontinente —reconoce la señora EverDry—, pero pronto lo será. Porque vivimos demasiado tiempo.

Que es exactamente lo que Hugh intentaba decirme cuando me soltó la terrible noticia. La diminuta lucecita de esperanza que la visita de Maura había conseguido encender se apaga de golpe y, una vez más, me siento triste y asustada.

3

Era muy consciente de que Hugh lo estaba pasando mal. Su padre acababa de fallecer, como esperábamos, y dado que su madre llevaba ocho años muerta, ahora ya era oficialmente huérfano.

Todavía no ha muerto ningún miembro de mi familia directa, pero me he tragado suficientes programas del *Dr Phil* para saber que la pérdida de un familiar afecta a cada persona de manera diferente y que lo único que podía hacer por Hugh era apoyarle. Ahora bien, por más que le insistía en que llorara, no derramaba ni una lágrima. Y aunque tenía el permiso tácito para darle a la bebida una temporada, siguió fiel a las dos o tres botellas de su cerveza absurdamente llamada artesanal. Hasta me ofrecí a hacer snowboard con él, pese a lo mucho que me preocupaba la pinta que tendría con toda esa ropa acolchada, pero no mostró interés alguno.

Procuraba que su vida tuviera el mínimo estrés posible —lo que implicaba, básicamente, diluir la tensión entre Neeve y él— y le preguntaba a menudo:

—¿Quieres hablar?

Pero hablar era lo último que Hugh deseaba hacer.

Tampoco le dábamos mucho al sexo, ya que ha salido el tema. Bueno, puede que no haya salido, pero es preciso decirlo. De hecho, tras la muerte de su padre, Hugh pasaba muy poco tiempo en la cama. Se quedaba levantado hasta tarde, tragando programas sobre crímenes, y por la mañana siempre se despertaba antes que yo.

Entonces un jueves, puede que cuatro o cinco meses después del funeral, me desperté de golpe a las seis de la mañana. Hugh no estaba en la cama y su lado estaba frío. Aunque el coche seguía fuera, él no se hallaba en la casa. Muerta de preocupación, lo llamé al móvil y, como no contestaba, empecé a imaginarme lo peor. Se habla mucho de hombres que se suicidan sin haber mostrado, al parecer, ningún indicio previo.

Hugh no parecía angustiado. Por lo general estaba muy estable y, aunque sea una paradoja, fue esa estabilidad la que me convenció de que se hallaba en terreno peligroso: demasiado estoicismo y contención. Presa del pánico, me vestí y recorrí Dundrum en coche, buscándolo en aquel amanecer de marzo.

Me parecía obvio que elegiría Marley Park —con todos esos árboles— pero allí no había nadie, así que me pasé una hora dando vueltas por las calles dormitorio de nuestro barrio, una hora que se me hizo interminable, hasta que me sonó el móvil. Era él. Para entonces ya estaba tan histérica que casi no podía creer que fuera su voz la que escuchaba.

—¿Dónde estás? —me preguntó.

—¿Dónde estás *tú*?

—En casa.

—No te muevas de ahí.

Me contó que había salido a pasear. Le creí, pero lo encontré muy inquietante. Correr, incluso en mitad de la noche, es bastante normal, ¿no?, pero pasear, en cambio, resulta más bien raro.

—Estaba preocupada por ti —confesé—. Pensé que te habías…

—No. Jamás haría eso.

—Pero no sé qué te pasa.

—Ya. —Suspiró—. Yo tampoco sé qué me pasa.

—Cielo —dije—, creo que ha llegado el momento de ir a que te receten antidepresivos.

Tras un largo silencio, respondió:

—Está bien.

Eso sí me dejó de piedra. Hugh haría cualquier cosa por evitar ir al médico; si se le cayera una pierna, lo describiría como una herida superficial mientras saltaba a la pata coja.

Pero fue y le recetaron Seroxat. (Sabía que era un ISRS «básico»; como mujer madura de clase media, estaba rodeada de gente que tomaba antidepresivos o conocía a alguien que los tomaba.)

Aunque se tomaba las pastillas, siguió desapareciendo regularmente en mitad de la noche, y cuando se lo conté a mi hermana Derry, dijo:

—¿No estará... ya sabes... visitando a una dama solitaria?

Se me había pasado por la cabeza, por *supuesto*, pero la intuición me decía que cualquiera que fuese la lucha interna de Hugh, no estaba relacionada con un rollito extramarital.

Así pues, lo senté para tener otra charla y le propuse que fuera a un terapeuta especializado en duelo.

—¿Qué conseguiría con eso? —preguntó con la mirada apagada.

No supe qué contestar. No tenía ni idea de cómo funcionaban las sesiones de psicoterapia. Pero...

—Ayudan a mucha gente que pasa por un proceso de duelo.

—¿Cuánto costaría?

—Puedo averiguarlo.

—¿Cuántas veces tendría que ir?

—Supongo que depende.

—¿Crees que podría ayudarme?

—Bueno, ayuda a otras personas. ¿Por qué no a ti?

—Está bien. —Soltó un suspiro hondo—. Tal vez sea lo mejor. —Y acto seguido—: No puedo seguir así.

Me asusté.

—Cielo, ¿qué quieres decir con eso?

—Pues eso... que no puedo seguir así.

—¿Así cómo?

—Nada tiene sentido.

—Cuéntamelo, por favor.

Negó con la cabeza.

—No hay nada que contar. Solo que nada tiene sentido.

Sabía que lo último que tenía que decirle era que la vida sí tenía sentido, pero presenciar su dolor sin poder ayudarle me resultaba tremendamente frustrante. Nosotros, que habíamos llegado a estar tan y tan unidos, nos encontrábamos ahora a años luz el uno del otro.

Siempre recurría a Alastair para pedirle consejo sobre los asuntos relacionados con el desarrollo emocional. Me dio el nombre de una psicoterapeuta especializada en duelo.

—Es cara —me advirtió.

Pero eso no me importaba. Si conseguía sacar a Hugh de su tristeza autista y silenciosa, me daba igual lo que cobrara.

Tras la primera sesión, le pregunté:

—¿Cómo ha ido?

Inexpresivo, contestó:

—No lo sé.

—¿Volverás?

—Sí, la próxima semana. Dice que he de comprometerme diez semanas.

—Vale. Bien. Genial. Buen trabajo, Hugh.

Me miró como si no supiera quién era.

Hugh fue a la psicoterapeuta varios jueves seguidos. Procuraba no interrogarlo, pero siempre me las ingeniaba para colarle un desenfadado:

—¿Cómo ha ido?

Solía encogerse de hombros al tiempo que mascullaba alguna evasiva, pero hacia el final del plazo estipulado, me respondió en un tono distante:

—Creo que no está funcionando.

Se me cayó el alma a los pies, pero me obligué a inyectar alegría a mi voz y dije:

—Dale tiempo.

Lo que me mantenía optimista era la esperanza de que Hugh recuperara el ánimo una vez pasado el primer aniversario de la muerte de su padre.

Entonces sucedió algo terrible: su amigo Gavin, un hombre al que Hugh conocía desde los cinco años, falleció. La causa de la muerte era especialmente espantosa: una picada de avispa le provocó un shock anafiláctico. Nadie sabía que era alérgico a las picaduras de avispa. Fue un golpe del todo inesperado.

Sentía lástima por la esposa de Gavin, por sus hijos, padres y hermanos, pero, por mucho que me avergüence, me preocupaba más Hugh. Sospechaba que aquel suceso le supondría un profundo impacto que mandaría al traste todos los progresos que pudiera haber conseguido en los meses que siguieron a la muerte de su padre.

Y así fue. Hugh abandonó la terapia de inmediato y se marchaba de la habitación cada vez que le sacaba el tema. Empezó a faltar al trabajo y pasaba las horas viendo Netflix. Dejó de quedar con los amigos, se desvinculó de las reuniones familiares y apenas hablaba.

En julio, Hugh, las chicas y yo fuimos de vacaciones a Cerdeña con la esperanza de que el sol surgiera su efecto sanador. Pero Hugh no hizo otra cosa que contemplar el mar en silencio, con la mirada perdida, mientras el resto caminábamos de puntillas a su alrededor.

De nuevo en casa comprendí, apesadumbrada, que no me quedaba otra que esperar a que las cosas cambiaran aunque todo apuntaba a que sería una muy larga espera.

Sin embargo, hace unas tres semanas nos invitaron a una fiesta —un cumpleaños— y, para mi sorpresa, Hugh accedió a ir. Mi corazón saltó de alegría y el nudo perpetuo que tenía en el estómago se deshizo un poquito.

Al poco de llegar, mi archiamienemiga Genevieve Payne nos abordó.

—¡Hugh! ¡Hola, forastero! —Empezó a acariciarle el brazo—. ¡Qué ojos tiene este hombre! —dijo—. ¡Tan azules! ¡Tan sexis! Amy, si Hugh fuera mi marido, no le dejaría salir de la cama.

Siempre gastaba ese tipo de bromas. Mi boca pronunció «Ja, ja, ja» mientras mis ojos decían «¿Te gustaría que te clavara un hacha en la cabeza?».

Hugh siempre recibía las atenciones de Genevieve con un mutismo discreto, sin menospreciarla pero sin darle falsas esperanzas. Con *educación*, vaya. Sabía de sobras lo mucho que me llegaba a intimidar la sensualidad y la seguridad en sí misma que mostraba.

Sin embargo, esta vez se volvió hacia ella y sonrió. Hacía un año que no lo veía sonreír. Genevieve se ruborizó, de hecho, incluso parecía cohibida, y dentro de mí sentí frío y miedo.

En el coche, de vuelta a casa, solté:

—Puedes tener un lío con quien quieras menos con Genevieve Payne.

Siempre que decía eso —y lo decía cada vez que la veía—, Hugh respondía: «Cariño, nunca tendré un lío con nadie». Pero esta vez dijo:

—Vale. —Nada de «cariño». Solo un escueto «vale».

Abrí la boca. Luego pensé: «No, déjalo correr».

Salto rápido al sábado pasado por la tarde. Estábamos solos en casa. Hugh llevaba horas sentado a la mesa de la cocina, tecleando en su iPad. Una mirada rauda por encima de su hombro me informó de que tenía cifras entre manos. No le di más importancia, pero cuando volví, siglos después, seguía en ello.

—¿Qué haces?

Vaciló y, por la razón que fuera, el miedo se abrió paso en mi estómago.

—Las cuentas de la casa.

Lo miré durante un largo instante. Eso era absurdo. Apenas unos meses atrás nuestra pachucha economía se había recuperado porque, al fin, conseguimos vender la casa de su padre. Hugh y sus tres hermanos se repartieron el dinero, y después de reservar una parte para pagar el colegio de Sofie y Kiara, encargar los aparatos para los dientes torcidos de Kiara, arreglar el sistema de alarma de la casa, reparar la humedad en el cuarto de Neeve, ir de vacaciones a Cerdeña y liquidar nuestras tarjetas de crédito, con lo que quedaba podríamos habernos comprado medio coche. (De gama media, no de lujo.)

Como hasta el momento nunca habíamos conocido la estabilidad financiera, aquella situación insólita, no tener que preocuparnos de que nos rechazaran la tarjeta cada vez que hacíamos una transacción, nos resultaba maravillosa.

Con todo, disponer de *una reserva real de efectivo también real* con la que jugar casi me producía vértigo. Empecé a utilizar la expresión «provisión de fondos», cuando siempre me había parecido de lo más petulante.

Tenía grandes planes para nuestros «fondos» y hasta elaboré una larga lista: cambiar aquella caldera impredecible, comprar urgentemente un sofá nuevo, liquidar una pequeña parte de la hipoteca o incluso —este era un deseo secreto, desesperado— permitirnos unas modestas minivacaciones con Hugh con la esperanza de reconectar.

No cabía explicación para los largos cálculos que Hugh llevaba haciendo toda la tarde, y habría podido insistir en el tema pero algo —¿miedo?— me dijo que mejor no decía nada.

Al día siguiente por la noche, cuando las niñas se hubieron acostado, me dijo:

—Tenemos que hablar.

He ahí una frase que nadie quiere escuchar. Pero como Hugh llevaba un año sin apenas dirigirme la palabra, supongo que sentí… *curiosidad*.

Me tendió una copa de vino.

—¿Vamos a la mesa de la cocina?

¿Una conversación en la que había que tranquilizarme con alcohol? ¿Una conversación en la que había que estar *frente a frente*?

Bebí un trago largo de vino, fui a la cocina, me senté a la mesa y bebí otro trago.

—Dispara.

Hugh bajó la mirada, como si los secretos del universo estuvieran escritos en el roble encalado.

—Te quiero. —Levantó la vista y sus ojos rezumaban sinceridad. Luego siguió estudiando la mesa—. Quiero seguir casado contigo.

Palabras bonitas, sí, palabras agradables, las palabras *justas*. Sin embargo, cualquier idiota podía ver que un enorme PERO flotaba sobre nuestras cabezas como un bloque de hormigón.

—¿Pero? —le insté.

Su mano estrechó con fuerza la botella de cerveza y tardó un instante en contestar.

—Me gustaría un descanso.

Malo. Eso era malo, malo, *malo*.

—¿Te importaría mirarme? —Si podía verle la cara quizá consiguiera detenerlo.

—Lo siento.

Levantó la cabeza, y ver su rostro me impactó, porque cuando llevas mucho tiempo con alguien casi nunca te molestas en observarlo detenidamente. Parecía agotado.

—No me estoy expresando bien. —Sonaba triste—. Te lo he escrito en una carta. ¿Puedo enseñártela?

Deslizó su iPad por la superficie de la mesa.

Ángel mío:

Te quiero. Siempre te querré. Quiero que estemos siempre juntos.

Pero quiero algo más. Necesito algo más.

Supongo que es por lo de papá, y por lo de Gavin. Solo puedo pensar en la absoluta futilidad de la vida; solo tenemos una oportunidad, muy corta, y después nos morimos. Siento que no he hecho lo suficiente con mi vida. Lo suficiente por mí. Quiero a Neeve, Sofie y Kiara con toda mi alma, pero creo que he pasado demasiado tiempo poniéndolas por delante de mí. Quiero un tiempo para ponerme yo por delante.

Lo que digo me suena muy egoísta, y soy consciente de que son muchas las personas que tienen una vida terrible de la que no pueden escapar. Sé que tú también tienes la sensación de que no tienes tiempo para ti y que siempre eres la última de la lista. Pero siento que me estoy enterrando en vida y que estallaré si no hago algo por cambiar las cosas. Todo esto me está destruyendo y no puedo seguir así.

Sé que te hará daño y me detesto por ello, pero no puedo cambiar lo que pienso. Quiero quedarme aquí por ti, pero necesito irme por mí. Es como estar partido en dos, atrapado en una trampa.

Sí, es la crisis de los cuarenta, pero no quiero un coche deportivo. Solo quiero un poco de libertad. Creo, sinceramente, que a la larga es lo mejor para los dos.

Quiero que envejezcamos juntos. Quiero que estemos juntos hasta el final.

No es solo un tema de sexo. Sé que te preocupará que lo sea, pero ese no es el motivo.

La mía no es una manera cobarde de decir que quiero que nos separemos. Te quiero, me encanta nuestra vida juntos, siempre te querré y prometo volver dentro de seis meses.

HUGH

Dios mío. *Dios* mío.

Menos mal que seguía sentada, porque noté que me mareaba. Hugh me escrutó con los ojos y lo miré como si fuera un extraño.

—¿Amy?

—Caray... no... no sé qué decir...

—Es fuerte, ya lo sé —dijo—. Lo siento, Amy, lo siento mucho. Odio hacerte esto. No quiero sentirme así, he intentado evitarlo, pero siempre acaba por volver.

Eché otro vistazo a sus palabras y esta vez fueron aún más devastadoras: «partido en dos...», «enterrando en vida...», «seis meses... »,«libertad...».

Ver su agitación interna sobre la mesa era desolador: Hugh se encontraba en un estado horrible. Y el hecho de querer seis meses de libertad no era un capricho: era la conclusión a la que había llegado después de un doloroso trabajo de introspección.

No podía irse —eso lo tenía claro—, pero necesitaba conocer los detalles para poder manejarlos.

—¿Dónde tienes pensado hacerlo? —pregunté con la voz entrecortada.

—En el Sudeste Asiático, Tailandia, Vietnam, todo eso. De mochilero. Quiero aprender submarinismo.

El grado de pormenorización provocó en mí otra oleada de vértigo. Durante todo ese tiempo que había estado paseándose por la casa como un fantasma, mientras yo le preguntaba, solícita, si quería hablar, él había estado tramando su huida.

¿Y de mochilero? Tenía cuarenta y seis años, no diecinueve.

Aun así. Mucha gente dejaba su vida de clase media y edad madura para vivir una segunda adolescencia con canas en el pelo o en la barba. Con eso no estoy diciendo que Hugh tuviera canas: la barba y la mata de pelo eran morenas, sin una sola hebra gris; era un hombre alto y fuerte y cuando no estaba atormentado por la angustia, aparentaba menos edad. Triunfaría en el circuito de fiestas playeras bajo la luna llena.

—Pero ¿y el trabajo?

—Ya lo he hablado con Carl. —Carl es su hermano, ambos son copropietarios de un estudio de sonido del que Hugh es el ingeniero—. Dice que me cubrirá con autónomos.

—¿Se lo has contado a Carl? —Antes de contármelo a mí. Bebí otro trago de vino—. Entonces ¿estarás seis meses sin ganar dinero? ¿Qué pasa con la hipoteca, con los seguros, la sangría diaria de las chicas y los pequeños gastos, que acaban sumando una fortuna?

Se mostró avergonzado, como no podría ser de otro modo.

—Lo siento mucho, cariño, pero eso tendrá que cubrirlo el dinero que queda de la casa de mi padre.

Mi estupefacción no podría haber sido mayor. Adiós a la provisión de fondos.

—¿Cuándo tienes pensado irte? —¿Disponía de semanas o de meses para hacerle cambiar de opinión?

—Dentro de una semana o diez días.

Dios.

—¿No habrás… no habrás comprado ya el billete?

—He estado mirando vuelos.

—Por Dios, Hugh…

—Lo siento.

De pronto se le contrajo la cara y empezó a llorar, las primeras lágrimas que le veía derramar tras la muerte de su padre.

—Cariño… —Rodeé rápidamente la mesa y lo abracé.

—Cuando vi a mi padre tendido en esa caja de madera… pensé en todas las cosas que había querido hacer y nunca haría, me vino así, de repente… —gimió, temblando en mi hombro.

Debía esperar a que se desahogara antes de hacer mi siguiente pregunta. Finalmente, se secó los ojos con la manga del jersey.

—Lo siento —balbuceó.

—¿Hugh? —La angustia me cortaba la respiración—. Cuando dices que no es solo un tema de sexo, ¿quieres decir que también *es* un tema de sexo?

Todavía abrigaba la esperanza de haber entendido mal pese a saber, en el fondo, que no era el caso.

Nos miramos y fue como si toda nuestra relación pasara como una película entre nosotros: las promesas, la confianza, las emociones contradictorias, la sólida unión… y ahora un espantoso desenlace en el que Hugh se despegaba para seguir su propio camino.

Meneó la cabeza.

—Ese no es el motivo.

—Pero no lo descartas.

Se miró las manos un largo instante.

—Amy, te quiero. Volveré junto a ti. Pero si se presenta… entonces no.

«Jodeeeeer…»

Estrujó su cerveza hasta tener los nudillos blancos.

—Durante esos seis meses será como… —Hizo una pausa antes de soltar—: Como si no estuviéramos casados.

Fue como si me arrojaran a los infiernos. Porque ya me había ocurrido antes —que un marido me dejara— y era lo peor que me había sucedido nunca. Lo pasé tan mal que, para asegurarme de que el episodio no se repitiera, durante media década evité toda relación seria con un hombre. Y cuando, cinco años después de que

Richie pusiera pies en polvorosa, algo fantástico brotó entre Hugh y yo, me eché a temblar.

Pasaron varios meses antes de decidirme a darle una oportunidad, y solo porque había pasado ese período de casta negación observándolo y estudiándolo, como un comprador de caballos inspecciona una posible adquisición, levantándole los cascos y examinándole la dentadura. Lo que yo buscaba era perdurabilidad. NO quería un donjuán. No quería un hombre que pudiera cambiar de parecer. NO quería un hombre que pudiera dejarme. Porque eso no podía volver a suceder.

Sin embargo, aquí estaba, sucediendo otra vez.

Como si me hubiese leído el pensamiento, dijo:

—Solo son seis meses, Amy. No es para siempre.

—Sí, pero…

—Volveré. Ten por seguro que volveré.

Eso Hugh no podía saberlo. Y, en cualquier caso, ya no sería lo mismo.

No obstante, Hugh podría haberlo hecho como suelen hacerlo los hombres: furtivamente, deshonestamente, dos-móviles-mente. Diciendo que tenía que ir a un peñazo de conferencia cuando en realidad iba a pasar un fin de semana en San Sebastián de gastrosexo.

Por lo menos Hugh era sincero. ¿Facilitaba eso las cosas? Lo ignoraba.

Agarré el vino y lo apuré de un trago. Luego dije:

—¿Me pones un vodka?

—Claro.

Se levantó con un salto vigoroso, fruto de la culpa y el alivio. Esto era demasiado doloroso. Necesitaba emborracharme.

Volví en mí poco antes del temido amanecer. Estaba en la cama y no recordaba cómo había llegado hasta allí. Había sucedido una catástrofe: el sentimiento me apareció antes que el hecho. Entonces lo recordé: Hugh quería seis meses de desconexión, lejos de aquí.

Medio año. Era mucho tiempo. Las personas pueden cambiar mucho en seis meses, sobre todo si están conociendo a gente nueva de todo tipo. La imagen inesperada de Hugh follando con una chica de carnes firmes, atractivos tatuajes y pelo de surfista me hizo sentir como si estuviera despierta dentro de una pesadilla.

¿Era un tema solo de sexo? Hugh había dicho que no, pero de repente estaba convencida de que todo esto era culpa mía: tendría que haberme esforzado más en ese terreno. Por lo general, una vez que me pongo me gusta, pero la lamentable realidad es que en los últimos dos años no me habría importado no volver a tener sexo el resto de mi vida.

Como temía ser el cliché que en realidad era, cada cuatro semanas más o menos ponía manos a la obra y trataba de engañarme pensando que Hugh no había reparado en mi falta de entusiasmo.

Sin embargo, la última vez que había sucedido —hacía una eternidad—, Hugh comentó: «Ya has cumplido por este mes». Un segundo demasiado tarde, soltó una risa forzada. (Empecé a tartamudear, buscando algo que decir, mientras él se daba un piro pasivoagresivo.)

A lo mejor, si hubiésemos tenido una charla larga y sincera de vez en cuando podríamos haber evitado la situación actual, pero ambos sabíamos que nos jugábamos demasiado.

Presa del pánico, propiné un codazo a su cuerpo inerte.

—Despierta, Hugh, *por favor*. Podríamos tener más sexo.

Mi cabeza ya estaba pensando en las cosas que podría hacer para conseguir que se quedara: ponerme ropa atrevida, enviarle fotos posando desnuda, hacer vídeos caseros de los dos en la cama… De pronto no podía creer que no hubiera hecho lo de las fotos posando desnuda. Sospechaba que a Hugh le gustaría porque cada vez que alguien pirateaba fotos de famosos desnudos, la atmósfera entre nosotros se calentaba.

Nadie podía decir que no hubiese sido advertida del peligro del estancamiento en una relación larga; los expertos escribían constantemente sobre ello. No hacía mucho había leído un artículo de un terapeuta de pareja estadounidense que decía que para mantener viva la chispa, cada miembro de la pareja debía ser —y cito textualmente— «la puta del otro». Había escrito un libro entero sobre el tema y durante medio segundo había barajado la posibilidad de comprarlo. Entonces pensé: «No. No pienso ser la puta de nadie».

Ahora lamento no haber comprado el maldito libro.

Así y todo, al lado de esos pensamientos una voz poderosa

insistía en que ninguna mujer debería hacer nada que no quisiera hacer solo para retener a su hombre. Pero si lo hubiese probado, a lo mejor me habría gustado…

—¡Despierta!

Lo zarandeé, busqué el interruptor y la luz inundó la habitación.

¿*Por qué* no había sido más osada? Por el amor de Dios, ¿tan difícil habría sido fotografiarme la cueva?

Pero el pudor me frenaba. Y algo más que empezaba a ver justo ahora: la incómoda sospecha de que teníamos deseos sexuales diferentes. Hugh y yo coincidíamos en un montón de cosas; a veces parecía que compartiéramos el mismo cerebro, y esa sensación de tener un cuasigemelo era muy reconfortante. Con excepción del sexo. Enterrada en el fondo de mi ser estaba la sospecha de que Hugh quería cosas que yo no quería. Nunca me las había expresado. Temía que, si lo hacía, se convirtiera en un extraño.

Pero en lugar de eso había ocurrido lo de ahora, y era mucho peor.

—¿Estás despierto? —pregunté.

—Sí… —Parpadeaba e intentaba incorporarse.

—¿Es real? —pregunté—. ¿Está pasando de verdad?

—Lo siento. —Intentó abrazarme.

Lo aparté.

—Podríamos tener más sexo. —Mi voz sonaba aguda y desesperada.

—Cariño —dijo con suavidad—, no tiene que ver con el sexo.

Sentí un destello de esperanza. Luego me obligué a puntualizar.

—Pero ¿*podrías* acostarte con otras mujeres?

Asintió.

Me vine abajo, a lo que siguió un sentimiento de autorrechazo: era demasiado mayor, demasiado redonda, demasiado torpe en la cama.

—¿Es porque estoy hecha una cerdita? —pregunté.

Soltó una carcajada, una carcajada de verdad, algo que hacía mucho que no sucedía.

—No. Y además, no estás hecha una cerdita.

—Sí lo estoy —dije—. Bueno, un poco. Es por haber dejado de fumar.

—El problema no eres tú, soy yo. No puedo creer que haya dicho eso.

—Si no es sexo, ¿qué estás buscando? Tal vez podría proporcionártelo yo.

Cerró los ojos y volvió a abrirlos.

—Esperanza, creo. O algo parecido a la esperanza. Emoción, quizá. Posibilidad.

Ya. Tragué saliva. Esperanza. Emoción. Posibilidad. Sabía de lo que hablaba.

—¿Novedad? —dije—. ¿Frescura? ¿La oportunidad de ser una persona diferente, una mejor versión de ti mismo?

Me miró un poco sorprendido.

—Sí, todo eso.

Bueno, novedad y frescura eran cosas que yo no podía proporcionarle.

—¿Y qué pasa con las chicas? —pregunté.

—Se lo contaré mañana.

Ya era mañana.

—No.

Contárselo a las chicas lo convertiría en una realidad. Mientras solo lo supiéramos él, Carl y yo, la posibilidad de que cambiara de parecer seguiría abierta.

—Kiara solo tiene dieciséis años —dije—. ¿Quién cuidará de ella cuando yo no esté? —Duermo en Londres todos los martes.

—Puede cuidarse sola —dijo Hugh—. Tiene más cabeza que tú y yo juntos. O Neeve puede ocuparse de ella.

Probé de nuevo.

—Los dieciséis es mala edad para que el padre desaparezca medio año.

—Kiara es muy madura y la chica más equilibrada que conozco.

—Aun así… —Me disponía a decir que la desaparición de Hugh podría cambiar todo eso, pero comprendí que no serviría de nada: Hugh iba a hacerlo independientemente de lo que le dijera. La angustia se apoderó de mí—. No te vayas, por favor. —Le cogí la mano.

—Lo siento, Amy, he de hacerlo.

—¿Y si me niego?

Desvió la mirada y su silencio lo dijo todo: se iría de todos modos.

4

Pongo rumbo a casa de papá y mamá en Shankill. Cuando era niña, Shankill estaba prácticamente en el campo, pero ahora los barrios del sur de Dublín se han expandido hasta engullirlo y el tráfico de los viernes por la tarde es denso. Aunque estamos a principios de septiembre, hace buen tiempo y lo más probable es que la gente vaya camino de la costa para aprovechar los últimos rayos del verano.

Mientras avanzo muy despacio, me suena el móvil. Es Dominik, la persona que cuida de papá a media jornada. Durante mucho tiempo Maura no quiso ni oír hablar de contratar a un cuidador para papá. Pero mamá, con sus numerosos achaques, tiene la agenda llena de visitas al hospital, y cuando papá se quedaba solo en casa existía el riesgo de que inundara el cuarto de baño o regalara las joyas de mamá al primero que llamara a la puerta. Una vez mamá llegó a casa y se encontró con tres desconocidos —alentados por papá: «Vamos, muchachos, ya la tenéis»— sacando la lavadora y metiéndola en una furgoneta.

No obstante, arrastrar a papá a las visitas médicas de mamá ya no era una buena idea porque en varias ocasiones se había dirigido a la enfermera con un «Te pareces a la Rosemary West de joven. ¿Cuántos cadáveres tienes enterrados en el sótano?».

Así que cinco meses atrás, haciendo alarde de una sensatez inusual en ella, mamá se inscribió en la agencia Camellia Care.

—Hola, Dominik.

Me pregunto por qué me llama. A lo mejor papá ha decidido arrojar otra vez su comida contra la pared, aunque eso no sería nada nuevo.

—Amy, tu madre no ha llegado aún y tengo que ir a otra casa.

Dominik está muy solicitado, *mucho*. En el mundo de los cuidadores de personas seniles, Dominik es Kate Moss.

El problema es que papá es un paciente difícil, lo es de toda la vida, y suele acusar a sus cuidadores de ser asesinos en serie. Siendo como son personas acostumbradas a los insultos estrafalarios de sus pacientes seniles, papá consigue agotarlos en menos que canta un gallo. En los últimos cinco meses hemos pasado por una larga lista. Dominik, que estuvo más de veinte años en el ejército checo, es el único que ha demostrado entereza suficiente para aguantarlo, y no podemos permitirnos ponernos a malas con él.

—Seguro que está al llegar. —Mamá es muy responsable.

—Ya llega dos horas tarde.

—¡Dos horas! ¿La has llamado al móvil?

—Claro, pero está en aparador cocina.

—¿A dónde ha ido? —Mamá solo sale para sus visitas al hospital—. ¿Y a qué hora se fue?

Me la imagino tirada en la acera, rodeada de desconocidos tratando de averiguar su identidad, y ella, con su ínfimo sentido del yo, incapaz de decírselo.

—Se va a mediodía.

—¿*Quéééé*? ¡Pero hace seis horas de eso!

—Sé contar, Amy. Y tu padre decir que soy peor que el Destripador de Yorkshire. Seis horas he tenido que escucharlo.

—¿A qué hospital ha ido, Dominik? ¿Dónde...?

—Hoy no va a hospital. Va a comida elegante...

—Un momento. ¿Qué comida?

—En hotel elegante. Decir que va a pillar cogorza.

—¡No, Dominik, mi madre nunca diría eso!

—¿Me llamas mentiroso? Ella decir a mí: «Dominik, voy a divertirme y a pillar una cogorza». Esas mismas palabras.

Esto es de lo *más extraño*, pero necesito saber más antes de llegar a una conclusión.

—Llego en diez minutos. —Seguramente serán veinte, soy una mentirosa crónica en lo referente a mi TEL (tiempo estimado de llegada); siempre me quedo corta.

—He de irme ahora —dice Dominik.

—Vale, te envío a alguien lo antes posible.

¿A quién puedo llamar? Suponiendo que Dominik esté en lo cierto, no quiero que mamá se lleve una bronca, así que no puedo implicar a Maura. Por tanto, recurro a Derry.

—¿Podrías estar en casa de mamá y papá dentro de diez minutos? —le pregunto—. Mamá está desaparecida en combate y Dominik tiene que irse.

—¿Y llamas a la hija sin casar? —espeta Derry—. Pobre Derry, la solterona. Sin hombre, sin vida, solo sirve para cuidar de sus padres ancianos. Pues bien, los tiempos han cambiado y…

—¿Puedes o llamo a Joe?

—Mañana me voy a Ciudad del Cabo. Menos mal que no me he ido hoy, ¿eh? Rescataré a Dominik, pero ni se te ocurra pensar que soy esa clase de persona. —Cuelga.

Media hora después doblo la calle en dirección a la fría y destartalada casa victoriana en la que crecí. Hubo un tiempo en que estaba rodeada de terrenos, pero cuando papá la compró ya los habían vendido para construir viviendas de protección oficial, de manera que nuestra morada sobresalía como una lápida de granito gigante en un mar de pareadas de tres habitaciones.

Me pasé mi infancia fantaseando que vivía en una modesta casa adosada, de muros enguijarrados, con una cocina eléctrica en lugar del horno Aga que teníamos, que suscitaba una tremenda desconfianza entre nuestros vecinos.

Los árboles que flanquean el camino de entrada son tan frondosos que las ramas golpean y barren el techo del coche. Quizá Hugh podría pasarse por aquí el fin de semana y podar unas cuantas. Pero no. Hugh tiene ahora otras prioridades. De repente caigo en la cuenta de que, si se va, todas las cosas prácticas de la casa pasarán a ser mi responsabilidad: cambiar bombillas, hacer la compra de la semana y —será un tópico, pero es cierto— sacar la basura. El mero hecho de ver un cubo de basura me produce escalofríos.

La idea de que Hugh pueda tener relaciones extramatrimoniales me ha tenido tan angustiada que hasta ahora no me he parado a evaluar el efecto que su ausencia tendrá en mi vida cotidiana, y lo cierto es que casi me perturba más lo de la basura.

¿Conozco algún manitas que pueda reclutar? Neeve y Kiara no

tienen novio. Jackson, el amor de Sofie, es un encanto, pero esmirriado, demasiado frágil para sacar los cubos de basura hasta la verja.

Pego mi coche al de Derry a fin de dejar espacio a los que puedan venir más tarde y mi hermana ya ha abierto la puerta para cuando saco la torre de pizzas del maletero.

—¿Ha llegado? —Estoy mirando por encima de su hombro con la esperanza de ver la figura menuda y contrita de mamá en la penumbra del recibidor.

—No.

Entro en casa y miro a Derry por encima de la pila de cajas.

—Estoy preocupada. ¿Deberíamos estarlo? Oye, ¿qué tal te fue con Dominik?

Vivo con el temor de que el hombre nos deje, porque entonces me vería obligada a hacer de canguro de papá y ya tengo bastante con lo mío.

—Es un cascarrabias.

Derry cierra la puerta tras de mí.

—¿Llamamos a la policía?

—Ahora en serio, no puede ser que me llames siempre a mí cuando pasa algo con papá y mamá —dice Derry—. Es injusto cómo se nos trata a las mujeres solteras, como si no tuviéramos obligaciones.

—¡Derry! —Siempre está con ese rollo, y suele hacerme gracia, pero hoy no es el día. Tarde o temprano tendré que contarle lo de Hugh. Qué raro que todavía no lo haya hecho.

—La sociedad en general no nos respeta para nada.

Quizá en el caso de otras solteras sea cierto, pero nadie cometería ese error con Derry.

—Dominik me llamó a mí primero y estoy casada —digo. Técnicamente, por lo menos.

—Yo también podría estar casada —replica.

Claro. Derry es lista, carismática y exitosa. Además, se sabe arreglar. En su estado natural es como todos los demás O'Connell, piel blanca, ojos claros y tendencia a tener el culo gordo. (Urzula dice que somos la familia con más pinta de celta que ha conocido.) Pero gracias a los faciales del vampiro, los tratamientos con láser, los hilos tensores y demás, Derry —diez determinantes centímetros más alta que yo y cinco determinantes kilos más delgada— ha tuneado sus recursos naturales hasta convertirse en un bombón. (Sí, la envidio: mi economía no me llega ni para un chute de bótox.)

—Podrías estar casada —digo—. Pero si te dedicas a plantar hombres porque dicen «gin and tonic» o «cátsup» en lugar de kétchup…

—¿Crees que debería aguantar a un capullo que me pone de los nervios solo para que no se me trate como a una ciudadana de segunda?

—Sí —digo, y nos reímos.

—¿DÓNDE ESTÁ VUESTRA MADRE? —brama papá desde la sala—. Traedme el bastón, voy a salir a buscarla.

—Coge esto. —Endoso las cajas a Derry, agarro el bastón de papá del perchero del recibidor, cruzo corriendo la cocina hasta el lavadero y meto el bastón en el congelador horizontal. Papá no se mueve de aquí. Bastante tengo con un progenitor desaparecido.

Me asomo a la sala y digo:

—Mamá volverá enseguida, papá, no te preocupes.

—¡Yo a ti te conozco! —Su expresión de enfado se desvanece—. ¿Eres mi hermana?

—No, papá, soy Amy, tu hija.

—¡Y un carajo! No tengo hijos.

Fuera se cierran las puertas de un coche.

—Es Joe —me informa Derry antes de que empiece a pensar que es mamá.

Nuestro hermano mayor, Joe, su esposa Siena y sus tres hijos —Finn (ocho), Pip (seis) y Kit (cuatro)— irrumpen en el recibidor. Cual enjambre de abejas, los chicos cruzan la casa y entran en el dominio de papá. Con los gritos de papá de fondo —«¡DEVUELVE ESO A SU SITIO, MOCOSO!»—, explico la situación a Joe y Siena.

—¿Mamá dijo que iba a pillar una *cogorza*? —pregunta Joe, incrédulo.

—Eso dijo Dominik —interviene Derry.

—¡OS VAIS A ELECTROCUTAR Y ENTONCES SABRÉIS LO QUE ES BUENO!

Joe insiste en ver el móvil de mamá, el cual, efectivamente, descansa sobre el aparador de la cocina, tal como indicó Dominik.

—Parece que es verdad —dice.

—¿Qué hacemos? —pregunto.

—¿Qué crees que debemos hacer? —replica.

A ver, esto hay que decirlo: Joe es un inútil. Encantador, con mucho mundo, pero un inútil.

—Voy a empezar a organizar la cena —dice Siena—. ¿Qué hago?

Para ser del todo franca, Siena también es una inútil. Son la Familia Inútil. Les salva el físico.

—Saca las pizzas de las cajas y mete todas las que puedas en el Aga —digo.

—¡DEJAD DE CAMBIAR LAS EMISORAS! ¡DEJAD DE CAMBIAR LAS EMISORAS!

La puerta de la calle se abre de nuevo y me vuelvo a sentir esperanzada. Pero la esperanza se va tan deprisa como ha venido: no es mamá. Es Neeve, mi hija mayor, la luz de mi vida y el azote de mi corazón.

—¿Qué ocurre?

Se detiene en el recibidor y se quita la chaqueta. Es muy bajita —mide un metro cincuenta y tres— y muy voluptuosa: buen busto, cintura estrecha y culito redondo. Tiene la misma figura que tenía yo a los veintidós, pero en aquel entonces me creía gorda, y no lo estaba. Mirar las cosas en retrospectiva es genial. Puede que dentro de veintidós años me vea como soy ahora y piense que estaba divina. Sinceramente, me cuesta creerlo, pero sé que esas cosas pasan. Y no solo con respecto a mi trasero. Ocho meses atrás pensaba que mi vida no era gran cosa, mientras que ahora daría lo que fuera por volver atrás y saborear cada segundo de aquella seguridad marital. Como dice la canción, nunca somos conscientes de lo que tenemos hasta que lo perdemos.

—¿Dónde está la abuela? —Neeve se recoge su melena cobriza en una coleta alta y frondosa y pasea su mirada chispeante por el recibidor. Ha heredado mi tipo, pero el resto es de Richie Aldin—. Tengo algo para ella. —Señala una bolsa abarrotada de productos de maquillaje por estrenar.

Es una auténtica *tortura* ver llegar a nuestra casa sobres con cosméticos que aspiran a salir en *¿Qué coño...?*, el canal de YouTube de Neeve. Si los productos están bien, se los queda, si no, los deriva a los pobres que lo merecen. Raras veces estoy entre ellos.

—La abuela ha desaparecido —digo—. Dominik dice que salió a pillar una cogorza.

—¿Una *cogorza*? —La actitud de Neeve, cuando me habla a mí, es de permanente desdén, pero esta vez se supera—. ¿La *abuela*? ¿Está *pirada*?

—No digas «pirada».

—¿Por qué no?

—Porque los pirados podrían ofenderse y…

—¡HA LLEGADO KIARA! ¡HA LLEGADO KIARA! ¡HA LLEGADO KIARA!

Finn, Pip y Kit irrumpen en el vestíbulo para recibir a mi otra hija, que acaba de asomar por la puerta. Lleva puesto el uniforme del colegio. La camisa le cuelga por fuera de la falda, lleva las uñas mordidas y pintadas con rotulador fluorescente amarillo y camina casi doblada en dos por el peso de los libros que carga en la mochila.

—¡Chicos!

Se quita la mochila, abre los brazos y los niños empiezan a trepar por ella como si fuera un andamio. Kiara es el *yin* dulce frente al *yang* mordaz de Neeve, lo que demuestra que uno nace, no se hace. Mis dos hijas tienen padres muy diferentes y personalidades muy diferentes. Neeve es difícil (por lo menos con Hugh y conmigo: he observado que consigue ser más simpática con el resto del mundo) y Kiara es un encanto.

—¡TRAEDME EL BASTÓN! ¡VOY A SALIR A BUSCAR A MI ESPOSA!

—¿Derry? —Sigo a la multitud hasta la sala—. Deberíamos llamar a la policía.

—Val… ¡Un momento! ¡Coche aparcando fuera! ¡Es Declyn!

Cinco años menor que yo, Declyn es el bebé de la familia O'Connell. Todos —Derry, Neeve, Kiara, Joe, Siena, Finn, Pip y Kit— rodeamos el sillón de papá y corremos hasta la decrépita ventana en voladizo.

—¿VIENE CON LA CRÍA?

—Está bajando —dice alguien—. Viene solo. ¡Mecachis!

Hace dieciséis meses Declyn y su marido Hayden tuvieron a la Pequeña Maisey (por medio de una madre de alquiler, se entiende) y a todos se nos cae la baba con ella. Y, claro, eso significa que Declyn sin la Pequeña Maisey pierde caché.

—¿VIENE CON LA CRÍA? ¡QUE ALGUIEN RESPONDA!

—No, papá —digo.

—A LA PORRA ENTONCES.

—Papá, estamos todos aquí, no hace falta que grites.

—NO ESTOY GRITANDO.

—¡Un momento! —exclama Derry—. ¡Está sacando algo del asiento trasero!

—Será la cartera —dice Finn.

Conteniendo el aliento, vemos a Declyn trajinar detrás y soltamos un gran hurra cuando emerge con una sillita que contiene a la Pequeña Maisey.

Estamos todos encantados, todos menos Kit. Me dice en voz baja:

—Odio a la Pequeña Maisey.

—¿Qué? ¿Por qué?

—Yo antes era el pequeño. Era el favorito.

Asiento.

—La vida es dura, colega.

—Antes era mono.

—Sigues siendo mono.

Me clava una mirada muy adulta.

—No mientas —dice.

Nos dirigimos a la puerta en tropel y en cuanto Declyn pone un pie en el recibidor, Maisey es trasladada en su sillita a la sala de estar, donde sus primos la tienden en el suelo y la cubren de besos.

Declyn contempla la escena con una sonrisa benévola y se vuelve hacia mí.

—Me encanta tu vestido, Amy. ¿Vintage?

—Vintage.

O, en otras palabras, de segunda mano. Una parte de mi ropa es vintage de verdad, cara, de diseñadores de los setenta. Pero otra proviene de fondos de armario de ancianas recién fallecidas que se venden por nada y menos en Ayuda a los Mayores. (Podría decirse que tengo *personal shopper*: una voluntaria encantadora llamada Bronagh Kingston que me llama cuando llegan cosas que valen la pena.) Y en serio, para qué ponerse macabra; si las prendas son bonitas y se han lavado dos veces, ¿no es conmovedor pensar que seguirán alegrando la vida de otras personas? (Si me pongo un poco a la defensiva es porque he de justificar mi posición delante de Neeve, que casi todas las mañanas me obsequia con un «Ropa de muerta, *guaaaay...*».)

Es que no puedo llevar ropa vintage todos los días. Si tengo una reunión importante, y no digamos una presentación para un posible cliente, he de lucir un traje chaqueta cuyo corte no está precisamente pensado para alguien de mi estatura. No obstante, a medida que el cliente va confiando en mí, como parece ser el caso de la señora EverDry, empiezo a desplegar mis adorables y originales prendas. (A Tim tampoco le gustan. Tim tiene mucho apego a las convenciones. Él preferiría que fuera a currar con el típico traje sastre azul marino.)

—Entre institutriz eduardiana y motera. —Declyn dedica unos segundos a admirar mi atuendo antes de reparar en la ausencia de mamá—. ¿Dónde está mamá?

—Nadie lo sabe —digo—. Salió a comer.

—¿A *comer*?

—Hace seis horas y media.

—¡Creo que ya está aquí! —dice Derry.

Corremos hasta la ventana. Un taxi se ha detenido fuera. A través de la maraña de ramas vemos que la puerta de atrás se abre y que una mujer menuda —mamá— con una cazadora de cuero rosa se apea tambaleándose. Antes de dar con su cuerpo en tierra consigue enderezarse y dice algo al taxista que la hace doblarse de risa y recostarse contra el coche.

—¿Está bien? —pregunta Joe.

—¿Se encuentra *mal*? —dice la considerada de Kiara.

Al final, Derry dice en alto lo que todos sospechamos cuando vemos a mamá haciendo eses hacia la casa, con la cara tan rosa como la cazadora.

—¿Está... bolinga?

—¿Y *qué* lleva puesto?

—Mi cazadora —dice Neeve.

Cómo no. Todo es de Neeve.

Nos arremolinamos en la puerta. Mamá irrumpe en el recibidor y nos tiramos encima de ella profiriendo gritos de angustia.

—¿Dónde estabas? Nos tenías muy preocupados.

—¡He SALIDO! —declara mamá—. ¡A comer! ¡Me emborraché y gané un premio! —Agita una caja de dulces—. ¡Delicias turcas! ¡De menta!

—Pero, mamá, tendrías que haber regresado antes.

—Me estaba *divirtiendo* de lo lindo. Me paso el día aguantando a tu padre, oyéndole decir las mil y una tonterías, como que va a denunciar al cartero por haberse cortado el pelo o a preguntar dónde está nuestro perro cuando no tenemos perro o...

—Abuela —dice Neeve—, ¡llevas puesta mi cazadora! La semana pasada la estuve buscando como una loca antes de irme.

—Lo sé —sonríe mamá de oreja a oreja—, la escondí para tomarla prestada.

—¿Por qué no me la pediste y punto?

—Porque no me la habrías dejado. La quería. —Mamá tiene la mirada firme y los ojos rojos—. Voy a quedármela. —Sigue sonriendo a Neeve con una expresión increíblemente desafiante.

Genial, pienso, eso es genial. Ahora mamá también se ha trastocado. Mi marido va a dejarme y mis padres están como dos chotas.

5

Y por ahí viene Maura. ¡Mierda!

—Escuchadme —susurro—, comportaos como si no pasara nada. —Me vuelvo hacia mamá—. Sobre todo tú.

Neeve se lleva a mamá arriba y yo corro a recibir a Maura. Procurando no mover los labios, le pregunto:

—¿A quién le has contado lo de Hugh?

—A nadie.

Me cuesta creerlo: Maura tiene más fugas que Julian Assange.

—Sigue así, porque las chicas no lo saben. Y, pase lo que pase, no debes contárselo a Sofie.

—*No* se lo he contado a Sofie.

Muerta de miedo, digo:

—Pero podrías, y no debes.

Sofie, que tiene diecisiete años, es una criatura frágil. Es la hija mayor de Joe el inútil, su madre es la antecesora de Siena y, por razones en las que no entraré ahora, vive con Hugh y conmigo desde los tres años (¿no os *dije* que éramos una familia moderna?).

Sofie está muy unida a Hugh y no estaría bien que se enterara por otros de lo de los meses sabáticos.

—Estaba pensando en Alastair —dice Maura.

Maura está loca por él, cómo no: ella es una entrometida nata y él es la clase de hombre que la mayoría de las mujeres desearían cazar. Sin embargo, yo lo veo disfrutar, semana sí y semana también, de un surtido interminable de mujeres para después descartarlas como si fueran trapos viejos.

—¡Maura, contrólate, eres una mujer casada!

—No para mí, tonta. ¡Para ti! *Mi* marido no va a dejarme. —Ya lo creo que no. Hace mucho que el silencioso Pobre Desgraciado vive bajo su yugo—. Mientras Hugh está fuera tú también deberías, ya sabes, disfrutar de tu «descanso» con Alastair.

En serio, nada me apetecería menos. Hugh es el único hombre con el que quiero estar, pero si *pudiera* considerar otro, Alastair estaría casi al final de la lista, pero no en el último puesto. Tal honor correspondería a Richie Aldin.

—Alastair es muy… —Maura traga saliva y asiente—. Sexy.

—Es asqueroso.

Alastair me cae bien, pero pensar en él de ese modo me inquieta. Se ve a la legua que se le dan bien las acrobacias sexuales. Cuando me lo imagino (es raro que suceda) en la cama con una de sus damiselas, están en la postura de la vaquera de espaldas y no paran de botar y ulular, y la afortunada lleva de hecho un sombrero de vaquero y da vueltas a un lazo sobre su cabeza.

Me asalta un deseo incontenible de nicotina. Dejé de fumar hace diez meses, no porque fumara mucho —solo tres benditos cigarrillos al día— pero el padre de Hugh murió de cáncer de pulmón y me pareció una falta de respeto continuar.

Esta semana está siendo tan difícil que existe un riesgo real de que vuelva a fumar, así que, con la esperanza de ahuyentarlo, me he comprado un cigarrillo electrónico.

—Voy a…

Me dirijo arriba, donde Neeve está pintando a mamá dentro de uno de los gélidos dormitorios. Están sentadas delante de un viejo tocador que sería el sueño de cualquier restaurador. No es mi estilo. Demasiado grande, demasiado pesado, demasiado oscuro. Me siento en la austera cama de hierro (tampoco me entusiasma: demasiado alta, demasiado endeble, demasiado chirriante) y las observo.

Neeve nos echa un vistazo a mí y a mi cigarrillo electrónico.

—Parece que estés tocando la flauta de un enanito.

Hay tantas cosas malas en lo que acaba de decir que no sé por dónde empezar. Opto por un:

—No vuelvas a decir enanito.

—Ya no se puede decir nada —interviene mamá—. Pronto será un delito hablar. La gente se ofende por todo. Entonces ¿qué son ahora?

Me encojo.

—Personas pequeñas. Creo.

—Pero las personas pequeñas son los duendes. Alguien debería decirles que, sintiéndolo mucho, tendrán que buscarse otra palabra.

—Mamá, *por favor*.

Mamá mira a Neeve.

—Cuando dijiste «flauta», ¿te referías a otra cosa?

Neeve ríe.

—Tienes la mente sucia, abuela.

—¿Yo tengo la mente sucia? —Mamá está encantada.

—Cochina.

Rompen a reír y me quedo mirándolas, avergonzada de los celos que siento. Ojalá Neeve fuera conmigo la cuarta parte de simpática de lo que es con mi madre… Aunque ahora la abuela tiene mucho éxito entre todas sus nietas. Últimamente Sofie pasa aquí casi todo el tiempo. Durante el verano, dejó de vivir con Hugh y conmigo y se mudó a casa de Urzula, su madre, con la esperanza de recuperar la relación; relación que está a punto de irse al traste, por otra parte. La marcha de Sofie nos rompió el corazón, aunque más nos lo rompe ver lo que llega a esforzarse por conseguir que Urzula se comporte como una madre. Pero ¿qué podemos hacer? Hugh y yo intentamos ofrecer a Sofie todos los beneficios y obligaciones de una familia y al mismo tiempo respetar que tiene unos padres biológicos, una proeza, casi imposible, vamos. Ahora Sofie va y viene entre Urzula y mis padres, y me gustaría que volviera a mí.

Neeve examina el rostro maquillado de mamá en el espejo.

—Estás estupenda, abuela. Puede que haga un vlog contigo.

—¿Saldría en la tele?

—Abuela… —El tono de Neeve es de advertencia—. No me hagas explicarte otra vez lo de internet.

—No, no, si lo entiendo perfectamente. Es una tele mágica para la gente joven.

—Saldrías en mi canal de YouTube.

—No quiero salir en eso. Tiene un nombre feo y… ordinario. ¿Me imaginas teniendo que decir a la gente que salgo en el programa ¿*Qué coño…*? Además, ¿qué significa ¿*Qué coño…*??

—Te lo enseñaré —dice Neeve—. Mamá, pregúntame si puedes quedarte con todas estas pinturas.

Señala el tocador, invadido por una paleta de sombras de ojos de Tom Ford, una base de maquillaje de Charlotte Tilbury, varios delineadores y tres pintalabios.

Sin ganas, digo:

—Neeve, ¿puedo quedarme con todas esas pinturas?

Neeve levanta la palma de la mano, me mira de soslayo y dice en un tono mordaz:

—¿Qué coño...? ¿Lo pillas, abuela?

—No.

Neeve sonríe.

—Bajemos.

Y se marchan para sumarse al jolgorio mientras yo me quedo en la habitación, fumando mi cigarrillo electrónico y contemplando el tocador. Todo eso se malgastará con mamá. Qué desperdicio. Doy otra calada y me digo que es muy triste verte robando el maquillaje a tu madre de setenta y dos años.

Espoleada por mi proximidad con los cosméticos, decido ver el último capítulo de *¿Qué coño...?* para saber qué recomienda Neeve esta semana. Supongo que existe la opción de preguntárselo directamente, pero —y es algo que me preocupa— las cosas me parecen más reales si las experimento a través de mi iPad.

Esta semana es un especial de otoño y vuelta al colegio con la música de *Grange Hill* y unos créditos monísimos con hojas y bellotas cayendo. *Muy* bonito. Y ahí está Neeve, con su cabellera cobriza cubriéndole los hombros y un gorro, una bufanda y unos guantes de ganchillo de un azul grisáceo que realza el verde de sus ojos. Últimamente ha empezado a cubrir, además de cosméticos, prendas de ropa y complementos, y es sarcástica con las «cutreces» que le envían.

Pero esas prendas de ganchillo no tienen nada de cutres. Están adornadas con flores de cuero inspiradas en Fendi, que son adorables pero no se pasan de cursi, y el efecto global es tan bonito que se me escapa un gemido. ¡Pensar que consigue todo eso gratis!

Casi nunca entro en su habitación porque es una mujer adulta y tiene derecho a su intimidad. *Y también* porque temo que se me vaya la pinza y me ponga a llorar o a comerme las barras de labios.

Cuando doy rienda suelta a la fantasía, me digo que dormir en su cuarto debe de ser como dormir en un estuche de maquillaje gigante, a pesar de que esté todo abarrotado, la cámara, los focos y el ordenador ocupan todo el cuarto, y las paredes estén forradas de simples cajas de cartón marrones dispuestas con tanta eficiencia que semeja un minialmacén.

Como si fuera un lugar de trabajo... porque *es* un lugar de trabajo.

No un trabajo que genere dinero, sin embargo. Neeve nos paga el alquiler mediante el sistema de trueque, esto es, contribuyendo a la limpieza de la casa que realizamos los domingos. (Y que sirve también como tiempo compartido con la familia.)

Su falta de ingresos me preocupa. Neeve tiene un diploma en marketing por la UCD (University College Dublin), pero en lugar de buscar trabajo en una multinacional, como sus compañeros, decidió que hacer vlogs en su habitación era una salida profesional viable.

Y quizá lo sea.

Porque el mundo es diferente de cuando yo tenía su edad, ¿no? Hoy día los chicos hacen varias cosas, y sabe Dios que Neeve se lo curra. Grabar y editar el vlog es solo la punta del iceberg. La mayor parte del tiempo se le va dando la lata a los anunciantes o dorando la píldora a los publicistas. Además, para sacarse un dinero sirve dos noches a la semana en un «club vomitivo».

Ahora, en el vlog, está hablando de las últimas novedades en el mundo del maquillaje, empezando por una de Marc Jacobs. Hace que parezca tan fantástico que los nudillos se me han puesto blancos de puro deseo. Pasa entonces a una base de maquillaje, y no parece demasiado impresionada. *Oooooh.* Nada impresionada. Suelta una diatriba entretenida sobre los puntos flacos del producto y acaba diciendo «Au, nau» como una señora de Long Island y me hace reír. Es una payasa nata y se las ingenia para hacer críticas negativas sin resultar odiosa. Posee una mirada pícara y un encanto hosco, y ojalá fuera menos picajosa conmigo...

Sé que es por razones que ni entiende y que tienen que ver con el hecho de que yo ya no siga casada con su padre. Y no puedo hacer nada con respecto a eso, ni con respecto a ella, ni con respecto a nada, incluido que Hugh se marche, y detesto estos sentimientos horribles que no puedo controlar, y entonces descubro que la novedad de Marc Jacobs no está entre los productos que hay sobre el tocador, así que hago clic para comprarlo y me *enfurezco* al descubrir que no está disponible en Irlanda y que no lo envían por correo y que la única tienda que lo vende en Londres es Harrods, y yo no puedo ir a Harrods porque me siento como si me hubiera quedado atrapada en un cuadro de Escher.

Me asaltan recuerdos terribles de visitas anteriores, de dar vueltas y vueltas en una sala tras otra, todas llenas de bolsos de cocodrilo que cuestan más que mi coche atados con cables. Como si fuera una pesadilla, hay un letrero detrás de otro que señala la salida pero tengo la espantosa certeza de que la puerta no aparecerá nunca…

¡Señor, mejor voy a ver cómo anda la cena!

Con sumo sigilo, libero a mamá de la paleta de sombras de ojos de Tom Ford y bajo a la cocina, donde Siena ha conseguido no quemar las pizzas.

—Vengo a relevarte —anuncio.

Me responde con vaguedad:

—Habría que traer las sillas del jardín al comedor.

Somos tantos que nunca hay sillas suficientes para todos.

La puerta de la calle se abre de nuevo y aparece Jackson, el novio de Sofie. ¿Tiene su propia *llave*?

Supongo que no debería sorprenderme: Jackson ya es parte de la familia. Flota hasta la cocina —hay mucho movimiento de fular vaporoso, tejanos pitillo, *superpitillo*, y una preciosa mata estilo Versalles— y me abraza. He de reconocer que lo extraño casi tanto como a Sofie.

—¿Viene Sofie? —le pregunto.

—Enseguida. ¿Necesitas ayuda?

—Eeeh… —Siena, que está bebiendo vino y mirando el móvil, no parece tener intención de entrar las sillas—. Las sillas del jardín.

Me mira burlón.

—¿Crees que podré con ellas?

—Justito. —Siempre bromeamos sobre su constitución enclenque—. Son de plástico.

6

—¿Hugh?

No hay respuesta.

El vacío retumba en la casa, pero eso no me impide recorrer la sala de estar, la cocina y el «solárium» (una ampliación de plexiglás donde a partir de septiembre te pelas de frío, pero que en los meses de verano los rayos del sol se magnifican hasta tal punto que un día alguien estallará en llamas).

Arriba, en nuestro dormitorio, reina la calma y el silencio, la carnicería de nuestra ajetreada semana —camisas, faldas y toallas desechadas— congelada en creativos montones. Podría ser un cuadro: *Vida abandonada bruscamente*.

Es imposible que Hugh esté en la habitación de Kiara o en el minialmacén de Neeve o en la buhardilla reformada donde duerme Sofie, así que miro el móvil. No tengo ningún mensaje suyo. En un repentino arranque de rabia, tecleo a toda pastilla **Dnd stás?** ¡Sus seis meses no han empezado aún!

Lo que necesito es un paseo por el Outnet y una buena copa de rioja. No me gusta lo mucho que estoy bebiendo, pero ahora no es momento de pensar en ello.

Para completar el feliz retablo, saco el cigarrillo electrónico del bolso.

Ha sido una semana muy rara. He estado conmocionada y no he sido capaz de diferenciar las emociones que me invadían —terror, celos, pesar, tristeza, culpa, incredulidad—, pero el sentimiento más claro ahora es el de «imperfección». O vergüenza, para darle su término exacto. (Lo aprendí de la revista *Psychologies*. Aprendo mucho de esa publicación.)

Porque durante una gran parte de mi vida me he sentido «defectuosa». Cuando era niña, mamá pasaba mucho tiempo en el hospital y nuestra vida doméstica era caótica. Papá hacía lo que podía, pero su puesto de director en un colegio acaparaba casi todo su tiempo. Maura intentaba hacer de madre, pero era apenas una niña, como el resto de nosotros, de modo que las comidas eran poco abundantes y poco equilibradas, no siempre teníamos ropa limpia o se nos olvidaba bañarnos porque no había nadie que nos lo recordara.

Quien más sufría era la pobre mamá. No solo estaba enferma —y estaba *muy* enferma; pasó dos años enteros en el hospital con tuberculosis, a lo que siguió una enfermedad pulmonar que la obligaba a reingresar con frecuencia—, sino que su sentimiento de culpa era descomunal. Cada vez que tenía que volver al hospital lloraba desconsolada. En mi cabeza guardo la imagen de sus lágrimas cayendo en mis manos mientras sollozaba: «Lo siento, Amy, lo siento». No sé cuál de sus ingresos estoy recordando, puede que varios.

Solo cuando me convertí en madre fui capaz de comprender su sufrimiento, tener que dejarnos solos sabiendo que no nos alimentaríamos como es debido o que, sencillamente, no contaríamos con su cariño y su apoyo. Cuánta *culpa*, cuánta pena.

Cada hermano llevaba su ausencia de manera diferente. Joe era el que más enfadado estaba y a menudo decía: «Ojalá se muera, así papá podrá encontrar otra mamá para nosotros».

Maura también estaba enfadada y no se mordía la lengua, pero la única vez que yo me enfadé fue cuando mamá dio a luz a Declyn. ¿Por qué traía otro hijo al mundo si no podía cuidar de los que ya tenía?

Solo quería que mamá se curara, y aunque no pasó toda mi infancia en el hospital, vivíamos siempre en la incertidumbre. Hasta cuando estaba en casa sabíamos que no sería por mucho tiempo. En una ocasión recibió el alta entre alegres comentarios de «Se ha curado», pero al cabo de veinticuatro horas volvió a desaparecer. Estos últimos quince años ha estado mucho mejor, pero seguimos tratándola como si estuviera hecha de hilos de azúcar. Y el residuo de la vergüenza sigue ahí. («No puedo jugar contigo porque mi madre dice que tienes gérmenes.» Y quizá los tuviera.

Iba sucia, eso seguro. Hoy día padezco de un TOC con la higiene personal.)

Cuando crecí y me fui de casa, las cosas tampoco me fueron mucho mejor. A los veintidós años ya estaba casada, divorciada y tenía una hija. Otras chicas de mi edad se dedicaban a emborracharse y a comprarse zapatos mientras yo trabajaba a jornada completa *y* cuidaba sola de una criatura. Aunque me sentía destrozada física y emocionalmente la mayor parte del tiempo, ahora puedo ver que era un torbellino de energía, corriendo por la casa con pantalones pirata y jerséis de topos, la pequeña Neeve bajo un brazo y una cartera vintage con una presentación bajo el otro. Podía hacerme ondas años cuarenta en diez segundos y cambiar un pañal en veinte. Era una experta delineándome los párpados, un hacha con el carmín y una exprimidora de leche materna superveloz.

Para cuando cumplí los veintisiete, había pasado tanto tiempo de mi vida sintiéndome una inadaptada que había aceptado que yo era así y punto. Entonces conocí a Hugh.

Era fuerte y guapo, barbudo y ancho de torso, pero eso no era suficiente para hacer que me tirara a la piscina. Él persistía con una dedicación constante, callada, y tenía un don especial para captar mis necesidades. Como la noche que llamó a mi puerta en Londres con una madalena gigante y un juego para hacer chocolate caliente con mininubes incluidas. Traía incluso una taza nueva enorme.

Era tarde, estaba muerta y había tenido un día duro —él lo sabía porque trabajábamos juntos—, pero me hice a un lado para dejarle pasar. Él, sin embargo, se limitó a tenderme el regalo y se marchó. También me causó una grata impresión que no hubiese comprado nada para Neeve; los hombres que intentaban conquistarme haciéndose los simpáticos con Neeve me daban yuyu.

Hugh *me* veía, veía la mujer que era, no una mujer que venía como un lote con otro ser humano.

Cuando por fin tomé la decisión de comprometerme, lo hice de manera cauta y con la cabeza fría, y nunca lo he lamentado. Juntos creamos una vida sólida y buena, y actualmente formo parte de una comunidad: me siento aceptada, siento que *este* es mi lugar.

Vale, lo ideal sería que tuviera el dinero y la silueta para vestirme exclusivamente de MaxMara, pero de vez en cuando pienso con placer: «Aunque me ha llevado más tiempo que a otras personas, al final lo he conseguido».

Pero no es cierto. No he conseguido nada. Sigo siendo una marciana, una mujer cuyo marido desea hacer algo sin precedentes: no quiere irse y tampoco quiere quedarse. El viejo sentimiento de vergüenza ha regresado con fuerza.

«Puede que al final no se vaya.»

Me he acercado a él varias veces durante esta semana, blanca de pánico, y le he dicho:

—No te vayas, por favor.

Y en cada ocasión me ha respondido:

—Lo siento, cariño, he de hacerlo.

Pero no se lo ha contado a las chicas y eso me da esperanza.

Así y todo, estos días mi vida ha sido de todo menos normal. Me he sentido como si acarreara rocas en la barriga y el sueño me viene a rachas, como si recibiera una señal de radio débil. Además, y esto sí que es alucinante, he buscado sexo con Hugh cada mañana y cada noche. No para demostrarle a la desesperada que no necesita irse a la otra punta del mundo. Lo he hecho por mí. Si pudiera, me metería dentro de él y subiría la cremallera.

Debería llamar a Derry. En casa de papá y mamá, con tanto follón, no tuve oportunidad de llevármela a un rincón para hablar con ella, y nunca he tardado tanto en contarle algo tan importante.

Lo que me lo impide —y me lleva un rato llegar lo bastante adentro para identificarlo— es que sé que la noticia le dolerá. Mi dolor se convierte en su dolor, nos pasa a las dos.

Pero Derry y yo afrontamos la vida de manera diferente. Ella es proactiva e impaciente, y si algo se le rompe, lo reemplaza de inmediato. Nada se repara y a nada se le concede el tiempo suficiente para que cicatrice. Su respuesta será intentar encontrarme otro hombre. Está apuntada a una horrible agencia de citas para gente rica y antes de que me dé cuenta me habrá metido en un club de élite, donde tendré que beber champán Krug y hablar de evasiones de impuestos. No. Rotundamente, no.

Como es casi ilegal llamar a alguien «solo para charlar», barajo la posibilidad de enviar un mensaje a Pija Petra para preguntarle si puedo llamarla. Pero sería perder el tiempo. Hace tres años, cuando Pija Petra tenía cuarenta y dos, dio a luz gemelas, las cuales sufren lo que ella denomina el «Síndrome de Satanás». (Una dolencia exclusiva suya.)

A su lado, los tres hijos de Joe son unos muermos: las gemelas no parecen dormir nunca. Cuando no están rompiendo un objeto, lo untan de algo asqueroso, y el follón que arman —gritos, golpes, berridos— crisparía al más equilibrado de los nervios. Pobre Pija Petra...

Es difícil saber qué porcentaje de pija posee en realidad. Su acento es refinado, pero no tanto como para provocar un rechazo inmediato; de niña casi siempre pasaba las vacaciones con la familia en galerías de arte del extranjero, pero en lugar de morirse del aburrimiento como cualquier persona normal, hoy día todavía se extasía con los grandes maestros holandeses. Y además, dice «ágape» en lugar de «banquete».

Nos conocimos hace más de diez años mientras dirigíamos una excursión con niñas de cinco años; una de las hijas de Petra, Anne, iba a la clase de Kiara. Tras contemplar la masa vestida de rosa chillón, Petra murmuró: «¡Lo que me faltaba!».

Para mí, fue amor a primera vista.

De todas mis amigas, Petra es la que mejor entendería cómo me siento por lo de Hugh. Pero llamarla por teléfono es imposible porque tiene que cortarme cada cinco segundos para chillar a las gemelas, e ir a verla a su casa es todavía peor porque suelo marcharme con un plato entero de judías con salsa de tomate en el pelo. Quedar con ella por ahí también es difícil porque las canguros le vienen solo una vez, se largan llorando y jurando que no volverán jamás, generalmente con judías aplastadas en su melena adolescente. El tratamiento capilar de las judías con salsa es el favorito de las gemelas.

Petra y su marido lo sobrellevan repartiéndose pequeños ratos para salir solos. Las tardes de los domingos son de Petra. Tendré que esperar hasta entonces.

Podría escribir a Steevie. Somos amigas desde el colegio, pero desde que Lee la dejó no permite que se diga nada bueno de ningún hombre y probablemente se pondría a echar pestes de Hugh.

Pestes que proferiría con toda su buena intención, convencida de que me ayuda, pero en realidad lo que estaría haciendo es interpretar mi situación a través del prisma de su propia experiencia.

Si Steevie queda descartada, quizá podría probar con Jana. Es la persona más dulce que conozco, si bien, por más que me resulte incomprensible, también es amiga de Genevieve Payne, y aunque le suplicara que no le contara nada, Jana es una indiscreta nata. Antes de que la noticia llegue a Genevieve, necesito que Hugh esté en la otra punta del mundo.

Cada una de mis amigas tiene algo que me impide un desahogo total y espontáneo; me sorprende comprobar que no tengo una amiga íntima de verdad con la que pueda sincerarme del todo. Soy patética… a menos que sea normal tener un surtido de amigas que signifiquen cosas diferentes. Puede que sea la manera adulta. ¿Una «cartera» de amigas?

Dios mío, qué horror. Nunca más volveré a pensar eso, nunca jamás. Aun cuando sospeche que quizá sea verdad.

Lo cierto es que, hasta ahora, Hugh ha sido mi mejor amigo.

Casi no tengo secretos para él y siempre puedo contar con su apoyo, me ocurra lo que me ocurra, y, como a todos, me ocurren muchas cosas: discusiones constantes con Neeve, situaciones estresantes en el trabajo y otras cosillas surrealistas (por ejemplo, un herpes en el *ojo*).

¡Ya sé, voy a llamar a Derry! No, a Derry no, a Pija Petra. No, sería perder el tiempo. Repaso de nuevo la lista y al final me pregunto: ¿qué voy a *decirles*? Este limbo es tan nuevo para mí que no tengo palabras para describirlo. No es la clase de cosas que suceden en el Dublín residencial.

A lo mejor solo soy la primera de muchas. Puede que pronto haya una epidemia. Marcaría tendencia y la gente diría: «Chica, eres genial, con esa ropa tan curiosa y ese matrimonio tan moderno».

Dios, solo de *pensarlo*… Si Hugh se va, los próximos seis meses serán una pesadilla. ¿No podría desaparecer y volver a aparecer cuando regrese? Si es que regresa.

No. Eso es imposible. No me queda más remedio que dar la vuelta a la noticia, como haría con una situación laboral delicada, y hacer que suene como algo mutuo, positivo e incluso deseable. Redacto un comunicado de prensa en mi cabeza:

Amy y Hugh están encantados de compartir una nueva y emocionante fase en su matrimonio: seis meses sabáticos en los que vivirán experiencias por separado a fin de reconectar y forjar una colaboración más amorosa y leal si cabe. Sí, y todos vosotros, panda de *pardillos*, con vuestros matrimonios monógamos y lineales, deberíais sentiros avergonzados. No compadezcáis a Amy. En lugar de eso, deberíais envidiarla.

¿Se lo tragaría *alguien*? A saber, pero por lo menos salvaría parte de mi amor propio. Entretanto, necesitaré un par de personas con las que poder sincerarme de verdad, pero tendrán que jurarme discreción, porque si la historia se hiciera viral me convertiría en una atracción más de la ciudad. Allí donde fuera, la gente me lanzaría miradas compasivas y diría: «Le dio seis meses a su marido para que se marchara y le hiciera el salto. ¿Se puede ser más burra?».

Pero ¿*soy* burra? (Supongo que no debería usar esa palabra.)

El caso es que, por lo general, Hombre Infiel = Completo Cabrón. Todos estamos de acuerdo en eso, ¿no? Como mi primer marido. Richie Aldin = Completo Cabrón; no hay ninguna duda al respecto: es el paradigma del Completo Cabrón. O como el Lee de Steevie. Se colgó de su ayudante y todos lo vimos claro: Lee = Completo Cabrón; Steevie = La canción *Cry Me a River* (Llórame un río) personificada. Después de una pila de meses, Lee intentó recuperar a sus viejos amigos, y aunque algunos quedaran con él, siempre al abrigo de la oscuridad, todos sabían que: Lee = Completo Cabrón. Estaba maldito.

Con el tiempo, la ecuación de Steevie pasó de *Cry Me a River* a *I will Survive* (Sobreviviré) y de ahí a *I'm Gonna Dance On Your Grave One Day, Play Maracas and Sing Olé* (Algún día bailaré sobre tu tumba tocando las maracas y cantando olé), pero Lee siguió siendo un Completo Cabrón.

Hugh no es un Completo Cabrón. Él me quiere y no soporta hacerme sufrir; aun así, se me hace demasiado extraño compadecer a la persona que me está haciendo daño.

La botella de vino ha bajado considerablemente y hay un bolso-maletín de Ganni en mi carrito de compra online cuando la puerta de la calle se abre. Me levanto de un salto e irrumpo en el recibidor. Es Hugh, con una camiseta de Joy Division que en otros tiempos fue negra pero de tantas lavadas se ha ido aclarando y ahora está gris. Le queda bien. Estos últimos días he estado mirándolo con otros ojos y su atractivo sexual es casi abrumador; no me extraña que Genevieve Payne no pare de insinuársele.

—Hola —dice. Parece incómodo.

—¿Dónde estabas? ¿Por qué no me has enviado un mensaje? Todavía no te has ido, así que tienes que apechugar.

Tiene las manos cargadas de bolsas y trata de ocultar un bulto voluminoso detrás de él.

—¿Qué ocurre? —pregunto—. ¿Has ido de compras?

—Sí, eh…

Lo rodeo para echar un vistazo a lo que intenta esconder. Cuando veo lo que es, siento como si me asestaran un puñetazo en el estómago. Es una mochila enorme.

Esto es real. Está ocurriendo de verdad. He sido una idiota diciéndome a mí misma que a lo mejor no sucedería.

—Mochila grande. —La lengua no me funciona del todo bien.

—No quería que la vieras.

—¿Qué hay en las bolsas? ¿Puedo mirar?

¿Por qué me hago esto? ¿No sería mejor no saber nada?

—Amy, no…

—No pasa nada, en serio. Me gustaría verlo.

Quiero demostrarle que soy buena perdedora, que llevo bien la situación.

—De acuerdo.

Vamos a la sala, donde Hugh saca a regañadientes varias camisetas de colores vivos, demasiado alegres para mi gusto. Jamás habrían recibido mi visto bueno. Me resulta muy extraño, hasta espantoso, verme excluida de su vida de ese modo.

Saca una camisa blanca de lino, de esas que te pondrías para una cena cara en un país cálido. Casi no lo soporto, pero continúo.

—¿Y esto? —He encontrado un pequeño fardo de tela de color azul.

—Una de esas toallas que se secan enseguida. —La desenrolla para desvelar una toalla de baño completa—. La utilizas y a los veinte minutos ya está seca y lista para enrollarla. Casi no ocupa espacio en la mochila.

—Qué… práctica.

—Dejémoslo aquí, Amy.

—¿De verdad vas a irte?

—Lo siento, cariño. —Parece triste y avergonzado.

—¿Cuándo se lo dirás a las chicas?

—Mañana. Hemos quedado aquí a las diez.

—¿Incluida Sofie?

—Sí.

El corazón se me acelera. Así estamos, con mochilas y quedadas.

—Esto es muy difícil. —La voz se me quiebra.

—Lo siento.

—Sé que nadie pertenece a nadie, pero he adquirido la costumbre de pensar que eres mío. Y ahora he de… compartirte.

Asiente, incómodo.

—Hasta tu pene pensaba que era mío.

Asiente de nuevo.

—Pienso que no tienes derecho a dejarme, que no tienes derecho a acostarte con alguien que no sea yo, ¿sabes?

—Lo sé.

—Siempre has sido bueno conmigo, muy bueno. Siempre haces lo que te pido.

—Te quiero.

—He acabado dependiendo de ti y me detesto por ello. Pero ¿qué se suponía que debía hacer, Hugh? —Me tiembla la voz—. Hay que confiar en la gente. No podemos ser autosuficientes toda la vida. —Tengo la necesidad de hacerle una pregunta—: ¿Es culpa mía? ¿He hecho… algo?

Niega con la cabeza.

—No tiene que ver con nadie. Solo tiene que ver conmigo.

Eso me consuela un poco y me brotan lágrimas de alivio de los ojos.

—Lo siento —dice con una sinceridad feroz—. Me odio a mí mismo por el daño que te estoy haciendo.

Por un momento las lágrimas amenazan con caer. Planto las yemas de mis dedos en su pecho y lo empujo hasta el sofá. Me siento a horcajadas sobre su regazo, tomo su cara entre mis manos, arañándole la barba con los dedos, y le beso con pasión. Le levanto la camiseta y deslizo las manos por su torso. Estos últimos cinco días hasta huele diferente: sexy, anónimo, como si no lo conociera.

—¿Y las chicas? —protesta débilmente.

—No están.

Bueno, Kiara está cuidando a Finn, Pip y Kit, Neeve a saber dónde para, y Sofie podría llegar en cualquier momento, pero me da igual. Le desabrocho los tejanos y desciendo para lamer la punta trémula de su erección. La saco lentamente y procedo a quitarle el pantalón.

—¿Seguro que no aparecerán? —insiste.

—Seguro.

Se levanta y se quita el resto de la ropa. Arrojo los cojines sobre la alfombra y lo atraigo hacia mí. Entre los dos, desabotonamos torpemente mi vestido y sacamos mis bragas.

Llevamos años sin hacerlo en otro lugar que no sea una cama, pero desde el domingo por la noche lo hemos hecho por toda la casa: en la ducha, en la bañera, incluso encima del escurridero del fregadero, porque siempre veo a gente haciéndolo ahí en las series danesas. (Y he de confesar que no es, ni mucho menos, tan sexy como parece en la tele; el aluminio estaba frío, se hundía bajo mi trasero y con cada embestida se oía boing-boing. Los rebotes y el ruido eran tan fuertes que temía que quedara una abolladura permanente. Hace solo tres años que reformamos la cocina. Es tal el *placer* que me produce tener una estancia en la casa que no se caiga a trozos que mientras hacía boing-boing sobre el escurridero la emoción principal que me embargaba era la inquietud.)

Tomando el control, tiendo a Hugh sobre los cojines e insisto en cambiar de postura cada minuto más o menos. Es como una demostración: ¡Miren todo lo que Amy puede ofrecer! Incluso intento —con, cómo no, la imagen fresca de Alastair en mi cabeza— la vaquera de espaldas, pero no consigo dar con el ángulo adecuado. Doblo la erección de Hugh prácticamente por la mitad y sigue sin querer entrar.

—Para —dice con suavidad—. Me la vas a romper.

Sigo intentándolo.

—Ven aquí.

Me toma en sus brazos e iniciamos una de nuestras coreografías de eficacia probada. Hoy ya hemos tenido sexo, esta mañana antes de ir a trabajar. (Y anoche. Y ayer por la mañana. Y anteayer.)

Pero me vengo abajo. No siento placer. Hugh intenta un par de trucos que suelen funcionar pero acelero las cosas porque ahora solo quiero terminar. Al final se corre, y durante el silencio que sigue se apoya en un codo y me mira a los ojos.

—Te quiero —dice—. Y volveré.

—¿Me querrás siempre?

—Sí.

—Dilo.

—Te querré siempre.

—Otra vez.

—Te querré siempre.

Pero, por muchas veces que lo diga, no consigo sentirme segura.

7

Veintidós años atrás

Apreté la espalda contra la puerta para impedir que se fuera.

—¡Por favor! —Lloraba con tanta fuerza que apenas veía—. No te vayas.

Me agarró por los hombros para intentar apartarme. Planté las manos en su pecho y lo empujé con violencia.

—¡No puedes irte! No puedes. Tienes que quedarte.

Intentó apartarme de nuevo. No quería utilizar la fuerza, pero lo tenía decidido y consiguió desplazarme un par de centímetros. Forcejeé, resuelta a seguir bloqueando la puerta.

—No. —Tenía la voz ronca por el llanto—. Por favor.

Él era mucho más fuerte que yo, pero yo también era mucho más fuerte que yo. Luchamos durante unos segundos horribles, empujándonos mutuamente, pero en un momento dado debió de crearse una brecha, porque giró la llave y la puerta estaba abierta.

—Estarás bien —farfulló, y se largó.

Corrí tras él por el rellano hasta el hueco de la escalera. Bajó a toda pastilla, y lo habría seguido si no fuera porque en el piso la pequeña Neeve berreaba. Vacilé un instante, dividida entre las dos personas que más quería en el mundo, y escogí.

El simple hecho de recordarlo, casi veintidós años después, todavía me afecta. Fue la peor noche de mi vida.

Había comenzado en el aeropuerto de Leeds-Bradford. Neeve y yo, que entonces tenía cuatro meses, debíamos tomar un avión a Dublín para pasar allí las Navidades. Richie tenía una fiesta con los patrocinadores del club y volaría un día más tarde.

Era un 23 de diciembre y en el aeropuerto, cómo era de esperar, reinaba el caos. Todos los vuelos llevaban retraso, incluido el mío. La hora del embarque llegó y pasó, y finalmente se anunció la oferta de un vale para quienes se prestaran a volar al día siguiente. Estaba claro que el vuelo tenía un overbooking de aquí a la luna, pero como Neeve era tan pequeña pensaba que tendríamos preferencia. No obstante, los Viajeros Frecuentes iban primero y eran muchos.

—Viajo con un bebé —dije al borde de las lágrimas.

De nada me sirvió. Me dijeron que volviera al día siguiente.

Cuando entré en el piso, cargada con la sillita de Neeve, escuché ruido en el dormitorio. Seguramente Richie se había dejado la televisión encendida antes de salir. Dejé a Neeve en el suelo de la sala y me dispuse a bajar a pie los cuatro pisos para recoger la maleta, pero entonces decidí entrar en el dormitorio; podía ser ingenua pero no era idiota.

«Parece muy segura de sí misma.» Eso fue lo primero que pensé. Estaba encima, moviéndose arriba y abajo. Lucía una melena larga que parecía sintética —extensiones— y tenía algo raro en las tetas: la parte de fuera subía y bajaba a la vez que el resto del cuerpo, pero el interior se movía a un ritmo más lento. Implantes, pensé. La primera vez que veía unos en vivo y en directo.

La cara de Richie se retorcía de placer y eso es algo que preferiría no haber visto. Me acompañó durante años.

Entonces me vio y empalideció. La chica —no la conocía— continuaba botando sin perder el ritmo. Tardó unos segundos más que él en darse cuenta de que algo pasaba. Se detuvo a medio trote y siguió la mirada de Richie.

—¡Joder! —exclamó, bajándose de inmediato.

El suelo estaba cubierto por prendas desconocidas: un sujetador negro, un tanga de encaje que no era mío, un vestido brillante de color cobre.

—Vístete. —Las recogí y se las arrojé a la cara—. Y lárgate.

En menos de un minuto había desaparecido —con su vestido corto de color cobre y sus zapatos de plataforma, no habría podido parecerse menos a mí ni si se lo hubiese propuesto— y esperé a que Richie soltara lo típico que se dice en tales situaciones: «No tiene importancia, ella no significa nada, estaba borracho, solo era sexo». Ya me estaba disculpando conmigo misma por perdonarlo.

De adolescente, cada vez que saltaba la noticia de una mujer famosa que continuaba con su marido infiel, Steevie y yo hablábamos de ella con sumo desprecio: ¡nosotras no nos quedaríamos ni muertas! No, nosotras éramos chicas fuertes, teníamos amor propio, nunca seríamos tan patéticas. Pero cuando ocurre de verdad, la cosa cambia. Cuando eres joven y vulnerable. Cuando tienes una hija con ese hombre. Y cuando le quieres tanto como yo quería a Richie Aldin.

Richie empezó a vestirse. Sin mirarme a los ojos, dijo:

—Oye, Amy, no tendríamos que habernos casado. Somos demasiado jóvenes.

—N...no, no lo somos —tartamudeé.

—Tienes veintidós años, yo veintitrés —continuó—. Demasiado jóvenes. Esto no funciona. Me marcho.

Sacó la maleta blanda de debajo de la cama y grité:

—¡No! No puedes irte.

Presa del pánico, busqué a la desesperada todos los argumentos posibles a fin de obligarlo a quedarse.

—Neeve —dije—, tu hija. No puedes abandonarla.

—No quiero ser padre.

—Sé que es difícil. —Estaba suplicando—. Pero no siempre será así.

Echó tres pares de zapatillas deportivas en la maleta y me arrojé sobre él para impedir que siguiera metiendo cosas. Me apartó sin el menor esfuerzo —era bajo pero fuerte y ágil— y empezó a sacar ropa del armario. Durante el forcejeo algo se desgarró y me miró enfurecido. Últimamente vestía ropa más cara, a pesar de que estábamos a dos velas.

—¿Es por esa chica? ¿Crees que la quieres? —Quizá podría suplicarle a ella que se retirara.

—¿La que estaba aquí? —Richie estaba irritado—. No significa nada.

—Entonces, si no significa nada...

—Amy —dijo casi con dulzura—, lo hago cada dos por tres.

Richie era futbolista profesional. No de primera división: jugaba en un club de tercera, pero, aun así, tenía un amplio surtido de seguidoras.

—Pero... —Enmudecí. Richie siempre había jurado que me quería demasiado para dejarse seducir y le había creído.

—He estado engañándote desde que te quedaste preñada.

64

—No. —Rompí a llorar.

—Ojalá nada de esto hubiese pasado —prosiguió—. Casarnos, el bebé.

—Eras tú el que quería un hijo. —Me costaba respirar—. Y el que quería casarse.

Llevábamos juntos desde el último año de instituto, y aunque estaba segura de que lo nuestro duraría siempre, temía que fuera demasiado pronto para una boda, y no digamos para ser padres. Richie (persuadido por su club, comprendí años más tarde) me convenció de lo contrario.

Agarró la maleta y se dirigió a la puerta. Llegué primero y me apreté contra ella, decidida a no dejarle marchar. Sin embargo, al final se fue.

Quería morirme, pero, por Neeve, tuve que hacer frente al invierno más largo, frío y solitario de mi vida. En Leeds no conocía a nadie; si vivía allí era solo porque un club local había fichado a Richie.

Maura intentó convencerme de que regresara a Dublín y recurriera a mi red de amigos y familiares, pero mis amigos, todos de mi edad, hacían lo típico que hacen los jóvenes de veintidós años normales, divertirse a tope y ser irresponsables.

En cuanto a mi familia, el que no estaba enfermo (mamá), trabajaba todo el día (papá) o vivía en Australia (Derry) o era demasiado excéntrico (Joe) o demasiado joven (Declyn). Y Maura me estaría todo el día encima.

Y aunque Richie se negaba a vernos a Neeve o a mí, era fundamental que permaneciera cerca por si cambiaba de opinión.

Habíamos estado casados apenas ocho meses y Richie se retiró a una velocidad pasmosa: el divorcio tuvo lugar en menos de cinco meses. Recibí una carta aterradora de unos abogados sin escrúpulos contratados por su club en la que se me informaba de que Neeve recibiría una suma mensual minúscula para su manutención. No podía permitirme un abogado sin escrúpulos y tuve que conformarme con uno de oficio con escrúpulos, pero me puse dura y no me rendí hasta que la oferta se triplicó.

La suma, no obstante, seguía siendo irrisoria.

Pero Neeve y yo sobrevivimos a aquel espantoso invierno. Regresé a la agencia de RRPP de la que había sido auxiliar antes de tomar la baja por maternidad y empecé a trabajar a jornada completa mientras me ocupaba sola de Neeve. Era una vida agotadora —si dormía cinco horas lo consideraba una buena noche—, sin embargo, en las fotos de aquella época es sorprendente lo sana y cuerda que parezco.

Ahí estoy, con un chaquetón negro de angora con vuelo estilo Audrey Hepburn y guantes de cuero negro hasta los codos. En otra aparezco con el pelo recogido en una coleta de tirabuzones y —¿de dónde demonios sacaba el tiempo?— un elaborado tupé. Hoy día la expresión sería «Me va lo retro», pero en aquellos tiempos las únicas palabras disponibles eran: «Demasiado pobretona para poder comprar ropa en tiendas de verdad».

No entiendo de dónde sacaba la energía, pero el caso es que me pasaba los fines de semana recorriendo, siempre con tacones, los mercadillos vintage de Leeds con Neeve encajada en la cadera.

Hubo algunos hallazgos memorables: una falda tulipán rosa de satén peinado, un vestido ceñido de vampiresa de raso negro, varios jerséis de cachemir cortos y un traje de Givenchy original que consistía en una falda tubo con una torera monísima de ese azul pastel de las peladillas.

La mayoría de esas prendas ya no las conservo —se perdieron en las diferentes mudanzas o se desintegraron por exceso de uso—, pero todavía guardo el traje, aunque ya no me cabe. Es como un emblema: me recuerda lo dura que era entonces mi vida. Y, quizá, también lo fuerte que puedo llegar a ser cuando es necesario.

8

Sábado, 10 de septiembre

—¿Un descanso? —Neeve no puede creerlo—. ¿Quién te crees? ¿Taylor Swift?

—No. —Hugh cae en la provocación—. No me creo Taylor Swift.

—Por favor —murmuro a Neeve—, comportémonos como personas civilizadas. Come un cruasán.

He montado la mesa de la cocina como si fuera un desayuno de trabajo —pastas, macedonia y café—, pero nadie lo ha tocado. Sucede lo mismo que en el trabajo: la gente ve el hambre como una demostración de debilidad pero, por otro lado, se mostraría superofendida si *no* le ofrecieras los bollos.

—Sabemos que últimamente has estado un poco bajo —dice Kiara—. Te echaremos de menos, pero intentaremos entenderlo.

—Gracias, cielo.

—¿Y cómo nos pondremos en contacto contigo? —pregunta Kiara—. ¿Nos llamarás por FaceTime una vez a la semana? ¿Digamos cada sábado por la mañana?

—¡No! —dice Hugh demasiado deprisa. Su cara de pánico delata que lo último que desea es una rutina—. No, eh… no. —Carraspea—. Pero llevaré el móvil, y si me necesitáis podéis llamarme cuando queráis.

—¿Y mamá? —pregunta Neeve con sarcasmo—. ¿También puede *ella* llamarte cuando quiera?

Hugh pone cara de disculpa.

—Si se trata de una emergencia.

Oh. No sabía que mi contacto con él se limitaría a eso. Dios, cómo duele.

—Lo que nunca debéis olvidar es que os quiero mucho —dice Hugh—. Os quiero y volveré.

Sofie rompe a llorar con fuerza.

—Todo el mundo se va.

Pobrecilla. Va toda dejada. Su bonito pelo, de color rubio platino, está lleno de enredos y luce aún más delgada que hace una semana, tanto que podría pasar por un niño de doce años. Es evidente que vivir con su madre no le hace ningún bien, pero eso lo debe descubrir por sí misma. Yo solo puedo observarla desde la barrera con el corazón encogido.

Sin pensarlo mucho, le planto medio rollo de pasas en el plato y le suelto:

—Come algo, tesoro.

Se hace el silencio y Sofie se queda tan sorprendida que deja de llorar. Entonces Kiara agarra el rollo de pasas y se lo zampa en dos bocados.

Pese a mi torpeza, se me llena el corazón de orgullo; tengo grandes, *enormes* planes para Kiara: una embajada, como mínimo. Conecta tanto con las necesidades de los demás. Durante un instante furioso, amargo, lamento que no sea la hija que tiene el vlog: ella sí compartiría el maquillaje conmigo.

Kiara se sacude las migas de la boca y se dirige a Hugh:

—¿Podemos ir a verte?

—¡No! —salta él, nuevamente horrorizado—. Esto, no, cariño, no es esa clase de descanso. Estaré yendo de un lado a otro, ya sabes…

—Lo sabemos —dice Neeve con segundas.

Kiara la mira de hito en hito.

—La cosa no va por ahí. Quiere sentirse realizado. ¿Verdad, papá?

—¡Exacto!

Sentirse *realizado*. He ahí una buena palabra. Si consigo decirla sin mirarme a mí misma con el ceño fruncido, podría resultarme útil.

—Pero ¿vendrás por Navidad? —pregunta Kiara.

—No, cielo —responde Hugh con dulzura—. Pero os llamaré.

—Si tú te tomas un descanso —dice Neeve—, eso significa que mamá también, ¿no?

Una expresión desconocida cruza por el rostro de Hugh.

—¿No lo habías pensado? —El tono de Neeve es de desdén.

Hugh me mira como si evaluara cómo me iría en el mercado y pone cara de póquer.

—También es un descanso para Amy.

—Guay —me dice Neeve—, así podrás volver con mi padre. Todo el mundo sabe que no lo has olvidado. Debe de ser la única razón por la que te casaste con nuestro Taylor Swift.

No sé qué decir, salvo que no tocaría a Richie Aldin aunque fuera el último hombre en la tierra. Preferiría hacer la vaquera de espaldas, girando el lazo y ululando, con Alastair cada día de mi vida que volver a aquello. Pero a Neeve nunca le hablo mal de Richie; que descubra por sí misma el Completo Cabrón que es. Por desgracia, como Richie se mantiene distante, Neeve ha acabado idealizándolo.

—No puedo creer que nos estés haciendo esto. —Sofie parece otra vez al borde de las lágrimas.

—Sofie, cielo, no me marcho para siempre.

—Me voy a casa de la abuela.

—Te llevo —dice Neeve—. En el coche de Hugh. No lo necesitará durante seis meses. ¿Hemos terminado?

—Decídmelo vosotras. —Hugh observa nervioso a las chicas.

—Sí —decreta Neeve.

A Hugh le da un último arrebato de sinceridad:

—Pero no olvidéis, por favor, que os quiero con toda mi alma y que solo estaré fuera seis meses. Volveré.

—Te lo estás cargando todo —dice Sofie entre dientes.

Y se marcha dejando a Hugh pálido y desolado.

—Siento mucho interrumpir la desintegración de nuestra familia —dice Neeve, jovial—, pero DHL ha de traerme un paquete de Chanel.

Enseguida me pregunto cómo podría robárselo —es una *tortura* ver llegar esos prestigiosos cosméticos—, pero Neeve se echa a reír.

—Sé lo que estás pensando.

—¿No puedes darle algo? —pregunta Hugh.

—¿Para aliviarle el dolor causado por tu abandono?

—No la estoy abando…

—Eso ya lo veremos —le corta Neeve—. Si ves algo que te mole, mamá, puedes quedártelo.

—No tiene que molarme —digo—. Me conformo con cualquier cosa.

Lanza una mirada intencionada a Hugh.

—No hace falta que lo jures.

Antes de que de mi boca pueda salir una protesta, Neeve y Sofie salen disparadas de la casa. Hugh farfulla:

—Creo que voy a... —y desaparece, dejándonos a Kiara y a mí ahí sentadas, mirándonos.

9

—Uau —dice Kiara—. Menudo golpe.

Ahora estoy rabiosa. Neeve y Sofie tuvieron un comienzo de mierda en la vida, pero las cosas han ido sobre ruedas para Kiara. No debería estar pensando en mí, pero Kiara era mi hoja en blanco, mi historia de éxito, y ahora Hugh ha manchado también eso.

—Lo siento, cielo —digo—. ¿Estás bien?

—Me refería a menudo golpe para ti.

—No, no, no…

—Estoy bien —dice—. Entiendo que papá necesite hacer esto. Eres tú quien me preocupa.

—Kiara…

A veces Kiara parece más madura que todos nosotros juntos, aunque puede que en gran parte sea fachada, y sería un error darlo por hecho.

—Mamá, estoy bien. Pero tú necesitas trazar una estrategia para los próximos seis meses. Deberías aficionarte a la escalada.

—¿Por qué?

—Vale, olvida lo de la escalada, solo era una sugerencia. Pero seguro que hay un montón de cosas que te gustaría haber hecho en la vida, ¡y ahora es tu oportunidad!

Dios. Lo único que quiero hacer es pasarme seis meses en la cama comiendo cereales directamente de la caja. Sin embargo, en lugar de eso voy a tener que crear recuerdos nuevos, intentar sacar lo mejor de mí, atreverme cada día a hacer algo que me dé miedo y todo ese rollo proactivo que impregna la forma de pensar de Kiara.

—Si te murieras mañana —propone—, ¿qué lamentarías no haber hecho?

Qué mal rollo. La adulta aquí soy yo, la niña es ella: yo debería ofrecerle soluciones y consuelo a ella.

—Tiene que haber algo, mamá.

Puede que sea el estrés, pero solo se me ocurre una cosa. Desde que dejé de fumar he engordado un kilo, y en la gente tan bajita como yo, se nos nota cada gramo. Todavía no me he acostumbrado a mi nuevo peso y tampoco quiero acostumbrarme: yo no soy así.

—Lamentaría no haber adelgazado —digo—. Odiaría morirme con una talla que no es la mía. Creo que no sería capaz de disfrutar del más allá como Dios manda; sería como salir de excursión con una piedrecita en cada bota.

La sonrisa de Kiara flaquea. Está claro que esto no vale la pena. Consigue reponerse.

—Guay —dice—. Ya lo tienes. Come sano.

—Tostada de boniato —digo—. A menos que la tostada de boniato ya no se lleve.

—Sigue de moda.

No estoy tan segura, pero es todo un detalle por su parte.

—A lo mejor podrías hablar con Urzula —sugiere.

—A lo mejor —farfullo.

—*Yyyyy* a lo mejor no.

La madre de Sofie, Urzula, es una gurú autodidacta de la alimentación que últimamente sale mucho en la tele, tanto aquí en Irlanda como en el Reino Unido. No tiene ningún título, pero su gélida delgadez báltica y los crueles juicios que emite con acento letón están ganando cada vez más seguidores que admiran su franqueza sin tapujos y su mano dura con los gordos. Tiene *declarada la guerra* a la manteca. En mi opinión, se las ha ingeniado para convertir su trastorno alimenticio en una profesión.

—Urzula tiene hielo en el alma —digo.

—No —dice Kiara—, Urzula tiene una cucharada rasa de gachas de mijo en el alma.

Compartimos una risa y Kiara se marcha.

Ahora que las chicas ya lo saben y la cosa es oficial, hago lo que debería haber hecho hace días y telefoneo a Derry.

—Tengo algo extraño que contarte. —Respiro hondo—. Hugh va a dejarme. Seis meses —añado enseguida—. Luego volverá. Pero mientras esté fuera será como si estuviera soltero.

Silencio, y luego:

—¿Dónde estás? ¿En casa? Llego en diez minutos.

Menos de ocho minutos más tarde su coche irrumpe en la urbanización y frena en seco delante de nuestra verja. Derry entra como un ciclón, media melena con un voluminoso secado a lo neoyorquino y la otra media todavía húmeda.

—Por el amor de Dios, Derry, no hacía falta que vinieras con el pelo a medio secar.

—Voy justa de tiempo. Cuéntame.

Le resumo los hechos con la voz entrecortada.

—¿Y eso ocurrió...?

—El domingo pasado por la noche.

—¿Y no me lo contaste porque... era demasiado raro? ¿Te sentías humillada? ¿Esperabas que Hugh cambiara de opinión?

—Las tres cosas.

—Madre de Dios, Amy, mi pobre niña. —Me mira con sincera compasión—. Qué mala suerte tienes con los maridos.

—Me ha jurado que volverá.

Su cara lo dice todo: aunque Hugh vuelva, ya nada será igual. Es imposible que regrese sin más y lo retomemos donde lo dejamos.

—Amy, eres una superviviente —dice con contundencia, y sí, puede que lo sea. Sobreviví al abandono de Richie, sobreviví a todas las jugarretas que le hacía a Neeve, sobreviví a la biliosa adolescencia grado *El exorcista* de Neeve, sobreviví a dos despidos catastróficos, uno hace tiempo en Londres, el otro, más reciente, en Dublín.

Pero ser una superviviente requiere mucho esfuerzo, más del que parece, y creo que se me está acabando la cuerda. Si pudiera elegir, preferiría con mucho una vida entre algodones donde nunca pasara nada malo.

—¿Qué puedo hacer por ti? —Siempre tan proactiva, Derry.

—Dejar que me desahogue. Y, por favor, no me busques citas. No quiero saber nada de los hombres, ni ahora ni nunca.

—Pero ¿qué me dices de...?

—¡Derry, por favor! Fue un momento de locura.

—Pero podrías terminar lo que emp...

—Te lo suplico, Derry, nunca, nunca más vuelvas a mencionarlo. Por favor. —Existe el riesgo de que me eche a llorar—. Solo quiero llevar una vida tranquila y discreta durante estos seis meses y ver qué pasa cuando Hugh vuelva.

—¿Cuándo se va?

—Pronto. Un día de esta semana, así de pronto.

Se muerde el labio inferior.

—Oye —dice—, hoy he de volar a Ciudad del Cabo. —Derry trabaja en recursos humanos y tiene que viajar mucho—. Pero podría intentar cancelar el viaje si…

—No digas tonterías, Derry. Además, Hugh estará fuera seis malditos meses. No puedes cancelar todos los viajes.

—Pero ¿quién cuidará de ti si se marcha esta semana? Maura se lo tomará como algo personal. Aunque se pondrá como unas *castañuelas* cuando se entere… —Repara en la expresión de mi cara—. Un momento, ¿lo sabe?

—Lo siento, Der. Adivinó que algo pasaba. Ayer se presentó en mi trabajo y no paró hasta sacármelo.

—La Torturadora ataca de nuevo.

—Para ser justa, no me machacó.

—Aun así, es una inútil en los momentos de crisis. ¿Y Steevie? ¿Sigue en modo THOSUC?

Asiento. THOSUC es la abreviatura de «Todos los Hombres Son Unos Cabrones».

—Tanto mejor. Podríais hacer hombrecillos de cera y clavarles alfileres… ¿no?

—No. Aunque te parezca una locura, Hugh no puede evitarlo.

Derry me mira incrédula.

—Hugh es un cretino. Le quiero, sabes que le quiero, pero se está comportando como un cretino. —Me mira desconcertada—. ¿Cómo es que no le odias?

—Le odio. A veces. Bueno, siempre… —Al final exploto—. ¿Por qué no ha podido cumplir la promesa que hizo cuando nos casamos? ¿Por qué ha de ser tan débil? —No le doy tiempo a responder—. ¿O la débil soy *yo* por dejar que se vaya sin más? ¿Otra mujer habría insistido en las condiciones de nuestro contrato matrimonial? ¿«En lo bueno y en lo malo»?

—Así se habla. ¡Un capullo!

—Pero tampoco ganaría nada obligándolo a quedarse, Derry. Lleva mucho tiempo desanimado y muy distante.

—Es un cretino.

—Pero todavía le quiero. *Y* me da pena. Qué desastre.

—Vaaale. —Hace una pausa—. Creo que lo entiendo. —En realidad no es una respuesta propia de ella, pero se esfuerza por adaptar sus opiniones a las mías—. Sostener dos ideas opuestas al mismo tiempo. Nadie dijo que la vida fuera fácil. ¿Quién más podría ayudarte? ¿Qué me dices de la mema de Jana Shanahan?

Se me escapa una carcajada. Derry no puede con Jana: donde yo veo dulzura, ella ve estupidez profunda. Una vez hablando de ella dijo: «La rueda sigue girando pero el hámster hace *tieeeeempo que se fue*».

—¿Serviría de algo en una crisis? —Su tono es de duda absoluta—. Creo que es tan útil como Pinterest, pero al menos le tienes cariño.

—Es amiga de Genevieve Payne.

—Y no quieres que Genevieve se entere hasta que Hugh esté fuera de su alcance. Pero ¿y una vez se haya ido?

—Tampoco quiero que se entere entonces.

—Pero se enterará. Alguien se lo contará. Joder, *todo el mundo* se lo contará. Lo siento, tesoro, pero vas a estar de moda durante una buena temporada.

—No si no se lo cuento a nadie. Excepto a ti, claro está. Y a Maura. Y a las chicas. Y Jackson tendrá que saberlo también porque viene mucho por casa. Pero aparte de vosotros, no se lo contaré a nadie más.

La expresión de Derry denota una mezcla de alarma y compasión.

—Amy, cielo, es imposible que lo mantengas en secreto seis meses. Y no tienes por qué, no has hecho nada malo.

—Pero es humillante —susurro.

—*Es* humillante, cierto, pero también será muy, muy duro y necesitarás gente que te apoye.

No contesto. Dependo demasiado de la gente. Algunos hermanos, vale: nuestra infancia caótica nos unió. Pero el resto del mundo lo quiero fuera, al menos por el momento.

—Se filtrará. —No se anda con rodeos—. Te conviene controlarlo. Trátalo como un comunicado de prensa.

¿Cómo el que redacté en mi cabeza? Ni pensarlo.

—He de irme —dice—. Tengo que coger un vuelo. Te llamaré por FaceTime. Pero cuéntaselo a la gente, Amy, afróntalo.

—Vale. —No lo haré.

Se marcha, y estoy organizando la cesta de la ropa cuando me suena el móvil. Es mamá. Enseguida me salta la alarma. ¿Qué desastre ha ocurrido ahora?

—¿Va todo bien? —pregunto.

—Tengo a las chicas conmigo. Neeve y Sofie. Dicen que Hugh se va de viaje.

—¿Te lo han contado?

¡A mamá no se le cuentan las malas noticias! Ya de pequeños aprendimos a proteger su lamentable sistema inmunitario. ¿En qué estaban *pensando* Neeve y Sofie? Voy a tener una conversación muy seria con ellas, y con Kiara…

Por otro lado, es una locura pretender que mantengan la ausencia de Hugh en secreto. Son demasiado jóvenes. Sería demasiada responsabilidad. Presa de una rabia repentina, comprendo que Derry tiene razón y que no hay manera de contenerlo.

—Supongo que estás disgustada —dice mamá.

—Eh, bueno… —Ella no es en absoluto esa clase de madre.

—¿Te gustaría juntarte conmigo?

—Mmm… —*¿Juntarme?*

—Podemos pintarnos las uñas. Neeve me ha dado un montón de esmaltes.

«Qué suerte. A mí no me da nada, excepto champús anticaspa.»

—Si quieres podemos beber vino, va muy bien para animarse. Ojalá lo hubiera descubierto hace años.

Necesito colgar porque se me acaba de ocurrir una idea.

—Gracias por la propuesta, mamá.

Nos despedimos. Luego, enfurecida, grito:

—¡Hugh! ¡HUGH!

Empieza a subir las escaleras, así que agarro el móvil y voy a su encuentro.

—¡Trae esa puta toalla! —digo.

—¿Qué?

—¡La puta toalla que se seca en cinco minutos!

—¿Qué ha pasado?

—Trae. La. Puta. Toalla.

Desaparece por la puerta de atrás en dirección al cobertizo —sin duda su cuartel general para la partida— y reaparece con el pequeño fardo azul.

—¿Qué ocurre? —pregunta.

—Desenróllala y sostenla en alto. Sonríe.

—¿Por qué?

—Haz lo que te digo.

Hago varias fotos de Hugh sosteniendo la toalla con una mueca tensa estampada en la cara.

—¡Maldita sea, Hugh, SONRÍE! ¡Suerte la tuya, que te vas seis meses de vacaciones sexuales!

Cuelgo en Facebook la foto en la que sale con menos pinta de desdichado. «¡Mirad!», escribo. «La toalla de viaje de Hugh. ¡Se seca en veinte minutos! Se marcha seis meses. ¡Deseémosle un feliz viaje! ¡Tráenos un trocito de sol!» Aporreo unos cien emoticones de aviones, soles, helados, cócteles y biquinis y lo publico para mis 1.439 amigos.

—Amy, ¿qué has hecho?

Le arranco la toalla, hago una pelota con ella y se la lanzo al pecho. Por desgracia, es demasiado ligera para tener algún impacto en él.

—¿Qué has hecho?

Me quita el móvil y se lo vuelvo a quitar.

La historia ha salido a la luz y ya la reconozco. Puede que colapse internet, pero a partir de ahora seré *yo* quien controle el relato.

10

Dieciocho años atrás

Una soleada mañana de abril de finales de los noventa me encontraba en Londres cruzando a paso ligero el Soho con un pantalón pirata azul marino, unos zapatos en punta de color rosa con tacón de aguja y una blusa a rayas. Había muchos jóvenes modernos con tazas de café y maletines retro con aspecto de dirigirse a un trabajo en publicidad o algo igual de fabuloso, y yo era uno de ellos.

Era uno de esos días raros, de los que había disfrutado no más de cuatro o cinco en la vida, en que me sentía a gusto en mi piel.

Mi destino era un estudio de sonido, donde trabajaría en una campaña de marketing, y mi cabeza ya intentaba adelantarse a los escollos que pudieran surgir.

—Hola. —Hugh, que trabajaba en el estudio, apareció delante de mí y advertí que estaba encantadísima de verlo.

Trabajábamos juntos con bastante regularidad, y todo el mundo adoraba a Hugh. Era grande, guapo, tranquilo y seguro de sí mismo. La gente hacía comentarios sobre sus ojos «irlandeses»; creo que lo que querían decir era que sonreían, pero en mi opinión, no sonreían tanto. Yo percibía en Hugh cierta reserva.

La gente daba por hecho que le tenía aprecio porque los dos éramos irlandeses, pero se equivocaba. Lo apreciaba porque era muy bueno en lo que hacía: había tanto estrés en mi vida que agradecía cualquier cosa que hiciera mi trabajo más fácil. La mayoría de las mañanas enfrentarme al día era como ir a la guerra: tenía que levantar a Neeve, vestirla, darle el desayuno, dejarla en el colegio, ir en metro al trabajo, asistir a reuniones, tratar con clientes... pero cuando me tocaba trabajar en el estudio de Hugh, siempre me animaba.

Cuando Hugh estaba al mando, las cosas comenzaban a su hora.

Si un guión no encajaba en la cuña de treinta segundos, proponía modificaciones inteligentes pese a no ser su cometido. O si mi cliente se quejaba de que la forma de hablar del actor no transmitía el mensaje de la marca, Hugh mediaba y conseguía un tono más solemne o menos cantarín o lo que hiciera falta.

—Justo a tiempo —dijo Hugh esa mañana soleada en Dean Street—. He salido a buscar los cafés.

—El hombre más currante del mundo de la publicidad.

Recorrimos juntos los escasos metros que nos separaban de la descuidada casa adosada del Soho donde se encontraba el estudio.

—Oye, hoy estás increíble —dijo Hugh.

—¿Increíble de bien o increíble de ridícula?

—Increíble de bien.

Le sonreí con cariño.

—En Rocket Sounds me llaman la Chica del Túnel del Tiempo —dije—. O Amy Rockabilly. Prefiero mil veces el tratamiento que recibo en Hugh's Studio.

—Tienes un estilo muy personal.

Para entonces habíamos entrado en la casa y estábamos subiendo por la estrecha y empinada escalera en dirección al estudio, situado en el ático.

—Eso es porque, como estoy sin blanca, toda mi ropa es de segunda mano. Caray con las *escaleritas*. —Me detuve en un rellano y miré por el ventanuco—. Mira, se ven las fachadas traseras de otras casas. —Reí—. Te das cuenta de que estoy haciendo ver que admiro las vistas para coger aire, ¿no? ¿No estarás pensando en poner ascensor?

—Edificio protegido —dijo—. Lo sé, por el aspecto que tiene, jamás lo dirías. —Luego añadió—: Pero si pudiera ponerlo, lo pondría por ti.

La repentina sinceridad de su voz me hizo mirarlo con sorpresa, sin parpadear, e ignoro qué pasó exactamente, pero cambió mi forma de verlo. En un instante pasó de ser mi apreciado colega Hugh a ser otro Hugh muy distinto.

Como por arte de magia, brotó una poderosa atracción, como una de esas flores superveloces del desierto, y de repente lo deseaba. Me quedé petrificada. ¿Qué demonios acababa de pasar?

Levanté la mirada hacia él con la esperanza de encontrar una explicación. Hugh era un hombre grande, no todo músculo pero, sí, te lo querrías... Parecía tan sorprendido como yo. Tragué saliva, seguí subiendo y no volví a abrir la boca hasta que nos reunimos con los demás.

Después de ese día en la escalera las cosas cambiaron. Durante los tres o cuatro meses siguientes, cuando trabajábamos juntos me notaba nerviosa y atolondrada, y me ponía fatal cuando él tenía vacaciones y lo cubría un autónomo.

Era superconsciente de su presencia física. Si pasaba por mi lado, se me erizaban los pelos de la nuca, y si salía de la habitación, estaba inquieta e irritable y aguardaba impaciente su regreso. Aunque nuestra conexión era tácita, cuando mi equipo necesitaba que Hugh abriera temprano, decían: «Que se lo pida Amy. Por ella lo hará».

En aquel entonces el Soho era la Central Polvera. Todos se acostaban con todos, como si coleccionaran cromos de futbolistas: la chica española; el novio de María; el traficante de coca sueco; el cocinero del Pollo con su enorme paquete; la camarera del Coach and Horses; el chico modelo de Dundee; el japonés con el pelo afro. Tal vez Hugh formara parte de ese círculo y yo no fuera más que otra chica que añadir a la lista. «Amy Rockabilly, la de la ropa rara. Sí, me lo hice con ella.»

No habría sido la primera mujer que se acostaba con un hombre que pensaba que estaba loco por ella y era destronada en cuanto terminaba el polvo. Pero mi colega Phoebe me informó de que Hugh no solo estaba soltero si no que no era un tío fácil, y durante un tiempo me sentí eufórica de alivio.

Entonces caí en un período de introspección. La infidelidad de Richie me había cambiado: la idea de confiar en un hombre me daba pánico.

Paradójicamente, mi vida —que hasta ese momento había dirigido de manera eficiente— me parecía de repente triste y aburrida. Solo tenía veintisiete años: debería estar compartiendo piso con dos amigas, emborrachándome y teniendo rollos de una noche. Mi vida carecía de diversión, espontaneidad y conexión. Una vez más, era el bicho raro.

La idea de tener una aventura sexual con Hugh quedaba descartada. No solo por Neeve, también por mí. Nunca me había atraído el sexo por el sexo, ni siquiera antes de que Richie hiciera lo que hizo. Si quería que la cosa fuera en serio, Hugh tendría que escuchar mi triste historia. Pero ¿y si me servía en bandeja diciendo «Estas son mis heridas» y Hugh salía corriendo? ¿Cómo se superaba algo así?

Entonces llegó la noche en que llamó a la puerta de mi sencillo apartamento de Streatham con una madalena gigante y un juego para hacer chocolate caliente.

Habíamos trabajado juntos toda la semana: yo, mi ayudante, mi cliente, su colega, el actor vocal y Hugh, los seis apelotonados en el estudio del ático. Era una campaña complicada y se nos acababa el plazo. Nos alimentábamos de Haribos y Coca-Cola light y nos turnábamos para bajar al quiosco a reponer provisiones. Para entonces ya no escondía la felicidad que me producía siempre que Hugh rondara cerca, si bien seguíamos sin hablar de lo que fuera que había entre nosotros.

Esa tarde, cuando llegó la hora de irme, Hugh no había terminado la edición de la jornada y yo necesitaba escucharla para preparar el trabajo del día siguiente.

—Ve a recoger a tu hija —me dijo—. ¿Quieres que te lleve las cintas con la moto cuando haya terminado?

Así que le di mi dirección. ¿Y no es comprensible que pensara que algo podía suceder? Que un hombre se pase por casa de una colega se considera, por lo general, inquietante, pero cuando apareció en mi puerta pensé: «Adelante, estoy lista». Entonces me entregó las cintas y los dulces y se marchó, dejándome con un palmo de narices.

Dos días más tarde terminamos la campaña y, como acabamos unas horas antes de lo previsto, nos fuimos todos al pub. Por una vez podía quedarme: había contratado a una canguro, ante la previsión de que tendría que trabajar hasta tarde.

Interpreté todo aquello como una señal de que los planetas estaban alineados.

Entrada la noche, tropecé con Hugh en el pasillo del pub. Me buscaba. Me cortó el paso, me acorraló contra la pared y dijo:

—¿Y bien?

—¿Y bien?

—¿Y bien, Bella Amy, qué vamos a hacer?

Me recorrió un escalofrío. Por fin estaba ocurriendo. Pero tenía que dejar claras mis condiciones:

—No me interesan los rollos esporádicos.

Me cogió por los hombros y me miró fijamente con esos ojos, unos ojos que ya no sonreían, no sonreían en absoluto.

—Hay tres cosas que debes saber. Estoy loco por ti. Voy en serio. Soy fiel como un perro.

—Vale —dije.

—¿Vale?

—Vale.

Y, oh, ese primer beso. Dulce y salvaje, como comerse una trufa de chocolate negro. Fue un beso largo, inagotable, más excitante y delicioso que en mis fantasías más libidinosas.

La primera noche que nos acostamos me desenvolvió como si fuera un regalo, estiró su cuerpo desnudo junto al mío, me abrazó con fuerza, tanta que hasta me dolió, y dijo:

—No imaginas cuánto tiempo llevo deseando esto.

En los primeros días teníamos sesiones de besos que duraban horas. Aunque maravillosas, eran consecuencia de la presencia de Neeve: el sexo era mucho menos frecuente de lo que me habría gustado y los besos tenían que llenar ese hueco. Hugh y yo nunca tuvimos la oportunidad, como otras parejas cuando empiezan, de pasar los primeros meses ganduleando en la cama y disfrutando de largos y perezosos fines de semana de sexo, periódicos, comida y más sexo.

Desde el principio estuvimos rodeados de responsabilidades, empezando por Neeve. Luego, después de solo cuatro meses de relación, me quedé embarazada de Kiara. Fue un accidente: estaba tomando la píldora, algo debió de fallar. Hugh se tomó la noticia con calma.

—Puede que un poco antes de lo que nos habría gustado, pero los hijos siempre fueron parte del plan, ¿no?

Y cuando Kiara contaba apenas dos años nos hicimos cargo de Sofie. (Joe había dejado a Urzula cuando Sofie todavía era un bebé y para cuando cumplió los tres, ni Joe ni Urzula querían ocuparse de ella.)

De vez en cuando echaba de menos esa parte despreocupada de la relación que nunca conseguimos tener. Lo sentía más por Hugh que por mí, pero él siempre rechazaba mis disculpas.

—Te quiero. Te quiero.

Y le creía.

11

Domingo, 11 de septiembre

—He comprado el billete.

Se me acelera el corazón. Es domingo por la mañana, son más de las doce, pero sigo en la cama, malhumorada y taciturna, hojeando la prensa porque forma parte de mi trabajo y, si estoy trabajando, me resulta más fácil hacer ver que mi vida no ha descarrilado del todo. Cada dos o tres minutos me pita el móvil —la foto de Hugh con su toalla mágica ha colapsado Facebook— con mensajes, tuits y llamadas perdidas. Tengo setenta y un mensajes sin leer en Facebook. *¡Setenta y uno!*

No pienso leerlos. Seguro que habrá algún que otro amigo, pero el resto serán curiosos. Estoy segura porque —y sabe Dios que no es algo de lo que me enorgullezco— es como me comportaría yo si, pongamos por caso, Genevieve Payne publicara que su marido se larga de viaje. Me quedaría de piedra. Sí. De superpiedra. Y estaría enviando mensajes como una loca para ver si alguien tiene información de primera mano.

Así es la naturaleza humana: pensamos, erróneamente, que el número de desastres a repartir es limitado, y que si le suceden a otro, nosotros nos libraremos.

Hugh se ha pasado la mañana limpiando la casa. Él, Neeve y Kiara han estado muy hacendosos, chocando, traqueteando, abriendo grifos y llamándose. Supongo que intenta ser amable, como si tener una lámpara desempolvada pudiera ser un gran consuelo durante los seis meses que esté desaparecido.

Debería estar con las chicas, demostrarles que pueden contar conmigo, pero quiero castigar a Hugh el tiempo que le quede aquí.

En un momento dado se detiene en la puerta del dormitorio,

todo remilgado y virtuoso con sus guantes de goma y una palangana con productos de limpieza en las manos.

—¿Puedo limpiar el cuarto de baño?

—No.

—Pero…

—No, Pedazo de Idiota. Largo.

Y ahora ha vuelto con la noticia real.

—Dublín-Dubai, Dubai-Bangkok.

Como si me importara algo su itinerario.

—¿Cuándo?

—El martes.

—¿Pasado mañana?

—Sí.

Dios mío. Se larga de verdad, y de aquí a nada.

—Amy —susurra—, ¿estoy haciendo lo correcto?

Esto es una sorpresa, una excelente sorpresa. Me incorporo de golpe y, procurando ocultar la esperanza en mi voz, digo:

—No tienes que irte.

Ahora lamento haber publicado la foto de él con la toalla. Tendré que encontrar la manera de neutralizarla, aunque esa es la menor de mis preocupaciones.

Se sienta, rígido y tenso, recogido en sí mismo. Permanece callado un buen rato, y me cuesta no intervenir con sugerencias y palabras de consuelo.

Al cabo del rato, dice:

—Lo siento. Ha sido un… Estaré bien.

La decepción es devastadora.

—¿Te vas? —Se me hace un nudo en la garganta.

—Sí, pero estoy cagado de miedo. ¿Y si me atracan? ¿Y si me siento solo? ¿Pensarán que soy patético? ¿Un hombre maduro intentando recuperar su juventud?

Ahora viene cuando le digo que todo irá bien.

—Antes de que te comas tu primera crepe de plátano en la calle Khao San —digo—, te habrán robado el pasaporte, una prostituta te vaciará la cuenta después de soltarte un dramón y descubrirás que te has convertido sin querer en una mula. Ya has visto las películas.

Ríe, con cierto nerviosismo.

—Y tú tendrás que venir y pagar la fianza.

Me encojo de hombros.

—¿Y si conozco a alguien y decido que prefiero que te quedes allí?

Otra risita nerviosa.

—Amy, te prometo que volveré.

A saber. Puede que me esté dejando por el camino largo.

—El martes es 13 de septiembre, de modo que volverás el 13 de marzo del año que viene. —Dios, qué lejos queda eso.

—Más o menos.

—¿Más o menos? No me vengas con mases o menos, Hugh. Volverás el 13 de marzo.

—Vale.

—Escúchame, Hugh —digo en un tono apremiante—. Aunque vuelvas, habrás cambiado, y puede que yo también. «Nosotros» ya no existiremos.

—Puede que las cosas sean todavía mejor —dice.

Puede. Suponiendo que sea capaz de superar mis celos. Que pueda vivir con partes desconocidas de Hugh, como las chicas que se tiró, las risas que compartió, esos seis meses que pasó viviendo a tope sin mí.

—No te vayas —digo—. Por favor, Hugh, no sobreviviremos a esto. Y no digas que entonces significa que nuestra relación no es lo bastante fuerte. Esto es la vida real y es conmigo con quien estás hablando. ¿No podrías esperar a ver si se te pasa?

—Lo he intentado.

—Espera un poco más.

Sacude la cabeza.

—No puedo seguir así.

Maldigo las lágrimas que anegan mis ojos.

—No puedo seguir así —repite—. Lo siento, Amy.

—Facebook —digo—. ¿Piensas publicar fotos? ¿Con... quienquiera que estés? —Me lo imagino en la playa, delante de una fogata, bronceado y con aspecto joven y despreocupado, rodeado de nenas en biquini y con pañuelos en la cabeza—. Porque no puedes. Piensa en las niñas. No puedes permitir que vean... lo que sea... ya me entiendes...

—No lo haré.

—Más te vale.

—Amy, lamento todo esto.

—¡Vete a la mierda, Hugh!

Ojalá tuviera alguien con quien hablar. Siempre me quedará la peculiar propuesta de mamá, lo de juntarnos y beber vino, pero mi mundo se está desmoronando y no me veo capaz de lidiar con una madre que se comporta de una manera tan extraña.

Como si el universo hubiese escuchado mi necesidad de tener una confidente, me suena el móvil. Sin embargo, es evidente que el universo está un poco sordo, porque la persona que me llama es Maura. Otra vez. Tengo tres llamadas perdidas de ella. Cuando la cifra pasa de cuatro, viene en persona, y eso sería desastroso. Podría darle a Hugh un rapapolvo bien severo, y aunque lo merezca, eso solo empeoraría las cosas.

Suspiro y contesto.

—¿Maura?

—¿Estás bien? ¿Sabes ya cuándo se va?

—No. —Todavía no puedo decírselo. No estoy preparada para el melodrama.

—Que sepas que en este momento estás siendo su chivo expiatorio.

Maura ha hecho un curso que explicaba los papeles asumidos en las familias con los progenitores ausentes. Por lo visto hay cinco: el héroe, el chivo expiatorio, el facilitador, el niño perdido y la mascota. Como Maura era claramente el héroe, estaba encantada con la clasificación. Declyn, el más pequeño y mono de los O'Connell, era nuestra mascota. Maura tuvo problemas para encajarnos a Joe, a Derry y a mí en los tres papeles restantes, pero básicamente cree que todos somos chivos expiatorios. Incluso Declyn fue chivo expiatorio durante una temporada, cuando salió del armario.

—Si Hugh no se va —prosigue—, retiraré mi acusación. Por el momento, te llamaremos aspirante a chivo expiatorio.

Quizá debería aceptar el papel de chivo expiatorio en jefe.

—Adiós, Maura.

—Hablamos pronto.

Eso seguro, por desgracia.

Regreso a mi iPad y a la prensa dominical. *The Times* publica un artículo positivo sobre mi cliente Bryan Sawyer, el atleta de triatlón británico que fue captado por una cámara a principios de año robando cucharillas del restaurante de Marcus Waring. Bryan quitó hierro al robo de cucharillas asegurando que lo había hecho como un reto. A renglón seguido, su ex mujer vendió una exclusiva en la que contaba que Bryan ya tenía experiencia como cleptómano y que se había llevado incontables servilletas de cuadritos del restaurante de Jamie Oliver. (Aparecía fotografiada con cara de pena en una mesa para doce comensales con una servilleta de Jamie junto a cada individual.)

Habló entonces un hotelero: por lo visto Bryan le había robado dos toallas de baño; luego, otro hotelero lo acusó de haberle birlado siete perchas de madera. A partir de ahí estalló una tormenta mediática, los patrocinadores de Bryan lo abandonaron, y cuando el atleta vino a verme hace cinco meses se hallaba en un estado penoso.

Por suerte me cayó bien —es un hombre vulnerable, herido, con una infancia dura—, porque por muchos apuros que tenga Hatch, no rehabilitamos a personas que no lo merecen. Reconstruí meticulosamente la vida pública de Bryan —voluntariado, presencia mediática elegida con esmero y el reconocimiento público de su tendencia cleptómana— y sé que no está bien alardear, pero me está quedando redondo: dos de sus patrocinadores han vuelto a firmar con él, y el elogioso artículo de hoy es un indicativo de que casi he terminado mi trabajo. Hay varios diarios que sacan reseñas, en su mayoría positivas, en las ediciones de la tarde. Habrá algún contraataque, siempre lo hay, pero nada que debiera tener un gran impacto.

Cualquier otro día estaría exultante, y seguro que tengo algunos mensajes de felicitación en el móvil entre la miríada de cotillas, pero es demasiado arriesgado mirar.

El orgullo profesional no es el único resultado de mi colaboración con Bryan Sawyer, también hay una generosa recompensa económica: recibiré un porcentaje de lo que obtenga de sus patrocinadores, y la verdad es que no podría haber llegado en mejor momento. Incluso aunque Hugh no se tomara una excedencia de seis meses, vamos justos de dinero. Mis ingresos son impredecibles y las más de las veces no queda mucho después de pagar mi parte de los gastos.

Por supuesto, tendré acceso a nuestra menguante «provisión de fondos» mientras Hugh está fuera… De pronto me entra rabia. Era *fantástico* disponer de ese dinero. Saber que muchos de los problemas domésticos tendrían solución me producía un placer indescriptible, y ahora Hugh —maldito Hugh— se lo está fundiendo por una crisis de la madurez.

¿Estoy siendo injusta? Era el dinero de *su* padre. Y Hugh destinó parte del mismo a pagar el instituto de mi sobrina porque sus padres biológicos tienen problemas perpetuos de liquidez y hace tiempo que renunciamos a pedirles dinero. Además, Hugh gana bastante más que yo, de modo que su contribución a nuestra cuenta conjunta siempre ha sido mayor que la mía, y jamás se ha quejado.

Es muy difícil diferenciar lo justo de lo injusto.

Echo un vistazo al resto de los periódicos, siempre pensando en el negocio. Cualquier famoso que haya caído en desgracia y necesite ser rehabilitado ante la opinión pública es un cliente potencial.

Pero me noto dispersa, de modo que suelto el iPad, me recuesto en las almohadas y reviso mis frágiles emociones. Todo esto me recuerda demasiado a cuando Richie se largó. En aquel entonces, tras un período de convalecencia, me hice la promesa de que jamás volvería a ser esa mujer, y sin embargo aquí estoy, siendo esa mujer. ¿En eso consiste la vida? ¿En ponernos delante de nuestros peores miedos hasta que ya no nos asusten?

¿Existe incluso la posibilidad de que seamos cómplices, inconscientemente, de la manifestación de tales miedos? ¿Es eso lo que he hecho? Porque me ronda algo vago por la cabeza, quizá un mito o una leyenda sobre gente que encuentra su destino en la misma carretera que tomó para evitarlo. Creía que al elegir a Hugh escaparía del destino del abandono, pero —aunque ha tardado mucho en suceder—, elegí a la persona idónea para reproducir las mismas circunstancias.

Caray, es para echarse a llorar.

Quizá debería adoptar otra actitud, mostrarme agradecida por haber compartido más de diecisiete años de felicidad con Hugh. Desde hace años se escriben muchos artículos que hablan de que ya no existe el «alma gemela», sino una sucesión de «almas gemelas». Que todas las relaciones están afectadas por la obsolescencia programada, que tarde o temprano llegan al final de su camino y es el momento de pasar a la siguiente persona.

Es una idea demasiado deprimente. Pasará lo que tenga que pasar. ¿Por qué no posponer la preocupación hasta que haya pasado?

Además, puede que salga bien. La gente supera cosas peores. Mucho, muchísimo peores. La resiliencia del espíritu humano y todo ese rollo.

12

Diecisiete años atrás

Tras quedarme embarazada de Kiara, nuestra vida cambió a una velocidad aterradora.

—Es hora de volver a Irlanda —dijo Hugh—. Ahora somos una familia. Necesitamos comprar una casa y no podemos permitirnos los precios de Londres.

Tampoco podíamos permitirnos los precios irlandeses porque el boom inmobiliario seguía en pleno apogeo. Pero si los precios de las casas eran astronómicos, también lo eran los sueldos. En el mundo de las relaciones públicas abundaba el trabajo, como es de esperar en una economía atestada de gente eufórica deseando derrochar su recién estrenada riqueza. (Que no era real, pero entonces no lo sabíamos.)

A fin de tantear el terreno y angustiada todavía por el enorme giro que estaba dando mi vida, solicité empleo en dos agencias de RRPP de Dublín y, pese a «confesar» que estaba embarazada, ambas se mostraron dispuestas a contratarme, permitir que me marchara para tener a Kiara, pagarme seis meses de baja por maternidad y volver a reincorporarme. Como he dicho, semejante dadivosidad sería impensable ahora.

Hoy día, mis amigas en edad de tener hijos, y que trabajan para grandes empresas, cuentan que su vida se ha convertido en una especie de novela distópica donde, en su lugar de trabajo, las mujeres han de tragarse la píldora cada mañana en una ceremonia pública. («Te vigilan como halcones. No puedes escabullirte para vomitar por una resaca ni engordar un solo gramo. Si sospechan que estás embarazada, te marginan asignándote los peores proyectos para empujarte a presentar la renuncia.»)

Cuando pregunté a Hugh qué probabilidades creía que tenía de encontrar trabajo en Dublín, dijo:

—Muchas. —Luego se removió en su asiento—. Hace dos años que Carl y yo hablamos de montar nuestro propio estudio. Puede que haya llegado el momento.

—¿Cómo lo harías?

—Pidiendo un préstamo.

—¿Al mismo tiempo que una hipoteca? ¿No iríamos demasiado agobiados?

—Aunque justos, podríamos con las dos cosas —dijo.

—Ya, vale, genial.

—Y otra ventaja de mudarnos a Dublín es que en el caso de que los dos trabajemos, podremos contar con la ayuda de nuestras familias —añadió.

—No sé si nos conviene la ayuda de mi familia.

Se echó a reír.

—En serio, si un día no nos da tiempo de ir a buscar a Neeve al colegio, podría hacerlo Maura. Si racionamos sus intervenciones, no le supondrá un trauma. Y Declyn podría hacer de canguro si llega el día en que podemos volver a salir. Y luego está mi familia.

¡Ah, la familia de Hugh! *Encantadora.*

Su madre era una mujer cariñosa y adorable que disfrutaba viéndonos comer; su padre, un hombre jovial, tranquilo y manitas. Tenía una caja de herramientas gigantesca de metal azul, de esas que se abren como un acordeón, y dentro, organizadas con una lógica y un orden que me alegraba el corazón, estaban todas las herramientas habidas y por haber.

Era lo opuesto a mi padre. En nuestra casa, todos los cuadros pendían torcidos de las paredes, los que pendían, marañas de cables sobresalían, con el peligro que eso supone, de enchufes rotos y cada vez que papá intentaba arreglar algo, terminaba invariablemente perdiendo los nervios, arrojando la herramienta y el tornillo o el taco equivocado al suelo y gritando «¡Maldito trasto!» antes de largarse echando humo.

Puede que como consecuencia de sus años, en nuestra casa siempre fallaba algo —grifos que se salían, bisagras que se pudrían, trozos de yeso del techo que nos caían en el plato—, pero aprendimos a ignorarlo. Un invierno también desarrollamos la sordera selectiva. Veíamos la tele en la sala mientras el viejo radiador repiqueteaba con tanta fuerza como una taladradora perforando una roca. El ensordecedor traqueteo empezaba cada tarde a las cinco, cuando se encendía la calefacción, pero nuestra solución era simple, consistía en subir el volumen de la tele al máximo porque la alternativa, —que papá agarrara la llave inglesa del cajón de los cubiertos y aporreara con ella el radiador hasta conseguir empeorar las cosas, como arrancarlo de la pared y rociar la sala con un chorro de agua hirviente y herrumbrosa (que fue lo que ocurrió cuando «reparó» el radiador del recibidor)— resultaba demasiado aterradora.

Si mamá estaba allí para presenciar las chapuzas de papá, lo acompañaba con risitas ahogadas, pero yo recuerdo, sobre todo, el nudo que se me hacía en el estómago. No me extraña que ahora padezca gastritis crónica y que me hubiera enamorado de la familia de Hugh al completo. De pequeña me imaginaba que crecía en un hogar como el suyo.

En nuestra casa nos alimentábamos de patatas al horno y judías blancas porque era lo único que Maura sabía hacer. La madre de Hugh, en cambio, hacía pasteles y tenía un menú diferente para cada día de la semana. A veces le pedía a Hugh que me lo recitara.

—Si ya te lo sabes de memoria —protestaba.

—¡Venga, dilo!

—Está bien. Domingo, pollo al horno. Lunes, guiso de sobras. Martes, estofado. Miércoles, pastel de carne. Jueves, espaguetis. Viernes, pescado con patatas fritas, y...

—Sábado, fiambres y ensalada —suspiraba yo, extasiada.

—Era de lo más aburrido, Amy. Y el peor día el miércoles, porque no hay nada más asqueroso que un pastel de carne.

—¿Podremos llevar esa vida? —le preguntaba—. ¿Cuando nos mudemos a Dublín y seamos una familia como es debido?

—*Pueeeede*. Pero sin pastel de carne.

—Hecho. Sin pastel de carne. Pero con hábitos estrictos, Hugh. —La idea me llenaba de dicha.

Impulsados por una marea de optimismo, pero en absoluto preparados, llegamos a Dublín en el año 2000 para instalarnos en la casa de tres dormitorios de Dundrum donde seguimos viviendo hoy. Enseguida me incorporé a mi nuevo puesto, donde me descubrí trabajando con Tim y Alastair.

Además de unos padres adorables, Hugh tenía dos hermanos mayores y uno más joven, todos deliciosamente normales. Recibieron a Neeve con los brazos abiertos a pesar de que ella no dejaba de recordarles que:

—Tú no eres mi abuela de verdad. Tú no eres mi abuelo de verdad.

—Tienes razón —decían la Falsa Abuela Sandie o el Falso Abuelo Carl—. Sabemos que no somos tus abuelos de verdad, pero ¿podemos quererte también?

—Vale —cedía Neeve—, siempre que no olvidéis que soy el vivo retrato de mi padre.

(En aquella época Neeve solo se dejaba vestir con el uniforme del equipo de fútbol del Rotherham United: camiseta roja, pantalón blanco y calcetines rojos hasta la rodilla. Llevaba su pelo cobrizo muy corto y se parecía tanto a Richie que a veces la gente lo reconocía en ella. Un joven de Rotherham que estaba en Dublín de despedida de soltero declaró:

—Es como un Richie Aldin en miniatura.

—Es mi papá.

—Ya lo veo, hijo. Eres el vivo retrato de tu padre.

Neeve me susurró:

—Se ha creído que soy un chico. —Estaba encantada—. ¿Qué quiere decir eso de vivo retrato?

Durante años, cuando le preguntaban qué quería ser de mayor, respondía: «Futbolista profesional, como mi papá».)

Para mi gran pesar, la Verdadera Abuela Aldin, el Verdadero Abuelo Aldin y el Verdadero Tío Aldin rechazaban mis intentos de presentarles a Neeve. Richie, que seguía jugando al fútbol en un equipo del norte, se había casado de nuevo y los Aldin habían decidido, al parecer, sufrir una amnesia colectiva en lo que a su primer matrimonio se refería. El corazón se me desgarraba por la pobre Neeve.

Entretanto, mis hermanos infestaban nuestra vida de intromisiones que, aunque bien intencionadas, no conocían límites.

Su ayuda era práctica: fiambreras en el congelador, cubos y escaleras de mano para empapelar la casa, coche prestado hasta que encontráramos tiempo para comprar uno. Y lo más importante, nos ofrecían ayuda económica porque —¿quién sabe?— comprar una casa el mismo mes que montas un estudio de grabación podría dejarte con una mano delante y otra detrás.

Maura nos prestó dinero, y también papá. Nos lo ofreció él. Yo jamás se lo habría pedido porque siempre que le pedías algo, automáticamente decía que no. No era un mal hombre, solo que terco por naturaleza.

Intentar organizar la casa para la llegada del bebé mientras trabajaba un montón de horas era ambicioso y descabellado, de hecho, todavía estaba deshaciendo cajas cuando rompí aguas.

—Es demasiado pronto —aullé—. ¡Venga, hagamos otra caja mientras aún podamos!

—¡No! —Hugh estaba histérico—. Se acabaron las cajas. Nos vamos al puto hospital.

Kiara nació después de seis horas de parto y apenas tuve dolores: ya entonces apuntaba maneras, siempre tan atenta. No como Neeve, que llegó al mundo después de treinta y cuatro horas de suplicio.

Regresé a casa y Kiara, por muy considerada que fuera, no dejaba de ser un bebé, Hugh estaba montando el estudio de sonido, Neeve estaba desconcertada y el caos era total. No tenía sensación de solidez: el suelo era como si tuviéramos arenas movedizas bajo nuestros pies y nunca conseguíamos mantener los hábitos estrictos con los que soñaba.

Había planeado organizar el tiempo, incluso intenté buscar tiempo para organizar el tiempo, pero era una batalla perdida. Andábamos cortos de todo —tiempo, energía y dinero, sobre todo dinero, todavía hoy no hemos conseguido una estabilidad económica—, pero nos las apañábamos.

Hugh participaba activamente en el cuidado de Kiara (y de Neeve, cuando se dejaba). Era obediente y bueno siguiendo órdenes.

—Haré lo que quieras, pero necesito instrucciones.

Podía cocinar si le dabas una receta, y cuando desveló que sabía coser casi me caigo de espaldas. Seguro que había truco. (No me refiero a coser como los bordados que hacen los hipsters, pero era capaz de coser un botón a una camisa y una etiqueta con el nombre al uniforme de Neeve.)

—Mi madre me enseñó a coser para que pudiera cuidar de mí mismo cuando me independizara.

(Su madre era habilidosa con la aguja, y eso fue lo que nos unió. Lo suyo era el punto y lo mío la costura, pero fuimos juntas a un taller de fieltro y durante un tiempo todos nuestros regalos de cumpleaños y Navidad consistían en originales sombreros y bolsos de fieltro.)

No debería ser digno de mención que un hombre ayude en la casa, pero Hugh realizaba sus tareas con tanta diligencia que a veces me daba pena. Recuerdo que una noche, pasadas las dos, bajé a la cocina y lo encontré echando cucharadas de puré de zanahoria casero en fiambreras diminutas que había que congelar para las comidas de Kiara.

—¿Qué haces? —le pregunté.

—Me dejaste una nota para que hiciera esto.

—Pero no a las tantas de la madrugada, Hugh. Podrías haber esperado a mañana.

—Mañana he de irme a primera hora.

—Caray. —Me puse a tapar fiambreras y no pude evitar una carcajada—. ¡Mírate, Hugh! No hace tanto eras un hombre soltero con todas las chicas del Soho a tu disposición y ahora estás atrapado en un barrio residencial de Dublín, con dos hijas pequeñas, de las cuales una ni siquiera es tuya. Qué bueno eres por haberla «aceptado».

Lo de «aceptar» a Neeve era una broma entre nosotros, porque papá le había dicho: «Te felicito por aceptar la hija de otro tipo. A mí jamás me pillarías haciendo algo así».

Y aunque nadie más lo expresó en alto, la gente hacía alusión a ello cada vez que me miraba a los ojos, me estrujaba el hombro con demasiada fuerza y decía: «Tienes en casa un hombre bueno, Amy. Un hombre bueno *de verdad*».

—Y aquí estás, haciendo puré de zanahoria en mitad de la noche. ¿Cuándo se torcieron tanto las cosas?

Hugh levantó la vista y sonrió.

—Cielo, estoy en esto al cien por cien. Sin reservas.

13

—¡Mamá! —Kiara parece alarmada—. Vístete.

La miro soñolienta. ¿Qué día es hoy? ¿Lunes? ¿Hora de ir a trabajar? No, todavía es domingo. Me he quedado frita, probablemente porque llevo una semana sin dormir como es debido, pero siempre es un error dormir por la tarde: tardo siglos en despabilar y por la noche no puedo conciliar el sueño.

—Vamos —dice Kiara—. ¡Hora de ir al cine!

Oh, Dios. Oh, Dios, oh, Dios, oh Dios. No puedo ir. Alguna gente del Facebook estará allí, habrán visto mi publicación, seré el centro de todas las miradas.

—Cariño, te importaría si…

—Me importaría —asegura—. Joder, es nuestra última salida en familia, quién sabe hasta cuándo, o sea que sí, me importaría.

Me levanto de un salto. Kiara nunca dice tacos y siempre pone a los demás por delante. Pero su vida, tal como la conoce, está a punto de verse interrumpida, puede que de manera permanente. Me arrastro hasta el cuarto de baño.

—Entra en la ducha —dice—. Te prepararé un café y te elegiré la ropa.

—Gracias. —Noto la lengua pastosa.

Me meto debajo del chorro de agua caliente, agradecida de que Kiara haya sido directa conmigo. Me ha lanzado un mensaje alto y claro: venirme abajo no es una opción. No soy la única persona afectada por la marcha de Hugh: mi responsabilidad para con Kiara, Sofie y Neeve va antes que mi responsabilidad para conmigo.

Me espera con un café y dos vestidos: uno hasta media pierna, ligeramente *steampunk*, de color azul oscuro, y otro hasta media pierna, ligeramente *steampunk*, de color rojo oscuro. Mi «personal shopper» en Ayuda a los Mayores es fantástica a la hora de encontrar ropa de estilo victoriano, que está muy bien siempre y cuando no exagere los complementos. Con una chistera mini, por ejemplo. O un bolsito de flecos.

—¿Cuál? —Kiara sostiene los dos vestidos en alto.

Preferiría unos tejanos, pero Kiara, siempre intuitiva, ve el poder de ir bien vestida.

De hecho…

—¡Qué demonios, tráeme mi vestido de gala!

—¡Uau, sacando la artillería pesada!

Me tiende un vestido verde botella de cuello alto y corpiño suelto, sexy como un saco de patatas. A Hugh nunca le ha importado que evite los vestidos ceñidos. Siempre me ha dirigido activamente hacia los vestidos a media pierna con mangas de volante, porque sabe que es con lo que me siento cómoda. Hay muy pocos hombres como él.

Sí, pienso, tan pocos que, de hecho, Hugh no existe. Después de todo, va a dejarme para pasar tiempo con chiquitas que probablemente se pasean en shorts con los bajos recortados y diminutas camisetas de licra con tirantes. Desconsolada, saco unas medias.

—¿Zapatos? —pregunta Kiara—. ¿Las merceditas?

Dudo. Hace un tiempo leí un artículo que decía que ninguna mujer mayor de diecisiete años debería llevar merceditas, y desde entonces siempre me he sentido cohibida con las mías. Otro artículo decía que deberías encontrar tu propio estilo y mantenerte fiel al mismo, que es lo que intento hacer, pero el artículo de las merceditas me persigue.

—¿O las botas Miu Miu? —Kiara se ha percatado de mi indecisión.

—Las botas —respondo de inmediato.

Son las mejores botas del mundo —acordonadas, negras, robustas, tacón ancho—, un regalo que me hice para celebrar que había ganado el contrato de Perry White y aun así tuve que esperar a que las rebajaran un 60 por ciento. En teoría, soy veinte años demasiado vieja para Miu Miu, pero estas botas me van estupendas, por lo que ignoro los gritos de «¡Eh, abuela!».

Para ser justa, aparte de mis voces internas, la única persona que se burla de mí es Neeve, y no imagináis lo afortunada que me siento de calzar dos números menos que ella, porque me roba todas las demás prendas de marca. (Luego Kiara se las roba a su vez y las deposita en mi regazo como un perro fiel.)

—¿Qué tal este bolso? —Kiara me muestra una cartera de mano.

—Demasiado dependiente.

Hoy preciso un bolso que pueda cuidar de sí mismo. Es posible que necesite las manos: la imagen de mi persona abriéndose paso a codazos entre una multitud ansiosa por conocer los espeluznantes detalles de las vacaciones de Hugh cruza por mi mente como una película de terror.

—¿Este? —Me muestra mi robusta mochila.

—Perfecto.

No vamos a un cine normal donde te sientas entre pandillas de adolescentes que se pasan la película enviando mensajes y devorando hot-dogs. Vamos a una sesión de cineclub que se celebra en el cine del barrio todos los domingos a las cinco de la tarde durante el año escolar. Arrancó de nuevo la semana pasada, después de las vacaciones de verano. Las películas son (puede que ya lo imaginéis) extranjeras, y entre las cervezas artesanales y las tapas de inspiración vasca, el montaje en su conjunto resulta hasta *bochornoso* por lo burgués que llega a ser.

Pero a las chicas les gusta. Y si soy sincera, *a mí* también me gusta. Proyectan películas de todo tipo: las hay cautivadoras y las hay —sobre todo las iraníes— desconcertantes. Pero lo mejor de todo es que Neeve suele venir con nosotros y se presta a una tregua de proferir hostilidades. Después de la película, con frecuencia acompañados por el Jackson de Sofie, vamos a Wagamama y comentamos lo loca que era la película (si lo ha sido, que, por suerte, suele serlo).

A su manera sencilla, el ritual me hace sentir agradecida por todo, y hace solo una semana resumía mi vida. Ahora me parece espantoso no haber saboreado cada maravilloso segundo. Como el resto de la gente, estaba concentrada en mis problemas: Neeve y el constante «Mi Papá de Verdad es el Mejor Hombre del Mundo», la pobre Sofie y su lucha con la comida, y mis agobios con el dinero. En lugar de eso tendría que haber sentido absoluta gratitud.

—¡Vamos! —grita Hugh desde abajo—. ¡O no podremos aparcar!

De hecho, me produce nostalgia hasta su permanente irritación por vivir en un hogar de mujeres lentas.

—¿Viene Sofie? —pregunto a Kiara.

—No lo sé. No responde a los mensajes de papá.

También está ignorando los míos, y me asalta de nuevo la rabia contra Hugh porque no está dejándome solo a mí, sino a todas. Siempre me ha resultado más fácil enfadarme en nombre de otra persona. Mi pobre, pobre Sofie…

14

Catorce años atrás

Hugh, Neeve, Kiara y yo estábamos lidiando con nuestra nueva vida en Dublín, siempre agotados y soñando con el día en que tendríamos todo bajo control. Entonces, justo después del segundo cumpleaños de Kiara, Sofie, que contaba tres, llegó a Irlanda.

Joe había dejado a Urzula cuando Sofie apenas tenía unas semanas de vida. Urzula luchaba por mantenerse a ella y a la cría en Letonia, pero había resultado ser una tarea imposible. Después de tres años pasando penurias, encontró trabajo de camarera en un crucero (eso fue antes de que descubriera su verdadera vocación como pesadilla de los gordos). Ganaría dinero, pero no podía llevarse a su hija.

Así pues, se la pasó a Joe, que se había mudado de nuevo a Dublín.

Sofie llegó en un estado semisalvaje: no le habían enseñado a ir al baño, apenas hablaba, no miraba a los ojos y si comía, lo hacía con las manos. No solo me sentí horrorizada sino también avergonzada: era mi sobrina. Tendría que haber estado atenta y haber hecho algo para ayudar.

Joe descubrió enseguida que no podía tener un trabajo de jornada completa y cuidar de su hijita al mismo tiempo, lo cual era del todo falso, porque si hubiese sido mujer se habría esperado de él que apechugara. Muchas mujeres lo hacían. También muchos hombres, la verdad sea dicha. Pero Joe no estaba entre ellos.

Adquirió la costumbre de endilgar a Sofie a Maura, a Derry y a mí. Aunque todos nos burlábamos de ella, Maura tenía un corazón de oro. Aun así, cuidar de niños pequeños le generaba ansiedad. «Me traslada a mi infancia traumática. Por eso no he tenido hijos.»

(Maura ha hecho mucha terapia, y de poco le ha servido. Bueno, por lo menos entiende sus arranques de ira, lo cual ya es algo.)

Derry intuyó, acertadamente, que, siendo mujer soltera y sin prole, era la candidata idónea para comerse buena parte del marrón, y no tenía intención de permitirlo. El valor más preciado de Derry era su independencia.

De modo que solo quedaba yo. Y Hugh, claro. Y desde el minuto uno, la única persona en la que Sofie pareció confiar fue Hugh.

Hay gente que posee esa cualidad; los perros suelen percibirlo. Por ejemplo, si estoy con Hugh en una estancia llena de gente y entra un perro, casi puedo oír al chucho pensar: «Oye, *ese* de ahí mola», y va derecho hacia Hugh.

Por tanto, cuando Joe soltaba a Sofie en nuestra casa, la pequeña se quedaba de pie en un rincón con la mirada fija en el suelo y lentamente, con pasitos sigilosos, se acercaba a Hugh. Subía al sofá y se apoyaba contra él, y al cabo de un rato Hugh levantaba el brazo y ella apretaba sus huesecillos contra su barriga. Hugh era el único que podía persuadirla de que comiera, y solo él tenía permitido pasarle el peine por el enmarañado cabello rubio platino.

Cuando Joe pasaba a recogerla —siempre tarde y la mayoría de las veces, muy tarde—, Sofie ponía las manitas sobre el rostro barbudo de Hugh y lo cubría de besos. Luego, derramando unas lágrimas silenciosas y tan adultas que partían el corazón, dejaba que su padre se la llevara.

—¿Por qué a Hugh se le dan tan bien los niños? —me preguntaba Steevie.

—Ni idea. Es el penúltimo hermano, por lo que nunca ha tenido que ocuparse de otras criaturas.

—Puede que sea amable, simplemente —decía Steevie en un tono dudoso.

—Puede…

Encontrar una solución para Sofie era una preocupación constante. Pasaba tanto tiempo en nuestra casa que la idea de que se convirtiera oficialmente en parte de la familia parecía inevitable. Pero Hugh ya había «aceptado» a la hija de otro hombre, aunque nunca actuaba como si así fuera. Desde el primer momento se había acercado a Neeve con el corazón abierto (algo que no era ni mucho menos correspondido, la verdad sea dicha).

Pero Hugh y yo parecía que compartiéramos un mismo cerebro, por lo que no me sorprendió demasiado que un sábado por la mañana temprano me despertara con un suave zarandeo.

—Vayamos ahora, antes de que se ponga a tope —dijo—. Vamos a comprarle una cama a Sofie. Necesita vivir con nosotros.

Creí que el corazón iba a estallarme de amor.

Decidimos que podía compartir la habitación con Kiara hasta que tuviéramos dinero para reformar el desván, y le compramos una camita blanca, que pintamos de rosa porque Sofie era muy, muy femenina. Encontrar un edredón de su gusto no fue tan fácil: ninguno era lo bastante bonito.

—Amy, ¿podrías utilizar tu magia? —me preguntó Hugh—. ¿Podrías hacer un edredón con las cositas brillantes que tienes en el costurero?

Reuní restos de telas lustrosas y cosas que solo podrían ser descritas como «artículos de mercería»: flores de lentejuelas, cintas rutilantes y retales de tul. Los había conseguido en rastrillos y festivales escolares con la esperanza de que algún día resultaran útiles. Mientras creaba un edredón de ensueño, me alegraba de tener tan buen ojo.

Cuando Sofie vio su titilante cama rosa, se quedó un rato mirándola, luego nos miró a nosotros y susurró:

—¿Mía?

—Tuya —dijimos.

Se acercó a la cama como si pudiera morderla, trepó despacio a ella y empezó a examinar los detalles del edredón, soltando grititos de admiración cada vez que descubría una mariposa, una mariquita o una rosa.

—¡Es mágica! —anunció con una gran sonrisa.

Hugh me apretó el hombro con tanta fuerza que me hizo daño. Ambos estábamos conteniendo las lágrimas.

Así que Sofie se instaló con nosotros y aprendió a ir al cuarto de baño casi de un día para otro. Comenzó a articular frases enteras. Dormía de un tirón, dejó de chuparse todo el tiempo los dos dedos corazón, empezó a llamar a Hugh «papá» (yo seguía siendo «Amy»), jamás preguntaba por su madre —y mejor así, porque sus llamadas eran escasas— y trataba a Joe con benigna indiferencia.

A diferencia de la pobre Neeve, que seguía obsesionada con su «biopapá» (un término deprimente) y su nueva esposa e hijas, Sofie floreció bajo nuestros cuidados.

15

—¡Si queréis ir tenemos que salir YA! —grita Hugh desde la cocina.

Bajo aprisa y corriendo y me lo encuentro hurgando con Neeve en una pila de chismes que hay junto al escurreplatos.

—¿Es este? —Levanta un brillo de labios.

—No —dice ella.

—¿Este? —Otro color.

—No.

—¿Este?

—¡*Sííí*! —Neeve le arrebata un pintalabios líquido.

—¡Póntelo en el coche! No tenemos tiempo.

Y gracias a Dios Sofie está aquí, subiendo por el camino de entrada. Pero, para mi enorme sorpresa, lleva la cabeza rapada.

En cierto modo, está adorable. Parece un patito con la pelusa rubio platino y los enormes ojos azules. Pero también podrías decir que parece un penitente de la Edad Media que intenta expiar algún pecado oscuro. Se arroja a los brazos de Hugh y rompe a llorar. Él la abraza con fuerza y la deja desahogarse. Finalmente, Sofie se separa, le da unas palmaditas en el brazo, le sonríe con la mirada vidriosa y vuelven a ser amigos.

—¿Qué te has hecho en el *pelo*, animal? —le pregunta Neeve.

Menos mal que alguien saca el tema.

—Extensiones —dice Sofie.

Nos reímos todos.

—¿Viene Jackson? —le pregunta Hugh camino de la puerta.

—Hemos quedado en el cine.

—¿Me cambio los tejanos? —pregunta Neeve.

—¡NO! —aullamos.

Peleándonos, hablando todos al mismo tiempo y dándonos los últimos retoques, acabamos por subimos al coche y Hugh sale marcha atrás con un chirrido de neumáticos.

Cuando llegamos al cine, las chicas y yo solemos esperar en el vestíbulo mientras Hugh aparca, pero hoy me pego a él porque quiero que lleguemos juntos y hagamos una DEU (Demostración de Extrema Unidad).

Hugh ya ha recibido instrucciones, así que cruzamos las puertas automáticas cogidos de la cintura y nos detenemos unos instantes para que las personas que lo deseen puedan echarnos un largo vistazo. «Mirad esto. Mi marido va a dejarme seis meses, o puede que para siempre, pero ¿a que parecemos muy unidos?»

En el vestíbulo la gente ya está empinando el codo: mujeres ojerosas vaciando sus copas de merlot como si acabaran de enterarse de que la vendimia se ha ido al traste y padres aspirantes a hipsters dándole a la cerveza artesanal y a un jamón vasco carísimo. («Criado en libertad, alimentado con bellotas, llora con facilidad y le gustan las reposiciones de *Colombo*.»)

Un par de cabezas se vuelven raudas hacia nosotros, pero no es como en esa escena de *Lo que el viento se llevó* en que Scarlett O'Hara detiene por completo el baile porque la han pillado haciendo cosas feas con Ashley Wilkes. (Los detalles exactos se me escapan.)

Hugh empieza a avanzar pero mi mano se aferra a su cintura. «Todavía no.» Unos segundos más para fijar la imagen en la cabeza de todos. Me siento falsa y desprotegida, y me pregunto si esto es como ser la esposa de un político desacreditado haciendo una sesión de fotos para demostrar que Todo Genial Aquí, Ni Homosexualidad ni Desfalco por el que Inquietarse.

Bien, suficiente. Relajo la mano y en ese momento alguien choca con nosotros por detrás y el impacto nos separa.

—¡Perdonad! —aúllan.

—¡No, no, perdonad vosotros!

—No, perdonad *vosotros*.

Todos pedimos perdón, pero mientras se alejan oigo que uno le dice al otro:

—¿Qué hacían ahí parados como pasmarotes?

Diviso a Pija Petra.

—Vale —digo a Hugh—, ahí está Petra, puedes irte al bar.

Petra está dándole fuerte al merlot, pero cuando me ve, viene directa.

—Cariño —habla como si intentara no mover los labios—, te he enviado un millón de mensajes. —Me atrae hacia ella—. ¿Qué está pasando?

Vuelvo a emparanoiarme. ¿Están todos mirándome con lástima mientras devoran sus lujosas anchoas? Pero un rápido barrido no desvela nada fuera de lo normal.

—Hugh se va seis meses de viaje.

—¿Qué quieres decir?

—Quiero decir que se marchará de Irlanda y viajará a otros países. Estará fuera seis meses.

—¿Sin ti? ¡No me hiperjodas!

Por lo general, me encanta oír a Pija Petra decir tacos.

Me encojo de hombros.

—Quiere sentirse realizado.

—¿Sentirse *realizado*? —El tono de Petra es tan desdeñoso que me digo que es mejor que deje de usar esa expresión.

—Creo que se merece unas vacaciones por buena conducta.

Su cara es una mezcla de asombro y compasión.

—Pero… y perdona que me entrometa, también son unas vacaciones «para» mala conducta. —Pija Petra está visiblemente horrorizada—. Amy, pero eso es… es terrible, ¿no? ¿Estás bien?

—Aún no lo sé. Creo que no lo sabré hasta que se vaya. Lo que hará el martes por la mañana.

—¡Tan pronto! Sabes que te quiero. —Petra me mira directamente a los ojos—. Y no soy la única. Tienes buenos amigos. Juntos cuidaremos de ti.

En circunstancias normales, detesto que la gente me tenga lástima, pero estoy cansada, asustada y muy triste.

—Puedes venir a mi casa a cualquier hora del día o de la noche. De hecho, puedes mudarte si quieres.

«Judías con salsa», pienso. «Judías con salsa en el pelo.»

Petra me lee el pensamiento.

—Es por esas dos cabronas, ¿verdad? —Los ojos le brillan más de la cuenta—. Me han destrozado la vida, Amy. Se están cargando mis amistades. Se están cargando mi carrera. —Petra trabaja en una galería de arte—. Oye —dice—, ¿vendrás a la inauguración el jueves por la noche?

Lo medito.

—No.

—Venga, ven. Habrá vino.

—Tengo vino en casa.

—Será bueno para ti. Una experiencia instructiva.

He ahí un motivo de discordia entre nosotras. A mí me fascinan los lienzos de pueblos o escenas rurales: hacen que me sienta segura. A Petra le gusta el arte sombrío, melancólico, desafiante. No lo entiendo. Bastante desafiante es ya la vida, ¿por qué hacerla aún más pesada?

—Si vienes —dice en un tono seductor—, preguntaré al marchante si sabe algo de tu pintora misteriosa.

Una de mis muchas obsesiones es una pintora de Serbia.

¿Sabes cuando ves algo extraordinariamente bello, como una paleta de sombras plateadas y grises de Tom Ford? ¿O esos bolsos recargados de Miu Miu? ¿Y te impacta tanto que es como si te dieran un mazazo?

Pues los cuadros de esa mujer tienen ese efecto en mí.

La primera vez que los vi fue en Pinterest. Enseguida la busqué en Google, pero no hallé nada sobre ella excepto que es serbia. Ni siquiera sé si todavía vive. Lo más frustrante de todo es que no he encontrado la manera de comprar una de sus obras. Quién sabe si podría permitirme siquiera un centímetro cuadrado de un lienzo suyo, pero agradecería la oportunidad de descubrirlo.

—Ya veremos —digo—. Según cómo vaya la semana.

Petra intenta apurar su copa vacía.

—Necesito más vino. Eso es lo que pondrá en mi lápida.

—Te acompaño al bar. —Pero Jana me corta el paso.

—Amy, tesoro, te he estado llamando…

—Lo sé, lo siento.

—¿Qué está pasando?

—Hugh se va seis meses de viaje. Unas vacaciones «para» mala conducta. —Intento reírme. No lo consigo—. Después volverá.

Me mira desconcertada.

—¿Estás disgustada?

Se me cae el alma a los pies. Puede que Derry tenga razón con respecto a Jana.

—¿Tú qué crees?

—Lo siento. Lo siento, Amy. Claro que lo estás.

—Sé que se lo contarás a Genevieve, pero ¿podrías fingir que no estoy destrozada?

—No le contaré nada a Genevieve.

—Jana…

—Vale —reconoce—. Le contaré el hecho en sí, pero le diré que lo llevas genial. Te lo *prometo*. —Su cara rezuma sinceridad y, quién sabe, puede que cumpla su promesa—. Pero, Amy, ¿tú también tendrás vacaciones para mala conducta? Porque eso estaría bien, ¿no?

Por Dios. Esto es casi peor que la lástima.

—¡Por ti, campeona! —Jana levanta la copa y lanza un hurra que hace que algunas cabezas se vuelvan. Alzando la voz, declara—: ¡Miradnos! Bebiendo vino antes de las seis y comiendo *pintxos* antes de ver una película malaya, y ahora resulta que tenemos un matrimonio abierto entre nosotros. ¡Hay que reconocer que somos gente sofisticada!

16

Lunes, 12 de septiembre

—Buenos días —farfulla Tim. Apenas levanta la vista de la pantalla.

—Buenos días.

No sé qué es peor, que la gente quiera conocer todos los detalles morbosos de los planes de Hugh o que —como en el caso de Tim— se comporte como si no pasara nada.

Y por ahí viene Alastair, vestido demasiado informal —tejanos gastados y camisa de cuello mao azul celeste—, lo que quiere decir que conoció a una chica en su estúpido taller de fin de semana y todavía no ha pasado por casa.

—¡Buenos días! —Sus dientes pasean su brillo por la sala—. ¿Qué tal el finde?

Clavo la mirada en mi pantalla en blanco. No hay duda de que ha estado en una de sus frecuentes y breves desintoxicaciones digitales.

—¿Timothy? —Siempre puedes saber que Alastair está de excelente humor cuando empieza a llamar a la gente por su nombre completo. Seguramente Thamy haya sido Thamyres y no hay duda de que yo seré Amelia—. ¿Lo has pasado bien, Timothy? Déjame adivinar. ¿Cortaste el césped? ¿Arreglaste un grifo que perdía? No, ya me acuerdo. Una fiesta, ¿verdad? ¿De cumpleaños? ¿Seis añitos?

Tim tiene cinco hijos, ¡cinco! El más pequeño tiene veinte meses y el mayor dieciséis años. Su esposa es cirujana y, bravo por ella, no cambia ni un pañal. Tim es muy práctico.

—¿Hiciste bollos de Rice Krispies? —le pregunta Alastair.

—Sí —contesta Tim.

—¿Alguna visita a urgencias? ¿Se cayó algún niño de la cabaña del árbol? ¿Se tragó una pila?

—El perro se puso malo y tuve que ir de urgencias al veterinario con nueve niños de seis años.

—El despiporre de siempre. Pues yo tuve un fin de semana muy productivo. El taller estuvo genial.

—Entonces ¿estás curado? —pregunta Tim.

—Curado. Feliz. Ese soy yo. —Es imposible saber si habla en serio, pero aunque así fuera, no le durará. Nunca le dura—. ¿Y tú, Amelia, tuviste un buen finde?

Se hace un silencio horrible.

—¿Qué? —pregunta Alastair. Se vuelve hacia Tim y de nuevo hacia mí—. ¿*Qué*?

—Estooo, Hugh va a tomarse unas vacaciones —me oigo decir—. Se marcha seis meses de viaje con la mochila. Mañana.

—¿*Hugh*? —Alastair se atraganta—. ¿Tu marido?

Casi peor que el shock de Alastair es el mutismo de Tim. Se da perfecta cuenta de la situación.

—¿Qué quieres decir con unas «vacaciones»? —pregunta Alastair.

—Pues eso —digo—. Unas vacaciones, o un descanso, como quieras llamarlo.

—¿Eso incluye otras mujeres? *Joder*. —Alastair parece escandalizado—. Siempre os tuve por una pareja sólida.

Sí, bueno... Me quiero *morir*.

—¿Y tú? —pregunta—. ¿También te tomarás unas vacaciones?

—¡Basta! —Es lo primero que dice Tim.

—No era mi... No iba por ahí. —El malestar de Alastair es genuino—. Solo estoy *preguntando*. Amy es como una hermana para mí. Lo eres, Amy, como una hermana. Me *interesa* lo que te pasa. Entonces ¿fue una decisión repentina o llevaba tiempo dándole vueltas?

—Las dos cosas. Fue una sorpresa, una gran sorpresa, pero es probable que llevara tiempo dándole vueltas.

—¿Desde la muerte de su padre?

—Mmmm. —O puede que más tiempo. Puede que dieciséis meses.

—Deja de interrogarla —dice Tim a Alastair. Luego, a mí—: ¿Quieres tomarte un descanso? ¿Unos días de baja por estrés?

La gente dice que Tim es un poco muermo, y aunque puede que sea cierto, también es muy amable. Niego con la cabeza.

—Necesito mantenerme ocupada.

—Si Hugh se marcha mañana, ¿quieres que Alastair se ocupe de tus reuniones en Londres? —dice Tim—. Puedes quedarte en Dublín y despedirte como es debido.

No. No pienso ir al aeropuerto a despedir a Hugh, como si se tomara un año sabático, como si yo *estuviera de acuerdo*. Además, no quiero arriesgarme a que me dé un colapso en público. No, nos despediremos de la manera en que lo hacemos cada martes por la mañana a las cinco y media. Él seguirá en la cama, medio dormido, y yo le daré un beso fugaz antes de salir por la puerta rumbo al aeropuerto. Durante un rato fingiré que cuando vuelva a casa el miércoles por la noche Hugh estará allí, como siempre, y no en la otra punta del mundo.

—¿Quieres un abrazo? —me pregunta Alastair.

—¿De ti? —inquiero dudosa—. Creo que no. —Luego añado—: Pero gracias.

—Si cambias de opinión…

No cambiaré.

—Os lo ruego, chicos, no quiero que hagáis un drama de esto —digo—. Estoy avergonzada y asustada y solo quiero que la vida siga su curso. Venga, a trabajar.

—Un momento. —Alastair va hasta «su» armario. Tim y yo cruzamos una mirada cómplice cuando Alastair saca un librito de poesía de Rumi de una pila de otros veinte que guarda ahí.

No hay duda de que Alastair ha conocido a alguien, a una señorita, en su taller. Siempre sabemos que tiene un ligue nuevo en marcha cuando lo vemos meter uno de esos libros en un sobre acolchado, junto con un puñado de pétalos de azafrán secos, e intentar colarlo en el correo saliente de la oficina. Las pobres chicas suelen ser lo bastante ingenuas para creer que lo de Rumi significa que Alastair es profundamente espiritual, pero, como dice Tim, está tan concentrado en el corazón que hasta se resiste a pagar los gastos de envío. (Aunque, de un tiempo a esta parte, deja un billete de cinco con grandes aspavientos en la mesa de Thamy y anuncia a voz en grito «Para pagar el coste de un envío personal» antes de clavarle una mirada torva a Tim.)

Alastair, sin embargo, empieza a pasar las hojas del libro, encuentra una que le gusta y me la planta delante. ¡Oh, no! ¡La poesía de Rumi es para mí!

—Lee.

Tim me mira entre horrorizado y compasivo.

Leo el poema.

> *Esto de ser humano es una Casa de Huéspedes.*
> *Cada mañana llega alguien nuevo.*
> *Una alegría, un abatimiento, una mezquindad,*
> *como un visitante inesperado aparece*
> *alguna comprensión momentánea.*
>
> *¡Recibe y acógelos a todos!*
> *Aunque sean un ciclón de pesares*
> *que con violencia se lleva por delante*
> *los muebles de tu casa.*
> *Trata a cada huésped con respeto,*
> *podría estar despejando el camino para un gozo nuevo.*

No quiero un «gozo nuevo»; y por un «gozo nuevo» Alastair entiende, sin lugar a dudas, que debería acostarme con otro hombre. No con él, no, los tiros no van por ahí. Pero con algún hombre. En serio, la gente está *obsesionada* con el sexo. Anoche, en el vestíbulo del cine, tres amigas por separado me insinuaron que esta era mi gran oportunidad. Como si que Hugh se marchara fuera algo bueno, cuando lo único que siento es una gran pérdida, una terrible pérdida.

17

Thamy deposita un elaborado ramo de bayas y tallos otoñales sobre mi mesa.

Aunque sé que es improbable, me hago la absurda ilusión de que lo manda Hugh para decirme que ha cambiado de opinión. Desgarro el sobre de la tarjeta: «Gracias por devolverme mi vida. Bryan (Sawyer) xxx».

Oh.

—¿De quién es? —pregunta Alastair.

—De Bryan Sawyer.

—¿El cleptómano?

—*Ex* cleptómano —puntualiza Tim—. Vuelve a ser un hombre honrado y respetable gracias a Amy.

Lágrimas de decepción trepan hasta mis ojos y ruedan por mis mejillas. Las seco con disimulo: no puedo ser una persona que llora en el trabajo. Oigo que Tim se levanta y redoblo mis esfuerzos por serenarme. Deja algo al lado del ratón: una caja de pañuelos. Sorprendida, me vuelvo para agradecérselo, pero ya está otra vez detrás de su pantalla. Su discreta amabilidad hace que las lágrimas me caigan más deprisa.

Sorbo por la nariz, lo más sigilosamente que puedo, pero Alastair me oye.

—¿Estás bien?

—Alergia al polen. —Señalo el ramo de Bryan.

—¿Alergia al p...? Oh, claro, alergia al polen.

—Sé que lo estás pasando mal. —Alastair me acorrala al cabo de un rato para soltarme una arenga—. Pero deberías aprovechar al máximo estos meses.

Sé muy bien adónde quiere ir a parar.

—Déjalo, ¿vale? Tengo la autoestima por los suelos. Tengo cuarenta y cuatro años y noto cada segundo de mi edad, y aunque lo deseara, me niego a mostrar este cuerpo maduro a otro hombre. Sería como cuando en *Juego de tronos* Melisandra se quita el collar y envejece novecientos años.

—No estás tan mal —asegura Alastair—. En serio. *Yo* me ofrecería.

—Pensaba que era una hermana para ti.

—*Bueeeeno*, creo que podría hacer una excepción.

—¿De veras? —Por un momento estoy intrigada de verdad.

—¡Pues claro! —Usa un tono *demasiado* enfático para resultar creíble.

Así y todo, me lo miro unos instantes —los pómulos, la mandíbula, la famosa boca—, me imagino de vaquera de espaldas y la idea se desvanece. Sería ESPANTOSO.

—Ames, ¿estás segura de que no puedes convencer a Hugh de que se quede?

—Estoy segura.

—Pero es un hombre tan… *acomodadizo*.

—Hasta cierto punto. —Porque cuando Hugh quiere algo, y lo quiere *de verdad*, no hay quien lo frene.

—Ya. Oye, soy tu amigo. Si puedo hacer algo por ti, dímelo.

Se marcha, dejándome con un recuerdo de lo que sucedió hace un par de años.

Hugh tiene alma de músico, siempre la ha tenido, y a menudo comenta que si Carlsberg hiciera vidas, la suya sería como líder de uno de esos grupos de guitarras eléctricas. Le encanta ir a conciertos. A mí, en cambio, me parecen una tortura. Me tiran la cerveza encima, no veo nada porque soy bajita, tengo que ir plana porque los tacones se hunden en la hierba… en fin, un asco.

Cuando nos mudamos a Dublín, Hugh se puso en contacto con tres tipos con los que había formado un grupo (The Janitors) en su adolescencia, y decidieron volver a tocar. Hugh era el primer guitarra y compartía la parte vocal con Clancy (se llamaban por el apellido, como hacían de niños, Hugh era «Durrant»), y los cuatro se tomaron el proyecto bastante en serio. Los jueves por la noche había «ensayo», y ya podía llover o tronar, que ese rato era sagrado para Hugh.

—Lo necesito —me decía—. Puedo rendir mejor en cualquier otra parte de mi vida si tengo esto.

Así que se largaba a casa de Nugent y regresaba a altas horas de la madrugada oliendo a sudor y marihuana.

Lo que sucedía en el garaje de Nugent, entre amplificadores y púas, era un misterio para mí. No me interesaba lo más mínimo, y en cierta manera me despreciaba por no ser yo también una música molona, con un flequillo a lo Chrissie Hynde y botas con puntera, que alimentara su ambición de ser primera guitarra.

Pero supongo que tenía mi propia afición —la ropa «vintage»—, y que Hugh y yo estuviéramos muy unidos no quería decir que tuviéramos que ser gemelos idénticos, ¿no?

Por extraño que parezca —¿o curioso?—, en fin, lo que sea, no me gustaba estar cerca de Hugh si estaba en compañía de los otros chicos del grupo. Eran buena gente, y tan normales y emparejados como Hugh. Pero Hugh se comportaba diferente cuando estaba con ellos: bebía más, hablaba en un tono más fuerte y hacía bromas privadas de las que yo quedaba excluida. Estaba tan acostumbrada a *mi* versión de Hugh, que cualquier otra versión, por pequeña que fuera la diferencia, me chirriaba. A menudo me ponía de mal humor y me entraban ganas de bramar: «¿Por qué habláis a gritos y decís tantas chorradas?».

Una vez al año más o menos, él y los chicos asistían a un concierto en alguna ciudad extranjera —Copenhague, Berlín, Manchester—, y una tarde, hace un par de años, después de hablar con Maura por teléfono, le dije:

—Noticia bomba. Joe y Siena se darán el sí el 29 de septiembre.

—¿El 29 de septiembre? —Meneó la cabeza—. Estaré en Ámsterdam viendo a los Smashing Pumpkins.

—Ni hablar. —Meneé la cabeza—. Nada de Ámsterdam. Lo siento, cielo, pero es la boda de mi hermano.

—Ya tengo la entrada del concierto. Voy a ir con los chicos. Lo tenemos todo reservado.

También había otras razones —básicamente que Hugh pensaba que Joe era un completo gilipollas—, y me dije que solo necesitaba que lo persuadiera.

—Pero...

—Iré al concierto, Amy.

—Hugh... —No podía creer que no fuera a hacer lo que yo quería.

—No iré a la boda de Joe a menos que cambie la fecha. Si la cambia, iré encantado.

Hugh me plantaba cara muy raras veces, pero en cuanto sentí la firmeza de su decisión, capitulé de inmediato. Ese día aprendí algo: podías insistir a Hugh e insistir a Hugh e insistir a Hugh, y él cedía de buena gana una vez, y otra, y otra. Y un día, de repente, te topabas con una roca que no había manera de mover.

18

—¿Qué hay de cena? —Kiara entra en la cocina.

—Encargaremos algo.

—¿Un lunes? —Está encantada.

El lunes es la noche que me toca cocinar. Hugh cocina de martes a jueves. Pero...

—Esta noche no me da la gana de cocinar.

La sonrisa de Kiara se desvanece.

—Uf.

Eso, uf. No pienso preparar una comida para lanzar la Gran Aventura de Hugh.

—¿Qué podemos encargar? —pregunta.

—Lo que quieras.

—¿Eddie Rocket's también?

—Ajá.

Eddie Rocket's está reservado para ocasiones especiales porque comemos más de la cuenta —somos incapaces de parar aunque nos duela la tripa—, pero esta noche todo me da igual.

—*Vaaale* —dice Kiara—. Puede que lo mejor sea pedir pizzas.

—Lo siento, cielo. —No está bien que lo pague con Kiara—. Llama a Eddie Rocket's.

—No —dice—. Porque no estamos celebrando nada, ¿no? Y la pizza es una solución intermedia. Ha llegado papá. ¿Dónde estabas?

—¡Poniéndome las vacunas en el centro de medicina tropical!

Después de todos estos meses en los que ha estado prácticamente mudo, ahora está parlanchín y lleno de vitalidad. Le odio.

—Después fui a Boots y compré un botiquín completo —señala las bolsas.

Me dan ganas de preguntarle si ha comprado condones, pero me muerdo la lengua. En fin, más le vale. Si cree que puede acostarse con un montón de chicas sin protección y volver luego a mí… «Dios, Hugh acostándose con otras mujeres…»

—Vamos a pedir pizzas para cenar —le dice Kiara.

—¿Ah, sí? —Hugh me lanza una mirada de extrañeza y empiezo a prepararme un té—. Para mí la de siempre.

—Mamá, ¿cuál quieres?

—Ninguna.

—Amy… —dice Hugh.

—No tengo hambre. —No he comido nada en todo el día.

—Pídele pan de ajo —dice Hugh a Kiara.

—*No* me pidas pan de ajo —espeto.

Hugh tiene miedo de que me eche a llorar. No soporta verme llorar. Pero puede estar tranquilo: estoy tensa y seca. Soy un bloque de hielo.

—Perdona, cariño —digo a Kiara.

—No hace falta que te disculpes. —Sale de la cocina y grita a Neeve—: Vamos a pedir pizzas. ¿Cuál quieres?

Hugh intenta abrazarme y me escabullo. Me voy a la sala y entierro la cara en mi iPad. Me sigue.

—Amy —comienza—, lo siento.

—Ya.

Si tuviera una pizca de sensatez, me aseguraría de que su último recuerdo de mí fuera el de una mujer cariñosa, pero estoy harta de «ser comprensiva». Hugh me está pidiendo algo muy difícil. Otra mujer en mis circunstancias estaría gritando lo que piensa o hinchándose a tranquilizantes. Y, probablemente, se negaría en redondo a dejarle ir. Bien mirado, mi comportamiento ha sido ejemplar. Es una pena que no haya sido capaz de mantenerlo unas horas más…

—¿Quieres vino?

—No. —Me da miedo empezar a beber porque existen muchas posibilidades de que me emborrache y pierda la cabeza.

—¿Puedo traerte algo?

—Nnnnooo.

—¿Quieres tumbarte?

—*Ssssíííí.* —Mis respuestas son escuetas y termino cada palabra con un excelente chasquido de lengua. Me resulta supergratificante. Si me abriera un perfil en Tinder, podría incluirlo como afición.

—Te acompaño arriba.

—*Nnnnooo*. Porque estarás todo el rato saliendo y entrando de la habitación para terminar de hacer el equipaje. ¡En fin! —digo con fingida alegría—. Pronto te irás y tendré la habitación para mi sola.

Agacha la cabeza.

—Volveré.

Me encojo exageradamente de hombros.

—Eso ya lo veremos.

Me tumbo en el sofá, me abstraigo de sus idas y venidas y rememoro nuestros comienzos. Sí, siempre íbamos cansados, sí, siempre andábamos justos de dinero, pero estábamos tan unidos.

Un día, un día normal y corriente, hace unos doce años, llegué a casa y escuché unos grititos y aullidos de regocijo. Subí las escaleras siguiendo el sonido de las risas y encontré a Hugh tendido en el suelo de nuestro dormitorio mientras Neeve, Kiara y Sofie lo maquillaban. Pasaba a menudo y Hugh solía llegar al trabajo con esmalte brillante en las uñas.

—¡Mi pintalabios caro! —grité.

—¡Mira a la señora! —Kiara me señaló la cara pintarrajeada de Hugh. Entonces tenía cuatro años—. Es una señora muy guapa.

—Y los cuatro estallaron en carcajadas.

—Quitádselo —dije—. ¡Nos vamos los cinco a la fiesta de verano de Taney!

—¡Limpiadora, tónico, hidratante! —indicó Sofie a Hugh mientras salía disparada en busca de los bastoncillos de algodón.

—¡Todo el mundo a arreglarse! —dije—. ¡Daos prisa o se acabarán las cosas ricas!

—¿Qué cosas ricas?

—¡Los pasteles!

Quince minutos después nos congregábamos en la puerta. Hugh, con la cara limpia de maquillaje salvo por algún que otro rastro de purpurina en el pelo, vestía una camiseta de Psychedelic Furs y unos tejanos negros. Neeve se había puesto su uniforme de fútbol, mientras que Kiara iba oscura y sobria, prefiriendo el estilo de los años cuarenta: vestido con bordados, abrigo azul marino, medias acanaladas, merceditas y el cabello bien cepillado y cogido con un sencillo pasador negro. Llevaba hasta uno de los viejos bolsos de mi madre, una cursilada de piel, colgado del codo.

Sofie, en cambio, parecía que se hubiese bañado en purpurina: botas de agua a rayas amarillas y negras, mallas a juego, un tutú rosa chillón, una rebeca verde cubierta de adornos brillantes y un par de alas rutilantes cosidas a la espalda, una diadema de peluche, una ristra de pulseras cristalinas en cada muñeca y una maleta de mariquita con ruedas. Como solía decir papá: «Es tan femenina que debe de llorar purpurina».

—Puedo llevar los pasteles en mi mariquita —me susurró con su voz ronca y ceceante.

—Bien pensado, Batgirl.

Eché un vistazo a nuestra ecléctica pandilla y, con una pizca de remordimiento, susurré a Hugh:

—De niña no quería otra cosa que vivir en una familia sosa y convencional.

—Pero míranos, cariño, ¡somos fantásticos!

Tenía razón. A nuestra manera excéntrica, *éramos* fantásticos, y Hugh era el pegamento que nos mantenía unidos.

Yo —que no salga de aquí— tenía un matrimonio feliz. Era una verdad que debía asimilar poco a poco, tal era el pánico que me daba tentar a la suerte. En realidad no fue un matrimonio en toda regla durante algunos años.

A Hugh le daba igual legalizar o no nuestra relación.

—Te quiero —decía—. Te querré siempre. Pero podemos casarnos, si lo prefieres.

A mí me entraban escalofríos. No quería. Por absurdo que pareciera, me sentía más segura *no* estando casada. Si me ponían una alianza en el dedo, existía la posibilidad de que algún día tuviera que quitármela.

Pero el tema de los colegios nos obligó a dar el paso. En Irlanda, los colegios públicos estaban controlados por católicos, de modo que los hijos de las parejas que «vivían en pecado» no tenían la menor posibilidad de ser admitidos. Había unos cuantos colegios aconfesionales estupendos, pero costaban dinero y eso era algo que, por desgracia, no nos sobraba.

Así pues, cuando Kiara contaba cuatro años celebramos una boda discreta en los juzgados. Neeve llevaba los anillos, Sofie y Kiara las flores, y Derry y Carl fueron los testigos. Yo lucía un vestido azul de raso, y después de la ceremonia fuimos a comer a Eddie Rocket's, donde cada vez que mi alianza emitía un destello sentía como si me arrojaran un cubo de agua helada en el alma.

—Tranquila —me susurraba Hugh—, solo es un trozo de papel. No nos traerá mala suerte. Esto no cambia nada. Recuerda que te quiero y siempre te querré.

19

—No quiero una escena lacrimógena cuando me vaya por la mañana —digo a Hugh.

—Vale. —Parece aliviado.

—Solo me levantaré y me iré. —El avión a Londres salía a las siete menos cuarto, por lo que me levantaría, como siempre, a las cinco.

—Vale.

—Te echaré de menos.

—Y yo a ti.

—Entonces ¿por qué te vas?

Recula.

—Si me hubieses dejado como es debido, por lo menos sabría a qué atenerme.

—Lo siento.

—Todo es tan raro. No sé qué debo sentir.

Lo que me sorprende es lo mucho que he cambiado. Cuando conocí a Hugh era del todo autosuficiente. Poco a poco me fui convirtiendo en la mitad de un matrimonio, pero puede que aquella mujer valiente todavía exista dentro de mí. Había leído un artículo en *Psychologies* que decía que todos llevamos nuestros seres anteriores dentro de nuestro ser actual, como las muñecas rusas. Si pudiera volver a conectar con esa versión de mí, sería fantástico.

—¿Y si empiezo a divertirme mientras estás fuera? —pregunto a Hugh—. ¿Y si llegas a casa, listo para incorporarte a nuestra vida de antes, y yo no quiero?

—Si eso ocurre, tendremos que afrontarlo.

—Si pretendías hacerme sentir mejor, no lo has conseguido.

Se ríe, y de repente vuelve a ser Hugh, mi mejor amigo, mi persona favorita, y también me río.

Nos acostamos pronto, pero estoy demasiado triste y enfadada para una sesión de sexo.

Me tiendo a oscuras, en mi lado de la cama, y Hugh se acurruca contra mi espalda, encajando su cuerpo con el mío. Me rodea la cintura con el brazo, me estrecha contra él y nuestras respiraciones se acompasan.

Esta es la última vez que estaremos juntos así, pienso.

O no. Puede que estemos juntos, exactamente como ahora, en algún momento futuro. Pero hay un montón de cosas horribles que tendré que soportar hasta llegar a ese punto.

Suena la alarma a las cinco de la mañana, pero ya estoy despierta, acurrucada en silencio con mi pena, deseando que el tiempo se detenga. Me levanto y me meto en la ducha con la esperanza de que el chorro de agua afloje la opresión que siento en el pecho.

Cuando regreso al cuarto encuentro a Hugh despierto.

—Duerme —le digo.

No contesta, simplemente yace inmóvil, tan abatido, en apariencia, como me siento yo. Me cuesta aceptar que a mi regreso de Londres mañana por la noche ya no estará.

Me observa en silencio mientras me maquillo, abro el cajón de la ropa interior y saco mi sujetador favorito, el de color fucsia.

Titubeo. Por primera vez me da vergüenza estar desnuda delante de él. No quiero que se marche con el recuerdo de mis pechos ya no tan firmes, unos pechos que no tendrían nada que hacer al lado de otros más jóvenes que pueda conocer en sus viajes. Cojo la ropa y termino de vestirme detrás de la puerta del cuarto de baño. Me pongo los botines, cojo el asa de mi maleta con ruedas e —inesperadamente— con un movimiento raudo, eficiente, agarro mi cepillo del pelo y se lo lanzo. Le da en la sien.

—¡Por Dios, Amy!

—¿Te ha dolido? Me alegro. —Me encamino a la puerta—. Adiós.

Levanta el edredón y su dulce olor a hombre, caliente de la cama, flota hasta mí.

—Métete un segundo.

—No.

—Por favor.

Me meto en la cama completamente vestida y me dejo envolver. Nos abrazamos con vehemencia. Sus brazos me aprietan la espalda con tanta fuerza que me hacen daño. Entierro la cara en su cuello para atrapar el olor de su pelo, de su piel, de su aliento, consciente de que tendrá que durarme los próximos 181 días. O puede que para siempre.

Las lágrimas cubren su rostro y mi primer impulso es consolarle. Pero la única manera que tengo de ayudarle es dejarle marchar.

Tengo un nudo en la garganta. Me deshago de su abrazo y corro escaleras abajo. Cierro la puerta de la calle tras de mí, torturada por la idea de que la próxima vez que la abra una vida que desconozco del todo habrá engullido a Hugh en la otra punta del mundo. El aire de la mañana es frío y huele a otoño, lo que aumenta mi sensación de que todo está oscureciendo y muriendo.

Durante

Ya está demasiado oscuro para ver el mar, pero todavía puedo oírlo lamer y salpicar la playa pedregosa de Brighton.

—Podríamos montar nuestra propia discoteca aquí, poner algunas canciones. ¡Lo digo en serio! ¡Será genial!

Se pone a toquetear el equipo de sonido del hotel y empieza a sonar una canción bailonga que medio reconozco. Luego oigo Groove Is in the Heart y el corazón se me dispara.

—¡ME ENCANTA esta canción! —Me levanto de un salto y me quito los zapatos—. ¡Súbela! —Estoy borracha, quizá un pelín más de lo que creía, pero esta canción me vuelve loca y quiero bailar—. Súbela.

De inmediato, la música se oye diez veces más alta y las paredes tiemblan. Siento el bajo dentro de mí y la melodía me envuelve. Me siento viva. Me pongo a dar giros por la sala y durante un rato mis preocupaciones se desvanecen. Solo existimos la música y yo, y me siento libre y feliz.

En un momento dado, me percato de que me está mirando con el rostro tenso y estático. Descansa la espalda contra el sofá y ha extendido los brazos sobre el respaldo. La corbata negra ha desaparecido, la camisa tiene tres botones abiertos —no recuerdo cuándo ocurrió— y de repente soy superconsciente de la energía que se ha creado entre nosotros. Tengo la sensación de que estoy bailando para él. La idea me excita, me incomoda, y luego ambas cosas a la vez.

—¡Más alta! —digo.

Con un simple movimiento de brazo, sin dejar de observarme con avidez, alarga la mano hacia atrás y gira el botón del volumen.

Su mirada silenciosa me abruma.

—Venga, levántate y baila. —Le agarro de las manos y tiro de él.

Ahora está de pie, pero sigue sin bailar, solo me mira.

—Baila conmigo —dice.

—Ya lo hago.

—No, estás bailando para mí. Quiero que bailes conmigo. —Me atrae hacia sí.

—¡No! —No quiero aflojar, no quiero parar. Pero con un movimiento raudo, me aparta el pelo, entierra la cara en mi cuello y le da un pequeño mordisco. Me detengo en seco.

Ya no bailo.

Susurro:

—¿Qué ha sido eso?

Quiero apartarme pero sus brazos se aferran a mi espalda y, atrapada en su campo magnético, no puedo hacer nada salvo mirarle.

Su rostro se está acercando al mío. Ha desplazado una mano hasta mi nuca y me empuja hacia él. De pronto tengo su boca sobre la mía, se está embalando, quiere ir más lejos...

Lo aparto.

—No podemos. ¡No puedo!

Estoy jadeando, él está jadeando. Tiene la camisa arrugada y la mirada salvaje.

Suelta un gemido.

—No podemos —repito.

Reculo para crear distancia.

—No lo lamento. —Da un paso hacia mí—. Llevaba mucho tiempo queriendo hacerlo.

—¿En serio?

—Desde la primera vez que te vi.

20

Martes, 13 de septiembre, día uno

Irritada, sorteo el gentío titubeante de Heathrow —en plena turbulencia emocional, voy chocando contra burbujas de ira— y por fin llego al metro.

Desde que salí esta mañana de casa me invade el temor de que me dé un ataque de pánico en cualquier momento, y el tren va tan lleno que siento con más intensidad aún la opresión en el pecho y la falta de aire. Me espera un día duro.

Como no tengo internet con el que distraerme, empiezo a angustiarme por Hugh. ¿Y si el golpe del cepillo le provoca una hemorragia en el cerebro? Vi algo parecido en *Anatomía de Grey*. Podría causarle un aneurisma. Se me corta la respiración al pensar en la posibilidad de que sufra un síncope en una ciudad extranjera, rodeado solo de desconocidos.

Podría morir.

Bueno, en realidad todos nos vamos a morir. Y él se lo ha buscado. Si no hubiese decidido largarse seis meses, no le habría arrojado un cepillo de pelo a la cabeza. Llevo con él más de diecisiete años y nunca le había arrojado un cepillo de pelo hasta hoy. Es increíble.

Marble Arch es mi parada. Me abro paso entre el gentío de hora punta y llego a mi «oficina» diez minutos antes de mi primera reunión. En realidad mi oficina es el club privado Home House. Alastair y yo somos socios porque la cuota anual cuesta mucho menos que tener una oficina en Londres.

Me aguardan dos días de mucho trabajo, y lo más probable es que eso sea bueno: no me conviene la inactividad, tener el más mínimo segundo para pensar, porque toda pausa sería un abismo, y si caigo en el abismo me costará mucho salir.

Durante las próximas cuarenta y ocho horas me veré obligada a comer y beber mucho, y aunque lo de comer se me hace un poco cuesta arriba, lo de beber mola.

Una buena firma de RRPP se asegura de mantener buenas relaciones con tantos periodistas y productores de televisión influyentes como sea posible para tener amigos a los que recurrir cuando la mierda le salpique.

Mantener buenas relaciones con los medios irlandeses no merece la pena porque todo el mundo se conoce. Por tanto, Tim, Alastair y yo cubrimos el Reino Unido como mejor sabemos: Tim va a Edimburgo cada dos jueves; yo estoy en Londres los martes y los miércoles y Alastair los jueves y los viernes.

A menos que estalle una crisis —lo que ocurre bastante a menudo—, mi trabajo (que no parece un trabajo, lo sé) consiste básicamente en instalarme con mi portátil en Home House y mandar muestras de cariño a la gente de los medios. Me preocupo por los hijos enfermos, me acuerdo de los nombres de los cónyuges y, lo más importante, los atiborro de comida y bebida.

Mi día, por lo general, se compone de encuentros para desayunar, almorzar, comer, merendar y cenar, y a menudo el martes por la tarde ya he agotado mi cuota semanal de alcohol ingerido gracias a los Mimosas del desayuno, el prosecco del almuerzo, el vino de la comida y el champán de la merienda.

Ojalá no tuviera que beber tanto, pero la gente ve con recelo que la anime a emborracharse mientras limito mi consumo a pequeños sorbos de agua con gas. Ahora mismo, sin embargo, me siento muy agradecida por tener un trabajo que implica la ingesta obligatoria de alcohol a media mañana.

Me dedico, sencillamente, a hacer trueques. Por ejemplo, si tú te abstienes de publicar el artículo sobre la crueldad de mi cliente el Sr. X con los canguros, yo te consigo una entrevista en exclusiva con otro de mis clientes, la Sra. Y, en cuanto salga del centro de rehabilitación. (Para ser franca, por cada historia de un famoso haciendo algo estúpido o ilegal, hay otras diez que no salen a la luz. Ni os imagináis las cosas que llega a hacer la gente. Y por lo general, son los menos poderosos y más vulnerables. Los que gozan de influencias consiguen que sus historias chungas se omitan.)

De adolescente aspiraba a dedicarme a algo artístico, como diseño de moda, o incluso interiorismo. Pero en el colegio no estudié arte —papá no me dejaba, decía que no era una asignatura de verdad—, de modo que cuando me fui a vivir a Leeds con Richie, fue pura casualidad que, sin titulación ninguna, entrara a trabajar de recepcionista en una agencia de RRPP.

No sabía nada del negocio de la publicidad, pero aquella gente vio algo en mí y empezó a involucrarme en sus campañas, así que poco a poco aprendí el oficio.

Por tanto, llevo mucho tiempo dedicándome a esto, primero en Leeds, luego en Londres y ahora a caballo entre Dublín y Londres. A lo largo de tantos años he entablado relación con muchísima gente de los medios y me da pánico ofenderles y ganarme su enemistad.

Ya sé que no se puede comparar con bajar a la mina, pero desde una perspectiva primermundista, el mío es un trabajo aterrador. La gente de los medios tiene muchísimo poder, y además, les encanta la broma, y por más que me esfuerce por seguirles el rollo, nunca sé dónde está el límite.

Eso se traduce en que, en cuanto la persona se ha ido, mi cerebro empieza a reproducir la conversación y mi estómago se pone a segregar ácido. ¿Fue un error reírse de la historia del robo en su casa? ¿A quién, en su sano juicio, le haría reír un robo? Pero lo había contado con tanta gracia que también me daba miedo *no* reír. Ahora que lo pienso, ¿tendría que haber buscado la manera de transmitir (a) que la persona era un as del humor y que (b) había tenido una experiencia traumática?

Mi primera reunión de hoy es con una estrella del pop de los ochenta que está al borde de la ruina y desea renovar su imagen. Debería proponerle el trabajo de embajadora de EverDry, pero dadas las circunstancias, carezco de la energía emocional necesaria para plantear con sutileza un asunto tan delicado. La reunión no va demasiado bien, y tampoco la siguiente, un mero «ponerse al día frente a un café» con una columnista de sociedad del *Guardian*, ni tan solo la tercera, un almuerzo con un joven productor de televisión que está pegando fuerte.

No tengo la cabeza para este juego y mis pulmones se niegan a cooperar.

Hago lo que puedo: emito palabras, asiento, respiro de vez en cuando. A decir verdad, estoy impresionada conmigo misma. Puede que sea uno de los beneficios de la madurez: puedes sentir que has perdido todo lo que importa en la vida y aun así comerte una tortilla con una periodista y preguntarle por su caniche.

Después de comer me toca adentrarme en el mundo real. Actualmente estoy rehabilitando a una ex política (escándalo por malversación) y una de mis estratagemas es ofrecerla como la «cara» de Room, una organización benéfica para las personas sin techo. En realidad no pegan ni con cola. Mi ex política, Tabitha Wilton, es una mujer pija y brusca. Su voz posee un arrogante timbre nasal que provoca el rechazo instantáneo. Hoy se verá cara a cara con un posible aliado y soy una peculiar mezcla de nihilismo y profundo nerviosismo. Ha sido una auténtica batalla conseguir que una organización benéfica se interesara por ella; Tabitha Wilton, incluso sin el escándalo por malversación, no goza de un índice de popularidad lo que se dice alto.

No obstante, si la cosa prospera podría tener un efecto muy beneficioso para la imagen de Tabitha, mientras que el perfil de la organización benéfica subiría, lo que generaría un incremento proporcional de sus ingresos.

Todo este asunto es tan deprimente como un matrimonio concertado donde Tabitha es la novia y yo… no sé… ¿La casamentera? ¿El padre de la novia venido a menos? Me siento conformista y servil.

Los tres representantes de Room son hombres trajeados que no destacan por su simpatía.

—¿Qué sabe de las personas sin techo? —pregunta uno con cierto desdén.

—¡Poquísimo! —declara Tabitha, como si sus interlocutores estuvieran a cuatro condados de aquí—. Pero estoy deseando aprender.

—¿Qué tal si ayuda a nuestros voluntarios del comedor benéfico? ¿Esta noche?

Tabitha flaquea… y se repone.

—¡Claro!

Suelto una exhalación una pizca demasiado audible.

—¿Tiene usted dos casas?

—¡Hipotecadas hasta las cejas! ¡El banco amenaza con ejecutarlas! ¡Estoy aterrorizada, la verdad!

Eso gusta. Uno de los hombres trajeados anota algo en su libreta. Puede que solo esté recordándose que tiene que comprar pañuelos de papel, pero si se parece en algo a mí, querrá que Tabitha repita al pie de la letra esa frase en una entrevista con la prensa.

—¡Puede que hasta *yo misma* tenga que recurrir a ustedes si no encuentro pronto una solución!

Tras esa confesión, la atmósfera se distiende. Tabitha es más cercana y humilde de lo que da a entender su acento arrogante. Me gusta.

—Tiene un escándalo a sus espaldas —dice un traje—. La prensa volvería a sacarlo a la luz si decidiéramos trabajar con usted. ¿Cómo lo encararía?

El corazón se me para. Estoy tan nerviosa que me dan ganas de intervenir y responder por ella, pero toda mi preparación ha dado sus frutos.

—Fui una idiota —contesta Tabitha—. Una idiota avariciosa. Robar a los contribuyentes. Imperdonable. Quiero reparar el daño que hice a la sociedad.

Otra anotación en la libreta. ¿Recordando que también ha de comprar salchichas? ¿O es otra buena señal?

Ahora el interrogatorio se centra en la disponibilidad de Tabitha.

—¡En el paro! —dice—. ¡Disponible todos los días de la semana!

Se habla entonces de un almuerzo con los administradores, lo que significa que Tabitha ha pasado a la siguiente ronda. Recogemos nuestras cosas y conmigo sonriendo, sonriendo, asintiendo, sonriendo, bajando la cabeza, retorciendo una gorra imaginaria entre las manos y, en fin, haciendo la pelota a más no poder, nos despedimos.

En cuanto salimos a la calle, Tabitha dice:

—¿Nos emborrachamos?

No es una buena idea: hay que mantener la distancia con los clientes. Además, estoy agotada, más de lo que lo estaría en otras circunstancias. Y necesito estar sola e intentar respirar.

—Esta noche tienes que servir en el comedor benéfico —le recuerdo.

—Razón de más para pillarla.

Así y todo, declino la invitación.

El metro está hasta los topes, hace calor y vamos a tres por hora, ya son más de las siete cuando llego al piso de Druzie, en Shepherd's Bush.

Druzie van Zweden y yo somos amigas desde hace más de veinte años. Ella es originaria de Zimbabue y nuestras vidas se cruzaron en Leeds, después de que Richie me abandonara. Vivía justo en el piso de arriba, y aunque no teníamos *nada* en común, enseguida conectamos. Durante dos años subíamos y bajábamos las escaleras todo el tiempo, y cuando conseguí un trabajo mucho mejor en Londres, me dolió mucho separarme de ella.

Pero al poco tiempo ella se mudó también a Londres y empezó a trabajar para una organización benéfica que supervisa la distribución de ayuda en zonas conflictivas. La ascendieron y ascendieron y ascendieron y hoy día su trabajo le exige viajar por todo el mundo, pero tiene un piso en Londres, del que me dio (también a Alastair) una llave. Eso nos ahorra tener que alojarnos en un hotel una noche a la semana, y podemos dejar nuestro cepillo de dientes y otros efectos, lo que hace que me sienta como en casa.

Druzie es una de mis personas predilectas, pero esta noche agradezco que no esté: vería con recelo las correrías de Hugh. En lo relativo a las relaciones, Druzie es una mujer de un pragmatismo que me fascina. En sus destinos en el extranjero encuentra novio casi antes de haber deshecho la maleta, y cuando los jefes la trasladan a otro país, se marcha sin mirar atrás.

Probablemente me aconsejaría que cerrara la puerta a Hugh para siempre, incapaz de entender por qué no puedo hacerlo.

El piso de Druzie, una planta baja con jardín, está ordenado. Hay queso, hay paz y silencio, y hasta hachís en una cajita labrada si te va ese rollo. A mí no, pero tampoco lo juzgo.

Pero después de haberme pasado el día deseando estar sola, me percato de que también existe el *exceso* de paz y silencio. Pongo Jeff Buckley. Demasiado triste. Pruebo con Solange y es aún peor. Nile Rodgers tampoco ayuda.

¿Y ahora qué? No sé qué hacer, y cuando me suena el móvil, lo agradezco. Es Tim.

—¿Qué ocurre? —Tim solo llama cuando algo se ha torcido.

—Nada. Solo quería saber cómo…

Qué mono.

—Estoy genial, Tim, en serio.

Las puertas de la sala de estar dan al jardín de atrás, que en estos momentos está bañado por la luz tenue del anochecer. Salgo con una taza de té y el portátil. Trabajaré un rato y después veré *Masterchef*. En momentos como este agradezco mi trabajo: siempre hay algo que hacer.

Solo cuando empiezo a tiritar me percato de que son casi las diez y una fría oscuridad envuelve el jardín. ¡Me he perdido *Masterchef*!

Me alegra comprobar que no estoy echando de menos a Hugh. Luego me entra el pánico. Debería estar más triste, como si una mano helada me estrujara el corazón. «Realmente lo nuestro está acabado», pienso.

¡No puedo respirar! ¡Joder, no puedo respirar! Dios mío, ¿y si me muero sola en el jardín de Druzie?

Estoy de pie, inclinada sobre la mesa, y durante unos segundos interminables permanezco con la boca abierta, paralizada, luchando por apresar una brizna de aire. Por fin mi pecho atrapa una, que desciende hasta el fondo, y resoplo aliviada.

Por Dios, hoy ha sido horroroso. Todo el día ha sido horroroso.

Quién sabe, a lo mejor ha sido el peor día de todos y a partir de ahora las cosas serán un poco más fáciles.

Pero soy lo *bastaaaante* perra vieja para saber que el dolor del desamor no empieza en la cresta de la ola y va bajando lenta e ininterrumpidamente hasta dejarte en la arena con tanta suavidad que apenas lo notas.

Las emociones —sobre todo las desagradables— arremeten sin avisar. Juegan con las cartas cerca del pecho, orgullosas de su imprevisibilidad. Por mal que me sienta ahora, mucho peor me sentiré mañana por la noche, cuando llegue a casa y Hugh no esté. Pienso en la casa retorciéndose por su ausencia y vuelve a faltarme el aire.

21

Allá voy. Mi primera noche sin Hugh. Me acuesto en la habitación de invitados de Druzie. Qué extraño se me hace no hablar por teléfono con él antes de apagar la luz. ¡Un momento! ¡Alguien me está llamando por FaceTime! Durante un instante de furiosa esperanza, pienso que es Hugh.

—Hola, tesoro. Aquí Ciudad del Cabo.

Por mucho que me sorprenda, ver la cara de Derry me resulta reconfortante.

—Gracias.

Seguro que no le ha sido fácil encontrar un hueco en la agenda.

En su trabajo en recursos humanos Derry es responsable de grandes contratos para conseguir, por ejemplo, quinientos enfermeros o trescientos ingenieros en un país y transferirlos a otro. Sus viajes son intensivos: jornadas de quince horas evaluando a miles de aspirantes, entrevistando, calificando, seleccionando y tomando una decisión minuciosa tras otra, hasta agotar por completo sus facultades críticas.

—¿Se fue? —pregunta.

—Supongo. No me ha dicho que no.

—¿Cómo estás?

—Bueno, voy haciendo. —Ahora no es el momento. Parece cansada, lo cual es extraño en ella—. ¿Cuándo vuelves?

—El viernes, pero el sábado por la noche he de ir a Dubai —dice.

—¡Caray, Der, te morirás de puro agotamiento!

—Estoy bien. Las cosas tendrán que calmarse algún día, ¿no?

Le pagan un montón de pasta, pero ¿merece la pena?

—Sé que dijiste que no querías tener nada con ningún hombre que no sea Hugh —dice—, pero las mujeres de cuarenta y pico tenemos la energía sexual *por las nubes*. Es nuestro último cartucho antes de que la menopausia ataque y comience el declive.

—Gracias por los ánimos, Derry, eres una joya. Que duermas bien. Te quiero.

—Y yo a ti.

Ojalá la gente dejara de insistirme en que eche un polvo, porque no puedo separar lo físico de lo emocional. Hay quien no tiene problemas con eso —le gusta alguien, se insinúa y en un abrir y cerrar de ojos ya están dándole que te pego— y me alegro por ellos. Cada uno es como es, y seguro que vivir así resulta divertido si eres esa clase de persona.

Sin embargo, en mis cuarenta y cuatro años de vida solo me he acostado con seis hombres y he tenido un rollo de una noche. ¡Uno! Con un holandés, Elian; todavía recuerdo su nombre, aun cuando en aquel entonces yo tenía diecisiete años, así que ya han pasado *veintisiete* años. Elian estudiaba medicina en Delft, nuestras miradas se cruzaron en un concurrido bar de Ibiza y de pronto estábamos sorteando la multitud para ir al encuentro del otro. Tenía que irse a primera hora de la mañana y nos pasamos la noche charlando y besándonos. Vimos la salida del sol en la playa y nos fuimos a su apartamento, donde el sexo tuvo lugar una hora antes de su partida.

A lo largo de esa noche me enamoré. Bueno, más o menos. La despedida fue tierna y dulce; no hubo promesas de mantener el contacto, tampoco éramos unos completos ingenuos, y a los pocos días ya me había olvidado de él. Aquella noche, no obstante, conectamos: sentí que lo conocía y que él me conocía a mí.

Siempre me atrajo más el amor romántico que una pasión sexual irresistible, aunque a veces uno y otra se solapaban, como en el caso de Richie Aldin.

Los años post-Richie, antes de conocer a Hugh, tuve dos aventuras insignificantes. El problema era que no había tiempo para los hombres: cada segundo de cada día agotador estaba reservado a cosas más importantes, como dar de comer a mi hija o hacer mi trabajo.

Cuando Neeve contaba tres años, había un padre divorciado

con un hijo pequeño en su guardería con el que coincidía a la hora de dejar y recoger a nuestras respectivas criaturas. Estuvimos un año intercambiando sonrisas que evolucionaron hasta un acuerdo recíproco para recoger, de vez en cuando, el hijo del otro. En torno a la época en que decidí que me gustaba de verdad, me propuso él una cita.

—¿Una cita-cita? —recuerdo que le pregunté.

—Una cita-cita —me confirmó.

Pero entre nosotros nunca saltó la chispa y la cosa apenas duró un mes. El hombre era agradable pero un pelín soso y la ruptura fue tan sosegada como lo había sido la relación: una mañana sonrió con cierta tristeza y dijo «¿No?».

Lo que más lamentaba era que ya no podría pedirle que recogiera a Neeve los días que iba justa de tiempo. No me parecía correcto.

Mi otra relación pre-Hugh fue muy diferente. Max Nicholson era un publicista de éxito en la gran firma londinense por la que abandoné Leeds. Aunque era famoso por su trabajo, más lo era por sus líos de faldas. Max era un hombre tremendamente sexy, divertido y seductor, y cuando te dirigía la fuerza de su carisma, era irresistible. Se acostaba con quien quería y siempre podías señalar a la amante de turno porque era una torre de alta tensión andante. Cuando Max empezaba a cansarse de ella —y *siempre* se cansaba— podías ver cómo la chica se iba apagando, como una batería que se queda sin energía.

Al menos dos de esas mujeres desechadas dejaron la firma y buscaron trabajo en otro lado, y otra pobre chica desapareció de un día para otro porque había sufrido una crisis nerviosa.

Entonces decidió fijarse en *mí*. Una mañana pasó como una bala por delante de mi cubículo y, recorridos un par de metros, frenó en seco, realizó un elegante giro de 180 grados y me miró. A los ojos.

—Hola, guapa.

—Hola, guapo. —Era tan descarado que me dieron ganas de reír.

—Irlandesa —dijo pensativo.

—Inglés. —Imité su tono y seguí mirándole.

Ese fue el comienzo, y Max se encargó *del resto*. Las flores. Las citas espléndidas. («¿Cenamos esta noche? ¿En Lisboa?») Unos Manolo Blahnik de mi número que mandó a casa por mensajero.

Cada día se inclinaba sobre mi mesa y murmuraba: «Sabes que me estás haciendo perder la cabeza, ¿verdad?» o «¿Cuándo vas a acostarte conmigo y sacarme de mi tormento?».

Era divertido. A diferencia de las otras mujeres que caían bajo el foco deslumbrante de su atención, yo sabía perfectamente dónde me estaba metiendo. Y No. Me. Importaba. Era como comerse una tarta entera de queso y toffee: un ejercicio de autodestrucción, pero disfrutas mientras dura.

Ni siquiera me intimidaba mi falta de experiencia en el terreno sexual, porque aunque hubiese tenido un *diploma* en técnicas exóticas, Max acabaría dejándome. Era solo cuestión de tiempo.

De no ser porque fui yo quien rompió con él.

Una mañana que estábamos en la cama, Max deslizó un dedo por una línea plateada de mi estómago con toda la intención.

—¿Una estría?

Esa palabra encerraba tantas cosas: crítica, desprecio y la insinuación de que debía esforzarme más. Otra mujer atrapada en su tela de araña habría salido disparada de la cama para comprar un bidón de Bio-Oil; yo, en cambio, recuerdo que pensé: «Ya está. Este es el comienzo del fin».

No había nada que hacer: Max ya me había destronado y cuanto sucedería a partir de ese momento sería un machaque sutil que iría volviéndose cada vez más descarado.

Me levanté de la cama y recogí mi ropa interior.

—Ha estado bien, Max.

—Puede que repitamos otro día.

—No.

Frunció el entrecejo.

—Esta ha sido la última vez.

—¿Perdona?

—Max, siempre hemos sabido que esto era solo… —Mis palabras parecían sacadas directamente de una miniserie de Danielle Steele.

—¿Solo qué?

—¿Un pasatiempo? —Iba a decir «folleteo», pero me amedrenté.

—¿Un pasatiempo? Pero...

—Los dos somos adultos, y eres un tío genial. —Mi voz se apagó—. No, en realidad, Max, no tienes nada de genial.

Se puso blanco.

—En realidad eres *repugnante*. Te gusta jugar con la gente. Eres cruel y despiadado.

Hasta los labios se le habían quedado blancos.

—¿Estás bien?

—Estoy genial. ¿Y tú, Max? Si me encontrara en tu lugar estaría preocupada.

No era propio de mí juzgar a una persona de esta manera tan despiadada, pero era evidente que me estaba vengando por las infidelidades de Richie: un mujeriego castigado por el comportamiento de otro mujeriego.

Mirando atrás, me doy cuenta de que en aquel entonces yo tenía el corazón endurecido, cerrado como un puño, y no me fiaba de nadie. Fue un milagro que Hugh consiguiera que, siendo como era un capullo apretado y resentido, me desplegara y floreciera.

22

Miércoles, 14 de septiembre, día dos

A las cuatro y media pasadas me despierto de golpe y me descubro en el cuarto de invitados de Druzie. Me incorporo y enciendo la luz. Sé cómo funcionan los terrores de madrugada. Mientras estoy despierta, el parloteo de mi ajetreada vida mantiene los miedos a raya. Cuando duermo, no obstante, las capas protectoras que las mierdas absurdas me procuran se van elevando poco a poco y desaparecen, hasta que no queda nada salvo la verdad en todo su horror.

Pérdida, vergüenza, miedo al futuro. Joder, es espantoso. Lo peor de todo, la *pena*. De repente, me doy cuenta de que no podré sobrevivir a esto. Hugh me ha querido, yo le he querido. Cada uno es el final feliz del otro.

Ojalá supiera cómo calmarme. Tendría que haber aprendido mindfulness. Ahora es demasiado tarde, porque no sirve de nada aprenderlo en plena crisis: hay que empezar cuando las cosas van bien. Eso sí, solo uno entre mil pensaría: «Eh, mi vida es perfecta. ¡Ya sé lo qué haré! Me sentaré y perderé veinte minutos observando mis pensamientos sin juzgarlos».

Fumo del cigarrillo electrónico y entro en Facebook. Ahí están todos, con sus vidas perfectas. Tengo noventa y tres mensajes privados sin leer y sé, sin necesidad de abrirlos, que buscan satisfacer su hambre de saber. Es horrible ser la protagonista de un escándalo, y os aseguro que a partir de ahora me lo pensaré dos veces antes de cotillear sobre el drama de otra persona. No preguntéis por quién doblan las campanas de «Cm stas, cari?». Doblan por ti.

Echo un vistazo a la sección de noticias de Hugh. Aunque juró que se mantendría alejado de ella, ya no me fío de que cumpla su promesa. No hay nada nuevo: lo último es de hace tres días, cuando aún estaba en casa y compartió una publicación de Kiara sobre los refugiados.

Me conecto a Instagram con la esperanza de encontrar vestidos vintage, pero está inundado de perogrulladas motivacionales. «Atrévete a ser excepcional», «Eres más fuerte de lo que crees».

Es evidente que sigo a la gente equivocada, porque no soporto esas estupideces. Quizá debería cambiar de actitud. Quizá debería empezar a ver estos seis meses sola como una oportunidad para —como dice Kiara— sentirme realizada.

De repente un cliché en Instagram llama mi atención: «Un viaje de mil kilómetros empieza por una decisión estúpida». Y me río, me río en voz alta; por lo general nunca hago ruido cuando estoy sola, ni siquiera si, por ejemplo, me golpeo el meñique del pie con la esquina de la bañera. ¿De qué me sirve decir «¡Mierda, mi pobre DEDO!» si no hay nadie para consolarme?

Enseguida pongo un corazón en la publicación de Instagram. Le pondría tres si pudiera. Entonces veo quién lo ha publicado —Josh Rowan— y se me corta la risa.

23

Diecisiete meses antes

Un día abrasador de hace dos abriles, estaba consultando el correo en mi «oficina» de Londres cuando me sonó el móvil.

Era una clienta, Premilla Routh, una actriz que estaba luchando por superar su adicción a los ansiolíticos con receta, y un periódico nacional tenía una grabación en la que se la veía comprándolos en la calle.

—El camello me tendió una trampa. —Estaba tan alterada que casi no podía hablar—. Amy, ayúdame, te lo ruego. Si sale a la luz perderé el trabajo, y quizá también a mis hijos. —Ya había perdido a su marido.

—¿Quién se ha puesto en contacto contigo? —pregunté.

—Marie Vann.

Lo peor que le podía pasar. Marie Vann era la reportera de escándalos del *Herald* británico y su especialidad era destripar al vulnerable. Tanto las desdeñaba, que describía a las personas con enfermedades mentales como meras victimistas que querían llamar la atención, por lo que era improbable que se compadeciera de Premilla. Pedirle que no publicara la historia solo empeoraría las cosas; como todos los matones, Marie Vann tenía el don de la manipulación, conseguía usar en su propio beneficio lo que hacía la gente que intentaba defenderse. Si no iba con cuidado, Premilla y yo acabaríamos siendo retratadas en el artículo, sin duda corrosivo, de Marie como las agresoras.

Mi única opción —lo había aprendido de Tim— era pasar por encima de Marie Vann y suplicar clemencia a su jefe. (Pese a su apariencia sosa y discreta, Tim era un publicista muy competente.)

Pero el redactor jefe del *Herald* era una figura remota. Habría sido más fácil conseguir una audiencia con Beyoncé. Cuanto tenía en mi arsenal era el endeble link del superior inmediato de Marie, el editor de contenidos. Josh Rowan, se llamaba, y por desgracia nunca habíamos hablado. Le había enviado varias invitaciones a comer, pero nunca aceptaba. Nos seguíamos en Twitter el uno al otro y esa era la única relación que tenía con él.

—Déjamelo a mí, Premilla —dije—. Procura tranquilizarte.

—Gracias, Amy —sollozó—. Gracias, gracias, gracias.

Era un poco pronto para darme las gracias. No tenía ni idea de si podía salvarla. De hecho, raras veces lo sabía, a menos que el periodista fuera amigo mío (nunca) y yo tuviera una gran exclusiva escondida debajo de la manga como moneda de cambio (casi nunca).

Agarré la cazadora tejana, la cartera y el bolso enorme, salí a la calle y me subí a un taxi. Camino de las oficinas del *Herald*, situadas en Canary Wharf, envié un mensaje directo a Josh Rowan para preguntarle si podía tomarse un café rápido conmigo. Hecho esto, llamé a la centralita del *Herald* porque los periodistas eran de las pocas personas que quedaban en el planeta que todavía cogían el teléfono aunque no reconocieran el número. Nada que hacer, me saltó el contestador. Escribí entonces a Tim y Alastair para ver si tenían su número de móvil.

El estómago empezaba a arderme con una mezcla familiar de adrenalina y ansiedad y para ponerle remedio me puse a hurgar en el bolso hasta encontrar la botellita de Gaviscon y le di un trago. Estaba en las últimas: me lo bebía como si fuera agua.

Esa parte de mi trabajo, frenar la publicación de un artículo negativo, era como ir a la guerra: las estrategias, la previsión de los planes de ataque de mi rival, el miedo a la derrota… Cada vez que me veía en medio del meollo pensaba: odio tener que hacer esto, pero, curiosamente, en cuanto el drama se resolvía echaba de menos la emoción.

Lo que hacía esta situación aún más importante era que Premilla tenía la razón de su parte. Se había enganchado a los ansiolíticos cuando un médico inútil se los recetó para calmar un tic nervioso que tenía en la cara. Llevaba veinte meses intentando desengancharse, pero los monos eran tan bestias que siempre recaía. Su medio de vida dependía de que yo hiciera bien las cosas.

Tras doce tensos minutos en el taxi consultando el móvil cada diez segundos, me llegó un mensaje directo: Josh Rowan me informaba de que estaba disponible para hablar por teléfono. Pero con una petición tan delicada como la mía, era preciso un cara a cara. Tenía que conseguir que Josh Rowan se llevara una buena impresión de mí y, por extensión, de Premilla. Contesté que en media hora estaría en el vestíbulo de su edificio. Siete minutos después me llegó un mensaje lacónico: estaría en un pub llamado The Black Friar a las cuatro y media.

El taxi me dejó en el pub a las cuatro y treinta y tres. Iluminado con una luz tenue, estaba forrado de madera oscura y casi vacío: había un par de corrillos en un rincón pero ni rastro de Josh Rowan.

Inquieta, pero dando por hecho que aparecería, procedí a adueñarme del espacio.

Tras echar una rauda ojeada al pub, decidí cuál sería el lugar idóneo para nuestra charla: una mesa con bancos tapizados lo bastante alejada de la gente para poder hablar sin tapujos, pero no tan escondida como para dar la sensación de que tramábamos algo feo. Fuera también había mesas, pero no quería que el reflejo del sol en la superficie de zinc nos deslumbrara; uno de los dos podría necesitar gafas de sol y era vital el contacto visual.

Me dispuse entonces a esperar.

No pedí una copa porque no quedaría bien que estuviese pimplándome un vodka si él pedía una finolis taza de té. Para ser franca, abrigaba la esperanza de que pidiera una copa copa, pero si no lo hacía, yo tampoco lo haría. En estas situaciones es muy importante lo del espejo. Transmitir aquello de yo soy como tú. Mira lo mucho que nos parecemos. Sí, puedes confiar en mí.

Mientras esperaba empecé a inquietarme, tenía muchas razones para hacerlo, pero, como siempre, lo que recibió la peor de mis críticas fue mi aspecto. Quizá porque era una de las pocas cosas que podía controlar.

El problema era mi atuendo, y la culpa era mía por no consultar el parte meteorológico. Ayer por la mañana en Dublín hizo una temperatura agradable y suave, pero hoy en Londres el sol pegaba con fuerza. Y mi vestido de popelina años cincuenta con mangas hasta el codo y llamativo estampado de rosas rojas y rosas se me antojaba demasiado femenino. Necesitaba mi cazadora tejana para endurecerlo, pero si me la ponía me asaría de calor. Con suerte, las uñas azules y las robustas sandalias plateadas mitigarían el efecto, pero así y todo existía una gran posibilidad de que ese Josh Rowan me tomara por una Doris Day bobalicona.

(He de decir, en defensa de mi vestido, que lo adoro. Es una de las mejores prendas que me ha conseguido Bronagh, de un algodón tan tieso que casi puede mantenerse de pie él solito.)

No osaba ir al lavabo para retocarme el maquillaje por miedo a que nos cruzáramos, de manera que saqué el espejo de bolsillo y me eché una ojeada rápida. Dios, qué pelos. Esa mañana había conseguido un ondulado ambicioso y desenfadado con un rizador y toneladas de espray texturizante, pero durante mi carrera por la ciudad había pasado de desenfadado a meramente alborotado.

Busqué el peine en mi bolso gigante y no lo encontré. Hurgué con más detenimiento una segunda vez y empecé a impacientarme porque lo necesitaba de verdad.

Al tercer intento, cuando casi me había zambullido en el bolso, comprendí, furiosa, que el peine no iba a aparecer. Me lo habían robado; lo más probable es que hubiera sido Neeve, aunque podría haber sido cualquiera de las chicas.

—Brujas —farfullé.

—¿Quiénes?

Detuve en seco mi encorvada búsqueda, levanté la mirada y vi a un hombre con un rostro inteligente y un tanto tristón. Con la camisa arremangada hasta los codos, tenía pinta de andar muy liado. Yo sabía que era él, Josh Rowan. Y él sabía que era yo.

—Eh...

—¿Quiénes? —repitió.

No tenía más remedio que fingir naturalidad. Me enderecé.

—Mis hijas. Me han robado el peine.

—¿Y por qué lo necesita?

—He quedado con un periodista. Necesito dar una imagen de serenidad para que me tome en serio.

Me miró de arriba abajo y dijo:

—Parece serena. La tomará en serio.

Y hubo un instante. Un cruce de miradas. Un silencio. Algo.

—Bien. Genial. —Pero la tensión seguía ahí.

Tenía acento de Newcastle o de algún lugar de por allí.

Me asaltó un pensamiento horrible.

—Usted es Josh Rowan, ¿no?

—No, querida, acaba de contarle sus secretos a un completo desconocido. —Al ver mi cara de espanto, se apiadó—. Puede estar tranquila, soy Josh.

Respiré aliviada.

—Sí lo es, está igual que en su foto de Twitter. Sé por experiencia que, en general, la gente es mayor y mucho menos agraciada que en esas fotos.

Hizo un esfuerzo vago por sonreír.

—Venga, le invito a una copa. —Estaba adoptando un tono maternal aun cuando éramos más o menos de la misma edad.

—No tengo tiempo.

—Bueno, no importa. —Le obsequié con una sonrisa afable, segura. Era la manera de proceder: afable, afable, afable. Luego sensata, sensata, sensata. Cero melodrama, cero emotividad, solo dos adultos teniendo una conversación adulta de una manera adulta.

Tomó asiento, y no tenía pinta de que planeara quedarse mucho rato, pero presentí que llegaríamos a buen puerto si lograba ponerlo de mi parte. No sabía decir qué era —tenía un pelo castaño claro corriente y unos ojos de un gris ordinario—, pero tenía algo, quizá una autoestima sólida mezclada con un toque de humanidad, que ponían de relieve que era especial.

—¿De qué se trata? —dijo.

—Marian Vann —respondí.

Enseguida puso cara de póquer. Me observó en silencio.

—Premilla Routh es clienta mía —dije en un tono suave.

Siguió examinándome en silencio con su cara tristona y sus ojos penetrantes.

—No lo publique —dije—. Por favor.

—¿Por qué no?

—Porque es cruel.

Soltó una carcajada.

—Es una buena persona —dije.

—¿Marie?

—No —farfullé—. Premilla.

Pero me hizo gracia la idea de que Marie pudiera ser descrita como buena persona. Había conseguido descolocarme. No volvió a reírse, pero nos quedamos un rato mirándonos; la tensión entre nosotros se diluyó ligeramente y en ese momento sentí que la cosa podría ir bien.

—Sé que tiene prisa —dije—. Y este asunto es confidencial, pero...

—Creo que me tomaré esa copa. ¿Qué le apetece?

—Me encanta su acento —solté de repente—. El acento *geordie* del nordeste de Inglaterra es mi favorito.

Puso los ojos en blanco.

—Entonces ¿de beber?

Agarré el bolso.

—Deje que le invite.

Negó con la cabeza.

—Invito yo.

Si él pagaba le estaría cediendo todo el control. Por otro lado, era imposible insistir sin montar un numerito.

—Está bien. Gracias. Vino blanco. —Quería alcohol y estaba demasiado cansada y harta para intentar adivinar sus gustos—. Cualquiera. Un sauvignon. Lo que tengan.

—En Canary Wharf somos gente sofisticada. —Difícil saber si estaba siendo irónico. Probablemente.

—Un sauvignon, entonces.

Se marchó a la barra y lo examiné como es debido. Era alto, pero no una de esas estaturas absurdas, como uno noventa o uno noventa y cinco. Llámame anticuada —o baja—, pero todo lo que pasa de uno ochenta y cinco me parece innecesario a menos que se trate de Ashley Banjo, que, por desgracia, nunca es el caso.

Josh Rowan llevaba puesta una camisa clara de algodón con el cuello desabrochado y daba la impresión de que estaría como pez en el agua en una redacción de esas trepidantes. Solo le faltaban aquellas curiosas bandas elásticas alrededor de los bíceps para completar la imagen del periodista clásico.

Parecía estar en forma, pero algo me decía que despreciaba los gimnasios. Le pegaba más un partido de fulbito los miércoles por la noche. O a lo mejor había desarrollado esos músculos levantando muebles los fines de semana para tener contenta a su esposa.

Porque, sin duda alguna, había una esposa. Llevaba una alianza de oro, y aunque el recuerdo era vago, me sonaba haber visto algunas fotos de familia en las redes sociales.

Desde donde estaba no podía oír lo que le decía al camarero, pero era evidente que estaba siendo amable con él. Algo así no debería ser digno de mención, pero hay tanta gente antipática que eso me dio esperanzas. Al rato regresó con mi vino y algo que parecía cerveza.

—Lo más selecto de Canary Wharf. —Acercó una silla a la mesa.

—Gracias.

Perfectamente sincronizados, levantamos nuestras copas y brindamos. Después hubo una pausa extraña. Nos quedamos mirándonos y noté que me ruborizaba.

Tras unos segundos incómodos, dijo:

—Adelante, cuénteme.

Hice un breve resumen de los problemas de Premilla mientras él escuchaba en silencio.

—Lo ha intentado con todas sus fuerzas —dije—. No se merece el perjuicio que sufrirá si Marie publica su artículo.

—No puedo prometerle nada —dijo Josh Rowan—, y hablo en serio. Pero veré qué puedo hacer. Ahora debo irme.

Nos levantamos y le miré directamente a los ojos.

—Gracias, Josh Rowan.

—No le prometo nada.

—¿Pero hará lo posible?

Una sonrisa exasperada.

—Ajá.

Salimos del pub al fuerte calor de la tarde y busqué un taxi con la mirada.

—¿A dónde va? —me preguntó.

—A Heathrow. Vuelvo a casa.

—¿Vive en Irlanda?

—En Dublín.

Levantó una mano para parar un taxi, cerró la portezuela una vez que estuve instalada y observó cómo nos alejábamos.

En cuanto doblamos la esquina y Josh hubo desaparecido de mi vista, solté una exhalación larga y trémula, llamé a Premilla y me mostré optimista pero cauta. Empezó a darme las gracias con efusión pero enseguida le paré los pies. Siempre es mejor evitar que los clientes se hagan ilusiones, aunque algo me decía que todo iría bien.

Hacía un buen rato que mi avión había despegado, pero encontré un asiento libre en el siguiente vuelo. Todavía me duraba el subidón y me hubiera bebido entera la carta de la sala de embarque, pero me conformé con un poleo menta.

Para matar el rato indagué sobre Josh Rowan, algo que tendría que haber hecho antes. En serio, era un terrible descuido: un editor de contenidos de un periódico británico y no sabía cómo se llamaba su perra. (Una springer spaniel llamada Yvonne, descubrí ahora a través de una amiga común en Facebook.) Tenía dos hijos —dos varones, de unos diez o doce años a juzgar por las fotos, aunque no podía asegurarlo porque no tengo ni idea de hijos varones— y una esposa, Marcia. Me pasé a su perfil, que era mucho más entretenido.

La examiné con avidez, deseosa de saber cómo manejaban otras personas el complicado, complicadísimo, tema de ser mujer. Aparentaba cuarenta y pocos y era atractiva pero no despampanante. Dejémoslo en que era interesante.

Parecía que Marcia documentara cada acontecimiento en la vida de los Rowan: en julio habían ido a Portugal, a un centro turístico donde Hugh y yo habíamos estado tres años antes. Al principio me encantó la coincidencia, luego me deprimí al comprender que no éramos más que un cliché de clase media.

Hete aquí una foto de Marcia en biquini. Y otra. Bien por ella. A mí no volvían a pillarme en biquini, y menos aún colgando las fotos en internet para que todo el mundo las viera. Las veces que no me queda más remedio que vestir ropa de playa, opto por un bañador atado al cuello y a ser posible con faldita. Hago ver que es por mi estilo retro, pero en realidad es para camuflar mi panza bamboleante. Y hablando de panzas bamboleantes —no lo digo por maldad, solo constato un hecho—, a Marcia no le iría mal prescindir de los plátanos. (¿O soy yo la única que recibe esos anuncios en internet? Son muy efectivos, porque ahora no puedo ni mirar un plátano sin tener la sensación de que la barriga me sobresale por la cinturilla.) No obstante, con o sin modestas porciones de grasa en la panza, Marcia lucía su cuerpo con total desparpajo.

Seguí examinando su biografía y el corazón me dio un vuelco cuando aparecieron unas fotos de Josh con un grupo de hombres manchados de barro. ¡Eran las semifinales de un torneo de fulbito! Me llenó de dicha haber acertado en mi evaluación. Era un buen augurio. ¡Un augurio fantástico!

Estuve a punto de darle un me gusta pero conseguí apartar la mano en el último momento. No podía permitir que Josh supiera que lo estaba espiando.

Mi atención se dividía entre espiar a los Rowan y controlar la web del *Herald*, y para cuando el avión llegó a la pista de despegue no había aparecido nada sobre Premilla en la red. La azafata me pidió que apagara los móviles. Por superstición, estaba segura de que mientras tuviera vigilado el asunto nada iría mal, pero obedecí porque también me daba miedo que se estrellase el avión. (Aunque nunca me ha convencido eso de que los móviles interfieren con los instrumentos de vuelo, porque en más de una ocasión, por despiste, me he dejado encendido uno de mis móviles y no ha sucedido nada malo. Me pregunto si las aerolíneas nos hacen apagar los móviles para fastidiar, como la obligación de subir la persiana durante el despegue y el aterrizaje y las demás cosas en las que insisten que me parecen tan difíciles de tomarse en serio.)

En cuanto tocamos tierra encendí el móvil. Para mi sorpresa, tenía varias llamadas perdidas… y un presentimiento terrible. En lugar de escuchar los mensajes, fui directamente a la web del *Herald* y el corazón se me disparó cuando llegué al titular de la página de inicio: ACTRIZ DE CULEBRÓN ADICTA A LAS PASTILLAS.

Con mano temblorosa, desplacé el dedo por los sórdidos detalles de la redada antidrogas que había sufrido Premilla. Recordar lo convencida que estaba de haberme ganado a Josh Rowan con la triste historia de Premilla resultaba humillante. Como si estuvieran anunciando la tormenta mediática que se avecinaba, mis dos móviles empezaron a sonar al mismo tiempo. Maldito seas, Josh Rowan. Maldito seas.

24

El miércoles por la noche, en torno a las ocho, aparco el coche y contemplo mi casita con un sentimiento parecido al miedo.

No es que haya sido recibida alguna vez a bombo y platillo cuando llegaba de Londres. Casi nunca me ausento más de una noche y es un viaje que ya forma parte de nuestra rutina. Por lo general, Hugh me daba un abrazo, luego yo subía y deshacía a medias el equipaje —en el suelo del dormitorio descansaba permanentemente una maleta de ruedas con cosas colgando por fuera—, bajaba de nuevo y él me preparaba una taza de té. Unas veces tenía la cena esperando y otras no, y nos sentábamos a hablar. No de temas *profundos* ni nada de eso, sino de cosas mundanas, por ejemplo si era la semana de los cubos de reciclaje o si valía la pena pagarle a Kiara clases particulares de matemáticas. En fin, la banalidad del matrimonio que tanto se parodia, pero es a partir de esas incontables conversaciones sobre cubos y asignaciones de dinero que se teje una convivencia.

Recojo mis cosas y decido ser fuerte. A estas alturas Hugh ya habría abierto la puerta de la calle, pero así son las cosas.

En cuanto giro la llave en la cerradura, Neeve y Kiara irrumpen en el recibidor. También está Sofie. ¿Qué ha ocurrido? Ahora soy la cabeza de familia y he de afrontar sola los problemas.

—¡Hola! ¿Ha pasado algo?

—No, nada. Hemos pensado que…

Se apiñan a mi alrededor. Una me coge la maleta y otra me tiende una copa de vino.

—Hemos vaciado el lavaplatos —dice Neeve. Vaciar el lavaplatos es (mejor dicho, era) tarea de Hugh.

—Y te hemos comprado queso —dice Sofie—. El peor de la tienda. Huele a muerto.

—Es espantoso —añade Kiara con entusiasmo.

—No imaginas cuánto. —Sofie me conduce hasta la cocina—. Ven a sentarte.

Kiara me retira una silla y Sofie me ayuda a sentarme como si fuera una inválida. No me desagrada la sensación.

Neeve abre la nevera y cuando emerge el olor del queso en una fría bocanada, las tres exclaman:

—¡Puaj!

—¿Lo hueles? —me pregunta Neeve toda orgullosa.

Asiento.

—Es horroroso. —No lo es, pero quién soy yo para aguarles la fiesta.

—Lo sé. Sofie casi vomita en el coche de regreso a casa, ¿verdad, Sofie?

—Tuve que bajar la ventanilla.

Neeve saca el queso de la nevera con cautela y, con los brazos extendidos, lo traslada a la mesa.

—Es francés —dice.

—Toulouse-Lautrec —añade Sofie.

—Camus —dice Kiara—. Ese sí parece un nombre de queso. —Estallan en risitas.

—Tráele un plato —le ordena Neeve—. Y un cuchillo.

Ambas cosas llegan con celeridad, seguidas de un tarro de chutney artesanal, una selección de unas pretenciosas galletas saladas y siete nueces pecanas partidas por la mitad con meticulosidad. Me llenan de nuevo la copa y retroceden para admirar su obra.

—¡Adelante! —Me miran con una sonrisa de oreja a oreja. Son adorables.

—Que te aproveche el queso —dice Neeve—. Si es que eso es posible.

—Es un plato de comida lindísimo —digo, y lo lamento al instante porque es una de las muchas bromas privadas que Hugh y yo compartíamos.

Neeve frunce el entrecejo.

—¿Qué? Ah, es lo que dicen en *Masterchef*. —Se le escapa un gritito—. ¡La manzana! ¡Nos hemos olvidado de la manzana! —Se abalanza sobre el frutero—. Córtala tú, Sofie. —La función de Sofie dentro de esta familia es cortar cosas, desde que hizo un trabajo excelente con una tarta de cumpleaños hace un montón de años. Le pone muy nerviosa cortar comida, pero ya sabemos cómo funcionan las familias: las reglas son las reglas—. En rodajas finas, muy finas, como hace Hugh. —Siguen unos minutos tensos mientras Neeve achucha a Sofie y le susurra—: En abanico, colócalas en abanico, como hace Hugh.

Al fin llega la manzana, cortada en trozos un tanto desparejos.

—Y ahora —dice Neeve—, cada una de nosotras ha elaborado una lista de cosas que a lo mejor te gustaría hacer mientras él está fuera. Kiara, empieza tú.

—Ni hablar —protesto—. ¡No! Estoy bien, cien por cien. —Yo soy la adulta aquí, y por muy mal que me sienta, ellas no deben enterarse. Necesitan confiar en que podré cuidar de ellas: bastante trastocado se ha visto ya su mundo, necesitan un progenitor con el que puedan contar—. Estoy *bien*. Estoy aquí para cuidaros. Ese es mi único objetivo para los próximos seis meses.

—Lo sabemos —dice Sofie—. Pero nosotras *tenemos* nuestra vida. Estaremos bien.

—Sí, mamá, estaremos bien.

A decir verdad, yo también tengo una vida, más o menos.

—Pero la adulta aquí soy yo.

—Si se nos hace extraño que él no esté, te lo diremos —asegura Kiara—. La comunicación es clave. Pero has de saber que nosotras también estamos aquí para cuidarte.

—Sí, pero…

—Ahora, chitón. —Kiara se embarca en un pequeño discurso—. A la mayoría de las personas con una relación larga jamás les llega una oportunidad como esta. Si los dos empleáis este tiempo sabiamente, vuestra relación se verá enriquecida por lo que aprendisteis mientras estabais separados. Estaréis mejor.

Sería una descortesía señalar que las cosas ya estaban bien como estaban.

—Esta es mi lista —anuncia Kiara—. Mindfulness. Meditación. Leer un clásico que haya despertado tu interés. Escuchar podcasts inspiradores mientras das largos paseos. —Todas las propuestas de

Kiara son actividades en solitario porque no quiere que conozca a otro hombre.

Puede estar tranquila.

—Abrirte al crecimiento personal —concluye.

El problema con el crecimiento personal, he descubierto, es que no puedes elegirlo. Solo se produce como efecto colateral de una pérdida o un trauma. A juzgar por lo mal que me está haciendo sentir toda esta historia, para cuando termine habré crecido tanto que seré un Coloso personal.

—Ahora mi lista. —Neeve empieza a leer de su iPad—. Ponte bótox.

—Me encantaría, pero creo que los médicos irlandeses no aceptan que pagues con garbanzos o pintalabios viejos.

—Qué palo ser tú, mamá. —Neeve menea la cabeza con fingida compasión—. Siguiente sugerencia: aficiónate a correr.

Eso *jamás*. Tengo el tipo equivocado: mis muslos celtas son demasiado cortos.

—Correré contigo —añade.

Aunque los muslos de Neeve son tan cortos como los míos, el hecho de que se ofrezca a hacer algo conmigo me llena de esperanza. Puede que utilice este tiempo para estrechar los lazos con la gente que ya está en mi vida.

Aunque, por irónico que suene, si algo no tendré estos meses es tiempo. Si apenas lo tenía cuando Hugh rondaba por aquí, ocupándose de un montón de cosas, todavía tendré menos ahora que no está.

—Puede que me meta en Tinder. —Lo digo en broma.

Las tres estallan en carcajadas.

—Lo siento, mamá —me dice Kiara—, pero eres demasiado mayor.

—Además —añade Neeve—, seguro que te equivocas de dirección y acabas con todos los lerdos.

Qué condescendiente que llega a ser la gente joven.

—Ahora, Sofie —digo—, escuchemos tu lista.

—Solo se me ha ocurrido una cosa. Compra cojines para tu cama.

—Oh. ¿Y *eso*?

—A ti te gusta tener muchos cojines en la cama y a Hugh no.

Es cierto.

—Por tanto, esta es tu oportunidad de hacer algo que te encanta.

Puede que tenga razón.

—¡Claro que sí, mamá! —exclama Kiara con repentino entusiasmo—. Entra en tus webs y compra esas cosas llenas de bordados que tanto te gustan.

—Hechos a mano por aldeanas ciegas en los bosques de Moldavia habitados por lobos —se burla Neeve.

—Dan trabajo a gente que lo necesita. —Kiara mira a Neeve con frialdad—. Venga, mamá, hazlo.

Digamos que a la hora de gastar dinero no necesito que me insistan mucho.

—¿Y qué pasa cuando vuelva Hugh? —pregunta Neeve.

—Puede trasladarlos a la sala de estar.

—No quiero tener que ver sus cojines cursis.

Por ahí sí que no paso.

—¡No son cursis! Son naif.

—Cursis. —Neeve me obsequia con una sonrisa torcida.

—Representaciones rústicas de la vida idealizada del campo.

—Cursis.

Y me río.

25

El móvil de Neeve pita. Le echa un vistazo y dice:

—Papá está a punto de llegar.

La miro de hito en hito. ¿Qué demonios…? ¿Está hablando de Richie Aldin? No puede estar hablando de Richie Aldin.

—¿Qué papá? —Kiara parece tan sorprendida como yo.

—*Mi* papá —responde Neeve.

Esto es ridículo.

—¿Qué quieres decir con que está a punto de llegar? —pregunta Sofie—. ¿A dónde?

—Aquí. —Neeve suena impaciente.

Pero Richie Aldin no ve a Neeve más de dos veces al año. Entra y sale de su vida a su antojo y su ausencia es una fuente de sufrimiento permanente. Y como a Neeve le afecta tanto, es una fuente de pesar para mí.

Como hombre, Richie deja mucho que desear. A los tres años de divorciarse de mí volvió a casarse y su esposa tuvo una hija, después otra, y otra, y cada nuevo nacimiento sumía a Neeve en un estado de miedo y anhelo. A lo largo de los años ha hecho varios intentos de infiltrarse en el clan de sus hermanastras y de tanto en tanto ellas la dejan adentrarse unos metros, hasta que un día se entera de que se han ido a EuroDisney o a Alton Towers sin ella y volvemos al punto de partida, con Neeve sollozando en mis brazos y diciendo que lo único que quería era formar parte de una «familia de verdad».

En dos ocasiones me monté en un avión y volé a Leeds con el solo propósito de suplicarle a Richie que incluyera a Neeve en sus vacaciones familiares. Yo correría con todos sus gastos si la dejaba ir con ellos. En ambas ocasiones dijo que se lo pensaría, pero al final acabó pasando de ella. El daño se repite una y otra vez.

Sin embargo, no puedo hablarle mal de él. Es su padre, y un poco de relación es mejor que nada.

—Va a hacer un vlog para mí —nos informa Neeve—. Sobre cuidados masculinos.

—¿Por qué precisamente esta noche, cariño?

—Era el único hueco que tenía.

Diga lo que diga, no es una casualidad que Richie venga justamente esta noche. Cualquier idiota sabe que Richie y yo jamás volveremos a estar juntos, pero Neeve no pierde la esperanza. Y eso me rompe el corazón.

—Papá es un hombre muy ocupado. —Su tono es desafiante, como si temiera que pudiera intentar impedir que Richie entre en la casa. Jamás haría algo así. Aunque *me encantaría*.

Richie nunca me ha pedido perdón y nunca lo hará, y aunque no le guardo rencor, me desagrada de todo corazón. Las cosas siempre le salen bien: pasó un período largo y moderadamente exitoso como futbolista en el Reino Unido, donde llevó una vida discreta y acumuló un montón de dinero. Cuando su carrera futbolística tocó a su fin, no compró un pub y se lo bebió entero, como parece ser que hacen muchos ex futbolistas (según un artículo que leí en algún sitio). En lugar de eso, regresó a Irlanda y montó una academia de fútbol que funciona como cantera, muy respetada, para los clubes ingleses y, según la prensa, mueve muchísimo dinero.

Tampoco su vida personal le produce trastorno alguno. Un buen día, hace unos años, se levantó y dejó a su segunda esposa; según Neeve, «se aburría». Desconozco los detalles, pero la decisión no pareció provocar en él el menor sentimiento de culpa o examen de conciencia.

Richie jamás ha tenido una crisis de autoestima o de remordimiento. Hace exactamente lo que quiere y siempre se sale con la suya.

Hoy día tiene una sucesión de novias guapas y encantadoras, pero no lo veo lo suficiente para llevar la cuenta.

¿Sabe que Hugh se ha ido?

En realidad me da igual.

—¿Cuándo piensa venir? —Kiara se ha puesto seria. Richie no le cae bien.

—Está al caer.

—Me pregunto qué coche traerá —dice Sofie—. Alguno llamativo, seguro. —Tampoco es santo de su devoción—. Puede que un Aston Martin.

—O un Lamborghini —digo yo.

—¿Supercarísimo? —pregunta Kiara.

—¡Sí!

—Si yo pudiera comprarme un coche —dice Kiara con expresión soñadora—, me gustaría un Citroën Dyane.

—Hasta que te dejara tirada diecisiete veces en un kilómetro —dice Neeve—. Entonces suplicarías un BMW.

—Será un Ferrari —dice Sofie.

—Un Ferrari no —replica Neeve, defendiendo a su desastre de padre.

Llaman a la puerta.

—¿Ya está aquí?

Vamos a abrir las cuatro, deseosas de ver el coche que conduce Richie… y en el umbral aparece Genevieve Payne. Con una cazuela en las manos.

—¡Hola! —Sonríe de oreja a oreja—. Venía a dejar esto.

—¿Qué es? —inquiere Neeve.

—Un estofado.

—¿Por qué? —pregunta Neeve—. No se ha muerto nadie.

—Pero…

—Mi padrastro se ha ido para sentirse realizado. Es un auténtico crack. Quédate con tu estofado.

Genevieve intenta cruzar una mirada de espanto conmigo.

—Amy…

Pero Neeve ya está empujando la puerta.

Al final se cierra y reculo por el pasillo pasmada, aturdida y temerosa de las consecuencias.

—¡Pedazo de mamona! —espeta Neeve.

—¡Me meo, Neevey! —exclama Sofie—. ¡Eres la leche!

Lo *es*. Cuando Neeve está de tu lado, no hay nadie más leal y feroz.

—«Quédate con tu estofado» —dice Kiara en un tono de admiración—. Venga, *arrodíllate*.

—¡Los estofados son para cuando la gente se muere!

—¡A tomar por saco!

—¡A tomar por saco!

—¡Machacaremos a esa zorra!

Comprendo el significado de esas expresiones, pero no sería capaz de utilizarlas con aplomo.

—«Quédate con tu estofado» —dice Sofie, y de repente estamos desternillándonos.

Río hasta que tengo la cara empapada. Finalmente las convulsiones cesan.

Entonces Kiara dice:

—«Quédate con tu estofado» —y arrancamos de nuevo.

Un Audi con unos faros deslumbrantes aparca delante de casa.

—Vaya—dice Kiara—, no hemos acertado ninguna.

—Hola, Amy. —Richie Aldin entra en el recibidor y me da un beso cortés en la mejilla. Huele a colonia de hombre cara. Nunca huele a él. Debe de ser cosa de los futbolistas, eso y todas las duchas que se dan—. Tienes buen aspecto —dice.

Él también tiene buen aspecto dentro de su estilo de futbolista. Su pelo cobrizo luce un corte moderno, terminado en cresta, y tiene el cuerpo duro y musculoso. No es alto, pero impone. Siendo como es el director de su lucrativa academia, lo más seguro es que todavía entrene.

—Hola, cariño. —Abraza a Neeve.

—Hola, papi.

Me duele ver lo contenta que está. ¿No podría Richie haber sido más amable con ella los últimos veintidós años? Lo que lo hace aún más doloroso es ver lo mucho que se parecen: esos ojos chispeantes y despectivos, las pecas en la nariz, el tono extraño del pelo.

—¿Hugh no está?

Me paralizo.

—Eh, no.

—¿Qué ocurre? —Me mira a mí y luego a Neeve. Maldito metomentodo.

—Vamos, papá —dice Neeve—. Pongámonos de una vez.

—Pero...

—Luego te explico —dice ella.

26

Jueves, 15 de septiembre, día tres

El jueves es el día que las tiendas abren hasta tarde y tengo previsto ir a mirar cosas bonitas cuando salga del trabajo. Pero me suena el móvil. Es mamá. Se me dispara el corazón.

—Amy, necesito que vengas a casa esta noche. Dominik me ha fallado y voy a salir.

—¡Oh! Pero… ¿a dónde vas?

—Por ahí —responde, casi molesta—. A tomar una copa.

—¿Con quién?

—Con amigos.

—Mamá, ¿*qué* amigos?

—Amigos míos —dice casi entre dientes—. Y a Dominik se le están subiendo los humos.

Eso es muy preocupante: Dominik es el que hace que las cosas vayan bien.

—¿Qué ha pasado? ¿No ha venido?

—Sí ha venido, pero dice que esta noche no puede quedarse, que tiene otro trabajo.

—Pero…

—Te quiero aquí a las siete. —Me cuelga.

Todo esto —la asertividad de mamá, su actitud poco razonable— es inaudito. Preguntaré a Hugh qué debo hacer y… ¡Oh! No puedo.

Es literalmente increíble que se haya ido. ¿Cómo han podido torcerse tanto las cosas? ¿Y tan deprisa?

Llamo a mamá pero me sale el buzón de voz. Pruebo con el fijo y tres cuartos de lo mismo. Total, que no me queda otra que ir a su casa.

Mamá me está esperando en la puerta con la cazadora de cuero de Neeve.

—Gracias por venir —dice—. Joder, es que si no lo pierdo un rato de vista —señala a papá con la cabeza— me volveré loca.

—Eh… vale. —Estoy segura de que es la primera vez que la oigo emplear ese taco—. ¿Con quién sales?

Responde cogiéndome las manos y preguntando:

—¿Cómo lo llevas, tesoro? ¿Desde que Hugh se fue?

—Bueno… es un poco raro, pero solo han pasado unos días.

—Quiero que sepas que estoy aquí para lo que necesites. Puedes venir cuando quieras.

—¿A dónde vas?

—¿A quién le toca la cena mañana?

—A Maura.

—Vaya.

Maura ocupa el último puesto en el ciclo de las cinco semanas porque solo sabe hacer patatas gratinadas, lo cual genera una profunda indignación porque, con lo forrada que está, podría al menos encargar unas pizzas.

Yo llevo pizzas la semana que me toca, pero del súper, lo cual imagino que también genera una profunda indignación. Pero qué demonios, no tengo el dinero que tiene Maura.

Tanto a Joe como a Declyn se les da bien la cocina, por lo que sus semanas son recibidas con entusiasmo. Pero la semana de Derry es la joya de la corona, la Gala del Met, el evento que nadie quiere perderse. Derry es una derrochadora y siempre encarga un montón de comida india deliciosa en Rasam.

Oigo un bocinazo.

—Ha llegado mi taxi —dice mamá—. Volveré a las once.

—¿Has cogido el móvil? —pregunto.

—Sí. —Echa a correr hacia la puerta.

—¿Está encendido?

—Sí —su voz me llega débil. Estoy segura de que miente.

Sintiéndome desconcertada y estafada, voy a ver a papá, que me recibe bramando:

—¿Quién eres?

—Amy.

—¿Amy qué?

—Amy O'Connell.

—Yo soy un O'Connell. ¿Crees que estamos emparentados?

—Soy tu hija.

—Y un carajo, no tengo hijos. ¿Quién eres?

—Amy.

—¿Amy qué?

—Amy O'Connell.

Después de diez minutos con ese rollo, me han entrado verdaderas ganas de asestarle un martillazo. De hecho, puedo verme agarrando el martillo, golpeando con él el cráneo de papá y observándolo mientras se sume en el silencio del comatoso. No me extraña que se den tantos casos de maltrato a la gente mayor.

De pronto me es mucho más fácil empatizar con la necesidad de mamá de salir con sus misteriosos amigos.

Ni siquiera puedo entrar en internet y evadirme mirando fundas de cojín o vacaciones de ensueño porque en esta casa solo se pilla el wifi en uno de los cuartos de arriba y no quiero dejar solo a papá.

El caso es que el wifi, en realidad, se lo robamos a los vecinos, los Flood. Me avergüenzo de ello, pero la historia de los intentos fallidos, tanto míos como de Derry, para conseguir instalar la banda ancha es demasiado larga y tediosa. Sin embargo, vivir sin internet es duro y a veces la tentación de pillar el wifi de los Flood resulta irresistible. Para compensarles les compramos una caja de vino argentino, pero cuando Joe se la llevó olvidó, por razones que no hemos conseguido aclarar, explicar el motivo del obsequio. Así pues, el momento de la confesión ha pasado y vivimos con el temor de que los Flood empiecen a utilizar una contraseña.

A las ocho las cosas empeoran: papá quiere ver un documental sobre asesinos en serie pero yo quiero —*necesito*— ver *Masterchef*. Esta noche papá está más terco de lo normal. Entonces recuerdo que las pocas noches que me he hecho cargo de él en el pasado, Hugh estaba aquí conmigo. Es mucho más fácil cuando somos dos.

—Verás cómo te gusta —le digo apretando con fuerza el mando.

Pero son tantos los insultos que papá profiere contra Marcus Waring y los pobres concursantes que enseguida me rindo y pongo *Jeffrey Dahmer: el caníbal de Milwaukee*.

—¡El tipo de la jarra eléctrica! —dice papá—. Este caso es genial.

27

Viernes, 16 de septiembre, día cuatro

Alastair llega de Londres en torno a las dos de la tarde, como todos los viernes.

—¿Tienes planes para el fin de semana, Amy?

—Neeve y Kiara hablaban de ir a jugar a bolos.

—¡A bolos!

No puedo evitar reírme.

—Solo de pensar en los *zapatos*… No, solo el cine del domingo, como de costumbre.

—Eso es bueno. ¿Y algo social? ¿Qué hay de tus amigas?

—Comida con Steevie mañana después de pelearme con mi peluquero. Y por la noche, el cumpleaños de Vivi Cooper.

—¿Quién es Vivi Cooper?

—La mujer de Frankie, un amigo de Hugh. Hugh aceptó la invitación antes de que decidiera huir del país y he heredado el compromiso. La cena es en Ananda, seis parejas y yo. No iré. Vivi dice que puedo decidirlo en el último minuto, pero lo tengo clarísimo.

—¿No crees que podría ser bue…?

—Lo pasaría fatal teniendo que hacer ver que estoy bien cuando… ¡Dios! —De repente me cuesta respirar.

—Tranquila —me susurra Alastair. Me frota suavemente la espalda hasta que logro aspirar otra vez algo de aire—. Lo siento —dice.

—No pasa nada, solo intentabas ayudar. ¿Y si me entra el pánico cuando me vea atrapada con toda esa gente?

Asiente.

—Quizá deberías ver a los amigos de uno en uno.

No estoy segura. No hay nadie con quien me sienta completamente segura, exceptuando las chicas.

—Mañana por la noche quédate en casa —dice leyéndome el pensamiento—, come lo que te apetezca y mira desfiles de moda en vogue.com. Estás en estado de shock. Tu mundo ha cambiado demasiado deprisa y aún estás digiriéndolo.

—¿Crees que es eso? —Necesito una explicación como sea.

—La transición llevará su tiempo —dice Alastair—. Tienes que asimilar los nuevos factores.

—¿Y entonces estaré bien?

Ríe, con cierta tristeza.

—Venga —nos anuncia Tim a Alastair y a mí—. Reunión exprés.

—Ni de coña —protesta Alastair—. Son las cinco menos diez. Está a punto de empezar el fin de semana.

—Media Awards —continúa Tim como si Alastair no hubiese hablado—. El viernes, 11 de noviembre, en Brighton. ¿Vamos? Y en ese caso, ¿quién de los tres?

Como los medios de comunicación británicos tienen que hacer ver que no giran alrededor de Londres, la entrega de esos premios —«los Óscar del Mundo Periodístico»— tiene lugar fuera de la capital. Unas setecientas personas entre presentadores, productores, investigadores, directores y periodistas aterrizan en un hotel de la costa, donde se reparte alrededor de un millón de premios para cada modalidad periodística imaginable.

El hecho de estar lejos de casa alienta el trasnocheo y la mala conducta. Durante la bulliciosa cena se distribuyen galardones entre lo mejorcito de cada casa. Después hay disco a la vieja usanza, con un montón de papás bailando y postfiestas en algunas habitaciones del hotel. En unas bebes whisky y juegas al póquer hasta el amanecer y en otras bailas alrededor de una plancha para pantalones, convencida, en tu ebriedad, de que tienes talento para subirte a un podio de Pachá.

Pobre de aquel que tenga la habitación justo debajo de una postfiesta, porque no pegará ojo. Y de nada sirve quejarse: el personal está demasiado asustado para intervenir, y si el huésped insomne sube para pedir que no armen tanto follón, corre el riesgo de que lo introduzcan en la habitación en volandas y le metan el ron con un embudo.

En noches como esa se forjan alianzas insólitas, como sostenerle el pelo a tu enemiga mortal mientras vomita después de demasiados B-52 o pasear de la mano por la playa de guijarros mientras sale el sol con un hombre del que nunca antes habías pensado que tuviera un polvo.

Si eres propensa a la infidelidad, es el escenario idóneo.

—¿Quieres ir, Amy? —me pregunta Tim.

—Sí. —Siempre me divierto y el año pasado no fui porque el padre de Hugh acababa de morir.

—En realidad, creo que deberíamos ir los tres —dice Tim—. Tener a casi todos los periodistas del Reino Unido en una misma sala es una oportunidad demasiado buena para dejarla escapar.

—¿Podemos permitirnos ir los tres? —Entre billetes de avión, hotel y entradas, esas cosas salen caras.

Alastair y yo miramos expectantes a Tim, aguardando su veredicto. Los tres somos socios igualitarios, pero en los temas financieros tratamos a Tim como si fuera nuestro padre.

—¿Thamy? —la llama Tim—. Precios de vuelos a Gatwick el 11 de noviembre. Y de las habitaciones más baratas en el Gresham Hotel de Brighton.

Regresamos lentamente al trabajo y cuando Thamy enseña los resultados de su búsqueda a Tim, no hay duda de que a este le gusta lo que ve, porque enseguida dice:

—Reserva. —Seguido de un—: Está decidido. Iremos los tres.

Me asalta la pregunta de si Josh Rowan estará allí.

28

Diecisiete meses atrás

La terrible noche que el escándalo sobre la adicción de Premilla apareció en internet me encontraba en el pasillo del avión, impaciente por salir, leyendo aquellos detalles tan desagradables e ideando una estrategia.

Tenía que conseguir cuanto antes que se pasara de hablar de la Premilla-que-compró-ansiolíticos-en-la-calle a Premilla-la-mujer-respetable-que-fue-mal-aconsejada-por-la-comunidad-médica. ¿Una entrevista con un periodista de confianza? ¿Un espacio en *This Morning*?

Me sonaron los dos móviles. Contesté uno al azar.

—Amy O'Connell.

—Soy Josh Rowan.

Callé. Estaba furiosa.

—¿Estás ahí?

—¿Qué quieres? —Los publicistas no podemos permitirnos tener enemigos en la prensa, pero estaba muy dolida por lo ocurrido.

—Lo siento —dijo—. Siento lo de Marie Vann. —Ese encantador acento *geordie*. «El acento que más confianza inspira», decía un estudio—. Hice lo que pude. Lo publicó sin mi consentimiento. Pero puedo ofrecerte algo a cambio. Una entrevista con Chrissy Heathers para limitar el daño. A doble página. El viernes. Algo empático.

Lo medité. Chrissy Heathers no tenía nada que ver con Marie Vann. Sus artículos eran inquisitivos pero, por lo general, justos y ecuánimes. Y ahora que los trapos sucios de Premilla habían salido a la luz, la única opción que quedaba era un lavado de imagen. No obstante, aunque decidiera confiar en el *Herald*, existía la duda de si Premilla estaría dispuesta a hablar con el periódico que la había dejado por los suelos.

—¿Con previa aprobación? —pregunté.

Josh suspiró.

—No.

Tenía que intentarlo. Los periodistas casi nunca aceptaban la aprobación previa porque eso permitía al entrevistado extraer todo lo negativo y reducir la entrevista a algo insustancial y aséptico.

—Oye, veré lo que puedo hacer.

—Pero no puedes prometerme nada —le recordé.

—No —dijo con tono cansino.

Lo primero que hice fue llamar a Hugh para decirle que esa noche no iría a casa. Nada más bajar del avión fui directa a Salidas y compré un billete a Londres en el último vuelo del día.

Mientras cruzaba el aeropuerto a la carrera llamé a Premilla y le dije que había una solución a la vista. Luego llamé a su hermana para pedirle que cuidara de ella. Por último, telefoneé a Josh Rowan.

—¿Por qué debería confiar en ti? —le pregunté.

—Porque puedes.

—Acabas de demostrar que no puedo.

—No te prometí nada, no podía. Marie no es mi subordinada, no tengo influencia sobre ella, pero el resto de la gente de Contenidos es mía.

La cabeza me iba a cien. Era cierto que Marie Vann había sido contratada por el redactor-remoto-como-Beyoncé en un intento desacertado de detener la caída de las ventas del *Herald*. Repasé a toda pastilla mi fichero mental de todos los periodistas afables que conocía; muchos me escribirían un artículo anodino, pero dado que publicaban en los suplementos de fin de semana, estábamos hablando de un plazo de dos semanas. Era preciso dar la vuelta a esta historia de inmediato, antes de que cristalizara la percepción pública de Premilla la yonqui callejera.

—¿El viernes? —pregunté—. ¿Este viernes? ¿Pasado mañana? ¿Dos páginas?

—Este viernes. Dos páginas. Empáticas. Pelearé por la aprobación previa, pero en cualquier caso yo mismo supervisaré a los correctores.

Un factor decisivo. Un artículo empático podía perder todo su valor si el editor le metía un titular vulgar y sensacionalista, algo así como «Mi vergonzosa adicción».

La indecisión me estaba matando. Tenía mucho que perder si equivocaba mi elección.

—O podrías acudir a otro periódico.

A lo mejor parece una paradoja, pero eso fue lo que me hizo decidirme. Una defensa de Premilla en el *Guardian* o *The Times* podría dar la impresión de que un diario competía con otro, pero si se publicaba en el mismo *Herald* podría casi neutralizar el artículo original.

—De acuerdo. Mañana Chrissy Heathers entrevistará a Premilla en un hotel. —Ningún periodista pondría jamás un pie en casa de Premilla para husmear en el armario de su cuarto de baño e informar sobre el contenido.

—Y será una exclusiva. Un momento, ¿estás *corriendo*? —preguntó.

—Sí. Voy a coger el último vuelo a Londres.

—¿Con los zapatos que llevabas esta tarde?

—Cuando eres tan baja como yo, te acostumbras a hacerlo todo con tacones. ¡Ostras! —De repente me vibraba la muñeca.

—¿Qué ocurre?

—Ay, claro. —No aminoré el paso—. Es mi Fitbit. He debido de llegar a los diez mil pasos del día. Ocurre tan pocas veces que no entendía lo que pasaba.

—No hay que perder la motivación. Al parecer yo me he hecho Gran Bretaña de norte a sur, aunque me ha llevado unos tres años. Entonces ¿queda claro que esto es una exclusiva?

—Sí.

Más que claro. Era de vital importancia que Premilla no hablara con ningún otro medio de comunicación. El silencio absoluto era la única respuesta sensata hasta que contáramos con un artículo reparador el viernes.

El exceso de ácido estaba perforándome el estómago. No sabía hasta qué punto podía confiar en Josh Rowan.

Ya me había timado una vez.

Era cerca de medianoche cuando llegué al piso de Premilla en Ladbroke Grove para pasar la noche. Una bulliciosa aglomeración de medios esperaba fuera con los objetivos apuntando hacia las ventanas de la primera planta.

La multitud era aún mayor a la mañana siguiente, cuando dos enormes guardas de seguridad lituanos y yo acompañamos a Premilla hasta el coche que nos esperaba fuera.

—Ignóralos —le susurré al oído mientras los periodistas proferían insultos y acusaciones, cualquier cosa con tal de provocar una reacción. Premilla tenía las uñas tan mordidas que le salía sangre, y una psoriasis nerviosa le había descamado y enrojecido su precioso rostro.

Tenían reservada una suite en un hotel céntrico de Londres para la entrevista. Cuando llegamos, Premilla estaba temblando.

—Todo irá bien —le aseguré—, ya lo verás. —Haría cuanto estuviera en mi mano para que así fuera. La conduje hasta la suite de la mano.

Chrissy Heathers ya estaba allí, dando la falsa impresión, con su cara de torta y su mata de rizos embrollada, de ser alguien del todo inofensivo. Por la suite también rondaban un fotógrafo, una estilista y una maquilladora, y apoyado contra una pared, observándolos, estaba Josh Rowan. El corazón se me aceleró y me asaltó una mezcla de emociones: desconfianza, rencor y algo que parecía vergüenza.

Tenía los brazos cruzados sobre el pecho y estaba completamente inmóvil en medio de todo el trasiego. Nos miramos durante un instante más largo de lo necesario y un calor intenso me subió por la piel. ¿Qué hacía aquí? Los editores no solían estar presentes en las entrevistas, por sonoro que fuera el escándalo.

Un carraspeo de Premilla desvió mi atención. Estaba tan abrumada por la envergadura de la operación que había empezado a llorar.

—Tranquila —susurré—. Todo irá bien.

Chrissy había reparado en nosotras, así que la obsequié con una gran sonrisa, pero no reaccionó.

—Contáis con plena aprobación previa —me dijo.

¿En serio? Era una estupenda noticia.

—Gracias.

—No me las des a mí. —Dios, menudo cabreo tenía—. Dáselas

a él. —Señaló con la cabeza a Josh Rowan. Había aparecido de repente a mi lado.

—¿Premilla? Soy Josh Rowan, el editor de la sección en la que saldrá publicada tu entrevista. Lamento que tengas que pasar por todo esto, pero intentaremos hacértelo lo más llevadero posible. —Ahí estaba, con el acento que «más confianza inspira», intentando cautivarla.

Premilla tragó saliva y asintió.

—Solo queremos dejarte bien —dijo Josh Rowan—. Y tú y Amy contáis con plena aprobación previa. Eso significa…

—Premilla ya sabe qué significa —le corté. Capullo condescendiente.

—¿Empezamos o qué? —La verdad es que Chrissy no estaba nada contenta.

—Un momento. —No permitiría que empezaran hasta que Premilla estuviera cómoda. La acompañé hasta una butaca—. ¿Qué quieres beber, cielo? ¿Agua? ¿Camomila?

—Una camomila.

—Ya se la preparo yo —dijo Josh Rowan.

¿Para eso estaba aquí? ¿Para hacer de chico de los recados? Me costaba creerlo.

Mientras desaparecía en la zona que fuera de la suite donde se preparaban las infusiones, Chrissy empezó a disparar preguntas. La entrevista había arrancado sin la coba que las suele preceder.

Nerviosa y asustada, Premilla se atascó en su primera respuesta y me enfurecí.

—Un momento. —Mi rostro sonreía pero mi voz mordía—. ¿Podemos hablar un segundo, Chrissy? ¿En privado? —Ya estaba de pie, alejándome con paso firme.

En el pasillo que conectaba el salón con el dormitorio, dije:

—Soy consciente de que la aprobación previa es una putada, pero Premilla es una mujer muy frágil. ¿No podrías tratarla con amabilidad?

Me clavó una mirada asesina. Luego, su expresión flaqueó.

—Vale. —Suspiró—. Vale.

Se dio la vuelta y regresó al salón, conmigo detrás, justo cuando Josh Rowan apareció en el pasillo. Me cortó el paso.

—¿Va todo bien?

La rabia volvió a adueñarse de mí.

—¿Todo esto es cosa tuya? —le pregunté—. ¿Dejaste que Marie publicara esa mierda de artículo para que tu periódico consiguiera una exclusiva jugosa?

—No. —Su tono era cortés, su rostro piedra pura.

Sonaba convincente, pero resultaba difícil saber qué estaba pensando.

—Y en cualquier caso, ¿qué haces aquí? —pregunté.

Abrió la boca para contestar pero cambió de parecer, y durante la pausa, aquellas palabras no pronunciadas, sentí ese… algo, lo que fuera, que había entre nosotros.

Se encogió de hombros.

—Quiero hacer las cosas bien.

Asentí, pero no me estaba diciendo la verdad. Por lo menos, no toda la verdad.

Entramos en el salón y la entrevista empezó de nuevo, y esta vez Chrissy se mostró amable y Premilla se relajó.

Josh Rowan recuperó su posición original, recostado contra la pared, observándonos, y volví a preguntarme qué hacía allí.

—Perdona. —Mi tono era frío—. ¿Te importaría salir?

—Tiene que estar —dijo Chrissy—. Él ultimará el texto.

De repente lo entendí todo: Chrissy firmaría la entrevista pero Josh Rowan controlaría el contenido. En ese caso, podía quedarse.

Al cabo de una hora, Chrissy se marchó a redactar su texto y llegó el turno de la sesión de fotos, la cual era casi tan importante como la entrevista. La estilista había instalado en el dormitorio tres percheros y examiné las ropas con ojo crítico.

—No, no. Nada de tejanos. Nada de denim.

—¿Qué tal esto? —La estilista sostuvo en alto un increíble vestido tubo de Roksanda, pero era rojo y el rojo era demasiado festivo.

—Es precioso —dije toda embelesada—. Pero nada de rojos, amarillos, rosas y naranjas. Fuera los colores llamativos. Piensa en expiación.

—¿La película? Tengo un vestido verde de tirantes…

—La película no. —No pude evitar una risa—. La emoción, el concepto, lo que quiera que sea.

Algo me instó a levantar la vista. Josh Rowan estaba en el dormitorio. Nos había oído, y aunque no sonreía ni emitía ruido alguno, supe que estaba divirtiéndose.

No. Nada de bromas privadas. No podíamos ser cómplices de nada. Ni hablar.

Después de varias pruebas fallidas, el aspecto de Premilla obtuvo mi visto bueno: pantalón sastre de color negro, una blusa vaporosa de Chloé y los zapatos más sosos que te puedas echar a la cara (negros, puntera redonda, tacones de cinco centímetros). Parecía una directora de colegio con clase.

A renglón seguido, me pegué como una lapa a la maquilladora mientras le pintaba el rostro a Premilla para asegurarme de que cubriera bien las manchas rojas de psoriasis, descartar los brillos de labios demasiado chillones e insistir en que le recogiera el pelo en un moño elegante. Entretanto, el fotógrafo me lanzaba miradas de reojo, y hacía bien en preocuparse: nada más empezar la sesión de fotos me planté a su lado.

—No la sientes detrás de una mesa —dije—. Ha de estar de pie. No tiene nada que esconder. Bien, Premilla, sonríe, pero sin enseñar los dientes. —La línea era fina. No podía dar la impresión de estar encantada de ser una adicta pero, por otro lado, había que evitar la imagen de la «Premilla devastada»—. Muéstrate «tímidamente optimista».

El fotógrafo me tendió la cámara.

—Buena idea. ¿Por qué no haces tú las fotos?

—Lo sé. —Levanté las manos y me encogí de hombros con un gesto de no-lo-puedo-evitar—. Soy una pesadilla. —El fotógrafo me odiaba, sí, pero era mi trabajo proteger a Premilla.

Y mientras todo eso sucedía podía notar los ojos de Josh Rowan fijos en mí. Me sentía… cohibida. Molesta. Confusa. Excitada.

Eran más de las siete cuando la sesión de fotos tocó a su fin. Metí a Premilla en un taxi para que la llevara a casa de su hermana.

—Chrissy ya se ha ido —me dijo Josh Rowan—. Te ha enviado la entrevista al correo electrónico.

—Gracias. Adiós, vale, gracias, adiós. —La estilista, la maquilladora y el fotógrafo habían empezado a desfilar.

Abrí el documento y cuando leí la primera frase se me cayó el alma a los pies. «Acurrucada en la elegante tapicería de un lujoso hotel londinense…»

Josh también estaba leyéndola, sentado frente a mí en el salón, el cual estaba de repente muy silencioso ahora que todos se habían ido.

—No —dije.

—Lo sé.

Paseé la mirada por la estancia.

—No niego que *sea* lujoso...

—Pero no viene a cuento.

—No puede haber la menor insinuación de que Premilla haya sacado provecho de esto.

—Vale. —Se puso a teclear a toda pastilla.

—Deja claro que no ha recibido dinero.

—Hecho.

—Bien, suprimiremos esa introducción y...

—Describiremos lo afectada que estaba cuando llegó al hotel.

—No lo exageres. Deja claro que era angustia emocional, no mono físico.

—Bien. —Empezó a teclear de nuevo. Pequeñas ráfagas de palabras seguidas de supresiones y largos intervalos contemplando la pantalla antes de arrancar con nuevas ráfagas—. ¿Qué te parece esto? —Leyó en alto—: «Esta no era la vida que Premilla Routh había planeado. Todos esos años de duro trabajo actuando en teatros gélidos de ciudades provincianas, seguidos del ritmo agotador de *Misery Street*, que emitía cuatro episodios a la semana, para acabar en los titulares por comprar ansiolíticos en la calle. Premilla está destrozada.»

—Un poco sensacionalista —dije—, pero bien. Elimina lo de «en la calle» y continúa.

Pasamos las siguientes horas dando vueltas al texto y reescribiendo por completo el perfil. El artículo original de Chrissy no era cruel —había recibido instrucciones—, pero el nuevo texto era mucho más profundo, centrado en los horrores de una adicción no buscada. Apenas mencionaba la compra de ansiolíticos. Saltaba a la vista que Josh había prestado atención a todo lo que Premilla decía. Fue buena idea permitir que se quedara en el salón.

Conforme el artículo tomaba forma comprendí que esto era mucho, muchísimo mejor que un mero lavado de imagen; incluso podría ser el pivote del nuevo futuro de Premilla. Puede que un grupo de adictos a los ansiolíticos la eligiera como portavoz y que la tuvieran en cuenta para papeles más serios y profundos, viendo cómo había sufrido y superado su propio mini-infierno.

—Premilla saldrá bien parada de esto —reconocí.

—Es lo mejor que le ha pasado en la vida —dijo Josh.

Levanté la cabeza, brusca.

Y me di cuenta de que estaba bromeando.

—Las grandes crisis son también grandes oportunidades. —Se burlaba con tono solemne.

—Todo ocurre por una razón —repliqué.

—A veces tienes que tomar la dirección equivocada para llegar al lugar correcto.

—Y la que más detesto: «La vida no consiste en esperar a que pase la tormenta, consiste en aprender a bailar bajo la lluvia».

—Yo: «No huyas de tus malos sentimientos. En lugar de eso»...

—«... baila con ellos» —terminé por él.

La tensión se había diluido. Los dos estábamos sonriendo, la curva de sus labios algo torcida, reticente.

—Instagram es tremendo para todas esas chorradas inspiradoras —dije.

—Sí. No hay nada demasiado banal u obvio para que no pueda ser publicado.

—Pinterest tampoco se queda corto. Sigo y odio a un montón de imbéciles solo para ver los tópicos que publican.

—Nunca me he llevado bien con Pinterest. Demasiada floritura. —Se volvió hacia la pantalla—. Y ahora...

Y ahora, a seguir trabajando.

—Para terminar —dijo—, ¿qué tal como subtítulo «Me los recetó el médico»?

—Genial. —Ponía el énfasis en los ansiolíticos, no en la persona.

—Vuelve a leerlo y, si te parece bien, lo enviaré.

Lo revisé una vez más. Perfecto. Di el visto bueno y en cuanto Josh pulsó Enviar, me vino todo el cansancio.

—¿Qué hora es? —Miré el móvil—. Mierda, las once menos cuarto. He perdido el último vuelo. —Y ya era demasiado tarde para presentarme en casa de Druzie—. Tendré que ir a un hotel.

—Ya estás *en* un hotel.

—¿Me tomas el pelo? Ninguna persona normal podría pagar semejante habitación.

—Ya está pagada, por el *Herald*. Deberías quedarte en esta *lujosa* suite.

Eso me hizo sonreír.

—*Es* lujosa, sí... pero no estaría bien que me quedara. Deberías quedarte tú. —De repente me sentía eufórica porque hubiese terminado al fin aquel día durísimo, y exclamé—: Oye, ¿por qué no nos quedamos los dos?

Al ver la expresión de su cara, el calor me subió por el rostro.

—Quiero decir que... —¿Qué quería decir?—. Solo estaba... bromeando.

Me miró un largo instante.

—Es una pena.

29

Sábado, 17 de septiembre, día cinco

Sábado por la mañana… esa sonrisa amodorrada al caer en la cuenta de que hoy es el día que puedo quedarme en la cama hasta la hora que quiera…

Entonces recuerdo.

Y me estampo a toda velocidad contra una puerta de acero. Jadeando, busco el interruptor de la lámpara y me incorporo con la esperanza de que sea una pesadilla pero sabiendo que no lo es.

Ahora estoy despierta del todo y la habitación está inundada de luz. Miro su lado de la cama. Vacío.

Sigo mirando, levanto el edredón y toco la sábana sobre la que Hugh estaba tumbado días atrás. «¿Dónde estás ahora? ¿Con quién estás?»

«¿Y por qué no me has llamado?»

Dijo que no lo haría, pero abrigo la esperanza de que cambie de opinión.

Echarle de menos es agotador, el deseo de llamarle es casi insoportable. Seguro que el mero hecho de escuchar su voz inconfundible traspasaría mi dolor y calmaría el anhelo en mi pecho. Hugh tiene la voz perfecta: la profundidad justa, el volumen justo. Es cálida y reconfortante. Hasta las palabras que pronuncia son las justas. Las elige con esmero. No dirá algo si no lo piensa de verdad. Es ahora que empiezo a valorar todo eso por completo.

Cojo el móvil, miro los datos de su contacto y mi dedo sobrevuela el botón de llamada un segundo, dos, tres. Hugh contestaría porque pensaría que se trata de una emergencia. Luego lo más seguro es que se cabrearía. Quizá debería guardarme esta baza para una emergencia de verdad.

¿Es posible que no me eche de menos? Yo lo he echado de menos prácticamente cada segundo desde el martes.

De mi garganta emerge un sollozo y, sin apenas darme cuenta de lo que me dispongo a hacer, clavo un puñetazo en su pila de almohadas y grito:

—¿Por qué no me has llamado? —Golpeo las almohadas una segunda vez—. ¡Hijo de puta! —Otro mamporro—. ¡Pedazo de cabrón! —Y otro—. ¡Maldito traid…!

—¿Mamá?

¡Mierda! ¿Cuál de ellas es?

Menos mal. La que está en la puerta de mi cuarto, mirándome boquiabierta, es Neeve. Ella puede soportar verme así. Kiara no podría.

—¿Estás bien? —pregunta con timidez.

—¡Estoy de puta madre! —La cara me arde y noto el picor salado de las lágrimas en la piel. Golpeo de nuevo las almohadas—. No puedo creer que no me haya llamado.

—Mamá, dijo que no lo haría.

—¡Pues DEBERÍA! —aúllo en mis manos para que Kiara no me oiga.

—Hugh es así.

—¡Frío como un témpano!

—Frío no. Solo… consecuente. ¿Es esa la palabra? Si dice que va a hacer algo, lo mantiene.

—¿Ah sí? ¡Pues dijo que me querría siempre!

—Volverá.

—Estará todo jodido. Ya no será lo mismo.

—Voy a prepararte un té.

Sale rauda de la habitación mientras los sollozos me desgarran. Al rato me percato a medias de que ha vuelto.

—¿Qué haces hoy? —me pregunta.

Mi respuesta va acompañada de un sollozo.

—La jodida. Compra. Semanal.

—No, mamá. No te hagas eso.

—He de hacerlo. ¡Necesitamos COSAS!

—Hazla por internet.

—Los de internet son un puto desastre —gimoteo—. Pido Pink Ladies y me traen manzanas gala, y esa es la menor de sus

178

cagadas; sí, ya sé que son problemas del primer mundo, ya lo sé, pero no me juzgues, por favor.

—Yo haré la compra —propone.

—Tú también eres un puto desastre. —Ahora estoy llora-riendo.

—En serio, mamá, yo la haré.

—Vale. —Me seco la cara con la funda del edredón. ¿Qué es lo peor que puede pasar? El corazón me da un vuelco y la agarro del brazo—. Que no se te olvide el vino.

—¿Qué hacemos hoy? —Lovatt me levanta un mechón de pelo y lo deja caer—. ¿Lo aclaramos un par de tonos?

Lo miro a través del espejo. Estoy de un humor extraño: tanto llanto me ha dejado vacía. Al final, mis labios entumecidos forman una palabra:

—No.

Suspira hondo.

—¿Y qué hacemos con estas puntas?

He ahí otra cosa que hace siempre: intimidarme para que me corte el pelo antes de estar preparada. Podría irme. Podría levantarme, quitarme la bata e irme. La puerta está justo ahí. Me la miro y vuelvo a fulminarlo con los ojos. Traga saliva y dice:

—Prepararé el tinte.

—Voy a cambiar de peluquero. —Así recibo a Steevie.

Pone los ojos en blanco. Llevamos treinta años con la misma cantinela.

—Ni hablar —dice—. Amy, este es el peor momento para tomar decisiones importantes. Te irá igual de mal con otro. A este paso te quedarás sin peluqueros.

—Hay millones de peluqueros en el mundo.

—Buenos, no. Los peluqueros buenos, al igual que los hombres buenos, escasean.

¿Cómo hemos caído en lo de Todos Los Hombres Son Unos Cabrones?

—¿No querrás acabar como yo? —dice—. ¿Teniéndote que cortar tú misma el pelo?

—Tú no te cortas el pelo. —Steevie lleva un corte fantástico, un bonete de puntas desenfadadas que envuelve el contorno de su bonita cabeza. Ella va a Jim Hatton.

—Era un eufemismo.

Es deprimente la rapidez con que lo relaciona todo con el abandono de Lee.

Temas de conversación apropiados: botas de terciopelo; refugiados sirios; ¿dejarse llevar o tomar las riendas?; ¿hay otro fiestorro a la vista para recaudar fondos?; padres con alzhéimer: ¿alguna vez está justificado darles con el iPad? (Un golpecito suave, sin intención de hacerle daño, solo para regañarlo.)

—¿Has pedido ya?

—Qué va. Te estaba esperando. —Me tiende la carta.

Dios, hay tantas opciones. Y cada plato tiene tantas *partes*: mero con salsa de hinojo marino y champán, crujiente de verduras otoñales y patatas duquesa. Suena… asqueroso.

—¿Qué pides de primero? —me pregunta.

¿De primero? Señor, si no soy capaz de comerme un plato complicado, ni te cuento *dos*.

—Nada.

—¿No? Bueno, no importa, yo tampoco.

Elijo con desgana el plato que suena menos repulsivo. A continuación, Steevie dice:

—¿Cómo estás?

Aquí es donde debería empezar la conversación sobre botas de terciopelo, pero dudo y al final confieso:

—No muy bien.

Asiente.

—Eso es lo que sucede cuando tu *adorable marido* muestra su verdadera cara. Cuando Lee se marchó fue como si me arrancaran el corazón y lo pisotearan.

Espera que le dé la razón, pero yo no siento lo mismo.

—Es como… como si estuviese viviendo debajo de una sombra oscura. Como si hubiesen sustituido todas las bombillas del mundo por esas de bajo consumo que empiezan con una luz superdébil que poco a poco se va haciendo más brillante, con la diferencia de que no parece que se vayan a volver más brillantes. Vivo todo el tiempo con la inquietante sensación de que algo terrible está a punto de suceder. Entonces me doy cuenta de que ya ha sucedido.

—Ya lo creo que *ha sucedido*.

—La mayor parte del tiempo me resisto a creer que Hugh se haya ido. Todavía pienso que estará en casa cuando vuelva.

El encuentro con Steevie tenía que ser positivo, alegre. Vale, puede que lo de alegre sea mucho pedir, pero al menos reconfortante. En lugar de eso me voy hundiendo en la miseria al mismo tiempo que se me dispara el pánico.

—No me ha llamado. Es un insensible.

—Siempre he pensado eso de él.

—¿En serio?

—Ajá. Insensible e infiel.

—¿*Hugh*?

—Amy. —Steevie parece preocupada—. ¿A qué viene esa cara de pasmo?

—¿Estás diciendo que Hugh me ha estado engañando? ¿Aquí? ¿En Dublín?

—¡Por el amor de Dios, no! Al menos que yo sepa. Solo digo que todos los hombres son infieles. Hugh se lo ha puesto más difícil que los demás, eso es todo. Ha tenido que inventarse una crisis y marcharse a la otra punta del mundo para poder pegártela sin sentir remordimientos. Pero sigue siendo infiel.

Vale. THOSUC. Todos los Hombres Son Unos Cabrones. Tiene razón, desde luego. Pero ¿Hugh *es* un cabrón?

—¿Piensas ir esta noche a lo de Vivi Cooper? —me pregunta.

Empiezo a explicarme, pero de repente cambio de parecer. Tengo miedo de que Steevie me proponga que salgamos juntas de marcha y, por razones que se me escapan, la quiero lejos.

—Sí. Celebra su cumpleaños.

Steevie no es amiga de Vivi, pero desde que Lee la dejó se pasa el día insinuando que la excluyen de los eventos porque ya no tiene marido.

En un tono más suave, dice:

—Es más duro de lo que parece, Amy, ser la única persona soltera en una mesa de parejas.

Llega la comida y confío en que abandone el tema, pero no lo hace.

—Es una experiencia espantosa, Amy. —Se le quiebra la voz—. Y me da miedo que no estés preparada.

Dios. Clavo la mirada en el plato, en todos sus grumos y goterones. Es imposible que pueda meterme algo de eso en la boca.

—No lo superarás nunca —añade—. Nunca volverás a ser la de antes. Pero con el tiempo acabarás aceptándolo.

Tratando de inyectar firmeza a mi voz, digo:

—Siendo como soy, seguro que lo aceptaré cuando Hugh esté a punto de volver a casa.

Lo he dicho en broma, pero Steevie me mira horrorizada.

—Amy, justo ahí empieza lo peor. Una vez que, ya sabes... —hace una mueca de dolor—, disculpa el lenguaje, que *han follado* con otra mujer, son incapaces de volver a comprometerse.

Se parece bastante a lo que me dijo Derry, y es lo que quise transmitir a Neeve hace unas horas: que cuando Hugh volviera, si es que volvía, no podríamos seguir con nuestra vida como si nada hubiese pasado.

Pero Steevie lo está expresando de una manera que me pone los pelos de punta.

—Eso suponiendo que no vuelve con alguna enfermedad de transmisión sexual, como herpes, verrugas genitales o...

Señor, estoy mirando de nuevo los grumos y goterones y recordando que Lee le pasó a Steevie un herpes genital, por lo que sabe de lo que habla. Se me encoge el estómago y me oigo decir:

—No me encuentro bien, Steevie. Lo siento mucho pero he de...

Agarro el bolso del suelo y busco dinero en la cartera porque necesito largarme ya. No puedo esperar a hacer lo de la tarjeta.

Encuentro un billete de cinco. No es suficiente. Me entra el pánico. ¡Necesito irme! Gracias a Dios, hay otro de veinte. Y creo que algunas monedas. Sí, un par de monedas de dos euros. Vuelco un montón de calderilla sobre los billetes y, casi sin aliento, digo:

—Si no te llega con esto, te lo devuelvo otro día. Lo siento mucho.

—Amy. —Steevie se levanta e intenta cogerme del brazo—. Solo intentaba...

—No pasa nada, cariño. —Me aparto—. Tengo el estómago revuelto, eso es todo. He de irme.

30

Domingo, 18 de septiembre, día seis

Tengo la boca seca. ¡Dios santo! ¡Dios santo, *santísimo*! Estoy mirando una copia exacta de un vestido de terciopelo azul de Dolce & Gabbana, exacta, *exacta*, hasta los adornos de lentejuelas. Pero en lugar de costar ocho trillones de euros, ¡cuesta sesenta y cinco dólares!

Lo amplío todo lo posible, y es cierto que el terciopelo parece *un poco* inflamable, pero oye, ¡sesenta y cinco dólares! Sería un crimen dejarlo escapar. No sé cuándo me lo pondré, pero ¿qué importa? Un vestido así puedes ponértelo para ir a cualquier lado, ¿no? Bueno, puede que al trabajo no. O al supermercado. Pero al resto de los sitios sí.

Esta web es *alucinante*. Debería comprar vestidos para todas las chicas, con lo bonitos y baratos que son. Incluso podría echar en el carrito uno para Thamy, como agradecimiento por haberme hablado de esta página.

¿Cuál será mi talla en este extraño universo de imitación china? ¿Qué significa una 42? ¿Es la 42 italiana? ¿La 42 francesa? ¿La 42 china?

Pincho en busca de información. Hay una foto de una mujer con una cinta métrica, y las tallas se muestran en centímetros. Seguro que hay una cinta métrica en algún lugar de la casa, pero tendría que salir de la cama y estoy muy a gustito aquí, pinchando vestidos de tierras lejanas.

¿Por qué tiene que ser en centímetros? Yo conozco mis medidas —más o menos— en pulgadas. Se acabó, pido la talla 40 y si me va grande, puedo devolverlo. ¿O no? Puede que una web tan cutre como esta no facilite las devoluciones. O puede que sí. ¿No dicen que los chinos son grandes negociantes? Qué porras, son sesenta y cinco dólares, tampoco es tanto. No sé a cuánto está el dólar, pero sí sé que vale menos que el euro.

¡Allá voy! Introduzco mis datos tras comprobar, aliviada, que envían a Irlanda, pago con PayPal, transacción que, gracias a Dios, no es rechazada, y de repente me aparece en la pantalla «Envío en un plazo de sesenta días». *¿Sesenta?* ¡Eso son dos meses!

Mi gozo en un pozo. No puedo esperar dos meses para tener ese vestido. Lo quiero mañana. No, hoy. ¡Necesito la felicidad ahora!

Voy a anular el pedido, ya lo creo que sí, pero pincho y pincho y no me aparece la opción. Será mejor que me ponga en contacto con PayPal. No, mejor se lo pido a Hugh… ¡Oh! Hugh no está.

Mi decepción es múltiple: no solo existe la posibilidad de que esté acostándose con otras mujeres, sino que no está aquí para ayudarme a dar marcha atrás a una compra impulsiva online. Por un momento no sé qué me indigna más.

Sin previo aviso, me vengo abajo. Acabo de perder casi una hora mirando vestidos que no necesito, que no puedo permitirme y que no recibiré hasta dentro de dos meses. Por otro lado, ¿es tiempo perdido? Porque, ¿qué otra cosa habría hecho durante esa hora? Al menos mientras miraba vestidos de imitación me lo he pasado bien.

No es bueno, sin embargo, estar sola en la cama un domingo por la tarde. Debería relacionarme con otros humanos. Pero solo quiero mirar y comprar cosas online.

Neeve y Kiara están en casa, o al menos estaban hace un rato, cuando hicimos la limpieza semanal, así que me levanto y bajo a la sala de estar.

En la tele dan algo con muchos choques y gritos y, sentada en el sofá, está la Pequeña Maisey. La debe de haber traído Declyn. Está apretujada entre Sofie —a quien me alegro mucho de ver— y Kiara. Las dos están con la cara enterrada en sus respectivos móviles e ignorándola por completo. Pero Maisey, que adora a sus primas, luce en su carita regordeta una sonrisa de «¡HOY ES UN GRAN DÍA!».

Kiara repara en mí.

—Hola, mamá. ¿Estás bien?

—¿Qué es todo ese barullo? —No puedo creer que haya dicho eso.

Kiara se vuelve hacia la tele.

—*El planeta de los simios.*

—¿Es adecuado para una niña pequeña? —Intento achuchar a Maisey pero me aparta.

—Declyn no nos paga. —Neeve aparece detrás de mí—. O sea que podemos cuidar de ella como nos plazca.

—Ya. ¿Por qué no hacemos algo todas juntas?

—¿Como limpiar? —pregunta, escéptica, Neeve.

—Algo divertido. ¿Está aquí el cochecito de Maisey? ¿Sí? ¿Por qué no salimos a comprar?

Después de un silencio estupefacto, Kiara pregunta:

—¿A comprar qué?

—¡Ropa! ¡Zapatos! ¡Cosas bonitas! Estamos a cinco minutos andando del centro comercial más grande de Irlanda.

—Tranquilízate, mamá. —Neeve me pasa un brazo por los hombros.

—No lo pasaríamos bien —asegura Sofie.

—Estarías haciéndolo por pena —añade Kiara—. Para intentar compensar y ser dos padres en uno.

Es demasiado raro cuando tu hija de dieciséis años parece más sabia que tú. Pero si las chicas no quieren salir, significa que dispongo de dos horas de internet sin sentimiento de culpa. Esta vez miraré cosas para la casa, alfombras, fundas de cojín con bordados y cuadros a precios módicos.

—¡Ostras! —Sofie salta del sofá—. ¡Qué peste!

Maisey esboza una sonrisa peligrosa.

—¿Un pedo? —pregunta Kiara—. ¿O caca?

—¡No lo sé! —Sofie ya está plantada en la puerta—. ¡No puedo verlo!

Kiara olfatea tímidamente el trasero de Maisey.

—¡Oh, no! ¡Necesitas un pañal nuevo!

—Yo no puedo cambiarla —grita Sofie desde la cocina.

—Yo tampoco —dice Neeve.

—Yo *podría*… —Kiara me clava una mirada suplicante.

Oh, por el amor de Dios.

—Pásame la bolsa de los pañales.

—Si no vamos, la gente se dará cuenta —dice Sofie.

—¿Tan importantes somos? —pregunta Kiara.

—La zorra que se presentó en casa con su estofado nos ha puesto a caldo —insiste Neeve—. Mamá se ha vuelto viral. ¿Qué hacemos entonces?

Sofie y Kiara declaran, obedientes como son:

—Plantar cara al enemigo.

—¿Mamá? —Neeve me mira con el ceño fruncido.

—Eh, sí, perdona, Neevey, plantar cara al enemigo.

—*Machacaremos* a esa zorra —promete Neeve.

Estamos hablando de si vamos o no al cineclub. Es mi responsabilidad hacer que la vida continúe con la máxima normalidad posible, pero ¿tengo el aplomo necesario para parecer feliz feliz feliz? «Sí, mi marido se ha ido seis meses de vacaciones sexuales, pero lo llevo superbién.»

Además, mis mejores amigas no estarán. Steevie sigue cabreada por mi huida de ayer en mitad de la comida. Aunque le envié un mensaje de disculpa, respondió con un pasivo-agresivo «Todo bien». Luego le escribí para saber si pensaba ir al cine y me contestó «Ocupada». Me siento agraviada y culpable al mismo tiempo, pero no tengo energía para estallar del todo.

Jana tampoco irá, tiene algo familiar, ni Pija Petra, un desastre provocado por las gemelas.

—Ninguna de nosotras quiere ir —dice Kiara—. ¿Qué es más importante? ¿Preocuparnos de nosotras o de la opinión de los demás?

¡Cuánta sabiduría!

—Puedes ponerte mi gorro —le dice Neeve.

Kiara ahoga un gritito.

—¿El del vlog? ¿El de las flores?

—Ajá.

Kiara flaquea y su determinación acaba por hacerse añicos.

—¿La bufanda también?

—Y hasta los guantes.

—*¡Síííííííí!*

—Y ahora, señoritas. —Neeve da una palmada—. ¡En marcha!

Empiezan a revolotear por la casa acicalándose unas a otras, intercambiando abrigos y retocando peinados hasta que Neeve declara que estamos matadoras: Kiara lleva unas Doc Martens hasta las rodillas, un pantalón militar pitillo, un jersey negro de angora enorme y el gorro, la bufanda y los guantes adorables de Neeve.

—Si alguien te pregunta por ellos —dice Neeve—, di que son míos.

Como Sofie tiene toda su ropa entre casa de Urzula y la de mi madre, Neeve le presta una parka tejana con una capucha de pelo falso azul eléctrico. Neeve lleva puesto un abrigo ancho, mallas negras de leopardo y zapatos calados de color plata, mientras que yo visto una de mis prendas reinas, puede que la más reina de todas: un abrigo rojo de Dior de cintura estrecha y falda volandera que encontré en el suelo de TK Maxx a un precio tan bajo que pensé que me daría un brote psicótico. Lo acompaño con unas botas negras relucientes hasta la rodilla, y Neeve me adorna los labios con un carmín de color cereza.

—¡Selfie, selfie!

La foto es todo pelo, labios, mejillas y sonrisas: Neeve sale con un aire malvado pero adorable, Kiara un tanto solemne y Sofie linda como un gatito. El corazón va a estallarme de tanto amor.

Las cuatro estamos en el recibidor, subiendo como locas la foto a nuestras redes sociales preferidas, y por fin salimos a la fría tarde de septiembre. Decidimos ir a pie cogidas las cuatro de la mano, y me siento bien.

31

Diecisiete meses atrás

«Así que dije: Solo estaba... bromeando, y Josh Rowan me miró como si estuviera deseando arrojarme sobre la cama y desabrocharse el cinturón. Entonces dijo: Es una pena. Y lo que quería decir con eso era: Es una pena porque me pareces la mujer más sexy que he conocido en mucho tiempo y...»

—¿Mamá? —La voz de Kiara me hizo dar un brinco—. ¿Qué haces aquí arriba?

Salí bruscamente de mi ensueño.

—Estoy en la cama —espeté—. ¿Qué demonios te parece?

—Pero ¿por qué?

Para seguir reviviendo el momento en que Josh Rowan dijo «Es una pena».

—He tenido una semana muy dura en el trabajo y estoy cansada.

—¿Todavía?

Señor, llevo menos de una hora tumbada y todos se comportan como si llevara un mes.

—Sí, todavía. Y ahora voy a echar una cabezada. Adiós.

—¿Por qué estás tan antipática?

—Porque estoy cansada.

«... y él dijo: Es una pena.»

¡Creía que era una pena! ¡Que yo solo estaba bromeando cuando dije que se quedara en el hotel conmigo! ¡Eso quería decir que deseaba quedarse en el hotel conmigo! ¡En la habitación! ¡En la cama!

Y la idea de los dos desnudos, él tirándome del pelo y apretando su erección contra mí... me excitaba y aterraba al mismo tiempo.

«—¿Qué aspecto tiene, Amy?

»—Como si llevara dentro una pena secreta.

»—¡Qué romántico!»

De acuerdo, Josh Rowan me atraía. Esas cosas podían sucederle a cualquiera, ¿no? Pero en todos los años que llevaba con Hugh era la primera vez que me pasaba.

Es cierto que me gustaban Jamie Dornan y Aidan Turner y la mayoría de los hombres de las series de televisión escandinavas (Hugh los llamaba mis «escandiróticos»), pero esta era la primera vez que me colgaba de un hombre real. Conocía a algunas mujeres con pareja que tenían líos, aventuras y rollos de una noche. A veces incluso dejaban una relación larga que ya estaba muerta y se embarcaban en otra nueva. Esas cosas ocurrían. Derry lo había hecho.

Pero yo ni siquiera me había besuqueado con otro hombre desde que Hugh y yo empezamos a salir. Me parecía impensable. Quería a Hugh con toda el alma. Además, me gustaba como persona, lo cual, según había observado, era algo que en las relaciones largas sucedía con menos frecuencia de lo que sería de esperar. Le respetaba, le valoraba y tenía debilidad por él. Era un millón de veces mi persona preferida.

Por lo tanto, encontrarme sola, de noche, en una habitación de hotel con un hombre que debía de ser un mujeriego sin escrúpulos pero que, en aquel momento, me parecía de lo más sexy, era algo inaudito en mí.

Josh Rowan no era lo que se dice guapo, pero rezumaba seguridad en sí mismo y era bastante masculino. Me era difícil señalar por qué de repente lo encontraba tan deseable. No destacaba por sus ojos o sus pómulos, pero la combinación de sus facciones tristes funcionaba.

Además, tenía pinta de recalcitrante. Seguro que no era vegetariano. Esa descripción me gustaba y la utilizaba mucho en mis conversaciones imaginarias.

«—¿Cómo es, Amy?

»—No es vegetariano, así es.»

Y las conversaciones eran cada vez más elaboradas.

«—¿Cómo es, Amy, ese hombre al que tienes enamorado?

»—Es periodista. Inglés. Sexy. No vegetariano.

»—¡Ooooh!»

Cada vez que pensaba en Josh Rowan sentía como si tuviera

estrellas chisporroteando bajo mi piel y corriendo por mis venas. De repente veía una parte de mi vida en maravilloso tecnicolor.

¿Volveríamos a vernos, Josh y yo?

Me llamó la mañana que salió publicada la entrevista a Premilla. Yo había pasado la noche en uno de esos hoteles del aeropuerto en los que, si respirabas muy cerca de una botella de agua del minibar, al instante te cargaban en la tarjeta de crédito lo equivalente al rescate de un rey.

—¿Has leído la entrevista?

—Está genial. Gracias… —hice una pausa y, tímida, pronuncié su nombre—, Josh. —Oírmelo decir se me antojaba extrañamente osado.

—¿Te marchas hoy a Irlanda? Que tengas un buen fin de semana.

—Tú también… Josh. —Esta vez, pronunciar su nombre me produjo un estremecimiento en todo el cuerpo.

—Adiós, Amy.

—Adiós. —No dije su nombre una tercera vez, algo preocupada por lo que pudiera pasar. A lo mejor sufría una combustión espontánea.

Tal vez podríamos quedar para una comida de trabajo. Se lo había propuesto en el pasado y él había declinado la invitación. Las cosas eran diferentes ahora, estaba claro que teníamos una relación laboral. Pero entonces solo yo estaría dando el paso y eso no me gustaba, me hacía sentir patética.

Quizá lo mejor sería dejarlo correr.

¡Ni hablar! Eso me dejaba vacía de toda dicha. ¡Deprisa! ¡Antes de que la sensación de dicha desaparezca del todo! «… y él dijo: Es una pena.» Saboreé el recuerdo de cómo me había mirado antes de decir eso, como si lo creyera de verdad, *¡de verdad!*

Pero seguro que era mujeriego… Un momento, ¡por supuesto que era un mujeriego! ¿Cómo podía ser tan ingenua? ¡Estaba casado!

Claro que yo también lo estaba. ¿Me convertía eso en una «hombreriega»?

No. No, no, no, no, no. En el fondo de mi corazón no tenía intención de hacer nada con Josh Rowan; si la tuviera, ¿no me habría acostado ya con él? Después de todo, había estado en una habitación de hotel, con una cama, nosotros dos —no había nada que nos detuviera—, pero nos habíamos contenido.

Ni él era un mujeriego ni yo una hombreriega. Sí, he ahí la conclusión que más me convenía. Por Dios, tan solo era un pequeño flirteo. ¿Qué daño hacía?

«Él dijo: Es una pena...» Josh era un hombre fiel que jamás le había hecho el salto a la dinámica Marcia pero que se sentía tan atraído por mí que no podía evitarlo. Veía en mí cosas que la mayoría de la gente no veía. No le importaba que fuera bajita y no-joven. Le gustaba mi peculiar manera de vestir, lo veía como una prueba de que era una persona rara, única.

La realidad irrumpió con fuerza. Josh era un hombre. Con un pene. En una habitación de hotel con una mujer. Una mujer que —no lo olvidemos— había propuesto que ambos pasaran la noche allí. Sí. Yo lo había propuesto. No él. Yo.

¿En qué *demonios* estaba pensando?

Mezclar trabajo y flirteo era una mala idea. Pero venía de treinta y seis horas de muchísimo estrés: mi obsesión por salvar a Premilla había bloqueado mi conexión con el mundo exterior y por un momento me había olvidado de quién era.

Solo había sido un estúpido comentario atolondrado dicho en el atolondrado calor del atolondrado momento.

Pero Freud decía que, atolondradas o no, las coincidencias no existían. Sin duda era mi inconsciente el que había hablado, el que había expresado lo que la parte más educada de mi cerebro no se atrevía a reconocer.

Cogí el iPad y me metí en Facebook: hora de espiar un poquito.

Con una mezcla de excitación y vergüenza, miré el perfil de Josh, teniendo mucho cuidado de no darle un me gusta a nada.

Entonces comprobé, atónita, que Josh Rowan había dado un me gusta a algo mío. ¡Sí! ¡Lo decía ahí! ¡A Josh Rowan le gusta tu publicación! Me quedé mirándolo, rebosante de felicidad, los nudillos blancos por la concentración. Era evidente que me estaba investigando, ¡como yo a él! Casi de inmediato recibí un ya no me gusta; intentaba, como yo, borrar sus huellas. ¡Dios mío! «Es una pena...»

—¿Estás bien? —La voz de Hugh me hizo pegar un bote.

¡Por el amor de Dios! ¿Tan difícil era disponer de un rato a solas en mi cabeza, jugando con mis pensamientos felices? ¡Solo por una vez!

—Sí, genial. —Había cierto resentimiento en mi voz—. Estoy con Facebook.

—¿Necesitas algo?

«Un rato sin interrupciones para pensar en mis cosas no estaría mal.»

—No, gracias. Luego bajo.

«… y él dijo: Es una pena.»

32

Martes, 20 de septiembre, día ocho

—Si existía alguna posibilidad de que se acojonara y volviera —dice Druzie—, ya habría sucedido.

Es martes por la noche y estamos sentadas en su jardín, comiendo queso. Ha regresado unos días de Siria y con su ropa beige cubierta de polvo parece una soldado o una corresponsal. Todo en ella parece que sea del mismo color: su pelo corto es rubio ceniza y tiene la piel bronceada y llena de pecas.

—Ya lleva una semana viviendo su nueva vida —continúa—. Aclimatándose, conociendo a otros viajeros, empezando a disfrutar. ¿Me estoy pasando?

A pesar de todo, me río.

—*Por supuesto*, pero tienes razón.

Los primeros días después de su marcha había pensado que Hugh no podría con la soledad, con la enormidad de lo que había hecho. Pero ¿ahora? Ahora tengo claro que seguirá hasta el final.

—¿Qué piensas hacer? —me pregunta Druzie—. Tienes seis meses menos una semana. Puedes hacer muchas cosas en ese tiempo.

—Déjalo, no soy como tú.

Druzie nunca tiene miedo. A una zimbabuense que no ve la tele y sabe disparar un rifle, las reglas sociales se la sudan. Si me encontrara detenida en un país conflictivo, sería la primera persona a la que telefonearía.

—Vamos, ¿qué le pides a la vida, Amy?

—Nada —confieso—. Salvo que Hugh vuelva. En realidad no tengo una lista de deseos o ambiciones insatisfechas.

—Hum.

—Vergonzoso, ¿verdad? Sí me gustaría que a las chicas les fueran bien las cosas. La felicidad de una madre depende de la felicidad de sus hijos, y Neeve me preocupa por el tema de Richie...

—Un idiota.

—Tú lo has dicho. Me preocupa que Neeve no consiga ganarse la vida. No es fácil para ella seguir viviendo en casa, tiene veintidós años, debería estar divirtiéndose, ligando. En cuanto a Sofie, solo quiero que sea feliz.

—Parece sencillo, pero...

—Es lo más difícil de todo. En lo que respecta a Kiara, tendría que ser Presidenta del Mundo. Por otro lado, me preocupa que las expectativas de los demás la desvíen de su camino. —Me quedo pensativa mientras el viento arrecia. Me gustaría entrar, pero a Druzie le gusta el aire libre y no nota el frío—. Ahora me siento patética porque todas mis aspiraciones tienen que ver con mis hijas. Es casi tan patético como que mi único deseo sea que Hugh vuelva. Vivo a través de los demás.

—Y no quieres ser esa mujer. Vamos, Amy, piensa un poco.

Busco dentro de mí y lo mejor que se me ocurre es:

—Me gustaría sentirme segura.

—¿Y estar delgada? —Druzie cree que desear estar delgada es patético del todo.

—¡Dice la mujer que se olvida de comer!

—Dice la mujer que trabaja en zonas en guerra con gente que muere de hambre. Pero no te cortes, cielo, déjate llevar.

Sé que es superficial pero...

—Vale, sí, y estar delgada. Y tener ropa bonita e irme de vacaciones a lugares fabulosos con Hugh y vivir en una casa preciosa, con un ejército invisible de criados y jardineros y un hombre cuyo único cometido sería arreglar los típicos problemillas irritantes, como interruptores sueltos o vidrios rotos, y no tendría ni que pedirle que lo hiciera, se movería por la casa como un fantasma reparando cosas antes de que yo me percatara de que están mal, en lugar de plantarse delante de mí y enumerarme todas las razones por las que *no puede* arreglarlas.

Druzie sonríe. Ella sabe hacer todas esas cosas. Pero he cogido carrerilla.

—Habría tantas habitaciones que tendría una decorada exactamente a mi gusto, y encargaría el papel de pared a artesanos de

Hungría o algún lugar de por ahí. Sería un cuadro de verdad pero pintado sobre papel de pared, ¿entiendes? Y cortinas bordadas a mano. Y cojines bordados a mano, no como las cortinas, porque las cosas demasiado conjuntadas son una cursilada, pero serían *similares*. O puede que chocaran, pero de una forma extrañamente armoniosa.

—¿Extrañamente armoniosa? Hum.

—Y cuadros. Compraría todos los cuadros de Dušanka Petrović.

—¿De quién?

—La misteriosa pintora serbia con la que estoy obsesionada. Tendríamos un gimnasio y una sala de proyecciones y puede que una piscina… Aunque, ¿y si no la usamos? Me preocupa que tras la ilusión de los primeros días dejáramos de utilizarla, porque entonces me sentiría culpable por calentar el agua cada día, y sería como Elton John, que se gasta una fortuna en flores en todas sus casas aunque no vaya, y todo esto es un sueño y se supone que ha de hacerme feliz, pero ahora mismo solo está agobiándome.

—¿Y si Hugh no vuelve? ¿Seguirás deseando ser rica?

Trago saliva.

—Probablemente.

—¿De qué te serviría todo ese dinero si no tienes a Hugh?

—¡Lo sé!

Esta vieja broma entre nosotras empezó cuando me encontraba en pleno período de resentimiento post-Richie y ella en permanente Druzie-dad pragmática. Nos burlábamos de nuestra sociedad sexista que decía a las mujeres que carecían de valor si no llevaban a un hombre rico del brazo.

—Por triste que ahora sea tu vida, Amy —dice en un tono tragicómico—, peor sería ser rica y soltera.

—Tienes razón. Los cazafortunas me asediarían, hombres jóvenes que me cubrirían de cumplidos.

—Y como te habrías inyectado cosas en la cara…

—Y podría permitirme vestidos de Simone Rocha…

—Les creerías.

—¡Pero en realidad no me amarían! En realidad ya tendrían una novia…

—O un novio.

—O un novio. Me propondrían matrimonio, pero solo con la condición de que hubiera separación de bienes.

—Y como eres una completa idiota, pensarías que eso significaba que te amaban de verdad y dirías: «No, no, de separación de bienes nada».

—Y pasaría por la vicaría a pesar de que todos —Derry, Neeve, incluso *Kiara*— insistirían en que mi hombre es un sinvergüenza.

—A tu nuevo marido le gustaría ser director de cine…

—¡Oh, sí! ¡Me encanta! Yo le financiaría un par de películas de orgullo y vanidad protagonizadas por su novia secreta…

—O novio.

—Las películas serían un fiasco y los críticos se reirían de mí.

—Después morirías en circunstancias extrañas y publicarían un largo artículo sobre ti en *Vanity Fair*.

—Un artículo humillante. Y yo estaría muerta. Pese a lo mal que están las cosas, no quiero morirme. Me intriga saber cómo va a acabar todo esto. Eso es bueno, ¿no?

33

Viernes, 23 de septiembre, día once

—¡Hola, hola! —Viernes al mediodía, Alastair regresa de Londres con su acostumbrada fanfarria.

Tim finaliza una llamada y dice:

—Haznos un resumen y que sea rápido. A las tres me largo.

—¿Qué ocurre?

—Mi mujer me ha invitado a París este fin de semana.

Alastair y yo lo miramos boquiabiertos.

—Es fantástico. —Casi vomito de envidia.

Tim añade entonces:

—La señora Staunton ha conseguido entradas para el rugby.

Aaaaah. Mi idea de un fin de semana sexy y romántico de sábanas revueltas y delicias de coco, boutiques adorables y mercadillos repletos de ropa vintage de Chanel se desvanece. *Rugby.* Paso.

—A la señora Staunton le encanta el rugby —dice Tim—. Y adora Francia. Nada le gusta tanto como sentarse en un café de los Champs-Élysées con una absenta y un puro.

Nunca sabes cuándo Tim bromea o habla en serio.

—Vale, puede que un puro no —se corrige—. Dejémoslo en un cigarrillo. O veinte.

—¿Quién cuidará de vuestra prole? —le pregunta Alastair.

—Los padres de la señora Staunton. Son aterradores.

Si se parecen en algo a su hija, me lo creo. Alastair y yo conocemos a Tim desde hace un montón de años, pero nunca hemos intimado con la señora Staunton. Siempre está ocupadísima y llega tarde a todas partes, incluso a la fiesta que dimos para inaugurar Hatch. No se anda con cumplidos y es más bien seca. Cuando

Alastair coquetea con ella, se lo mira con un ceño de perplejidad, como si le estuviera hablando en swahili (he de reconocer que es un rasgo que admiro en ella). Y no hace eso que acostumbran hacer las mujeres de yo te alabo el bolso y tú haces lo mismo con el mío, luego te digo que llevas el pelo estupendo y tú me dices que tu pelo es un desastre pero que lo tienes mejor desde que te hiciste el alisado de dieciséis semanas, etcétera, etcétera.

No obstante, Tim y ella parecen llevarse muy bien. Cada cual va a su rollo.

—¿Me comprarás algo en Sephora? —le pregunto.

—No.

—Ni siquiera sabes qué es Sephora.

—¿Que no? Tengo una hija adolescente.

—Te escribiré un correo. Solo tendrás que enseñarle el móvil a la señorita. No tendrás ni que hablar.

—No.

—Venga, Tim —interviene Alastair—. Un poco de compasión. Pobre Amy.

—Lo siento, Amy, pero la señora Staunton me ha informado de que me quiere para ella solita.

A las tres en punto Tim apaga su ordenador.

—Me largo. Buen fin de semana. Hasta el lunes.

—*Au revoir!*

—*Bonne chance!*

—El tapaporos de Marc Jacobs —grito—. Por si acaso.

Tim menea la cabeza con exasperación y se va.

—Qué suerte tiene —dice Alastair.

Me aseguro de que Tim se ha largado antes de decir:

—Pero ha de ir al rugby. Yo creo que me echaría a llorar.

—Y con Rosanna.

—Hay que reconocer que es bien rara. —Tenemos esta conversación a menudo—. Sin duda el alfa en ese matrimonio. —Y enseguida añado—: Es admirable. —Sí, es admirable. Mujer. Cirujana. Cinco hijos. Se lleva a su marido de fin de semana.

—Por otro lado —dice Alastair—, Tim es un tío tan simple y llano que no todo el mundo lo aguantaría.

—¡Ah, no! —Por ahí no paso—. Tim es un tío genial, responsable y trabajador, y un buen padre. Y bueno. Lo es, Alastair. Tenemos suerte de que esté con nosotros. Es cierto que Rosanna no destaca por su simpatía, pero congenian.

—¿Es una regla que el alfa no sea amable con los colegas beta?

—No lo sé, la verdad. Ni Hugh ni yo somos alfa, no ganamos lo bastante...

—¿Amy? ¿Hola? ¿Amy?

¿Debería seguir pensando en Hugh y yo en tiempo presente?

—¿Amy? Dime algo. ¿Estás bien?

—Perdona.

—En serio, ¿estás bien?

—Sí.

34

Dieciséis meses atrás

—… lo que nos lleva a nuestro siguiente premio de la noche… —seguía parloteando el maestro de ceremonias en lo alto del escenario. La parte de ese tipo de eventos mediáticos en que se entregan los premios y se pronuncian discursos de agradecimiento rebosantes de falsa modestia es un *auténtico* peñazo.

Estaba deseando que terminara de una vez para darme una vuelta por la zona donde se encontraba la mesa de Josh Rowan. No obstante, faltaba mucho para eso, y si en mi cabeza no sucedía algo agradable pronto, corría el riesgo de enloquecer. Diez breves minutos en el tocador con Asos podrían ser mi salvación.

—Voy al baño —susurré a Alastair.

Me habría puesto a ojear la pantalla ahí mismo, en la mesa, pero me preocupaba ofender a nuestros anfitriones, el grupo de multimedia que nos había invitado a Tim, a Alastair y a mí a los Premios de la Prensa.

Alastair me pellizcó el brazo.

—Más te vale volver. Ni se te ocurra dejarme solo. Estamos juntos en esto, ¿sí?

—Claro.

Bajando la cabeza para evitar posibles miradas de reprobación por marcharme durante el momento de gloria de alguien, sorteé las mesas circulares en dirección al servicio de señoras, que se encontraba al fondo de la sala, como a un kilómetro de distancia.

La clave estaba en moverse deprisa y semiencorvada para no tapar el escenario. Acababa de traspasar la línea invisible donde terminaban las mesas, sintiéndome como alguien que ha escapado de un régimen cruel, cuando mi cabeza chocó con un torso.

—Hola, Amy. —Noté que me agarraban el brazo y levanté la cabeza. Santo Dios, era Josh.

—¡Hola! —De pronto me costaba respirar.

Habían pasado casi cuatro semanas, veinticinco días para ser exactos, desde la entrevista a Premilla Routh, y durante esos veinticinco días había pensado en él. Mucho. A decir verdad, rayaba en la obsesión.

Pocos días después de que nos hubiéramos visto por última vez, Josh me había mandado por Instagram un cliché motivacional de una atrocidad exquisita. Eso me había sumido en un estado *yin-yang* de emoción y vergüenza, y después de tirarme una eternidad borrando posibles respuestas, acabé por contestarle con un emoticón sonriente y una «x». Lo seguí de inmediato en Instagram y Twitter y al cabo de unos minutos él me siguió a mí.

Dos días después me llegó otro cliché. Entonces, tras perder demasiado tiempo intentando encontrar algo especial, también le envié uno. La cosa tomó carrerilla cuando le retuiteé un vídeo de un perro bailando una canción de Wham! Josh lo retuiteó y al rato —pensando con acierto que era la clase de cosas que me gustaban— me envió un GIF de cocker spaniels disfrazados de pingüinos. Desde entonces nos habíamos enviado cosas graciosas a través del Mar de Irlanda, la parte humorística socavada por el número de X con que firmábamos. Ahora íbamos por tres.

Entretanto, nos habíamos hecho amigos de Facebook. Durante el día mantenía bajo control el acoso digital, pero por la noche, después de haber bebido quizá un poco más de la cuenta, me colaba en su Facebook y en el de Marcia, solo para ver qué pasaba en su vida.

No hacía mucho se habían comprado un perrito, un cruce de labrador, cuyo adiestramiento resultaba ser una pesadilla, pero se lo tomaban con humor: zapatos mordisqueados, ¡qué gracioso! Sillas con las patas totalmente roídas. ¡Lol!

Dos semanas atrás Marcia había instalado en la sala de estar una estufa negra de leña, y aunque me costaba entender que alguien deseara cosas que precisaban un mantenimiento constante, ella estaba encantada.

Poco después de eso, la familia al completo se fue a esquiar a Utah. Estaba convencida de que en Utah hacía demasiado calor para esquiar, pero era evidente que me equivocaba. Había miles de fotos de los cuatro posando con gafas de sol reflectantes y monos acolchados contra un fondo de nieve cegadora. Parecía que estaban pasándolo bomba.

Eso me produjo una inquietud profunda, de las que te hacen morder el labio, porque yo no soy una persona amante de las actividades al aire libre. Pero Josh podría seguir haciéndolas con sus amigotes, o con sus hijos, cómo no. Dios mío, habría roto su hogar feliz…

Porque su hogar parecía feliz. El de Josh parecía un buen matrimonio, y me desconcertaba aquel flirteo, la atracción o lo que fuera que había brotado entre nosotros.

En los momentos en que tocaba con los pies en el suelo me decía que lo más seguro era que Josh no fuera más que un follador al que se le daba muy bien separar las cosas. Pero pensar así no me provocaba la sensación excitante a la que ya me había aficionado, prefería transformar todo ese asunto en una fantasía salvaje y romántica.

Nos aseguramos que esa noche nos encontraríamos: quedamos con deliberado desenfado en buscarnos después de los discursos. Por consiguiente, me había esmerado mucho con el pelo y la ropa. De hecho, antes de entrar en el salón Alastair entornó los párpados y comentó:

—¿Y esas tetas?

—Soy mujer —le contesté toda digna—. Tengo pecho.

—Sí, pero…

También tenía un trasero y una barriga.

—Déjame ver.

Me detuve delante del espejo del vestíbulo y examiné mi cuerpo embutido en el resbaladizo vestido tubo. Dios, me iba bastante apretado, y no solo en la zona del pecho.

—Ahora en serio —dijo Alastair—, ¿no tienes un chal?

Tenía un chal en la habitación, pero no quería ser una mujer que llevaba chales. O peor aún, chaquetillas. Quería ser una guerrera rebelde que se paseaba con los brazos descubiertos y la espalda recta, orgullosa de su redondez.

Tim llegó aparentando once años con su impecable esmoquin negro.

—Tim, ¿te parece excesivo? —Señalé mi trasero y él esbozó una sonrisa de lamento-ser-el-portador-de-malas-noticias. En fin, si a Tim se lo parecía…

Así que volví a mi habitación y aquel chal deprimente me acompañó hasta el salón. Pero ahora Josh Rowan me estaba mirando, agarrado aún a mi brazo, y el chal se hallaba a kilómetros de allí, envolviendo el respaldo de mi silla.

—Estás estupenda.

—¡Tú también! Muy James Bond con tu esmoquin. Muy Daniel Craig. Perdón, perdón. —Agité la mano delante de mi cara a modo de disculpa. No se parecía a Daniel Craig… bueno, no en el color de pelo, puede que un poco en la cara de póquer. Lo atraje hacia mí y le dije al oído—: Voy un poco pedo.

—No te preocupes. —Retrocedió lo suficiente para que pudiera verle la cara—. Yo también.

Juntos dijimos:

—Es la única manera de soportar estas cosas.

Y soltamos una carcajada larga y sonora.

Cuando se nos terminó la risa y nos quedamos mirándonos con una gran sonrisa, dije:

—¿Sabes qué?

—¿Qué?

—Tengo una habitación arriba.

—¿Y?

—¿Te gustaría subir conmigo?

35

Sábado, 24 de septiembre, día doce

—¡Holaaaaa! —Bronagh Kingston me recibe con una sonrisa radiante—. ¿Cómo *estás*?

—¡Bien! —exclamo. ¿Suena lo bastante positivo? Quizá no—. ¡Genial! —digo—. ¡Mejor imposible! ¿Y tú?

—Uau, te veo muy animada. —Ríe—. ¿Te han dado una buena noticia?

—Eh... —Es curioso, pero el tiempo libre me supone mayor reto que el trabajo, sobre todo porque tengo que conversar con gente que no sabe lo que pasa entre Hugh y yo.

Bronagh me escribió el martes para decirme que me había apartado un montón de trapos. Así pues, durante la semana, cada vez que me golpeaba el pánico me calmaba pensando en el sábado y la promesa de ropa preciosa y asequible. Parece, sin embargo, que exista una brecha entre lo que creo que va a pasar y la realidad. Bronagh es una chica encantadora, pero nunca hemos cruzado la línea de las confidencias personales, de modo que hablar con ella me cuesta un esfuerzo inesperado.

—Tengo un montón de maravillas que enseñarte. —Toda orgullosa, me muestra una pila de ropa de gente muerta y como mi centro de reacciones espontáneas parece haber echado la persiana, he de elaborar mis respuestas. Quiero que mi tono suene animado, pero es evidente que me paso, porque en un momento dado Bronagh dice—: ¿Estás bien, Amy? ¿Te veo un poco... excitada?

¿Excitada? Caray. Será mejor que reduzca un poco la jovialidad. Es difícil encontrar el equilibrio. Supongo que es cuestión de ir probando. Bueno, dispongo de seis meses (menos doce días) para pillarlo. Seguro que para marzo habré dado con el tono perfecto.

Como disculpa por mi extraña conducta compro más ropa de la cuenta, prendas por las que no habría pagado si no estuviera desquiciada, y cuando me marcho, ya sea por el despilfarro o por la soledad que siento por haber tenido que fingir una conexión con alguien que antes se daba de manera natural, me vengo abajo.

De allí me voy a tomar un café con Steevie. Nos hemos reconciliado durante la semana, un ir y venir de «Lo siento», «No, soy *yo* la que lo siente», «¡No, yo lo siento *más*!». Sin embargo, mientras cruzo a toda prisa la ciudad, comprendo que mi conexión con la mayoría de la gente es frágil. Si Steevie se burla de mi bolso de muerta o intenta que le desee una gonorrea a Hugh, no creo que pueda soportarlo.

Ahí está, sentada a una mesa junto a la cristalera de Il Valentino. Ella quería que comiéramos juntas pero cuando le pedí que fuera algo más breve, tuve que ponerme a hablar a toda pastilla para atenuar su resentido silencio, y le confesé que ahora era propensa a los ataques de pánico.

—¿Incluso cuando estás *conmigo*? —Le había dolido.

—Cuando estoy con cualquiera —respondí, lo cual no era del todo cierto.

—¿Y empezó justo cuando se fue Hugh?

—Sí.

—Mi pobre Amy. Maldito Hugh. —Y en un tono lúgubre, añadió—: Espero que pille la rabia con su polla.

Pero la cosa va bien, diría incluso que de maravilla. Le cuento que Genevieve Payne se presentó en mi casa con el estofado y aunque ya lo había oído de incontables fuentes, quiere escuchar mi versión. Se desternilla con lo que dijo Neeve: «Quédate con tu estofado». Aunque la versión que llegó a los oídos de Steevie fue: «Puedes meterte el puto estofado, con tapa y todo, por tu ridículo culo, pedazo de gilipollas».

Me pregunto, entonces, si debería inquietarme que se digan calumnias sobre Neeve.

—Oye, Jana y yo vamos esta noche a una fiesta y queremos que vengas con…

—No, Steevie, por lo que más quieras.

—Haces mal en esconderte debajo de la manta mientras Hugh se lo monta con todas las tías que encuentra a su paso.

Ojalá no dijera esas cosas. Quizá sea cierto, pero no quiero pensarlo y no quiero que hable de ello con tanta ligereza. Pero si se lo digo, nuestra relación podría enrarecerse de nuevo.

Es un alivio volver a casa y encontrármela vacía, meterme en la cama con mi iPad y mirar las novedades de net-a-porter. Todas esas cosas bonitas… El mero hecho de contemplarlas me levanta el ánimo. Abrigos estampados, carteras de mano originales, y de repente, arrancándome un gritito, unos zapatos absolutamente indescriptibles. Superaltos, supermágicos, con los tacones forrados de adornos centelleantes; sé, sin necesidad de comprobarlo, que son de Gucci. No porque sea una compradora asidua de Gucci —no podría permitirme ni un llavero—, pero tengo un don para reconocer marcas caras.

Cuando veo a las mujeres en *The Graham Norton Show*, enseguida puedo decir de quién es el vestido y los zapatos que llevan. O la ropa de Claudia en *Strictly*. O lo que visten las juezas de *X Factor*. «Preguntad a Amy», dice la gente, «seguro que ella lo sabe».

Todos tenemos nuestros dones y, cierto, el mío es muy concreto, pero si existiera como profesión estaría muy bien considerada.

Kiara no lo ve con buenos ojos. Dice que estar tan *al tanto* de las cosas que hacen los diseñadores no es algo de lo que enorgullecerse. Pero, a ver, ¿qué daño puede hacerme?

Miro embelesada los cautivadores zapatos de Gucci. Tienen una forma tan mona —me recuerdan a *Mi pequeño pony*— que me hacen feliz aunque no pueda permitírmelos.

¡Puede que en Asos haya una copia! Seis diferencias, eso es cuanto necesita una imitación para tener permitido existir. Pero en Asos no encuentro nada, de modo que entro en Kurt Geiger, luego en Zara, TopShop, Russell & Bromley…

Abro una página tras otra y en un momento dado desvío la atención hacia unas botas acordonadas adorables de Dune de estilo eduardiano, altas hasta la rodilla, y aunque no las necesito y no tengo el dinero, pincho las veces que hacen falta para hacerlas mías.

36

Lunes, 26 de septiembre, día catorce

Este lunes por la mañana está siendo muy lunero.

—¡Arriba, Kiara!

—¡Oh, mammmá! Tráeme un zumo de naranja.

—Sofie —grito a la habitación del desván—. ¡Arriba! —Se ha quedado a dormir pero tiene el uniforme del colegio en casa de Urzula y he de llevarla en coche hasta allí antes de ir al trabajo—. ¡Kiara, levanta, son las ocho menos diez!

—¡Zumo de naranja!

—¡Levántate de una puñetera vez! —aúlla Neeve desde su cuarto—. Estoy intentando dormir.

Bajo corriendo a la cocina para buscar el vaso de zumo de Kiara. Sofie todavía no ha aparecido y suelto un bramido.

—¡Sofie, llegaré tarde al trabajo si no bajas ahora mismo!

—¡Cerrad el pico, JODER! —aúlla Neeve.

—Mamá, ¿dónde están mis camisas del colegio?

—¡En tu armario!

—No las veo.

Entro como un tifón en su habitación, voy derecha al armario y saco una camisa.

—No estaba ahí hace dos minutos —refunfuña. Kiara, que por lo general es encantadora, no tiene buen despertar.

Sofie baja arrastrándose y la verdad, esto de estar viviendo en tres casas diferentes no puede continuar. Urzula y ella siempre están discutiendo, y yo sentía que no me quedaba más remedio que dejarlas hacer, pero creo que ha llegado el momento de tener una conversación con Sofie.

Abro la boca para preguntar a Hugh su opinión, y claro, no

está aquí conmigo para que pueda preguntársela. Haberlo perdido sigue siendo desgarrador y paralizante, y me llevará mucho, mucho tiempo desaprender el impulso de consultarle hasta la última duda.

Pero *es* posible: la gente que pierde una mano o una pierna consigue con el tiempo eliminarla de su lista de extremidades con las que puede contar.

—Amy —dice Sofie—, ¿me das dinero para comprar carboncillos? Es para la clase de dibujo. Mamá está de viaje.

—En ese caso, instálate aquí. A menos que quieras quedarte en casa de la abuela —añado de inmediato.

—Me quedaré aquí.

—Bien. Y ahora en marcha, que hemos de ir a buscar tu uniforme.

—Mamá, ¿puedes recogerme de natación a las siete? —me pregunta Kiara.

—Y yo necesito que me lleves a mi clase de historia de las siete —dice Sofie.

Están en direcciones opuestas y no puedo hacer las dos cosas. Llamo a la puerta de Neeve.

—¿QUÉ?

—¿Puedes llevar a Sofie a su clase de historia a las siete?

—¡No! ¡Tengo una cosa de trabajo! Y ahora, ¿podéis callaros de una vez?

¡Por el amor de Dios!

—De acuerdo, Sofie, yo te llevaré.

—¿Y qué pasa conmigo? —reclama Kiara.

—Vuelve en bici.

—¿Con el pelo mojado? ¿Volver en bici con este frío y el pelo mojado? Vale, pero si pillo una gripe y me muero, tú tendrás la culpa.

—La gripe no se pilla por tener el pelo mojado —grita Neeve desde su cuarto—. ¡Por desgracia!

Con todo el follón llego al trabajo veinte minutos tarde. Tim y Alastair ya están en la oficina cuando entro con sigilo. En teoría, nuestra empresa no tiene jefes, pero es de mala educación llegar tarde. Ninguno de los tres quiere dar la impresión de que no arrimamos el hombro.

—Hola —farfullo—. Lo siento.

Me paro en seco al ver una bolsa negra y blanca sobre mi mesa. Es de Sephora. La miró de hito en hito y me vuelvo rauda hacia Tim.

—¡Me has traído el tapaporos!

—Ajá. —Parece que vaya a reventar de orgullo y morir de vergüenza *a la vez*.

—¡Dios! —Desgarro el elegante celo negro y las manos me tiemblan. Abro la bolsa y miro. Hay más de una cosa apiñada en su interior—. ¡Tim! —Cierro la bolsa y clavo la mirada en él. Me río, asombrada y feliz, mi depresión del lunes ya está olvidada. Echo otra ojeada (hay por lo menos tres cosas) y levanto la cabeza. Mi cara es de completo asombro—. ¡Tim! ¿Qué es esto?

—Han lanzado un rímel nuevo. Sé que te gustan las novedades.

—«Nuevo y fascinante». —No quepo en mí—. Es verdad. —He localizado el tapaporos y el rímel y estoy dando vueltas a ambas cosas en las manos.

—Y también te compré un…

—¡Pintalabios! —Acabo de encontrar el estuche.

—Porque eso significaba que había gastado lo suficiente para recibir gratis un lápiz de ojos. Lo elegí negro. ¿Te va bien?

—¡Ya lo creo! Nunca puedes equivocarte con el negro.

Ahora a por el pintalabios, que me resigno a que sea espantoso, puede que un rosa coral o un rojo anaranjado, colores que hacen que mis dientes parezcan amarillos. Pero me da igual el color, porque Tim es tan fant… ¡Dios mío! Es precioso. Rojo oscuro, ideal para esta estación del año, pero con un tono azulado que le va muy bien a mi piel clara.

—¿Cómo lo *sabías*? —exhalo.

—Te describí a la *femme*.

—¿Qué le dijiste? —Mi voz es casi un susurro.

—Que eras la típica celta.

—Dios, Dios. —He sacado mi espejo de mano y estoy pintándome los labios. ¡Qué textura! ¡Qué acabado!—. ¡Me encanta!

—¿Lo he hecho bien? —pregunta, tímido, Tim.

—¡Mejor imposible!

Parece muy satisfecho consigo mismo ahí de pie, con su pequeño traje y las mejillas coloradas.

Me precipito hacia él y recula.

—Lo siento, Tim —digo—, pero *tengo* que abrazarte.

—Toda buena acción tiene su justo castigo —murmura cuando lo estrujo.

—¡Ja, ja, ja, ja, ja! —No puedo dejar de reír. Estoy exultante—. Qué gracioso eres. —Le planto un enorme beso rojo en la mejilla—. Gracias, Tim. En serio. Gracias, un millón, tres millones de gracias.

—De nada. Y no hablemos más del asunto.

—¡Dinero! ¿Cuánto te debo?

Sacude la cabeza.

—Es un regalo. Ahora cálmate, es hora de trabajar. Alastair y Amy, a la sala de juntas.

¡Oh, no! Es el último lunes del mes, o sea, la hora de nuestro análisis financiero. ¿Dónde he metido mi Nexium? Ay mi pobre estómago, detesto estas reuniones. Examinamos el trabajo generado y por quién, porque nuestros ingresos se distribuyen de una manera compleja: el porcentaje más elevado es para la persona que consiguió el trabajo, pero los otros dos socios también reciben un porcentaje, mientras que otra parte se destina al sueldo de Thamy, el alquiler y los demás gastos. No obstante, por mucho que lo desglosemos, nunca es suficiente.

—¿Y bien? —Alastair y yo miramos preocupados a Tim—. ¿Cuán grave es?

—Tenéis los números en vuestros portátiles —dice.

—Habla.

Tim lee los informes contables como yo leo *Grazia*.

—Vamos prosperando. Tenemos un ocho por ciento más de facturación que el mes pasado y un veintidós por ciento más que el año anterior en esta misma época, mientras que los gastos no han variado.

—¿Qué significa eso? —pregunto—. ¿En dinero real en mi cuenta bancaria?

—Estás confundiendo facturación con liquidez —dice Tim—. La facturación no significa nada hasta que la gente paga.

—¿Y cómo conseguimos que pague?

—Para eso tenemos a Thamy.

Vale. Me relajo un poco. Thamy no se anda con chiquitas.

Regreso a mi mesa justo cuando me telefonea mamá.

—Necesito que esta noche te ocupes de la bestia.

—No puedo, mamá. He de llevar a Sofie a su clase de historia y recogerla una hora después.

—¿Qué hago entonces?

—Tienes cuatro hijos más. Pregunta a Maura.

—Papá no aguanta a Maura.

—¿Derry?

—Ha conocido a un tipo.

—¿En serio?

—No te emociones. El tontolaba seguramente dirá «almóndiga» en lugar de «albóndiga» y ese será su final.

¿Cuándo empezó mamá a utilizar palabras como «tontolaba»?

—¿Y Joe?

Mamá empieza a cantar:

—«Ah, érase una vez en Irlanda…» —Lo hace para dar a entender que Joe se inventa pretextos enrevesados, evidentes, cada vez que le piden que haga algo que no quiere hacer, o sea, siempre.

—¿Declyn? —Mi voz flaquea.

—No podemos pedírselo a Declyn, es demasiado joven.

—Tiene treinta y nueve.

—Eso no es nada. Amy, has de ser tú.

La desesperación me invade.

—Amy, lo mataré si no salgo.

Lo entiendo, en serio que lo entiendo. Pero yo también podría matarlo.

—Mamá, de verdad que esta noche no puedo. Si me hubieses avisado con más tiempo… Oye, prueba con Declyn. ¡Adiós!

37

Dieciséis meses atrás

Josh Rowan me soltó el brazo como si fuera radioactivo.

—¿Subir? ¿A tu habitación?

—Eh, sí.

—¿Para qué?

Tierra trágame. Por favor, ábrete ahora mismo y engúlleme.

—Para nada —dije—. Lo siento, solo… —¿Qué demonios me pasaba? Estaba borracha, pero ¿tanto como para insinuarme a un hombre?—. Olvida lo que he dicho. —Dios, deja que me muera.

Había pasado demasiado tiempo metida en mi cabeza, fantaseando. Y ahora la fantasía se había dado de bruces contra la realidad y había sido humillante. Me di la vuelta para irme, pero Josh me cogió por la muñeca y me giró de nuevo.

—Amy, si dices algo así, tiene que ir en serio.

Levanté la mirada.

—¿Y bien? —preguntó con suavidad—. ¿Iba en serio?

Pensé en Hugh y en lo mucho que me cuidaba, en Marcia y su estufa de leña, en subir en el ascensor con Josh Rowan, en lo violenta que sería la situación cuando entráramos en la habitación, en la idea de revolcarnos en la cama en la que tantas personas se habían revolcado antes que nosotros, de enseñarle mi cuerpo de cuarenta y tres años… Todo el montaje me horrorizaba.

—No. —Bajé la cabeza.

Sin soltarme la muñeca, me sacó del salón y me condujo hasta la fuerte luz de aquel vestíbulo enorme. Lo seguí, obediente, porque me sentía contrita como una niña.

Vergüenza era la emoción principal, una vergüenza profunda. El hombre con el que había jugado en mis fantasías no era real, pero este sí lo era. No estaba bien lanzarle invitaciones sexis si no tenía intención de materializarlas.

—¿De qué va todo esto? —preguntó Josh.

¿Qué debería responder? ¿Debería hablarle de las fantasías que había estado alimentando?

—Sentémonos un momento.

Cruzamos el vasto suelo de mármol hasta un sofá. Me senté en una esquina y Josh también tomó asiento, manteniendo una gran distancia entre los dos.

Cuando apareció un camarero con una bandeja, Josh le dijo:

—No, amigo, gracias. —Y esperó a que se marchara antes de volverse hacia mí—: ¿Qué está pasando?

—Esto… yo… —Lo único decente era contarle la verdad—. Aquel día, el día de la entrevista de Premilla… me sentí atraída por ti.

Me miró un largo instante.

—Estás casada.

Me tapé la cara con las manos.

—Lo sé. Dios. Lo sé. Quiero a Hugh. No sé qué me ha pasado.

—¿Qué habrías hecho si hubiese aceptado la invitación?

Gemí de nuevo.

—Seguramente me habría rajado antes de llegar al ascensor. —Sentí otra oleada de vergüenza—. Quizá solo quería un poco de atención. Quería saber qué dirías. ¿Podemos fingir que esto no ha pasado? —Porque ahora lo que me preocupaba era cómo iba a afectarme esto tanto a nivel profesional como personal. ¿Y si Josh Rowan se lo contaba a todos los periodistas de Londres? Se cargaría una buena parte del respeto que yo —y Tim y Alastair— habíamos luchado tanto por construir—. Esto es totalmente impropio de mí —dije—. Seguramente sea la crisis de la madurez. Debe de ser la perimenopausia. Por lo visto hace que a la gente se le vaya la pinza.

—No te preocupes, Amy —dijo—. Todos somos humanos. —Oh, ese *acento*.

—Gracias. —Solté una exhalación larga y trémula. Luego—: ¿Habrías aceptado?

Me miró a los ojos.

—Sí.

Fue como recibir una descarga eléctrica. Tragué saliva.

—Vale.

—No tropecé contigo por casualidad. —Señaló el salón con la cabeza—. He estado contando los días.

¡Joder! Era el tipo de cosas que decía en mis fantasías. Pero ahora que estaba diciéndolo en la vida real, no me llegaba la camisa al cuerpo.

—He estado toda la noche acechándote.

Después de un largo silencio, acerté a decir:

—Yo nunca he sido infiel.

Josh esbozó una sonrisa. Una sonrisa de verdad, no su acostumbrada sonrisa torcida y reservada.

—Se nota.

—¿Y tú? ¿Has sido…?

Asintió.

—¿Mucho?

—No… Algunas veces.

Se me encogió el estómago. Me sentía ofendida, celosa, avergonzada. Quería que Josh fuera fiel a Marcia. Y quería que me deseara. Pero no podía hacer las dos cosas.

—Josh, ahora saldré a fumarme un cigarrillo. Sola.

—Podría haberte mentido —dijo.

—No es por eso. —Bueno, no era solo por eso. Era por mí tanto como por él. No soportaba esta versión de mí misma—. Pero, en serio, necesito un cigarrillo.

—Está bien. Pero cuando regreses junto a tu marido —dijo—, asegúrate de que se entere de la mujer tan sexy que tiene. Y ahora será mejor que vuelva al salón. Puede que haya ganado algo.

—¡Ostras, lo siento!

—Es broma. A menos que haya un premio al editor más desacreditado de Gran Bretaña.

Esbocé una sonrisa débil y Josh se marchó.

Bien, ¿dónde estaban mis pitillos? Mi cartera de lentejuelas era diminuta, pero aun así mis palitos de nicotina se mostraban escurridizos… Mientras hurgaba, noté algo que me hizo levantar la mirada. Era Tim, había salido del salón y estaba de espaldas a la puerta, clavándome los ojos.

El corazón me dio un vuelco. ¿Cuánto tiempo llevaba allí? El suficiente, a juzgar por la mirada severa que lanzó a Josh cuando pasó por su lado.

El deseo de fumar se esfumó y mis tacones repiquetearon sobre el mármol cuando eché a andar hacia Tim.

—¿Qué ha pasado? —preguntó.

—Nada.

Me miró escéptico.

—En serio, nada. —Elegí confiar en que Josh mantuviera lo sucedido en secreto.

—¿Ese no era Josh Rowan del *Herald*?

—Sí, pero no ha pasado nada.

Siguió mirándome con suspicacia, pero no podía contárselo: Tim y yo no teníamos esa clase de relación. Además, podría enfadarse conmigo por haber puesto en peligro la reputación de Hatch. Qué desastre…

38

Viernes, 30 de septiembre, día dieciocho

Vuelve a ser viernes. Hace más de quince días que Hugh se fue y esta última semana ha sido una carrera de obstáculos: poner lavadoras, cocinar, supervisar deberes, aeropuerto, Londres, reuniones, aeropuerto, volver el miércoles por la noche destrozada y encontrar a Neeve y Kiara al borde de un ataque de nervios porque el wifi no funcionaba y pensaban que yo —¡yo!— sabría arreglarlo. En ese momento pensé que la semana no podía empeorar, hasta que mamá me pilló el jueves por la noche para que cuidara de papá.

Profesionalmente, la semana no ha ido del todo mal: al fin, después de enviar a Tabitha Wilton varias veces al comedor social para que se le bajaran los humos, Room ha decidido aceptarla como embajadora y me ha encomendado la tarea de prepararla para una pomposa presentación ante la prensa dentro de seis semanas.

Pero impregnando cada acontecimiento y cada encuentro con una especie de temor sepia está la ausencia de Hugh. Y ahora Alastair quiere saber qué deleites me aguardan este fin de semana.

—Ya sabes, ir a Tesco, hacer cuentas, limpiar la casa, ser la atracción principal en el cineclub del domingo. Diversión a tope, vamos.

—¿Ni un plan agradable? ¿Qué hay de Derry?

—Ocupada. Retozando. Tiene un novio nuevo.

—¿En serio? No durará, nunca dura. Ella y yo nos parecemos mucho...

—No os parecéis en nada. Tú siempre tienes alguna chica.

—Para que te enteres, en estos momentos no tengo a nadie. Estoy reservándome para alguien especial. Mi terapeuta dice...

Se me escapa una risita.

—Perdona.

—¿Qué hay de malo en tener un terapeuta? ¡Me he comprometido a cambiar para bien!

—Lo siento, no sé por qué me he reído. No es tan gracioso como la vez que te teñiste el pelo. No sé qué me pasa, Al. Perdóname, por favor.

—Está bien. —Alastair, todo hay que decirlo, no es una persona rencorosa—. ¿Qué me dices de Pija Petra? ¿O de Steevie? ¿No podrías hacer algo divertido con ellas?

Tardo en responder.

—Verás, Alastair, la relación con Steevie se ha enrarecido. —Ya está, ya lo he dicho. Es mi mejor amiga, tenemos una conexión especial desde hace décadas, y no sé por qué, pero en estos momentos no vemos las cosas del mismo modo—. Cuando estoy con ella me entra el miedo.

—¿Por qué?

—Está tan enfadada con Hugh que dice cosas horribles, pero el problema en realidad no es Hugh.

—¿Es el marido que la dejó?

—Ajá. Quiere que mañana comamos juntas pero t*engo, de verdad* tengo que sentarme a hacer las cuentas de la casa. Prefiero enfrentarme a mi gasto descontrolado que verla. Es terrible, ¿no?

—Es lo que es. ¿Qué harás mañana por la noche?

—Si mi madre no intenta echarme el guante para que cuide de mi padre...

—¿Qué pasa con tu madre? ¿Está saliendo más de lo normal o solo me lo parece?

—No, tienes razón, estás saliendo más de lo normal. Y no la culpo, es solo que me gustaría que se lo pidiera a sus demás hijos. En fin, suponiendo que no me toque hacer de niñera, me encerraré en casa con un montón de snacks salados, miraré algún programa extranjero en BBC4 y, con suerte, dormiré. No puedo dormir, Alastair. Hace semanas que no duermo como es debido.

Me mira pensativo.

—Sé lo que necesitas.

—¿Por qué me he puesto a temblar?

—Se trata... se trata de un lugar al que vas para que te lean una historia. No para niños, para adultos, porque somos adultos. Un hombre con una voz profunda, llamado Grigori, lee una fábula. En el hotel Kingsley, en el centro. Hay pufs de bolitas, chocolate caliente e iluminación tenue. Va mucha gente. Los sábados por la noche. Es… reconfortante. Te ayudará a dormir. Cuesta diez euros.

—¿Qué clase de gente va?

—Gente de todas las edades. Los hay que van solos y los hay que van acompañados. El ambiente es cordial, como en las clases de yoga.

Las clases de yoga *no* son un entorno cordial. Las clases de yoga —reconozco que hablo desde mi limitada experiencia— están plagadas de arrogantes fascistas corporales que se alimentan de polvo verde.

—Cordial pero no sobón, supongo. ¿No soy demasiado mayor?

—Todas las edades —insiste—. Los sábados por la noche a las nueve. Muy bueno para el sistema nervioso central.

—¿Qué tendría que hacer?

—Escuchar el relato. Beber chocolate caliente.

—¿Eso es todo? ¿Estás seguro?

—Sí.

Vale.

Thamy irrumpe en la oficina.

—¡Actitud profesional, está subiendo!

Es el día del informe mensual de la señora EverDry, y aunque le hemos conseguido una amplia cobertura favorable, todavía no hemos encontrado un embajador de la incontinencia. Nos espera una buena bronca.

Pero es una tarea *imposible*. Nadie, por muy mal que le vayan las cosas, está dispuesto a reconocer públicamente que tiene dificultad para aguantarse el pipí.

39

Esta semana le toca a Derry ocuparse de la cena.

Siempre pide *naan peshwari* para mi consumo exclusivo —al cuerno la dieta baja en carbohidratos— pero esta noche el tráfico es tremendo, voy con mucho retraso y tengo miedo de que se lo hayan zampado.

Hay mogollón de coches estacionados delante de la casa. Los viernes que le tocan a Derry los O'Connell acudimos en tropel, incluido el marido de Maura, El Pobre Desgraciado, al que, cuando nos toca al resto, nunca vemos.

A veces aparece Urzula, tan delgada que semeja tal cual un espectro. Nunca encarga comida, pero pica de los platos de los demás y luego se burla porque comemos demasiado.

Me aterra que alguien se haya comido mi *naan*.

No encuentro la llave y me abre Jackson.

—¿Ha llegado ya la comida? —Estoy al borde del pánico.

Se lleva un dedo a los labios.

—¡Chis! Neeve está haciendo un vlog sobre maquillaje con tu madre. Acaban de empezar.

Sube la escalera de puntillas hasta unirse al grupo de gente apiñada alrededor de la puerta del dormitorio. Veo a Derry, Sofie, Kiara, Maura, El Pobre Desgraciado, Joe, Siena. Hasta Dominik, el cuidador de papá, está aquí.

Con sigilosa determinación, me abro paso hasta el frente para ver qué pasa.

Mamá está sentada en una silla bajo la luz blanca de los focos de Neeve. Está de cara a la cámara, perfectamente peinada y maquillada, vestida con una falda de ante azul cobalto y una camiseta con un moderno cuello deshilachado. No se parece en nada a mi madre. Luce un aspecto de abuela guay, enrollada y moderna.

Estoy anonadada.

—Vamos a empezar —anuncia Neeve—. ¡Como alguien haga ruido, lo mato! Bien, abuela, ahora solo tienes que mirar a la cámara y contestar las preguntas.

—¿Y si me equivoco?

—Si te equivocas podemos repetirlo. Pero no te equivocarás. —Suena como una orden—. Bien, Lilian, háblanos un poco de ti.

—Soy Lilian O'Connell —dice mamá—. Tengo setenta y dos años, soy madre de cinco hijos y creo que el estampado de leopardo es atemporal. —Lanza una mirada nerviosa a Neeve para ver si ha dicho bien la frase del estampado de leopardo.

—Tienes una piel estupenda, Lilian. ¿Cómo te la cuidas?

—Bebo mucho té y una vez a la semana me hago una exfoliación con un bastoncillo de algodón mojado en quitaesmalte de uñas.

Neeve aguarda un par de segundos. Es evidente que lo han ensayado.

—¿Quitaesmalte de uñas?

—Exacto.

—La gente alucinará, Lilian.

—Es cierto que escuece un poco, pero deja la piel muy limpia. Empecé a usarlo sin querer, pensando que era tónico. Los frascos se parecen mucho. Además, por mucho que la gente te diga que no debes usar algo, si a ti te va bien, no dejes de usarlo.

—¿Qué productos te llevarías a una isla desierta?

—No podría salir de casa sin mi base. —Lanza otra mirada nerviosa a Neeve—. De maquillaje, quiero decir. Me gusta echarme una buena capa. No entiendo de fluidos, emolientes y cosas de esas. —Sostiene en alto un frasco de maquillaje—. Esta base es buena y densa. Y me gusta su color tostado. Me gustan los productos que hacen que parezca morena. —Se interrumpe—. ¿Tengo permitido decir eso? ¿Que me gusta parecer morena? ¿O debería vigilar lo que digo?

Neeve se ríe.

—Puedes estar tranquila.

—Y me gusta este estuche de sombras porque los colores son discretos. —Muestra un cuarteto de marrones y beige.

—¿Qué piensas del bótox y otros inyectables? —le pregunta Neeve.

—No se puede decir de esa agua no beberé. —Mamá esboza una sonrisita divina—. ¿Quién sabe? Puede que me lo ponga cuando sea mayor.

Está… bueno, tendría que verla en la pantalla para estar segura, pero está… *adorable*.

—Gracias por tus sabias palabras, Lilian.

—¿Puedo decir algo más? —pregunta mamá.

Sospecho que no han ensayado esa parte, pero Neeve dice:

—Adelante.

—Cuando encuentres tu tono de pintalabios, lo que puede llevarte toda la vida, compra por lo menos tres, porque en cuanto se enteren de que te gusta dejarán de hacerlo.

—Gran consejo.

—Y la dependienta intentará convencerte para que compres una base de maquillaje del mismo color que tu cara, pero si te gusta una más oscura, cómprala. Es tu dinero, es tu cara.

—Gracias, Lilian. Hemos terminado.

Como es natural, todos aplaudimos. Aplaudimos, silbamos y vitoreamos porque somos gente bulliciosa. Mi familia tiene muchos defectos, pero he de reconocer que sabe cuándo hay que aplaudir.

Bajamos justo a tiempo para recibir a Declyn, su marido Hayden y la Pequeña Maisey, que es secuestrada de inmediato por sus primos.

La gente se pasea por la cocina, esperando que llegue la comida. Mamá goza de ser el centro de atención, todavía con su desconcertante aspecto de Abuela Sexy.

¡Y al fin llega la comida!

Nos apelotonamos en el comedor, todos menos papá, que insiste en cenar en la sala delante de la tele, Sofie, que no puede comer si alguien, aparte de Jackson, la está mirando, Finn, Pip y Kit, que viven en constante movimiento, y Neeve, que necesita la compañía del Snapchat y, por tanto, ha de quedarse en el rellano por el wifi.

Derry se dirige a la cabecera de la mesa, abre la primera bolsa y grita:

—¿*Murgh makhani?*

—¡Yo! —exclama Joe, y la bolsa pasa inmediatamente de mano en mano hasta llegar a él.

Parece una de esas escenas conmovedoras en las que gente normal y corriente forma una cadena humana para apagar un incendio.

—¿*Lal maas?*

—Yo —dice Dominik.

Derry lo incluyó para mostrarle nuestro agradecimiento como familia/sobornarlo con comida india para que nunca nos deje. Estaba sorprendido y emocionado, pero se ha quedado rezagado en la carrera hacia las sillas del comedor y se ha juntado con El Pobre Desgraciado y Joe, que también se han quedado sin. Cenarán de pie, con el plato sobre la repisa de la ventana.

—¿Pollo con remolacha?

Es lo que siempre pide El Pobre Desgraciado. ¿Hablará esta vez?

—¡Suyo! —grita Maura señalando a su marido.

—Arroz para todos —dice Derry pasando cajas—. Y aquí hay un *naan* de ajo. No, es un *peshwari*. Fuera esas manos, es de Amy.

Se oyen murmullos de «Ya *sabemos* que es de Amy».

Señor, y aquí está Urzula. Parece un esqueleto de color tostado con frías canicas azules por ojos. El tipo de delgadez de Urzula está muy lejos de ser sano. No es más que huesos envueltos de piel tirante. Hasta su pelo es delgado.

—Urzula —dice Derry con calma. Ella no teme a Urzula—. Tendrías que haber avisado de que venías. No te he pedido nada.

—No te preocupes, sería *incapaz* de comerme una ración entera.

Las cabezas alrededor de la mesa caen, avergonzadas. Todos nosotros podemos comernos una ración entera sin el menor problema.

—Pero alguien podría darme una cucharada de la suya.

Lo único bueno es que se refiere literalmente a una cucharada. Aun así, nadie se presta.

—¿Dónde está Sofie? —pregunta.

—Arriba.

—¿Qué está comiendo?

Nadie responde. No tenemos intención de delatar a Sofie,

quien, de todos modos, solo pidió un entrante y lo más seguro es que convenza a Jackson para que se coma más de la mitad.

—Coge de aquí. —Necesito estar a buenas con Urzula porque quiero a Sofie—. ¿Te apetece un trozo de *naan*?

—Déjame verlo. —Arranca un cuarto de mi *naan* antes de arrojarlo como si fuera contagioso—. ¿Mazapán? ¿Pasas? ¡Amy, esto es bizcocho puro!

Se come una cucharada de estofado y, luego, nos observa al resto mientras engullimos.

—Coméis demasiado deprisa —dice—. ¡Id más despacio! El cerebro tarda veinte minutos en recibir el mensaje del estómago de que está lleno.

Nuestras cabezas están cada vez más gachas.

—Deberíais beber un vaso de agua entre bocado y bocado —continúa.

De repente, papá grita desde la sala:

—¡Vete al carajo, desgraciada! ¡Largo de aquí!

40

Sábado, 1 de octubre, día diecinueve

¿Qué demonios me pongo para ir a una lectura de relatos? Algo cómodo, supongo. Pero la ropa bonita hace que me sienta protegida.

Tengo una falda de crep azul marino en el armario que todavía no he estrenado, es acampanada y —lo mejor de todo— tiene bolsillos a los lados. Se trata de otro hallazgo de Bronagh y es auténtica de los años cincuenta, se nota por el corte, que sienta bien a una mujer de mi escasa estatura.

Me la pruebo con una blusa negra con un estampado de gatos de dibujos animados y decido que servirá. La blusa, no obstante, se cierra por detrás y no alcanzo a subirme la cremallera. No voy a pensar ni por un momento en Hugh, por lo que salgo al descansillo y grito:

—¡Cremallera!

Neeve sale de su cuarto.

—¿A dónde vas con tu ropa de muerta?

—A una lectura de relatos.

—¿En serio? —Me sube la cremallera.

—¿Sabes de qué hablo?

—Sí. Les van esas cosas a tipos como los de Google. Están agobiados y estresados y, a diferencia de los irlandeses, no se han tirado al efecto relajante de la bebida. —Parece asaltarla una idea terrible. Me agarra del brazo—. ¿No pensarás ir sola?

—No, voy con Alastair.

—¿El Alastair del trabajo? Ah, mola.

Ahora recuerdo que cuando las chicas hicieron de camareras en la fiesta de inauguración de Hatch, Alastair les dio una buena propina.

—Si vas con él —dice Neeve—, tienes permitido divertirte.

En el vestíbulo del hotel Kingsley, vestido con unos tejanos gastados y una camisa ancha de cuello mao, Alastair parece más joven y hippy, más descuidado que el Alastair del trabajo. Ayer iba afeitado, mientras que hoy tiene tanto vello en el mentón que casi podríamos calificarlo de barba. ¿Cómo es posible? ¿Un crecepelo milagroso?

Subimos la escalera y nos acercamos a la chica de la puerta, que lleva puesta la cazadora tejana más grande que he visto en mi vida, es prácticamente del tamaño de una caseta.

Mientras rebusco en mi bolso, Alastair ya ha pagado las entradas de ambos y me empuja hacia la sala.

—¡No me atosigues! —Encuentro un billete de diez—. Toma.

—Estás invitada.

—No quiero que me invites. Coge el dinero.

—Déjalo, Amy, en serio.

—Vale. Pagaré el chocolate caliente.

—El chocolate caliente está incluido.

Es una sala grande y acogedora, con pufs de bolitas, hamacas y sillones bajos repartidos por el espacio. La iluminación es tenue y rosada y hay mantitas esparcidas aquí y allá. Hay mucha gente; casi todos los hombres llevan barba y moño y las mujeres son el no va más de la moda de finales del milenio, lo que quiere decir que parece que se hayan vestido esta mañana con lo primero que han pillado en el suelo de la habitación de otra persona: chaquetas demasiado grandes sobre ombligueras fluorescentes y tejanos de cinturilla alta lavados al ácido, o jerséis informes casi tan largos como las brillantes minifaldas plisadas que pretenden cubrir.

Las miro con envidia. Probé el estilo grunge cuando salió, pero no me quedaba bien entonces y no me quedaría bien ahora.

La gente va de un lado a otro, pasando por encima de cuerpos y repartiendo abrazos efusivos.

Alastair pasea la mirada por la sala y dice:

—Allí.

Sorteamos el mobiliario hasta llegar a una isla de almohadones, un puf de bolitas, una mesa baja y una lamparita. Una chica se acerca a nosotros vestida con lo que parecen los delantales negros de un convento entero, y nos ofrece chocolate caliente.

Alastair se sienta en un almohadón con las piernas cruzadas y yo desciendo poco a poco sobre el puf de bolitas. Mi falda es demasiado corta para este chisme; sí, llevo medias, pero al que se le vayan los ojos se pondrá las botas. Entonces caigo en la cuenta de que tengo que levantarme para ir al bar.

—¿Qué quieres beber?

—Aquí no hay bar.

—¿Qué? ¿No hay alcohol? Me voy a casa. Esto no es para mí. Soy demasiado mayor, demasiado rígida, estoy demasiado sobria...

—Prueba el chocolate caliente.

Bebo un sorbo. Ahora, además, tengo la lengua quemada.

—Por cierto, Alastair; en cuanto a la señora EverDry, estaba pensando...

—Nada de hablar de trabajo.

—Entonces ¿de qué hablamos?

—De otras cosas.

—¿Te refieres a cosas personales? Para eso necesitaré una copa.

—De acuerdo, voy a bajar al bar. —Alastair se levanta con tal elegancia y agilidad que una chica que ronda por las proximidades se queda mirándolo fijamente—. ¿Qué quieres?

—Un vodka con tónica.

Ahora que me he quedado sola, despatarrada en el puf de bolitas, me siento un poco ridícula. Intento plantar una pequeña sonrisa en mis labios para que no se note lo incómoda que estoy pero no lo consigo, así que saco el móvil y miro el correo.

—Hola. —Un hombre me observa desde arriba. Tiene un aire mesiánico: pelo largo, barba, mirada penetrante. ¿Su edad? Imposible saberlo hoy día, con los hombres jóvenes y sus barbas. Entre diecinueve y treinta y siete.

—¿Puedo sentarme contigo?

Me paralizo. ¿Cuál es el protocolo aquí?

—Supongo que sí, pero...

Gracias a Dios, por ahí viene Alastair con dos vasos.

El Chico Mesías sigue la dirección de mi mirada.

—¿Estás con alguien? Me mola la blusa.

—¿Qué blusa? Ah, ¿la mía? Gracias.

—¿Son gatos?

—Sí.

Él lleva una ropa muy rara: pantalón pitillo lavado al ácido, zapatillas de piel de oveja, calcetines deportivos y un jersey estilo pescador encogido y lleno de bolas, y lo más gracioso es que estas prendas tanto podrían haber salido de una tienda benéfica como haber costado setecientos euros en Dries van Noten.

Recula hasta una hamaca cercana, donde se columpia mientras me mira con cierta insolencia.

—¿Qué ocurre? —Alastair me tiende el vodka—. ¿Has ligado?

—No lo sé. —Doy un sorbo a mi bebida, que está fuerte, deliciosa, y digo—: Puede que solo pretendiera ser amable. ¿Me lo has pedido doble?

—Para no tener que volver a bajar.

Miro en derredor. La sala está hasta los topes, hay gente tumbada por todas partes.

—Esto parece el escenario de una orgía.

—Qué va —dice Alastair.

—¿Cómo lo sabes?

Esboza una sonrisita.

—¿Has estado en una orgía? —le pregunto.

—¿Por qué? ¿Te gustaría venir?

—Antes me pego un tiro —digo acalorada.

—¿Estás segura? —Alastair lo encuentra gracioso—. ¿Cómo puedes saberlo si no lo has probado?

—Porque —bebo otro sorbo de vodka—, para serte franca, el sexo por el sexo no me pone. A mí me gusta el cortejo, la pasión, me gusta lo que siento cuando un hombre me dice «No puedo dejar de pensar en ti» o «Te tengo todo el tiempo en la cabeza». ¿Me entiendes?

—Te entiendo.

—Por ejemplo, no me va nada el rollo lésbico. No quiero que el sexo sea equitativo. Caray, este vodka me está haciendo hablar. A mí me gusta que me dominen en la cama, no en plan azotes, solo el dominio normal. Me gusta que el hombre me arroje sobre la cama y diga «Llevo tanto tiempo esperando esto», y me encanta sentir el peso de su cuerpo.

Alastair está muy callado.

—Convencional.

—Del todo. Me avergüenza confesar, Alastair, que no me interesan los tríos, ni el sexo anal ni que me aten. A mí me gusta esperar. Me gusta la tensión sexual. Me gusta sentirme deseada, pero soy tímida en la cama. Nunca haría… —observo su reacción con detenimiento— la vaquera de espaldas.

—Hum. —Me mira pensativo—. No, no te imagino.

Ahora me ha ofendido.

Una joven se ha instalado en el otro extremo del sofá de Alastair. Bajo la voz y me inclino hacia él.

—¿Está sola?

—Deja de proyectar.

—He estado casada mucho tiempo —susurro—. Intento cambiar todo lo rápido que puedo.

—Aunque alguien llegue aquí solo —dice—, puede que no se marche solo. Aunque pase lo que pase, escucharán una historia bonita y beberán chocolate caliente. Ahí llega Grigori.

Un hombre enorme, alto y corpulento, está cruzando la sala. Tiene una barba rizada y viste una túnica de lino, un chaleco de tapicería y un pantalón holgado, también de lino, con las perneras recogidas dentro de unas botas de cuero.

—¡Oh, menuda pinta de narrador de cuentos! —Estoy encantada.

Grigori toma asiento en una silla de madera tallada y saca un libro. Un murmuro de excitación recorre la sala y luego se hace el silencio. Grigori habla como un Stephen Fry eslavo, lo que le queda que ni pintado al relato, una fábula sobre un leñador, un bosque, unos huérfanos, una tarta Simnel, un estanque espejado, gente buena y gente misteriosa…

Un manto de calma flota sobre mí, diluyendo la opresión que siento en el pecho. Mi respiración es lenta, profunda y regular, y juraría que puedo notar cómo se aflojan las paredes de mi estómago. El puf de bolitas acoge mi peso mientras me abandono de una manera deliciosa. Se me cierran los ojos, un sueño piadoso me envuelve y me asalta una pregunta. Tiro de la manga de Alastair.

—¿Grigori es un actor o es real?

—Es real.

Es real. Me alegro. Me guardo ese pensamiento, que me reconforta, y vuelvo a rendirme. Estoy flotando en una barca sobre un mar en calma. El sueño se adueña poco a poco de mí, haciendo todo el trabajo. Me da igual no estar en mi cama. Pasaré la noche en este puf de bolitas... Pagaré lo que me pidan por la sala. Esta sensación de dicha no tiene precio...

—¡¿Qué?! —Estoy soñando que unas pequeñas criaturas con plumas que se llaman fochas se me han pegado a ambos lados de la cara y parece que tenga patillas. Tiro de ellas, intentando arrancármelas...

—Amy... Amy...

No quiero ser una mujer con patillas.

—¡No soy un hipster! —grito, y me despierto de golpe.

Alastair inclina la cara sobre mí.

—Amy —dice con dulzura—, el relato ha terminado. Es hora de despertarse.

41

Jueves, 6 de octubre, día veinticuatro

Acaba de suceder algo de lo más extraño. He recibido un mensaje de Richie Aldin: **Amy, podemos quedar? Charla rápida x.**

Se me *disparan* las alarmas. ¿De qué diantre quiere hablar? ¿De dinero? No puede ser de otra cosa. Pero ¿qué dinero? Cuando Neeve cumplió los dieciocho, Richie dejó de contribuir a su mantenimiento.

Mi jueves acaba de dar un giro a peor.

Esta semana ha sido un no parar, entre madrugar, intentar que Kiara —y Sofie cuando se queda a dormir— se levanten para ir el colegio, ayudarles a encontrar todas las cosas que han perdido, darles de cenar por la noche y ocuparme de la colada y demás rollos domésticos, entre ellos incontables fallos y roturas, cosas de las que solía encargarse Hugh.

El lunes por la noche mamá me fichó para cuidar de papá: más copas con sus misteriosos amigos, o lo que sea que hagan.

Los dos días en Londres fueron un respiro porque pude ser solo responsable de mí misma.

Y he conseguido dos clientes nuevos. Al parecer, la exitosa rehabilitación de Bryan Sawyer me ha hecho subir de categoría, y saber que me entrará más dinero me tranquiliza.

No obstante, tengo a Hugh permanentemente en mis pensamientos. La vida que llevo sigue siendo igual que la de antes pero ahora un miedo profundo lo está envenenando todo. Contener el impulso de llamarle es agotador.

Las ganas de volver a fumar han remitido, lo cual está bien si no fuera porque he sustituido el tabaco por otra adicción: las compras online han alcanzado un nivel alarmante. Mi obsesión en estos momentos es encontrar el vestido perfecto para lo de los premios de Brighton. Tiene que ser sexy, formal, apropiado para mi edad, original, largo, corto y favorecedor. Como resultado de tan exigentes parámetros, cada vestido que llega tiene algún fallo y he de devolverlo y encargar tres o cuatro más. Supongo que estoy dando trabajo más que bienvenido a la gente de DPD, a la gente de UPS, a la gente de Parcelforce y al resto. Todo contribuye al efecto goteo de la economía, ¿no?

Muerta de preocupación, escribo a Richie: **Qué pasa?**

Nada malo. Puedo ir a tu casa x

Tenía pensado hacerme la manicura después del trabajo, pero estoy tan atemorizada que decido anular la cita. Luego decido que no. Lo que tenga que decirme puede esperar otra hora. Me he tirado demasiados años bailando al son que él tocaba y no voy a empezar otra vez. Aunque me cuesta.

Escribo: **7.30 en el Bailey**

Segundos después, responde: **Demasiada gente. The Marker 7.45 x**

No. The Marker está demasiado lejos y en la dirección opuesta. Harta de sus tonterías, mi siguiente mensaje dice: **Estaré en el Bailey 7.30**

De inmediato contesta: **Ok x**

Mantener la calma durante la sesión de manicura no me resulta fácil. Habría sido difícil de todos modos, porque ahora todo es difícil, pero Richie ha conseguido meterme el miedo en el cuerpo. La esteticista es parlanchina pero ágil, así que acabamos pronto y me meto en Brown Thomas para matar el rato mirando cosas bonitas. Está a reventar. Aunque solo estamos a 6 de octubre, ya se respira la Navidad. Todo son codazos y empujones, así que a las siete y veinte tiro la toalla y pongo rumbo al pub.

Hay gente pero no está lleno y, contradiciendo a las objeciones de Richie, enseguida encuentro mesa. Richie es un controlador: todo tiene que hacerse a su manera.

Ah, por ahí llega, también pronto. Con un abrigo de espiga que parece caro y una bufanda suave de color caqui. Me ve y me saluda con la cabeza, luego alguien —una mujer— lo para. Observo la conversación y veo que se trata de una admiradora. Richie habla, sonríe, y ella se derrite. Ahora está despidiéndose y ella parece un poco decepcionada.

Al fin llega a la mesa.

—Lo siento.

Me da un beso en la mejilla, acerca un taburete y se quita el abrigo y la bufanda. Debajo lleva un jersey de lana fina de color brezo con cuello de pico. El tono morado hace que su pelo parezca más rubio y sus ojos más verdes.

En mi cabeza suena una frase despectiva de mis años adolescentes: «Si fuera chocolate, se comería a sí mismo».

Me coge la mano.

—Bonitas uñas.

—Gracias —farfullo, soy demasiado educada para no hacerlo.

—¿Acabas de hacértelas?

—Sí. Bien —digo—, ¿qué ocurre?

—¿Una copa?

—Ya tengo. —Señalo mi vodka porque esta es, sin duda, una conversación de vodka.

—Yo pediré un…

Se va a la barra y es evidente que le sirven enseguida, porque regresa casi de inmediato con algo que parece agua. Arrastra el taburete para sentarse justo delante de mí.

—¿Y bien? —pregunto.

—Vale. —Planta las manos en los muslos, respira hondo y me mira a los ojos—. Quiero pedirte perdón.

El asombro y la desconfianza me dejan sin habla. Por fin, acierto a decir:

—¿Por qué?

Otra inspiración profunda. Otra mirada sincera.

—Por dejarte. Por haberme pillado como me pillaste. Por no darte suficiente dinero. Por no ver a Neeve.

Estoy estupefacta. Abro y cierro la boca. Entonces digo:

—¿Por qué ahora?

—Porque…

—¿Tienes cáncer? ¿Has encontrado a Dios? ¿Estás en rehabilitación y tienes que hacer lo de los doce pasos?

—Nada de eso. Simplemente… te debo una disculpa.

—Pero… —Sigo conmocionada—. ¿Veinte años después?

—Veintidós.

Los que sean.

—Amy, confieso que me ha llevado mucho tiempo darme cuenta de lo egoísta que fui. Debías de estar destrozada.

—No.

—No estoy diciendo... —Es míster sinceridad—. Lo siento, Amy, no pretendía insinuar... Pero eras joven y tuviste que criar sola a una hija. Debió de ser muy duro.

—Pero salí adelante.

—No sé por qué he tardado tanto en ver lo mal que me porté. No sé por qué fui tan cruel. Cuando Neeve me contó que Hugh te había dejado...

—Para el carro. Hugh no me ha dejado. Se está tomando un tiempo. Y me parece bien. —No tengo intención de ahondar en ese tema con Richie Aldin.

—Pero Neeve dijo...

—Neeve te ha informado mal. Muy mal. ¿Vale?

Asiente.

—Vale. Pero cuando me dijo, aunque no sea verdad, que te había dejado, eso me hizo pensar en cómo debiste de sentirte cuando *yo* te dejé. —Me mira como si estuviera acongojado—. ¿Crees... crees que podrás perdonarme algún día?

Justo en ese momento me doy cuenta de que le perdoné hace mucho tiempo. El rencor debió de evaporarse mientras no estaba mirando.

—Te perdono por dejarme como lo hiciste, pero nunca podré perdonarte todo el daño que le has hecho a Neeve.

—Lo sé, y voy a resarcirla.

Sorprendida, digo:

—No puedes. No pretendo ser cruel, Richie, pero es así. No puedes devolverle todos esos años en que ansiaba tener un padre.

—Sí puedo y lo haré.

Ahí está, tan tranquilo y seguro, sus chispeantes ojos verdes llenos de buenas intenciones.

—No lo entiendo —tartamudeo—. ¿Cómo puedes pensar que...? La única manera de arreglar la infancia de Neeve es viajando en el tiempo.

Se ríe, pero no estoy bromeando.

—Hay otras maneras —dice.

—¿Como cuáles?

—Voy a pasar más tiempo con ella. La haré feliz a partir de ahora.

—Sí, pero... —Eso no cambiará lo que ha pasado—. Oye, no juegues con Neeve. —Tengo miedo de que irrumpa en su vida, la haga hacerse ilusiones y desaparezca en cuanto pierda el interés.

—No voy a jugar con ella. —Parece sorprendido—. Voy a arreglar las cosas y quiero que tú y yo seamos amigos.

—¿Por qué deberíamos ser amigos? —Hago una pausa—. No lo digo con acritud, pero, en serio, ¿por qué deberíamos ser amigos?

—Porque hubo un tiempo en que lo éramos todo el uno para el otro. ¿No es cierto?

Para mi sorpresa, me viene un recuerdo a la memoria. La primera vez que tuve sensación de hogar fue con Richie. Después de vivir una infancia plagada de incertidumbre, encontraba emocionante dejar la familia deficiente que me había endosado el destino para crear una nueva. Pensaba que había encontrado el secreto de la vida, pero estaba equivocada. Cuando mi nueva familia se fue al garete, mi familia original no era tan deficiente como creía.

—Ya no siento nada de eso —digo.

—Entonces, empecemos de cero. Como amigos.

—Richie... —no me resulta fácil expresar lo que quiero decir—, tengo el principio de que mis amigos han de gustarme y no creo que pueda hacer una excepción contigo.

Vuelve a reírse, y una vez más no pretendía ser graciosa.

—Voy a arreglar las cosas. —Está absolutamente convencido. Hubo un tiempo en que eso me habría hecho llorar de alegría—. Voy a compensaros por todo.

—No lo hagas, Richie, por favor, no lo hagas.

En cuanto llego a casa, Neeve dice:

—Mamá, me debes ciento doce euros.

—¿De qué?

—Has comprado un montón de cosas de Corea.

—Sí, bueno, una cosilla o dos. Necesarias.

—Hay tasas de aduana.

¿Las hay?

—¡Eso no lo decía en la web! —Me siento idiota y engañada. Pensaba que era una web honesta. Dirigida por gente honesta.

—George, el hombre de DPD, es muy cachondo —dice Neeve.

—¡Si hasta te sabes su nombre! —dice Sofie.

—Viene tan a menudo con cosas para mamá que es casi como si estuviéramos prometidos. En fin, a ver qué has comprado.

Hay dos cajas sobre la mesa de centro. Kiara, Sofie y Neeve se congregan a su alrededor mientras las abro. Apenas recuerdo qué contiene este pedido; lo hice por la noche, puede que un poco borracha, y últimamente compro tantas cosas que tengo un lío en la cabeza y… Oh, ahora lo recuerdo. Vestidos, ¿verdad? Despliego uno de ellos, un traje largo de encaje negro con un escote elástico. ¿O es un dobladillo elástico? Es difícil diferenciar una cosa de otra porque el vestido es, resumiendo, enorme.

—¿Qué *talla* pediste? —pregunta Neeve.

—La treinta y ocho —digo con voz débil.

—Parece una *cincuenta y ocho*.

—Mira la etiqueta.

—Sí, pone treinta y ocho, pero estoy cien por cien segura que no lo es.

—Ahí dentro cabemos dos de nosotras —dice Kiara.

—¡Es cierto! —Neeve está poniéndose el vestido, luego Kiara se cuela por debajo y su cabeza aparece al lado de la de Neeve. El escote elástico se estira alrededor de los dos juegos de hombros. Están desternillándose—. Ven, Sofie, tú también, mamá, ¡aquí hay sitio para todas!

42

Dieciséis meses atrás

—Hugh, ¿alguna vez me has sido infiel?

—¿Qué? —Se volvió raudo hacia mí—. ¿Necesitas preguntarlo?

—Lo siento. —Sacudí la cabeza—. Soy una burra. No me hagas caso.

Era la noche siguiente a la cena de premios de Londres en la que me había insinuado a Josh Rowan. Desde que me había despertado esa mañana, la vergüenza me estaba matando.

¿Cómo había podido hacerle eso a Hugh? Hugh, a quien quería con infinita ternura. Hugh, que tan bien se portaba conmigo y con todo el mundo. No estaba avergonzada solo por lo que había sucedido la noche anterior, también por el mes que había estado irritable, ausente y pasando todo el tiempo que podía dentro de mi cabeza, fantaseando con otro hombre. Era injusto, tremendamente *injusto*.

Me detestaba. Era una persona despreciable. Y una insensata. Porque ni siquiera estaba tan borracha cuando la invitación a Josh Rowan salió de mi boca.

Si hubiese sido una borrachera rayana en la psicosis, tipo Jekyll y Hyde, tal vez pudiera entenderse que me insinuara. La gente hace esa clase de locuras cuando está tan bebida: roba excavadoras y conduce por Oxford Street ofreciéndose como taxi. Pero no lo estaba.

¿Qué había pasado ahí? Que había estado jugando. Preguntándome si podía gustarle a alguien. Y eso era despreciable, porque Josh Rowan era un ser humano. Tenía sentimientos. Y esposa.

Para cuando llegué a Dublín, había pasado de sentir vergüenza a agradecer profundamente que no hubiese pasado nada.

Cuando Hugh abrió la puerta, me arrojé a sus brazos, me apreté contra su reconfortante imponencia y lo abracé tan fuerte y durante tanto tiempo que al final tuvo que apartarme.

—¿Qué ocurre? —Estaba medio riendo.

Contemplé su rostro adorable, sus ojos azules llenos de franqueza, y acaricié con los dedos las púas de su barba.

—Hugh Durrant, eres el mejor hombre de la tierra, ¿lo sabías?

—Me estás asustando.

—Te he echado de menos. ¿No puedo echarte de menos?

—Sí, pero…

Una vez en la cocina, sentí una necesidad primigenia de toquetear mis cosas, de sentir la solidez de mi vida.

Me había ido, había vuelto y nada había cambiado, nada. El tejido de mi matrimonio no sufría desgarros ni había en mi alma vergonzosas brechas de traición. Sentía el mismo júbilo que sentirías al salir indemne de un accidente que te ha destrozado el coche.

—¿Quieres comer algo? —me preguntó Hugh.

—No… Bueno, puede que sí. —Por primera vez en todo el día la comida era una posibilidad—. ¿Qué hay?

—Tu queso. Fui a buscarlo a la oficina de correos. Los pobres empleados dijeron que llevaban una semana soportando la peste.

¡Dios, qué hombre! Se había tomado la molestia de recoger mi queso, el queso que llegaba cada mes gracias a que Hugh me había hecho socia de un club de quesos.

—En ese caso, sí, por favor.

—¿Vino?

Casi tuve un escalofrío.

—Nada de vino.

—¿Tanto te pasaste anoche?

Esta vez sí tuve un escalofrío.

—Un poco.

Mientras Hugh se movía por la cocina, reuniendo un plato, un cuchillo y algunas galletas saladas, empecé a tener arranques de pánico.

«Yo y Josh Rowan desnudos.»

No ocurrió.

«Josh inclinado sobre mí, desenrollando un condón a lo largo de su erección.»

No ocurrió.

«Josh entrando en mí.»

No ocurrió.

¿Y si las cosas hubiesen ido de otro modo? ¿Y si estuviera sentada ahora en mi cocina después de haberme acostado con otro hombre?

Hugh lo sabría, ¿no? Estábamos tan conectados que habría intuido que algo malo había sucedido. La idea de tener un secreto, un secreto que lo destrozaría, hizo que se me revolviera de nuevo el estómago.

«Pero no ocurrió. No lo hice. Gracias, Dios.»

¿Quién iba a decir que engañar era casi tan doloroso como ser engañado?

Entonces una idea se abrió paso en mi cabeza: puede que Hugh me hubiese sido infiel alguna vez.

Así que se lo pregunté, y su respuesta —«¿Necesitas preguntarlo?»— me hizo ver lo errada que estaba.

—Sería durísimo… —Estaba pensando en alto.

—¿El qué?

—El sentimiento de culpa. Tener que ocultarle algo así a la persona a la que se lo cuentas todo.

Hugh soltó el cuchillo que estaba utilizando y se quedó inmóvil. Solo movía los ojos, unos ojos llenos de preguntas, mientras me recorría el rostro con la mirada.

—¿Hay algo que quieras contarme?

—No. —Otra oleada de alivio. Cuánto agradecía que no pasara nada con Josh Rowan. Me sentía limpia y extática—. No, cielo, no. Nada. Oye —dije—, olvídate del queso y subamos.

Me miró con detenimiento para ver si me estaba interpretando correctamente.

—Voy a encender las velas. —Una broma privada: era mi manera de indicarle que tenía ganas.

No parecía impresionado, pero me siguió hasta el cuarto, donde practiqué un sexo salvaje de mujer no-infiel y no fantaseé ni un solo segundo con Josh. Lo que no quiere decir que lo hubiera hecho alguna vez; por lo menos, no mientras me enrollaba con Hugh. Lo había hecho una o dos veces en Londres, esas noches que dormía sola.

Pero nunca más.

43

Sábado, 8 de octubre, día veintiséis

Sábado por la mañana, estoy despierta en mi cuarto, a oscuras, y aunque anoche no bebí, me duele la cabeza. Puede que sea una resaca de azúcar.

No soy especialmente golosa. Prefiero las cosas saladas. Me pirran las salchichas envueltas en hojaldre, pero anoche empecé con las golosinas de Haribo Starmix, de ahí pasé al chocolate y cuando ya me iba a la cama me puse a revolver los armarios de la cocina en busca de galletas.

Y no había nadie allí para detenerme, porque Neeve, Sofie y Kiara estaban haciendo de canguro de los dos monstruos de Pija Petra.

De repente oigo respirar a alguien. ¡Hay una persona en mi cama! ¿Quién? Mi mano sale disparada y aterriza en un brazo, un brazo delgado, demasiado delgado para que pertenezca a Hugh. O sea que no ha llegado en mitad de la noche y se ha colado en la cama para darme una sorpresa. Sé que es del todo improbable, pero, Señor, ese doloroso dardo de esperanza…

—Joder con las putas gemelas —suelta Neeve en la oscuridad.

A pesar de mi estado, me río.

—Podrías habernos avisado —dice.

—Os avisé.

—Sofie está traumatizada.

—¿No le hicieron lo de…?

—¿Las judías con salsa en la cabeza? Sí.

—Oh, no.

Pensaba que la dureza de Neeve y la dulzura de Kiara podrían con las gemelas de Satanás. Estuve dudando si exponer a Sofie a esa tortura, pero como pasa tanto tiempo aquí es natural que la incluya en todas las actividades familiares.

—Tendrías que haber visto cómo llegó a casa Pija Petra —dice Neeve.

—¿Cómo llegó?

—Con un pedo *descomunal*. Tan borracha que no podía ni caminar, y Pijo Peter y el taxista tuvieron que arrastrarla hasta la casa. ¡Como si fuera un soldado herido! Oye, que no la juzgo, si esas niñas fueran mías, estaría en el trullo por doble asesinato. ¿Ya estás despierta? Entonces me voy a mi cuarto. Necesito dormir un poco más.

Se marcha. No estoy segura de qué estaba haciendo aquí, pero a veces jugamos al juego de las camas. Miro la hora: las cuatro y media de la madrugada. De un sábado. Me levantaría, pero ¿qué haría?

Recuerdo los días en que me habría vuelto a dormir tan contenta. Oh, cuánto me gustaba entonces mi cama, cuán agradecida caía en sus acogedores brazos, pero desde que Hugh se marchó, es el lugar donde más lo extraño. La última hora de la noche y la primera de la mañana son horribles. Supongo que son los momentos en que aún no tengo suficientes pensamientos que me ronden por la cabeza para que enmascaren la verdad. Las mañanas de los fines de semana son las peores. Los demás días he de llevar a las chicas al colegio o salgo disparada hacia el aeropuerto o voy corriendo por Londres.

Pero las mañanas de los sábados y los domingos me permito remolonear, pero ahora mismo necesito matar el tiempo libre, y la vida social me resulta casi imposible. Sigo intentándolo, sigo apareciendo con versiones falsas de mí misma, para luego retirarme, agotada, a la soledad de mi casa y las compras online.

Me desprecio por no «hacer» más con este inesperado paréntesis. Pero solo puedo hacer lo que puedo hacer, y tengo que decir, en mi defensa, que en las cosas importantes, como el trabajo, sí estoy dando la talla.

Cojo el iPad y entro una vez más en el Facebook de Hugh: cero publicaciones, cero actividad, nada. Todo está en suspenso. Es lo que le pedí, pero es tan extraño, un poco como si estuviera muerto.

Casi preferiría ver una foto de Hugh sentado en una playa tropical, bebiendo cerveza y rodeado de nuevos y jóvenes amigos, solo para saber que está bien. Cada día lo extraño más, en lugar de menos. Es una tortura. Por millonésima vez, cojo el móvil e imagino que le llamo. Me quedo mirando su nombre un buen rato. Solo tendría que tocar la pantalla y escuchar el tono de llamada, luego el clic cuando él contestara, y la *idea* —¡oh, la *idea*!— de oír su voz, de oírle decir: «¿Amy?».

No deja de llenarme de asombro, y de anhelo, lo cerca que está. Un simple toque de mi dedo haría que ocurriera. «Vuelve a casa», le diría, y él respondería «Vale». Y todo se arreglaría.

44

Lunes, 10 de octubre, día veintiocho

Vale, los lunes por la mañana nunca son para tirar cohetes, pero hoy recibo un correo electrónico de Richie Aldin en cuanto llego a mi mesa. ¿Qué querrá ahora? Lo leo en diagonal. ¡Tendrá valor! ¡Me ha invitado a un baile benéfico!

Suelto un gruñido y Alastair levanta la vista.

—¿Qué pasa?

—Richie Aldin me ha invitado a un evento el mes que viene.

Me mira desconcertado.

—¿Quién? ¿Ah, el Richie Aldin con el que te casaste a los once años? ¿Y por qué razón?

Miro rauda por encima de mis dos hombros.

—¿Dónde está Tim?

Alastair adopta una actitud igual de cómplice y murmura:

—Fuera.

Bien. No me gusta hablar de cosas personales delante de Tim.

—Richie quiere que seamos amigos. Como Hugh se ha ido, dice que ahora comprende cómo debí de sentirme cuando él me dejó.

—Pero Hugh no se ha *ido*-ido.

Salvo que sí lo haya hecho.

—¿Sabes, Alastair? —exclamo—. Creo que Richie no está bien de la cabeza. Por la razón que sea, el sentimiento de culpa por fin le ha dado alcance y no le gusta, y cree que puede hacerlo desaparecer obligándome a que seamos amigos. Pero él no puede *decidir* que seamos amigos, ¿no?

—No si tú no quieres.

—Está tan acostumbrado a salirse con la suya que cree que la fuerza de su deseo basta para hacer que las cosas ocurran. Pero yo no tengo por qué hacerle ese favor, ¿no? Es como si me estuviera diciendo: «Te hice daño y ahora me siento culpable, así que voy a obligarte a ser mi amiga. Sé que no quieres, pero lo que deseo yo es más importante».

Ahora Alastair se pregunta por qué me casé con semejante tipo y de repente digo:

—Estaba *loca* por él. Creo que nunca he querido tanto a nadie. Ni siquiera a Hugh.

—El primer amor. —Alastair no parece impresionado.

De repente recuerdo la bomba sexual que era con Richie. Con diecisiete e insaciable, estaba siempre al borde del orgasmo.

—¿Qué? —pregunta Alastair.

—Antes de casarnos...

—¿Qué edad tenías?

—Diecinueve. Una locura.

—¿Y tus padres te dejaron?

—Mi madre estaba otra vez en el hospital y mi padre tenía otras preocupaciones. Aproveché la coyuntura. Se pusieron furiosos cuando se enteraron. Pero antes de casarnos Richie y yo vivíamos con nuestros respectivos padres y las oportunidades de acostarnos eran limitadas, así que un día lo metí literalmente en un armario para hacerlo. Otra vez lo convencí para que robáramos una barca de remos en el puerto de Greystones y nos alejáramos unos cientos de metros para poder follar dentro de ella.

Alastair me mira con curiosidad.

—Nunca he tenido con nadie el sexo que tenía con él.

—Nadie termina con su mejor compañero sexual. Siempre ocurre con la persona equivocada porque hay un elemento de odio-sexo.

—Yo no odiaba a Richie —digo—. Nunca he estado tan loca por nadie.

Nos enamoramos durante el último año de colegio, y mientras el futuro de los demás era incierto, nosotros teníamos claro el nuestro: él sería futbolista de Primera División y yo diseñadora de moda, y estaríamos siempre juntos.

Solo tenía diecinueve años cuando me escapé a Leeds y me casé con él en un juzgado, pero no me sentía joven: sentía que estaba en el lugar perfecto, en la vida perfecta.

—¿Qué piensas hacer? —me pregunta Alastair—. ¿Con el baile benéfico?

—Ignorar el correo.

—Podría interpretarlo como un sí.

Tiene razón, podría, así que escribo «No, gracias», aporreo la tecla Enviar y confío en que le llegue mi animadversión.

—¿Puedes cuidar de papá esta noche?

—Mamá, he de supervisar los deberes de las chicas y mañana he de levantarme a las cinco para ir a Londres.

—Volveré a casa a las once.

No es cierto. La última vez era casi medianoche y después tuve media hora de trayecto hasta casa.

—¿Por qué no lo cuida Dominik?

—Dominik —su tono es gélido— tiene un «curro» regular, esa es la palabra que utiliza, como si fuera Bruno Mars, los lunes por la noche cuidando a una vieja bruja de Ballybrack para que su hijo pueda ir a zumba. Si puedes creerte eso, puedes creértelo todo.

—Podría ser, mamá.

—¿Un hombre haciendo zumba? ¡Por favor! Además, todo el mundo sabe que el zumba está pasado de moda.

Mamá me tiene preocupada. Sin duda sufre un estrés excesivo.

—Mamá, ¿a dónde vas las noches que sales por ahí?

—Por *ahí*, Amy, ahí es adonde voy cuando salgo. ¡Por ahí!

—¿Con quién?

—Con amigos.

—¿*Qué* amigos?

Tras una larga pausa, dice, eligiendo con cuidado las palabras:

—Los jueves por la mañana papá y yo hacemos una cosa con otros viejos que también están mal de la cabeza. Nos sentamos en círculo y cantamos canciones de nuestra juventud. Es desesperante. La leche, vamos. Pues bien, yo y otros cuidadores, los que *no* estamos mal de la cabeza, nos hemos hecho amigos. Salimos a tomar gin-tonics y hablamos de que queremos asesinar a la persona que tenemos a nuestro cargo. Es fantástico, Amy. Me da vidilla.

¿Qué puedo decir?

—Estaré ahí a las siete.

45

Viernes, 14 de octubre, día treinta y dos

No podemos hablar de otra cosa que no sea el último giro en el divorcio de Ruthie Billingham y Matthew Carlisle. Ella es una actriz británica muy querida en su país y él es un periodista serio y gruñón que bombardea a preguntas a los políticos que mienten («El Jamie Dornan de las mujeres inteligentes»).

Hasta hace un par de meses gozaban de una vida feliz con sus dos hijos adorables cuando, de la noche a la mañana, anunciaron que iban a divorciarse. No explicaron los motivos, pero corría el rumor de que Matthew había echado más de una cana al aire. Hace unas semanas Ruthie confirmó el rumor declarando en una entrevista radiofónica: «Un día mi vida perfecta me estalló en la cara».

Pero el martes de esta semana Ruthie apareció en la columna de la vergüenza del *Daily Mail* online morreándose a hurtadillas con un hombre: Ozzie Brown, de *Juego de tronos*. (A mí me parece muy poca cosa al lado del gruñón de su marido, pero quizá sea lo que necesita ahora.)

La foto borrosa del morreo provocó artículos de opinión repletos de indignación que aseguraban que era demasiado pronto para que Ruthie se metiera en la cama con otro hombre; la gente la trata como si fuera su hermana pequeña. Ruthie soltó unos cuantos aún-es-muy-pronto, pero seguían juzgándola. Ahora está intentando jugar la carta ¿vais-a-negarme-la-oportunidad-de-ser-feliz?, pero los comentarios sarcásticos continúan. (Titulares como «Ruthie, piensa en tus hijos».)

Pero hoy —viernes— han salido a la luz unas alegaciones terribles de que Matthew está liado con la niñera de la familia, una belleza sudafricana llamada Sharmaine King que parece una versión más joven de Ruthie. No hay pruebas, todo son «fuentes cercanas a Ruthie». Y aunque tanto Matthew como Sharmaine rechazaron las acusaciones mientras se abrían paso entre el tumulto de periodistas apostados frente a sus respectivos hogares, el mundo ha puesto el grito en el cielo.

Al parecer Sharmaine ha sido despedida, y ella y Matthew se han escondido (por separado) y reciben amenazas de muerte en Twitter.

Matthew puede cuidar de sí mismo, pero Sharmaine King necesitará más adelante un lavado de imagen, y la experiencia me dice que Tim propondrá que Hatch «contacte» con ella.

Yo no quiero «contactar» con ella. No quiero tener nada que ver con esa historia. Los maridos infieles no me alegran el corazón, precisamente.

Y hablando de maridos infieles, Richie Aldin volvió a escribirme ayer para convencerme de que vaya a su maldito baile. ¿Qué *demonios* le pasa?

46

Quince meses atrás

—¿Y dónde sería? —pregunté a Derry.

—¿En casa de Druzie? —No parecía muy convencida.

La idea de llevar a Josh Rowan a la habitación de invitados de Druzie para una sesión de sexo ilícito no me atraía lo más mínimo.

—No.

—¿En su casa?

¿La casa de Marcia? ¿Estar en su espacio? ¿Ver su estufa de leña?

—Ni hablar.

—Entonces tiene que ser en un hotel.

—Un hotel me parece cutre. Sórdido.

Derry guardó silencio y dejó que mis palabras quedaran flotando en el aire. «Cutre.» «Sórdido.»

—Así son las cosas cuando te lías con el marido de otra estando casada. —Enseguida, añadió—: No te estoy juzgando. Solo…

Mi resolución de permanecer alejada de Josh Rowan había durado poco. De hecho, tan solo dos días después de la entrega de premios colé, hay que decir que torpemente, su nombre en un desayuno de trabajo para intentar sacar información.

Desde entonces, cada vez que quedaba con un miembro de la prensa británica, en cuanto podía dirigía la conversación —a veces con tan poca maña que me salía el tiro por la culata— hacia Josh.

«… ¿así que es buen jefe?»

Y «Has conocido a la mujer. ¿Qué tal es?».

Y «¿Que qué pretendo? ¿Yo? Nada. Solo que tengo un cliente que podría estar interesado en trabajar para él y me gustaría saber con quién me voy a ir a la cama. No estoy diciendo que me vaya a ir a la cama con él, solo es una manera de hablar, ¿eh?».

Levantaba alguna que otra sospecha, pero me enteraba de un montón de cosas. Marcia, al parecer, «respondía siempre con la misma moneda», lo cual encajaba con lo que había visto en internet: parecía una mujer segura y de armas tomar. Reconozco que construí una imagen de su matrimonio a partir de aquella información tan escasa: eran una de esas parejas que chocaban mucho, que discutían a gritos pero que del conflicto pasaban siempre a la pasión.

Lo más perturbador fue cuando, durante mi torpe interrogatorio, una periodista me confesó que sabía que Josh había tenido un rollo con una chica de veintiocho años de un periódico rival. No solo era la confirmación de que era un hombre infiel —lo que ya me había sentado como un tiro cuando *él mismo* me lo contó— sino que ¿cómo podía competir yo con una veinteañera?

Sin embargo, Josh había roto con ella porque, según mi confidente, «Cito sus palabras exactas: "Eres una chica estupenda, pero demasiado optimista para mi gusto"».

Se me escapó una carcajada.

—¿Qué significa eso?

—Ya lo conoces, Amy. No es que sea la alegría de la huerta.

A decir verdad, Josh parecía albergar una pena secreta. Pero eso era mera especulación, la clase de cosas que piensa una mujer que pasa demasiado tiempo fantaseando e imaginando escenas románticas. Porque casi todos los seres humanos tienen sus cosas en la cabeza. No todos podemos ser Dalai Lama.

Entonces Josh me invitó a comer.

Me gustaba la idea de un almuerzo. Era seguro. Era una anticita. Nada de lo que sentirse culpable. Y sin embargo era una oportunidad para mostrar la mejor versión de mí misma y ver si aún tenía poder, poder como mujer. La oportunidad de desplegar mis encantos, puede que por última vez.

Quedamos en un restaurante pequeño y acogedor de Charlotte Street, donde Josh se dedicó a hacerme preguntas acerca de mí y yo soltaba toda clase de opiniones, como lo mucho que me desagradaba la insistencia del mundo moderno de comer de una determinada manera.

—Primero tengo que sentarme con la espalda bien recta frente a una mesa, lo cual ya siento como un castigo. Luego llega la comida y estoy obligada a mirar el plato durante once segundos como mínimo. Entonces mi sentido del olfato entra en acción. Y cuando por fin ya es apropiado comer, solo tengo permitido meterme en la boca trocitos diminutos que encima he de masticar superdespacio…

Josh lucía una media sonrisa. Solo la comisura derecha de sus labios estaba curvada hacia arriba.

—A mí me gusta cenar acurrucada en el sofá, mirando las novedades en net-a-porter y devorando la comida como si acabaran de declarar una hambruna. Eso es lo que me hace feliz. Y sin embargo, siempre me persigue la sensación de que estoy fallándole a la vida.

—Sí. —Josh había conseguido decir mucho con una sola palabra y su sonrisa se había desvanecido.

No obstante, volvió a relajarse cuando le hablé de mi curso de mindfulness de un día al que Alastair me había convencido de que fuera.

—Tuvimos que pasarnos media hora comiendo una uva. Luego una hora admirando una flor. Lo que esos mercaderes del vive-en-el-presente no entienden es que soy muy rápida admirando las cosas. Puedo ver una flor y pensar: «Oooh, qué bonita. Vale, qué viene ahora». No necesito pararme y ponerme a *lamer* cada pétalo.

Eso le arrancó una sonrisa como Dios manda, una sonrisa entera, simétrica, blanca, deslumbrante, y me sentí como si hubiese ganado un premio.

—¿Cuál es tu película favorita? —me preguntó.

Hundí la cabeza en las manos y gemí:

—Para. No somos niños. Después me grabarás una recopilación de canciones en un casete. —Miré entre mis dedos. Parecía molesto.

—Solo intento conocerte.

Enseguida, dije:

—Me encantan las películas de Wes Anderson. —Algo a la defensiva, añadí—: Sé que no tienen mucho fondo, pero me encanta las atmósferas que crea.

—Por lo menos no has dicho algo protagonizado por Jennifer Aniston.

—También me gusta Jennifer Aniston.

Cuando me clavó una mirada de estás-de-coña, dije:

—Es cierto.

—Vale.

—¿Y qué me cuentas de ti? ¿Cuál es tu película favorita? ¡No, déjame adivinar! —Hice un repaso de las típicas: *El padrino*, *Toro salvaje*, *Ciudadano Kane*… De repente, lo supe—: *La vida de los otros*.

Me miró de hito en hito. Pasó un segundo, dos.

—¿Cómo lo has sabido?

No era tan difícil. Casi todos los hombres que conocía tenían esa película en su lista. (Aunque la favorita de Hugh era *Qué bello es vivir*.)

—Bueno… —dije.

—Uau. —Josh meneó la cabeza—. Es una gran película, ¿no crees?

—Eh… no la he visto.

—Por Dios. —Estaba horrorizado—. Eso es un *crimen*.

—¿El cine es tu pasión?

—¿Mi *pasión*? —Se detiene en esa palabra mientras me mira directo a los ojos—. Una de ellas. Me habría encantado escribir guiones, sí… —Cambia de tema—. ¿Cuál es tu pintor favorito?

—Imagino que todo el mundo dice Picasso o Van Gogh, y me gustan, en serio… —Me interrumpo.

—¿Qué pasa?

—No tengo estudios superiores. Es un tema que no llevo demasiado bien. La gente se comporta como si me hubiese criado con lobos salvajes, y me preocupa que me juzgues.

—No te juzgué por lo de Aniston.

—Sí lo hiciste, un poco. —Sonrío—. Pero seguro que no has oído hablar de mi pintora favorita. Es una mujer serbia llamada Dušanka Petrović.

Menea la cabeza con pesar.

—Su estilo es naif. Solo he visto su obra en Pinterest, pero me encanta.

—¿Expone?

—Las únicas exposiciones que he visto de ella están en una ciudad serbia llamada Jagodina. Les he escrito un correo electrónico para preguntarles si puedo comprar litografías, pero me temo que no entienden el inglés. También he intentado llamar, pero nadie me coge el teléfono.

—Quizá hayan cerrado.

—La página de Facebook está activa. No entiendo lo que dice, pero las fechas son actuales.

—Pero seguro que tu pintora tiene una página web.

—Juro por Dios que no. A lo mejor ni siquiera está viva. Pero un día agarraré el coche y me iré a Jagodina.

Noté dentro de mí una punzada de resentimiento. Escogía todas mis vacaciones para complacer a las chicas y a Hugh —sobre todo a las chicas, la verdad sea dicha— y todo pasaba por delante de lo que yo quería.

Nunca había dinero suficiente para que Hugh y yo nos escapáramos un fin de semana a alguna ciudad europea. Muy de vez en cuando, a uno de los dos nos enviaban por trabajo a un lugar atractivo y el otro se sumaba el último día y medio.

Pero la única vez que nos descubrimos con un dinero extra gracias a un inesperado reembolso de Hacienda y le pregunté a Hugh si podíamos visitar el museo de Jagodina, su respuesta fue: «Lo siento, cielo, Serbia no me hace ninguna ilusión. La idea de gastarnos el dinero allí cuando podríamos gastarlo en Marrakech u Oporto...».

—¿Estás bien? —Josh me estaba mirando.

—Sí. —Jamás me quejaría de Hugh a él.

Josh cambió de tema preguntándome por mi ropa, así que le hablé de Bronagh, y mientras lo hacía él me observaba con avidez. La admiración de sus ojos contrastaba con su semblante pétreo.

Toda esa atención era halagadora, y, llamadme patética, me molaba verme como una mujer interesante que vestía ropa vintage original y cuyo artista favorito no era alguien previsible, sino una pintora serbia desconocida a la que casi nadie conocía. La realidad, por supuesto, era que no tenía un céntimo y mi cultura era más bien escasa, pero todo depende de cómo se vende.

Al final de la comida, dije:

—Hemos conseguido llegar al final de un encuentro sin que te haya hecho proposiciones deshonestas. Vamos progresando.

Otra sonrisa como Dios manda. Luego:

—Puedes hacerme proposiciones deshonestas siempre que quieras.

—Ja, ja, ja, ja. —Me ruboricé y se dio cuenta.

—Amy... —Acercó sus nudillos a mi rostro caliente.

—Tengo que irme. —Y me marché.

Desde entonces comimos juntos tres veces más, siempre en martes, siempre en el mismo restaurante, siempre conmigo hablando la mayor parte del tiempo mientras él me observaba como si fuera la mujer más interesante del planeta. Me preguntaba cosas que nadie más solía preguntarme.

Intentaba dar la vuelta a la tortilla y acribillarlo a preguntas, pero Josh desvelaba mucho menos que yo. Así y todo, reconoció algunas cosas: que le encantaba el mar, que su lugar favorito en el mundo era la costa de Northumberland; que padecía insomnio de madrugada; que raras veces lloraba pero que cuando lo hacía, solía ser por alguna noticia sobre niños malheridos.

—Aquel niño de Alepo en la ambulancia me dejó hecho polvo. Cuando tienes hijos, lo llevas todo al terreno personal.

Las cosas se tensaron un poco con esa observación, pues nos había recordado a ambos nuestra otra vida, donde teníamos unos hijos y una pareja.

Derry era la única persona a la que le hablaba de aquellas comidas con Josh, y no le hacían ninguna gracia.

—¿Cómo te sentirías si Hugh estuviera viendo a una mujer de la manera en que tú ves a Josh Rowan? —me preguntaba.

Yo me revolvía. Me haría mucho daño, *mucho*, y me angustiaría sobremanera.

—No ha ocurrido nada —dije—. No va a ocurrir nada. Es un flirteo inofensivo.

En realidad no tenía nada de inofensivo. Quería taparme las orejas y hacer oídos sordos al hecho de que la infidelidad emocional era importante. Quizá no fuera tan mala como la infidelidad *carnal*, pero también era mala.

—Te diré lo que estás haciendo —dijo Derry—. Estás Normalizando lo Anormal para preparar el terreno y tener algo con él.

Conocía esa expresión, se había originado en círculos relacionados con las adicciones; significaba que una persona no se acostaba una noche completamente sana y se despertaba al día siguiente como una adicta con todas las letras. Era algo que sucedía lenta y sigilosamente. La persona se desviaba del camino un paso a la vez, y solo cuando ese paso dejaba de parecerle aberrante daba otro. De nuevo, aguardaba a que la vergüenza y el miedo amainaran y entonces se animaba a dar otro paso, alejándose cada vez más del buen camino.

—No va a pasar nada —repetí—. ¡Oye! ¿Te gustaría ver una foto de Josh? —Ya estaba alcanzando mi iPad.

—No, Amy. Tranquilízate, anda. Escúchame bien, ese hombre no nació ayer. Pronto tendrás que dar otro paso. No lo conozco, pero puedes estar segura de una cosa: no se va a conformar con hacer manitas.

—No hemos hecho manitas. No hacemos manitas. Ni siquiera nos saludamos con un beso en la mejilla.

—A los hombres les gusta follar.

—¡Ay, Derry!

—Tú y él no sois diferentes de las demás personas que están pensando en pegarse un buen folleteo extramarital. —Estaba siendo deliberadamente despiadada—. En serio, Amy, no intentes disfrazar esto hablando de conexión especial o atracción irresistible.

Y ahora ya sí me vine abajo, porque tenía razón, eso era lo que hacía.

—¿Puedo preguntarte por qué? —dijo—. ¿Es por Hugh? ¿Está… no sé, pasando de ti?

—No es por Hugh —respondí enfática—. Sea lo que sea, solo tiene que ver conmigo. ¿Es posible que me haya cansado de ser monógama?

—Sería muy impropio de ti. En realidad, todo esto lo es. ¿Podría ser la edad? A lo mejor tu cuerpo sabe que ha comenzado el declive y te está pidiendo una última farra.

—No lo sé… Lo único que puedo decirte, Derry, es que quiero algo para mí. Quiero una parte de mi vida que nadie más pueda tener.

Me sentía como si ni siquiera mi alma me perteneciera. Las chicas cogían mis cosas sin preguntar —Neeve hasta le prestaba mis zapatos a una amiga— y monopolizaban mi tiempo sin la menor consideración: me ordenaban que las dejara allí y las recogiera allá sin preocuparse por si me iba bien.

En cuanto a Hugh, nuestro déficit sexual crónico me inquietaba tanto que mi manera preferida de relajarme —que era tumbarme en la cama con mi iPad— me generaba culpa. Bueno, culpa y resentimiento si él llegaba e intentaba sumarse con ruiditos lascivos, porque entonces yo pensaba: «Por el amor de Dios, no tengo un minuto de tranquilidad, ¿es que no puedes dejarme un rato tumbada aquí, mirando cosas por internet en encefalograma plano?».

Derry me miró pensativa.

—Trabajas mucho.

—Siempre estoy cansada. Y siempre estoy preocupada. Tengo un dolor casi permanente en el estómago. Pasa tanto tiempo ahí que ya casi ni lo noto. Nunca tengo suficiente dinero. Nunca tengo suficiente tiempo. Y nunca hago lo suficiente. La casa siempre está asquerosa. Nunca alcanzo los diez mil pasos del Fitbit. Si consigo un éxito en el trabajo, apenas se nota porque seguimos sin tener suficiente volumen de negocio. Estoy preocupada por Neeve, estoy preocupada por Sofie y me desprecio por quejarme cuando tengo qué comer y no estamos en guerra, pero...

—Hum.

—Y los caprichos que me permito, como fumar, beber o darme un atracón de palomitas en el cine, hacen que me sienta culpable. Oye, ¿por qué no me explicas cómo lo sobrellevabas tú?

Derry había estado en una relación de ocho años con un hombre llamado Mark cuando empezó una aventura secreta con otro. El nuevo hombre, Steven, estaba casado.

—Fatal —dijo—. Mentir a Mark, el sentimiento de culpa, era agotador, y ser el secreto sórdido de Steven me avergonzaba en lo más profundo. Y más avergonzada me sentía aún por la pobre Hannah. —Hannah era la esposa de Steven—. Nunca he querido ser esa clase de mujer, la rompehogares, la robamaridos, y teniendo en cuenta que tú eres mucho más sensible que yo, lo llevarías todavía peor.

—Pero debía de tener sus cosas buenas, de lo contrario no lo habrías hecho.

—Las tenía, pero no eran reales. Por ejemplo, me pasaba el día esperando a que me enviara un mensaje y cuando lo hacía, me entraba un subidón. Era como una droga. De hecho, generas una sustancia química real, la dopamina.

Sabía lo de la dopamina. *Psychologies*, una vez más. Básicamente, es una sustancia química que segrega el cerebro como respuesta a ciertos estímulos y que te hace sentir bien. Y sí, cada vez que Josh me enviaba un perro bailando o un cuadro de un pueblo eslavo, me ponía de superbuen humor.

—Cada vez que Steven me escribía, recibía un chute de dopamina —dijo Derry—. O me pasaba los días eufórica imaginando nuestro próximo encuentro.

Sí. Aguardar con impaciencia esas comidas de los martes era excitante, emocionante.

Suspiró.

—Creo que simplemente era adicta al desahogo. Y mira cómo acabó todo.

Derry había dejado a Mark; Steven había dejado a Hannah; Derry y Steven hicieron pública su relación. Duraron menos de un año.

—¿Es eso lo que quieres? —me preguntó—. ¿Contárselo a Hugh? ¿Dejarlo? ¿Irte a vivir con Josh Rowan?

Por Dios. Solo de pensarlo se me ponían los pelos de punta. No quería eso en absoluto. No. Josh Rowan era solo una fantasía.

—Lo único que quiero es sentir que un hombre atractivo está loco por mí. ¿Qué tiene eso de malo?

—Ten cuidado, Amy —dijo Derry—. Tienes mucho que perder.

—Derry, ¿cómo sobreviven las relaciones cuando una persona tiene una aventura? Aunque no se descubra. ¿Se pierde algo? Seguro que sí.

—Por supuesto. La inocencia. La confianza.

—Pero ¿no es de ilusos esperar un historial impecable? ¿La gente no debería esperar que, en las relaciones largas, se produzcan fisuras y no nos quede otra que aceptarlas? Como las cicatrices del cuerpo o las taras en una alfombra tejida a mano. Una de cada tres mujeres de edad madura tiene una aventura.

—Creo que deberías dejar de verlo.

—No puedo.

—Dopamina —replicó con desdén.

—Solo comemos.

—Pues ponle fin.

—No quiero.

—Dopamina.

—Solo quiero algo de diversión inofensiva —tartamudeé.

—¿Diversión inofensiva? —Derry sacudió la cabeza con gesto cansino—. Cómprate una cama elástica.

47

Domingo, 16 de octubre, día treinta y cuatro

—¿Habrá alcohol en esa fiesta? —pregunto, y al instante Kiara, Neeve, Sofie y Jackson estallan en carcajadas.

—¿Habrá alcohol en la fiesta? —me imita Neeve poniendo voz de anciana.

—¡Oh, mamá! —Kiara está desternillándose.

Toda ofendida, sigo frotando los fogones.

—¡Pues *claro* que habrá alcohol! —dice Kiara.

Todos los padres desean que sus hijos sean independientes. Pero no estoy segura de que me guste que se comporten como si yo fuera un dinosaurio chocho al que hay que llevar de la mano por el mundo moderno.

Mientras limpiamos la casa hemos estado hablando de la fiesta de Halloween a la que han invitado a Kiara. Aunque faltan todavía dos semanas, ya está pensando en lo que va a ponerse. Ha sido después de que dijera «Seguro que Derry tiene algún vestido que prestarme» cuando he formulado la hilarante pregunta sobre el alcohol.

—Ya sabes que siempre hay alcohol en «esas cosas» —dice Kiara—. Te has vuelto muy *estricta*.

—Y no es que esté llenándonos los bolsillos de dinero —añade Sofie.

Puede que tengan razón, pero os diré algo: es *duro* convertirse de un día para otro en el único progenitor. Es como tener que volver a aprenderlo todo desde cero. No basta con hacer las cosas como siempre las he hecho, porque antes Hugh y yo compartíamos esa función. Entre los dos, aplicábamos las normas y las recompensas de una forma fluida, y ahora que de repente ha dejado de estar, las respuestas que antes eran instintivas ya no lo son.

—También habrá chicos. —Kiara me está tomando el pelo, pero ahora sí que estoy preocupada. ¿Es sexualmente activa? ¿Hasta *qué* punto? ¿Debería tomar la píldora? Sofie toma la píldora desde hace un año y esa conversación —instigada por mí, sobre que el sexo es una expresión de ternura y amor— fue tan difícil que después necesité meterme en la cama. Esa misma conversación debería ser más fácil con Kiara, porque es mucho más extravertida.

Por otro lado, ¿no es demasiado pronto? Nunca ha tenido novio, por lo menos que Hugh y yo sepamos, amigos varones sí, muchos, pero quizá haya llegado el momento de esa charla, y ¿qué opina Hugh?

—¡Ya he cumplido con mis quince minutos! —Neeve se aparta de la tabla de planchar.

—Solo llevas doce. —Jackson mira el cronómetro.

Dejo de frotar los fogones —esos pegotes de comida quemada son más resistentes que la lava endurecida— y miro el reloj.

—Doce.

—¡Sí! —dice Kiara.

—Doce —dice Sofie—, pero puedes irte, a mí no me importa planchar.

—Pirada —le dice Neeve con cariño.

Todos tenemos nuestras tareas domésticas favoritas. A mí no me molesta limpiar el horno, Jackson hace el cuarto de baño cuando está aquí y a Neeve le gusta fregar el suelo, pero como planchar es tan impopular, hacemos quince minutos cada una.

Todavía no sé si Sofie está oficialmente viviendo con nosotras otra vez. Está aquí varias mañanas a la semana y se presenta casi todas las tardes para hacer los deberes, pero desaparece dos o tres días seguidos, unas veces en casa de Urzula, otras en casa de mamá. Este desorden no puede ser bueno para ella, pero yo solo soy su tía.

Ojalá tuviera alguien con quien desahogarme, pero estar con gente no me resulta fácil. Aunque Pija Petra está estresada y deprimida, es de las pocas personas con las que puedo relajarme. Ayer fuimos a dar un paseo las dos solas. Yo no quería y ella tampoco, pero dijo que nos sentaría bien.

—Naturaleza, oxígeno. Tengo que hacer algo que no sea beber hasta perder el conocimiento.

—Yo también.

En realidad no he estado bebiendo hasta perder el conocimiento. O sea, he estado bebiendo un *poco*, pero sin pasarme porque al día siguiente me entra el bajón. Pero estaba practicando el Contagio Emocional, un fenómeno que se ha observado en el mundo animal. Lo hacen para fortalecer vínculos. (Sí, otra vez *Psychologies*).

Fuimos a un bosque, donde Petra contempló la rápida corriente del río como si estuviera considerando la posibilidad de tirarse. En un momento dado, dijo:

—Ojalá hubiese abortado.

—Por favor, Petra, no digas eso.

—Es cierto, Amy. Ojalá hubiese abortado. Estuve a punto.

Lo sabía. Estuvimos dándole vueltas dos semanas, hasta que Petra decidió que su inesperado embarazo tan tarde en la vida podría ser una bendición.

—Las mujeres tienen permitido arrepentirse de haber abortado —dijo—. ¿Qué pasa con las que nos arrepentimos de *no* haberlo hecho?

—Petra, creo que deberías ir al médico. Tomar pastillas, quizá.

—¿De cianuro? ¿Para mí o para ellas? —Había sacado del bolso una botellita de vino tinto—. ¿Quieres? Di que no, por favor.

—¿Estás bien, Amy? —me pregunta Sofie.

Me he quedado inmóvil como un maniquí.

—Eh… sí, muy bien. —Tengo el pelo húmedo de sudor de frotar los fogones.

—¿Dónde están los guantes de goma? —pregunta Jackson—. Voy a hacer el lavabo de abajo.

Nos estremecemos y se ríe de nosotras.

—Recógete el pelo, bombón —dice Sofie. Saca una goma y con ternura reúne en un moño alto los bucles superbrillantes de Jackson. Se dan un beso de esquimal y ríen.

—¡Eh! —dice Neeve—. ¡Nada de MAPs! —Muestras de Afecto en Público.

—Aquí están. —Kiara encuentra los guantes, los echa en la palangana de los productos de limpieza y se detiene en el acto de tendérsela a Jackson. Con expresión nostálgica, dice—: Me pregunto si papá está pensando en nosotras. Me pregunto si nos echa de menos.

Se me encoge el corazón.

—Sí, claro —dice Neeve—. Seguro que echa de menos esto. —Señala a los cinco, con nuestros pantalones de chándal y nuestras camisetas, las caras rojas y los pelos lacios—. ¿Quién querría estar en un paraíso tropical cuando podría estar limpiando una nevera?

Se ríen, Kiara incluida.

Llaman a la puerta y dejamos lo que estamos haciendo para mirarnos un tanto alarmados. ¿Quién demonios se presenta en una casa un domingo por la mañana?

—Debe de ser Maura —digo.

—¿Por qué?

—Porque... sí.

—Sí, fijo que es Maura —dice Neeve, y las tres se parten de la risa.

Me esfuerzo por mantenerme al día con su manera de hablar, pero el significado exacto de esa frase se me escapa. Y no pienso preguntárselo, no tan pronto después de lo que se han reído de mí por la pregunta sobre el alcohol.

Camino del recibidor, rezo para que si no es Maura, no sea un vecino «preocupado».

Para mi gran sorpresa, de pie en la fresca mañana de mediados de octubre, está la madre esquelética de Sofie.

—Hola, Urzula —digo—. Eh... entra.

Me tiende una bolsa de basura.

—Son las cosas de Sofie. Y de ese Jackson.

—¿Oh? Hum... —¿Pero bueno? ¿Está echando de casa a Sofie?—. Urzula entra, por favor. —Será mejor que hablemos.

—Es una chica difícil.

No quiero que Sofie oiga esta conversación, de modo que salgo y entorno la puerta.

—Eso no es cierto.

—Es una chica muy difícil.

—No, Urzula. Sofie es un encanto.

Urzula desvía el tema echándome un vistazo de arriba abajo con cara de desprecio y preocupación.

—Amy, soy dietista. Créeme cuando digo que los mini-Magnums llenan tanto como los maxi-Magnums.

No sé qué responder. Insultos aparte, tiene toda la razón.

Y en ese momento entiendo algo: antes pensaba que la línea que separaba a los cuerdos de los locos era blanca o negra —cuerdo o no cuerdo—, que no había zonas grises, pero de repente veo que la zona gris es enorme. Se extiende a lo largo y ancho y en todos los compartimentos de la vida. Los locos no son solo esas pobres almas encerradas en pabellones. Los locos están en todas partes, viviendo entre nosotros, haciéndose pasar por no-locos. Hay locos en puestos de poder e influencia, y a veces consiguen su propio programa en la televisión británica humillando a la gente gorda para hacer que adelgace. (Por lo menos durante un tiempo: un artículo que leí decía que en cuanto esa gente escapaba de las garras de Urzula, la mayoría comía más que nunca.)

—Quiero a Sofie —digo—. Celebro que vuelva a vivir conmigo.

—¿Y tu Hugh? —¡Qué ojos tan ladinos!—. No está aquí para celebrarlo también, ¿me equivoco?

—Hugh volverá.

—Hugh se marchará otra vez cuando te vea a ti y tu grasa de Magnum.

Si estoy gorda, y no estoy segura de que lo esté —de hecho, no sé *qué* estoy porque he perdido por completo la conexión con mi cuerpo—, se debe principalmente al queso y las patatas fritas, no al helado.

—¿Por qué no entras y hablas con Sofie? —digo—. No pretendo convencerte de nada, pero al menos deberíais hablar cara a cara.

—No.

—¿Le digo algo de tu parte?

—Puedes decirle que es una chica difícil. —Se da la vuelta para marcharse.

—Urzula, por favor, espera… —Pero ya se ha ido.

48

Lunes, 17 de octubre, día treinta y cinco

Es lunes por la mañana y, si soy sincera, me alegro de que el fin de semana haya terminado.

Tras la dramática visita de Urzula, comuniqué la noticia a Sofie con la máxima delicadeza posible y aunque Jackson parecía furioso por dentro, ella reaccionó bien.

—He hecho lo que he podido —dijo.

—Has hecho mucho más que eso. —Pese a su aspecto delgaducho y místico, Jackson es fuerte y un gran defensor de Sofie.

—Lo has intentado —dije—. No todas las mujeres están hechas para ser madres. —No sabía si estaba cruzando la línea, pero qué demonios, Sofie es un cielo y no quería que pensara que era culpa suya.

Todo este asunto me dejó tan agotada emocionalmente que me metí en la cama y busqué precios para unas vacaciones de diecisiete días en Argentina y Chile para toda la familia, Jackson incluido, el próximo julio. Elegí julio porque pensé que para entonces ya nos habríamos recuperado de la vuelta a casa de Hugh.

En el fondo sé que existe la posibilidad de que nunca nos recuperemos, pero lo único que me mantiene al pie del cañón es la esperanza. Supongo que estaba creando el equivalente a un mural de los deseos, y lo hice de forma minuciosa; lo miré *todo*, vuelos, hoteles, traslados, todo.

Escogí clase preferente (no primera: hasta en mis fantasías tocaba algo de pies al suelo). En lugar de seleccionar el hotel más lujoso de cada ciudad (Buenos Aires, Córdoba, Santiago), opté por el tercero más elegante. Las chicas se alojarían en habitaciones normales y Jackson podría dormir con Sofie. Hugh y yo ocuparíamos una suite en la parte «vieja» del hotel.

La suma total era exorbitante. Incluso después de hacer algunas rectificaciones —los padres de Jackson pagarían el billete de su hijo, Neeve y Kiara compartirían habitación, autobús desde el aeropuerto hasta el hotel— seguía siendo una fortuna. Pero me mantenía distraída.

En la oficina, apenas me he quitado el abrigo cuando Tim dice:

—Sharmaine King. He hablado con sus asesores. Nos han invitado a hacerles una propuesta.

Me encanta la ambición de Tim. A veces.

—¿Quién de los dos debería ocuparse? —pregunta a Alastair—. ¿Tú o yo? Es sudafricana pero afincada en el Reino Unido.

Alastair se vuelve hacia mí.

—Amy pasa tanto tiempo en Londres como yo... ¡Ah, claro! ¡Yo me ocupo! Pásame todo lo que tengas.

Agradezco la conducta protectora de Tim pero me avergüenza ser considerada una inepta, así que me refugio en mi trabajo.

Justo antes de la hora del almuerzo me suena el móvil. Es un número desconocido de Londres. Me aclaro la garganta y enderezo la espalda.

—Amy O'Connell al habla.

—Dan Gordon. Represento a un cliente que quiere trabajar con usted.

—Ajaaaa. —Siempre es bueno que entren proyectos nuevos. Casi siempre—. ¿Puedo preguntar de quién se trata?

—Lo tengo prohibido. El cliente quiere verla hoy en Londres.

—Me temo que estoy en Dublín.

—¿Y si toma un avión?

Barajo esa posibilidad. Pero no, para cuando llegara y tuviera la reunión sería demasiado tarde para volver a Dublín. Kiara y Sofie me necesitan. Bastante malo es ya que me ausente todos los martes.

—¿Y uno de mis colegas? —propongo—. Los dos son publicistas excepcionales.

—Usted se ocupó de Bryan Sawyer. Mi cliente insiste en que sea usted.

Es agradable que la quieran a una. A menos que el misterioso cliente sea Robert Mugabe.

—Mañana estaré en Londres —digo.

—Tiene que ser hoy.

Guardo silencio, a la espera de un poco más de persuasión, pero oigo un clic. ¡Ha colgado! Miro el teléfono y grito:

—¡Ser amable no cuesta dinero!

Levanto la vista y advierto que Tim, Alastair y Thamy me están mirando estupefactos.

—¿Qué? —inquiero—. Ya había colgado, no lo ha oído.

Tengo tres pares de ojos clavados en mí.

—Ha estado antipático —digo—. Muy antipático.

Cuando regreso de comer, salgo del ascensor y oigo la risa de Alastair, un ja-ja-ja-ja completo. Le sigue un estallido de risas de otras personas y entro corriendo en la oficina porque no me iría mal un poco de alegría.

Tim y Thamy están delante de la pantalla de Alastair.

—¡Amy! —gritan—. ¡Ven, tienes que ver esto!

Voy y, para mi asombro, ¡es mamá! ¡Es su vlog!

Ahogo un grito.

—¿Cómo lo habéis encontrado?

—Alguien lo tuiteó.

—¿Por qué?

Me acerco a la pantalla y veo que el vlog ha sido retuiteado ¡más de trescientas veces! No imagináis lo difícil que es conseguir eso. Más de una vez me he esforzado por elevar el perfil de algunos clientes mediante tuits y vlogs, y en la mayoría de los casos no ha funcionado.

—Es tan *mona* —dice Alastair—. Y tan divertida. ¡Puede que se ponga bótox cuando sea mayor! Qué cachonda.

Estoy orgullosa de mamá. Y de Neeve. Fue todo un acierto hacer una sesión con mamá.

—Es muy guapa, ¿a que sí? —dice Thamy—. Ahora veo de dónde lo has sacado, Amy.

—¿El qué? —No me gusta que me traten con condescendencia.

—¡Venga, mujer! —dicen todos a la vez. Están de un humor excelente—. Tú también eres fabulosa.

—¿Os imagináis tener a Lilian O'Connell, madre de cinco, de suegra? —Alastair se vuelve hacia mí—. ¿Cómo está esa hermana cañón que tienes?

Me lo miro de soslayo y vuelvo a mi mesa. Llamo a Neeve y ambas chillamos de emoción.

—¡Ha salido esta misma mañana! —dice Neeve—. ¡Es alucinante!

—Eres la bomba, cariño.

—Oh, mamá…

—¡Ja, ja, ja! —Estoy alborozada—. ¿Qué tal «Buen trabajo, querida hija, estoy *muy* orgullosa de ti»?

Alastair se tira casi toda la tarde mirando los vlogs de Neeve y comentándolos.

—¡Ja! ¡No tenía ni idea!

—¿De qué!

—De la diferencia entre la piel seca y la piel deshidratada. ¡No es lo mismo! Quién iba a decirlo.

—A la piel seca le falta grasa y a la deshidratada le falta agua —digo. También he visto el vlog.

—Me pregunto qué tipo de piel tengo. Me voy a la perfumería Space NK para averiguarlo. —Hace ademán de levantarse—. Pero antes veré uno más.

Cuarenta minutos después sigue ahí sentado.

En un momento dado me levanto y voy al lavabo. A mi vuelta Alastair grita desde su mesa:

—¿Sabes que ha hecho un vídeo con Míster Mejor Sexo de mi Vida?

Tim levanta la cabeza, Thamy gira la suya desde su mesa y yo me quedo blanca.

—¿Quién? ¿Richie Aldin? Lo sé. ¡Pero, por Dios, Alastair, no lo llames así!

—¿Qué tal el Capullo Con El Que Estuviste Casada?

—Mejor.

—Vamos a mirarlo y odiarlo.

Tim y Thamy han saltado de sus asientos y volvemos a apelotonarnos alrededor de la mesa de Alastair.

Y ahí está Richie, hablando con Neeve del champú que utiliza.

—Cómo se gusta. —Alastair no puede con él—. Está encantado de conocerse. Menudo engreído. Esta sí que es buena, Amy, tienes que escucharlo.

Richie dice:

—Mi piel nunca me da problemas.

—¿No es alucinante? —Con voz cómica, Alastair repite—: «Mi piel nunca me da problemas.» Como si todo dependiera de él, pedazo de capullo.

—Para mí está buenísimo —dice Thamy.

Fuera de cámara, Neeve pregunta a Richie qué opina del bótox. Con una sonrisa de suficiencia, Richie contesta:

—No lo necesito.

—Pero ¿cuándo seas mayor?

—Nunca lo necesitaré.

—¡Ahora resulta que puede predecir el futuro! —farfulla Alastair—. Mantente alejada de él, Amy, porque viendo la clase de hombre que es, no te dejará tranquila hasta que aceptes.

No sé cómo puede llegar a esa conclusión con tres minutos y cuarenta segundos de una charla sobre protectores solares.

—¿Quiere recuperarte? —Thamy está atónita.

—No, no exactamente…

—Uau. Ve a por él. ¡Está para comérselo!

Por curiosidad, pregunto a Tim:

—¿Qué piensas tú de él?

Su respuesta es simple:

—No parará hasta conseguir lo que quiere.

Me río y pienso: «Richie Aldin puede irse a la mierda».

49

Catorce meses atrás

¡Ay! Una gota de grasa de beicon saltó de la sartén y me achicharró el brazo. El dolor amainó de inmediato, pero no podía arriesgarme a que la grasa caliente me manchara la camiseta: acababa de ponérmela y en la cesta de la ropa sucia no cabía un alfiler.

Me la quité y la dejé sobre una silla, pero el delantal no estaba en su sitio, colgado del radiador. A saber quién había hecho qué con él, pero no tenía tiempo de buscar otro. Tendría que terminar de preparar la cena en tejanos y sujetador, aunque apenas lo notaba: tenía la cabeza llena de Josh Rowan.

El martes previo, durante nuestra acostumbrada comida —la sexta semana seguida que quedábamos—, Josh había comentado de repente:

—Echo de menos que me hagas proposiciones deshonestas.

—¿No me digas? Ja, ja, ja.

—¿Tienes planeado volver a hacérmelas?

—No lo sé.

—En ese caso, ¿qué tal si te las hago yo?

Sabía que esto acabaría pasando.

Y, ah, la idea de tener sexo con él. Los dos desnudos. Él apretándome las caderas contra la cama. Sentándose a horcajadas sobre mí con una enorme erección. Jugando conmigo…

El piso de Druzie estaba libre esa noche. Podía llevármelo allí y nadie se enteraría.

Pero era demasiado peligroso. Me estaba metiendo en un sendero del que quizá no encontrara forma de salir.

—Quiero a Hugh.

Asintió. Le tocaba a él decir que quería a Marcia, pero calló.

Y esa manera de mirarme... la boca una línea grave, los ojos ardientes de deseo, el semblante de oh-lo-digo-muy-serio.

Colocó las palmas de las manos hacia arriba, dejando al descubierto la piel blanca de sus antebrazos y los trazos azules de debajo, que parecían el mapa de un río. Podía ver el temblor de su pulso, y toda esa vulnerabilidad conectó con algo frágil y doloroso en mí.

—No me interpretes mal —dijo—, pero preferiría no haberte conocido aquel día en el Black Friar. —Hablaba con la mirada fija en la mesa—. Yo estaba bien entonces. Pero cuando te vi buscar el peine y levantaste la cabeza, con ese rostro adorable y esa ropa, me quedé paralizado, Amy, porque aunque eres única, sentí que ya te conocía.

Quizá solo estuviera regalándome el oído.

—Luego, la ferocidad con que defendiste el caso de Premilla. Muchos publicistas dicen palabras amables pero tienen el corazón frío. Supe que eras buena. Me esforcé más de lo que suelo por conseguir que no se publicara el artículo de Marie Vann. No me gustó fracasar, pero eso me dio la oportunidad de volver a verte. Aquella noche me habría quedado contigo. Y la noche de los premios habría ido a tu habitación. Te deseo.

Mi cuerpo se estremecía con cada palabra.

—Pero, Josh, si empezáramos... algo, ¿qué ocurriría? —Enseguida añadí—: No me refiero a qué tipo de sexo... —Tragué saliva. Guardé silencio mientras me lo imaginaba desnudo, deslizándose dentro de mí... Y a juzgar por la manera intensa, penetrante, en que me sostenía la mirada, supe que él estaba visualizando lo mismo.

—Dios. —Se tapó los ojos con la mano y emitió un ruidito extraño, un cruce entre gemido y sollozo. Me miró de nuevo—. ¿Te refieres a qué ocurriría a la larga? ¿Si dejarías a tu marido? ¿Si yo dejaría a mi mujer? No lo sé, Amy. —Se encogió de hombros—. No tenemos un guión.

Yo quería un guión. Necesitaba conocer el final antes de poder empezar algo.

—¿Qué me dices de ti y tu mujer? ¿La quieres?

—A veces. —Suspiró—. Pero ahora no es una de esas veces.

—¿Es así como funciona el amor?

—No puedo hablar por los demás, pero así funcionamos Marcia y yo.

—¿En las demás ocasiones te sentiste culpable? ¿Tu esposa sospechó alguna vez?

—Sí y sí.

—¿Y qué ocurrió? ¿Se lo contaste?

—No. Pero Marcia también ha tenido sus cosas.

—¿Cosas? ¿Te refieres a aventuras? ¿Te lo decía ella?

—Lo sospechaba. Se lo preguntaba, pero me mentía, como yo a ella.

—¿Y?

—Esperaba a que pasaran.

—Josh, todo esto me va grande. Yo… —Busqué las palabras adecuadas—. No soy como tú. O como tu mujer. Tú eres fuerte. Más fuerte que yo.

—No soy fuerte. Pero Amy, tú quieres a tu marido, ¿no? Entonces ¿por qué estás aquí? —Se inclinó hacia delante—. Esto es lo que pienso que quieres. A ti te gustaría que te dijera que no quiero a mi mujer, que ya nos hemos separado y que estamos a punto de decírselo a los niños. Quieres que la parte desagradable, las personas a las que haríamos daño, se esfumaran por arte de magia. Quieres que Hugh siga a tu lado y, al mismo tiempo, que el universo te dé carta blanca para que él no se entere nunca y tú no te sientas culpable. Pero esto es la vida real, Amy, y la vida real tiene su lado desagradable.

Se hizo el silencio. Había dado en el clavo.

Yo había querido una aventura, un lío, y que la parte sórdida fuera convenientemente borrada por la fuerza de nuestra pasión.

Decidí ser sincera.

—Quiero sentirme… deseada, que te vuelvas loco de deseo por mí.

—Ya estoy loco de deseo por ti.

Se me secó la boca.

—Quiero que no lo hayas hecho antes. Soy patética, lo sé. Y una hipócrita.

—Podría haberte mentido para que pensaras que soy mejor persona de lo que crees.

—Quiero que no me afecte que en tu vida haya habido otra… otras. Pero me afecta. Me siento… una palurda. Una novata. Quiero conocer los detalles y al mismo tiempo me desprecio por ello.

—Vale, voy a contártelos. Con una duré seis meses, hasta que conoció a otro. Otra tenía veintitantos y terminé con ella porque no soportaba su... —lo meditó— jovialidad.

Coincidía con lo que había averiguado de él.

—Pero esto que tengo contigo, Amy —dijo—. No aguantaré otra comida. Quiero más.

Yo también. Pero ¿era capaz?

—¿Puedo pensarlo? —pregunté.

—No tardes mucho.

¿Era una amenaza? ¿Debería molestarme? Decidí que no.

—¿Qué pasaría si decidiera... no ir más lejos? —le pregunté—. ¿Seguiríamos viéndonos?

—No.

Oh.

—Hablo en serio, Amy. No soporto más esta situación.

Quizá debería sentirme ofendida —el Amor Verdadero Espera y todo eso—, pero agradecía su sinceridad y madurez.

Desde entonces la indecisión me carcomía por dentro. Me despertaba a altas horas de la madrugada y saltaba de una postura a otra. Tomaba la decisión firme de ir a un hotel con él a ver qué pasaba. Luego caía sobre mí el manto de la culpa porque quería a Hugh y siempre había imaginado que envejeceríamos juntos.

Así y todo, la atracción que sentía por Josh era poderosa y enseguida me descubría, una vez más, decidiendo que iba a acostarme con él.

¿Y si me descubrían? Esa posibilidad me aterraba. No quería herir a Hugh y no quería que mi matrimonio se rompiera. Además, ¿qué sabía en realidad de Josh? Habíamos pasado mucho tiempo juntos, pero la que hablaba la mayor parte del tiempo era yo.

Sabía que era sexy.

Sí, sabía que era supersexy.

Y otra vez empezaba a dudar.

Lo que en realidad quería era que se produjera algún desastre y Josh y yo nos viéramos abandonados en un lugar remoto. Al final vendrían a rescatarnos, eso no admitía discusión, pero durante la espera nos portaríamos tan mal como quisiéramos.

Entretanto, como consecuencia de mis noches insomnes, durante el día me arrastraba, exhausta y preocupada-preocupada-preocupada, las paredes de mi estómago erosionadas por el ácido de la angustia.

Cuando llegó el siguiente martes todavía no había tomado una decisión, de modo que no quedé con él. Pero entonces, once días después de la última vez que lo vi, sabía, mientras freía lonchas de beicon, que necesitaba una resolución. Ya. En aquel preciso momento. Porque si no me quitaba de la cabeza aquel ahora-sí-ahora-no, acabaría volviéndome loca.

Así que elegí: se acabó Josh.

Le enviaría un correo electrónico el lunes. No era buena idea verlo: con eso solo conseguiría volver al punto de inicio.

Terminarlo era lo más sensato. Con el tiempo lo agradecería. Ahora mismo, sin embargo, me sentía como debía de sentirse la Pequeña Cerillera cuando se le apagó la última cerilla. La alegría, el color, la excitación hicieron pof, y de pronto todo se volvió gris, frío y triste.

—¿Qué es esto? —dijo la voz de Hugh detrás de mí.

—Hoy cenaremos bocadillos de beicon —respondí sin darme la vuelta—. Caducaba hoy.

—No, me refería a... —Apareció a mi lado—. ¿Qué le ha pasado a tu ropa?

—Ah, tenía miedo de mancharme la camiseta. —Aplasté la loncha contra la sartén.

—Mírate. —Se colocó entre los fogones y yo. Tenía las manos en mi cintura y su tono era de admiración—. Friendo beicon con tu sujetador más sexy. Serías la fantasía de cualquier hombre.

Bajé la vista. Llevaba el sujetador de satén rojo. Me lo había puesto porque los demás estaban en la atestada cesta de la ropa sucia.

—Seguro que hasta te sabes los resultados de la liga. —Me apartó el pelo del hombro y enterró la cara en mi cuello.

—Es julio, la liga no ha empezado aún. —Lo aparto.

—¿Te das cuenta? ¿Cuántas mujeres sabrían eso? —Con un gemido, subió las manos por mis costillas y las deslizó por debajo del sujetador—. Oh, Amy.

—Hugh. —Me escabullí hacia un lado—. Intento cocinar.

—¿No me digas? —Sosteniéndome la mirada, echó el brazo hacia atrás y buscó el botón del fogón. Lo sobrevoló un segundo o dos y, sin apartar los ojos de mí, lento y con toda la intención, lo cerró. El piloto rojo se apagó al instante—. Vaya —dijo con los ojos muy abiertos, fingiendo sorpresa—, se ha ido la luz.

—Vuelve a encenderlo, Hugh.

—Venga, cariño, las chicas no están y tú estás tan...

—Ahora no, Hugh.

Me aparté de él y encendí de nuevo el fogón. Sin mirarlo a los ojos, dije:

—La cena estará lista dentro de diez minutos.

Era casi como si Josh hubiese intuido que había decidido renunciar a él, porque ese mismo día me envió un mensaje de texto: **No podría ser en peor momento, pero me dispongo a enviarte un correo relacionado con el trabajo. Es auténtico. Josh xxx.**

Hola, Amy. Espero que estés disfrutando de tu fin de semana. Ayer surgió una idea durante una reunión. ¿Crees que Premilla Routh estaría interesada en hacer una columna semanal para nosotros? Podría redactarla un negro, si eso lo hace más tentador. Ya me dirás.

Gracias,
Josh

¿Una columna semanal? ¿Cobrando o sin cobrar? ¿Sobre su recuperación de la adicción o sobre temas más generales? ¿Durante un tiempo limitado o indefinido? Eran muchas las preguntas, pero, en principio, se trataba de una buena propuesta: una suma de dinero aceptable y muy poco trabajo para Premilla.

Premilla era disléxica y Josh lo sabía, de ahí que propusiese un negro. Un montaje así requeriría un seguimiento constante: en lugar de que Premilla escribiera el texto y lo enviara, habría que programar un encuentro semanal para que transmitiera sus pensamientos al periodista, el cual se encargaría luego de redactar la columna. Me enviarían el texto para que diera el visto bueno, pues en este tipo de relaciones eran muchas las veces que el periodista malinterpretaba algo, de manera intencionada o no, con la esperanza de convertirlo en un artículo más sensacionalista. Y eso significaría vérmelas con el editor de contenidos, o sea, con Josh.

No podía aceptar. Desapegarme de él no era fácil. Lo último que necesitaba era comprometerme a un contacto profesional continuado.

Lo medité detenidamente. Una opción era rechazar la oferta de Josh sin hablar con Premilla y confiar en que ella nunca lo descubriera.

Pero eso sería injusto para Premilla.

Mi otra opción era pasarle Premilla a Alastair. Y despedirme de una entrada de dinero regular: como publicista de Premilla, la comisión mensual sería para Alastair y no para mí. Una putada, pero no tenía elección.

Así que llamé a Premilla y, tras una charla apasionada sobre la conveniencia de mantener fresca su publicidad, le vendí la idea de Alastair. Al principio se mostró desconcertada, pero para cuando colgamos estaba encantada.

Entonces llamé a Alastair.

—No me preguntes por qué, porque no voy a decírtelo, pero ahora Premilla Routh es tu clienta. —Al igual que Premilla, se mostró desconcertado pero estaba encantado.

Había llegado el momento de ocuparme de Josh.

Estaba la opción bestia: rechazarlo como amigo en Facebook, dejar de seguirlo en Twitter e Instagram, bloquear sus correos electrónicos…

Pero me parecía exagerada. Además, por trabajo estábamos obligados a mantener la cordialidad. Así pues, respondí a su correo diciéndole que si tenía otras consultas que hacer en el futuro relacionadas con el trabajo, se pusiera en contacto con Alastair.

Me envió un mensaje casi al instante: **¿Significa lo que creo que significa?**

Esperé unos minutos, preguntándome qué decir, hasta que, con el corazón encogido, escribí: **Lo siento, Josh.**

Instantes después me sonó el móvil: era él. No contesté.

Dejó un mensaje de voz que eliminé sin escucharlo. Luego, muy discreta, dejé de seguirlo en Instagram y lo silencié en Twitter. No era tan bestia como bloquearlo y borrarlo de mi lista de amigos, pero significaba no tropezar con cosas que me recordaran lo que había llegado a considerar.

Aun así, de vez en cuando me topaba con un post compartido o me venía un recuerdo, seguido siempre de un espantoso sentimiento de culpa.

50

Martes, 18 de octubre, día treinta y seis

Martes, las ocho menos cuarto de la mañana en un Heathrow abarrotado y caótico. Me suena el móvil. ¡Por Dios, no son ni las ocho! El número no aparece pero me pica la curiosidad y contesto.

—Amy O'Connell.

—Dan Gordon.

¿Quién? Ah, el hombre antipático que me colgó ayer.

—¿Está en Londres? —pregunta.

—¿De qué va tod...?

—¿Puede reunirse con mi cliente dentro de una hora?

—Estaré libre a las tres y cuarto.

—Tiene que ser antes.

—Tengo reuniones hasta entonces.

El tipo chasquea la lengua, irritado.

—De acuerdo. ¿Dónde está?

—Home House. —Bueno, es donde estaré dentro de una hora.

—Consiga una sala privada. Muy privada, ¿de acuerdo? La veré a las tres y cuarto. Clavadas.

¿Clavadas? ¿Quién dice «clavadas»?

No paro en toda la mañana. Tengo una cola de «famosos» caídos en desgracia o en el olvido que quieren relanzarse y me los miro a todos como embajadores potenciales de EverDry, porque la señora Mullen no piensa bajar del burro.

Pero es todo un reto.

Por supuesto, tendría que ser alguien que cayera bien. Pero

pobre. Porque nadie se convertiría en embajador de la incontinencia por el prestigio, ¿no?

Por tanto, tiene que ser alguien que caiga bien, que sea pobre y, a ser posible, que esté desesperado. Y que sea atractivo, porque nadie quiere identificarse con un adefesio. Además, ha de tener la edad adecuada, o sea no más de cincuenta, porque a la gente no le gusta verse en el mismo barco que un vejestorio. No obstante, para que resulte verosímil no puede estar muy por debajo de cincuenta, porque nadie se creería que tiene incontinencia. Qué difícil, por Dios.

Ni uno solo de los clientes potenciales de hoy encaja en el perfil; ahora todas mis esperanzas están puestas en la misteriosa cita de las tres y cuarto.

Dan Gordon parece un cruce de contable y galgo famélico, o quizá un Harry Potter desgarbado que acaba de enterarse de que Voldemort ha ganado un Ferrari: con gafas, trajeado y agresivo. En nuestra sala *muy privada* (que es idéntica a las demás salas privadas), me levanto para estrecharle la mano. Responde abriendo una carpeta, sacando un acuerdo de confidencialidad y plantándomelo delante.

—Firme.

—Primero voy a leerlo, si no le importa. —Sonrío con dulzura. Menudo capullo. No quiero ni pensar cómo será el cliente. Pero no estoy obligada a aceptar el encargo. Siempre se agradece que entre trabajo, pero hay casos en los que el dinero no compensa.

El contrato es estándar: básicamente, el encuentro con la misteriosa persona nunca tuvo lugar y si vendo algo de lo que me cuente, me demandarán hasta dejarme con una mano delante y otra detrás.

—Vale. —Con gesto teatral, firmo como Minnie O'Mouse y apenas me molesto en camuflar las palabras—. Ya lo tiene. ¿Y ahora qué?

Dan Gordon me arrebata el contrato y envía un mensaje de texto. Cuánta *mala educación*.

—Espero que valga la pena —digo.

Me ignora y en su teléfono pita un mensaje.

—Mi cliente estará aquí dentro de quince minutos.

—Entonces ¿es un hombre?

Dan Gordon aprieta los labios.

—Ahora ya no importa—digo—. Voy a conocerlo dentro de unos minutos. ¿Es Wayne Rooney?

Resopla.

—No.

—¿El líder de Corea del Norte?

No contesta.

—¿*Es* el líder de Corea del Norte?

—No es el líder de Corea del Norte.

—Vamos. —Le doy un golpecito en la pierna con la puntera de mi bota—. Sígame el juego. ¿Es Emma Stone?

—Sabe que es un hombre.

—Lo estaba poniendo a prueba. ¿Es Terry Wogan?

—Terry Wogan está muerto.

Dan Gordon no quiere seguir hablando y no me gusta el silencio: me deja demasiado tiempo para pensar. De repente, me pregunto si Hugh está muerto. Pero si ha muerto, ¿la embajada no se habría puesto en contacto conmigo? A menos que se haya caído a un río en Tailandia y nadie lo haya encontrado. Pero ¿por qué iba a caerse a un río? La gente no se cae a los ríos... a no ser que la brecha en la cabeza que le hice cuando le arrojé el cepillo le haya provocado un aneurisma. Por improbable que eso sea, el miedo me recorre la columna y no puedo guardarme la angustia.

—Señor Gordon, ¿una persona puede morir por un golpe propinado en la cabeza con un cepillo de pelo?

Me mira de hito en hito.

—¿Va a golpearme en la cabeza con un cepillo de pelo?

—No. —De pronto me sale el desdén—. No todo gira alrededor de usted. Entonces ¿puede?

—No soy médico. Búsquelo en Google.

He de poner freno a los pensamientos catastrofistas. Aunque es evidente que son el reflejo de mis miedos reales. Casi me resultaría más fácil aceptar que Hugh ha muerto en el Mekong, devorado por feroces peces asiáticos, que el hecho de que no haya querido llamarme.

Suena el móvil de Dan Gordon. Abandona la sala y regresa instantes después con otro hombre. Al que reconozco. De hecho, estoy a punto de desmayarme. ¡Es Matthew Carlisle, el marido de Ruthie Billingham, que ha estado engañándola con Sharmaine King, la niñera! ¡Y es un auténtico bombonazo! Alto, muy alto, tan alto que *impone*. El pelo negro, cortado a cepillo, gafas de elegante montura negra y ojos castaño oscuro. Hay famosos que son mucho menos impresionantes en persona, pero Matthew Carlisle lo es más, aún *más*.

—Gracias por recibirme sin cita previa —dice con una sonrisa cansada.

—No se preocupe —murmuro—. ¿Quiere sentarse?

Se instala en una butaca, frente a mí, y Dan Gordon se sienta a su lado cual perro guardián al que hace días que no le dan de comer.

—¿Le apetece un café? —pregunto—. ¿Agua?

Menea su cabeza bellamente formada.

—No, gracias, estoy bien.

—¿Algo más fuerte?

El interés asoma en sus ojos.

—No. No puedo empezar a beber tan pronto.

—¿Qué puedo hacer por usted?

Dos días atrás no quería tener nada que ver con esta historia tan dolorosa, pero eso fue antes de que Matthew Carlisle me lanzara una ráfaga tamaño industrial de su carisma. Lo menos que puedo hacer es escucharlo, digo yo.

—Ruthie Billingham —dice Matthew—. ¿La actriz? Es mi mujer. Mi ex mujer. Bueno, todavía no. Nos estamos divorciando.

En un tono afable, digo:

—Sé quién es usted. —Antes de que se emparanoie, añado—: Porque saberlo es parte de mi trabajo. No es necesario que me ponga al corriente.

—Oh, vale. Lleva dos años y medio liada con Ozzie Brown.

¿Dos *años* y medio? La versión que Ruthie ha contado a la prensa es que ella y Ozzie solo llevaban enrollados dos semanas.

—A ojos del público Ruthie no puede aparecer como la mala de la película.

Claro. Ruthie consigue todo el trabajo gracias a su imagen de mujer dulce e íntegra.

—De modo que ella, bueno, sus publicistas, se inventaron la historia sobre la niñera para que la gente mirara hacia otro lado.

He de hacerle la pregunta.

—¿Es cierta la historia? Para poder hacer bien mi trabajo necesito saberlo todo. Si no tengo toda la información, no puedo ayudarle.

—Sharmaine es una chica encantadora y una niñera estupenda —dice Matthew—. Pero jamás ha habido nada entre nosotros.

La cabeza me va a toda pastilla. Los publicistas de Ruthie trabajan en la agencia más poderosa del Reino Unido; si se lo propusieran, podrían hasta rehabilitar a Jimmy Savile.

—¿Por qué acude a mí? —pregunto.

—Porque nadie la conoce —responde Dan—. Necesitamos llevar esto con discreción.

—Hay gente que sí me...

—Hizo un gran trabajo con Bryan Sawyer. —La sonrisa de Matthew sofoca mi ira. Soy *patética*—. Y Tabitha Wilton dice que es usted muy eficiente.

—¿Qué espera de este proceso? —inquiero.

—No quiero tener la imagen del malo de la película. *No* lo soy.

—Usted es un presentador serio. ¿Por qué le importa tanto?

—Porque no es cierto.

Ya. Un idealista.

—¿Puede arreglarlo? —pregunta.

No será fácil. El público *adora* a Ruthie. Le supo fatal tener que enfadarse con ella por haberse repuesto tan pronto. Estaban agradecidos de tener a Matthew para poder echarle la culpa de que su mujer fuera un poco zorra. En mi opinión, ahora el público apoya firmemente a Ruthie y será difícil cambiarlo de bando.

Además, las negaciones no se pueden probar: por mucho que Matthew y la niñera nieguen lo suyo hasta la saciedad, nunca estarán libres de sospecha.

—¿Puede conseguir algo en la prensa seria para el fin de semana? —me pregunta Dan—. Una entrevista a toda página con Matthew donde dé su versión de la historia.

—Eso sería un error. —Un *terrible* error—. Convertiría este asunto en una competición de «él dice que/ella dice que», Matthew. Saldría en la prensa sensacionalista y eso es una toxina más difícil de sacudirse que el napalm.

Parece asustado.

—Pero emitir un comunicado de prensa oficial es primordial —digo—. Negándolo todo y pidiendo el respeto a la intimidad, sobre todo de sus hijos. Algo sencillo y solemne.

—¿No haría *nada* más? —Dan está furioso.

—Claro, pero la experiencia, que me sobra, me dice que hay que alargar el juego.

—Entonces ¿qué haría? —pregunta Matthew.

Es una buena pregunta y, para ser franca, dependerá de las horas que esté dispuesto a pagarme.

—Tendría que estudiar a fondo la situación, en qué grado lo están cubriendo los medios, qué periodistas están a favor de Ruthie, qué resultado exacto desea conseguir, pero sin duda puedo cambiar lo que dicen de usted. Puedo trabajar para modificar su perfil público a medio plazo.

—La gente seguirá pensando que engañé a mi mujer.

—Si lo hacen, no importará.

—¡Oh! Ya lo pillo. No es blanco o negro —dice Matthew.

—¡Exacto! —Lo habría besado ahí mismo—. Ir negando con tranquilidad y constancia que engañó a su mujer con Sharmaine, siempre que salga el tema, que con el tiempo dejará de salir.

—Denos un ejemplo de cómo cambiaría el perfil público de Matthew —exige Dan.

Por Dios, solo hace diez minutos que conozco a Matthew Carlisle, ¿cómo quiere que surja con un plan? De pronto se me enciende una luz.

—¡La fundación de la BBC *Children in Need*!

Matthew Carlisle de pie dentro de un cubo, cubierto de natillas, con un cuenco de cristal colocado con desenfado sobre la cabeza y trozos de bizcocho rodando por su preciosa cara. «Periodista político serio demuestra que puede aceptar un poco de humillación.» A la gente le *encantan* esas cosas.

—¿*Children in Need*? —El desprecio de Dan Gordon es total. Matthew le pone una mano en el brazo para tranquilizarle.

—Si me da unos días, elaboraré un plan completo —digo—. Tantearé el terreno para ver quién está interesado en trabajar con usted. —Y enseguida añado—: Que será todo el mundo, claro.

—¡No hay que olvidar nunca lo frágiles que son los egos de los famosos!

Vislumbro una sonrisa cómplice tras las gafas de montura negra de Matthew. Está claro que no es tan narciso como la mayoría.

—¿Qué puedo hacer yo? —me pregunta. Se quita las gafas, se frota sus preciosos ojos cansados y dice—: Por usted.

Estando tan bueno no debería ir por ahí formulando preguntas de este tipo. No está bien.

—Me refiero a qué puedo hacer para ayudarla con su trabajo. —Pero hay un breve parpadeo, casi una disculpa, como si se hubiese dado cuenta demasiado tarde de cómo ha sonado su pregunta.

Sonrío para transmitirle que lo comprendo. Esto es bueno, nos estamos comunicando.

—En primer lugar, necesito que confíe en mí.

—¿Por qué deberíamos confiar en usted? —dice Dan Gordon.

Me vuelvo irritada hacia él.

—¿Qué pinta *usted* en todo esto?

—Soy su hermano.

—¿El hermano de quién?

—De él. —Señala a Matthew con un gesto brusco de la cabeza.

Estupefacta, miro al Matthew semidiós y luego al Dan enfadado-pero-insulso. He de apretar los labios para impedir que se me escape una carcajada.

—¿Qué clase de hermanos? —A lo mejor se refiere a que son amigos del alma.

—Totales —dice Matthew con un tono de advertencia en la voz—. Hijos de los mismos padres. Esa clase de hermanos.

Me viene a la cabeza la película en la que Arnold Schwarzenegger y Danny DeVito son gemelos y temo una vez más que la risa escape de mi boca y dé al traste con este encargo.

—Pero tienen apellidos distintos. —Es la mejor excusa que se me ocurre para explicar mi más-que-evidente asombro.

—No me llamo Dan Gordon —dice Dan Gordon—. Necesitaba un apellido falso hasta que firmara el acuerdo de confidencialidad. Me llamo Dan Carlisle.

—De hecho, Dante Carlisle —dice Matthew—. Madre italiana.

—Pero no tengo cara de Dante —puntualiza Dan.

No hace falta que lo diga. Dante suena oscuro y dramático, alguien que camina a grandes zancadas envuelto en una larga capa negra.

Ahora es tan buen momento como cualquier otro para sacar el contrato básico de Hatch por diez horas de mi tiempo.

Matthew lo lee con Dan respirando en su nuca y lo firma, y estoy tan contenta que me mordería los nudillos. ¡Matthew Carlisle es mi cliente!

¡No me lo puedo creer!

—Redactaré un comunicado de prensa y se lo enviaré. Cuando usted haga las correcciones que juzgue necesarias, lo mandaré a todos los medios de comunicación.

—¿No podemos ocultar que tiene una publicista? —me pregunta Dan.

—¡No! —Será caradura. ¿Qué soy yo? ¿Una prostituta?

—Ya sabe que estoy en Londres solo los martes y los miércoles —le recuerdo a Matthew—. Mi colega Alastair está aquí los jueves y los viernes hasta el mediodía. Deberían conocerse, así Alastair podría trabajar conmigo.

—Será un placer —dice Matthew—. Pero quiero que mi contacto principal sea usted.

Caray, ¿NO ES DEL TODO ALUCINANTE?

—Por supuesto —murmuro ocultando mi cara roja-de-placer detrás del iPad—. Así pues, ¿nos vemos el martes? Para entonces tendré un montón de ideas.

—Venga a mi casa —dice Dan—, es donde se esconde Matthew. Le enviaré la dirección por correo electrónico.

Me cuesta mucho esfuerzo tranquilizarme para mi cita de las cuatro.

51

Cuando llego al bar, ¿con quién me encuentro de cara? ¡Nada menos que con Alastair!

—¿Qué haces aquí?

—He quedado con una posible clienta —dice.

Me asalta un mal presentimiento.

—¿No será Sharmaine King?

—Sí.

—No puede ser, Alastair. Acabo de firmar con Matthew Carlisle.

Me mira atónito.

—Pensaba que no querías saber nada de esta historia.

—Fue una decisión de Tim. Quería protegerme —añado enseguida—. Pero no pasa nada, estoy bien.

—*Vaaale*. Felicidades, entonces. ¡Qué fuerte, Matthew Carlisle! ¿Está tan bueno como dicen?

—Oh, Alastair, está para comérselo. Oye, siento que hayas hecho el viaje en vano.

—No te preocupes. Heathrow tiene mucho encanto en esta época del año. Oye, ¿qué te parece si me quedo esta noche en Londres y salimos a cenar? ¿Duermes en casa de Druzie? ¿Me haces un hueco?

—No. No a todo. Duermo en casa de Druzie pero estaré empapándome de Matthew Carlisle, o sea que ni cena ni hueco.

—Qué se le va a hacer. Ostras, por ahí viene. Luego te veo.

La llegada de Sharmaine King causa gran revuelo incluso entre la gente de los medios de comunicación del Home House, que está muy acostumbrada a los famosos. Es adorable, rubia y enérgica, y sin estar hecha un palillo. Toda ella es bella, de esa manera en que lo son las chicas jóvenes y sanas. Lleva unos tejanos con los bajos enrollados, zapatos calados de piel y un abrigo de tweed grande y masculino, que se quita para mostrar un jersey corto con los bordes deshilachados.

La prensa se equivoca: no se parece en nada a Ruthie. Sí, las dos son rubias y las dos tienen un aspecto saludable, pero siempre he encontrado a Ruthie un poco aguada, mientras que Sharmaine irradia luz.

Durante un instante lamento que no firmemos con ella —parece muy promocionable—, pero enseguida celebro que no tengamos parte alguna en su destrucción. Otra agencia se encargará de lanzarla a la fama, y está claro cómo irán las cosas: Sharmaine irá a parar a *Love Island* o *Gran Hermano VIP* y durante un par de años será sometida al escarnio diario de la columna de la vergüenza. Al final caerá en desgracia y se quemará. Les pasa a todos. Creen que un escándalo como este será la puerta de entrada a un mundo de fama y dinero cuando en realidad es un billete sin retorno a la infelicidad y el olvido.

Alastair se lleva a Sharmaine a un sofá apartado en el fondo del salón y por fin llega mi cita de las cuatro, un redactor de perfiles de *The Times*. A eso de las cinco se levanta para irse y cuando nos despedimos, Alastair y Sharmaine King siguen acurrucados en el sofá. Por el amor de *Dios*. Solo tenía que zanjar el asunto, nada más.

No tengo más reuniones pero decido quedarme, trabajar en el comunicado de prensa de Matthew Carlisle y regañar a Alastair cuando se digne a soltar a Sharmaine... Mierda, tres llamadas perdidas. Tim. Le llamo.

—¿Estás segura de lo de Matthew Carlisle? —me pregunta.

—Sí, Tim. Estoy contenta de tener un proyecto nuevo.

—Puede ocuparse Alastair.

—No, Matthew quiere que me ocupe yo. —Mi tono rezuma satisfacción.

—Si estás segura. Matthew Carlisle ha sido preseleccionado para los Media Awards de Brighton, pero es un secreto. Él todavía no lo sabe.

—¿Cómo te has enterado?

—Alguien lo mencionó… Pero también han seleccionado a Paxman.

—Me temo que no será el año de Matthew.

Tim se despide y redacto el comunicado de prensa de Matthew.

Recientes rumores en la prensa dan a entender que he tenido una relación inapropiada con la niñera de mis hijos. Niego rotunda y categóricamente tales rumores no confirmados. No ha habido nada inapropiado en mi conducta. Mi familia y yo estamos pasando momentos muy difíciles y ruego que se respete la privacidad de nuestros hijos. No habrá más comentarios por mi parte sobre este asunto.

Lo envío por correo electrónico a Matthew y al horrible de su hermano para que le den el visto bueno… ¿Qué *demonios* está reteniendo a Alastair? Alargo el cuello como una suricata. Siguen charlando con las cabezas muy juntas.

Siento un extraño instinto de protección hacia Sharmaine King, y si no han terminado de aquí a diez minutos, iré a separarlos.

Alastair se levanta al fin. Con los ojos entornados observo cómo ayuda a Sharmaine con el abrigo. Dios, como me gustaría ser alta: ese abrigo es una pasada. Es de Zara, lo reconozco por mis aventuras online, pero a mí me quedaría como si me hubiera engullido. Alastair posa las manos en los antebrazos de Sharmaine y —no te lo pierdas— las sube por debajo del abrigo y el jersey para acariciarle la piel. Todos los presentes en el salón están mirando. La desplaza unos centímetros hasta tenerla justo enfrente, dobla ligeramente las rodillas y le besa la joven mejilla, permitiendo que sus labios se detengan un segundo más de la cuenta… Ella se ruboriza. Suspiro. Lo voy a matar.

—Adiós —susurra Sharmaine, y se tropieza con sus zapatos calados. Se marcha, y a juzgar por la sonora exhalación es evidente que la sala al completo estaba conteniendo la respiración. Parece que todos estén despertando de un sueño y miran a sus compañeros con extrañeza, como diciendo: «¿Y *tú* quién diantre eres?».

Agarro mis cosas y me reúno con Alastair en la puerta.

—Vamos. —Echo a andar con paso presto—. Ahora mismo cogerás un taxi a Heathrow. Tienes que salir del país.

—¿Qué he hecho?

—Dímelo tú. —Estamos bajando la escalinata—. ¡La pobre chica! Tenías que despedirte de ella, nada más. Habría bastado con diez minutos.

Veo un taxi y la mano me sale disparada hacia arriba. Se detiene delante de mí con el motor haciendo tic-tic.

—Sube. —Le doy un pequeño empujón—. A Heathrow por Shepherd's Bush —digo al taxista.

En cuanto nos acomodamos, Alastair dice:

—Me siento solo.

—Porque no entiendes cómo funcionan las cosas. —Se lo he dicho cientos de veces, pero vuelvo a decírselo—. Crees que aparecerá la mujer de tu vida y que la sensación de éxtasis que se experimenta al comienzo de una relación durará para siempre. Vale, os gustáis y os pasáis el día en la cama, por lo menos al principio. Sin embargo, los humanos somos seres defectuosos que hacemos lo que podemos. Con el tiempo, la mujer de tu vida empezará a irritarte, igual que a veces te irritan tus amigos. Te decepcionará o cuando coma natillas, el sonido de la cuchara al chocar con sus dientes te pondrá de los nervios. Pero no puedes largarte sin más... —Se me quiebra la voz. Porque, obviamente, eso es lo que ha hecho Hugh.

Siento una puñalada en el pecho. Otra vez. El día de la marmota.

—No has terminado —me dice Alastair—. Di aquello de que una relación es como un país pequeño. Es por mi bien.

Continúo mi trillado sermón en piloto automático.

—Crear una relación saludable es como crear un país pequeño sin salida al mar. Las fronteras están siempre amenazadas y tienes que reforzarlas cada día. Cuando algo estalla en el país, las ondas sísmicas se expanden hacia fuera y las fronteras reculan hasta que la crisis amaina...

¿Qué derecho tengo yo de decirle todo eso a Alastair? Ninguno. Ya no. Hugh y yo nos hemos resquebrajado, nuestras fronteras no han resistido...

Alastair me propina un codazo.

—¡Amy, no hemos terminado! Dime lo de que soy demasiado guapo, etcétera, etcétera. ¡Va!

Es como un niño pidiendo el cuento antes de dormir. Cansada, me preparo para la última parte de mi regañina.

—La gente cree que ser guapo es genial, pero en tu caso, Alastair, es lo peor que podía pasarte. Eres un irresponsable a ese respecto.

—¿Es como? —me insta.

—Es como dejar a un niño a cargo de una pistola.

Asiente. Parece contento y triste a la vez. Nos quedamos callados y al cabo de ocho segundos él saca su móvil y yo hago lo propio.

No volvemos a hablar hasta que llegamos al piso de Shepherd's Bush.

—Saluda a Druzie de mi parte. —Saca mi maleta del taxi y la deja sobre la acera.

Nos damos un abrazo. Aprecio a Alastair y me siento mal por haberle sermoneado. La sartén, el cazo y todo eso.

52

Estoy corriendo por una calle gris flanqueada de edificios altos semiderruidos. A lo lejos vislumbro a Hugh e intento llamarle, pero no me sale la voz. Es un lugar peligroso, una ciudad destruida, estoy rodeada de francotiradores, de enemigos. Tengo varios gatitos en los brazos retorciéndose, tratando de escabullirse, pero cuando bajo la vista no son gatitos, sino bebés. Está Sofie. Y Kiara, Y Neeve. Y una, dos, no, tres Sofies más, sus caritas de bebé mirándome con unos extraños ojos azules.

Todavía puedo ver a Hugh a través del humo, pero se está alejando e intento ir más deprisa. En ese momento una Sofie diminuta, mucho más pequeña que las otras, se suelta y no tengo tiempo de pararme, así que la agarro por la oreja y la criatura chilla de dolor pero Hugh ha desaparecido y he de correr más deprisa, pero las piernas me pesan demasiado. Mi pánico hace que el cielo oscurezca. Si no le doy alcance, nuestra familia se romperá para siempre, pero se ha ido, se ha ido, se ha ido.

Él no sabía que estaba allí. No sabía el gran esfuerzo que estaba haciendo por darle alcance. No le importo, no le importo en absoluto, y su pérdida me golpea el pecho con violencia. Crepita como una descarga eléctrica, lo bastante dolorosa para matarme, pero no tengo permitido morir.

Entonces me despierto.

Tendida en la oscuridad, el corazón me late con fuerza y la sensación de crepitación tarda unos segundos en desaparecer. Busco el interruptor y la explosión de luz diluye el horror de la pesadilla.

53

Viernes, 21 de octubre, día treinta y nueve

—¿Qué tal la sección para famosos del programa de coches *Top Gear*, «Star in the Reasonably Priced Car»? —pregunto a Alastair desde la otra punta de la oficina—. ¿Demasiado masculino?

—Puede. La línea es fina. Ha de dar la imagen de tipo normal y simpático, pero no lo bastante machote como para llegar a ser un follador de niñeras.

—Ajá.

Estoy trabajando a tope con lo de Matthew Carlisle y mi principal fuente de inspiración es el cuestionario del *Guardian* que rellenó hace dos años.

Matthew Carlisle (39), hijo de un electricista y una inmigrante italiana, creció en Sheffield. Desde hace tres años presenta *This Week*, el programa sobre política de la BBC. Está casado con la actriz Ruthie Billingham, tienen dos hijos y viven en Londres.

- *¿Su momento más feliz?* El martes pasado: esposa, hijos, sofá, película, pizza.
- *¿Su mayor miedo?* Que no quede pizza.
- *¿Qué persona viva admira más y por qué?* Mi madre. Emigró de Nápoles al Reino Unido en 1968 con dos libras en el bolsillo y cuando mi padre nos abandonó se puso a trabajar en tres sitios diferentes.
- *¿Cuál es el rasgo que más le molesta de usted mismo?* La impaciencia. Las colas, el microondas, los pedidos online, todo podría ir más deprisa.

- *¿Cuál es el rasgo que más le molesta de los demás?* Que mientan por omisión. (He pasado buena parte de mi vida rodeado de políticos.)
- *¿Qué le disgusta?* Los calcetines desparejados.
- *¿Qué quería ser de mayor?* Futbolista de primera división.
- *¿Qué o quién es el gran amor de su vida?* R.B.
- *¿Qué sensación le produce el amor?* Sensación de hogar.
- *Si pudiera resucitar algo que ya no existe, ¿qué elegiría?* Las chocolatinas de la Pantera Rosa. Me traen recuerdos felices de cómo me gastaba la semanada.
- *¿Qué superpoder elegiría?* Redistribuir la riqueza.
- *¿Cuándo ha pasado más vergüenza?* Cuando me puse a acariciar un Maserati aparcado en la calle sin percatarme de que sus (atemorizados) dueños estaban dentro.
- *¿Qué le hace llorar?* Ikea.
- *¿Qué le desagrada más de su físico?* Tengo los ojos demasiado juntos.
- *¿Quién haría de usted en la película de su vida?* Un bizco.
- *¿Cuál cree que ha sido su mayor logro?* Conseguir que Ruthie diera el sí.
- *¿A quién le gustaría pedir perdón y por qué?* A mi primera mujer. Fui un desastre como marido.
- *¿Con qué frecuencia practica el sexo?* No con la suficiente.
- *¿Qué mejoraría la calidad de su vida?* Un perro.
- *¿Cuál es su olor favorito?* El de mi mujer.
- *¿Cómo se relaja?* Me gusta cocinar.
- *¿Qué lección le ha enseñado la vida?* Que todos fingimos.
- *Cuéntenos un secreto sobre usted.* Soy un sentimental.
- *Cuéntenos un chiste.* ¿Qué es una oveja sin patas? Una nube. (Lo siento, me lo ha contado mi hija.)

Matthew no tiene los ojos demasiado juntos. Tiene ojos inteligentes, dulces y *perfectamente* proporcionados. Estoy encantada de descubrir que le gusta cocinar; ya he hablado con alguien de *Celebrity Masterchef*. Y es un amante de los perros, o sea que lo haré socio de Dogs Trust. No hay nada como una sección en el programa *The One Show* de un hombre jugando con cachorros abandonados para derretir corazones...

Luego está la anécdota del Maserati, por lo que está claro que le encantan los coches. Y quizá podríamos hacer una escena cómica titulada «El hombre que aprendió a amar Ikea»…

Casi todos los perfiles de Matthew repiten los mismos detalles: madre, una mujer de la limpieza de origen italiano; padre, un electricista que abandonó a la familia cuando Matthew era un bebé; sumamente inteligente incluso de niño; recibió una beca de Oxford; sacó dos matrículas de honor en la triple licenciatura de filosofía, políticas y económicas, bla, bla, bla. Un matrimonio imprudente y breve cuando era muy joven con una adicta a los nuggets, y después una boda por todo lo alto con Ruthie.

Destacan dos tonos diferenciados en las entrevistas: trepidante y atolondrado (cuando la periodista es mujer) o la sensación de que el periodista lo admiraba pero creía que no le iría mal relajarse un poco. Suspende el test de Howard Hunter Pint. («¿Me gustaría tomarme una caña con este hombre? La respuesta es no.»)

Hasta no hace mucho toda la información que aparecía en los medios sobre Matthew estaba exenta de controversia: quiere a su mujer y sus hijos, vive y se alimenta de la política y no tolera el juego a dos bandas. Si se le puede culpar de algo, es de cierta falta de sentido del humor. Esto último, sumado a los rumores de infidelidad, no le favorece.

Infidelidad + sentido del humor = Granuja entrañable.
Infidelidad – sentido del humor = Canalla al cuadrado.

Hay que entonarlo y eliminar todo exceso de pomposidad para que pase sin problemas el test de Howard Hunter Pint: todos los hombres del país han de querer tomarse una caña con él. Y todas las mujeres han de adorarlo y, al mismo tiempo, tener la certeza de que todavía quiere a Ruthie… ¿Qué demonios?

Por increíble que parezca, Richie acaba de enviarme otro correo electrónico, esta vez una captura de pantalla de la invitación y debajo: «Piensa en los pobres niños ciegos». Tanta insistencia me tiene desconcertada. ¿De verdad cree que así va a convencerme?

—Alastair, ven y mira esto.

Lo lee.

—Se ha vuelto loco —dice—. No puede haber otra explicación. Ahora, vete a casa. ¿Tienes planes para el fin de semana?

—Steevie me ha invitado mañana a un *brunch* en su casa, y sé que será un especial de Por Qué No Pueden Mantener al Amigo Dentro de la Bragueta.

—Puede que te diviertas.

—Sus intenciones son buenas, pero querrá que me emborrache y despotrique contra Hugh, y no quiero hacerlo.

—¿No?

—Preferiría que nada de esto estuviese pasando, pero si Hugh vuelve y desea arreglar las cosas, no quiero estar llena de odio y resentimiento.

—Hay de todo en la viña del Señor, supongo. ¿Cómo está Derry? ¿Sigue con aquel maromo?

—Creo que sí.

—Salúdala de mi parte.

—Ni lo sueñes.

En casa de mis padres solo se habla del debut vloguero de mamá y el ambiente está muy animado.

—Los de mi trabajo lo han visto —dice Joe—. Todos dicen que es muy graciosa, cuando dice lo de vigilar sus palabras.

Ya es el vlog más visitado que ha hecho Neeve hasta la fecha.

—¿Podemos hacer otro? —pregunta mamá a Neeve—. Podrías cambiarme el pelo. Estaba pensando en ponerme rubia.

Neeve traga saliva.

—Eh, claro, por qué no. Déjamelo a mí.

—Y ahora no me grites —le dice mamá—, porque este es mi momento, pero ¿dónde está exactamente?

—¿Dónde está qué?

—El internet. ¿Dónde guardan todo eso? Por ejemplo, los zapatos que me compraste y ese aparato para recoger cosas de papá. Y mis vídeos. ¿Está todo en un gran almacén? ¿Cómo los que hay al otro lado de la M50?

Pobre Neeve. Es palpable cómo contiene su irritación.

—Abuela, no hay un lugar. Internet está flotando en el aire, como… como la electricidad. ¡O como Dios!

Mamá le clava una mirada.

—Dios está muerto.

—¿En serio? —dice papá—. Bueno, ha vivido sus años.

54

Sábado, 22 de octubre, día cuarenta

Steevie me abre la puerta con una toalla enrollada en la cabeza. Parece sorprendida, y es comprensible: llego veinte minutos pronto.

—¡Amy! ¿Qué hora es?

—Tranquila, faltan veinte minutos. —Entro en el recibidor y le tiendo una botella—. Oye, Steevie, antes de que lleguen las demás, ¿puedo pedirte un favor?

—Claro.

—¿Te importaría que hoy no hagamos brindis para que le pasen cosas malas a Hugh?

—¿Como qué?

Me esfuerzo por darle un tono de humor.

—Como que pille la gonorrea y la polla se le ponga verde y se le caiga.

Se pone seria.

—¿Por qué no?

Pensaba que iba a reírse. Y a respetar mis deseos. Me tomo un segundo para reunir valor.

—Porque no quiero que le pasen esas cosas.

—¡Pues deberías! Menudo morro, largarse seis meses y dejarte aquí para hacer frente a toda esa humillación. ¡Lo que ha hecho no tiene nombre y es un auténtico hijo de puta! ¡Yo sí espero que la polla se le ponga verde y se le caiga!

—No creo que Hugh sea un hijo de puta —digo sin alterar el tono.

—Pues *lo es. Es* un auténtico hijo de puta.

Está confusa. Y dolida. No solo se ha tomado la molestia de preparar un *brunch* en mi honor, de madrugar y hacer su famosa musaka vegetariana y su pavlova de chocolate e ir al mercado de Donnybrook para comprar cuatro clases diferentes de lechuga y una selección de quesos caros, sino que encima tengo el descaro imperdonable de restregárselo todo por la cara al no pensar que mi marido es un auténtico hijo de puta.

Me vengo abajo: va a ser un *brunch* muy largo.

—Bebe vino —me dice Steevie—. Y no te preocupes por Hugh. Tarde o temprano tendrá lo que se merece.

Y por ahí llega Jana «En Boca Cerrada No Entran Moscas» Shanahan, con un vestido de florecitas y un recogido desenfadado. Siempre me ha encantado su estilo juvenil, pero creo que está dejando de gustarme.

Todavía me pregunto cuáles serán los efectos colaterales del Estofado-gate. Es curioso lo condicionados que estamos por los valores morales de la clase media, hasta el punto de que si alguien utiliza un estofado como pretexto para meter las narices donde no le llaman, estás obligado a fingir que sus intenciones son nobles. Por un momento me pregunto qué pasaría si me dejara de farsas y dijera en voz alta con toda la calma del mundo: «Genevieve Payne es una bruja».

Dios, no. No soy lo bastante valiente.

Aunque todavía hoy, semanas más tarde, me parto de risa por dentro cada vez que recuerdo a Neeve diciendo: «Quédate con tu estofado».

Al rato de llegar Jana recibimos a Tasha Ingersoll de punta en blanco con un —¡uf!— vestido ceñido de Hervé Leger. Hace por lo menos un año que no la veo y nunca me ha caído bien. A continuación, luciendo unos tejanos ajustados y una camisa vaporosa, aparece Mo Edgeworth. Es simpática pero la conozco poco, y solo ahora caigo en la cuenta del denominador común: todas las mujeres aquí reunidas han sido despreciadas por un hombre.

Lee dejó a Steevie por su ayudante. Cuatro días antes de la boda, el novio de Jana se echó atrás. Tasha Ingersoll «robó» a Neil O'Hegarty a Siobhan O'Hegarty, luego Neil huyó y regresó junto a Siobhan. El novio de Mo Edgeworth estaba casado y ella lo ignoraba. Luego estoy yo...

Tendría que haber preguntado a Steevie quién habría. Creía que bastaba con insistirle en que no podía venir Genevieve Payne.

Pero en pleno alivio por esa victoria bajé la guardia y ya es demasiado tarde. Todas me saludan con la «Mirada de la Empatía», que consiste en cogerme las manos, mirarme fijamente a los ojos y poner cara de compasión. Es la mirada que ofrezco a la gente que ha perdido un ser querido o le han diagnosticado un cáncer, y ahora me doy cuenta de lo humillante que es estar en el otro lado. Iré con más cuidado en el futuro.

—La musaka está lista —anuncia Steevie en un tono herido y seco.

Nos sentamos a la mesa y bebo un largo trago de vino, consciente de que corro el riesgo de pasarme.

—¿Y qué tal? —dice Tasha—. ¿Cómo lo *llevas*?

—Muy bien, la verdad.

Reciben mi respuesta con un silencio rencoroso.

—¿Qué has estado *haciendo*?

—Trabajar a tope. El martes me entró un cliente nuevo. A ver si adivináis quién es. Os daré una pista: ¡está como un tren!

—¿Hugh Jackman?

—No tanto. Trabaja para la BBC.

—Bruce Forsyth.

—Venga ya.

—¿Quién es, Amy?

—Matthew Carlisle.

—¡El follador de niñeras!

—No es...

Entonces Tasha dice:

—Yo creo que se parece a Tom Ford. —¡Como si eso fuera malo!

—¿Qué más? —me pregunta Mo.

—Paso tiempo con las chicas. Sofie ha vuelto a casa y estoy encantada.

Pero las historias de mis hijas no son dignas de consideración en este entorno en particular. Como mínimo debería confesar que me he metido en Whiskr, o comoquiera que se llame esa página que empareja a mujeres amantes de las barbas con hombres barbudos. Durante el silencio que sigue, como más musaka de la cuenta para mostrar gratitud, aunque descaradamente falsa, por esta penosa quedada.

—¿Algún hombre? —pregunta Steevie a Tasha, y siento el deseo de levantarme e irme. Solo me frena la promesa de los quesos selectos.

Tasha se enfrasca en un espeluznante relato sobre un hombre horrible cuyo pene tenía una curva de noventa grados, y ese era el menor de sus defectos. Le voy dando al vino sin prisa pero sin pausa. Tasha termina su epopeya dedicándome una mirada sarcástica y un:

—Ya ves lo que te espera, Amy.

A mí *no* me espera eso.

—Estamos suspendiendo el test de Bechdel de manera estrepitosa —digo.

Steevie me fulmina, pero bien fulminada, con la mirada, se pone a recoger los platos a tirones y es cuando me doy cuenta de que he comido siete veces más que las demás. Encima aquí llega la pavlova. Solo falta este plato, luego el queso, y podré largarme.

No pienso asistir a más reuniones como esta. No puedo. Pero Steevie lo tomará como un agravio. Me enfrento a un desagradable dilema: o le doy el gusto a Steevie u opto por protegerme, aunque eso implique malmeter una amistad importante. No quiero que ocurra, pero el crecimiento personal es así. Las circunstancias que lo promueven siempre son desagradables, al igual que el proceso en sí. Puede que algún día me llegue a sentir sabia y ufana, aunque falta mucho para eso.

Acepto un plato de pavlova de chocolate y me lo zampo sin apenas saborearlo.

—¡Uau! ¡A eso lo llamo yo ahogar las penas con la comida! —dice Tasha.

Su mala leche me deja atónita, pero replico con una gran frase que me enseñó Neeve:

—Ay, llevadme a la unidad de quemados.

—Espera a verla cuando llegue el queso —dice Steevie.

¡Oh, no! Hemos pasado del sarcasmo pasivo-agresivo a la cruel complicidad femenina.

Por un momento barajo la posibilidad de arrojar la servilleta sobre la mesa y pirarme, pero me asusta demasiado. En lugar de eso, me bebo media copa de vino de un trago.

—Por cierto, Amy, ¿ya tienes la lista de deseos para el tiempo que Hugh esté fuera? —Jana está desesperada por animar la cosa.

—Eeeeh, viajar —me invento—. Al Machu Picchu.

—¿La travesía de tres días? —me pregunta Jana.

—¿No hay tren? Me niego a caminar tres días, no me apetece tanto como para eso. —Estoy un poco pedo, la verdad.

—¿Nadar con delfines? —Otra vez Jana.

—Me preocupa lo de los delfines. Hasta ahora han sido pacientes con nosotros, pero presiento que podrían rebelarse. —Estoy *muy* pedo—. Lo único que me gusta de verdad es la ropa. —Arrastro las palabras. «Ropa» es una palabra muy fácil de arrastrar—. Si pudiera, me pasaría los días explorando tiendas de segunda mano. —Dios, *cuáááántas* eses—. Buscando prendas vintage bonitas. Me gustaría tener mi propia tienda. —Estoy haciendo un gran esfuerzo por vocalizar.

—Deberías hacerlo, Amy —me anima Jana. Tasha está mirando su móvil.

—¡Ah, no! —Rechazo el entusiasmo de Jana con un gesto de la mano—. Seamos realistas. No haría carrera con eso. Podríamos estar hablando de doscientos vestidos, un montón de trapos viejos y vulgares. Trapos. Viejos. Y. Vulgares. —Lo digo mirando fijamente a Tasha y me entran unas ganas tremendas de reír—. La gente se mosquearía porque el vestido costaría cinco euros, cuando a mí llevarlo a la tintorería me habría costado diez. Y puede que me tirara tres días sin que nadie me comprara nada y no podría pagar el alquiler del local. Y entonces me desahuciarían.

Cuando acabo mi animada perorata, Tasha se levanta.

—He de irme.

—Yo también —digo.

—No te has comido el queso —dice Steevie.

Le clavo la mirada a los ojos.

—No me apetece.

Esto es malo. Malo. Malo. No sé cómo ha pasado, pero estamos en guerra. Es terrible y tengo miedo.

—Hay una cosa que deberías saber —nos interrumpe Tasha—. Cuando Genevieve se presentó en tu casa con el estofado, solo pretendía ser amable.

—Y una mierda.

—No me hables de ese modo, por favor. —Tasha se ha vuelto superremilgada.

—Acepta mis disculpas. —Sarcasmo. Virulencia—. Soy deplorable. Genevieve solo vino a regodearse.

—¿Por qué iba a hacer eso? —pregunta con toda la frialdad Steevie, la misma Steevie que sabe perfectamente cómo es Genevieve.

—Crees que a Genevieve le gusta Hugh —me fustiga Tasha.

No respondo.

Podría contar la historia de cuando Hugh se compró el coche, un Volkswagen de segunda mano, y Genevieve trinó «Qué ruedas tan chulas» y le pidió que la llevara a dar una vuelta como si se tratara de un Porsche.

Podría.

Pero no lo haré.

—Sí le gusta —interviene Mo—. Me lo dijo la propia Genevieve.

¿O sea que Mo también es amiga de Genevieve? ¡Todas son amigas de Genevieve! ¡Estoy atrapada en un nido de víboras que aman a Genevieve Payne!

—Bueno… —La pobre Jana agita los brazos, intentando transformar esto en algo inocente—. Bueno, es posible que le guste, porque, la verdad sea dicha, ¡Hugh es un hombre muy sexy!

55

No puedo coger el coche, he bebido demasiado, así que echo a andar con mis zapatos demasiado altos. Cuando ya estoy lo suficiente lejos de mis compañeras de *brunch*, que han suspendido el test de Bechdel, empiezan a caerme lágrimas de los ojos.

He llevado fatal la situación. Estoy avergonzada, pero también resentida. Estoy enfadada, pero también triste. Steevie y yo somos amigas desde hace muchos años y de repente nuestra amistad se ha ido a la mierda. ¿Va a venirse todo abajo? ¿Marca la marcha de Hugh el comienzo del desmoronamiento general de mi vida?

Odio el enfrentamiento, odio la hostilidad, me siento frágil y asustada.

Camino renqueando con estos zapatos inadecuados y al pasar por Marley Park decido dar un descanso a mis pobres pies, puede que incluso espere a que se me pase la mona.

Hay un banco cerca de un árbol gigantesco —puede que sea un roble— y me siento unos minutos. Una hoja se desprende de una rama y desciende en remolinos hasta el suelo. Se acabó el juego para ella. Al rato cae otra hoja, oscura y encrespada. Y otra. Y otra. Están muriendo todas. Parece una lluvia de hojas, una lluvia de muerte, y extraño a Hugh, lo extraño tanto. Daría todo lo que tengo por llegar a casa y encontrarlo allí, trajinando, leyendo el periódico, escuchando música.

Hugh sería el antídoto contra el mal rollo que tengo con Steevie. Me sentaría en su regazo y me abrazaría, ofreciéndome el calor de su cuerpo para contrarrestar el frío que siento en las entrañas. Me dejaría despotricar y a lo mejor hasta me brindaría un contraargumento. Pero Hugh no está disponible.

Y no lo ha estado desde hace mucho más que seis semanas. De repente veo claro que cuando recibió la noticia de que su padre estaba muriéndose, en agosto del año pasado, desconectó de mí.

Lo encontré en nuestro dormitorio, sentado rígido en la cama, y la expresión de su cara, extraña y fría, me hizo pensar: «Se ha enterado de lo de Josh». Aunque hacía ya más de un mes que había cortado la relación, el sentimiento de culpa seguía ahí.

—¿Qué ocurre?

—Mi padre está enfermo. —La expresión de Hugh no era frialdad, era conmoción, una gran conmoción. Mi sentimiento de culpa estaba distorsionando la realidad.

—¿Enfermo de qué?

Cáncer. Lo supe antes de que lo dijera.

—Los pulmones. Está mal, Amy.

—Pero la quimio…

—No. Está… muriéndose. Se va a morir.

No era momento para tópicos.

—Sigue.

—Le quedan tres meses.

—Quizá sean más. Los médicos se equivocan muchas veces.

—Dentro de tres meses mi padre estará muerto. —Hugh frunció el entrecejo y farfulló—: Doce semanas. No puedo creerlo.

Sandie, su madre, había fallecido ocho años atrás y la experiencia fue tremendamente dolorosa. Tenía sesenta y dos años, demasiado joven para morir, y era una persona fantástica: cariñosa, sensata, fuerte. Era la verdadera alma de la casa.

Al año de su muerte, no obstante, los Durrant se habían reacomodado alrededor de su espantosa ausencia y habían formado una nueva unidad, puede que aún más estrecha que la anterior, sin olvidar nunca la pérdida, pero volvieron a ser una familia de nuevo.

Tal vez sea extraño decir esto, pero Hugh hizo un duelo impecable: lloraba a menudo; tenía arranques de rabia inexplicables por los que pedía disculpas de inmediato; miraba fotos viejas de su madre y relataba recuerdos entrañables. Hicimos el duelo juntos, porque yo también quería a Sandie. De hecho, su muerte me afectó *a mí* casi más que a él. La sentía como un pequeño terremoto dentro de mí, como si tuviera dentro placas tectónicas que se desplazaban y chocaban entre sí, que me impedían dormir, me impulsaban a comer más de la cuenta y me sumían en un estado en el que todo carecía de sentido. El terremoto pasó, pero las réplicas continuaron durante un par de años, y de vez en cuando me pasaba tres noches seguidas sin dormir.

No obstante, algo me decía que esta vez iba a ser diferente para Hugh. Quizá porque era el único progenitor que le quedaba. Fuera cual fuera el motivo, esta vez sería más penoso, más duro y más aterrador. Tenía que estar a su lado. En cuerpo y alma, y no friendo beicon en sujetador mientras fantaseaba con Josh Rowan. El hecho de haber terminado con este último me producía un profundo alivio.

—Tenemos que hacer que estos tres meses sean maravillosos —dije.

Pero no tuvimos la oportunidad de llenar los últimos días de Robert de buenos ratos o de tachar algunas cosas de su modesta lista de deseos. Desde el principio se encontró muy mal. Aguantó dos meses con un sufrimiento espantoso. Yo lanzaba cada mañana un ruego al universo: por favor, permitid que muera hoy. Presenciar el dolor de otra persona, permanecer impotente junto a su cama, oírle suplicar morfina, era extenuante y surrealista.

Carl, un hermano de Hugh, dijo en alto lo que todos pensábamos:

—¿No pueden hacer algo para... acabar con esto? ¿Llevarlo a ese lugar en Suiza? ¿Qué opinas tú, Hugh?

Hugh se limitó a negar con la cabeza.

—No —reconoció Carl con lágrimas en los ojos—. Lo he dicho llevado por...

—La desesperación —terminé por él.

—Sí.

Me dirigió una mirada de gratitud, pero Hugh ya había desconectado. Se había encerrado en sí mismo. Apenas hablaba con sus hermanos y, eso me sorprendió, rechazaba mis esfuerzos para animarle a hablar.

—Déjalo, Amy. Pasemos este período como mejor podamos.

Al final, un día tormentoso de octubre, Robert pudo abandonar su cuerpo y mi alivio fue tal que tardé un rato en asimilar que había muerto. Luego me di un hartón de llorar, porque era un hombre excelente, con su caja de herramientas y sus chistes malos.

Del mismo modo que la muerte de Robert había sido una liberación para Robert, pensé que también lo sería para Hugh: se había recluido en sí mismo para sobrellevar el sufrimiento de su padre y ahora pasaríamos a una nueva fase del duelo, más saludable, más catártica. Pero Hugh siguió metido en su caparazón; era inaccesible, estaba a solas con sus pensamientos y emociones, lejos, muy lejos de mí.

A veces parecía que se abría una brecha, como la noche que dejó ir, en medio de *Juego de tronos*:

—Tenía setenta y tres años. No le tocaba.

—Demasiado joven. —Cogí el mando, dispuesta a tener una conversación sincera, pero Hugh se levantó y se fue.

Otra noche, tendidos a oscuras en la cama, Hugh declaró:

—Yo seré el siguiente.

—¿El siguiente de qué? —Pero ya lo sabía. Su obsesión silenciosa con la muerte lo impregnaba todo—. Cielo... —Intenté envolverlo con mi cuerpo, pero permaneció tenso e indiferente.

Encendí la luz y Hugh volvió a apagarla de inmediato.

—Buenas noches, Amy.

—Hugh... —Pero ya se había dado la vuelta.

El tiempo que transcurrió desde que Robert recibió el diagnóstico estuvo teñido de... soledad. Supongo que esa es la palabra. Pero no me había enfrentado del todo a ella porque Hugh y yo todavía teníamos la infraestructura de una vida en común. Él seguía aquí en cuerpo, teníamos nuestra rutina y éramos respetuosos el uno con el otro.

Todas las relaciones pasan por épocas buenas y épocas malas, eso lo entiendo. No solo los matrimonios, también Derry y yo, Alastair y yo, los demás y yo. Hay veces que tu corazón rebosa amor por ellos y hay períodos en que te pones tensa cuando los oyes entrar en la habitación. La posibilidad de que Hugh y yo estuviéramos pasando por una fase de desconexión me había rondado por la cabeza. Ya había sucedido un par de veces en el pasado: cuando Hugh cumplió los cuarenta desapareció dentro de sí mismo durante un par de meses. Cinco años atrás, cuando me despidieron, pasé por un desalentador período de tres meses en que me sentía desconectada de todo el mundo, incluso de Hugh. Con el tiempo, sin embargo, siempre recuperábamos la conexión. Pero esta vez no.

56

Martes, 25 de octubre, día cuarenta y tres

La clave para conseguir que la gente haga algo que no quiere hacer es ofrecerle primero opciones mucho peores.

—¡Bien! —Mi sonrisa es radiante mientras miro al atractivo Matthew Carlisle y, después, a su mucho menos atractivo hermano—. Me han llamado los productores de *I'm a Celebrity* y de *Celebrity Big Brother*.

Me han llamado. No en relación con Matthew. Y ya hace mucho tiempo. Pero técnicamente no estoy mintiendo…

Es martes por la mañana y estoy en la cocina de Dan Carlisle.

—¿*I'm a Celebrity*? —pregunta en un tono severo, y hasta se pone de pie para mostrar su descontento—. ¿Hacerle comer dedos de emú? ¿*Ese* es tu plan maestro?

Intento mostrar que tengo todo el control y busco esa voz especial que consigue que la gente haga lo que quiero.

—En absoluto. Es solo un ejemplo para demostrar que hay mucha gente interesada en Matthew.

Matthew apenas reacciona. Contempla sus manos grandes y sexis, que descansan sobre la mesa de la cocina de Dan; su bello rostro luce pálido y triste.

Qué *valor* el de esas zorras del domingo, no mostrarse impresionadas cuando les dije que Matthew Carlisle era mi cliente. Mierda, no tendría que haberme remontado a esa comida; el recuerdo me encoge el estómago. El lunes por la mañana tuve que ir de incógnito a casa de Steevie para recuperar mi coche. Su Mini estaba aún en la entrada: existía una gran probabilidad de que en ese momento Steevie abriera la puerta de casa, saliera con su traje y me viera. Me agaché y corrí furtivamente hasta el coche, pero una parte de mí tenía la esperanza de verla. Cara a cara las dos, tendríamos más probabilidades de dejar atrás el mal rollo del domingo. Lo más seguro es que nos abrazaríamos y nos pediríamos perdón y reiríamos y lloraríamos y volveríamos a estar bien. Por supuesto hemos tenido nuestros rifirrafes en el pasado —hace muchos años que somos amigas—, pero este parece más virulento que los demás.

Regreso al presente, en el que Dan Carlisle está volcando todo su sarcasmo sobre mí.

—Déjame adivinar —dice—. Lo han fichado para el programa de baile *Strictly Come Dancing*.

Pues francamente, eso sí sería fantástico. Algo me dice que Matthew no tiene ni idea de bailar pero que se esforzaría por aprender. La combinación del atuendo de bailarín, la torpeza de pies y su denodada diligencia podría llevarlo hasta Halloween, puede que incluso hasta la célebre sala de baile de Blackpool. Me imagino a Bruno Torioli, el presentador, riéndose a carcajadas de la salsa de Matthew y diciendo: «Cariño, bailas fatal, pero lo has dado todo». Después se desternillaría un poco más y acabaría por ponerle un seis por lástima.

Para la segunda semana ya se habría convertido en el niño bonito de la nación.

—Estamos a finales de octubre —digo a Dan—. Demasiado tarde para *Strictly*. Ahora, por favor, siéntate.

La cocina de Dan Carlisle, una mezcla de acero y laca blanca superlisa, es mi peor pesadilla. Es fría, dura y repulsiva, como el propio Dan.

Suavizando el tono, digo a Matthew:

—No tienes que hacer nada que no quieras. Que te rebajes no entra en mis planes.

Me mira agradecido.

—Te gusta cocinar —digo—. ¿Te sientes cómodo en ese terreno? ¿Qué me dices de *Celebrity Masterchef*?

Asiente.

—Podría estar bien.

—Genial. —Sonrío de oreja a oreja—. Entonces ¿te parecería bien que hablara con la productora? —No hace falta decirle que ya lo he hecho.

—Será mejor que empiece a practicar —dice Matthew, de repente animado.

—No es necesario. No te conviene hacerlo demasiado bien, a la gente no le gusta. Ser medio malo e ir mejorando es mucho más efectivo.

—Cuánta hipocresía —replica Matthew, otra vez triste.

—Dice el hombre que pasa todo su tiempo con políticos. —Sonrío.

—Sí. —Sonríe a su vez con una alegría inesperada—. Esto es mucho peor.

—¿Qué más tienes? —nos interrumpe Dan.

Dirigiéndome a Matthew, digo:

—Te gustan los perros.

—Pero Ruthie es alérgica.

Reprimo un suspiro.

—Un perro podría consolarte en estos momentos. —Ya me he puesto en contacto con una productora para proponerle un documental de media hora sobre Matthew Carlisle y su nuevo cachorro.

—Si me compro un perro, ¿no parecerá que le estoy diciendo a Ruthie que hemos terminado para siempre?

Matthew podría comprarse una manada entera de huskies: a juzgar por la forma en que Ruthie lo ha arrojado a los buitres mediáticos, está claro que no quiere volver a saber nada de él.

Pero podría equivocarme. ¿No es cada relación un misterio que se revela tan solo a las dos personas implicadas?

—Piénsatelo —digo con desenfado—. Sería conmovedor.

—¿Conmovedor? ¡Es el hombre más inteligente de Gran Bretaña! —espeta Dan.

¿Qué hace este capullo aquí?

—¿No deberías estar trabajando? —Ladrando a los intrusos atado a una gruesa cadena en la puerta de un almacén remoto.

—Es cierto, debería, pero cuidar de mi hermano es más importante.

—Puedo cuidarme solo.

—¿Puedes?

—¿Qué otras ideas tienes? —me pregunta Matthew.

Sospecho que lo de tener que apaciguar los ánimos que su hermano ha caldeado le sucede a menudo.

—Escucha con atención. —Venderle esto no va a ser tan fácil—. ¿Has oído hablar de un programa que se llama *Deadly Intentions*?

Es un programa de humor negro subversivo que dan por la noche en la BBC2, donde sale un personaje llamado Matthew Carlisle que dice cosas como «Soy Matthew Carlisle y debajo del traje llevo las bragas de Angela Merkel».

Matthew dice:

—Soy Matthew Carlisle y cuando me corro grito «¡Bernie Sanders!».

Bien, conoce el programa. Por lo menos eso me ahorra la incómoda tarea de explicárselo.

—¿Quieres que salga en eso? —Dan echa fuego por los ojos—. ¡Es ofensivo!

—Es un humor desenfadado. —Esbozo otra sonrisa resuelta—. Si Matthew pudiera superar al personaje de Matthew, la gente se volvería loca. Demostrar que puedes reírte de ti mismo sería entrañable.

—De acuerdo —dice Matthew—. Lo haré.

—¡Genial! —No esperaba que fuera tan fácil.

—«Soy Matthew Carlisle y estoy dispuesto a humillarme en la televisión nacional si con eso consigo limpiar mi nombre.»

—Ja, ja, ja, muy gracioso. —De hecho, *lo es*.

—¿Qué tengo que hacer?

—Empezarán a filmar la nueva temporada en noviembre.

—¿Noviembre? —salta Dan—. ¿Cuándo saldrá en la tele entonces?

—A principios de año. ¿Recordáis lo que os dije la semana pasada? Esto es un proyecto a largo plazo, un reajuste lento y meticuloso de la manera en que el público percibe a Matthew.

—¿Y qué hacemos entretanto? A Matthew lo está matando que la gente piense que se tira a las niñeras. Insistimos en que hagas algo *hoy*.

—Matthew —digo—, podemos terminar esto ahora. Te reembolsaré las horas no trabajadas y podrás buscarte otro publicista.

—Oh. —Parece sorprendido—. ¿Tan terribles somos?

—Esta relación tiene que funcionar para los dos. —Mi tono es amable pero firme.

—Oh. Vale, lo entiendo, pero… —Matthew se vuelve hacia su hermano—. Quiero seguir con ella.

Dan cierra los ojos. Se diría que tiene ganas de vomitar. Y yo me siento —soy humana— victoriosa.

—Dan solo se preocupa por mí —dice Matthew en un tono grave—. Desde siempre solo nos hemos tenido el uno al otro.

—Lo entiendo. —No es cierto. Ni lo entiendo ni lo dejo de entender, solo quiero hacer mi trabajo—. Pero no ayuda que pongáis tantos obstáculos.

—Lo siento —dice Matthew—. A partir de ahora seremos más positivos.

—Gracias. —Llevo mi victoria con discreción, salvo por la mirada de reojo que lanzo a Dan, pero ocurre tan deprisa que resulta casi imperceptible—. Más cosas. Deberías aliarte con una organización benéfica, así que piensa en una que te guste mucho. Y eres del Fulham, ¿verdad? Empieza a aparecer en los partidos. Come dulces. Muéstrate cercano. Ahora, Twitter. Necesito acceder a tu cuenta para completar el contenido.

—Con vídeos de gatitos bailando —dice Dan, otra vez desdeñoso. Pero, hay que reconocerlo, enseguida balbucea—: Perdón.

—Perritos —digo—. *Perritos* bailando. Matthew es un amante de los perros. —Miro a Matthew directa a los ojos—. Y no me cansaré de repetirlo: nada de aventuras. Ni siquiera un rollo de una noche. *Nada.*

Se produce entonces un parpadeo ínfimo, un movimiento de pestañas apenas visible, que no sé interpretar.

—Es de *vital* importancia —digo.

—De acuerdo —dice.

—¿Queda claro?

—Sí.

—Una última cosa: los Media Awards de aquí a dos semanas. Felicidades por ser finalista, pero prohibido ir acompañado.

—Ruthie siempre iba conmigo a esas cosas.

—Lo sé. —Farfullo palabras de consuelo—. Pero esta vez no puedes llevar compañía femenina.

—¿Ni siquiera Mara Nordstrom? Es una colega.

—Matthew, no. —Mara Nordstrom es una de las presentadoras de televisión más deseadas—. Has de pensar cómo interpretaría el público británico una foto inoportuna de ti y Mara. Si de verdad no te ves capaz de ir sin un aliado, llévate a Dante.

Matthew lanza una mirada preocupada a su hermano y este dice:

—Qué simpática.

—Yo también estaré allí —digo—. Tendrás mucho apoyo.

—Ah. Entonces, vale.

—Bien. —Recojo mis cosas.

—Te acompaño a la puerta. —Dan me sigue por el pasillo y dice por encima de mi hombro—: Buena estrategia lo de ofrecerle abandonar el barco. Ahora sí que confía en ti.

—¡Porque puede! —Aprovechando que Matthew no puede oírme, dejo ir mi frustración—. ¿Qué problema tienes conmigo?

—Solo intento cuidar de mi hermano mayor.

—Eso ya lo ha dicho él.

Parece horrorizado. Yo también estoy horrorizada. Esto es muy poco profesional.

—¿Sabes una cosa? —dice con el rostro crispado—. Eres como esos perritos picajosos.

—¡*Tú* sí eres como esos perritos picajosos! —Salgo a la calle y siento cómo la puerta se cierra de golpe tras de mí.

—Bonita cocina, Dante —grito. Luego, más fuerte—: ¡Mentira!

57

Jueves, 27 de octubre, día cuarenta y cinco

—Mamá —dice Neeve el jueves, cuando llego a casa del trabajo—, ¿tienes el móvil desconectado?

—No. ¿Por qué?

—Porque ha llamado papá.

El corazón me da un vuelco. ¿Hugh ha llamado?

—Para lo del baile benéfico —dice Neeve.

Me paralizo. Paso del alivio profundo a la decepción profunda: Richie Aldin. Sí, he visto su llamada, y no, no he contestado porque ya he rechazado la invitación a su maldito baile benéfico un millón de veces y su insistencia roza el acoso.

—¡Dice que deberíamos ir los tres!

Su rostro ilusionado y feliz hace que se me disparen los miedos, hay que solucionarlo ya.

—Neevey, no voy a ir al baile. —Mi tono es dulce—. Pero deja que lo hable con tu padre.

Busco su número y lo llamo. Responde demasiado deprisa.

—¿Amy? —Todo entusiasmo.

—¿Podemos vernos para hablar?

—Puedo ir a tu casa.

—En el Starbucks de Dundrum. —No estoy dispuesta a desplazarme—. ¿Cuánto tardarías en llegar?

—Ah, ¿te refieres a quedar ahora? Estoy en casa, en Clontarf. Tardaré un rato.

—Ya estás subiendo al coche. Envíame un mensaje cuando llegues.

—¿No sería más fácil que fuera a tu casa?

—Envíame un mensaje desde Starbucks.

Me pita el móvil.

Estoy aquí. Qué quieres tomar?

Poleo menta

Oído cocina! xx

Richie sonríe de oreja a oreja. Parece encantado de verme.

—Amy. —Se inclina para besarme y me busca la boca, algo que medio esperaba, por lo que giro la cara justo a tiempo. Eso le sorprende, pero se repone enseguida—. Estás fantástica —declara—. Me gusta tu abrigo. —Hace señas al muchacho de la barra, que aparece al instante con una tetera de agua caliente para mi poleo menta.

—No quería que se te enfriara —explica Richie con otra sonrisa. No he reparado antes en ello, pero está claro que en algún momento se ha puesto fundas: tiene los dientes exageradamente cuadrados y uniformes. ¿Se puede decir de unos dientes que son petulantes?

—Te he pedido una madalena. —Desliza el plato por la mesa—. ¿Te va bien de canela?

Me basta con la infusión.

—¿Qué ocurre? ¿No podías esperar hasta el sábado para verme? —Otro destello petulante de sus fundas.

—Richie, no voy a ir a ese baile contigo.

Su expresión de expectación no varía.

—¿No te gustan esas cosas? Supongo que ya tienes que asistir a muchas por tu trabajo. Entonces ¿cenamos juntos? ¡Elige tú el sitio! ¿The Greenhouse? ¿Guilbaud's? ¿O...?

—Richie, no quiero ir a ningún sitio contigo.

—¿Por qué no? Estás de vacaciones.

—Hugh está de vacaciones, no yo. Y aunque lo estuviera, no siento eso por ti.

—Solo te lo has de proponer. Vamos, Amy, ¿recuerdas cómo éramos? *Yo sí.*

Tiene que haber un nombre para esto, para esta falta absoluta de empatía. Está claro que es algún tipo de trastorno de la personalidad. ¿Podría ser narcisismo? Debo buscar en Google los síntomas exactos.

—Te mereces una compensación —dice.

—Ya no importa.

—A mí sí. Me siento culpable. Amy, estoy... inquieto. Me despierto por la noche pensando en ti y en Neeve. Eras tan joven, tenías la edad que ahora tiene Neeve, y estabas sola y yo te puteaba con el dinero y...

—Te he perdonado. Ya lo sabes.

—Pero el remordimiento no se va.

Me encojo de hombros.

—No sé qué consejo darte. Podrías hacer el camino de Santiago.

—No es solo la culpa —dice—. Todavía me siento atraído por ti.

Por el amor de Dios.

—Sí —dice—. Me refiero sexualmente.

¿Cómo no voy a reírme? «Sí. Me refiero sexualmente.» Esto será una anécdota fantástica. Espera a que se lo cuente a Hugh. Oh, Dios, Hugh no está. Pues a otros. A Derry. Lo tiene todo para convertirse en un gran eslogan. «Sí. Me refiero sexualmente.»

«¿Puedo comerme esa pata de cordero? Sí. Me refiero sexualmente.»

«Me ENCANTA tu pelo. Sí. Me refiero sexualmente.»

Richie debe de creer que mi ataque de risa es de alegría porque sigue hablando todo serio.

—No me importa que tengas más de cuarenta. Yo también. Cuando te miro, la Amy que veo es la Amy de los diecisiete.

—Para, Richie. —Está haciendo el ridículo. De hecho, siento vergüenza ajena.

¿Puede alguien contarme qué está pasando? ¿Es esto una especie de premio de consolación cósmico? ¿El universo se lleva un marido, un gran marido, y a modo de bálsamo te reenvía al capullo al que amaste hace veinte años?

Qué extraño que en otros tiempos un Richie suplicando perdón me hubiera hecho llorar de alegría. De pronto me pregunto si Hugh y yo estaremos algún día así, sentados frente a frente en una mesa de un concurrido Starbucks, con una relación muerta que ya formará parte del pasado. La idea es como una puñalada insoportable.

¿A dónde va el amor cuando se muere? ¿Se transforma en flores y otras cosas bonitas? ¿Regresa al universo para ser reciclado? Porque Richie tiene razón: él y yo nos amamos apasionadamente y ahora ya no queda nada, salvo su sentimiento de culpa autocomplaciente y tardío.

—Créeme, Amy —dice—. Tú y yo podemos volver a tener lo de antes.

—No podemos.

—Porque no lo intentas. *Inténtalo.* Tienes que hacerlo, porque no soporto más sentirme así.

—Richie, creo que deberías ir al médico. No te iría mal un chequeo.

—¡Me estás castigando!

No es mi intención. Pero no puedo darle lo que quiere, ya no, es demasiado tarde, y entonces comprendo que todo pasa. Todo acaba pasando, lo bueno y lo malo, el amor y el dolor. Es una verdad agridulce a la que aferrarse. «Todo pasa.»

—Ve al psicólogo —sugiero—. O trabaja de voluntario en un comedor social. De una manera u otra, Richie, pero aprende a vivir con la culpa.

—Está bien. —De repente se pone gallito—. Si tú te niegas a verme, yo no veré a Neeve.

Ahora estoy asustada. Pero el susto me dura medio segundo, porque aunque estuviera lo bastante loca para ceder a su chantaje, enseguida se cansaría de mí y volvería a dejar tirada a Neeve.

—¿Amenazas, Richie? ¿Esa es tu manera de arreglar las cosas? Puede que tratar a tu hija con consideración te ayude a mitigar el sentimiento de culpa. ¿Por qué no la llevas al baile por los pobres niños ciegos?

—Solo quería…

—Richie, escúchame bien. No quiero pasar tiempo contigo. No quiero verte. —Me levanto—. No quiero saber nada de ti a menos que sea para hablar de Neeve.

—No, Amy…

Con el cuchillo tintineando en el plato, empujo la madalena hacia él.

—Una última cosa. Odio la canela. Siempre he odiado la canela. Todo el mundo lo sabe.

Neeve me espera en el recibidor.

—¿Cómo ha ido?

—Neeve. —Trago saliva—. Sentémonos.

Lo sabe. Puedo verlo en sus ojos. Sabe lo que me dispongo a decirle y ya están rodando lágrimas por su rostro, mi pobre Neevey, que casi nunca llora.

Nos sentamos en el sofá con las rodillas juntas y sus manos en las mías.

—Neeve, yo quiero a Hugh. —Hablo con dulzura, porque le hablo a una niña—. Te gustaría que tu padre y yo estuviéramos juntos, y es comprensible. Pero ha pasado mucho tiempo y ahora quiero a otro hombre.

—Pero Hugh es cruel. —Las lágrimas salen ahora a borbotones—. Se ha ido y te ha dejado, mientras que papá está aquí y está arrepentido. Me lo ha dicho, mamá, lo arrepentido que está y lo mucho que desea cambiar las cosas. Hará que todo vaya bien, por nosotras dos. Por nosotros tres.

—Pero yo quiero a Hugh.

Neeve emite aullidos cortos, violentos, como si se los arrancaran del pecho.

Es desgarrador.

Le dejo llorar porque no hay nada —*nada*— que yo pueda hacer.

58

Sábado, 28 de octubre, día cuarenta y siete

Sábado por la mañana, no son ni las diez y ya he comprado una falda de satén en Asos, hecho la compra de la semana, preparado una frittata y pensado en si Steevie volverá a hablarme algún día. El insomnio da para mucho.

Y aquí está Kiara.

—Buenos días —digo—. ¿Montamos hoy la decoración de Halloween?

—¿Qué sentido tiene celebrar Halloween sin papá? —Suena alicaída.

Gracias a la habilidad de Hugh con la electrónica, en Halloween nuestra casa siempre es la mejor de la calle, puede incluso que de la urbanización: tenemos rayos y truenos que estallan y centellean en el jardín mientras suenan carcajadas chirriantes y risas huecas. Cada año desde que nos mudamos aquí Hugh se disfraza de verdugo para repartir los caramelos. Pero incluso con el casco de cota de malla y el antifaz los niños saben quién es. Me encanta verlo distribuir mini Haribos a espectros y esqueletos menudos mientras le dicen: «Gracias, Hugh, gracias, Hugh». Y a veces: «Un disfraz mortal, Hugh».

—¡Tiene todo el sentido! —declaro con rotundidad—. Nosotras seguimos aquí. ¡Nosotras también contamos!

—Mamá —dice Kiara—, si te digo la verdad, estoy enfadada con papá por haberse ido. Al principio lo admiraba, pero ahora estoy rabiosa.

—Kiara. —Es bueno que me lo haya dicho, pero el peso de pronunciar las palabras justas es oneroso—. Él te quiere con todo su corazón. No se ha ido… eh… por capricho, por diversión. Era algo que debía hacer, no tenía elección.

—¿De veras crees eso, mamá? Y no mientas solo para hacerme sentir mejor.

—Con el corazón en la mano, Kiara, creo sinceramente que no tenía elección. Tu padre detestaba tener que hacernos daño, pero si no se iba, habría estado en juego su salud mental. Ya estaba tomando antidepresivos.

—¿En serio? Pobre papá.

—La muerte del abuelo Robert le provocó algo que no podía manejar.

—Qué raro —dice Kiara—. Pensaba que cuando se tiene la edad de papá, cosas como la muerte de otras personas no afectaban tanto.

—Pues ya ves.

—Uau. Entonces ¿montamos las cosas de Halloween? —Kiara nunca se queda en el pozo mucho tiempo—. Voy a despertar a Neeve y a Sofie.

Sube corriendo las escaleras y oigo a Neeve quejarse de que Kiara la despierte tan pronto un sábado para la «chorrada de Halloween». No obstante, para cuando salgo al rellano ya está fuera de la cama. Sin motivo alguno, me da un abrazo. Algo ha cambiado desde el jueves por la noche: de repente estamos más unidas.

Sofie saca la cabeza por la trampilla.

—¡Halloween! ¡Mola!

—¿Dónde están los adornos? —pregunta Kiara.

—En el altillo. —Una de nosotras tendrá que escurrirse dentro para coger las cajas. Antes lo hacía Hugh, así que ahora debo hacerlo yo. Ni siquiera me tomo la molestia de suspirar.

Neeve me pasa la linterna y trepo despacio por la escalerilla plegable que instaló Hugh. Gracias a la linterna enseguida localizo las cajas: Hugh dibujó en ellas una calavera y unos huesos cruzados para diferenciarlas de las de los adornos navideños, que están marcadas con abetos verdes. Mierda, aposentada sobre una caja hay una araña negra de patas gruesas. Le clavo una mirada asesina y se larga correteando.

—Venga, valiente —me digo, pero bajito, porque no es bueno que hable sola aunque sea para insuflarme valor.

Las chicas se agolpan alrededor de la escalerilla cuando desciendo con las cajas. Y empiezan a sacar cosas.

—¡Luces de calabaza! ¡Lápidas! ¡Telarañas! ¡Qué asco!

—¿Qué es esto? —Neeve saca un trozo de tela negra—. ¡Ah, el disfraz de Hugh! —Hace una pelota con el traje de verdugo y me la lanza.

—¿Por qué yo?

—Ahora te toca hacer de padre y madre —dice Neeve—. ¡Vamos, póntelo!

Lo dice en broma —entre otras cosas, me bailaría por todas partes— y conseguimos reírnos.

—En fin —dice Kiara—. El año que viene todo volverá a la normalidad.

Pero una vez que se han ido a plantar lápidas junto a la puerta de la calle, me llevo el disfraz a la cara y aspiro con timidez. Ha pasado casi un año desde que Hugh se lo puso, por lo que es improbable que conserve su olor, pero ahí está. Me vienen un montón de recuerdos. El olor exacto de Hugh, imposible describirlo: cálido, dulce, terroso, sencillamente *él*. Por un momento, la nostalgia, la terrible sensación de pérdida, se me hace insoportable.

Pero *es* soportable, me recuerdo a mí misma. He sobrevivido a cosas peores.

Pasadas las cuatro llega Derry con tres vestidos: esta noche es la fiesta de Halloween de Kiara.

—¿Has sabido algo de Steevie? —me pregunta mi hermana en voz baja.

Desde el desastroso *brunch* de la semana pasada no he llamado a Steevie ni ella me ha llamado a mí. Y lo que es peor, ninguna le ha dado un me gusta a las publicaciones de Facebook de la otra, el equivalente moderno de un duelo al amanecer.

Detesto estar a malas con alguien, pero ahora mismo Steevie y yo no podemos ser lo que la otra necesita. Es una mierda, pero ¿qué podemos hacer?

—¡Enséñanos los vestidos! —Puede que ver cosas bonitas me distraiga.

—He pensado que este es muy otoñal. —Derry agita delante de Kiara un vestido tubo de terciopelo negro hasta los pies con una raja que sube hasta el muslo.

—Dame eso. —Voy directa a la etiqueta. Es de Givenchy—. ¡Aaaargh! ¡Lo sabía! Por Dios, Derry, cómo te cuidas. *¿Por qué* no podemos tener la misma estatura?

—Porque la vida es una mierda.

Lo encuentro tan gracioso que suelto una carcajada.

Kiara se prueba el vestido. Es tan alta, tan delgada, tan bonita, que se me hace un nudo en la garganta.

—No sé. —Está intentando mantener la raja cerrada—. Creo que no es mi estilo.

—Ponte recta —le ordena Derry—. Estás espectacular.

—No, dame otro.

El segundo, un dos piezas azul marino de punto de seda de Preen, también le va bien. Pero la espalda tiene un corte hasta la cintura y, como señala Derry:

—No puedes llevar sujetador.

Kiara se pone colorada y dice:

—No puedo ir sin sujetador.

—Ni que tuvieras una delantera a lo Emily Ratajkowski.

—Pienso llevar sujetador.

¡Dios, esa tozudez no la ha heredado de mí!

El tercer vestido, de un color blanco roto, es una columna delgada de pesado satén —manga larga, cuello alto, muy recatado— muy Kiara.

—Parece un vestido de novia —exclama Neeve—. ¿Quieres decirnos algo, Derry?

Derry le clava una mirada feroz.

—¡Eres mi heroína, Der!

—Me quedo con este —dice Kiara.

—La novia cadáver —exclamo.

—¡Totalmente!

—Necesitarás algo en la cabeza. —Neeve ya está googleando—. Unas flores negras. Un velo. ¡Mamá, mira en tu costurero!

Seguro que ahí tengo rosas negras de tela. Recuerdo el día que las compré, hace menos de dos años, en la feria navideña de Taney. Cada verano y cada Navidad, la feria era una tradición familiar, pero una a una las chicas se fueron haciendo demasiado mayores para querer ir. Hace dos años fue la primera vez que me dieron calabazas las tres. Yo quería ir de todos modos —habría bizcocho y libros baratos y la posibilidad de tropezar con algo maravilloso—, así que al ver mi cara de pena, Hugh dijo:

—A la porra con el resto, iremos tú y yo.

Nos dimos la mano y lo pasamos genial. Había un puesto repleto de cosas de costura y, alentada por Hugh, me cargué de cintas y adornos de tela que costaban nada y menos.

También a Hugh le tocó la lotería cuando encontró un trineo de fibra de vidrio rojo.

—¡Mira! —gritó—. Está en perfecto estado. Seguro que a Neeve le encanta.

Tenía mis dudas. Neeve ya estaba un poco crecidita para ir en trineo. Todas lo estaban.

—O no —comprendió al mismo tiempo que yo—. ¿Por qué no pueden ser niñas eternamente?

—Lo sé —respondí con pesar.

—Tengamos otro hijo —propuso.

Solté una risita dulce de mi-maridito-se-ha-vuelto-loco. Ahora lamento que no nos hubiéramos venido de inmediato a casa para hacer el amor. No con la esperanza de concebir otro hijo, sino porque fue un momento de conexión que tendríamos que haber aprovechado.

Ahora ya es tarde, así que vuelvo a la tarea que tenía entre manos. Estoy segura de que hay un trozo de lienzo blanco en la caja que podría servir para el velo de Kiara.

—Necesitaré una diadema.

—¡Estoy en ello! —Sofie se ha puesto manos a la obra—. De lo del pelo me ocupo yo.

Neeve sienta a Kiara en una silla de la cocina, en medio de la sala, y la maquilla a lo novia-cadáver mientras yo coso rosas negras a una diadema de terciopelo negro. Derry plancha el vestido blanco y luego prosigue con la pila de ropa limpia.

—Ya que estoy.

En un momento dado abrimos una de las cajas de bombones Celebrations que he comprado para los niños de Halloween. Al cabo de un rato, Derry, Neeve y yo nos servimos una copa de Baileys. No sé si es el alcohol o el azúcar, pero mientras observo apoltronada en el sofá cómo Neeve le pone las pestañas postizas a Kiara, con Sofie recostada contra mí y Derry sentada en el suelo con la cabeza en mis rodillas, me doy cuenta de que me siento bien. Mi vida está muy lejos de ser perfecta, y puede que dentro de cinco minutos me entre una pena tan grande que quiera arrancarme el corazón, pero ahora mismo estoy contenta y agradezco enormemente el respiro.

—¿Puedo mirar ya? —pregunta Kiara.

—No.

Neeve le ha pintado la cara de blanco y le ha dibujado gruesos círculos morados alrededor de los ojos. Ahora está aplicando carmín negro y cuando termina, Sofie procede a cardar el pelo de Kiara, añadiendo extensiones azules, retorciendo mechones que recuerdan a las serpientes de Medusa y rociando su obra con espray de sal.

—Bien —dice Sofie—. Ahora, Amy, el velo.

Coloco con sumo cuidado la diadema de rosas negras y el velo sobre el elaborado peinado de Kiara y doy un paso atrás.

—Estás fantástica —dice Derry—. Realmente fantástica.

—¡Ya puedes mirarte! —decreta Neeve plantando un espejo delante de Kiara.

—¡Ostras! —aúlla—. ¡Qué pasada! —Su rostro jovial sigue ahí, debajo de todo el maquillaje.

—Estás *increíble*.

—Será mejor que comas algo —digo.

—Oh, mamá —protesta Kiara. Luego—: Venga, vale.

—¿Pasta te va bien? Te haré los lacitos.

Echo una cosa roja de un tarro en la pasta de Kiara y ella dice, imitándonos a Hugh y a mí, fans de *Masterchef*:

—Es un plato de comida lindísimo.

De verdad que es la criatura más adorable del mundo.

A las siete y cinco llega su cita.

—¿Diez minutos antes de la hora? —dice Derry con suspicacia.

—Educado —replico.

—Neurótico, más bien.

Susurro un seco:

—¡Chis!

Neeve acude a abrir.

—¿Eres Reilly? Kiara bajará enseguida.

—Entra para que podamos echarte un vistazo —dice Derry.

—No, gracias, me...

—¡Entra!

—Será mejor que obedezcas —le dice Neeve.

El pobre muchacho entra arrastrando los pies.

Es difícil saber cómo es porque va pintado como un vampiro: base blanca, raya negra en los ojos y mucha baba roja alrededor de la boca. Pero es alto, lo cual está bien porque Kiara también es alta y eso la tiene algo acomplejada.

Y aquí está, bajando las escaleras. Cuando se ven sueltan un gritito.

—¡Qué fuerte!

—¡*Qué fueeeeerte!*

—¡Estás totalmente Halloweentástica!

—¡Tú sí que estás Halloweentástico!

Kiara se va con una ráfaga de:

—¡Adiós, mamá! ¡Adiós a todas!

—Adiós —digo con un gemido—. Diviértete. ¿Llevas el móvil? —He de contener el impulso de añadir: «Nada de sexo».

La puerta se cierra y las cuatro nos miramos con los ojos muy abiertos.

—¡Nuestra pequeña ya es una mujer! —exclama Neeve. Luego—: ¡Oh, mamá! ¿No empezarás a llorar *otra vez*?

Es sábado por la noche y acabo de percatarme de que Jana me está evitando.

Le envié dos mensajes durante la semana, uno para darle las gracias por mostrarse amable conmigo durante aquel *brunch* tóxico y otro para cerciorarme de que había recibido el primer mensaje. En ambas ocasiones obtuve un silencio sepulcral como respuesta, pero estaba tan ocupada angustiándome por el mutismo de Steevie que no me di cuenta de que Jana estaba haciendo lo mismo.

Hace cinco minutos me entró la paranoia y cuando miré mi cronología de Facebook, vi que desde el sábado Jana no había dado ningún me gusta a ninguna de mis publicaciones.

Ha tomado partido. Hasta este momento ignoraba que hubiera

partidos que tomar. Pensaba que Steevie y yo nos reconciliaríamos, y pronto. Pero por lo visto esto no se limita solo a Steevie y a mí.

Ahora estoy asustada. ¿A quién más piensa reclutar Steevie? Porque estoy segura de que Jana no decidió por sí misma pasar de mí. ¿Tiene Steevie intención de poner a todo el mundo en mi contra?

También estoy dolida. Le tengo mucho cariño a Jana, me inspira mucha ternura. No me gusta que la gente se burle de ella por ser tonta y la he defendido frente a muchas personas, entre ellas —¡sí!— Steevie. Si hay que sortearse a Jana, soy *yo* quien merece quedársela.

Pero ¿todavía no he aprendido que las cosas no funcionan así?

59

Miércoles, 2 de noviembre, día cincuenta y uno

Caroline Snowden, la periodista que está sentada delante de mí, tiene algo que desembuchar. Aguardo.

—Amy —dice al fin—, Ruthie Billingham ha hecho una entrevista a toda página para la revista del *Sunday Times* de esta semana.

Mierda. Esta es la primera entrevista en papel que Ruthie concede. Hasta ahora todo eran «fuentes cercanas a».

—Oye, vas a tener que hacer algo al respecto. —Caroline enseguida pone fin a nuestro almuerzo.

—Cuánto lo siento, Caroline.

—Es hora de volver al trabajo. —Es muy amable—. Hasta pronto.

Le doy un fuerte abrazo en señal de agradecimiento. Dispongo de veintiún minutos antes de mi siguiente cita. Piensa, piensa, piensa.

Vale. Sesión de fotos con los críos. ¿Dónde? ¿En un parque? Hum, sería mejor algo más simbólico. Vale, ya lo tengo, ¡fútbol!

Cojo el teléfono.

—¿Matthew?

—¿Amy? —Su voz suena distraída.

—¿Puedes hablar? Un par de preguntas. ¿Cuándo juega el Fulham en casa?

—Este sábado.

—¿Puedes llevar a tus hijos?

—Este fin de semana me tocan y tenemos pases de temporada.

—¿Beata también irá?

Ríe.

—¡Eso es un estereotipo de género, Amy!

—Ja, ja, culpa mía. —Vamos, no tengo tiempo para bromitas—. Oye, necesito verte cuanto antes.

—¿Por qué?

—Para organizar una operación paparazzi en el partido del Fulham.

—No quiero que mis hijos salgan en un periódico.

Ya han salido en varios.

—Les pixelarán la cara.

—No está bien. ¿No puedo ir al partido solo? ¿O con Dan?

Para tratarse de un hombre inteligente, me sorprende lo ingenuo que puede ser a veces.

—Matthew. —Suavizo el tono—. ¿Dos tíos en un partido de fútbol? Perdona que sea tan directa, pero no puedes comparar eso con un infeliz padre separado pasando la tarde con sus queridos hijos.

Le oigo tragar saliva.

—Tengo un día de locos.

Claro. Es miércoles, cuando hace su programa de avergonzar-a-los-políticos.

—Solo puedo dedicarte quince minutos a eso de las cinco y media —dice.

Perderé mi vuelo a Dublín, pero qué demonios.

—¿Estás en la BBC? Me reuniré contigo allí.

—Al fin está sucediendo algo. Dan se alegrará.

Lo dudo mucho.

Segundos antes de llegar a la BBC noto un extraño chasquido en mi hombro derecho, seguido de una caída rápida de mi pecho derecho. ¿Qué d...? Porras, uno de los tirantes de mi sujetador acaba de pasar a mejor vida.

Desesperada, miro a un lado y otro de Oxford Street. Hay un Marks & Spencer tan cerca que casi puedo verlo, pero no puedo correr el riesgo de llegar tarde a mi cita con Matthew. Necesito hasta el último segundo disponible con él. Podría meterme en el lavabo de señoras, enganchar el tirante a la copa con un imperdible y auparme de nuevo la teta. Pero estoy dando por hecho que llevo encima un imperdible, y no es el caso...

Tengo la delantera torcida, lo sé con solo mirar hacia abajo. Podría quitarme el sujetador y así por lo menos la caída de la pechera sería simétrica. Pero no, mi sentido del decoro insiste en que debo dejarme puesto el sujetador.

Mierda. Qué mal momento para que me ocurra algo así, y para colmo llevo la ropa equivocada. Hay días que voy trajeada y eso ayuda a mantenerlo todo bien recogido, pero hoy llevo un vestido estilo victoriano de cuello alto que no proporciona soporte ninguno. No me queda otra que actuar como si nada ocurriera, así que adelanto el brazo derecho y me cubro la teta derecha con él, y echo a andar como si fuera Quasimodo.

Por la mirada severa que me clava el guarda de seguridad de la BBC, es evidente que mi estratagema no está funcionando. Así y todo, el espectáculo debe continuar. Me presto al rollo habitual de firmar, recibir un pase y ser informada de que alguien vendrá a buscarme. ¿Y a quién veo paseando de un lado a otro en el vasto vestíbulo de mármol? Nada menos que a Dante. ¡Hoy no, por Dios! ¡No cuando he sufrido un accidente tetil! ¿Qué diantres pasa con los hermanos Carlisle? ¿Es que han de hacerlo *todo* juntos?

Dante inspecciona el techo, consulta su móvil y luego, con un crujido brusco del cuello, me ve. Enseguida pone cara de galgo ofendido, como si la que sobrara fuera yo. Se acerca a mí martilleando con los tacones el suelo frío.

—¿Qué está pasando?

—Hola a ti también.

Hace una pausa, se arregla las solapas del traje y parece recuperar la calma.

—Lo siento. Hola, Amy. Pero ¿a qué viene esta repentina necesidad de actuar?

Aunque suene infantil, no quiero decírselo.

—Confidencialidad con el cliente.

Casi parece triste.

—Estoy aquí para ayudar.

—Tu ayuda no es necesaria. En serio, Dante, soy muy buena en mi trabajo.

—Sí, lo eres.

Respondo con un asentimiento seco.

—Y preferiría que me llamaras Dan.

—Lo sé.

Suspira hondo.

—¿Dan? ¿Amy? —Una de los miles de personas que trabajan en televisión, indistinguibles entre sí con sus tablillas, auriculares y zapatillas deportivas, acaba de materializarse.

Entramos en un ascensor y el chico de los auriculares dice:

—Matthew está en una reunión. No tardará en salir.

En la tercera planta, Dante y yo seguimos al subalterno por espacios de trabajo y pasillos interminables. El muchacho va a toda pastilla y me cuesta contener la teta dentro de la copa. Al fin llegamos a un claro y nos detenemos delante de un pequeño despacho de cristal con las paredes protegidas por persianas venecianas negras.

—Esperen aquí —dice el subalterno, que no tarda en desaparecer.

No hay dónde sentarse. Dante saca su móvil y yo saco el mío, pero no les prestamos la debida atención porque estamos pendientes de que Matthew salga y los dos queremos ser el primero en llegar a él.

Por fin emerge del despacho de cristal seguido de otras dos personas. Dante y yo corremos hacia él; estamos a esto de apartarnos el uno al otro a empujones.

—Amy. —Matthew me da un beso en la mejilla—. Pasad.

Entramos en el despacho, que es minúsculo, una especie de cubículo. Esperaba que un hombre de su categoría tuviera una suite privada en el ático, pero la BBC debe de ser una empresa muy igualitaria, porque alrededor de la raquítica mesa apenas hay espacio para los tres.

—¿Y bien? —Matthew está nervioso.

—Nada grave, nada grave. —Estoy haciendo de Amy la Tranquilizadora—. Ruthie ha concedido una entrevista a toda página que saldrá en el *Sunday Times* de este fin de semana.

Matthew traga saliva.

—¿Diciendo qué?

—No la he leído, pero me han contado que es más de lo mismo. Insinuaciones, pero nada demandable. Ruthie todavía recibe críticas por lo de Ozzie Brown, razón por la que sigue hablando mal de ti. No tenemos más remedio que actuar.

—¡Una entrevista! —propone Dante.

—¡Chis, Dante! Ya te he dicho por qué una entrevista sería una mala idea y no voy a repetírtelo. Haremos un montaje fotográfico.

Matthew se quita las gafas de montura negra y se frota la cara.

—Te escucho.

—Fotos hechas por un paparazzi en las que salgas con tus hijos en un partido de fútbol. Queremos crear la imagen de padre separado dándolo todo mientras su esposa lo deja por otro.

Dios, el dolor en su cara.

Le doy un momento y digo:

—Los niños han de ir bien abrigados y dar la impresión de que están bien cuidados.

—Lo *están*. —Ese, cómo no, es Dante.

—¿Tienen gorras y bufandas del Fulham? —pregunto a Matthew—. Bien. Los tres pareceréis un miniequipo. Y ten presente el tema de la seguridad, Matthew, es importante. No dejes que los niños se suban a los respaldos de los asientos de delante. No hagas nada que te haga parecer un mal padre. —No nos conviene un escenario tipo Britney Spears-no-pone-el-cinturón-de-seguridad-a-sus-hijos.

Asiente mientras se muerde el labio inferior.

—Llévate un montón de juguetes por si los niños se ponen a llorar. —Sería desastroso que la gente hiciera fotos con el móvil de los hijos de Carlisle llorando.

—Y chucherías. Pero nada de chocolatinas o caramelos. —Eso también sería de Mal Padre—. Pasas, tortitas de arroz, ya sabes. Y por supuesto, muéstrate cariñoso.

—No necesito que me recuerden que he de ser cariñoso con mis hijos. —Aprieta los labios.

—Claro, claro, perdona. —¡Qué flor tan delicada!—. Pero exagera, Matthew. Ahora no es momento de ser sutil. Y necesito los números de los asientos para buscar el lugar idóneo para el paparazzi.

—La idea de que me espíen…

Para mi sorpresa, empiezan a caerle lágrimas por el rostro. Saco del bolso un pañuelo de papel, le tomo la mano y la cierro alrededor de él.

—Lo siento, Matthew, pero al final habrá merecido la pena.

—¿Estarás allí? —me pregunta Matthew, y es imposible pasar por alto la expresión de alarma que cruza por la cara de Dante.

—No pueden verte con otra mujer, ¿recuerdas? —digo con suavidad—. Y no puede notarse que es un montaje. Tener a una relaciones públicas merodeando por allí cerca no le haría ningún favor a tu causa.

—Pero ¿puedo llamarte? ¿Desde el estadio? ¿Si lo necesito?

—No es aconsejable, Matthew. Estas pasando tiempo con tus hijos. Si te pillan hablando por el móvil, parecerá que te aburres. Y olvídate de mirar el correo. Tu móvil no existirá durante esas dos horas, ¿entendido?

—Matthew. —Una joven asoma la cabeza por detrás de la puerta—. Tengo tu camisa.

—Greta. —Matthew se seca la cara con las manos—. ¿Cinco minutos?

La joven niega con la cabeza y logra escurrirse en el diminuto espacio con una camisa y un puñado de corbatas.

—Ha de ser ahora. Aún tienes que pasar por maquillaje.

Matthew se levanta.

—Perdona —dice dirigiéndose a mí. Se quita la camiseta y se la lanza a Greta. Virgen santa, qué abdominales. Unos abdominales de verdad. Hace mucho que no veo algo así. ¡Y el pecho! Espolvoreado de vello oscuro, la cantidad justa, no demasiado, nada repulsivo.

Greta descuelga de una percha una camisa color vainilla y, con un frufrú de algodón recién planchado, Matthew se la pone y la abotona. Ante mis pasmados ojos, se desabrocha con soltura la cinturilla del pantalón y se baja la cremallera, desvelando un trocito increíblemente seductor de unos Calvin azul marino y una columna de vello negro descendiendo hacia un bulto ostensible y… ¡Oh, no! El show termina demasiado deprisa: está remetiendo el faldón de la camisa en el pantalón, la excitante visión queda cubierta por una insulsa nada blanca y la pérdida me deja aturdida, como si estuviera viendo una película apasionante y en el momento crucial la pantalla se hubiese quedado en blanco. En menos de un segundo todo está abrochado y ordenado. De hecho, estoy un poco mareada.

¿Y la cara de Dante? Puro resentimiento. Debe de ser muy

duro que tu hermano sea un semidiós. No me extraña que siempre esté cabreado.

—¿Qué tal? —pregunta Matthew a Greta.

—Bien.

Matthew se echa una corbata alrededor del cuello y Greta se acerca a él. Ajá. Entre los cometidos de Greta está hacer el nudo de la corbata de Matthew Carlisle.

—Nadie lo hace como Greta —señala en tono de disculpa.

Greta no dice nada mientras levanta el cuello de la camisa y metódicamente enhebra la corbata por arriba y por abajo, su joven rostro a solo unos milímetros del bello rostro de Matthew. ¡Qué trabajo! Aunque lo más probable es que sea licenciada en ciencias políticas y odie cada segundo de esta tarea tan degradante.

Cuando ha terminado, sostiene un espejo pequeño delante de Matthew, sin duda parte de una rutina trillada.

—Gordo y bonito. —Matthew retoca ligeramente el nudo y sonríe—. Gracias, Greta.

Greta se lleva a Matthew, y Dante, yo y mi teta huidiza salimos a la calle.

—¿Te llevo a algún lado? —me pregunta.

—Vives en Islington. Voy a Heathrow.

—¿Puedo ayudarte en *algo*?

—No —respondo, seca. Luego—: Ahora que lo dices, ¿podrías conseguirme un plano del estadio del Fulham?

Se concentra en algo en su cabeza y sus ojos giran de un lado a otro mientras considera las opciones, los mismos ojos que Matthew, observo, lo único que tienen en común.

—¿Cuándo lo necesitas? Lo antes posible, lo sé. ¿Te vale mañana por la mañana?

Asiento. ¿Y ahora qué? Tengo una hora libre antes de salir hacia el aeropuerto para tomar el último vuelo. Hay mucho que hacer: buscar un fotógrafo, contactar con el editor de imágenes de uno de los periódicos nacionales, puede que *The Times*. Por otro lado, estoy cansada y necesito un sujetador nuevo, y la idea de comprar algo me atrae, la idea de comprar algo *siempre* me atrae. Gana el sujetador.

60

Jueves, 3 de noviembre, día cincuenta y dos

—He reservado un probador —decía Matthew.

—Bien. —Se me cortaba el aliento.

—En Marks & Spencer. Tú llegarás primero. Haz ver que te pruebas un sujetador. Te veo dentro de quince minutos. Durante quince minutos. Es todo lo que tengo, luego he de salir en la tele avergonzando a políticos.

—Quince minutos es suficiente.

De pronto me encontraba en M&S. Había elegido tres sujetadores y entrado en un probador. Justo cuando me preguntaba cómo iba a saber Matthew en cuál de ellos estaba, la puerta se abría de golpe y Matthew irrumpía y empezaba a besarme apasionado. Las gafas se le torcían, así que se las quitaba y las lanzaba por encima de la puerta del probador. Entonces le decía:

—¿No las necesitarás?

Y él respondía:

—Vestuario me conseguirá otras.

—¿Te ha visto alguien entrar?

—Puede.

—Eso es terrible, Matthew, podrían pillarnos.

—Eso lo hace aún más excitante. La posibilidad de ser descubiertos. Pero tenemos que darnos prisa.

Se desabotonaba el pantalón, me cogía la mano y la deslizaba por dentro. Su erección era *enorme*.

—Gordo y bonito —decía él.

—¡Como el nudo de tu corbata! —exclamaba yo.

—Gordo y bonito. —Reía y yo pensaba: «Es muy diferente de la idea que tenía de él». Mucho más basto.

Empezaba a bajarle el pantalón.

—No, no —protestaba—, no puedo quitármelo del todo. Tiene que ser un polvo rápido.

No sé cómo, pero mis bragas y mis medias ya no estaban y él tenía las manos sobre mis pechos porque mi vestido ya no era un vestido sino un práctico conjunto de falda y blusa. Él estaba de pie, con mis piernas alrededor de su cintura, y entraba en mí sin el menor problema y todo era mucho más fácil de lo que había imaginado.

Matthew entraba y salía de mí y nos mirábamos en los espejos. Podíamos ver cosas desde todos los ángulos.

—Son excelentes —decía—. ¿No crees?

—¿Los espejos de Marks & Spencer? Sí, excelentes.

—Puedes verlo todo. Tienes un cuerpo bonito —añadía—. Puedes estar tranquila.

Me miraba y era cierto: lo tenía.

—Ahora me voy a correr porque llego tarde a maquillaje —soltaba—. Así que si quieres correrte, has de hacerlo ya.

—Vale. —Y me corría. Luego se corría él, y su cara en el espejo me recordaba a la de Richie cuando lo pillé con aquella chica.

De pronto Matthew estaba subiéndose la cremallera.

—Ahora me voy con Greta —decía—. Sal dentro de cinco minutos. Actúa con naturalidad.

—¿Compro un sujetador?

—Sí. Creo que he roto el que llevas puesto. ¿Tienes la ficha con el número de prendas con las que entraste?

Y me desperté.

Dios, menudo sueño. Yo no estaba nada mal... Entonces caigo en la cuenta de que el cuerpo que había tenido sexo con Matthew Carlisle era el de hace veintisiete años.

El sueño me ha dejado un poco descolocada. Matthew estaba bastante... *desagradable*. Basto, incluso voraz. Y esta mañana siento por él menos compasión y deseo de protegerlo que ayer. Lo cual es injusto: el Matthew real no tiene la culpa de cómo se comporta el Matthew onírico.

Pero ayer sucedió algo en su reducido cubículo de cristal. Un pequeño instante tan extraño que me obligué a archivarlo para examinarlo en otro momento: cuando Matthew se metía la camisa por dentro del pantalón, me pareció que su mano, que se movía con rapidez, reducía infinitesimalmente la velocidad al llegar al paquete. Pareció envolverlo durante un breve instante, y mientras lo sujetaba me miró fijamente a los ojos.

Durante mucho, mucho menos que un segundo. No fue un cruce de miradas largo, determinante, sino algo que acabó tan pronto como empezó. Pero no hay duda de que lo hubo.

Aun así, ¿fue un acto deliberado? Después de todo, el despacho era diminuto y no había mucho espacio donde posar la mirada. Y, por supuesto, pudo ser un accidente. O a lo mejor se estaba tocando la pilila a modo de talismán. Creo que muchos hombres lo hacen… ¿para asegurarse de que sigue ahí?

Y siempre está la posibilidad de que fuera una mirada de disculpa: «Siento que tengas que estar aquí viendo cómo me desvisto».

O puede que, simplemente, lo haya imaginado todo.

61

Viernes, 4 de noviembre, día cincuenta y tres

¡Mamá se ha cambiado el pelo! Luce una melena corta y ahuecada de color rubio, muy sofisticada.

—¡Me he hecho extensiones! —aúlla—. ¡Neeve me las consiguió gratis!

—A cambio de un vlog, abuela. En la vida no hay nada gratis.

—Pero eso no es ninguna lata —asegura mamá—. Todo el mundo dice que he nacido para vloguear.

Derry y yo intercambiamos una sonrisa.

—Estás *espectacular* —digo.

—¡Lo sé! Voy a deciros algo, chicas: todos esos años que estuve enferma no tenía vida, ¡pero nunca es tarde! El lunes me harán la manicura permanente, ¿verdad, Neeve?

—Eso es, abuela.

—Y estoy pensando en hacerme un tatuaje —continúa mamá.

—¡Por encima de mi cadáver! —grita Maura desde la otra habitación.

—En ese caso —dice Joe a mamá—, háztelo, por favor.

Para evitar que estalle la guerra entre Maura y Joe, Derry dice:

—He dejado a mi novio.

—Me alegro por ti —dice mamá—. Solo tienes cuarenta y cinco años, ¿por qué querrías sentar la cabeza? ¡Ten todos los novios que te apetezcan, ama, disfruta!

Me llevo a Derry a un lado.

—¿Qué le pasa? ¿Está tomando algo?

—¿Quieres decir antidepresivos? No lo creo, pero es verdad que está muy rara.

—¿Qué ha pasado con tu nuevo maromo?

—Nada. Los calcetines. Eran *espantosos*. Vale, lo reconozco, tengo fobia al compromiso. Todos tenemos nuestras cosas.

Me dispongo a acostarme cuando Neeve aparece en la puerta de mi dormitorio.

—¿Mamá? —La expresión de su cara me inquieta.

—¿Qué pasa, cielo? Entra.

Se sienta en la cama pero evita mi mirada.

—Cuéntamelo. —No es propio de ella mostrarse reservada y mi preocupación crece.

Mirándose las manos, dice:

—Verás, no sé si contártelo, no estoy segura de…

¿Qué ha hecho? ¿Ha difamado a alguien en su vlog? ¿Ha destrozado el coche de Hugh?

—No puede ser tan malo.

Por fin me mira a los ojos.

—Mamá, lo siento. No estaba espiando, solo estaba echando un vistazo. A Hugh. En Facebook. Y…

Entonces comprendo que sea lo que sea, no tiene que ver con ella.

—¿Ha publicado algo? —Hace dos días que no lo miro.

—No. Pero alguien lo ha etiquetado en una foto y…

Automáticamente, agarro mi iPad.

—Mamá, mamá, espera un momento. ¡Para, por favor!

Paro.

Neeve respira hondo.

—Mamá, primero tienes que prepararte.

Eso lo hace aún peor. El corazón me va a cien, tengo la boca seca. Necesito ver qué es y necesito verlo ya.

—Tranquila. —La voz me sale chillona y nada convincente—. Sabía que conocería a otras… —Mis torpes dedos han abierto Facebook—. Es algo pactado… —Mierda.

Es Hugh. Con una mujer. O una chica, en realidad. Joven. Bonita. Pelo moreno, tirando a corto y recogido detrás de las orejas, ojos grandes e inocentes, mentón fino. Y Hugh, grande y barbudo, con un bronceado algo rojizo. Lleva puesta la camisa blanca de lino… y se ha quitado la alianza. Es comprensible. ¿Por qué me impacta tanto entonces?

Es de noche y están sentados a una mesa de madera basta y oscura, el uno frente al otro, en lo que parece un chiringuito de playa: dos botellas heladas de cerveza tailandesa descansan sobre los listones junto a un farol titilante. Tienen la cabeza ladeada —es normal a la hora de posar para una foto— pero todo rezuma intimidad. Tienen los brazos extendidos sobre la mesa, formando dos arcos paralelos, sin llegar a tocarse.

Contemplo un buen rato la foto mientras la sangre ruge en mis oídos. Noto un cosquilleo en los dedos y tengo la sensación de estar despierta dentro de una pesadilla. Sabía que esto pasaría, sabía que *estaba* pasando, pero verlo con mis propios ojos…

—¿Mamá? —dice Neeve a lo lejos.

Hago un esfuerzo por serenarme.

—Gracias, Neeve. Tarde o temprano la habría visto. Miro la página de Hugh casi todos los días. —Yo soy la adulta aquí: no puedo permitir que se sienta culpable ni que vea cómo me desmorono.

—Mamá —susurra—, no te preocupes, sé que te duele.

La chica se llama Raffie Geras.

—Sí, pero no, en realidad no —balbuceo—. Digamos que lo sabía, por lo menos en *teoría*, así que está todo bien… —Estoy pinchando la página de Raffie Geras.

—¡Mamá, no!

Es escocesa, por lo visto, licenciada por la Universidad de Edimburgo en 2002, lo que quiere decir que tiene unos treinta y cinco o treinta y seis, ¿no? Es joven, pero no demasiado. Imagínate que hubiese tenido diecinueve. Eso habría sido mucho, mucho peor.

—¡Mamá!

Es abogada. ¡Abogada! ¿Cómo puedo competir con *eso*? Estoy mirando su muro…

—¡Mamá, no!

Ahí está, buceando. Ahí está, en una barca. Y… Dios, Dios, Dios… Es Hugh. En una cama. Dormido. Una sábana blanca lo cubre hasta el torso, pero es evidente que está desnudo. La habitación es uno de esos cuartos sencillos del Sudeste Asiático. Una mosquitera cuelga hecha un nudo sobre la cama, la ventana tiene postigos de listones oscuros. Entonces veo el pie de la foto: «Un bombón irlandés en mi cama».

Voy a vomitar. Mis pies golpean el suelo y Neeve se aparta rauda para despejarme el camino hasta el cuarto de baño. Llego por los pelos. Todo el contenido de mi estómago sale de una vez. Paso un minuto o dos desplomada sobre la taza, aguardando a que mi barriga se calme, me paso el cepillo por los dientes y empiezo a temblar como si me hubiesen inyectado veneno.

—Mamá… —La voz de Neeve es persuasiva, contrita. ¿Qué ocurre ahora?—. Kiara y…

—¡Las chicas! —exclamo, incorporándome de golpe. Kiara y Sofie *no* deben ver la foto en la cronología de Hugh. Porque entonces pincharán la página de Raffie Geras y verán todo lo demás.

—¡Exacto! —dice Neeve—. No pueden verlo. Seguro que Hugh no sabe que ella lo ha etiquetado. Tienes que decírselo.

¿Qué hago? ¿Le envío un mensaje personal? Podría llamarle. Es la oportunidad perfecta. Pero ya no quiero hablar con él, de hecho, creo que no podría. En mi interior se ha formado una pelota de sentimientos tóxicos, una mezcla de tristeza, celos, traición y furia. Le odio con toda mi alma.

—WhatsApp es la mejor opción —dice Neeve—. Hugh lee el WhatsApp. —En tono de disculpa, añade—: Es lo que han estado utilizando Kiara y Sofie cuando quieren, ya sabes, hablar con él.

Esto es tremendamente humillante.

Con mano temblorosa escribo: **Por favor, dile a tu novia Raffie que te desetiquete en la foto que hay en tu página de Facebook. Asegúrate de que no vuelva a ocurrir. Prometiste que protegerías a las chicas.**

—Enséñamelo —me ordena Neeve. Lo lee y asiente—. Está perfecto. Envíalo.

—¿Es de bruja llamarla su novia? —pregunto.

—¿A quién le importa?

Pulso Enviar y Neeve y yo nos miramos.

—No has de sentirte culpable —digo—. Dios, no puedo respirar. —Empujo el aire hacia mis pulmones, que se muestran reacios—. Qué harta estoy de todo esto. —Lágrimas de dolor y rabia acuden a mis ojos—. Pero no has de sentirte culpable…

Me pita el móvil y el corazón me da un vuelco. Las palabras bailan ante mis ojos. **Lo siento. Desaparecerá lo antes posible. No volverá a ocurrir. Hugh xxx.**

¿Ya está? ¿Nada más? ¿No me pregunta cómo estoy? ¿No niega que esa mujer es su novia? Dos meses de silencio y *once palabras* es todo lo que envía? Creía que no podría sentirme más herida o más enfadada, pero está visto que sí puedo.

—Déjame ver —dice Neeve.

Lo lee en silencio y me tiende un cojín. Lo aplasto contra mi boca y chillo.

62

Sábado, 5 de noviembre, día cincuenta y cuatro

—¿Qué haces mirando un partido de fútbol? —me pregunta Neeve—. ¿Tiene que ver con papá?

—¿Qu...? ¡Ah! —Se refiere a Richie Aldin—. No, es por una cosa de trabajo. Un cliente mío está en el estadio y me preguntaba cómo le va.

Cada vez que la cámara enfoca al público busco a Matthew y a sus hijos, pero no los veo. Aunque, todo hay que decirlo, el estadio está a reventar.

Anoche no dormí, literalmente, ni un segundo. Estuve horas espiando el Facebook de Raffie Geras. Espié a sus amigos, a su familia, a sus colegas, y hoy estoy cansada y en estado de shock.

Pensaba que la marcha de Hugh había sido dura, pero no fue nada comparado con esto.

La foto desapareció enseguida de la cronología de Hugh, pero a juzgar por el Facebook de Raffie Geras, lo suyo no es un mero encuentro sexual. Parece más bien un *idilio* en toda regla.

Mis peores temores se están cumpliendo: Hugh no va a volver. Fui una ilusa al pensar que lo haría; una vez que encontrara la novedad y la frescura que tanto ansiaba, ya no habría vuelta atrás.

Había alimentado la patética esperanza de que, después de mucho sexo insustancial, empezaría a echar de menos una conexión profunda y decidiría que quería volver conmigo. Ahora contemplo un escenario que no había barajado: Hugh conociendo a alguien especial en sus viajes, una persona con la que tendrá la conexión que desea.

Se enamorará de esa mujer —si no lo ha hecho ya, y tiene toda la pinta de que sí—, se divorciará de mí y se casará con ella.

Y puede que me lo merezca, puede que esto sea algo que yo misma haya provocado, gracias a mi continuado flirteo con Josh Rowan.

Cuánto agradezco tener trabajo con el que evadirme. A eso de las seis me llegan las imágenes de Matthew en el partido con sus hijos y son preciosas. Matthew sale guapo, cariñoso y amable en todas ellas. Ahí está, agachándose para atarle a Beata los cordones de los zapatos; conversando seria y cariñosamente con Edward; sentado con un hijo en cada rodilla, sus grandes manos sujetándolos para que no se caigan; chocándola con Beata cuando el Fulham marca un gol; abrazando a Edward cuando el Fulham gana el partido; abriendo una bolsita de pasas con dedos torpes... En dos o tres fotos sale riendo, pero en el resto luce su maravillosa —y auténtica— tragi-sonrisa.

No será fácil reducirlas a una veintena para el periódico. De las veinte, solo tres o cuatro saldrán en la edición en papel, pero quizá publiquen el resto online.

Sé que la opinión pública sobre Matthew mejorará cuando vean las fotos. Y harán *cola* para reemplazar a Ruthie por él: no hay nada tan sexy como un papá cariñoso.

Como es lógico, Matthew no debe considerar ni por un segundo la posibilidad de explotar su atractivo, de momento tiene que llevar vida monástica. Aun así, me preocupa un poco que se desmadre. No ha hecho nada malo, pero desde el sueño de la otra noche, en el que teníamos sexo en Marks & Spencer, he empezado a verlo como un devorador de mujeres. Lo cual es absurdo.

—¡Sofie! —grita Neeve desde su habitación—. ¡Ven AHORA mismo a peinarme!

Al otro lado de la puerta de mi dormitorio se oye un correteo de pies y el nerviosismo se palpa en el ambiente, pues esta es la noche en que Neeve va con Richie Aldin al puñetero baile benéfico. Nunca la he visto tan nerviosa por una simple cita. «Como Richie le haga daño...»

Neeve nunca ha tenido una relación larga. Bueno, puede que la haya tenido —seguro que me oculta un millón de cosas—, pero nunca una relación en la que trajera a la persona a casa para ver juntos vídeos de Drake, como hacemos con el Jackson de Sofie.

De vez en cuando se emociona y obsesiona con alguien, pero nunca —y no es de sorprender— llega a convertirse en algo aburrido y ordinario. No hace mucho —y además se ganó la aprobación de Kiara— tuvo un escarceo con una chica, pero al parecer «Estoy en el extremo heteronormativo del espectro y me siento como coja». («Oye, al menos *lo intentaste*», la consoló Kiara.)

Antes me inquietaba que la alergia que las relaciones estables le provocaban a Neeve fuera culpa de Richie. ¿Era posible que el hecho de que Richie la abandonara una y otra vez le hubiese dañado la capacidad de confiar? Ahora me doy cuenta de que estaba equivocada. ¿Qué idiota querría exponerse a todo ese dolor? Sin duda, Neeve está mucho mejor entregándose a su trabajo y sus amigos, con el corazón a salvo.

Ojalá yo hubiese tenido el juicio suficiente para aferrarme al equilibrio que había encontrado después de que Richie me dejara. Estaría mal decir que lamento haber conocido a Hugh, porque Kiara es un auténtico regalo, pero si hubiese seguido siendo la persona autosuficiente que era entonces, ahora no estaría sufriendo como estoy sufriendo.

Kiara irrumpe en mi habitación.

—¡Mamá, ven! ¡Con el costurero!

Parezco un paramédico. Neeve se ha enganchado el tacón en el dobladillo del vestido y ha desgarrado un par de puntadas, está tan desconsolada como si se hubiese producido un choque en cadena.

La arreglamos y ya está lista para partir, toda guapa y acicalada. El vestido, una prenda asimétrica de encajes blancos y negros de Self-Portrait, es la prenda más elegante que ha lucido en su vida. Los zapatos, unas sandalias negras con lentejuelas, son una imitación de Dolce, y la gargantilla negra de terciopelo es una copia de la gargantilla de Marc Jacobs que me tiene loca actualmente. Lleva su fabulosa melena cobriza recogida en lo alto, lo que añade otros diez centímetros a su estatura.

—¿Estoy bien, mamá? —Su nerviosismo me conmueve.

—Estás deslumbrante. —Pero lo cierto es que no me fío de que Richie Aldin no emerja de repente de su angustioso viaje de culpabilidad y vuelva a su ser cruel e impasible. Lo único que puedo hacer es confiar en que no haga daño a Neeve.

Pulso Actualizar por millonésima vez. Todavía nada. Es más de medianoche y estoy esperando que la prensa del domingo salga online. La idea de subir a mi cuarto y pasar por otra noche de insomnio me aterra tanto, que fingir que estoy trabajando hace que me sienta un poco menos patética.

Lo que me inquieta es que, pese a lo prometido, el *Sunday Times* no publique las fotos de Matthew. Hasta que haya ocurrido, no puedes fiarte de que un periódico cumpla su promesa. Cualquier cosa podría echarlo por tierra: el politiqueo interno, el capricho de un redactor o, naturalmente, una catástrofe.

Bebo un trago de vino, seguido de un trago de Gaviscon, le doy de nuevo a Actualizar y, por fin, ahí están los periódicos de mañana. Matthew aparece en la página cinco, un lugar estupendo que garantiza máxima visibilidad. La versión online publica dieciséis de las veinte fotos, además de un artículo positivo que habla de la abrigada ropa de los niños, el cariño patente de Matthew y lo felices que parecen los tres juntos. Y lo mejor de todo, no menciona a Sharmaine.

Leo por encima la larga entrevista a Ruthie: hay muchas alusiones, pero no hechos concretos. Estoy encantada de declarar un empate en la prensa de este fin de semana.

63

Lunes, 7 de noviembre, día cincuenta y seis

El lunes por la noche mamá me echa el guante, una vez más, para que cuide de papá. Está radiante, muy, muy guapa. El nuevo pelo le queda genial y luce unos pendientes muy bonitos. Bueno, bonitos para *ella*: una gema azul rodeada de brillantitos. Yo no me los pondría ni en un millón de años.

—Me gustan tus pendientes —digo.

—¡Una tienda se los envió a Neeve para mí! ¡Gratis! Solo tengo que colgarlos a Instagram.

—Tú no estás en Instagram.

—Ahora sí. Neeve me lo ha instalado. Ella lo hace todo, las fotos, todo. ¡Es divertidísimo! Estoy tan contenta, Amy. En cierta manera, siento que estoy empezando a vivir. No solo por el pelo, el vlog y mis nuevas uñas rojas. —Agita su manicura permanente—. Sino por todo. La gente nueva y los gin-tonics y todo lo demás.

Siento una punzada de intranquilidad, la misma que me asaltó hace unos días.

—Cuéntame más cosas de esas amistades. ¿Son todas esposas de maridos con alzhéimer o también hay hombres?

Se pone roja. Como un tomate.

—Pues claro que hay hombres. La ley de probabilidades lo dice.

—¿Y cuántos de esos hombres se apuntan a vuestras salidas?

Mamá abre la puerta de la calle y saca la cabeza al aire frío de la noche.

—¿Es ese mi taxi?

Echo un vistazo. No hay ningún taxi.

—¿Cuántos hombres se apuntan a estas noches de gin-tonics?

—¿Cómo le fue a Neeve la otra noche con el inútil de Richie Aldin?

Le fue muy bien. Creo. Irrumpió en mi cuarto a las tres de la mañana rebosante de felicidad porque había conocido a muchos amigos de su padre y la había presentado como su hija.

—Mamá, no intentes desviar la conversación. ¿Cuántos hombres?

—La cosa no va por ahí, cielo. Solo es un poco de diversión. Y de gin-tonics, mi bebida favorita. —Luego—: Amy. —Me agarra la muñeca con una fuerza inesperada y me mira fijamente a los ojos—. Papá vive la mayor parte del tiempo en otro mundo, pero hay momentos en que recupera la cordura. Es el hombre con el que me casé, y aunque todo esto es difícil para mí, jamás le haría daño.

Enseguida lo lamento. Mamá ha tenido una vida triste y por fin empieza a disfrutar, y lo que haga con sus pendientes de carcamal y sus gin-tonics no es asunto mío.

64

Martes, 8 de noviembre, día cincuenta y siete

Hoy el metro en el que había montado en Heathrow, de la línea de Piccadilly, se detiene en un túnel durante veinte inexplicables minutos y llego tarde a Home House.

—¿Es esperar demasiado que Matthew Carlisle no haya llegado aún? —pregunto a Mihaela, la recepcionista.

—Ha llegado —dice—. Hecho un bombón. Está en la sala de reuniones pequeña del tercer piso.

Subo corriendo, me deshago en disculpas, y Matthew Carlisle se levanta y se inclina para besarme en la mejilla. Tiene el mentón suave y huele a mojito. Guerlain Homme, si no me equivoco.

—Eh, hola.

Es la primera vez que lo veo desde aquel sueño perturbador y me cuesta relacionarme con el hombre real y no con el granuja que me sedujo en un probador de Marks & Spencer.

Detrás, acechando, está su hermano. A estas alturas ya no me desconcierta que esté siempre presente. Por suerte, no hay riesgo de que Dante intente besarme. Asiente bruscamente con la cabeza y suelta un lacónico:

—Amy.

—Dante —respondo, y me produce un placer infantil ver cómo se encoge. *Nunca* lo llamaré Dan.

—¿Entonces? —Matthew parece contento y esperanzado—. ¿Crees que lo de las fotos ha funcionado?

—En el artículo no se menciona a Sharmaine —digo—. No hay duda de que las cosas están empezando a cambiar.

—¿Podría decirse que hemos dado un giro? —Le brillan los ojos.

Enseguida, procedo a sofocar expectativas.

—Esas fotos fueron un excelente comienzo, Matthew, pero recuerda lo que siempre digo. Esto será largo y lento.

—¿Largo y lento? —Clava en mí sus ojos grandes y cristalinos. Y no sé si es porque todavía arrastro la resaca del sueño, pero sus palabras suenan como si se me insinuara—. Está bien. —De repente se ha puesto triste—. Que así sea.

Carraspeo y vuelvo a centrarme.

—Aprovechando el tirón de esas fotos, os he conseguido entradas a ti y a tus hijos para el preestreno de la nueva película de Disney del jueves por la tarde. No será necesario buscar un paparazzi, habrá fotógrafos oficiales. Y cámaras de televisiones locales, así que estaría bien que les dedicaras unas palabras. Te he preparado cuatro comentarios neutros. No te vayas demasiado por las ramas.

—Vale.

—¿Qué te parecería un viaje a Laponia a principios de diciembre? Para conocer a Papá Noel. ¿Con los niños?

—Eh, sí, claro.

—*The One Show* te invitará para que hables del viaje. —Planteo otras propuestas, todas ellas parte del mosaico que terminará por conformar la nueva imagen de Matthew Carlisle.

—Bien. Ahora he de ir a trabajar —dice Matthew.

—Vale. Nos veremos el viernes por la noche en Brighton.

65

Jueves, 10 de noviembre, día cincuenta y nueve

«Playa desierta, Ko Samui», es el pie de la última foto de la cronología de Raffie Geras. Hugh y Raffie están sentados en una arena
blanca y fina. Ella está acurrucada entre las piernas de Hugh, con
la espalda contra el estómago, envuelta por sus brazos. Se ríen, y
por qué no iban a hacerlo, teniendo en cuenta su proximidad a
aguas turquesas y cristalinas y bosquecillos de palmeras.

Aunque su playa no podía estar *tan* desierta si encontraron a
alguien que les hiciera la foto. Eso me produce una satisfacción
amarga, hasta que caigo en la cuenta de que lo más seguro sea que
la cámara tenía temporizador.

Cada día aparecen nuevas imágenes románticas tropicales. Casi
puedo *notar* en mi piel el calor húmedo y bochornoso de Ko Samui.
Aquí llueve a mares y a las cuatro y media ya es de noche.

De repente me entran ganas de enviarles una foto de mí con
semblante triste, sentada frente a mi mesa, con el título: «Oficina
desierta; frío y lluvioso Dublín».

Ahora que lo pienso, para contrarrestar el goteo constante de
despreocupada languidez tropical que publica ella, quizá debería
bombardearlos ¡con fotografías de mi vida!

Por ejemplo, «Duchándome con agua fría porque a la caldera
le pasa algo y no tengo ni idea de cómo arreglarla porque eso era
tarea de mi marido». Y siempre me quedará «Viendo *En la mente
de los asesinos más enfermos del mundo* con mi padre afectado de
alzhéimer, que insiste en que parezco una Myra Hindley en moreno».

Pero es de vital importancia que no se me vaya la olla. Tengo el
deber, por las chicas, de permanecer cuerda.

—¿Qué tal todo? —Alastair entra en la oficina.

—¿Dónde estabas? —Llevo más de una hora sola en la oficina y no me gusta.

—Depilándome. Brighton mañana. He de estar preparado para la acción.

—¿La cosa con Sharmaine King no ha prosperado? —Luego—: Es *la* pregunta más ingenua que he hecho en mi vida. ¿Desde cuándo te frenaría a ti eso?

—Perdona, soy un monógamo en serie. —Se ha picado—. Yo no engaño. Y Sharmaine me rompió el corazón.

—Razón por la cual estás dispuesto a tener un poco de acción mañana por la noche.

—Pues claro, la vida continúa. Pero sí, Sharmaine pasó de mí.

—¿Es tu primera vez?

—Ni mucho menos. Siempre me enamoro de mujeres que no me quieren. De hecho, ni reparan en mí. —De repente ve la foto que hay en mi pantalla—. Joder. Amy, deja de espiarlos.

Ojalá pudiera.

—Estoy pensando en enviarles fotos de mi vida, en plan «Volviendo a casa después de una jornada de trabajo de once horas y descubriendo que no hay nada de comer, ni siquiera queso, porque mi marido, que siempre recogía mi paquete mensual del club de los quesos, está ahora en Tailandia tirándose a una chavala».

—Oh, Amy.

—O «Yo alucinando ante la posibilidad de que mi madre tenga una aventura».

—¿Qué? ¿Lilian O'Connell, madre de cinco, tiene una aventura?

—Ni te acerques a ella, degenerado.

—¿Es que ya no queda nada en lo que creer en este frívolo mundo de mierda? Lo de la aventura va en broma, ¿no?

—Lo más seguro es que solo esté divirtiéndose, y me alegro por ella. ¿Ya son las cinco?

—Menos veinte.

—Estupendo. —Agarro el bolso—. Ya he hecho suficiente por hoy. Me voy a la peluquería y a tomar algo con Derry.

—Salúdala de mi parte.

Entorno la mirada.

—A mi familia ni te acerques.

—Te veo mañana en el aeropuerto.

—¡Y lo culpable que me sentía por lo de Josh Rowan! —bramo a Derry—. Ahora estoy furiosa por no haberme acostado con él.

—Pues acuéstate ahora —dice Derry.

—¿Cómo? Hace más de un año que no lo veo. *Y está casado*. Pero te diré una cosa, ahora entiendo perfectamente por qué Steevie quería que a Hugh se le pusiera la polla verde y se le cayera.

Mi rabia no tiene fin. Y debajo hay un sentimiento de pérdida tan grande, tan espantoso, que no puedo ni mirarlo.

—¿Sabes algo de ella?

—Me ha eliminado de su lista de amigos de Facebook. Cualquier otra semana me habría muerto del disgusto, pero ya no me quedan fuerzas para disgustarme.

—Lo arreglaréis.

—No sé, Derry. Ni siquiera sé si quiero arreglarlo. Y de lo que estoy segura es que Hugh y yo hemos terminado. Si no hubiera visto esas fotos, quizá hubiésemos podido seguir juntos. Pero he sido una ingenua por alimentar esa esperanza.

Se encoge de hombros. Ella siempre ha pensado que lo era.

—Aunque Hugh volviera a casa y todavía me quisiera, algo que dudo, nunca podría olvidar lo ocurrido.

—Eres una superviviente —dice Derry—. Y conocerás a otro hombre.

—Ni hablar. No pienso volver a pasar por esto *nunca* más. Der, háblame de lo genial que es estar soltera.

—Es lo mejor que hay. Llego a casa, cierro la puerta de mi pequeño hogar y no tengo que aguantar a nadie salvo a *mí*.

—¿No te sientes sola?

—Nunca.

Existe más de una manera de vivir. Aparto ese pensamiento de mi mente.

Uno de los muchos miedos de quedarme sola a mi edad es convertirme en una mujer serena y sin glamour. Llevaría el pelo corto y sin teñir y mi cabeza parecería moteada de limaduras de hierro. Me levantaría cada mañana a las seis para dar gracias por lo que tengo y en la boda de Kiara aparecería con un aspecto «atractivo a la manera de la gente madura», como las mujeres que hacen yoga, con arrugas bonitas pero sin carrillos. Esas mujeres suelen tener mandíbulas increíblemente firmes y la piel limpia y luminosa, como si se hubiesen sumergido en barriles de ácido ascórbico, aunque sabes que no es así porque solo utilizan Dr Hauschka, que no te deja ni tener una crema de noche.

No quiero ser esa mujer. Mucho mejor ser una cacatúa borracha y llena de bótox. Por lo menos quedaría algo de vida en mí.

Y ahora veo que no tengo por qué seguir el camino de las yoguis. Derry sigue siendo una mujer glamurosa.

—Creo que ahora no podría vivir con otra persona —dice Derry—. Estoy demasiado acostumbrada a hacer lo que me da la gana.

Derry ha tenido relaciones largas que podrían considerarse matrimonios. Sabe de lo que habla.

—Y si me siento sola —dice—, siempre puedo quedar con un hombre.

—Estás hablando de sexo —digo—. ¿Cómo podría hacer eso con alguien nuevo? Mírame bien, me cuelga todo.

—Si te gusta un hombre y tú le gustas a él, la pasión te sobrepasa y te da igual la pinta que tengas. Te lo digo yo, Amy, las mujeres perimenopáusicas somos una *bomba* de energía sexual.

—Yo no. A mí me interesa más tener alguien para ver la tele y comer patatas fritas. Francamente, Derry, algunos de los momentos más felices de mi vida los he tenido tumbada en el sofá con Hugh, viendo un recopilatorio. Entonces no sabía que estaba viviendo un sueño, pero así era.

—Estás acostumbrada a estar casada y puedes desacostumbrarte. Llegará un día en que Hugh te dará igual.

—Pese a todo lo que ha hecho, esa posibilidad me aterra.

—Te aterra *ahora*, pero dale una oportunidad. No seas tan codependiente.

—Existe una diferencia entre codependencia e interdependencia saludable.

Me observa detenidamente.

—¿Otra vez *Psychologies*? ¿Sabes qué, Amy? Esto ha pasado de verdad. Hugh se ha ido. Y antes de eso tú estabas tonteando con otro hombre. ¡Ya lo sé! —Levanta la mano para contener mis protestas—. No te acostaste con Josh Rowan, pero fue una aventura emocional. Piénsalo, piénsalo *de verdad*. Tú deseabas algo que ni Hugh ni vuestra «interdependencia saludable» te daban.

66

Viernes, 11 de noviembre, día sesenta

Estoy hablando con Alastair por el teléfono del hotel.

—¿Qué tal tu habitación? —me pregunta.

Examino mi cama individual con su aspecto cruel y el estrecho lavabo con plato de ducha.

—Un agujero. ¿La tuya?

—Lo mismo. Ideal si quieres volarte la tapa de los sesos. ¿Qué tal tus vistas?

—Un muro mugriento a unos diez centímetros de la ventana.

—Aun así, me alegro de estar aquí.

Yo también, la verdad. He decidido esforzarme por ver el vaso medio lleno sobre mi nueva normalidad, y estar en Brighton para los Media Awards es una buena cosa. Quiero rodearme de gente borracha y con ganas de divertirse. Quiero bailar y disfrutar de cada segundo, acostarme tarde y reírme. Quiero distraerme, conectar con otros seres humanos, sentir que sigo viva.

—Baja a tomar una copa conmigo —dice Alastair—. Veamos quién hay por aquí.

—He de reunirme un momento con Matthew Carlisle.

—Ah, la arenga. Oye, el hotel está plagado de paparazzi. Su comportamiento ha de ser impecable.

Tiene razón. Pero la ingenuidad de Matthew es *alarmante* y necesita que le recuerden constantemente la importancia de lo que perciben los demás.

Mi caja de zapatos es un anexo situado en el sótano y he de subir dos tramos de escaleras antes de llegar al vestíbulo y tomar el ascensor hasta la habitación de Matthew, en el último piso.

El hotel está a tope de gente, algunos con una copa ya en la mano. Tras encontrarme con personas que hace siglos que no veo, me pregunto, y no es la primera vez, si Josh está aquí. Verlo sería violento, incluso el mero hecho de pensar en él me resulta doloroso.

El último piso parece otro mundo, lleno de luz, aire y pasillos anchos. La habitación de Matthew está al final de todo. Llamo a la puerta de roble y, Dios mío, ¡noto un clic y un destello de luz detrás de mí! ¡Un fotógrafo!

Quienquiera que sea, está acuartelado a dos habitaciones de la de Matthew. Echo a correr por el pasillo, aporreo la puerta con los nudillos y, en vista de que nadie responde, grito:

—Soy Amy O'Connell, la *publicista* de Matthew.

La puerta se abre. Es un paparazzi que medio conozco y me echo a reír porque todo está tomando un cariz muy surrealista.

—¿Len… eh, Lenny? Sí, Lenny. Soy su publicista, animal. Amy O'Connell, ¡ya me conoces!

En tono beligerante, Lenny replica:

—Puede que se lo esté montando contigo

—No. —Todavía me estoy riendo. Creo que es la adrenalina—. No se lo está montando con nadie.

Lenny parece decepcionado.

—Pero el resto de la gente sí se lo montará con alguien esta noche —digo—. No te irás a casa con las manos vacías. Bien. Adiós.

Llamo a la puerta de Matthew con otro ra-ta-tat-tat y a los diez segundos oigo unos pasos raudos. Enseguida, la puerta se abre.

—¡Lo siento! —Lleva la camisa arrugada y parece agotado—. Me he dormido. Pasa.

—Qué habitación tan *bonita*. —Es una suite, de hecho. Tiene una sala de estar con dos sofás y varias butacas, y el espacio al completo está inundado por una luz azulada.

—Me han subido de categoría. —Ahoga un bostezo.

Corro hasta la ventana.

—¡Se ve el mar!

—¿Tú no ves el mar?

Me río.

—Aun he tenido suerte de conseguir una cama. ¿Está Dante?

—Me lo imagino escondido en el armario.

Matthew sonríe.

—La habitación de *Dan* está en otra planta.

Apuesto a que sí. No sería extraño que lo hubieran alojado en el Anexo de los Agujeros conmigo y los demás donnadies.

—¿Café? —me pregunta Matthew—. ¿O prefieres otra cosa? —Señala un aparador—. Mira, tengo un bar lleno de botellas.

—Caray, no. Tengo una larga noche por delante. Mejor un café.

—¡Tiene una cafetera Nespresso auténtica!

Matthew lleva las dos tazas hasta la mesita del sofá.

—Bien —dice clavando sus ojos castaños en mí—. Las instrucciones para esta noche: nada de mujeres.

—Veo que me escuchas. En serio, prudencia con todas las féminas.

—Prohibido bailar lentos en la disco. ¿Y rápidos?

—Prohibida la disco en general.

—¿Qué? Es una tradición.

—¿Fotos donde aparezcas superrecuperado y pasándolo bomba? No, Matthew. —Hora de ser despiadada—. Hay un paparazzi apostado dos habitaciones más allá.

Matthew empalidece.

—¿*Por qué*?

—Porque eres el marido de Ruthie Billingham. Porque Ruthie sigue haciendo insinuaciones sobre tu infidelidad. La prensa y el público quieren fotos incriminatorias.

Hunde la cara en las manos.

—¿Cuándo va a terminar esta pesadilla?

—No lo sé. Solo puedo prometerte que terminará. Entretanto, has de mantener el tipo.

Cansado del mundo, suelta una exhalación larga.

—Otra cosa, Matthew. Digamos que esta noche no te llevas el premio…

—¿Quieres decir «en el caso improbable» de que no me lleve el premio? —Prueba un guiño poco convincente.

—¡Exacto! Tienes que sonreír. Mucho. Y aplaudir con entusiasmo. —Desde la perspectiva de las RRPP, casi es mejor perder con elegancia que ganar.

—Entendido. —Luego—: ¿Crees que no ganaré?

—Claro que ganarás. —No ganará. Ganará Jeremy Paxman.

—¿Paxman no?

—Paxman no.

—Me apuesto diez pavos.

—Hecho. —Mierda. Adiós a diez pavos—. Por último, ¿qué vas a ponerte esta noche? —Es una cena de etiqueta—. ¿Un esmoquin alquilado?

—No, es mío

—Enséñamelo.

Es de Zara Man. Por lo menos no es una preciosidad de corte elegante como los de Gucci. Así y todo…

—Procura no estar demasiado guapo esta noche, ¿vale?

—¿Y cómo lo hago?

No sé si reír o no.

—Hasta luego, Matthew.

Alastair está esperando abajo, en el bar, y Tim se ha añadido.

—¿Cómo está Matthew? —me pregunta Alastair.

Sacudo la cabeza.

—Si… —Me cuesta encontrar las palabras justas—. Si… eso es, si tuviera sentido del humor, sería el hombre más atractivo del planeta.

Algo cruza por el rostro de Alastair. Exasperada, pregunto:

—¿Qué?

—Yo tengo sentido del humor. Soy gracioso, ¿no?

Me lo miro.

—Tienes un humor *peculiar*. —Me lo vuelvo a mirar—. Y estás más necesitado de lo habitual.

Entonces, para mi gran sorpresa, Tim —¡Tim!— me pregunta:

—¿Te gusta Matthew Carlisle?

—Eh, no. —Noto que me suben los colores, porque *Tim*… Me incomoda mucho hablar de emociones con él.

—Yo siempre necesito que me guste alguien del trabajo —dice.

¡Estoy boquiabierta! Solo acierto a decir:

—Pero tú y la señora Staunton…

En un tono grave, dice:

—Estoy seguro de que a la señora Staunton también le gusta gente de su trabajo.

—Pero nunca llegáis a hacer nada con esas personas que os gustan, ¿no?

Tuerce el gesto y a continuación le chispean los ojos.

—Me estás tomando el pelo. —Me vuelvo hacia Alastair—. Me toma el pelo, ¿verdad?

—¿A mí me lo preguntas? Estoy tan alucinado como tú.

—Por favor, Tim, esta semana no. Necesito alguien en quien poder confiar. Por favor, di que estás bromeando.

—Estoy bromeando —declara impávido. Pero no sé si creérmelo.

67

—Y entrega el premio al Presentador Político del Año...

Es la categoría de Matthew, y no me sorprendo cuando Jeremy Paxman se lleva el galardón. Matthew se levanta enseguida, aplaude y silba como un loco. Luego, mirándome desde la otra punta del salón, asiente y dice con los labios: «Me debes diez pavos».

Dante Carlisle sigue la mirada de Matthew y al verme se le crispa la cara. Le lanzo un beso.

Finalizada la entrega de premios, arranca la parte divertida de la noche. Tengo previsto ir de mesa en mesa, conocer a mogollón de gente, ir a la disco y bailar hasta que me echen.

Pero primero de todo debo consolar a Matthew y darle los diez pavos.

Está sentado a solas en la gran mesa redonda. El resto debe de haber salido disparado hacia el bar.

—Lo siento —digo.

—Te dije que ganaría Paxman. —Matthew intenta sonreír, pero los labios le tiemblan.

—¿Estás bien? —¿Tanto deseaba ganar? Alarmada, me siento a su lado—. ¿Qué ocurre?

—Echo... de menos a mi esposa. —Gira el cuerpo hacia mí. Tiene la mirada fija en el mantel—. Todavía no puedo creer que me haya dejado.

Asiento, atónita.

—Cada mañana, cuando me levanto, durante un rato hago ver que no ha sucedido. Después no me queda más remedio que aceptarlo, y la sensación de pérdida... Es como si volviera a la infancia, al momento en que mi padre nos abandonó.

Solo soy capaz de asentir. Es angustioso.

—No solo echo de menos a Ruthie, sino a nuestra familia, a los cuatro.

Ahora deseo que deje de hablar.

—Como el Paraíso antes de la caída. Era perfecto, pero ya no está.

Hugh me adoraba, nos adoraba a todas, a mí, a Neeve, a Sofie, a Kiara. Éramos una familia feliz. No solo lo he perdido a él, he perdido también nuestra especial dinámica a cinco.

Se me ha hecho un nudo en la garganta.

—La gente creía que era yo quien cuidaba de Ruthie —dice Matthew—, pero ella también cuidaba de mí. Nos cuidábamos el uno al otro y... ¿Estás bien? ¿Amy? ¿Estás bien?

—Sí. —Asiento, aunque de mis ojos caen lágrimas.

—¡Dios! ¿Qué he dicho?

—Nada. Lo siento. Qué vergüenza. —Me seco la cara con el dorso de la mano.

—Cuéntamelo, por favor. —Arruga la frente de una forma oh-tan-atractiva—. Por favor —repite.

Sé que es poco profesional, pero estoy destrozada.

—¿Puedo enseñarte algo?

—Claro.

Pulso mi móvil un par de veces y paso el dedo hasta que encuentro la foto más reciente de Raffie, en la que salen Hugh y ella en un muelle, abrazados.

—¿Ves a este hombre? ¿El que está con la mujer? Es mi marido.

—Pero si está...

—Sí, con otra mujer. Están en Tailandia.

—Y... ¿cómo lo has descubierto?

—Nos hemos dado un descanso. Bueno, él se lo ha dado. Seis meses. Volverá en marzo. Pero en realidad no volverá. ¿Tú volverías?

Matthew me mira conmocionado.

—Amy, ¿quieres largarte de aquí? ¿Mandar esta noche a paseo? Nadie se dará cuenta. Vamos, te acompañaré a tu habitación.

De repente me he quedado sin fuerzas, sin energía, y solo deseo salir de aquí.

—Vale.

Nos levantamos y Dante aparece, como por arte de magia, con una copa en cada mano.

—¿Qué ocurre?

—Amy se retira. Voy a acompañarla a su habitación.

Dante me mira a mí, luego a Matthew y de nuevo a mí.

—Yo lo haré —dice. Deja las copas sobre la mesa—. Tú quédate aquí, Matthew.

—No. —No quiero que Dante se me acerque.

—Pero...

—Volveré dentro de cinco minutos —dice Matthew—. Espérame aquí.

Mientras nos alejamos, digo a Matthew:

—¿Qué le pasa a tu hermano? ¿Está enamorado de ti?

Suelta una risa breve, seca.

—Más o menos.

Ostras, ostras, ostras. Es Josh Rowan. Junto a la puerta del salón, hablando con alguien. Me ha visto, tiene sus ojos clavados en los míos. Pensaba que no querría encontrármelo. Pensaba que había demasiada culpa ligada a la mera idea de él. Pero ahora que lo veo me vuelve todo: la atracción, la añoranza, el deseo de que las cosas pudieran haber sido diferentes.

Veo mi propio deseo escrito en su cara. Pese a los empujones de los juerguistas, por un momento parece que estemos solos. Puedo incluso sentir su emoción, y estoy segura de que él puede sentir la mía. Nos comunicamos sin hablar, y es como si los dieciséis meses que no nos hemos visto se hubiesen esfumado.

Un borracho que tiene la cabeza como una ampolla inyectada en sangre agarra a Josh por el cuello, le grita algo gracioso en la cara y se lo lleva.

Cuando Matthew y yo cruzamos la puerta del salón, paseo la mirada por el concurrido vestíbulo pero no veo a Josh. Matthew me conduce con paso resuelto hasta la escalera de atrás, introduce la tarjeta en la ranura de la puerta de mi habitación y mete la cabeza.

—Solo quiero asegurarme de que no hay nadie escondido debajo de la cama —dice. Luego—: ¡Dios mío, parece una celda!

—No está tan mal.

—Es horrible. No puedo dejarte aquí. Sube un rato a mi habitación. Podemos tomar una copa.

—No, no. —No estoy de humor.

—Solo una. No quiero estar solo, no sintiéndome como me siento. Me harías un favor.

—¡Qué diantre! —digo—. De acuerdo.

La suite de Matthew está preparada. Hay una luz ambiental y suena música clásica. Me acerco a la ventana. La noche no deja ver el mar, pero puedo oírlo lamer y salpicar la orilla. El sonido me calma.

—Siéntate. —Matthew señala el sofá y examina la ristra de botellas del aparador—. ¿Qué te apetece?

—Un vodka, creo. Y una Coca-Cola light.

Me sirve una dosis generosa en un vaso de culo grueso y viene al sofá.

—Cuéntame.

Bebo un sorbo, abro la boca y vuelco mi desolación. Resulta asombroso lo deprisa que se vacía mi vaso; Matthew lo llena de nuevo y me anima a seguir hablando.

—No —digo—, prefiero dejarlo aquí. Este dolor es agotador y estoy harta de estar triste.

Llega una música de fuera, la disco debe de haber empezado, y de repente me cambia el humor.

—Oye, Matthew, no sirve de nada revolcarse en la pena. Bajemos a la disco, quiero bailar.

Estoy un poco borracha, pero, en contra de toda previsión, es un pedo alegre, no sensiblero.

—No puedo ir a la disco —dice—. Tú misma lo dijiste.

Me tapo la boca.

—¡Ostras, lo siento!

Tras una pausa incómoda, digo:

—Podríamos montar nuestra propia discoteca aquí, poner algunas canciones. ¡Lo digo en serio! ¡Será genial! —El sentimiento de culpa aviva mi entusiasmo.

Matthew se pone a toquetear el equipo de sonido y empieza a sonar una canción bailonga que medio reconozco. Seguramente la escuche Kiara. Entonces oigo *Groove Is in the Heart* y el corazón se me dispara.

—¡ME ENCANTA esta canción! —Me levanto de un salto y me quito los zapatos—. ¡Súbela! ¡Matthew, súbela!

De inmediato, la música se oye diez veces más alta y las paredes tiemblan. Siento el bajo dentro de mí y la melodía me envuelve. Me siento *viva*. Me pongo a dar giros por la sala y durante un rato mis preocupaciones se desvanecen. Solo existimos la música y yo, y me siento libre y feliz.

En un momento dado, me percato de que me está mirando con el rostro tenso y estático. Descansa la espalda contra el sofá y ha extendido los brazos sobre el respaldo. La corbata negra ha desaparecido, la camisa tiene tres botones abiertos —no recuerdo cuándo ocurrió— y de repente soy superconsciente de la energía que se ha creado entre nosotros. «Es como si estuviera bailando para él.» La idea me excita, me incomoda, luego ambas cosas a la vez.

—¡Más alta! —digo.

Con un simple movimiento del brazo, sin dejar de observarme con avidez, alarga la mano hacia atrás y gira el botón del volumen.

Su mirada silenciosa me abruma.

—Venga, levántate y baila. —Le agarro de las manos y tiro de él. Ahora está de pie, sigue mirándome fijamente.

—Baila conmigo —dice.

—Ya lo hago.

—No bailes *para mí*, baila *conmigo*.

Intenta cogerme por la cintura y me escabullo. Pero me sigue, desliza sus manos por mi espalda y me aprieta contra él.

—¡No! —No quiero aflojar, no quiero parar. Pero con un movimiento raudo, me aparta el pelo, entierra la cara en mi cuello y le da un pequeño mordisco. Me detengo en seco. Ya no bailo. Susurro:

—¿Qué ha sido eso?

Quiero apartarme pero sus brazos se aferran a mi espalda y, atrapada en su campo magnético, no puedo hacer nada salvo mirarle.

Su rostro se está acercando al mío. Ha desplazado una mano hasta mi nuca y me empuja hacia él. De pronto tengo su boca sobre la mía, se está embalando, quiere ir más lejos...

Lo aparto.

—No podemos. ¡No puedo!

Estoy jadeando, él está jadeando. Tiene la camisa arrugada y la mirada salvaje.

358

Suelta un gemido y repito:

—No podemos.

Reculo para crear distancia.

—¿Por qué no?

Porque... porque no quiero.

Estoy un poco borracha, estoy desconcertada, pero no dudo.

—No lo lamento. —Da un paso hacia mí—. Llevaba mucho tiempo queriendo hacerlo.

—¿En serio?

—Desde la primera vez que te vi.

Son palabras bonitas, debería sentirme halagada, pero no es así...

—¿Qué me dices de Ruthie?

—¿Qué me dices de tu marido? Podríamos consolarnos el uno al otro.

No. Ni hablar.

Me suena el móvil y pego un brinco. Es Alastair.

—¿Dónde estás? —pregunta.

—¿Por qué?

—¿Estás con Matthew Carlisle?

—Sí.

—Reúnete ahora mismo conmigo en el vestíbulo. —Parece furioso—. Si no bajas, subiré a buscarte.

Me vuelvo hacia la puerta y Matthew me corta el paso.

—No te vayas.

Durante medio segundo pienso que sigue con sus halagos, pero de pronto se convierte en una figura amenazadora.

—Has dicho que debo mantenerme alejado de las demás mujeres —dice—. Por tanto, tienes que...

Dios mío, Dios mío, esto es horrible. Me estoy asustando.

—Si no bajo ahora mismo —me tiembla la voz—, Alastair subirá a buscarme.

Una impotencia furiosa cubre su rostro.

—Entonces, vete. —Su boca es una mueca amarga.

Alastair está esperándome con Tim y Dante Carlisle en el concurrido vestíbulo.

—Seguidme. —Alastair nos conduce hasta un sofá y los cuatro tomamos asiento—. ¿Lo has hecho? —me pregunta.

—¿Si lo he hecho con Matthew Carlisle? ¿No crees que eso es asunto mío y solo mío? —inquiero.

—No —dice Alastair—. En primer lugar, es un cliente.

Caray, mira quién fue a hablar.

—En segundo lugar —continúa Dante—, está liado con Sharmaine King.

Oh.

—Lo siento, Ames —dice Alastair—. Es cierto.

—¿Cómo lo sabes?

—Sharmaine no quería acostarse conmigo y se negó a decirme por qué, pero tenía mis sospechas. Cuando Dante me lo contó, la llamé. Es cierto.

Mi cabeza intenta no perderse.

—¿Por eso lo dejó Ruthie?

—Fue la gota que colmó el vaso —explica Dante—. Matthew se ha acostado con todas sus niñeras.

—No puede mantener la bragueta cerrada —añade Alastair, como si fuera un mojigato.

—Hay otras mujeres —dice Dante—. Siempre.

—Pero Matthew quiere a Ruthie. —O, por lo menos, es la impresión que da.

—Así es —dice Dante—, he ahí el drama.

—Entonces ¿por qué…?

—Es un acosador sexual. —El tono de Alastair es sentencioso.

—Sartén, cazo. —Es la primera vez que Tim abre la boca. Tiene la voz ronca. Ha desaparecido todo rastro del Tim chistoso.

—Es mucho peor que yo —replica, muy serio, Alastair—. Dante sabe cosas.

—Puede que sea más políticamente correcto llamarlo adicto al sexo que acosador sexual —añade Tim.

Me vuelvo rauda hacia Dante.

—¿Por qué no me lo dijiste?

—Es mi hermano. —Hace un gesto de impotencia—. Pero siempre he procurado que no te quedaras a solas con él. Yo no quería que trabajarais juntos, pero él se empeñó.

Tal vez eso explique la animosidad de Dante.

—Pensaba que no te caía bien.

—No me caes bien.

Tim interviene.

—¿Por qué no? —Parece enfadado.

—Es muy mandona. Las cosas se han de hacer como ella dice.

—Si fuera hombre, dirías que es eficiente.

Tengo una pregunta.

—Entonces ¿es una película lo de que Ruthie lleva dos años y medio viéndose con Ozzie Brown?

—No, eso es cierto.

—¿Y Greta? —pregunto—. La mujer que trabaja con Matthew. ¿También han…? ¿Sí? Dios. —Lo sabía. La manera voraz con que se comportaba en mi sueño. Y pese a lo extraña que ha sido esta noche, he de felicitarme. Un diez en intuición—. ¿Qué pasará ahora? —pregunto.

—A partir de este instante ya no trabajas para él —responde Tim, categórico.

—Envíame la factura de las horas que faltan —dice Dante—. Lo arreglaré. Y siento mucho lo ocurrido.

—No es culpa tuya que tu hermano no pueda mantenerla quieta. —Es evidente que Alastair nunca se ha sentido tan superior en el terreno moral.

Dante me tiende su mano y dice:

—Es un placer no volver a trabajar contigo.

—Lo mismo digo —respondo.

Una vez que se ha perdido entre la multitud, Alastair dice:

—Siento que creyeras que entre tú y Matthew había algo, Amy.

—No lo creía. —Matthew es guapo pero, no sé… No es sexy. Por lo menos para mí. Algo me hacía mantenerme a raya.

—A decir de todos, se lo montaba con toda la que se ponía a tiro. —Alastair menea la cabeza con pesar.

—Alastair —dice Tim en un tono seco—, esta debe de ser la noche más feliz de tu vida.

—Bien, me voy a la disco a bailar con los Killers —digo—. ¿Venís?

Puede que Josh esté allí y puede que no, pero lo único que quiero en estos momentos es emborracharme y bailar.

68

Sábado, 12 de noviembre, día sesenta y uno

Me despierta el calor. Me estoy *asando* en mi diminuta habitación, como si estuviera enterrada viva en un horno, y aunque solo son poco más de las siete, necesito salir.

Me doy una ducha rápida, me paso el peine por el pelo y carmín por los labios, me echo el abrigo, cruzo el vestíbulo, donde pululan los últimos colgados de la farra de anoche, y salgo a la calle.

El cielo está veteado de malva y azul —pronto amanecerá— y la brisa es agradable, enérgica y fresca. Pongo rumbo al mar: quiero escuchar el oleaje y aspirar el aire salobre. Las piedrecillas crujen bajo mis botas demasiado altas mientras me dirijo a la orilla. Estoy sola, el hotel al completo está durmiendo la mona. Me sorprende que yo misma esté despierta. Estuve horas bailando como una loca con Alastair y eran casi las tres cuando caí rendida en la cama.

Aunque tengo la cabeza más allá que acá. Me siento en ese estado de desconexión que generan las resacas, donde todo parece suceder a una cierta distancia, como si estuviese viendo una película de mi vida.

Las olas pequeñas y corteses no ponen de su parte. Unas crestas grandes y violentas me ayudarían más a despejarme.

Me equivoqué con Matthew Carlisle y mi decepción es múltiple. He comenzado a rehabilitar a un hombre que no merece ser rehabilitado. Y esa pérdida de ingresos es un palo ahora que se acerca la Navidad. Por lo menos no me acosté con él. Dios aprieta pero no ahoga, y todo eso.

En la playa, alguien surge de la penumbra del alba y echa a andar hacia mí. Alguien que también se ha despertado pronto y está quemando la resaca. Es un hombre alto, embutido en un abrigo oscuro con el cuello levantado contra el frío. En mi estado soñoliento, semiconsciente, casi me convenzo de que lo he hecho aparecer con mi imaginación. Es Josh.

Nuestras miradas se encuentran, echamos a andar el uno hacia el otro y cuando estamos a unos centímetros, nos detenemos. Ninguno de los dos sonríe.

—Hola —dice—. ¿Cómo va todo?

Aunque hace más de un año que no hablamos, dejamos a un lado los cumplidos y pasamos sin tapujos a la intimidad que compartíamos durante aquellos almuerzos que no tendrían que haber ocurrido. E ignoro cómo se ha enterado, pero sabe lo de Hugh.

—Mmmm, mi matrimonio se ha torcido un poco.

Su mirada es empática.

—Ya.

Aprieto los labios. Siento vergüenza.

—No es que haya estado espiándote —dice—, pero todavía pienso en ti y de vez en cuando… miro tu Facebook. A veces no puedo evitarlo.

Me encojo de hombros.

—¿Y cómo te van las cosas a ti?

—Igual.

—¿Tu mujer sigue sin entenderte?

—Para.

—Lo siento. —Y para más énfasis, añado—: Lo siento de veras. Es la culpa.

—No hiciste nada malo.

No es cierto.

—Todavía me pregunto si tengo yo la culpa de que Hugh se fuera, si sabía inconscientemente que había estado engañándole. Porque le engañé, aunque no hiciéramos nada.

La brisa me lanza una ráfaga de aire rociado de mar pero no me muevo; es un gran alivio tener delante a Josh, estar hablando de esto.

—¿Puedo preguntarte algo? —dice—. Si no hubieras estado casada y yo tampoco, ¿habrías…?

Pienso en ello, lo medito con detenimiento.

—No estoy segura de que seamos compatibles. —Jamás podría haber sido tan sincera sin los efectos distanciantes de la resaca—.

Pero la parte física, la atracción, como quieras llamarlo, era, es... fuerte.

Algo titila en sus ojos.

—Sí, lo era. —Luego, añade—: Todavía lo es, por lo menos en mi caso.

Derrotada, confieso:

—También en el mío.

—Ajá... —Traga saliva—. Entonces ¿qué te detiene?

Muy poco. Ya he perdido mi matrimonio.

—Tu esposa.

—¿Quieres que la deje?

—¡Por Dios, no! Todo lo contrario.

Puede que sea el desengaño a raíz de las revelaciones sobre Matthew Carlisle. Descubrir cómo es en realidad, y encima justo después de haberle enseñado las fotos de Hugh, me hace pensar que la monogamia es una causa perdida. Nadie parece capaz de mantenerla. Ni Hugh, ni Matthew, ni Josh, puede que ni siquiera Tim.

Es como si todo se hubiese convertido en cenizas, y ahora mismo siento que tengo muy poco que perder. Bueno, salvo la idea de persona decente que tengo de mí misma. Pero puede que ni eso baste ya para detenerme.

Cuando empecé a obsesionarme con Josh, abrigaba la disparatada esperanza de que algo mágico diluyera aquellas consideraciones éticas tan incómodas. Pero eso no va a ocurrir. Si esto es lo que quiero, me corresponde a mí, como persona adulta, tomar una decisión.

—Todos hacemos cosas que no son coherentes con nuestros principios morales —digo—. ¿Cierto?

—Cierto. —Parece receloso.

—Hacemos cosas que sabemos que no deberíamos hacer porque somos débiles y necesitamos atención.

Ha entornado los ojos mientras intenta seguir mi razonamiento.

—Josh. —Mi tono es severo—. Nunca debes hablar de dejarla. *No* la dejarás. Y esto ha de tener un límite de tiempo. Es la única manera en que mi conciencia puede sobrellevarlo. Cuando acabe el año, lo dejaremos.

—¿Qué estás...? Amy, ¿qué estás diciendo?

—El martes por la noche en Londres. Reserva una habitación.

69

Lunes, 14 de noviembre, día sesenta y tres

Nada de raso negro. Y, *desde luego*, nada de raso rojo. Ni corsés, ni bodies, nada que ni remotamente parezca chabacano. Tampoco encajes, ni braguitas con abertura, nada picante.

Finalmente compro un conjunto básico de braguita y sujetador de color negro. Puede que no sea del todo básico, tiene un brillo satinado, pero no hay sorpresas ocultas, como que las bragas estén abiertas por detrás.

A regañadientes, compro también medias y ligas, porque, sencillamente, no puedo aparecer con mallas, no en nuestra primera noche. Y paso de ponerme medias autoadherentes, seguro que se me despegan de los muslos y me resbalan por las piernas justo cuando estoy cruzando un bar lleno de gente.

Y ahora he de volver al trabajo ya. Mi almuerzo del lunes ha durado 128 minutos.

—¿Cómo te ha ido? —pregunta Alastair cuando entro con sigilo en la oficina.

—¿Dónde está Tim?

Alastair señala con la cabeza la sala de reuniones con la puerta cerrada.

—Ahí dentro.

Bien. Puedo hablar con libertad.

—Siento haber tardado tanto, pero misión cumplida.

—Entonces ¿lo tienes todo?

—Casi. Esta tarde me haré un bronceado en espray. El tono más suave que tengan, lo justo para quitarle el blanco nuclear a mi cuerpo anciano. Y… en realidad no debería contártelo, pero ¿qué daño puede hacer? Ayer me depilé.

—¿Oh? ¿Te refieres a...? —Mueve las cejas hacia mi entrepierna.

—Ahí abajo suelo seguir el rollo de los setenta. A Hugh le gusta. Le *gustaba*. Seguro que lo encuentras asqueroso.

—No, de hecho... Será mejor que cambiemos de tema. Entonces ¿te has reconciliado con tu cuerpo repulsivo?

—Qué remedio me queda. Tengo la edad que tengo y he vivido la vida que he vivido. Él tampoco tiene veinte años. Tiene cuarenta y dos. Es curioso, Alastair, pero no quiero que sea un David Gandy, todo tableta y músculo. Eso me intimidaría un montón. Pero tampoco quiero que esté flácido y... en fin, ya me entiendes. Quiero que tenga el mismo grado de decrepitud que yo. Bueno, puede que un poco menos.

—¿Y dónde tendrá lugar la cita?

Mientras estaba fuera, Josh me había escrito: **Hotel Sarah, bar del último piso a las siete.**

—En el hotel Sarah —digo.

—¡Uau!

—Lo sé. Es elegante, ¿verdad?

—Nunca me he alojado ahí, pero es elegante y caro. ¡Le gustas de verdad, Amy!

El miedo me recorre el cuerpo.

—Joder, ahora sí que estoy asustada. Pero ¿qué es lo peor que puede pasar?

—Dímelo tú.

—Veamos. —Estos pensamientos me han atormentado desde que lancé la invitación a Josh el sábado por la mañana—. Puede que me entre el canguelo y desarrolle vaginismo, lo que bloquearía la entrada de Josh Rowan en mi cueva.

—Eso sería terrible.

Y tan terrible. Me pierdo en la imagen de Josh golpeando su pene hinchado de sangre contra mí como si fuera un ariete. Me siento ExcitadaHorrorizadaAsustadaCachonda.

—O puede que Josh encuentre mi cuerpo cuarentón tan fofo y asqueroso que no se le levante.

—Eso no ocurrirá. Sin ánimo de ofender, Amy, los hombres, la mayoría de los hombres... Bueno, ya habrás oído eso de que tenemos sangre suficiente para hacer funcionar un cerebro y un pene, pero no los dos al mismo tiempo. Además, tú estás bien. Eres un bombón. Estoy harto de decírtelo.

—*Por otro lado* —prosigo—, puede que la cosa vaya bien, y con eso quiero decir bien y punto. Nada especial. Algo que ni a él ni a mí nos apetezca repetir, lo que tampoco sería agradable. Me he pasado un año y medio dedicándole mucho espacio en mi cabeza. Me moriría de la vergüenza si descubriera que no había para tanto.

—Por otro lado, puede que sea alucinante —señala Alastair.

—¡Exacto! Como dice Derry, Josh Rowan no nació ayer. Seguro que sabe cómo hacer disfrutar a una chica.

—Eso no siempre es así —dice Alastair—. No imaginas la de sexo malo que soportan las mujeres, la de chicas que he tenido que rehabilitar...

—No sigas, te lo ruego. En cualquier caso, no busco una máquina sexual ni... ni un hacha con los dedos.

—Quieres romanticismo.

—Necesito una *historia*. Y necesito creer que tengo un futuro después de Hugh.

—¿Con Josh Rowan? —Alastair parece alarmado.

—No, solo un futuro. No sé qué quiero decir exactamente con eso, pero necesito comprobar que todavía existo. Y no me digas que existo.

—No iba a hacerlo. Como ya dije, que Hugh se haya marchado se ha cargado tu sentido de identidad, y lleva su tiempo procesarlo. Estás picoteando, buscando otros puntos de referencia.

—¿Eso estoy haciendo? ¿Y es moralmente aceptable?

—No es lo ideal. Josh Rowan es un ser humano.

—Un ser humano que me gusta —replico acalorada—. Que me atrae.

—Que tiene mujer.

—Lo sééééé. —Es imposible rebatir ese hecho tan vergonzoso.

70

Martes, 15 de noviembre, día sesenta y cuatro

En el ascensor que conduce al bar de la última planta entra una pandilla de tipos fabulosos que parece que acabe de desembarcar de un yate en Portofino.

Contemplo mis zapatos nuevos —una imitación de unos Rockstud negros con tacón de aguja— e intento no dejarme intimidar por las piernas morenas, los vestidos vaporosos y el glamour natural de mis compañeras de ascensor.

La emoción y los nervios me han acompañado a lo largo del vuelo desde Dublín, todo un día de reuniones, de someterme a una sesión de secador para crear ondas seductoras en mi pelo, comprar los zapatos a un precio que no-quiero-ni-pensar, ponerme pestañas postizas en Shu Uemura (la aplicación era gratis; solo tenía que pagar las pestañas, pero son reutilizables, por lo que en realidad era un chollo, solo que en realidad no lo era porque siempre que me pongo yo las pestañas postizas, me quedan tan separadas de las reales que semejan la dentadura de un tiburón), regresar corriendo a Home House para dejar las bolsas y ponerme una falda de raso y una blusa vaporosa con los hombros descubiertos, y subirme a un taxi para ir al hotel Sarah.

Las puertas del ascensor se abren para revelar una falange de azafatas armadas con iPads. Me recuerdan a los policías antidisturbios. Por encima de sus hombros, en el bar, todo el mundo luce un aspecto fabuloso, y confío estar a la altura con mis clavículas doradas, mi ondeante melena, mis labios brillantes y mis zapatos superaltos.

—Josh Rowan —digo a la mujer que me bloquea el paso.

Oh, ahí está, abriéndose camino entre la marabunta, también él con un aire Portofinesco, con su sudadera jaspeada azul marino y unos tejanos anchos que sospecho que son nuevos. Cruzamos una mirada de tímida complicidad.

—Te he visto —dice—. Hay tanta gente que pensé que era mejor venir a buscarte.

Con una sonrisa nerviosa, me dejo conducir entre el gentío hasta una mesa estrecha, flanqueada por sendos asientos de respaldo alto y ovalado como una almendra partida en dos.

Me instalo en la envolvente silla y descubro que es demasiado mullida para poder sentarse con la espalda recta. Pero cuando apoyo los codos en la mesa, me inclino demasiado hacia Josh, por lo que tengo la cara a solo diez centímetros de la suya.

Me ponen delante un iPad con la carta de bebidas. Es una lista larga de whiskies.

—Dios. —Me alegro de tener algo que decir—. Es cierto.

—¿El qué?

—Hace un par de semanas dijeron en Style que la bebida de moda era el whisky, pero esta es la primera vez que lo veo con mis propios ojos.

Josh ojea la lista sin demasiado interés.

—¿Qué te apetece? ¿Un Macallan treinta años? —Su tono es burlón—. ¿Un Laphroaig, raro entre los raros?

—Agua —digo.

Se sorprende.

—¿Estás segura?

—No pienso emborracharme. No quiero convencerme de que esto no es lo que en realidad es.

—¿Qué es?

Todavía no lo sé.

—Eso ya se verá.

Hace señas a un camarero y pide. Luego me pregunta:

—Amy, ¿por qué crees que nos encontramos en la playa el sábado por la mañana? ¿Un sexto sentido?

—Eso no existe. Fue solo una amalgama de nuestros otros cinco sentidos. Sabemos cosas, aunque no seamos conscientes de que las sabemos. Hace tiempo me contaste que sueles despertarte temprano. —Recuerdo algo más—. Y que te gustaban las playas frías.

—¿Me estás diciendo que saliste a *buscarme*?

—No sabía, por lo menos conscientemente, que tenía la esperanza de verte. Pero en el fondo de mi ser, poseía toda la información.

—Entonces ¿las casualidades no existen?

—Creo… —trato de ordenar mis ideas— que somos responsables de nuestras acciones. Las elegimos, aunque creamos que no. Sea como sea, Josh, he traído condones.

Suelta una carcajada ligeramente escandalizada.

—Yo también.

Le planto la mano sobre la muñeca.

—Josh…

Aguarda.

—Yo soy… Señor, ¿cómo decirlo? Soy una mujer tradicional. En la cama. Detesto tener que decírtelo, pero es que no quiero sorpresas desagradables. Para ninguno de los dos.

—Vale.

—¿Tú eres tradicional?

—Nunca lo he… Sí, supongo que sí.

—Qué alivio, Josh. —Sonrío de oreja a oreja—. Bien, vamos allá.

Ríe.

—Lo de los condones ha sido determinante.

—Lo siento, muy poco romántico. Son los nervios.

Desliza una tarjeta de plástico por la mesa.

—Habitación 504. Quinta planta. Puedes ir adelantándote mientras pido la cuenta.

Camino del ascensor empiezo a emparanoiarme. ¿La gente puede adivinar lo que está pasando? Pero aunque así fuera —¿y por qué iba a adivinarlo?—, dudo mucho que le importara.

Algo cambia dentro de mí, he soltado mi inocencia con respecto al amor, la lealtad y la fidelidad. Soy diferente ahora, vivo una vida más sórdida. No sé si me gusto, pero quizá acabe acostumbrándome.

La tarjeta encaja en la cerradura, entro en la habitación, cierro rauda la puerta tras de mí y apoyo la espalda contra ella. La habitación no está mal. Muy masculina. Madera oscura, muebles de líneas rectas, estilo años cincuenta, lámparas originales. Se nota que hay buen gusto: la manta de angora de color crema, la silla de cuero de diseño clásico.

Estoy completamente sobria y con los pies en el suelo. No hay chispas ni destellos dentro de mí que hagan esto más fácil. Percibo cada detalle: el zumbido del mini-bar; el peso de la bolsa de Josh sobre la cama, arrugando la perfección blanca de la colcha; los ocasionales gritos y chillidos de la gente que pasa por la calle. Y, Dios mío, hay una botella de algo burbujeante en una cubitera. ¿Detallista? ¿O sórdido?

Voy de aquí para allá cambiando la iluminación, creando focos de penumbra y círculos de luz dorada. Me pregunto qué música poner cuando llaman a la puerta con suavidad. El corazón me da un vuelco.

Giro el pomo. Josh entra y me mira.

—¿Te parece bien? —pregunta—. ¿La habitación?

—Es bonita. Pero estoy nerviosa.

—Yo también.

—¿Y si piensas que soy demasiado mayor, demasiado…?

—No lo pensaré, te lo juro. ¿Hay por aquí un letrero de No Molestar? —Lo encuentra, abre rápidamente la puerta y lo cuelga del pomo. Ahora ya no hay peligro de que nos interrumpan.

Estamos de pie el uno frente al otro, algo incómodos. Estoy esperando que una fuerza nos impulse el uno hacia el otro con vehemencia, que arroje un cubo de pasión sobre nosotros y haga esto más fácil.

Se acerca, posa su mano en mi cintura.

—No pongas esa cara de espanto. —Coge mi mano derecha con la mano que tiene libre y se arrima un poco más. Nuestros rostros están tan cerca que casi se tocan, y puedo notar su aliento en mi piel—. Llevo tanto tiempo deseándote —dice—, que no puedo creer que esté ocurriendo.

Es hora de que me bese, y como no lo hace, planto mis manos en sus hombros y acerco con timidez mi boca a la suya. Siento mis labios hinchados y tiernos cuando rozan los suyos. Josh me toma el rostro entre sus manos y me besa con dulzura. Estoy sorprendida —pensaba que sería más rudo, más agresivo— y me encanta.

Hace diecisiete años que no me besa un hombre que no sea Hugh —el disparate con Matthew Carlisle no cuenta— y todo es diferente con Josh. Sabe diferente, huele diferente, no tiene barba. Hasta su mano…

Interrumpe el beso —¡oh!— y susurra:

—Deja de pensar en él.

Hay un instante de desespero, temo no ser capaz. Luego, con más aplomo del que siento, susurro a mi vez:

—Haz que deje de hacerlo.

Esboza una pequeña sonrisa y desliza lentamente una mano por mi nuca, levantándome el pelo y enviando escalofríos de energía por mi espalda. Me acaricia la mejilla con el pulgar de la otra mano y me da otro beso, esta vez más profundo, más íntimo.

Es muy, muy bueno.

—No imaginas cuánto te deseo —dice.

Bajo las manos por los costados de su cuerpo, donde se agarran como si Josh fuera un volante. Pausadamente, me obligo a desplazarlas hacia su espalda. Una vez más, solo puedo pensar en las diferencias con Hugh: Josh está más duro, más tonificado, y siento una punzada de deslealtad.

La mano que tiene en mi nuca desciende hasta donde la cintura se curva y da paso a las nalgas, y comienza un movimiento envolvente a lo largo del raso resbaladizo, cada vez más abajo.

—Tu cuerpo es aún más bonito de lo que imaginaba—suspira.

Una de mis manos se cuela en el bolsillo trasero de sus tejanos para atraerlo hacia mí, y ahí está, hinchado y erecto. Por instinto, Josh baja y lo aprieto con fuerza contra mi hueso púbico, y sí, al fin está ocurriendo, mi cuerpo quiere esto. Siento un alivio extraño, compungido.

La mano que descansaba en mi rostro se desplaza hasta el estómago e inmediatamente trepa hacia los pechos. Los dedos avanzan, rozan el suave contorno y se alejan de nuevo, y mis pezones se ponen en guardia. Se mueren por ser acariciados. No pueden esperar, así que agarro la mano de Josh y la coloco encima de mi pecho, lo que envía una descarga de sensaciones directas a mi cueva.

—No tan deprisa —susurra.

—Sí. —No soportaría horas de preliminares, esta primera vez no. Quiero que ya haya ocurrido, quiero encontrarme en el futuro donde he estado con un hombre que no es Hugh.

—Es nuestra primera vez —dice—. No nos precipitemos.

—Por favor. —Lo miro a los ojos y es un shock que no sea

Hugh—. Tendremos otras ocasiones para ir más despacio, pero ahora necesito hacerlo ya.

Parece molesto, o puede que herido, no lo sé. Aun así, desliza sus manos por mis nalgas y, para mi sorpresa, me levanta del suelo. Por instinto, le envuelvo las caderas con las piernas mientras me traslada a la cama.

Me tiende sobre la colcha, traslada la bolsa al suelo y comienza de nuevo con sus besos embriagadores mientras me desabrocha la blusa con asombrosa rapidez. Le levanto la sudadera para que nuestras pieles se toquen.

—Qué gusto sentirte —susurra.

Con dedos torpes, le desabrocho el cinturón, desabotono la cinturilla y Josh deja de besarme para verme bajar la cremallera. Abro los tejanos y veo la punta feroz asomando por debajo del calzoncillo. Coloco la palma de mi mano contra ella y tiembla. Aprieto y Josh dice:

—No.

¿Qué?

—A menos que quieras que esto termine ahora mismo.

Tengo la blusa abierta y ha desplazado las manos hasta el cierre del sujetador, se produce una explosión de liberación cuando lo abre. Con suma eficiencia, me sienta, me quita la blusa y el sujetador y se saca la sudadera por la cabeza.

—He fantaseado con este momento —dice quedamente—, pero la realidad es mucho mejor.

Antes de tenderme de nuevo en la cama, echo un vistazo a su cuerpo de piel blanca y vello oscuro. No está cachas, lo cual me alegra porque yo tampoco lo estoy, pero tiene el torso ancho y un estómago bastante plano.

Nos besamos de nuevo mientras las yemas de una de sus manos recorren mi seno con pequeños movimientos ondeantes, rozándome a veces el pezón, y cuando lo hacen me siento peligrosamente cerca.

Con la otra mano se aventura por debajo de la falda y cuando los dedos rozan la línea donde termina la media y comienza el muslo, gime.

—Dios.

Me sube la falda con las manos, mira y vuelve a gemir.

—¿Cómo funciona? —Está bajando la cremallera y quitándome la falda, y yo utilizo ese rato para deslizar las manos por debajo de su ropa. Al llegar a las nalgas, tiro de la tela hacia abajo hasta que su pene sale disparado, excitantemente morado, fascinante.

Con los tejanos y los calzoncillos a medio muslo, me quita las bragas y cuando su pulgar rebota sin querer en mi parte más sensible, se me escapa un gemido.

—¿Oh? —Esboza una pequeña sonrisa—. ¿Te ha gustado? —Me mira a los ojos, me pellizca el pezón con una mano al tiempo que aprieta la otra contra mí con firmeza, y es excesivo, palpito contra su palma, mis ojos desorbitados de asombro y placer, jadeos involuntarios emergiendo de mi pecho. Suelta una risita queda, casi burlona.

—Ponte un condón —susurro. Porque si me penetra ahora, puedo volver a correrme.

—Pónmelo tú.

Las manos me tiemblan cuando lo despliego a lo largo de su erección mientras él me observa, el rostro torturado, los ojos casi todo pupila.

—Te necesito encima de mí —digo—. Para empezar.

Apoyándose en un codo, se coloca entre mis piernas y entra en mí con una facilidad pasmosa, y pienso: «Lo he hecho, le he sido infiel a Hugh». Quizá solo sea una cuestión técnica, pero no hay vuelta atrás.

Josh se mueve en círculos lentos, deliberados, presionando su hueso púbico contra el mío, masajeándome mi centro palpitante.

—Amy, ¿es esto lo que quieres? ¿Es así como lo quieres?

Dios, es de los que habla. Nunca he estado con un hablador. Hugh y yo nos poníamos y punto, nos entendíamos sin necesidad de palabras.

Pero Josh va demasiado lento para mi gusto, y de nada me sirve clavarle las uñas en las nalgas y acelerar el embate de mis caderas.

—¿Puedes moverte más deprisa? —le pregunto, algo cohibida.

—¿Así?

—Eh, sí, pero…

—¿Pero?

—Más fuerte.

—¿Quieres que te folle más fuerte?

Susurro:

—Sí.

—Dímelo.

Por Dios.

—Fóllame más fuerte.

—*Josh*.

—Fóllame más fuerte, Josh.

—¿Así?

—Más deprisa. Fóllame más deprisa, Josh.

—Voy a follarte más deprisa, Amy. Voy a follarte más fuerte.

Es un poco cómico. Y, sin embargo, sexy. Las oleadas de placer me invaden de nuevo y Josh gruñe en mi oído:

—Voy a follarte tan fuerte, Amy, que te vas a correr.

Y me corro.

Mi centro estalla, mis caderas corcovean, arqueo la espalda al tiempo que emergen de mi garganta jadeos cortos, y advierto que casi le he perforado las nalgas con los tacones.

Mientras yazgo desfallecida, Josh sale de mí, se quita el resto de la ropa, se sienta con la espalda contra el cabecero de la cama y tira de mí. Me siento a horcajadas sobre él, coloco sus manos en mis caderas y me muevo arriba y abajo. Nos miramos, pero empiezo a sentirme extraña, como si estuviera soñando.

Cierro los ojos y escucho su respiración cada vez más entrecortada. Con la voz ronca, Josh dice:

—Lo siento, Amy, voy a correrme. Voy a… Me estoy corriendo, me estoy corriendo, me estoy corriendo.

Abro los ojos y contemplo su rostro mientras se retuerce extasiado. Es tan extraña, esta fuerza que lleva a las personas a traicionar a los que quieren.

Nos tumbamos sobre la cama y yacemos juntos, yo con mi cabeza sobre su pecho, sus latidos en mi oído. Tiene un brazo alrededor de mis hombros, los dedos enredados en mi pelo. El otro descansa sobre mi cuerpo, la mano en el hueso de mi cadera.

Cuando llega la calma, una emoción emerge a la superficie por encima de las demás, es pena.

Acostarme con Josh —con cualquier hombre que no sea Hugh— representa un antes y un después, y aunque he ganado una experiencia nueva, es mucho lo que he perdido.

Lloro inmóvil y en silencio. Una lágrima aterriza en la piel de Josh, y aunque no dice nada, la manera en que me abraza contra su cuerpo me hace saber que me entiende.

Me despierto en la cama. Con Josh Rowan. Debemos de habernos quedado dormidos.

—¿Qué hora es? —pregunto preocupada.

—Poco más de la una.

—No puedes quedarte a dormir. Y yo tampoco.

Se le nubla la mirada.

—Dúchate —digo— y vete a casa.

—Tú puedes quedarte.

—No. —Quiero ir a casa de Druzie.

—Amy, ¿tienes algún problema con este hotel?

—Está bien.

—¿Pero?

—Creo que preferiría algo menos moderno.

—¿De veras?

No sé si está siendo sarcástico o no.

—Hay un hotel pequeño cerca de Marylebone al que podríamos ir la próxima vez.

—¿Próxima vez?

—El martes que viene. —Añado enseguida—: Si quieres.

—Quiero.

Siento un estremecimiento.

—Reservaré una habitación —dice.

Titubeo. Esta vez debería pagar yo. Somos socios igualitarios en lo que quiera que sea esto.

—No —digo, y él menea la cabeza—. Déjamelo a mí.

71

Miércoles, 16 de noviembre, día sesenta y cinco

El miércoles me llueven los mensajes: **Gracias por lo de anoche**
Y
No puedo dejar de pensar en ti
Y
Eres increíble
Y
Falta mucho para el martes

Cuando llego a la oficina el jueves por la mañana, Thamy me saluda diciendo:

—Alguien está muy contrito o muy agradecido contigo.

—¿Ah, sí?

—Flores. Pero no unas flores cualesquiera. Llegaron ayer. Están en tu mesa.

Entro corriendo y —¡*Dios* mío!— puedo olerlas incluso antes de verlas, y no solo por el tamaño del ramo, también por su naturaleza: mi mesa parece un campo de flores silvestres. Ignoro cómo, pero ha conseguido flores primaverales: hay amapolas increíblemente rojas, sus pétalos finos como el papel; elegantes dedaleras blancas y moradas; caléndulas amarillas y tallos de verónicas azul marino.

La tarjeta dice: «Eres una diosa. Josh xxx».

—¿De quién son? —pregunta Tim.

La cara me arde y no sé qué responder.

—De un hombre.

—¿Hugh?

Niego con la cabeza porque estoy demasiado incómoda para hablar.

Y por ahí llega Alastair.

—Uau, Amy, un ramo de flores. Hay que felicitar a Josh Rowan, esas flores son muy tú.

—¿Las envía Josh Rowan? —pregunta Tim—. ¿Por qué? ¡Oh! ¡Vale! —Empieza a toser y desaparece.

—Nunca había oído hablar de esta floristería —dice Alastair—. Siempre va bien saber estas cosas. ¿Qué tal fue?

—Extraño. Bueno. Triste. Bonito.

—Excelente. Yo también tengo una noticia. Me he enamorado.

—¿En serio? Qué rápido.

—La conocí el martes en un taller de salsa yoga.

—Cómo no.

—Ella era la facilitadora. Se llama Helmi y, Amy, qué *conexión*. Fue inmediata y alucinante. Nos pasamos casi toda la noche hablando y ayer fui a una vidente…

—Alastair, eres un *completo* idiota.

—En serio, Amy, necesito saber si esa chica es para mí porque ya no me queda tiempo que perder. Y la buena noticia es que Helmi y yo ¡somos almas gemelas! —Me deslumbra con sus dientes—. La vidente dijo que nos hemos encontrado en incontables vidas pasadas. A veces yo era la madre y ella mi hijo. Pero no siempre era esa la relación.

—Oh, Alastair. —Podría echarme a llorar por él y las enormes chorradas que elige creer.

—Helmi y yo somos almas gemelas —insiste.

—Las almas gemelas no existen —digo—. Hay seis mil millones de personas en el planeta, pero da la casualidad de que la mayoría de la gente conoce a su «alma gemela» en un radio de unos pocos kilómetros del lugar donde viven y trabajan.

—No…

—¡Despierta de una vez, Alastair! ¡En serio! He aquí cómo funciona el amor: conoces a una persona, te gusta y de ahí te surge el deseo de conocerla mejor. Todo el mundo guarda en su alma una lista de lo que quiere de esa persona, y dicha persona no cumplirá todos los requisitos, pero sí los suficientes para que decidas, vale, estoy dispuesto a trabajar para que esto funcione. Pero has de aprender a pasar por alto las cosas de la otra persona que te molestan y decepcionan, *y* has de intentar cambiar aquellas cosas de ti que ella no soporta.

—No...

—Aprendes a comprometerte. Por ejemplo, vuelves a ir de vacaciones a un hotel del Algarve en lugar de cruzar Serbia en coche en busca de tu pintora favorita.

Alastair me mira desconcertado, pero no he acabado.

—Las almas gemelas son como esos vuelos de setenta y nueve euros a Nueva York: una idea fantástica, pero no existen.

—Uau, Amy. —Alastair menea la cabeza—. Qué negro lo pintas.

—Solo digo que has de ser realista.

—Estás traumatizada porque Richie y Hugh se marcharon, pero puede que hayas conocido una nueva alma gemela. —Señala las flores con la cabeza.

—No.

—¿Qué opinas, Tim? —pregunta Alastair—. ¿Sois tú y la señora Staunton almas gemelas?

—Tendrías que preguntárselo a ella.

—¿Crees que es el amor de tu vida?

—Insisto, tendrías que preguntárselo a ella.

Menos mal que Tim ha recuperado su carácter reservado. Aquella otra versión de él me ponía los pelos de punta.

Pero, gracias al sermón que le he soltado a Alastair, ahora tengo el ánimo por los suelos.

—¿Qué te pasa? —me pregunta.

—Voy a ser una divorciada por partida doble. Menudo historial. E intentar dármelas de víctima inocente no me hace sentir mejor. Yo también tengo mi parte de responsabilidad.

—Fuiste una víctima inocente en el caso de Richie «Piensa en los pobres niños ciegos» Aldin.

—Tal vez. Éramos demasiado jóvenes, no tendríamos que habernos casado. Yo no quería. Tendría que haber hecho caso a mi intuición.

—¿Y Hugh?

—Ahí sí soy culpable. Pero no quiero pensar en eso ahora.

Ha sucedido algo rarísimo. Raffie Geras está de vuelta en Edimburgo. De vuelta en su trabajo, llevando su vida de antes. Y sin Hugh.

Había dado por hecho que era una viajera de larga duración. En ningún momento se me pasó por la cabeza que estuviera en unas vacaciones de dos semanas.

Hay una foto de unas botas que compró en el Dune de George's Street. (Sonará parcial, lo sé, pero no son bonitas: el tacón es espantoso.) Otra foto de ella de juerga con «sus chicas» el viernes por la noche, luego una en la cama —sola— el domingo por la mañana, bebiendo Berocca.

No sé qué pensar. Solo sé que ya no podré seguirle la pista a Hugh. Supongo que tendré que esperar hasta que aparezca de repente, etiquetado por otra mujer. A menos que su plan sea mudarse a Edimburgo para estar con Raffie.

Es posible. Le sería fácil encontrar trabajo allí. Y a lo mejor debería alegrarme, porque estaría más o menos cerca, por Sofie y por Kiara, pero lo único que siento son náuseas.

72

Martes, 22 de noviembre, día setenta y uno

Habitación 18, decía en el mensaje. He utilizado este hotel en un par de ocasiones para alojar a clientes, pero nunca he estado aquí arriba, en la tercera planta, que parece un laberinto. El pasillo da un giro, atraviesa una puerta de incendios, sube medio tramo de escaleras y... ¡ah, aquí está! Habitación 18.

Me detengo un instante para arreglarme el pelo y antes de que me dé tiempo a llamar, la puerta se abre de golpe y Josh tira de mí. La puerta se cierra tras nosotros y me empuja contra ella. No puedo creer que alguna vez haya pensado que sus ojos grises no tienen nada de excepcional cuando la promesa que contienen probablemente sea lo más sexy que posee.

Toma mi cara entre sus manos y susurra:

—Han sido los siete días más largos de mi vida —y me besa con vehemencia.

Mi cuerpo resucita, se me eriza la piel, me tiembla hasta el último nervio del cuerpo. Me está desabotonando el vestido, le abro torpemente los tejanos, toma uno de mis pezones en su boca, saco su erección, me baja las bragas, tiro de sus tejanos.

Esta vez es diferente, más brusco, más rápido, todo sucede muy deprisa, y me gusta.

En menos de tres minutos estamos los dos medio desnudos y Josh saca un condón.

—Yo lo hago —dice, y lo despliega a lo largo de su erección. Me levanta las piernas, me aferro con ellas a su cintura e irrumpe dentro de mí, empujándome la espalda contra la puerta.

Es tan intenso y erótico que gimo de placer.

—¿Te gusta?

—Me encanta —jadeo—. Vuelve a hacerlo. Más deprisa.

—Di…

—¡Fóllame más deprisa, Josh!

Sus manos están en mi trasero, mis manos se agarran a su pelo, su boca se hunde en mis senos y mis tacones se clavan en sus nalgas mientras me embiste.

—Amy. —Está resollando en mi oído—. Voy a correrme.

Yo todavía no me he corrido y lo sabe.

—Córrete, Amy, por favor —suplica—. Córrete, por favor.

Pero es demasiado tarde. Con un aullido corto, penetrante, su cuerpo se congela y su erección late y tiembla dentro de mí. Al fin susurra en mi cuello:

—Lo siento.

—Tenemos toda la noche.

Con ternura, me lleva en brazos —*en brazos*— hasta la cama, y después de una visita rápida al cuarto de baño para tirar el condón, se desviste y hace lo propio conmigo. Luego, con su boca, me conduce con delicadeza a un estado de excitación y me mantiene al borde del precipicio durante un rato exquisito e interminable antes de rematarme.

Pierdo la cabeza y me oigo decir una y otra vez:

—¡Oh! ¡Oh! ¡Oh!

Cuando abro los ojos y regreso al mundo, Josh vuelve a estar duro y tieso.

—Mira el efecto que tienes en mí —dice—. He estado toda la semana cachondo, Amy. No me había masturbado tanto desde que era un adolescente.

Toso, escandalizada.

—¿Qué he dicho? ¿Lo de masturbarme?

—Ajá.

Ríe.

—Puedo hacerte una demostración.

—¡No!

—¿No? Entonces ¿qué quieres que haga?

—Ya lo sabes.

—Dilo.

Un buen rato después, dice:

—He descargado *El gran hotel Budapest* para ti.

Sonrío, encantada por el detalle. También ha pedido al servicio de habitaciones una fuente de quesos para mí.

—Pero dime, ¿por qué este ataque de modestia? —pregunta—. ¿Por qué prefieres este lugar al hotel lujoso?

—Estamos bien aquí —digo—. No falta de nada y tienes menos probabilidades de que te encuentres a un conocido.

—Hay algo más.

—No quiero que te gastes dinero que podrías gastar con tu familia.

—¿Y?

—Mmm. —Trato de buscar las palabras justas—. No está bien disfrazar esto de lo que no es.

—¿Y qué no es?

No me es fácil expresarme.

—Lo nuestro no es una relación. Y, además, no está bien. Tu esposa… No puedo no sentirme culpable. Y no quiero no sentirme culpable.

—Entonces, puedes hacer esto siempre y cuando no disfrutes demasiado.

—No, siempre y cuando no pierda de vista lo que está bien y lo que está mal.

Su semblante es una mezcla de cariño y exasperación.

—Mi pequeña Modestia, no sabes nada de mi mujer. No sabes si me odia o si se alegra de esto.

Me cuesta creerlo, aunque nunca se sabe. La gente nunca deja de sorprenderme.

—¿Cómo es?

—¿Seguro que quieres saberlo?

—Sí. —Puede.

—Es una mujer… que pisa fuerte. Cuando la conocí enseguida supe que había conocido a mi media naranja. Era la primera mujer que sabía que no se dejaría mangonear.

—Entonces ¿por qué estás aquí conmigo?

Tarda en responder.

—Las cosas cambian, ¿no? Los hijos. Los quiero con locura, si alguien intentara hacerles algún daño lo mataría, pero son difíciles.

—Suspira—. Cuando tienes hijos, vives tu vida bajo una sombra permanente.

No sé qué decir. A mí y a Hugh los hijos nos unieron todavía más. No obstante, Hugh está en la otra punta del mundo y yo estoy en la cama con Josh Rowan, así que puede que yo sea como Josh.

Cuando empieza a vencerle el sueño, rueda sobre el costado, se acurruca contra mí y murmura:

—Mi pequeña Modestia.

73

Miércoles, 23 de noviembre, día setenta y dos

Por *una vez* mi vuelo no lleva retraso y el tráfico no es espantoso, y cuando llego a casa el miércoles por la noche me encuentro a Neeve, Sofie y Kiara hechas una piña en el sofá. Están enfrascadas en una conversación y cuando reparan en mí, se interrumpen de golpe. Siento una opresión en el pecho. Algo pasa.

No soy supersticiosa, no creo en un Dios vengativo, pero por mi mente cruzan algunas palabras: *castigo, amoral, ramera.*

—¿Qué pasa? —Me cuesta respirar.

Tras un breve titubeo, Neeve mira a Kiara y a Sofie con sus ojos brillantes y dice:

—Está embarazada.

Las voces condenatorias internas se intensifican: *mala mujer, mala madre, mal ejemplo.*

—¿Quién?

—Sofie.

Suelto el bolso y me acerco a ella.

—¿Cómo estás, cielo?

—Asustada. —Rompe a llorar.

—Cuéntamelo. —Me acurruco en el sofá y estrecho su cuerpecillo contra el mío. Aunque no es una situación ideal, no es lo peor que podría haber pasado.

—Fue un accidente —solloza Sofie en mi hombro—. Me había dejado la píldora en casa de mamá y ese día dormía en casa de la abuela.

—Se tomó la píldora del día después —explica Kiara—. Le clavaron sesenta euros.

—Y por lo visto ha fallado —dice Neeve—. Tendrían que devolverle el dinero.

—¿Qué dice Jackson? —pregunto.

—También está asustado. —Sofie llora ahora a moco tendido, con esas convulsiones descontroladas que provoca el pánico—. Los dos estamos asustados.

—Chis, chis. —Acaricio su cabeza de suaves cerdas y la dejo llorar. Ya estoy en modo gestión-de-crisis—. Todo irá bien.

—¿Puedo abortar? —pregunta en tono lastimoso.

—¿Estás segura de que es lo que quieres?

—¿Bromeas? —Se aparta de mí. Aunque parezca una paradoja, nunca me ha parecido tan madura—. En mi estado no soy capaz ni de cuidar de mí misma.

Tendré que llevarla a Londres. A menos que pueda conseguir pastillas ilegales y hacerlo en casa. Pero ¿no sería peligroso hacerlo sin asesoramiento médico? ¿Cómo sabría si son las pastillas adecuadas? ¿Cómo cuidaría de Sofie durante el proceso? ¿Y después? Con una fuerza arrolladora repentina, echo de menos a Hugh, su bondad, su sentido común, su presencia tranquilizadora.

No estaría haciendo lo correcto como especie-de-madre de Sofie si no le ofreciera una vía alternativa.

—Sabes que todos te ayudaríamos si decidieras seguir adelante con el embarazo.

Me mira horrorizada.

—¿Intentas convencerme de que lo tenga? —Su voz se torna aguda—. Porque no puedo tenerlo.

—¡Solo tiene diecisiete años! —La voz de Kiara también es aguda.

—¡Todavía está estudiando! —Esta es Neeve.

—¡Estoy cagada de miedo!

—¡No puedes obligarle a tenerlo! —dice Kiara.

—Ojalá no te lo hubiera contado.

—Tranquila, cielo, tranquila. —Farfullo palabras reconfortantes—. Solo quería que supieras que, sea cual sea tu decisión, nosotras te ayudaremos.

Miro a Neeve y a Kiara por encima de la cabeza rapada de Sofie.

—Creo que Sofie y yo deberíamos tener esta conversación a solas.

—No. —Kiara coge la mano de Sofie en un gesto de lo superaremos—. Estamos en esto juntas.

—Sí, juntas —dice Neeve.

Dudo. No sé si tratarlas como niñas o como adultas, y me pregunto dónde se encuentra Hugh ahora mismo, si está en la playa, bebiendo cerveza, totalmente a su rollo.

—Solo quiero despertarme mañana por la mañana y no estar embarazada —susurra Sofie—. Ojalá no tuviera que tomar una decisión. No quiero traer una persona al mundo que se parezca a mí y que sea criada por una madre que no es capaz de hacer de madre y un padre que no está. Y no me refiero a ti y a papá, Amy. Os habéis portado genial conmigo. Si no fuera por vosotros, no tendría una familia.

—Tú no eres como tu madre.

—Pero la mitad de mi ser es ella. A lo mejor no soy capaz de querer como es debido.

—Claro que eres capaz. —No es la primera vez que tenemos esta conversación—. Quieres a Kiara y a Neeve.

—Y nosotras te queremos a ti —dice Kiara.

—Y quieres a Jackson —añado.

—Lo quiero muchísimo —dice Sofie con vehemencia—. Y a ti también, Amy, y a papá. Y quiero a la abuela. Pero no estoy preparada para querer a un bebé.

—Todavía.

—Puede que nunca.

Lo dejo ahí.

—¿Estás cien por cien segura de que estás embarazada? ¿Te has hecho la prueba?

Sofie llora-ríe.

—Me he hecho unas mil.

—¿Sabes de cuántas semanas estás?

—De seis. Puede que de siete. —No parece muy segura.

—¿Seis o siete semanas desde la última regla?

—No, desde que lo hicimos sin protección.

—¿Y has vivido angustiada todo este tiempo?

Me avergüenza no haberme percatado de ello, y rauda como un rayo la vergüenza se convierte en rabia contra Hugh. Si no hubiera estado tan preocupada por su ausencia, quizá me habría dado cuenta de que Sofie estaba sufriendo.

—Tenemos que ir al médico —digo. Para determinar de cuánto está exactamente. Me viene un pensamiento inesperado: ¿podría el médico denunciarnos por decidir abortar? Nuestro centro de salud tiene un montón de médicos de cabecera, y si bien confío en las mujeres, no sé qué pensar de los hombres mayores.

Sé que el aborto es ilegal en Irlanda, pero hasta ahora no me había planteado que podría ir a la cárcel. Puede que la gente solo se pare a pensar en algo cuando le afecta directamente.

Es alucinante. Un país civilizado donde trabajo y pago mis impuestos, y podría ser juzgada por ayudar a mi sobrina embarazada.

—¿Estás enfadada conmigo? —me pregunta Sofie.

—Por supuesto que no.

—¿He de contárselo a Joe?

Suspiro.

—Sí.

—¿He de contárselo a mamá… a Urzula?

Lo medito. Es delicado estar *in loco parentis* con la hija de otra persona.

—Puede contárselo Joe.

—¿Tendré que ir a Inglaterra?

—A menos que consigamos pastillas. Quizá podamos comprarlas por internet.

Neeve consulta su iPad.

—Puede tomar las pastillas si está de menos de ocho semanas.

Si está de menos de ocho semanas.

—¿Lo saben los padres de Jackson? —pregunto a Sofie.

—¿Vas a decírselo?

—Tenemos que hablar con Jackson. —Me ronda por la cabeza un vago recuerdo de un hombre que intentó demandar a su novia por abortar. He de proteger a Sofie contra esa posibilidad.

—La que está embarazada es ella —dice Kiara—. No es asunto de nadie más.

—Sí, pero Jackson debería pagar la mitad —interviene Neeve—. Si es que conseguimos las pastillas.

Dios, me va a estallar la cabeza. Tantas preguntas complejas y nadie en quien descargarlas.

74

—Amy, ¿puedo preguntarte algo más? —dice Sofie—. ¿Sabes la gente que dice que abortar es matar a un niño?

—¿... sí?

—¿Es eso lo que estoy haciendo?

Kiara y Neeve saltan enseguida.

—¡No! ¡Estando de tan pocas semanas, no! —declaran.

Me tomo mi tiempo para responder. Siempre he creído que las mujeres tienen el derecho de decidir qué es lo mejor para ellas, pero detener un embarazo es una elección que a ninguna mujer le gusta hacer. Conozco a tres mujeres que han abortado: Derry, Jana y Druzie. Las tres se quedaron horrorizadas cuando descubrieron que estaban encintas, sí, incluso Druzie, y jamás han expresado arrepentimiento por la decisión que tomaron.

Pero aunque una esté segura de que es la mejor opción, es inevitable plantearse otros escenarios posibles. Por ejemplo, si Sofie tuviera la criatura, Joe sería abuelo y papá y mamá serían bisabuelos, y puede que a Sofie le entrara el pánico y saliera corriendo, dejando a su hijo a cargo de otras personas, como sucedió con ella.

Por otro lado, ¿podría ese bebé ser el camino hacia la sanación de Sofie? Me cuesta creerlo, pero nunca se sabe. Y he ahí la cuestión, que *no* podemos saberlo. Solo podemos tomar la decisión que creemos más acertada de acuerdo con la información que tenemos en ese momento.

Opto por decir:

—Creo que eres dueña de tu cuerpo y, por tanto, tienes derecho a tomar la decisión que quieras, pero es mucho más importante qué piensas tú.

—Yo tampoco creo que esté haciendo nada malo.

—¿Estás segura?

—Sí.

Quiero creerla, pero tengo la sensación de que no he hecho o dicho lo bastante para darle todas las opciones. El caso es que nunca siento que haga *nada* bien o a fondo, pero no sé qué más puedo decirle. Quizá el médico le dé algún consejo.

—Miraré el tema de las pastillas.

—¿Y todo irá bien? —me pregunta Sofie con una vocecita quejumbrosa.

—Sí, cielo, todo irá bien.

—¿Lo ves? —dice Neeve—. ¿No te dijimos que mamá encontraría una solución?

Señor, no creo que merezca ser el receptáculo de todas sus esperanzas.

—Mamá —dice Kiara con dulzura—, tendrías que acostarte, pareces cansada.

—Todo el mundo a la cama. —Envuelvo a Sofie con mis brazos—. ¿Quieres dormir conmigo, cielo?

—Dormiré con Kiara —dice.

—Ojalá pudiéramos dormir todas en la misma cama —dice Neeve—. Como cuando éramos niñas.

«Y Hugh estaba aquí.»

—¡Ah! —suspira Sofie—. Qué tiempos aquellos.

Me asalta el recuerdo de sus cuerpecitos retorciéndose y trepando unos encima de otros en la oscuridad. O de despertarme y encontrar a una de las chicas acurrucada contra mí, profundamente dormida, exhalando su aliento dulce y caliente en mi cara.

—O los sábados por la mañana —dice Neeve en un tono alegre—, cuando nos amontonábamos en la cama contigo y con Hugh.

—Nos suplicabais que bajáramos a ver la tele. —Sofie sonríe al recordarlo—. Pero en lugar de eso, nos apretujábamos en vuestra cama con nuestros juguetes.

—Y como papá y tú estabais demasiado cansados para hacer el desayuno —continúa Kiara—, compartíamos un tarro grande de helado en la cama.

—O esas galletas de menta y chocolate con el papel brillante.

—¡Qué *ricas*!

—Pero a veces llevaban naranja en lugar de menta. Esas eran *asquerosas*.

—A mí las de naranja me gustaban.

—Porque eres rara…

Las dejo discutiendo sobre los méritos de las Viscount de menta frente a las de naranja y me arrastro por las escaleras, deseando que alguien invente el maquillaje que se disuelve solo. El agua micelar fue una bendición hasta que leí en un artículo que no debe utilizarse a diario, que hay que emplear la limpiadora y el tónico por lo menos cada tres días. Señor, ¿no es la vida lo bastante dura ya?

Escribo un mensaje a Derry, en el que le pido que me llame. De pronto echo de menos a Steevie. Me gustaría poder hablar con ella, sobre todo de Sofie. Pero —en un arranque de paranoia delirante— ¿y si le cuento nuestros planes y me denuncia?

Ya en la cama, las manos empiezan a temblarme cuando me pongo a buscar las pastillas en Google. Enseguida me asaltan otros miedos: ¿y si algo va mal? ¿Y si Sofie sufre una hemorragia? En todas las páginas aconsejan que si ha de ir al hospital, diga que está sufriendo un aborto espontáneo. Si digo la verdad estaré confesando un delito.

Pero si no digo la verdad, ¿cómo recibirá Sofie la atención médica debida? ¿Y si muere?

Es una situación extraña, muy extraña, de las que solo he visto en las películas. No soy una delincuente. Tampoco soy enfermera. No llevo bien el dolor, sobre todo el ajeno.

¿Y si me pillan? ¿Y si me envían a la cárcel? Porque esas cosas ocurren. Una mujer de Irlanda del Norte fue condenada a tres años de cárcel por proporcionar las pastillas a su hija.

A lo mejor mi caso desencadenaría una protesta multitudinaria, pero no quiero ser la imagen de una causa. Solo quiero que Sofie esté bien.

Entonces me viene a la memoria el sueño en el que llevaba en los brazos todos aquellos bebés. La mayoría eran Sofie, y el bebé que se me caía y que agarraba por la oreja era una versión diminuta, diminuta, de ella.

Tendría que haber sospechado que estaba embarazada, tendría

que haber registrado subliminalmente que estaba más pálida de lo normal, que comía aún menos de lo acostumbrado, que llevaba tiempo sin tener la regla... Mi subconsciente intentaba salir a la superficie cuando yo todavía no estaba preparada para afrontar la verdad.

Bien, estoy afrontándola ahora. Encargo las pastillas. Es una página empática, pero todo el proceso se me antoja clandestino y aterrador.

75

Jueves, 24 de noviembre, día setenta y tres

A las cuatro de la tarde me levanto y digo:

—Lo siento, pero abandono el barco, Tim.

Voy a llevar a Sofie al médico. He pedido una mujer, pero no sé cuál nos tocará. Espero que no sea la doctora Frawley, la más joven de todas, la que me dijo que tenía que reducir el estrés y el peso, como si bastara con desearlo para que ocurriera. También me dijo que caminara.

—Ya camino.

Parecía sorprendida.

—Estupendo. ¿Dónde?

—Eeeeh… En Glendalough. —Bueno, lo hice una vez. ¿Fue el último Año Nuevo? ¿O el Año Nuevo de hacía dos años?

—¿Cuántos kilómetros suele hacer?

—Hasta la cascada.

—Es una buena subida. —Entonces me miró con suspicacia—. A menos que se refiera a la primera cascada. La pequeña.

Pues claro que me refería a la primera cascada. Lo que representa un paseo de unos cuatro minutos desde el aparcamiento.

Pero ¿quién tiene tiempo de hacer ejercicio? Yo hacía lo que podía. Los martes y los miércoles pasaba por un par de aeropuertos donde caminaba *varios kilómetros* y los domingos limpiaba la casa.

—Cómprese un Fitbit —me dijo.

Callé. Ya tenía un Fitbit. Y estaba a esto de empezar a odiarlo. Casi nunca alcanzaba el objetivo de los diez mil pasos diarios. Era solo otra manera de hacerme sentir que era un desastre.

Por suerte, nos toca la doctora Conlon, que aparenta cuarenta y pocos y siempre me ha parecido una persona sensata.

Sofie está llorando y me quiere en el despacho mientras la examinan. Aunque ya lo sabe, llora con más fuerza cuando la doctora Conlon le dice:

—Estás embarazada.

—¿De cuánto? —pregunto.

—Como no sé cuándo tuvo la última regla, no puedo estar del todo segura, pero diría que de ocho semanas, puede que nueve.

—No es tanto —replica, enfática, Sofie.

—Se cuenta desde la fecha de la última regla —dice la doctora Conlon—, no desde la concepción.

Me vengo abajo. ¿Es demasiado tarde para las pastillas? La angustia me vuelve imprudente.

—Sofie quiere detener el embarazo. ¿Es demasiado tarde para las pastillas?

—Los abortifacientes pueden utilizarse de manera segura hasta las diez semanas.

—¿Diría que está de menos de diez semanas?

—Hay que hacerle una ecografía para estar seguros, pero es probable.

Decido probar suerte.

—¿Podría recetarnos las pastillas?

Niega con la cabeza.

—Perdería mi licencia. Hasta podría ir a la cárcel.

—¡Lo siento! —Estoy avergonzada de habérselo preguntado siquiera.

—¿Por qué es tan ilegal? —pregunta Sofie.

La doctora Conlon suspira.

—Buena pregunta. —Nos mira y sin duda hay compasión en sus ojos—. Pidan hora para la ecografía lo antes posible. —Reúne algunas hojas y me las tiende—. Los datos de algunas organizaciones que pueden darle información, direcciones en el Reino Unido, etcétera. Ahora bien, tengan en cuenta que si utilizan abortifacientes comprados online y alguien las denuncia, podrían enfrentarse a catorce años de cárcel.

—Esto es alucinante —exclama Sofie, toda indignación e incredulidad—. ¿Qué se han creído? El problema es mío y soy yo quien decide. —Esto es lo que se consigue cuando una chica de diecisiete años que no tiene ni idea de política ve cómo sus necesidades chocan con las limitaciones del sistema judicial.

—Por otro lado, Sofie —dice la doctora—, deberías hablar del tema con una consejera. Tienes que estar muy segura de tu decisión para no lamentarlo después.

—¡No lo lamentaré! —Sofie se hace un ovillo en su silla—. No puedo traer al mundo una persona como yo. Estoy muerta de miedo. —Estalla en un aluvión de sollozos—. Lo he mirado. Solo el dos por ciento de las chicas lamentan haber abortado y yo no seré una de ellas.

—Aun así —insiste la doctora Conlon—, no te hará ningún daño.

En el coche, llamo al hospital para solicitar una ecografía y la primera hora que tienen libre es el lunes que viene. Eso me preocupa, tenemos poco tiempo, pero ¿qué puedo hacer? Ahora lamento no haber optado por el seguro médico más caro, el que nos permitía personarnos en el centro a cualquier hora del día y de la noche (o eso te hacía creer la publicidad) y recibir el tratamiento que quisiéramos.

Me armo de valor.

—Sofie, sabes que hay otras opciones. Podrías tener la criatura y darla en adopción.

—¡Amy! —grita horrorizada—. Eso sería peor aún que tenerla y quedármela, porque estaría *preocupada* de que fuera como yo pero no lo sabría. —Empieza a llorar otra vez—. No imaginas lo que es estar tan asustada.

Es cierto que nunca me he encontrado en sus circunstancias, pero conozco esa clase de miedo: la angustia diaria cuando Richie se marchó y no había dinero para cuidar de Neeve. Fue un período durísimo. Después, la crisis de ansiedad que tuve durante una semana tras enterarme de que estaba embarazada de Kiara. Hugh y yo llevábamos muy poco tiempo juntos, menos de cuatro meses. ¿No era lógico que pensara: «Es demasiado pronto, se cargará nuestra relación»?

Pero en aquel entonces tenía once años más que Sofie. Había aprendido a apañármelas sola y era, fundamentalmente, un tipo de persona diferente, más estable.

Digo:

—¿Por qué no esperas a hablar con una consejera antes de tomar una decisión definitiva?

—No cambiaré de opinión, Amy. Quiero ir a la universidad, quiero ser científica e investigar curas para enfermedades, quiero un futuro.

Es la primera vez que Sofie ha expresado que tuviera una ambición. En otras circunstancias estaría dando botes de alegría.

—Siento mucho todo esto, Amy. Ese día no tendría que haber hecho el amor.

—Eres un ser humano. Por eso hemos sobrevivido todo este tiempo.

—Pero solo tengo diecisiete años, soy demasiado joven.

¿Lo es? A los ojos de la ley, Sofie es lo bastante mayor. Mi corazón, sin embargo, no lo siente así: mis chicas siempre me parecerán demasiado jóvenes. Si pudiera, las tendría eternamente entre algodones. Por otro lado...

—Cuando tenía tu edad era insaciable.

—¿En serio? —dice Sofie—. ¡No!

Su cara de espanto me ofende un poco y estoy a punto de contarle la historia que le conté a Alastair, lo de que obligué a Richie a robar una barca del puerto de Greystones. Solo me frena saber que Sofie necesita referentes sólidos.

Pero es cierto que todas las generaciones creen haber inventado el sexo.

—Por lo menos Jackson y yo utilizamos métodos anticonceptivos —dice Sofie—, aunque no funcionen. Vaya, que no soy un completo desastre.

—En mis tiempos... —Me interrumpo. No puedo creer que haya dicho «en mis tiempos». Me obligo a continuar—. No teníamos acceso a métodos anticonceptivos, ni siquiera a condones, y teníamos que...

—Utilizar bolsas de patatas fritas. Lo sé. Es una salvajada.

Por Dios. ¿Bolsas de *patatas fritas*?

—No. Iba a decir que teníamos que dar marcha atrás.

—Otra salvajada.

Suspiro.

—Ahora iremos a contárselo a tu padre.

—No, por favor, Amy, hoy no. ¿Por qué no vamos a comer?
—Sofie está jugando sucio; en otra situación, verla comer me alegraría tanto que lo dejaría todo, pero esto debe hacerse.

—Y después hablaremos con Jackson y sus padres.

—¡No, Amy!

—Sí, Sofie. —Tampoco a mí me hace ninguna gracia.

Joe no consigue ocultar su alivio cuando se entera de que estoy al mando de la situación.

—Te lo agradezco de veras, Amy.

Lo fulmino con la mirada. No puedo evitarlo, y es un error, porque ahora cree que ha de ponerse duro. Mira furioso a Sofie.

—¿No eres un poco joven? Solo tienes…

—Diecisiete —me apresuro a terminar la frase, porque existe la posibilidad de que Joe haya olvidado su edad.

—¿En serio? Caray, qué bien.

—¿Quién va a decírselo a Urzula? —pregunto.

—¿Tiene que saberlo? —dice Sofie.

Lo he estado meditando y una parte de mí quiere castigar a Urzula —y a Joe— por pasar de Sofie. Pero Urzula es su madre biológica.

—¿Y si dice que debo tener el bebé? —pregunta Sofie.

Lo dudo mucho.

—Yo no puedo contárselo —dice Joe—. No tengo relación con ella.

Ni yo. Urzula está mal de la cabeza, y a lo mejor debería tener más compasión, pero qué se le va a hacer, no la tengo.

—Se lo dirás tú —digo, poniéndome firme—. Otra cosa, Joe, ¿conoces a alguien con conocimientos médicos que pueda acompañar a Sofie mientras sucede?

Frunce el entrecejo.

—¿De qué estás hablando? ¿No lo hará en una clínica?

¡Por el amor de Dios!

—En este país no. Es ilegal.

—¿Las pastillas también?

¡Mira que es idiota!

—Las pastillas también. Oye, no se lo cuentes a Maura.

—¿Cuándo hablo con Maura? —Su desdén es total.

—Vale. Sofie, nos vamos.

—¿A dónde? —pregunta Joe.

—A casa de los padres de Jackson. —Al ver su cara de despiste, digo—: Jackson es su novio. Llevan juntos un año. Llama a Urzula. Adiós.

Jackson ya se lo ha contado a sus padres y están preocupados, tal y como corresponde. Son gente muy agradable: está claro de dónde ha sacado Jackson su carácter dulce y educado.

El alivio de ambos al oír que Sofie no seguirá con el embarazo no me sorprende.

—Queremos a Sofie —dice la madre de Jackson una y otra vez—, pero...

El padre tiene la mirada fija en Jackson, como si *no pudiera creer* que ese muchacho delicado haya dejado embarazada a una chica.

—¿Iréis al Reino Unido? —pregunta la madre.

—Hemos encargado las pastillas.

Asiente.

—Compartiremos los gastos.

Que es más de lo que Joe se ha ofrecido a hacer. Claro que tampoco esperaba nada de él. Hace mucho que se exoneró de toda responsabilidad para con Sofie. Si me soltara, ardería de ira por su negligencia y la de Urzula. Pero Sofie es la única que importa aquí, y siempre y cuando a ella no le afecte, que parece ser el caso, puedo aguantarlo.

No tiene sentido que me empeñe en hacer que el mundo sea como a mí me gustaría. Es mejor aceptar las cosas como son.

76

Viernes, 25 de noviembre, día setenta y cuatro

Ninguna de las chicas aparece en casa de mamá y papá para la cena del viernes. No aseguraron que vendrían, porque nadie lo hace, pero el hecho de que falten las tres es una señal de que vivimos debajo de una nube.

Me marcho media hora antes de lo habitual y cuando llego a casa me encuentro a las chicas sentadas en la escalera. Parecen refugiadas.

—Mamá, ¿cuándo llegarán las pastillas? —pregunta Kiara—. Sofie no puede más.

—Si he de tener este bebé, me suicidaré —susurra Sofie.

—Chis, chis, chis, nadie va a tener ningún bebé. Todo irá bien. —Aparto a Neeve y Kiara con el trasero y abrazo a Sofie—. He estado siguiéndolas —digo, y le enseño en mi iPad los detalles del envío—. Llegaron al país esta mañana —digo—. Estarán aquí el lunes. —Esperemos.

—Entonces ¿vamos a hacerlo? —pregunta Sofie con un hilo de voz.

—Después de la ecografía y de tu cita con la consejera —digo, inflexible.

—¿Y si las pastillas no llegan? —pregunta Sofie—. ¿Y si se las quedan en la aduana?

Es una posibilidad que activa un lanzallamas contra las paredes de mi estómago.

—Por supuesto que llegarán —replico con energía, porque necesitamos tener esperanza.

Lunes, 28 de noviembre, día setenta y siete

El lunes por la mañana llamo a la puerta de Neeve. De normal me dedica una retahíla de insultos por tomarme semejante libertad, pero hemos pasado un fin de semana triste.

—Neevey, ¿hoy puedes quedarte en casa?

—¿Por qué? ¡Ah! ¿Por si llegan las pastillas? Vale.

—¿Estás ocupada?

—Esto es más importante. Te escribiré cuando lleguen.

Sofie baja soñolienta de su habitación del desván, todavía en pijama.

—Vístete, cielo —digo.

—No puedo ir al colegio.

Tomo su cara entre mis manos y la cubro de besos.

—Debes ir. Te prometo que todo irá bien.

—Oh, Aaaaa-myyy.

—¡A vestirse! ¡Venga! Voy a preparar el desayuno.

—¿En serio? —La puerta del cuarto de Kiara se abre de golpe—. Uau.

—Para mí no —dice Sofie—. No voy a comer.

—Tienes que hacerlo, Sofie.

—No comeré hasta que todo esto acabe.

¿Qué hago? Si preparo algo no se lo comerá, pero no hacer nada me parece una irresponsabilidad. Aunque ya llego tarde al trabajo… Reparo entonces en la carita ilusionada de Kiara.

—¿Tortitas de patata? —dice.

Y no puedo evitar reír.

Me paso la mañana consultando el móvil, esperando un alegre «¡Ya han llegado!» de Neeve. Pero nada. Y en la página de la empresa de mensajería no hay ninguna notificación.

Al mediodía, la llamo.

—¿Neevey?

—Todavía no, mamá. Tengo una mala corazonada.

Yo también.

—Puede que lleguen mañana —dice.

Pero sospecho que no llegarán.

—No me lo puedo... —Alastair se atraganta—. No me lo puedo creer.

Tim y yo nos volvemos enseguida hacia él.

—¡¿Qué?!

Sin apartar la vista de la pantalla, Alastair traga saliva.

—Amy, es Lilian O'Connell, madre de cinco. ¡Otra vez!

Es el segundo vlog de mamá y va de extensiones y mechas. Habla de su nueva imagen. «Me gustaría pensar que me parezco a Mary Berry. Pero... —baja la mirada con modestia y vuelve a levantarla con un destello travieso— ¡más joven!»

Tim ahoga un grito.

—¿Acaba de insultar a Mary Berry?

—Sí. —Alastair menea la cabeza con admiración—. Y no. Hay respeto en sus palabras, simpatía, un poco como una aspirante-al-trono. Las cosas van viento en popa para Lilian O'Connell, madre de cinco.

—¿Dónde sale? —pregunto a Alastair, pensando que dirá Facebook o Twitter.

Pero dice:

—En el *Independent*. Han puesto el link de su vlog.

El *Independent* es el periódico más importante de Irlanda.

—¡Que fuerte! —Thamy llega corriendo desde la recepción.

Debería telefonear a Neeve, todo esto es obra suya, pero es mamá la que se lleva la llamada.

—Mamá, ¿sabes lo de tu vlog?

—¡Sí! Neeve dice que como siga así me haré viral. Amy, ¿puedo hacerte una pregunta? Qué estupidez que diga eso, porque ya estoy haciéndote una pregunta. ¿Qué quiere decir exactamente eso de viral? Neeve lo dice siempre, pero si le pido que me lo explique se pondrá como un basilisco. ¿Significa que voy a pillar un virus?

—No. Oye, el *Independent* ha puesto el link de tu vlog.

—¿El periódico? —susurra sobrecogida—. ¿Salgo en el periódico?

—Ajá. Que te lo explique Neeve.

—Amy, ya que estás ahí...

Mierda, lo sabía.

—... ¿podrías venir un par de horas esta noche? Me encantaría tomarme unos gin-tonics para celebrarlo.

Preferiría tirarme por un barranco, pero, de todos modos, ya me siento así.

—Nueve semanas —dice el técnico de la ecografía a Sofie—. Estás embarazada de nueve semanas.

—¿Se refiere a nueve semanas desde la última regla? —pregunto. Es importante.

—Sí.

Respiro aliviada.

78

Martes, 29 de noviembre, día setenta y ocho

Martes por la mañana, acabo de aterrizar en Heathrow y de encender el móvil. Tengo un mensaje de Neeve: **Llámame.**

Se me cae el alma a los pies, pero siento un alivio extraño. Al menos ahora ya sé a qué atenerme.

—¿Neevey?

—No han llegado las pastillas, mamá, pero sí una carta escalofriante de la... —el crujido de una hoja de papel— gente de aduanas. Algo relacionado con la Ley de Consolidación Aduanera. Dicen que han confiscado las pastillas. Alguien de la Unidad de Control de la Autoridad Reguladora de Medicamentos se pondrá en contacto contigo en breve. ¿Te enviarán a la cárcel, mamá?

—Eh, no.

—¿Qué demonios se han creído? —Luego—: ¡No sé por qué han de aterrorizar a la gente de ese modo! —Le tiembla la voz, como si estuviera al borde de las lágrimas.

—Todo irá bien, cielo.

—¿Tú crees? —gime—. Supongo que ha llegado el momento de recurrir al plan B.

Pero es absurdo que le pregunte en qué consiste el plan B, soy yo la que debería saberlo.

No encuentro un hueco lo bastante largo para hacer las llamadas necesarias hasta primera hora de la tarde.

—¿Puedo pedir hora para mi hija? —Es más fácil decir que Sofie es mi hija y, curiosamente, de las tres chicas ella es la única que lleva mi apellido—. Para las... pastillas. Lo antes posible.

—¿Cuándo tuvo la última regla? Tiene que venir para una ecografía. Podemos darle hora hoy a las…

—No. Vive en Irlanda. Pero ayer mismo le hicieron una ecografía.

—Necesitamos hacerle nuestra propia ecografía. Podemos programarla para el mismo día del tratamiento. Pero si está embarazada de más de diez semanas —todavía me estremece oír a la pequeña Sofie descrita como embarazada— las pastillas ya no son seguras.

—Entonces ¿puedo reservar hora? Para lo antes posible.

Existe una posibilidad —pequeña, lo reconozco— de que Sofie cambie de parecer después de ver a la consejera, pero más vale pájaro en mano. Tendré que correr el riesgo de perder el depósito.

—Ahora lo miro. Le informo de que necesitaremos verla dos veces en un plazo de veinticuatro horas. Le damos una primera dosis de pastillas, se va y al día siguiente vuelve para la segunda dosis y se queda con nosotros hasta que haya abortado, lo que tardará unas tres horas.

—Entiendo.

—La primera visita será el próximo lunes a la una de la tarde y la segunda el martes a las dos. A su hija la debe recoger un adulto el martes a las cinco de la tarde. Eso es importante. No puede irse sola.

Oh, no. La hora no podría ser peor. El martes a las cinco tengo el lanzamiento mediático de Tabitha Wilton/Room, y ya es demasiado tarde para cambiarlo.

—Puede que no consiga llegar hasta las siete y media —digo.

—Cerramos a las seis.

—¿No puede darnos hora más pronto? —pregunto desesperada.

—Lo tenemos todo lleno.

—¿Y si pruebo otra clínica?

—Es muy justo de tiempo, pero puedo guardarle la reserva veinticuatro horas.

Me paso una hora y cincuenta minutos hablando con clínicas del área de Londres y ninguna pude recibir a Sofie hasta dentro de una semana, por lo que acabo llamando de nuevo a la primera clínica y hago la reserva.

Después de darme toneladas de información, la mujer dice:

—Su hija no podrá volar el martes por la noche porque la cita es por la tarde. Podemos darle el nombre de algunos hoteles cercanos. —E insiste—: Tiene que recogerla un adulto.

Pero ¿quién?

Druzie estará fuera como mínimo otro mes. Pienso en Jackson: es sensato y amable y Sofie agradecería su presencia. Pero solo tiene diecisiete años y aparenta menos todavía. Llevármelo como «adulto» sería demasiado arriesgado.

Quizá Derry pueda. Si no está trabajando en Ulán Bator u otro lugar remoto. Podría pedírselo a Joe, pero sé que se inventará una excusa para no ir.

De repente, la rabia se apodera de mí. «Maldito seas, Hugh, maldito seas por dejarme sola con este marrón.»

Él no podía saber que esto ocurriría. Por otro lado, dejarme a cargo de dos adolescentes… podría suceder *cualquier cosa*. Hugh no podía prever las circunstancias exactas, pero tenía que saber que algo sucedería, porque *siempre* sucede algo.

79

He quedado con Josh dentro de dos horas y no me siento bien al respecto.

Después de darle muchas vueltas, le envío un mensaje: **Cuándo es un buen momento para llamarte?**

A los diez segundos me suena el móvil.

—¿Modestia?

—Josh, no puedo quedar esta noche.

Después de una larga pausa, dice:

—¿Estás poniendo fin a lo nuestro?

—Ha pasado algo en casa y no me parece… bien que nos veamos. Esta noche no.

—Pero ¿te parecerá bien que nos veamos otra noche?

—Sí. —Bueno, quién sabe.

—¿Tienes la regla?

Eso consigue arrancarme una carcajada.

—Porque no me importa —dice—. No tenemos que hacerlo si no quieres, pero podríamos…

—Es demasiado complicado para explicártelo por teléfono.

—¿Y si tomamos una copa? *Solo* una.

—Esta noche no, Josh.

—¿La semana que viene?

—Puede.

—Vale, Amy. —Suaviza el tono—. Cruzaré los dedos. Y si cambias de opinión…

—Vale, sí —digo de repente—. Esta noche, pero solo una copa. En el bar del hotel. —Entre la tristeza y la necesidad de consuelo, elijo el consuelo.

Está esperando en una mesa apartada en el bar del pequeño hotel de Marylebone. Cuando me ve se levanta de inmediato, la expresión de su cara entre recelosa y preocupada. Solícito, me quita el abrigo y me tiende una copa, pero noto su nerviosismo. Y puede que impaciencia.

—¿Estás bien? —me pregunta una vez que he tomado asiento.

—Sí. No me pasa nada a mí, estoy bien de salud y de todo lo demás.

Está tenso, expectante.

—Es difícil explicarlo con palabras... Ha surgido un problema. No en mi vida, sino con una joven que está a mi cargo y... Ya he hablado demasiado.

—¿Una joven a tu cargo?

—Está embarazada y no quiere tener el bebé.

—¿Va a abortar?

—Es lo mejor para ella. Estoy a favor del derecho a decidir. ¿Tú?

Parece sorprendido.

—Naturalmente.

—Qué suerte tenéis los británicos de haberos liberado de la culpa y el puritanismo.

—¿Tuviste una educación católica?

—En realidad, no. Mis padres no eran muy religiosos. Pero si vives en Irlanda es casi imposible escapar del puritanismo. Está en el aire.

—No puedes culpar al aire del puritanismo. El puritanismo es una consecuencia de las leyes irlandesas. ¿Catorce años de cárcel por tomar una pastilla? Eso sí es un juicio.

—Caray —digo—, nunca lo había mirado de ese modo. En cualquier caso, no sé muy bien cómo explicarlo, pero me parece... impropio que yo, una mujer casada, vaya a un hotel contigo, un hombre casado, cuando una joven a mi cargo está a punto de abortar. Lo siento un poco como si fuera... —hago una pausa— Sodoma y Gomorra.

Su expresión es indescifrable. Lo único que sé es que él no tiene el conflicto que tengo yo.

—Amy. —Elige las palabras con cuidado—. Mi comportamiento no es el mejor, pero tú no estás haciendo nada malo. Os habéis dado un descanso.

—Es cierto que Hugh me propuso tomarnos un descanso, pero no estoy segura de que yo me lo haya dado. Aunque parezca una locura, no apruebo lo que hago contigo. Lo llaman disonancia cognitiva.

—¿Lo leíste en *Psychologies*? —Una pequeña sonrisa.

—Sí. Aparte de eso, estoy triste por muchas otras cosas. Por la chica. Ha tenido una vida confusa, con respecto a quién debería querer, y la aterra estar embarazada. Está muy unida a mi... a Hugh, y me da pena que no esté aquí para apoyarla.

Josh coloca su mano sobre la mía, pero la aparto. No puede tocarme en público. En tono de disculpa, digo:

—La ley de Murphy. Entrará la mejor amiga de Marcia. —Pero me siento frágil y me encantaría que me abrazara—. Voy a hacerte una pregunta —digo—. Y no quiero que interpretes lo que no es, ¿de acuerdo? ¿Cancelaste la reserva de la habitación?

—No.

—Por favor, no esperes nada porque ahora mismo no podría, pero ¿podemos subir?

Vestidos de arriba abajo, yacemos abrazados en la cama. Josh me acaricia el pelo mientras yo hablo a ratos de cosas banales, como las aventuras vlogueras de mamá, el idealismo de Kiara o la preciosa melena de Jackson. Me quedo callada unos minutos y luego recuerdo otra cosa.

Conforme pasa el tiempo me voy calmando y la pena amaina.

—Háblame de ti, Josh. ¿Escribes? ¿Guiones cinematográficos?

Hace una pausa antes de responder.

—Ya no.

—¿Antes sí? —Casi sin darme cuenta, empiezo a deslizar las yemas de los dedos por la pestaña gruesa y arrugada que cubre la cremallera de sus tejanos.

—Sí, cuando era... Amy, ¿qué estás haciendo?

—No lo sé.

—Para, por favor.

—¿Te importa si no paro?

—Pero…

—¿No podríamos ver a dónde nos lleva? —susurro.

—No. —Me agarra la muñeca para apartarme la mano.

—Por favor. Por favor, Josh, quiero hacerlo.

—No me parece correcto.

—A mí sí.

Esta vez es completamente distinto. Es tierno, dulce e increíblemente bello. Cuando entra en mí y comienza sus círculos lentos, los ojos se me llenan de lágrimas silenciosas. Asustado, se detiene y digo:

—No pares, por favor. Quiero hacerlo.

Está retrocediendo.

—No.

Con las manos y las piernas, lo aprieto contra mí.

—Por favor, quédate dentro, quédate conmigo.

—Te está poniendo triste.

—Me está poniendo menos triste.

—Cualquiera lo diría.

Consigo reír a través de las lágrimas.

—¿Estás segura? —susurra.

Lloro durante todo el acto y Josh besa mis lágrimas y dice:

—Amy, mi preciosa Amy.

80

Miércoles, 30 de noviembre, día setenta y nueve

El miércoles por la noche, cuando vuelvo de Londres, Sofie está más pálida y consumida que hace dos días.

—No puedo comer hasta que todo esto acabe —repite.

Asustada, salto con una amenaza.

—Si no comes, no te dejaré ir a Inglaterra.

—Si no me dejas ir, nunca más comeré.

—¡Sofie!

—Tú no lo entiendes, Amy. Prefiero morir a tener un bebé.

—No vas a tener ningún bebé. Juro por toda la gente que quiero que no lo tendrás.

Menea la cabeza.

—Podrían cancelar el vuelo, podría incendiarse la clínica, podrían secuestrarme los de provida…

—¡No digas locuras, Sofie! ¿Y si te preparo una sopa?

—La sopa es comida.

—¿Un batido?

—Comida.

—¿Y sales de rehidratación?

—Mmm, vale.

Algo es algo.

Derry no estará en Ulán Bator la semana que viene, pero sí en algún otro lugar remoto, por lo que no podrá recoger a Sofie de la clínica.

—¿En qué personas confías? —me pregunta.

—En Alastair. Pero no es la persona adecuada para esto.

Y como Steevie y Jana siguen sin hablarme y las gemelas no dejan ni un minuto libre a Petra, apenas me quedan opciones.

—¿Qué me dices de Maura? —propone Derry—. ¿Siena? ¿Jackson?

—No —digo—. No. No.

—¿La madre de Jackson?

—No puede. —Tiene un hijo con necesidades especiales que requiere un cuidado permanente.

—¿Urzula?

—¡Ni de coña! —Eso nos hace reír.

Sin demasiada convicción, Derry dice:

—¿Joe?

Suspiro.

—¿Tú qué crees?

—Que mentirá como un descosido para escaquearse. Y si por obra de un milagro se comprometiera, te fallaría en el último minuto. No podrías respirar tranquila, pendiente de cuándo te la va a jugar.

Tiene razón, en todo.

—Puede que haya otra salida, Derry —digo—. Sofie se niega a comer. Dice que no comerá hasta que esto se solucione. ¿Podría decirse que tiene tendencias suicidas? Porque la ley dice que si una mujer tiene tendencias suicidas, puede abortar.

Derry me corta en seco.

—Se dedicarían a buscar opiniones aquí y allá y para cuando por fin declararan que Sofie *tiene* tendencias suicidas, el feto estaría empezando la universidad.

—O Sofie se habría tirado de un puente.

—O matado de hambre.

—Sí. —En fin, tenía que intentarlo.

—Tendrá que ser Neeve —dice Derry—. No hay nadie más.

—Es demasiado joven.

—Tiene veintidós años. Y es la única opción.

Es cierto.

—Kiara puede quedarse en casa de Joe —continúa Derry—. Es lo mínimo que ese puto inútil puede hacer.

—¿Qué está pasando? —Es jueves por la mañana y Alastair me llama desde Londres.

—¿A qué te refieres?

—Thamy me ha dicho que esta tarde harás otra de tus escapadas misteriosas y que te has cogido el lunes libre.

—¿*Thamy* te ha llamado? ¿Te ha llamado a Londres?

—No se te ocurra pegarle la bronca. La obligué a hablar. ¿Qué diantre está pasando, Amy? Sé que estás teniendo un rollo de lo más fogoso con Josh Rowan. ¿Qué puede ser más excitante que eso?

—¡Eres un *jodido* metomentodo!

—¡Yo te lo cuento todo!

—Esto no puedo contártelo.

—Oh. —Al fin capta que no se trata de una tontería.

—Aunque es posible que tenga que contártelo de todos modos. Sofie está embarazada.

—Joder. —Luego—: ¿Por qué era posible que tuvieras que contármelo de todos modos?

Casi me río.

—No te ha señalado como el padre del bebé, si eso es lo que te preocupa.

—Eso es algo de lo que nunca tendré que preocuparme. Te respeto tanto que *jamás* me lo montaría con nadie de tu familia.

—Salvo quizá con mi hermana sexy.

—Quizá. Y con Lilian O'Connell, madre de cinco, que es…

—Así que mi *escapada* de esta tarde es para llevar a Sofie a una consejera —le interrumpo.

—Siento mucho haberme equivocado, Amy, y que Sofie y tú tengáis que pasar por esto.

—Abortará el martes en Londres.

—¿No es el día del gran lanzamiento de Tabitha Wilton?

—Sí. Lo que quiere decir, Alastair, que podría necesitarte.

—Cuenta conmigo —dice—. Cuando sepas si me necesitas, dímelo.

81

Lunes, 5 de diciembre, día ochenta y cuatro

—Bajamos en la próxima —digo.

Sofie, Neeve y yo nos levantamos al instante, empuñamos nuestras maletas de ruedas e intentamos mantener el equilibrio en medio del bamboleo del tren. No hacía falta que nos levantáramos tan pronto, quedan más de tres minutos, pero hoy lo estamos haciendo todo con mucha antelación. Vamos a llegar a la clínica casi tres horas antes de la cita, pero más vale llegar pronto que tarde.

La clínica está en el centro de Wimbledon y matamos el rato en un café que me recuerda al que frecuenta el equipo perdedor de *The Apprentice*. Me encoge el corazón ver a Sofie tan joven y perdida. Esto no resulta fácil, suceda en el país que suceda, pero es peor si hay que levantarse al amanecer para tomar un vuelo y moverse por una ciudad extranjera.

Hay algo a lo que no paro de darle vueltas: no quiero que Sofie sienta vergüenza por mi culpa, pero tengo que protegerla.

Trago saliva.

—Deberíamos darles una dirección falsa para evitar posibles consecuencias para Sofie.

—Eso es una tontería —dice Neeve.

—Neeve, no todos los irlandeses son como nosotros. La gente juzga.

Suaviza el tono.

—Vale, mamá, lo entiendo. Es solo que me cabrea que tenga que ser así.

La clínica está en una casa grande y fea de una calle transitada. La entrada se encuentra en un costado. Sofie se pone a temblar visiblemente y hasta la propia Neeve parece asustada.

Saludamos y un rápido vistazo a la sala revela que hay alrededor de ocho grupos de personas, de edades y orígenes étnicos diferentes. Puede que algunos sean irlandeses. Nadie mira a nadie.

Mi «dirección» es una mezcla de direcciones de amigos y familiares. Está llena de pistas y Derren Brown, el mentalista, adivinaría la verdadera en treinta segundos. Ahora lamento no haber tenido la precaución de dar un apellido falso cuando hice la reserva. En teoría, los informes médicos son confidenciales, pero como haya una redada en la clínica y se publique la información para avergonzar a las mujeres y…

Dios, me sudan las manos.

—¿Estás bien? —me pregunta Neeve.

—¡Sí, claro, estupendamente!

—¿Sofie? —Una mujer con un vestido que reconozco de Cos ha asomado la cabeza por la puerta—. Pasa.

—¿Puede venir también Amy, digo, mi madre? —pregunta Sofie.

—No, cariño, tú y yo vamos a tener una charla y tiene que ser privada.

Otra consejera. Me alegro. Por lo que a mí respecta, cuantas más consejeras, mejor.

Sofie se ausenta una hora y en cuanto regresa, una mujer con un uniforme médico se la lleva para hacerle una ecografía. Esta vez se me permite acompañarla.

—Estás de casi diez semanas, Sofie, el plazo límite. —Le entrega dos pastillas y un vaso de agua—. Si vomitas durante la próxima hora, tendrás que volver.

Teniendo en cuenta que Sofie lleva varios días sin comer, ¿qué probabilidades hay de que vomite? Muy pocas, espero.

—Puede que empieces a tener calambres esta noche o mañana por la mañana, pero puede que no. Si los tienes, tómate un ibuprofeno, nada más. Vuelve mañana a las dos. Pasarás aquí tres horas y debes tener a alguien que te lleve a casa.

Digo:

—Mi hija, esto, mi otra hija, Neeve, la que está en la sala de espera, vendrá mañana con Sofie y la esperará para llevarla a casa.

—Pero empiezo a arrepentirme. Esto es demasiado duro para cargárselo a Neeve.

Sé que otras jóvenes lo hacen sin la ayuda de sus seres queridos. Sé que a mis veintidós años tenía una responsabilidad mucho mayor que la que Neeve tendrá mañana. Aun así, siento que estoy descuidando mis obligaciones como madre.

¿Debería llamar a Alastair para pedirle que venga mañana a Londres y cubra el lanzamiento de Tabitha Wilton?

Antes de abandonar la clínica llega el momento de apoquinar. Los padres de Jackson dijeron que pagarían la mitad de los gastos, pero hemos decidido esperar a tener la cifra final. Entretanto, lamento profundamente todos los vestidos inútiles que he estado comprándome y confío en que mi tarjeta de crédito no explote.

El importe, no obstante, es menor de lo que esperaba.

—¿Esto es solo una parte del coste?

—Tenemos una tarifa reducida para la gente que viene de Irlanda —explica la mujer—. Por todos los gastos extras que les supone.

—Gracias. —Es muy considerado por su parte. Sin embargo, me avergüenza que otro país tenga que ayudarnos porque el nuestro se niegue a hacerlo.

De camino a casa de Druzie, se nota que Sofie ha recuperado el ánimo.

—¿Me harás el favor de comer algo esta noche? —le pregunto.

—¡Sí! —Luego—: ¿Crees que si como algo tentaré a la suerte y algo irá terriblemente mal y...?

—Nada va a ir mal.

Paramos en un Tesco para comprar bollos, piña fresca y otras exquisiteces, y una vez que las chicas están instaladas delante de Netflix, llamo a Alastair.

—Hola —dice—. ¿Cómo va todo?

—Bien, muy bien. Creo. Pero empiezo a arrepentirme de lo de mañana. De dejar a Neeve a cargo de todo.

Sin dudarlo ni un segundo, dice:

—Mañana tomaré el primer vuelo a Londres. Puedo trabajar desde allí tan bien como desde aquí.

—¿En serio? Pero ¿dónde pasarás la noche? Nosotras estamos en casa de Druzie.

—Reservaré un hotel.

—Podrías dormir en el sofá.

—Reservaré un hotel. No es ningún problema, Amy, en serio. Y así podrás elegir qué quieres hacer.

—Eres un buen hombre, Alastair Donovan.

Sofie duerme conmigo y me paso la noche rozando la superficie del sueño, sin llegar a zambullirme, por miedo a que algo se tuerza y me necesite. Al final se hace de día y parece que todo va bien.

—¿No tienes calambres? —pregunto a Sofie.

—No. Supongo que ya no empezarán hasta la segunda dosis de pastillas.

Todavía no he decidido qué haré hoy. No me parece bien dejar a Tabitha Wilton y la organización benéfica en manos de Alastair, aunque sé que Alastair se los metería en el bolsillo en menos de cuatro segundos.

Por otro lado, no estoy segura de qué le parecería a Sofie que un hombre la recogiera de la clínica. Conoce vagamente a Alastair y se diría que le cae bien, pero en estos momentos está muy vulnerable. Lo mejor es que utilice a Alastair como reserva.

Pero ahora me preocupa que Neeve se sienta desvalorizada, así que la abordo cuando Sofie está en la ducha.

—Neeve, ¿sabes Alastair, mi compañero de trabajo? Está en Londres. Si algo va... si pasa algo, quiero que lo llames.

—Vale. La verdad es que... esto me asusta un poco. —Enseguida añade—: Quiero decir que guay, que puedo hacerlo, que lo tengo claro, pero me alegra saber que si algo... Sí. Gracias, mamá.

Genial. Llamo a Alastair y le pido que esté localizable. Me alivia enormemente saber que Neeve y Sofie no están solas.

82

Martes, 6 de diciembre, día ochenta y cinco

A las doce del mediodía llega el taxi de Neeve y Sofie. A continuación, tomo el metro hasta el Jade, un hotel pequeño, bonito y algo destartalado próximo a Goodge Street, más caro de lo que parece. Encontrar el lugar adecuado para este evento ha sido una auténtica pesadilla. Como lo ofrece una organización benéfica, no podía ser demasiado ostentoso, pero dado que necesito a los medios de mi lado, tampoco podía ser demasiado cutre. Eso significa que hay vino pero no Prosecco, bocaditos de gruyere pero no minihamburguesas de *kobe*.

Cuando llego el montaje ya ha comenzado. Durante el fin de semana tuve la brillante idea de poner un stand de chucherías variadas, pensé que podría transmitir el mensaje subliminal de que Tabitha es una mujer dulce (nada más lejos de la realidad). Pero ahora que veo las bolsas de plástico transparente con plátanos de goma y botellas de cola, me pregunto si no resultan demasiado frívolas, si no he metido la pata hasta el fondo.

El guardarropa está preparado para cien personas: Tabitha Wilton es una figura tan controvertida que la asistencia de los medios será masiva.

Pero lo más importante de todo es que la comida y la bebida sean abundantes y no se hagan esperar.

—No aflojéis —digo al personal—. No estamos ante gente civilizada. Esto es la *prensa*.

La conferencia empieza oficialmente a las cinco, pero a las cinco menos diecisiete aparece la primera gacetillera. Seguida de otras tres.

—Empieza el espectáculo —murmuro en el oído de Tabitha, y

procedo a pasearla por el salón de actos, cada vez más concurrido, presentándole uno a uno a los periodistas y ayudándola a no salirse del guión incluso cuando le hacen preguntas exasperantes.

Durante un rato hasta me olvido de Sofie. Veo entonces un mensaje de Neeve: **Todo bien. Volviendo a casa.** Y siento tal oleada de emoción —alivio y un pesar extraño— que casi dejo que Tabitha conteste de malos modos a un hombre del *Telegraph*.

A las seis y media, hora en que está previsto que termine el evento, el salón está abarrotado y todo el mundo va borracho. Los camareros han dejado de servir vino y, normalmente, eso hace que la gente empiece a desfilar.

Pero tenemos un problema: el puesto de caramelos variados es *todo* un éxito. Gente con la cara colorada y feliz se apiña a su alrededor, alargando brazos y llenando bolsas de papel a rayas azules y blancas de gominolas y huevos fritos de gelatina. Ojalá se largaran de una vez en lugar de quedarse ahí, rememorando dichosos recuerdos de la infancia.

—¡*Labios* de cereza!

—¡*Aros* de manzana!

—¿Cuánto cuestan los caramelos de un céntimo?

—¡Ja, ja, ja! Yo siempre se lo preguntaba al quiosquero. ¿Tú también? ¡Ja, ja, ja!

Para cuando despacho al último invitado y detengo un taxi son casi las ocho. Estoy exhausta, la cara me duele de sonreír educadamente y durante el trayecto a casa de Druzie el estómago empieza a arderme de preocupación. ¿Irá todo bien? ¿Podrá Sofie superar esto algún día?

Me abre Neeve.

—¿Y? —pregunto.

Asiente.

—Sofie está bien.

Sofie está en la cama, hecha un ovillo. Nunca la he visto tan pálida y parece que le cuesta incorporarse.

—¿Cómo estás? —pregunto.

—Aliviada. —Se echa a llorar—. No imaginas cuánto, Amy. Ya no tengo miedo. Gracias, Amy, gracias.

—¿Te duele?

—Es como el dolor de una regla fuerte, pero no me importa.

—Llora, llora y llora—. Estoy tan contenta, tan agradecida. Vuelvo a ser solo yo y estoy tan feliz, tan feliz, que tengo la sensación de que nunca más volveré a estar triste. Qué descanso, Amy. No podía traer a otra persona como yo al mundo. Y nunca más volveré a hacer el amor.

Veremos cuánto dura eso.

Nos tumbamos en la cama y la rodeo con mis brazos, sosteniendo la bolsa de agua caliente contra su estómago, mientras me vence el sueño.

Justo antes de sumergirme en la deliciosa nada, Sofie murmura:

—Ojalá papá estuviera aquí.

83

Miércoles, 7 de diciembre, día ochenta y seis

Nos dirigimos al control de seguridad de Heathrow y, ¡oh, no!, hay cientos de personas atrapadas en largas y serpenteantes colas que se pierden en la distancia y vuelven sobre sí mismas.

—¿Sofie? —pregunto con un hilo de voz.

Está muy blanca, casi verde. Anda doblada en dos por los calambres y la gente no para de mirar. ¿Hay algún sitio donde pueda sentarse? ¿Un lugar donde dejarla hasta que lleguemos al escáner? No, no lo hay.

¿Y si se desmaya? ¿Y si *cae desplomada*? ¿Y si no la dejan subir al avión?

—Mamá —susurra Neeve—, dale otro ibuprofeno.

Es demasiado pronto. Tengo miedo de que se le diluya la sangre y aumente el riesgo de hemorragia si le doy demasiados.

—¿Puedes aguantar? —pregunto a Sofie—. En cuanto pasemos el control iremos a la sala VIP y allí podrás tumbarte un rato antes de subir al avión.

—Vale.

Llegamos a la cinta después de veinte minutos angustiosos avanzando a paso de tortuga.

—¿Y si Sofie hubiera tenido que hacer esto sola? —dice Neeve en voz baja—. Vaya puta mierda.

Por si eso fuera poco, Sofie pita al pasar por el escáner y tiene que entrar en un cubículo de metacrilato para que la registren. Me entran unas ganas terribles de gritar. ¿Conseguiremos llegar a casa algún día?

Pasa la prueba del metacrilato y una vez salvado el control, la conduzco a la sala VIP. Hoy las distancias en el aeropuerto se me antojan interminables; tendría que haber pedido un *buggy* eléctrico. Siempre he pensado que me daría una vergüenza horrible que me vieran a bordo de semejante vehículo, pero en estos momentos mataría por estar ahí sentada, abriéndome paso a pitidos entre gente que camina casi con la misma rapidez con que yo me deslizo.

—Lo que necesitamos es un carro —dice Neeve—. Meteremos a Sofie dentro. Vamos a ver si hay alguno suelto.

Pero llegamos a la sala VIP antes de encontrarlo.

—¡Veinticinco por cabeza! —farfulla Neeve cuando entrego mi tarjeta de crédito—. Otras setenta y cinco libras. ¡Joder con la bromita!

—Calla y entra —le digo.

Sofie se acurruca en un sofá de dos plazas con los pies sobre mi regazo y mi abrigo encima. Neeve se va a coger cosas gratis por valor de «veinticinco libras» mientras yo me pongo catastrófica. ¿Y si no dejan subir a Sofie al avión? En serio, ¿qué haremos entonces?

¡Dios, por ahí viene una señorita con tacones y cara de mandona a regañarme!

—¿Está bien? —señala el pequeño fardo de huesos que es Sofie.

—Mi hija adolescente —digo con una sonrisa resuelta—. Tiene dolores menstruales. Estoy deseando llegar a casa para ponerle una bolsa de agua caliente.

—No puede poner los zapatos en el sofá.

—No están en el sofá, están en mi regazo.

—Mamá —dice Neeve—, he robado suficientes galletas para abrir una tienda y la pantalla dice «Ir a puerta de embarque». Vamos.

Fuera de la sala VIP diviso un carro abandonado. Neeve y yo convencemos a Sofie para que se monte con su equipaje. Yo empujo el carro y Neeve tira de las otras maletas.

—Algún día nos reiremos de esto —dice Neeve.

Tal vez.

Ya en la puerta, mientras esperamos a embarcar, siento como si me estuvieran perforando a fuego la pared del estómago, que ahora mismo debe de parecer una pieza de encaje de bolillos. La angustia me hace sudar cuando entrego las tarjetas de embarque. El azafato mira con recelo a Sofie, pero nos deja subir.

La sentamos junto a la ventanilla. Noto mi cuerpo tenso como un cable de acero mientras rodamos por la pista y hacemos cola y más cola. Por fin las ruedas se separan del suelo. Las tres guardamos silencio mientras el avión se eleva y no es hasta que las luces de los cinturones se apagan que Neeve y yo soltamos una exhalación larga y sonora, nos miramos y esbozamos una sonrisa tímida.

84

Lunes, 12 de diciembre, día noventa y uno

—Más oscuras. —Mamá está emocionada.

—No es buena idea —dice la esteticista.

—¿De qué me sirve tatuarme las cejas si nadie va a notarlo?

—Lo notarán.

—Pobre esteticista —dice Alastair—. Lilian O'Connell, madre de cinco, es una mujer obstinada.

Es lunes por la mañana y el último vlog de Neeve, donde aparece una esteticista pintándole las cejas a mi madre, acaba de salir.

—Parece una película de suspense —dice Alastair—, todos pendientes de quién ganará el pulso. Yo voto por Lomdec.

—¿Quién?

—LOMDEC, Lilian O'Connell madre de cinco.

La esteticista —Elaine— explica con calma que, dado que el pelo de mamá es rubio, las cejas han de ir a juego.

—¿Quién dice que voy a quedarme rubia? —pregunta mamá—. Mañana podría pasarme al rojo. ¡O al azul! Así que un par de tonos más oscuro en las cejas, por favor.

El vlog nos lleva —veloz— por el proceso de hora y media y al final mamá luce unas cejas castañas muy bonitas y bien perfiladas. Parece otra.

—¡Me ha cambiado completamente la cara! —exclama—. Ahora *se me ve*. Soy una mujer que llama la atención. Una mujer que inspira *respeto*.

—Yo ya la respetaba antes, Lomdec —dice Alastair—. Amy, ¿crees que tu madre querría adoptarme?

—Tú ya tienes tu propia madre adorable, ingrato. ¿Por qué

siempre has de desear la mujer que no puedes tener? —Reparo en la hora—. Ostras, la una menos diez. ¡Corre!

La locura navideña ya está en marcha: las luces, las multitudes, las bolsas de papel, las llamadas, el vino caliente con especias, las resacas. El trabajo se solapa con el placer cuando reparto regalos a mis periodistas y clientes favoritos y me los llevo a comer o de copas. Hoy tenemos la comida de la oficina, aunque, como dice Alastair, «Es como el hielo para los esquimales, porque nuestro trabajo es una juerga continua».

—El mío no —masculla Thamy.

En casa están puestos los adornos, si bien hemos tenido que prescindir de algunas cosas, como cubrir de luces los árboles del jardín, porque para ponerlas necesitábamos a Hugh y una escalera.

Dada la ausencia de Hugh, Kiara ha propuesto un cambio el día de Navidad.

—No quiero que seamos solo nosotras cuatro. Echaría demasiado de menos a papá, y Sofie también. ¿No podríamos celebrarlo con Derry? ¿O con Declyn?

—Podríamos ir a un hotel.

—¡Ni hablar, mamá! —Debí imaginar que Kiara se opondría a un gasto de dinero innecesario—. Eso no estaría bien. Además, ¡quiero que cocinemos todas juntas!

Mierda. Mil veces mierda. Hugh siempre se ocupa de la comida de Navidad, y la idea que Kiara tiene de compartir el trabajo es abrir el horno y gritar: «¿Qué color se supone que tiene "hecho"?».

A Derry le disgusta cocinar todavía más que a mí. Me espera una tortura.

—¿Te parece bien que le compre un regalo a papá? —preguntó Kiara—. Aunque no esté aquí para abrirlo.

Un brote de rabia florece dentro de mí: odio a Hugh por hacerle esto a Kiara.

En un momento dado Maura se implicó en la organización del día de Navidad y de la noche a la mañana decidió que la familia entera comería en casa de mamá y papá.

Derry me dio la noticia.

—Pero has salido bien parada, Amy. Te toca el *trifle* y la tarta.

—Jackson y yo te ayudaremos —dice Sofie.

Para mi gran alivio, Sofie está bien. Estupenda, de hecho. Come, hace cosas y ella y Jackson están más unidos que nunca.

—Haremos el *trifle* —le digo—, pero la tarta la compraremos. La vida es corta.

Me llama mamá.

—Amy, me han reconocido por el vlog. En Cornelscourt. Unas chicas se acercaron y me preguntaron: «¿Es usted la abuela de Neeve Aldin?».

—¡Es fantástico!

—¡Lo sé! Querían ver mis cejas de cerca. Luego me dijeron que era una leyenda.

—Mamá, mamá. —Neeve entra en la cocina mientras hago la cena a regañadientes. El corazón se me encoge. ¿Y ahora qué?—. Mamá. —Tiene la voz ronca y empieza a derramar lágrimas.

—¿Qué pasa?

—Ha ocurrido.

Por el amor de Dios.

—¿Qué ha ocurrido?

—Ingresos. ¡Dinero! Al fin. —Ahora ya está llorando como es debido—. Una agencia quiere anunciarse en mi página. Me pagarán. Tengo un número de visitas lo bastante alto.

—¡Oh, Neeve!

Las cosas han ido mejorando, me he dado cuenta. El número de suscriptores ha aumentado considerablemente, la calidad de los regalos de cortesía ha mejorado y algunas empresas pequeñas le han propuesto compartir la marca. Pero esto son palabras mayores.

—¿Puedes creerlo, mamá? —El llanto le ahoga la voz—. Dinero de verdad, que habré ganado yo, no la calderilla que me pagan en esa maldita discoteca. Estaba pensando en hacerme repartidora de Deliveroo en cuanto pasaran las Navidades, pero ya no tendré que hacerlo.

—¡Te felicito, Neeve! Has trabajado mucho, te lo mereces.

—He de darle las gracias a la abuela. Su primer vlog supuso un cambio.

Es cierto. En YouTube hay miles de blogueros de moda que ofrecen las mismas cosas al mismo sector de la población. Para tener éxito necesitan un rasgo diferencial: un perrito mono, un novio mono o —en el caso de Neeve— una abuela mona.

—La idea de filmarla se te ocurrió a ti —digo—. Parte del mérito es tuyo.

—Las cosas de repente me van bien. —Está llorando otra vez—. Papá al fin forma parte de mi vida y ahora esto. ¡Nunca imaginé que podría ser tan feliz!

85

Martes, 13 de diciembre, día noventa y dos

Me despierto sobresaltada. El mundo está completamente a oscuras y me pregunto qué me ha despertado. Hago un repaso mental de mis preocupaciones habituales: Hugh, Sofie, dinero, Kiara, Neeve, papá, mamá, Josh... Entonces caigo en la cuenta de que ha sido Marcia. Otra vez. El sentimiento de culpa es intenso. No estoy hecha para ser la otra.

Hace dos semanas que no veo a Josh. Nos saltamos la semana pasada, cuando Sofie estaba en Londres, pero lo veré mañana. O, mejor dicho —como me indica un rápido vistazo al reloj—, esta noche.

Josh y yo hemos pasado juntos tres martes en una habitación de hotel, donde toda mi tristeza queda en suspenso. El complejo duelo por Hugh se diluye durante esas pocas horas y me pierdo en Josh, en lo mucho que me desea. Durante ese rato mi sentimiento de culpa con respecto a Marcia desaparece, pero en cuanto vuelvo a estar sola —o sea la mayor parte del tiempo, veo a Josh apenas seis horas a la semana—, regresa y a menudo me despierta en mitad de la noche.

Lo que le estoy haciendo a Marcia no tiene perdón.

Pensar en mi dolor cuando pillé a Richie con otra o —peor aún— cuando vi las fotos de Raffie Geras con Hugh, me recuerda que estoy haciéndole a Marcia lo mismo que esas mujeres me hicieron a mí.

En teoría, es Josh quien debe fidelidad a Marcia —yo no le debo nada— pero las cosas no son tan simples. De hecho, cuando los hombres engañan, la gente culpa de ello a las mujeres: a la esposa por no ser lo bastante sexy o a la zorra adúltera por «cazar» a un hombre que «pertenece» a otra mujer.

Mi plan era continuar con esto hasta final de año. Mañana por la noche —hoy, en realidad— es la penúltima vez que iré a Londres antes de Navidad. Por tanto, solo me quedan dos noches con Josh. Pero no quiero que lo nuestro se acabe.

—¿Josh?

—¿Modestia?

—El martes que viene será el último que pasaré en Londres antes de Navidad. Ya no volveré hasta el 10 de enero.

—¿Qué? —Se incorpora en la cama.

—El martes de aquí a dos semanas cae en 27 y el siguiente es el 3 de enero. No tiene sentido que venga a Londres esos días, no habrá nadie.

Josh está haciendo cálculos.

—¿O sea que estaremos tres semanas sin vernos?

Es el momento de recordarle que el final del año es mi fecha límite y no lo hago.

—No me hace ninguna gracia —dice—. Bastante me cuesta verte solo una vez por semana.

Yo siento lo mismo.

De repente, dice:

—Vayámonos juntos a algún sitio entre Navidad y Año Nuevo. Un par de días.

No lo descarto de inmediato.

—¿A dónde?

—¿A dónde te gustaría?

—¿A dónde te gustaría *a ti*? —Porque siento curiosidad.

—Te encanta la ropa —dice—. Podríamos ir a una de las capitales de la moda. ¿Milán?

Su propuesta me conmueve, pero no puedo evitar reír.

—La idea de Milán me pone los pelos de punta.

—¿Demasiado romántico para mi Modestia? —dice.

—Demasiado típico.

Una emoción cruza por su rostro… Parece molesto. Solo un poco. Pero…

Enseguida digo:

—¿A dónde te gustaría ir a ti?

—Me gustan los lugares con historia. Berlín, por ejemplo. Y no conozco Venecia...

—No iremos a Venecia.

—¿Demasiado típico?

—Demasiado típico.

—¿San Petersburgo?

—Ni hablar. Por Putin.

—¿El Distrito de los Lagos?

—Ningún lugar del Reino Unido. —Eso lo tengo claro—. Bastante mal me siento ya por tu mujer para encima correr el riesgo de que nos vea algún conocido suyo.

—Entonces ¿qué lugar no es demasiado típico o demasiado romántico o demasiado del Reino Unido?

No se me ocurre ninguno.

—¿Hay algún lugar al que siempre hayas querido ir? Tiene que haberlo.

De hecho, lo hay.

—Serbia.

Suelta una carcajada. La corta de golpe.

—Ostras, lo dices *en serio*.

86

Miércoles, 14 de diciembre, día noventa y tres

Me suena el móvil. Lo recojo de la mesa y lo miro. Como era de esperar, es Josh. Otra vez. La tercera que me llama esta mañana. Lo normal es que nos comuniquemos con mensajes de texto, pero supongo que quiere hablar como es debido porque la despedida de anoche fue muy fría. Después de reírse de mi propuesta para el fin de semana, me vestí en silencio y, pese a suplicarme que me quedara, me marché.

Me llega un mensaje y, en efecto, es de él: **Háblame, por favor. Lo siento. Soy un idiota. Déjame arreglarlo.**

No. Que sufra un poco más.

Porque *por supuesto* volveremos a hablar. Esto —mi pique, su arrepentimiento— es solo un juego, un juego al que he jugado otras veces. Ayer estaba dolida de verdad, pero —no tengo remedio— esta parte es pura diversión.

Cuando llama por cuarta vez, contesto con un suspiro.

—¿Qué?

—¿Podemos vernos hoy?

—No. Tengo reuniones por un tubo.

—¿Después del trabajo?

—Me voy al aeropuerto.

—¿A qué hora es tu vuelo? Veámonos en el aeropuerto.

—¿Por qué?

—Veámonos y te lo cuento.

Está inclinado sobre su móvil en una mesa del Prêt del aeropuerto. Se ha quitado el abrigo, sus hombros anchos tiran de la tela de su camisa gris azulada y las mangas, enrolladas hasta los codos, dejan ver los antebrazos. Me ve y esboza una sonrisa lenta, sincera.

—Amy. —Hasta la manera en que dice mi nombre es patéticamente excitante.

—Hola. —Me siento frente a él.

—Te he pedido un poleo menta.

—Gracias.

Sin voz, moviendo solo la boca, dice:

—Odio no poder besarte.

—¿Quién dice que te dejaría?

Suspira.

—¿Me perdonas?

De pronto siento unas ganas abrumadoras de llorar.

—Estoy destrozado —dice—. Siento mucho no haberte tomado en serio. Me sorprendiste, es todo. Pero eso es lo que me gusta de ti, Modestia, que nunca dejas de sorprenderme. —Desliza las manos por la mesa y cuando roza mis nudillos, todo el cuerpo se me estremece.

Aunque estamos rodeados de gente, le cojo rápidamente la mano para sentir el calor de su palma en la mía y se la suelto con igual rapidez.

—He estado indagando —dice por encima del barullo—. Tu museo serbio se encuentra a tan solo una hora y media de Belgrado. Abren todo el mes de diciembre porque allí celebran la Navidad el 7 de enero.

—¿Has *hablado* con ellos?

—Una mujer del trabajo habla algo de serbio y me hizo de traductora. El plan es volar desde Londres el 27 por la mañana y llegar a Belgrado a la una de la tarde, hora local. Alquilamos un coche, ponemos rumbo al sur y llegamos a tu museo a las tres. ¿Qué te parece?

—Eh, aterrador.

Ríe.

—Podemos regresar a Belgrado ese mismo día y pasar dos noches en un hotel elegante. O podemos hacer un especial modestia en el pueblo del museo (he mirado y hay un montón donde elegir) y pasar la segunda noche en Belgrado. Volveríamos a Londres el 29. —Hace una pausa efectista—. ¿Y bien?

—¿Qué le dirías a tu esposa?

—Lo que tú quieras. Puedo decirle la verdad.

—¡No! —No se me ocurre una idea peor.

—¿Y si he de hacerlo? ¿Y si me he enamorado de ti?

Lo observo con detenimiento. ¿Habla en serio?

—Para.

—¿Reservo los vuelos?

—No tan deprisa, todavía he de pensármelo. Tengo que irme.

—Si lo prefieres, podría ir a Dublín.

Eso sí que no. Alguien nos vería y se lo contaría a las chicas.

—En serio, mi vuelo está a punto de salir. Te llamaré por la mañana.

—Amy —se inclina hacia mí y me agarra la muñeca—, no te vayas.

—Tengo que...

—Coge el último vuelo. —Su mirada es ávida—. Vayamos a un hotel.

No doy crédito. Pero mi cuerpo se enciende, hasta el último nervio desea sentir sus caricias. Es tan tentador...

—Por favor —insiste. Con los labios, dice—: Se me ha puesto dura por ti.

Por debajo de la mesa, me quito el zapato y deslizo el pie por su muslo hasta alcanzar la entrepierna. Subo unos centímetros más y compruebo que no miente, la tiene dura como una piedra... y hasta noto el *calor* que emana. Coloco la planta sobre su erección y aprieto con fuerza. Se le escapa un gemido.

Incapaz de ocultar mi regocijo, espero a que se recupere.

—¿Todavía quieres ir? —pregunto—. ¿O has tenido suficiente?

Con la voz ronca, dice:

—Todavía quiero ir.

Agarro el bolso.

—Vamos, entonces.

87

Jueves, 15 de diciembre, día noventa y cuatro

—¿Quién paga? —Es lo primero que pregunta Derry.

—Él.

—*Caray.* —Está impresionada.

—¿Mala feminista?

Suspira.

—Todo el mundo tiene el derecho de invitar a quien le dé la gana, ¿no? ¿Se lo contarás a las chicas?

—¿Estás loca? ¡Ni hablar! Les diré que me voy de fin de semana con alguien del trabajo, y si me preguntan si es un hombre, mentiré. ¿Y si come con la boca abierta?

—Has comido con él, ya sabes que no.

—¿Y si el coche se estropea y no sabe arreglarlo y pierde los estribos y tira la llave inglesa al suelo y se larga echando humo?

—Creo que estás pensando en los viajes en coche con papá cuando éramos niñas.

Dios, tiene razón.

—Vale. ¿Y si resulta que es un guarro?

—¿En qué sentido?

—No lo sé. Es muy masculino, más masculino que Hugh. No quiero pensarlo, pero hay muchas maneras en que un hombre puede ser un guarro.

Derry lo pilla.

—Puedes pedir dos cuartos de baño.

—¿Cómo voy a hacer eso? Oh, Derry, ¿y si dice «retrete» en lugar de lavabo? ¿Y si dice «He de ir al retrete»?

—Si dice eso, vuélvete enseguida.

Derry no es la persona más indicada para este tipo de conversación; a fin de cuentas, puso fin a una relación de cinco meses porque el pobre desdichado insistía en que «kebab» se pronunciaba «kebob».

—¿Y yo qué? —pregunto—. ¿Qué hago con *mi* vejiga? Necesito ir al baño cada media hora. Lo primero que hago cuando llego a un lugar que no conozco es mirar dónde está el cuarto de baño. ¿Cómo voy a sobrevivir a un viaje en coche en un país subdesarrollado?

Derry menea la cabeza.

—Cuando hago viajes largos aquí —continúo—, prefiero deshidratarme a utilizar los lavabos que hay detrás de las gasolineras. —Me recorre un escalofrío por la espalda—. Seguro que en Serbia son aún peores.

—¡Por Dios, Amy! —explota Derry—. ¿Por qué no puedes comportarte como una persona normal? La gente que se va por ahí de fin de semana romántico escoge sitios bonitos, como Barcelona, y se aloja en hoteles de lujo con un montón de lavabos públicos y no en un *bed-and-breakfast* en el culo del mundo donde lo más seguro es que tengas que compartir una letrina con una familia entera, incluido el abuelo desdentado con una pilila decrépita asomando por unos calzones amarillentos. Y, *por supuesto*, no se embarcan en un viaje en coche con un hombre al que apenas conocen.

¿Qué puedo decir? Tiene razón.

—Cualquiera diría que no quieres pasarlo bien.

—Es que no quiero pasarlo bien. Bueno, sí quiero. Pero no demasiado.

Menea de nuevo la cabeza.

—Seguro que en Belgrado hay hoteles que están bien. —Coge la tablet, pincha unas cuantas veces y empieza a leer—. Esto es de Lonely Planet: «Honesta, aventurera, orgullosa y audaz, Belgrado no es en absoluto una capital bonita, pero su descarnada vitalidad la convierte en una de las ciudades más vibrantes de Europa».

—No sé qué palabra me asusta más —digo—, si «descarnada» o «vibrante».

Derry baja un poco más.

—«Rodeada de bosques… barroca… en un entorno ribereño y con un castillo semiderruido en lo alto de la colina.»

—¿*Belgrado*?

—No, Heidelberg. Ese es el destino al que *podrías* haber ido. O escucha esto: «Una visión exótica de los libros de cuentos, con uno de los centros históricos más arrebatadores de Europa, dotado de palacios imponentes y estrechísimas calles adoquinadas». Estocolmo. Es solo un ejemplo. Pero tú prefieres descarnamiento sin belleza. —Luego farfulla—: Mira que eres rara.

—Soy diferente —replico—. Poco convencional.

—Ya —ríe—, y con una culpa que no te cabe en el cuerpo. Entonces ¿irás?

—Creo que sí.

—Josh, ¿hará mucho frío en Serbia?

Con una mueca, dice:

—Lo más probable es que nieve.

Es justo lo que quería oír. Visualizo capuchas forradas de pelo, casas de madera, manteles bordados, botas con las puntas enroscadas...

—Me reuniré contigo allí, en el aeropuerto de Belgrado.

Tras una pausa, dice:

—¿Por qué?

Porque de lo contrario me tocaría volar a Londres la noche previa para tomar el primer vuelo de la mañana a Belgrado. Es más sencillo volar desde Dublín vía Viena. Pero existe otra razón.

—Estaríamos atrapados juntos las tres horas que dura el vuelo. No nos conocemos lo bastante para eso.

—Sería una oportunidad para conocernos.

—No, no es una buena idea.

Un tanto enfurruñado, pregunta:

—¿Te fías de que sea yo quien elija los hoteles?

—Creo que no.

Un silencio herido, largo. Es un pelín susceptible, ya lo véis...

—Lo siento, Josh, pero esto se sale tanto de mi zona de confort que necesito tener algo bajo control.

—Está bien. —Suspira—. Pero en Belgrado reserva un hotel bueno, que no sea demasiado modesto. En Jagodina solo hay alojamiento básico, por tanto, mejor pasemos dos noches en Belgrado. Te daré los datos de mi tarjeta.

435

Qué extraño. Me he acostado con este hombre, ha tenido en la boca mis partes más privadas, y sin embargo que me dé los datos de su tarjeta se me antoja un acto increíblemente íntimo.

He encontrado un hotel absolutamente fabuloso en Belgrado. Tiene todas las comodidades modernas pero las habitaciones parecen extraídas de una casa eslava tradicional. Es como si mis sueños se hubiesen hecho realidad: alfombras refinadas con dibujos de pavos reales y robles frondosos; exquisito papel de pared aterciopelado; largas ristras de ventanales con marcos ondeantes y gruesas cortinas de damasco; lámparas de vidrios de colores; pufs otomanos de cuero; fogones con azulejos en tonos alegres; peculiares cuadros de hombres con pinta de cosacos; bellas camas con cabeceros pintados a mano y un montón de echarpes y almohadas, fundas de cojín bordadas y —no os lo perdáis— ¡antimacasares!

Hay una atrevida colisión de colores y estampados y el efecto final es sencillamente adorable. Es bohemio, es rústico, pero *no* es cursi.

—*Es* cursi —declara Pija Petra—. Me está entrando migraña solo de mirar las fotos. ¿Qué va a pensar el Josh ese?

—Me trae sin cuidado. Lo hago por mí. Además, a Josh le dará igual cómo sea la habitación mientras tenga mucho sexo conmigo.

La cara de Pija Petra es un poema.

—Amy. —Hace una pausa—. ¿Lo tuyo con Josh va *en serio*?

—No. Bueno, no s… es intenso, que no es lo mismo. Pero no tiene futuro.

—¿Por qué lo dices?

—Pues porque está casado, vivimos en países diferentes, yo tengo tres hijas, él tiene dos hijos, no nos sobra el dinero e ignoramos cómo sería la convivencia diaria. La lista es interminable.

—Hay gente que hace que funcione. Los hombres dejan a sus esposas…

Las dos pensamos en Hugh al mismo tiempo.

—¡Perdona, cariño, perdona! —exclama.

—Tranquila, estoy bien. —El dolor amaina hasta convertirse en una punzada leve.

—Las separaciones matrimoniales son el pan de cada día. A lo mejor Josh y su esposa están fatal. Y tus hijas ya son mayores, no tardarán en largarse de casa.

—¿Qué no? —digo—. Tal como están los precios de los pisos, no se irán nunca.

—Pero *tú* sí puedes irte.

—Para, Petra, por favor. Josh y yo solo nos estamos divirtiendo. En algún momento tendré que enfrentarme a lo que siento por Hugh y será un baño de sangre. Ahora mismo necesito vivir el momento.

88

Sábado, 17 de diciembre, día noventa y seis

—¡Mamá! *¡Mamááá!* ¡MAMÁ!

Los gritos de entusiasmo vienen de arriba, así que abandono la lavadora. Me apetece escuchar algo agradable.

Pero las chicas ya están corriendo escaleras abajo, y Neeve agita su iPad.

—¡Mira, mamá, mira!

Es una página web y debajo de «Qué ver en 2017» leo: «Neeve Aldin, vlogera irlandesa de moda. Encantadora, divertida, sin pelos en la lengua. No os perdáis los cameos de su abuela, os troncharéis».

—Soy popular —aúlla Neeve. Levanta la vista al techo y grita—: ¡¡¡¡Soy POPULAR!!!!

—¿Dónde sale esto?

—En la página de *Glamour*. ¡Lo sé! ¡Es real! ¡Casi soy tendencia!

—Esto… chicas, ¿os importa si me voy fuera unos días después de Navidad? —Intento hacerme la desenfadada, pero no les interesa lo más mínimo lo que haga o deje de hacer. Neeve se va con Richie y los padres de Richie a un hotel de lujo de Tipperary. He de reconocer que Richie está haciendo grandes esfuerzos por incluirla en su familia, aunque todavía lo creo capaz de volver a perder de un día para otro el interés por Neeve. Sofie y Jackson se largan a una fiesta en Connemara, en una casa que parece de lo más cutre. Y Kiara se va a un campamento de supervivencia en Kerry con algunos compañeros de clase.

Se me hace extraño despedirme de Josh el 21 de diciembre.

—Nos vemos en Serbia —dice.

El estómago me da un vuelco. ¿Estoy cometiendo un error terrible?

—No —responde a mi pregunta tácita—. Lo pasaremos genial.

—¿Y si no nos entendemos? Puede que me entre el hambre y me conforme con un cafetucho y tú quieras caminar durante horas en medio de un frío que pela hasta encontrar el lugar perfecto para comer. O puede que ronque…

—Roncas, y no me importa. Modestia, voy a echarte mucho de menos hasta entonces. No pararé de masturbarme. ¿Puedo llamarte el día de Navidad?

—No.

Se le nubla el semblante.

—Josh, en serio, sería una falta de respeto a tu esposa —digo—. El día de Navidad es para las familias.

—Por eso es tan jodidamente insoportable.

—Basta, Josh. Hay cosas que son sagradas. No me llames ese día.

89

Domingo, 25 de diciembre, día ciento cuatro

—¡Mamá, arriba! —Kiara me está zarandeando—. ¡Vamos a abrir los regalos! ¡Feliz Navidad!

Neeve y Sofie aparecen en la puerta de mi cuarto.

—Venga.

Las tres bajan corriendo entre risas. Me pongo el pijama de muñeco de nieve y las zapatillas de reno y, una vez en la sala, observo con cariño cómo se abalanzan sobre sus montones y empiezan a arrancar envoltorios.

Les he puesto una media a cada una llena de tonterías —calcetines de leopardo, baratijas de Claire's— y aparte un regalo «gordo».

—¡Oh, *mamá*! —aúlla Neeve—. ¡Unas gafas de sol de Tom Ford!

La montura es de color caramelo y el cristal de un original ámbar que hace juego con su pelo cobrizo.

—¡Me encantan! —Se las pone y desfila por la sala con su pelele y sus zapatillas acolchadas—. ¿Estoy total o estoy total? —pregunta.

—¡Estás total!

Ha aparecido por arte de magia una lata de bombones Roses y nos arrojamos sobre ella, incluida Sofie.

—Mamá… —Kiara ha abierto su regalo gordo, un donativo para comprar zapatos a cuatro niñas de un país en vías de desarrollo para que puedan ir andando hasta la escuela y así recibir una educación. Los ojos se le llenan de lágrimas.

—¡Yo también lloraría si me hubiesen regalado eso! —asegura Neeve.

—¡Es el mejor regalo del mundo! —Kiara se me echa a los brazos y caemos al suelo riendo.

El regalo de Sofie es un móvil.

—¡Eres genial, Amy! ¡Absolutamente genial!

Las chicas me han comprado cosillas varias: un vale para un masaje, unos pendientes.

—¡Y algo bueno!

De detrás del sofá sacan un paquete más grande y me lo plantan en el regazo.

—¿Qué es? —pregunto.

—¡Un perro lobo irlandés! —Neeve está de excelente humor.

—Ábrelo y lo verás —dice Sofie.

No me hago demasiadas ilusiones porque aunque su intención es buena, nunca acaban de acertar. No obstante, se han tomado la molestia y eso me conmueve.

Pero, Señor, es precioso. Un bolso de piel con un bordado de una escena campestre que parece eslava.

—¿Te gusta? —susurra Kiara.

—Me *encanta*.

Eso desencadena un torrente de información.

—Nos recordó a esos cuadros que te gustan tanto.

—Lo encontramos en Etsy.

—¡Temíamos que no llegara a tiempo!

—¡Pero llegó!

—Y cuando lo tuvimos en las manos, ¡*supimos* que te encantaría!

—ADORO la Navidad —dice Kiara.

—¿Nos tomamos un Baileys? —propongo.

—Son las nueve y media —dice Neeve—. ¡De la mañana! ¡Pero venga, va, qué más da!

Cuando me levanto para ir a la cocina oímos un ruido al otro lado de la puerta de la calle. ¿Visitas? Pero ¿quién? ¿A estas horas del día de Navidad?

Las cuatro nos miramos extrañadas. Y entonces escuchamos el rasgueo de una llave entrando en la cerradura. ¿Quién se colaría en nuestra casa con una llave?

Con otro rasgueo, seguido de un chasquido, la puerta se abre y… Dios mío, es… Mis ojos lo ven pero mi cerebro no puede procesarlo. Más delgado, moreno, con el pelo más largo y una cazadora que no reconozco, es Hugh.

El shock me paraliza. Me quedo congelada mientras lo veo entrar arrastrando una mochila enorme. Acto seguido, Sofie y Kiara se levantan de un salto y corren hasta él gritando «¡Papá!».

Hugh abre los brazos y estrecha a las tres —hasta Neeve se deja incluir— contra él.

Me mira a los ojos, señala sus brazos envolventes y me dice con los labios:

—¿Y tú?

Pero no puedo moverme.

Sofie se vuelve hacia mí.

—¿Lo sabías? ¿Era una sorpresa?

Muevo la cabeza rígida de un lado a otro.

—Pasa, pasa.

Conducen a Hugh hasta el sofá. Kiara me empuja con suavidad y acabo sentada al lado de Hugh mientras ellas se apelotonan en el suelo.

—¿Por qué no has llamado? —le pregunta Kiara—. ¿O escrito?

—Quería daros una sorpresa.

—¡Pues lo has conseguido! ¡El mejor regalo de Navidad!

—¿Cuánto tiempo estarás aquí? —pregunta Neeve—. ¿Cuándo vuelves a irte?

Hugh parece sorprendido.

—No, no, he venido para quedarme.

—¿En serio?

—¡Uau, justo lo que quería oír!

—¡El mejor regalo!

—Hoy es *Navidad* —le dice Kiara.

—Lo sé. —Hugh me sonríe en plan qué-mona-es. Parece feliz. Me ha dejado muda, petrificada, con la sensación de estar soñando.

Las chicas lo rodean exigiendo regalos.

—No he tenido tiempo de compraros un regalo como es debido —dice—, pero os he traído cosillas.

Hugh entra la mochila en la sala de estar y saca pañuelos de batik de alegres colores, pulseras de cuentas y cajitas lacadas.

Contemplo la escena como si se tratara de una película.

—¡Oye! —Kiara mira la hora en su móvil—. Tenemos que irnos.

Nos esperan en casa de mamá y papá para el intercambio de regalos. Solo reciben presentes los nietos, pero será divertido. Bueno, lo sería si no me hallase en semejante estado de shock.

Me oigo preguntar:

—Neeve, ¿puedes llevar a Sofie y a Kiara?

—¿Por qué no las llevas tú?

—Necesito hablar con papá.

—Pero vendréis, ¿no?

—Dentro de un rato.

Suben a sus cuartos, se visten a toda prisa, agarran la bolsa de golosinas y se marchan con un portazo.

Hugh y yo al fin solos. Lo miro de hito en hito.

—¿Realmente estás aquí?

—Lo siento, cielo. —Busca mis manos inertes—. Tendría que haberte avisado, pero quería que fuera una sorpresa.

—Pues ha sido un golpe. Tenías que saber que lo sería.

Se muerde el labio, contrito.

—Estaba tan contento de volver a casa que no podía pensar en otra cosa. Lo siento. —Con voz queda, dice—: ¿Puedo hablar? ¿Podemos hablar?

—Ajá.

—No debería haberme ido. Fue una decisión equivocada, una locura. No le veo ningún sentido ahora y no sé cómo pude vérselo entonces. Debía de estar mal de la cabeza, muy mal. No entiendo que en algún momento me llegara a parecer justificable. —Su angustia parece sincera—. Amy, te he echado mucho de menos. Me he sentido solo prácticamente cada segundo…

No.

—Vi las fotos de Raffie Geras y tú. No parecías sentirte muy solo.

Agacha la cabeza como un penitente.

—Aquello fue… No duró mucho. No sentía nada por ella. Lamento mucho que vieras las fotos.

—Imagino que ha habido otras.

No contesta, pero tiene la expresión triste. Al rato:

—Fue un error —dice—. Todo fue un gran error. Me sentía ridículo, como fuera de lugar. Me decía una y otra vez que tenía que disfrutar de ese paraíso, pero no podía si tú no estabas conmigo. Tenía momentos en que sentía que… todo fluía y pensaba: bien, ya voy pillándole el truco, pero me duraba poco. Con el tiempo lo vi claro. Vi clarísimo lo mucho que te quiero. Amy, tú y yo nos queremos, pero, no sé, estuve un tiempo que no podía sentirlo. Ahora ahora me doy cuenta de lo conectados que estamos, de lo afortunados que somos.

No somos afortunados, ya no.

—Las últimas semanas solo era capaz de dormir si te imaginaba en la cama conmigo, así que decidí volver a casa. Hace treinta y seis horas estaba en Birmania, en un lugar en las montañas, y me dije si me voy ya, podría llegar a casa el día de Navidad. Estaba dispuesto a venir andando si no había más remedio. Una vez tomé la decisión, sentí que me quitaba un gran peso de encima.

Creo que está esperando que sonría o esté feliz, pero solo soy capaz de mirarlo.

—Y ahora —continúa—, tengo miedo de haberlo jodido todo.

Lo observo en silencio. ¿Qué puedo decir?

—¿Lo he jodido todo? —pregunta en tono acuciante.

Asiento.

—Por favor, Amy, dejemos pasar unos días. He vuelto. Te llevará tiempo acostumbrarte que vuelvo a estar aquí y, con suerte, perdonarme…

—Hugh, no es solo eso. He… he conocido a alguien.

Se encoge. Su rostro empalidece.

—Oh.

—Sabías que podía pasar. Dijiste que no importaba.

—Sí, pero… joder, Amy. Lo siento, solo necesito un… —Se frota la cara con las manos y me mira a los ojos—. ¿Es serio?

—No lo sé. Puede. Todavía no, pero podría llegar a serlo.

—¿Quién es?

—Una persona del trabajo.

—¿Hace mucho que lo conoces?

Ahora soy yo quien se encoge.

—Un poco.

—¿Es Alastair? —suelta de golpe.

—No. Por Dios, Hugh, no.

Parece aliviado, pero solo por un instante.

—¿Quieres que me vaya de casa?

No puedo echarlo a la calle el día de Navidad, pero no sé cómo sobrellevar su presencia en casa.

—¿Dónde has estado? —pregunto de repente. Hay tantas cosas que no sé—. ¿En qué países?

—Eh… en Vietnam, Laos, Tailandia y Birmania.

—¿Son bonitos? —Sin darle tiempo a responder, digo—: Oye, Hugh, esto no funciona. Me había acostumbrado a la idea de que no volverías.

Está perplejo.

—Te dije que lo haría.

—Después de verte… con esa chica, pensé que no volverías, que te irías a Escocia con ella.

—Solo pasé diez días con ella. No fue nada serio.

—Pues lo *parecía*.

—No lo he meditado lo suficiente. —Es como si estuviera hablando para sí—. Me he dejado llevar. No tengo derecho a aparecer aquí y esperar que las cosas vuelvan a ser como antes. Me iré.

—¿A dónde?

—A casa de Carl.

—No puedes irte el día de Navidad. No puedo echarte a la calle con este frío. —Siento que mi corazón se muere, como si todo se hubiera reducido a cenizas—. Pero esto no tiene solución, Hugh, no la tiene.

—No llores, Amy, por favor. No imaginas cuánto lo siento. Por favor, no llores.

—Estás agotado —digo—. Dúchate y métete en la cama.

—¿En cuál?

—En la nuestra. —¿Dónde si no?—. Me voy a casa de mis padres.

—¿Puedo ir contigo?

—¡No! —Y a continuación, digo con más calma—: No, Hugh, sería demasiado raro para todos. —Especialmente para mí—. Duerme un poco. Te veré más tarde.

En casa de mamá y papá solo se habla de la vuelta sorpresa de Hugh. Las chicas lamentan que no se haya sumado a la comida de Navidad, pero farfullo algo sobre el jet lag al tiempo que me pregunto cómo reaccionarán cuando les suelte que la presencia de Hugh en nuestra casa es solo temporal.

Aguanto toda la comida, pero antes del postre necesito irme a casa. Tengo que comprobar si ha ocurrido de verdad.

Con la sensación aún de estar soñando, abro la puerta de mi dormitorio y, efectivamente, Hugh está ahí. Su peso en la cama, el calor que emana su cuerpo, la yuxtaposición de absoluta familiaridad y enorme incongruencia, todo me resulta más que extraño.

Me acerco de puntillas y veo que duerme, pero ha debido de oírme porque abre los ojos y se incorpora.

—¡Oh, Amy! —Me agarra por los brazos—. Pensaba que lo había soñado. ¡Estoy en casa! —Me cubre la cara de besos. Luego se le nubla la mirada—. Perdona. —Me suelta—. Lo siento. —Arrugando la frente, pregunta—: ¿Qué quieres que haga?

—Pasado mañana me voy unos días.

—¿A dónde?

—De vacaciones.

—¿Con ese hombre?

Asiento.

—¿Podemos hablar cuando vuelva?

Traga saliva.

—Sí, claro. —Vuelve a tragar. Parece destrozado—. Es lo que me merezco.

—No es eso. —No pretendo castigarlo—. Quédate aquí mientras estoy fuera y hablaremos en condiciones a mi vuelta.

90

Martes, 27 de diciembre

Me despierto cuando el avión toca tierra. He dormido casi seguido desde Dublín. El aeropuerto de Belgrado parece sacado de una novela de espías de la posguerra: un bloque de cemento gris, alfabeto cirílico y copos de nieve girando en el aire.

Soy un torbellino de angustia y expectación.

El regreso sorpresa de Hugh fue una auténtica bomba. Todavía estoy temblando, pero tuve una charla severa conmigo misma: llevo mucho tiempo deseando hacer este viaje y he de intentar disfrutarlo al máximo. No podría haber caído en peor momento, cierto, pero así son las cosas.

Hay un tema que ha estado inquietándome estos dos últimos días: ¿debo contarle a Josh que Hugh ha vuelto? Puede que no. Estrictamente hablando, durante los tres días que pase con Josh necesito no saber que Hugh ha vuelto.

Otra cosa que ha estado taladrándome la cabeza es dónde instalar a Hugh: no puede dormir en nuestra cama, pero las chicas están tan contentas de tenerlo en casa que se llevarían un disgusto tremendo si lo enviara a casa de Carl. Así que las dos últimas noches Hugh ha dormido en el suelo de nuestra habitación.

Una locura.

A las tres y media de la madrugada, antes de marcharme al aeropuerto, le he dicho:

—Métete en la cama.

Pero ha meneado la cabeza.

—Estoy bien aquí.

Una forma de autoflagelación, sin duda.

—Estás preciosa. —Tenía la voz muy triste.

Eso me ha incomodado: el caso es que me he gastado una pasta en mi aspecto. Es la primera vez que Josh y yo nos despertaremos juntos y me niego a ser de esas mujeres que duermen con el maquillaje puesto. No obstante, para que no se notara demasiado el cambio solo me he hecho extensiones en las pestañas, un bronceado tenue en el rostro, y chantajeé a Neeve para que me consiguiera una crema de día con efecto nacarado.

Sí, Josh me ha visto desnuda y en un estado supervulnerable, pero aun así.

Hora de bajar del avión. Recojo mis cosas. Neeve —aunque ella no lo sabe— me ha prestado su juego de gorro, guantes y bufanda, el que tiene los adornos florales. La contribución de Derry a la causa ha sido una parka de Mr & Mrs Italy. Es azul marino y la capucha tiene un ribete de pelo de un azul más claro. Pelo de verdad. Lo sé, pero necesito ir bien abrigada y quiero estar guapa, y si ahora mismo he de lidiar con una consideración moral más, me estallará la cabeza.

En mi maleta llevo, sobre todo, lencería. A diferencia de la mayoría de las relaciones, solo ahora empiezo a sacar la artillería pesada. En Asos encontré unas braguitas fabulosas estilo años cincuenta, un homenaje a las maravillas de Dolce & Gabbana, todo encaje y seda hasta la cintura con ligueros y sujetador a juego, el tipo de ropa interior que te pones solo para que te la quiten enseguida.

Paso el control de pasaportes y ahí está, observando con atención a la gente que sale. Me ve. En lugar de sonreír, me perfora con el rayo láser de su mirada mientras avanzo hacia él.

Cuando lo tengo delante, acerco mi rostro al suyo.

Me agarra del brazo con tanta fuerza que me hace daño.

—Modestia. —Su tono es quedo e insolente.

—Hola.

Desliza una mano por mi nuca y me da un beso tímido y fugaz en los labios. Luego:

—A la mierda. —Y me da otro beso, esta vez largo, vehemente y apasionado.

Ahora la película que protagonizo es un clásico de la Segunda Guerra Mundial y estoy recibiendo a mi amado recién llegado del frente.

Nos miramos a los ojos. El corazón me late con fuerza y noto un cosquilleo en los dedos.

—Deberíamos irnos —dice. Luego, en lo que parece un gruñido, suelta—: Ahora que todavía puedo.

Coge mi maleta llena de lencería —su equipaje es un bolsón de nailon negro colgado del hombro— y salimos a los remolinos de nieve. Y, oh, el frío abrumador, el dolor limpio de mi respiración. Me encanta.

—El coche no está lejos. —Josh no lleva sombrero ni guantes y su abrigo no es ni forrado ni acolchado, sino un mero Crombie negro de lana.

—O sea que es cierto eso que dicen de los *geordies*, que no sienten el frío —digo.

—Pero llevo bufanda. Tanto tiempo en el sur me ha ablandado. Ahí está el coche.

Salimos del aeropuerto guiados por el Google Maps de su móvil y en un abrir y cerrar de ojos estamos en la carretera que conduce al sur.

—Según esto llegaremos a Jagodina a las dos y media —dice Josh. Luego—: ¿Estás bien?

—Sí, pero es una sensación extraña.

—Verás que va y viene.

Vale. Eso significa que habrá momentos de normalidad.

—¿Has comido?

—Sí, en el avión.

—Hay una bolsa con algo para picar, patatas fritas y cosas así. Y gasolineras por el camino. Si quieres parar solo tienes que decirlo.

Sonrío. Está al corriente de mi vejiga defectuosa.

Josh ha grabado un popurrí de música serbia y mientras conduce miro por la ventanilla. Esto sí es un invierno de verdad en una campiña de verdad: prados silenciosos bajo mantos blancos; granjas remotas con los tejados cubiertos de nieve; ausencia casi total de vallas publicitarias y las pocas que hay están en cirílico.

Ahora me encuentro en otra película, esta vez una europea experimental, tal vez sobre la desintegración de Yugoslavia.

Desde fuera, el museo semeja un museo «auténtico» pero encogido. Es un edificio pequeño, bonito, de color amarillo claro, y me hace pensar en una tarta preciosa. Mientras Josh aparca tomo conciencia de la trascendencia del momento.

—No puedo creer que esté aquí, Josh. Llevo años contemplando la foto de este edificio y soñando con visitarlo, y al fin estoy aquí.

—Pero tienes que bajarte —señala con suavidad—. Sería una pena que te limitaras a contemplarlo desde el asiento del coche.

La colega de Josh que habla serbio llamó al museo con antelación, de manera que nos espera Marja, una mujer que chapurrea el inglés. Ignoro qué le dijo la colega de Josh, pero debió de ser algo bueno porque han preparado una sala solo para mí. Y, oh, ¡la *belleza* de esos cuadros en directo!

—Ojalá pudiera meterme y vivir en uno de ellos.

—¿Qué es lo que te gusta tanto de estos cuadros? —me pregunta Josh.

—El color. —Casi todos son variaciones de azul—. Pija Petra dice que es *déclassé*, pero lo importante es que te llegue al corazón, ¿no crees?

—Sí. —Me clava una mirada cómplice.

—Me encanta el tema. —Son escenas rurales, a menudo con árboles y flores azules. Casi todas poseen un ligero aire alucinógeno—. No lo sé, Josh, me gusta cómo me hacen sentir.

—¿Y cómo te hacen sentir?

—Feliz y segura. —Dios, si tuviera uno de esos cuadros… Pero quizá pueda comprar una litografía en la tienda de regalos.

La tienda de regalos, sin embargo, solo tiene una colección desganada de postales, ninguna de mi pintora.

No sé si es insultante preguntarlo, pero he venido hasta aquí y sería una locura no hacerlo.

—Marja, ¿es posible… comprar uno de los cuadros de Dušanka que tenéis en este museo?

Sacude la cabeza con pesar.

—Propiedad de nación.

Claro. *Mierda.*

—Pero galería en Belgrado tiene.

¡Ostras! ¡Qué subidón! Es como si me hubieran dicho que Selfridges está regalando todos los productos de Tom Ford.

—¿Dirección? ¿Tiene? —Para mi vergüenza, cuando estoy con gente que no habla bien el inglés se me pega la sintaxis—. ¿Y el precio? ¿Sabe?

—Dirección sé. ¿El precio? —Se encoge tristemente de hombros—. No sé.

¡Da igual! Entusiasmada, me vuelvo hacia Josh.

—Si sus cuadros se venden en una galería de Belgrado será porque la gente corriente puede permitírselos. No como los Van Gogh, que cuestan más que un país y viven en cámaras acorazadas en Japón.

Josh ríe.

—Sí. —Se vuelve hacia Marja—. ¿Puede darnos la dirección de la galería?

«Si no me compro nada más en todo un año y consigo tres clientes nuevos…» Ya hago cálculos para saber cuánto puedo gastarme.

Agradecida, planto una caja gigante de bombones Butler en las manos de Marja, y Josh y yo ponemos rumbo a Belgrado.

91

Aunque solo son las cuatro y media de la tarde ya está oscurecien-do y conducir de noche no es lo mismo. La carretera que lleva al norte no está iluminada y no me gusta la velocidad a la que va Josh, pero no puedo gritarle «¡Ve más despacio!» como haría con Hugh. *No pienses en él. No pienses en él.*

—Josh, ¿te importaría reducir la velocidad?

Pisa bruscamente el freno, pero al rato acelera de nuevo y esta vez me callo.

Por fin coronamos una colina y nos llevamos nuestra primera impresión de Belgrado. El corazón se me encoge: solo veo bloques de pisos grises y decrépitos.

Josh me lee el pensamiento.

—Dicen que el centro es bonito.

Conforme nos acercamos al núcleo urbano el tráfico se vuelve más denso y lento, y las hileras de vehículos aparcados en ambos lados de la calle no ayudan. Junto a los coches circulan tranvías que me sobresaltan.

El móvil de Josh nos guía hacia el hotel pero algo falla y de repente estamos atrapados en un cinturón de un solo sentido del que la señorita del GPS no sabe nada.

—¿Cómo salimos de aquí? —farfulla Josh mientras se las apaña por mirar el móvil y la calzada al mismo tiempo, algo que me pone de los nervios.

—¿Y si...? —Estoy descargando Google Maps, pero solo para aparentar; no tengo el más mínimo sentido de la orientación—. ¿Y si giras a la derecha antes?

Volvemos al punto inicial, lo cual nos lleva unos quince minutos, y pese a doblar por otra calle desembocamos en la misma vía de un solo sentido.

—¿Cómo demonios salgo de aquí? —pregunta Josh.

Lo ignoro, y no saber leer los nombres en cirílico de las calles tampoco ayuda.

—¿Por qué no puedo girar por aquí? —espeta Josh, y justo después gira.

No esperaba para nada conocer la respuesta, pero me doy cuenta de que la sé.

—Es solo para taxis y tranvías.

—La madre que... —masculla Josh.

Empieza a dolerme el estómago. Esto sí me recuerda a los viajes de niña con papá. ¿Estamos cometiendo una infracción? ¿Y si nos para la policía? Estamos en un país extraño, no hablamos el idioma, no conocemos a nadie...

Esto es el infierno, ¿a que sí? Vamos a quedar atrapados aquí, condenados a conducir por las calles de Belgrado el resto de la eternidad.

Miro a Josh. «¿Quién es este hombre? ¿Qué estoy haciendo aquí, en este lugar desconocido con un extraño colérico?» Por un momento el miedo me paraliza.

—Podríamos preguntar —sugiero.

—¡No hablamos serbio!

—Puede que hablen inglés.

—¡Oh, está bien! —Josh frena en seco, lo que desencadena una cacofonía de bocinazos a nuestra espalda—. Pregunta a ese.

Llamo por la ventanilla a un chico con pinta de estudiante y que —¡gracias a Dios!— habla inglés. Conoce el hotel y empieza a darme instrucciones detalladas, pero como los bocinazos persisten, al final dice:

—Más fácil si acompaño. —Y se monta en el coche.

Josh y yo nos miramos. ¿Qué acabamos de permitir?

Pero el chico es encantador y nos lleva al hotel en tres minutos de reloj...

Me quedo de piedra cuando dice:

—Es aquí. Aparcamiento del hotel.

—¿Ya?

—Sí. Cerca. Yo espero que pasen muy bien en Belgrado.

—Gracias. Pero ¿cómo volverá al lugar donde estaba?

—Es cerca —dice—. Más cerca andando que en coche.

—Gracias.

—Eso, gracias, amigo —dice Josh.

Aparcamos, sacamos el equipaje del maletero y nos dirigimos a la recepción. Soltamos bufidos en plan «Vaya, al fin» pero evitamos mirarnos.

Nos llevará un rato diluir la tensión.

El hotel Zaga es un bonito edificio de cinco plantas con balcones labrados y ventanas ornamentadas. Entrar en el vestíbulo es como sumergirse en un libro de cuentos bellamente ilustrado. En un arranque de despilfarro reservé una suite pequeña porque en aquel momento me pareció lo más sensato: además de una salita, dispone de dos cuartos de baño.

La suite está en la última planta, y cuando la señorita del hotel abre la puerta nos asalta una explosión de azules, violetas, blancos y negros. Todo, las alfombras, los cuadros, los tejidos, los accesorios, han sido combinados con gracia y esmero.

No resulta recargado ni cursi. En mi opinión, es una obra de arte.

La señorita se marcha y me vuelvo hacia Josh.

—¿Te parece horrible? —Estoy tan contenta que en realidad me da igual lo que piense.

—No. —Parece divertido—. Es… auténtico. —Luego, desde el dormitorio—: Caray, me gusta la cama.

A mí también: un cabecero imponente y multitud de echarpes y cojines con estampados maravillosos. Pero el comentario de Josh no iba por la decoración.

—Me gustaría mucho más con una Amy desnuda encima. —Me pasa un brazo por la cintura, me atrae hacia sí y me rodea el cuello con el otro brazo. Nuestros rostros casi se tocan—. La tengo dura desde el aeropuerto —confiesa—. ¿Tienes idea de lo difícil que es conducir con una erección galopante?

Pero es demasiado pronto, aún me dura el mal rollo del trayecto.

Me estrecha contra él para que pueda notar su erección y se apresura a desabrocharme la parka.

—Espera. —Doy un paso atrás.

—¿Qué? —Está sorprendido. ¿Y cabreado?

—Dejemos primero que las cosas… que nosotros… nos calmemos un poco.

—¿Lo dices en serio? —Sin duda está cabreado—. No nos vemos desde hace… —Se interrumpe de golpe—. Perdona, perdona, tienes razón. —Luego—: Lo siento, Amy, me he embalado. Es que te he echado tanto de menos. ¿Te apetece una copa? ¿Un té? ¿Crees que sirven té aquí?

—Creo que me gustaría una copa de vino. ¿Y a ti? Llamaré a la señorita.

Pero Josh ya ha descolgado el teléfono.

—¿Tinto o blanco?

«Algo no encaja…»

Aaaaah. Hombre equivocado. Es Hugh al que le horroriza llamar al servicio de habitaciones. *No pienses en él. No pienses en él.*

Mientras aguardamos a que llegue el vino y se nos pase el mal rollo deshacemos el equipaje cuidando de no chocar. El segundo cuarto de baño se compone de un mero «retrete» y un lavamanos.

—Este es para ti —le digo—. Puedes bañarte o ducharte en el mío.

Josh asiente. Intenta ocultar una sonrisa burlona.

—¡En fin! —digo.

Ya está aquí el vino, menos mal. Una botella de tinto y dos copas aparecen sobre una bandeja de plata repujada y el alcohol no tarda en ejercer su magia.

—Qué manía con llenar la cama de cojines —dice Josh con afable irritación—. Casi no hay sitio para sentarse. —Luego—: ¿Qué?

—Nada. —Está visto que aún he de conocer al hombre que me quiera por mis cojines.

Josh empieza a arrojar almohadones al suelo.

—Soy el obispo de Southwark y me dedico a eso.

Su comentario es tan gracioso e inesperado que casi vomito de tanto reír.

Cuando me he tranquilizado, digo con timidez:

—Te he traído un regalo de Navidad. —Es un libro pesado, de tapa dura, que el *Guardian* describía como la guía definitiva del cine de la década de 1970.

Josh parece sinceramente conmovido.

—Has pensado en lo que podría gustarme y lo has cargado hasta aquí. Si te dijera lo que me ha regalado mi familia...

—¡No! —Luego, más ligera—: Dejemos a un lado el mundo real.

—Yo también tengo algo para ti. Es pequeño.

Contengo el impulso de responder que entonces seguro que no es su pene.

—¡Josh, no! Ya me has hecho un gran regalo trayéndome aquí.

—Es una tontería —dice.

Tengo curiosidad por ver qué cree que es «muy yo» y cuando desenvuelvo el paquete y descubro un conjunto de ropa interior de Victoria's Secret, me quedo sin habla. ¡Por el amor de Dios! Esas cosas son demasiado juveniles e *increíblemente* horteras.

Pero todos los hombres son un desastre comprando regalos. Hace tiempo que aprendí eso.

—Podrías ponértelo —dice, ilusionado, Josh.

—Puede que más tarde. —A menos que el conjuntito sufra un desgraciado accidente, como acercarse demasiado a una llama y prender fuego a medio Belgrado.

Me acerco a una de las ventanas y contemplo el Belgrado de noche. No hay, ni de lejos, tantos anuncios y luces como en las ciudades a las que estoy acostumbrada. Es fantástico. Debo decir en mi favor que dicha posibilidad me asustaba y, sin embargo, aquí estoy.

—¿Qué tal si salimos a comer algo? —Desde nuestro nidito diviso algo que no alcanzo a entender. ¡Entonces, de repente, lo entiendo!—. ¡Josh, ven a ver esto! ¡Hay un río! ¡Y está helado!

Se inclina sobre mi hombro y sigue la dirección de mi dedo.

—¡Es la primera vez que veo un río helado! —digo—. Es alucinante. ¿Está todo el río así?

Josh se encuentra detrás de mí, y cuando se estira para ver mejor, su erección me roza el trasero. Me llega el aroma de su cuello y el deseo se adueña súbitamente de mí. Me vuelvo rauda hacia él, agarro su cara entre mis manos y lo beso con furia. Tiro de sus tejanos, de su camisa, de mi ropa. Puedo olerlo y saborearlo, y si no siento su piel contra la mía ahora mismo, me dará algo.

—Ayúdame. —Nuestra ropa se resiste a salir con rapidez. Es exasperante. Demasiados botones, cinturones, cremalleras. ¡Y encima lleva *botas*! Ponte a desanudar cordones—. ¡Déjatelas!

Josh tiene los tejanos y los calzoncillos bajados hasta las rodillas, el torso desnudo, la erección enorme. Lo empujo contra la cama.

Me quito la falda.

—¡Los condones! ¿Dónde están los putos condones?

—Olvídalos —dice.

—¡No!

—En el cuarto de baño.

Hace ademán de levantarse y grito:

—¡No te muevas de ahí!

Vuelvo y deslizo el condón por su erección. Su gemido es largo e indefenso.

—¡No te corras! —le ordeno—. ¡Todavía no!

Me siento a horcajadas y Josh jadea de placer.

—Quítate lo de arriba —dice.

—No, te correrás enseguida.

—Por favor.

—No.

—Te lo suplico.

Sin dejar de moverme encima de él, me desabotono lentamente la blusa y me quedo en sujetador.

—Por favor —dice.

—No.

—Por favor.

Me llevo las manos atrás, desabrocho el sujetador y me detengo. Muy despacio, deslizo los tirantes por mis brazos mientras los ojos de Josh brillan con avidez, y solo necesito un vigoroso bote para que caiga del todo. Se corre al instante, aullando:

—Te quiero, Amy, te quiero.

Más tarde, extenuados por el esfuerzo, yacemos el uno junto al otro. En medio del silencio, digo:

—No vuelvas a decirlo.

Se pone tenso, pero no responde.

92

Unos peldaños de piedra torcidos conducen por una empinada callejuela al río asombrosamente blanco. No hay mucha gente. Ha dejado de nevar y las viejas farolas negras proyectan focos de una luz que deslumbra, pero no se propaga. La ciudad se muestra en blanco y negro.

—Es como *El tercer hombre* —dice Josh.

—¿Ah, sí?

—¿No la has visto? —Se detiene en seco para evidenciar su estupefacción—. ¡Modestia, es un clásico del cine negro! Una película de suspense de la posguerra que transcurre en Viena. Visualmente muy elegante. Una vez escribí un *remake*.

—¿En serio?

—No te entusiasmes, no llegó a ningún lado. —De repente parece cortado.

La pronunciada callejuela termina y Josh consulta el plano que nos han dado en el hotel.

—Ahora a la derecha.

Bellos pero deteriorados, los edificios reflejan la arquitectura de la Europa central del siglo XIX. Hay grafitis en las fachadas, puertas dobles de madera tallada y ventanas adornadas con ricos marcos y cortinas de encaje o ganchillo.

Estamos solos en la oscura y resbaladiza calle y muy de vez en cuando pasa un coche cuyas ruedas producen un sonido siniestro sobre la enfangada calzada. Son más de las diez y nos dirigimos a un restaurante situado frente al río.

—Nadie diría que Belgrado es una ciudad trasnochadora.

—Estoy un poco asustada.

—No. O puede que sea temprano.

Al otro lado de una ventana elevada se ve a una joven preparando la cena. Estos edificios destartalados deben de ser apartamentos. Miro ávida sus tejanos serbios, su melena serbia, su pasador serbio, su lámpara serbia, su mesa serbia. Impresionada, susurro:

—¿Cómo sería estar en su piel?

—Lo mismo que en la de cualquier otra persona.

—Pero vivir en un lugar tan evocador debe de ser...

—Ser serbio no es ningún chollo. Es muy difícil conseguir visados para viajar a otros países, casi no hay inversión extranjera, lo que se traduce en pocos puestos de trabajo...

Estaba fantaseando sobre la vida de esa mujer, pero el señor Cruda Realidad me ha cortado el rollo.

—Nosotros vamos allí —dice Josh, y se detiene en seco. Entre nosotros y el paseo que bordea el río hay una vía de tren—. Esto no sale en el maldito plano.

Miramos a derecha e izquierda. No se ven pasos a nivel. No tendría ningún problema en cruzar la vía, pero una valla metálica nos lo impide.

—Vayamos un poco más lejos, a ver qué encontramos.

Pero el frío se intensifica de golpe y mientras caminamos entre las sombras mi ánimo decae.

—No te lo ponen fácil —farfulla Josh.

Esta ciudad no es como otras donde todo está señalizado y te llevan directamente a los lugares de interés, donde cada avenida conduce a algo maravilloso y el mero hecho de callejear recibe una pronta recompensa.

Divisamos un edificio.

—Ajajá —dice Josh, y me encojo. «Ajajá» no es tan malo como «retrete», pero tampoco es bueno. Estamos delante de algo que semeja una barraca pequeña, un poco como la máquina del tiempo Tardis en *Doctor Who*, pero de acero—. Creo que es un ascensor.

Vaya por Dios. O sea que ahora estoy en una película de ciencia ficción. O en un episodio de *Perdidos*.

Josh pulsa un botón, se descorre una puerta y la luz casi me deja ciega.

—¿Crees que lleva al río? —pregunta.

¿Cómo demonios voy a saberlo?

—¿Subimos?

No puede estar hablando en serio. Otra vez esa sensación. «¿Quién es este hombre? ¿Qué demonios hago aquí?» ¿Y si no es un ascensor? ¿Y si es una nave espacial? ¿O un contenedor para secuestrar gilipollas? ¿O...?

—Tranquila —dice con suavidad—. Ya lo veo, este ascensor baja al río.

No quiero subir pero, aunque me siento como si estuviera inmersa en una experiencia extracorporal, entro. Un siglo después, o puede que sean cinco segundos, la puerta se abre y ahí está, el Sava congelado.

—Y aquí está nuestro restaurante —dice Josh.

93

Miércoles, 28 de diciembre

La parte de la ciudad donde se encuentra la galería no se parece en nada al escenario de novela negra de anoche.

—Es un barrio un poco turístico. —Josh mira a su alrededor con una mueca de disgusto.

—¡*Somos* turistas! —digo con alegría.

Es como estar en un pueblo rural próspero: las calles están adoquinadas y los restaurantes y las tiendas parecen casas de cuento. Las luces navideñas titilan en el aire gélido. Una pequeña orquesta, apiñada alrededor de un brasero humeante, toca una melodía vivaz apaciguada por una sección de cuerdas de sonido oriental lastimero pero agradable. Hombres venidos a menos, ataviados con levitas y pantalones bordados, nos cortan el paso con cartas para atraernos hacia sus tabernas.

—Más tarde a lo mejor. —Porque tengo una misión.

—Fuego de leña —dice el hombre de la carta—. Crepes de nata. Cerdo hecho con…

Delante de cada taberna hay numerosas mesas y sillas protegidas por bonitas marquesinas.

—Imagino que en verano la gente se sienta fuera —dice Josh.

—Tendremos que volver —bromeo.

Enseguida lo lamento, porque Josh lo pilla al vuelo y pregunta:

—¿Lo dices en serio?

Le estrujo la mano y sigo caminando. ¡Y por fin ahí está! ¡Mi galería! Empiezo a *temblar* de pura emoción.

El joven habla buen inglés, pero cuando le explico lo que busco, esboza una sonrisa de disculpa y dice:

—Ninguno aquí en este momento.

—¿No tienen ningún cuadro de Dušanka Petrović? ¿Está seguro? ¿Puedo encargar uno?

—¿Da sus datos? Le enviaré correo electrónico cuando llegue el próximo.

—¿Y cuándo será eso? —Mis palabras se pisan unas a otras.

—No sé decir. Los artistas… —Se encoge de hombros y, a fin de ganarme su amistad, sonrío y lo miro fijamente a los ojos. «¡Ya lo creo, los artistas! Pandilla de capullos informales.»

«Pensamos igual, tú y yo.»

—Entonces ¿todavía está viviendo? —pregunto—. Digo, ¿todavía vive?

—Sí. Todavía está viviendo.

—¿Tiene página web? He intentado dar con Dušanka y… ¿No? —No, claro. ¿Por qué iba a darme esa información para que pudiera ponerme directamente en contacto con ella y eliminarlo por completo de la ecuación?—. ¿Cuánto cuestan sus cuadros? ¿Digamos… —señalo uno al azar— de ese tamaño?

Mi nuevo amigo me da una cifra tan baja que casi me echo a llorar. ¿Por qué no podía haber uno aquí para mí?

Le saco la promesa de que me escribirá en cuanto le llegue un cuadro. Josh y yo regresamos al frío y de repente tengo un hambre canina. Una combinación de profunda decepción y que sean más de las doce; hemos pasado toda la mañana en la cama.

—Lo siento, Amy. —Josh me abraza.

—Volvamos al hombre de la levita para unas crepes.

—¿Quieres comer aquí? ¿Estás segura? Preferiría ver algo del Belgrado auténtico.

—El Belgrado auténtico se sentó ayer en el asiento trasero de nuestro coche para ayudarnos a encontrar el hotel y casi nos da un ataque —digo—. Pero si realmente te mueres por algo auténtico, podemos dar unas cuantas vueltas en aquel cinturón de un solo sentido.

Me mira fascinado.

—Eres increíble.

¿Lo soy? Asombroso cómo puede percibirse un ataque en regla de hambre-rabia.

Al poco rato estamos sentados junto a una chimenea crepitante. Pido una copa de brandy.

—Donde fueres... —Pero en realidad estoy buscando un parche rápido para mi decepción.

Pido las crepes y Josh el cerdo del que hablaba el hombre de la carta.

—Siento mucho lo del cuadro, Amy —dice Josh, otra vez.

—No lo sientas. —Me muestro vehemente—. No estaría aquí si no fuera por ti. No tienes de qué disculparte. Fue fantástico ver sus cuadros en el museo. Y nunca se sabe, puede que al hombre le llegue algo. Estoy encantada.

—¿Seguro?

—Segurísimo. —Dios, quiero volver a hacer el amor con él. Estoy fuera de *control*—. ¿Estás pensando lo mismo que...?

—Sí. —Se echa a reír.

—No —digo—, no vamos a irnos. Esta buena gente... Mira, ya está aquí la comida. Baja el arma.

Mi crepe tiene una pinta estupenda, pero el cerdo de Josh, con su manzana y sus patatas asadas, es impresionante.

—Uau —digo—, es un plato de comida lindísimo.

Me mira extrañado. Demasiado tarde, me percato de que es una broma interna con *Hugh*, y sé, por la expresión de la cara, que Josh se ha dado cuenta.

—¿Hombre equivocado? —pregunta.

—Eh, sí. —No me queda otra que decir la verdad. Sería peor mentir—. Lo siento, Josh.

—No pasa nada.

Soy yo quien ha metido la pata, pero el modo en que Josh tuerce el gesto me deja un mal sabor de boca.

Después

94

Jueves, 29 de diciembre

Mi maleta se ha perdido. Y cómo no iba a perderse, siendo el día que es. El aeropuerto de Dublín está *a reventar* de viajeros navideños y tengo once personas delante de mí en el mostrador de equipajes perdidos.

La despedida de Josh en el aeropuerto de Belgrado fue dulce y romántica. No parábamos de besarnos, hasta que tuve que decirle:

—Voy a perder el avión.

—Está bien. Adiós. Te veo el 10 de enero.

Volvimos a besarnos.

—Disfruta del resto de tus vacaciones —dijo—. ¿Puedo llamarte en Nochevieja?

Al decir eso recordé de golpe que iba a tener que enfrentarme al tremendo caos provocado por el regreso de Hugh.

—¿Qué? —Josh enseguida se puso en guardia. Luego, al verme dudar—: ¿Qué ocurre?

—Hugh, mi marido, ha vuelto.

Se encogió como si lo hubiera abofeteado.

—¿Ha vuelto a dónde?

—A Irlanda. A Dublín. A casa.

—¿Para quedarse?

—Sí.

—¿Cuándo volvió? ¿El *día* de Navidad? ¿Dónde está viviendo?

—No lo sé. Bueno, en nuestra casa, en mi casa, pero solo... Oye, no lo sé, seguramente en casa de su hermano.

—¿Habéis vuelto?

—¡No! No, Josh, no. —Eso lo tenía claro—. Nunca volveremos. Le he hablado de ti. No he entrado en detalles, pero sabe que he pasado el fin de semana contigo.

Se le nubló la mirada y su mano me apretó el hombro con fuerza. Bajando la voz, farfulló:

—No te acuestes con él.

No tenía la menor intención de acostarme con Hugh, pero repliqué:

—Josh, no me digas lo que debo hacer.

—¿Qué?

—Yo no te pregunto por Marcia.

—Yo no me acuesto con Marcia.

Lo dudaba. Y aunque se acostara con ella, me alegraría. No entiendo por qué, pero es evidente que tiene que ver con mi sentimiento de culpa.

Dios, tener una aventura es saltar constantemente de una emoción extrema a otra: subidones de adrenalina seguidos de dolorosos exámenes de conciencia. O de una depresión en toda regla: regresar a Dublín tras la maravillosa escapada de tres días hace que todo me parezca triste e insulso.

La cola de equipajes perdidos avanza despacio. Es probable que mi maleta se haya quedado en Viena, donde hice la conexión. Lo único que quiero es acabar con el papeleo e irme a casa. Pero Hugh estará allí. Vamos a tener que abordar cosas dolorosas, muy dolorosas. No será nada fácil.

Me suena el móvil y pego un brinco. Es Josh.

—Lo siento —suelta abruptamente—. Me asusté. Fue un palo oír que tu marido había vuelto. Tengo la sensación de que si estás conmigo es solo porque él se fue.

—No, Josh, no, soy *yo* quien lo siente. Tendría que habértelo contado, pero no quería que hubiera mal rollo entre nosotros. Quería que todo fuera perfecto.

—Lo fue.

No fue del todo perfecto, pero casi.

Es rarísimo irse de fin de semana con un hombre y regresar a casa junto a otro. Las tres chicas están pasando unos días fuera y Hugh

468

está solo en casa. Antes de que termine de aparcar ya me ha abierto la puerta.

—¿Dónde está tu maleta? —me pregunta.

—Perdida.

—Oh, cielo…

Su tamaño, su masculinidad, hay tanto de él en la casa.

—¿Te pongo algo? —pregunta—. ¿Té? ¿Vino?

No quiero nada porque no quiero que actuemos como si hubiéramos recuperado la normalidad.

—¿Lo has pasado bien? —pregunta.

—Hugh, tenemos que hablar…

—¿A dónde fuiste?

—A Serbia.

—Oh… *¿Por qué?*

—Hay una pintora serbia que me encanta. Más de una vez he comentado en broma que algún día me iría en coche a Serbia para buscarla.

—Ah, sí. —Lo recuerda. Vagamente, por la expresión de su cara. Luego—: ¿Te ha llevado él? ¿Ese nuevo hombre? Uau, qué nivel. —No hay sarcasmo, más bien asombro—. Amy, he hablado con Carl y puedo empezar a trabajar a principios de enero. Puedes quedarte el resto del dinero de papá para el proyecto que quieras. Podemos ponernos al día de nuestras finanzas y volver a la normalidad.

—¿Hugh? —No puede estar hablando en serio—. Eso ya no es posible.

—No entiendo.

Yo sí: está en modo negación. Hugh pensaba que volvía junto a la familia que había dejado atrás. No está preparado para hacer frente a lo que yo ya he aceptado: que nuestra familia se ha roto y que estamos mirando a un futuro muy diferente, un futuro en el que viviremos separados.

Voy poco a poco porque me preocupa.

—Hugh, todo ha cambiado entre tú y yo. No vamos a vivir juntos.

Insiste en su desconcierto y ya no sé si es real o no.

—¿Tan en serio vas con ese hombre?

—Esto no tiene nada que ver con él. Se trata de ti y de mí, Hugh. Tú y yo hemos… —trago saliva—, hemos terminado.

—Pero yo te quiero, Amy. ¿Tú ya no me quieres?

Titubeo y me mira acongojado. Herirlo no me da satisfacción. Es solo otra capa de dolor que añadir sobre todas las demás que han ido amontonándose desde que todo esto empezó.

—No como antes, Hugh. Siempre te querré, siempre mantendremos el contacto, sobre todo por las chicas, pero será otra clase de conexión.

Tiene la frente arrugada.

—Solo he estado fuera tres meses y medio. ¿Cómo puede tan poco tiempo cambiarlo todo?

—Ver esas fotos…

—Cuánto, cuánto lo siento.

—Tuvo un efecto extraño en mí. Casi me muero de celos. Luego sentí como si cayera una cuchilla.

Está desazonado.

—¿Y qué pasó?

—Que cercenó el amor que me unía a ti.

—El amor no muere tan deprisa.

Una rabia inesperada trepa por mi garganta y emerge de mi boca como un torrente tóxico.

—¡Vete a la mierda! ¡No me digas cómo debería sentirme cuando veo a mi puto marido en la puta Tailandia con otra puta mujer! —Estoy gritando—. ¡Puedo sentir lo que me dé la puta gana! —Me levanto y le doy un golpe en el hombro con el codo, y otro—. ¿Cómo te lo habrías tomado tú, eh?

—Lo siento mucho —susurra.

—Yo soy así, Hugh. —Sigo gritando—. Así es como funciono. Me protejo, Hugh, eso hago. Me estoy protegiendo. *Nunca* debí confiar en ti. Neeve y yo estábamos de puta madre solas. «Soy fiel como un perro», dijiste. ¡Pues no lo eres, que lo sepas!

—¡Lo soy! ¿Y cómo has podido dejar de quererme tan rápido? Eso es porque nunca me has querido.

—¡Sí te quería! Que te marcharas fue lo más doloroso que me ha pasado en la vida.

—¡Pero he vuelto! —Hugh prorrumpe en llanto. Se tapa la cara con las manos y llora mientras lo observo con mis entrañas retorciéndose de pena. No podemos hacer nada el uno por el otro.

—Me voy a la cama. —Estoy soñando con el refugio de mi

dormitorio cuando recuerdo que Hugh duerme allí—. Dormiré en el cuarto de Kiara. Tú puedes dormir en el mío, pero mañana te vas.

Durante el viaje no he mirado el Facebook, con el fin de permanecer en mi burbuja Josh. Pero es hora de volver a entrar y lo temo porque seguro que ya ha corrido la noticia de que Hugh ha vuelto a casa. Efectivamente, una ojeada rápida a mi cronología me indica que su regreso está causando un revuelo que nada tiene que envidiar al provocado por su partida.

Tomemos como ejemplo el comentario que me ha dejado una vecina: DIOS MÍO, Amy, he visto a Hugh marchándose con el coche y está QUE SE SALE!!!!

Abundan las fotos de berenjenas y objetos fálicos en general. Hasta tengo un mensaje de Jana, que o bien se ha olvidado de que Steevie le ha prohibido hablar conmigo o bien, en medio de la agitación general por el regreso de Hugh, es incapaz de obedecer órdenes: Amy! Hugh está guapísimo! Enciérralo en tu habitación y hazle toda clase de cochinadas hasta Semana Santa!

Todo esto es desagradable, pero no tan humillante como cuando Hugh se fue. Treinta y un mensajes privados nuevos aguardando a que los lea. Pueden esperar sentados. Además, estoy casi segura de que por Dublín corren mensajes de curiosas voraces especulando sobre la situación de Hugh. ¿Le he dado la bienvenida a casa o está en el mercado?

Bueno, pronto lo descubrirán.

95

Viernes, 30 de diciembre

Por la mañana me despierto más triste de lo que recuerdo haberme sentido nunca en el cuarto de Kiara. Hugh está en la cocina, trajinando, así que bajo a su encuentro contrita y apesadumbrada.

Cuando me ve, su rostro se derrumba y me envuelve con un abrazo de oso. Descanso la cabeza en su pecho y lloro, estrechándolo con fuerza mientras los sollozos lo sacuden. Cuando el temporal de lágrimas ha pasado, digo:

—Hugh, anoche nos gritamos y eso no es bueno. ¿Podemos hacer un esfuerzo, los dos, por comportarnos como personas civilizadas?

Nos sentamos a la mesa de la cocina delante de una taza de café y, con serenidad, digo:

—Sabes que no puedes quedarte aquí, ¿verdad?

—¿No? Pero...

—Confundiría a las chicas.

Durante la larga, casi insomne noche he considerado la posibilidad de vivir con Hugh hasta que Sofie y Kiara terminen el colegio, pero esta casa es demasiado pequeña para vivir como compañeros de piso. Sabe Dios cómo nos las arreglaremos con el dinero —antes ya nos las apañábamos a duras penas— pero algo habrá que hacer.

—¿No puedes concederme un tiempo? Te lo ruego, Amy. Lo que más siento... Daría lo que fuera por volver atrás y hacer las cosas de otra manera.

Su angustia es sincera. También la mía. Pero el amor que sentía por él se ha apagado.

—Cariño, no podemos volver atrás.

—Tal vez cambies de parecer.

No lo haré.

—Lo nuestro ha terminado, es parte del pasado.

—¿Cómo puedes estar tan segura?

Será el instinto de supervivencia.

—Algo sucedió dentro de mí. No fue una decisión consciente, ocurrió solo.

Asiente sin demasiada convicción.

—Estaba segura de que no volverías.

—Pero he vuelto.

—Estaba convencida de que no lo harías. Pero no creas que no siento nada, Hugh. Tengo tanto dolor dentro de mí que solo puedo tomarlo en pequeñas dosis. Tardaré años en recuperarme de esto, si es que lo consigo. Hemos perdido mucho, no solo tú y yo, todos hemos perdido mucho.

—Si eres consciente de eso, ¿no podemos volver juntos y punto?

—Tú y yo hemos terminado.

—No. Es demasiado rápido.

—Si le partes el cuello a un ser vivo, muere al instante.

Casi en un susurro, dice:

—No digas eso, te lo ruego.

—Hugh, te llevo varios meses de ventaja en esto, en el… duelo. Ahora te sientes morir, pero te prometo que hasta el dolor más grande acaba pasando.

—Esto nunca pasará.

Puede que tenga razón, pero al menos se volverá soportable.

—¿Amy? —Su voz es dulce, pero algo en ella me pone en guardia—. ¿Qué ocurrió?

—¿A qué te refieres?

—Al verano del año pasado. —Calla, y siento como si unos dedos helados me estrujaran el corazón. Me mira en silencio un largo instante.

—No…

—¿Te acostaste con alguien?

Me pongo roja.

—No, no, Hugh.

—Amy, sabía que algo pasaba.

—¿Cómo? —¿Quién pudo decírselo?

Esboza una sonrisa.

—Porque te conozco.

Elijo las palabras con cuidado.

—Conocí a un hombre y me colgué de él, pero no ocurrió nada.

—¿El hombre con el que estás saliendo ahora?

Agacho la cabeza.

—Sí. —Acalorada, añado—: Pero jamás me habría acostado con él si tú no hubieras huido.

Y quizá Hugh no habría huido si yo no hubiese...

Poniéndome a la defensiva, inquiero:

—¿Estás diciendo que todo esto es culpa *mía*?

—No, claro que...

Me siento avergonzada y confusa y no me gusta.

—Bien —replico en un tono cortante—. Que quede claro que todo esto es culpa tuya y solo tuya.

Asiente.

—¿No querías seis meses libres?

—Ya no.

—Cierra el pico. Bien, he aquí el plan. Les diremos a las chicas que vas a tomarte los seis meses completos, lo que significa otras diez semanas. Vivirás con Carl y Chizo para que tengamos tiempo de adaptarnos a la nueva situación. Las chicas se acostumbrarán a que vivamos en la misma ciudad pero en casas diferentes. Cuando pasen las diez semanas, les diremos que la situación es permanente.

Se encoge.

—Entretanto, buscaremos una solución para el tema del dinero.

—Amy...

No. No hay otra opción posible.

—Ante todo, Hugh, tú y yo nos hablaremos con respeto. A Sofie le queda un año de colegio y a Kiara dos. Necesitan estabilidad, de modo que les proporcionaremos un frente unido. ¿De acuerdo?

—De acuerdo.

—Hay algo que debes saber. Mientras estabas fuera Sofie se quedó embarazada...

—Lo sé. Ella y yo... Hablábamos a menudo. Desde el principio quedamos en que podían llamarme si lo necesitaban.

Vale. Yo misma estuve de acuerdo con eso. Entendía que las necesidades de las chicas eran más importantes que las mías. Pero, así y todo, duele.

Espero a que la rabia y el dolor aflojen y digo:

—¿Puedo pedirte un favor? Si vas a tener rollos por ahí, mantente alejado de Genevieve Payne.

—¿Estás loca? Te quiero, no voy a tener rollos por ahí. Y Genevieve está casada.

Eso no es un impedimento, como bien hemos comprobado los dos.

Me lee el pensamiento.

—Vale, me mantendré alejado. Y si tú y tu... hombre cortáis, hay alguien de quien me gustaría que te mantuvieses alejada.

—¿Quién?

—Alastair.

Es la segunda vez que menciona a Alastair en este contexto.

—¿Qué manía te ha dado con ese idiota? Hugh, Alastair sería, literalmente, el último hombre en la tierra con el que me lo montaría, además de Richie Aldin.

—No sé —replico—. Estáis muy unidos y tú le encantas. Y es muy... guapo.

¿Por dónde empiezo?

—No es mi tipo. —Me gustan los hombres más desarreglados—. Pero si tú no te acuestas con Genevieve Payne, yo no me acostaré con Alastair.

Compartimos una sonrisa trémula.

96

Subo al cuarto de Kiara y me quedo ahí hasta que oigo cerrarse la puerta tras de Hugh y, a continuación, el motor de su coche alejarse calle abajo, dejándome en una casa que rezuma ausencia.

Sé que el dolor emocional no puede matar a una persona. Pese a lo insoportable que es, sobreviviré. El tiempo me curará. Pero debo vivir esto, segundo a segundo.

Quiero meterme en la cama y dormir una semana entera pero en mi habitación solo hago que oler a Hugh, así que cambio las sábanas y pongo una lavadora. Me tumbo en la cama limpia, cierro los ojos y aguardo una evasión piadosa pero mi cabeza me taladra con imágenes de Hugh. Lo veo una y otra vez cruzando la puerta de la calle con su mochila, rompiendo a llorar, suplicándome... Me duele la parte en que lo golpeé con el codo.

Las imágenes no cesan. Es como estar dentro de una película de terror.

Han pasado demasiadas cosas demasiado deprisa, he tenido una sobredosis de adrenalina de la mala. A lo mejor estoy en estado de shock.

El móvil vibra con un mensaje de texto. Es Derry, por vigésima vez. Está deseando oírlo todo pero no puedo vivir en mi realidad un segundo más.

Le escribo: **Tienes somníferos?**

Su respuesta es casi instantánea: **Es blanca la nieve? Voy para allá.**

Aparece diez minutos más tarde confiando en que le pague los somníferos con un relato completo.

—Ahora no tengo fuerzas, Derry. Anoche casi no pegué ojo...

—Pero Hugh ha v…

—Lo sé. Te lo ruego, Derry… —Me caen lágrimas en las manos—. Ahora no. Dame los somníferos. Necesito desaparecer.

—¿Desaparecer cómo?

—Temporalmente.

—No sé… —Me mira con preocupación—. Te daré dos.

No pretendo suicidarme, pero no tengo fuerzas para discutir. Tendré que conformarme con dos.

Me tomo uno y es como si recibiera un golpe en la cabeza: la oscuridad es inmediata. En mitad de la noche vuelvo bruscamente a la vida y me tomo el otro. Cuando recupero el conocimiento, son las dos y diez del último día del año.

Han pasado veinticinco horas. Estoy veinticinco horas más cerca de volver a sentirme bien. Tendré que pasar por muchos otros lotes de veinticinco horas, pero es un comienzo.

Mi móvil rebosa de invitaciones a fiestas de Fin de Año, una noche que siempre he detestado. Y ahora que vuelvo a estar de moda me atrae todavía menos. La idea de todos esos curiosos interesándose por mí, intentando sacarme información sobre el estado de mi matrimonio bajo el disfraz de felicitaciones, me da escalofríos.

Me quedo en casa y, exceptuando una llamada de Josh, no hablo con nadie.

El día de Año Nuevo lo paso haciendo cosas en la casa y temiendo la llegada del 2 de enero, el día que Hugh y yo contaremos a las chicas que no va a volver a casa «todavía».

97

Lunes, 2 de enero

Hugh llega a eso de las doce del mediodía. Lo invito a pasar y, torpes, nos saludamos con un gesto de la cabeza.

—¿Qué tal en casa de Carl? —le pregunto.

—Bien —dice—. Genial. Fantástico.

Estoy segura de que no, pero es lo que hay. Carl es el hermano más rico de los Durrant, el más fastuoso, y aunque su lujosa casa dispone de tres habitaciones de invitados (solo tienen un hijo, Noah, el Niño Prodigio), sospecho que a Chizo no le hace gracia que Hugh se quede allí mucho tiempo. Es muy estricta con las normas de su casa, Chizo. Siempre que puede me suelta que la mía es un caos absoluto. Me cae muy bien, pero me echo a temblar cuando la veo.

—Kiara llegará dentro de media hora. Puedes pasar a la sala.

En cuanto Hugh y yo le explicamos el plan, Kiara pone cara de desconfianza. Mira a Hugh, luego me mira a mí y de nuevo a Hugh.

—Pero has vuelto a casa porque quieres estar con nosotras, ¿no? —interroga a Hugh.

—Sí.

Se vuelve hacia mí.

—Y tú has echado mucho de menos a papá, ¿no?

—Desde luego, pero…

—Entonces ¿por qué no podéis estar juntos ahora? ¿Por qué tenéis que esperar a que terminen los seis meses?

—Dejaros a todas fue una decisión difícil. —Hugh tiene la voz ronca—. Me costó mucho tomarla y…

—Tiene que estar seguro de que ha superado por completo esa fase —digo.

Varias emociones cruzan como nubes veloces por el rostro de Kiara.

—No, papá.

—¿No qué, cielo?

—Ya sabes, lo de ir con otras señoritas, mujeres, gente que podría conocernos. Lo que hayas hecho mientras estabas fuera, en fin… no puedo ni entrar en eso. Pero aquí, donde sería una humillación para mamá…

—No pienso hacer nada. ¡No estamos hablando de eso!

La fría mirada que le clava Kiara nos indica lo mucho que ha cambiado desde que Hugh se marchó de casa. Me pregunto si Kiara ha visto la foto en su cronología. Algo ha pasado, aunque solo sea que ha madurado un poco.

—Cariño —digo—, tienes permitido estar enfadada, decepcionada o preocupada.

—No necesito tu permiso para sentir. —Se va de la sala.

Me quedo temblando. Hugh y yo cruzamos una mirada de oh-mierda. ¿Va a estropear esto a nuestra dulce Kiara, va a convertirla en una chica amargada y desconfiada?

—¿La sigo? —pregunta Hugh.

—Sí.

Pensaba que una vez que las chicas supieran que Hugh no va a vivir con nosotras me tranquilizaría, pero visto cómo se lo ha tomado Kiara, me inquieta que la reacción de Sofie sea todavía peor.

Curiosamente, no lo es.

—El día de Navidad pensé que habías venido a pasar solo unos días y lo acepté —le dice a Hugh—. Sé que te dolió dejarnos en septiembre y que solo lo hiciste porque no te quedaba más remedio, así que imagino que es algo lo bastante importante para querer hacerlo bien.

—Gracias, cielo.

—Tú también eres una persona —continúa Sofie—. Tú también tienes sentimientos. Ahora lo entiendo. Te quiero, papá. —Le da un beso fugaz y se marcha de la sala, dejándonos a los dos boquiabiertos.

—Se vendrá abajo cuando sepa que no vas a volver —digo.

—Sí.

—Cada cosa a su tiempo.

—Solo nos falta Neeve.

Pero Neeve se alegrará de que Hugh no vuelva a vivir todavía con nosotras. Y cuando se entere de que es para siempre, estará encantada.

Todavía faltan dos horas para que llegue. Me quedo sentada en la sala de estar con Hugh por educación, pero la situación enseguida se vuelve demasiado incómoda. Farfullo que he de «organizarme» y huyo de la sala.

Una vez arriba, me tiendo en la cama y miro el techo. Solo quiero que todo esto termine de una vez y nadie más salga malparado. Cierro un momento los ojos…

… Me despierta el rugido del motor de un coche, seguido del sonido de la puerta de la calle abriéndose con brusquedad y unos pasos fuertes cruzando el recibidor.

La voz de Neeve grita:

—¡Mamá! ¡Kiara! ¡Sofie!

¿Qué diantres…? Son las tres y diez de la tarde. He debido de quedarme dormida.

—¿Qué? —aúlla Kiara.

—¡Salid a la calle!

Más zancadas seguidas de chillidos de emoción. Alguien sube corriendo y grita:

—¡Mamá! ¡Mamá! ¿Dónde estás? —Kiara irrumpe en mi habitación—. ¡Ven, tienes que ver esto!

¿Qué ocurre? Pero parece entusiasmada más que asustada.

Estacionado delante de casa hay un flamante coche plateado, un Audi, el de líneas curvas.

—¡Es de Neevey! —exclama Sofie—. ¡Mira, nuevo a estrenar! —Señala la matrícula del «17».

Por Dios, Richie Aldin le ha comprado un coche a Neeve. ¿Se puede ser más imbécil? Podría estar ayudándola con la entrada de un piso, contribuyendo a su independencia, pero en lugar de eso le compra un juguete ostentoso.

—¡Mamá! —Neeve tiene mirada de loca y aplasta mis manos entre las suyas—. Le ha costado sesenta y cinco mil.

Virgen santa, yo apenas gano eso un buen año.

—¿Sabes que *él* también tiene un Audi? —Está tan orgullosa—. Los aparcamos juntos y parecían el papá y el bebé.

—Uau, Neeve, es increíble.

—¡Lo sé! Le dije que Hugh había vuelto y que tenía que devolverle el coche y dijo que me compraría uno y pensé que sería de segunda mano. Pero llamó a un hombre y, nada más entrar en el concesionario, papá dijo «Ese» y lo pagó allí mismo y el hombre hizo las matrículas, ¡y me vine a casa con él!

Si Richie Aldin hubiese pagado un mantenimiento decente durante los primeros dieciocho años de vida de Neeve, la cifra ascendería a mucho más que sesenta y cinco mil, pero no voy a decírselo.

—Todas mis hermanas tienen uno.

¿Quién? Ah, se refiere a las otras hijas de Richie.

—¡Pero el mío es el más nuevo!

—Cuando vuelvas a la tierra, a Hugh y a mí nos gustaría hablar contigo.

—¿Sobre qué? —Enseguida se muestra recelosa.

—Hugh no volverá a casa hasta que se hayan cumplido los seis meses —le informa Sofie.

—¿Ah, no? —Neeve entorna los párpados. Girando las llaves del coche con el índice, dice—: Me parece bien.

Hugh está esperando en la sala.

—Bonito coche, Neevey.

—Ya. ¿Y? Habla.

—El plan inicial era estar fuera seis meses, así que voy a cumplirlo.

—¿Y dónde vivirás?

—En casa del tío Carl.

—¿Te refieres aquí, en Dublín? —espeta, furiosa, Neeve—. Ni de coña.

—Pero Neeve... —intento.

—No humilles más a mamá —dice—. Ya te pasaste tres pueblos en Tailandia tirándote a chicas que podrían ser tus hijas. Ni se te ocurra hacerlo aquí. Y mantente alejado de la mamona de Genevieve Payne.

—No me...

—Y de todas las amigas de mamá. No te acerques a ellas. No tienes ni idea de lo que le has hecho pasar a mamá.

—Neevey —digo—, para.

—Yo sí la he visto. No permitirías ni que un perro sufriera así.

98

Martes, 10 de enero

La puerta de la habitación del hotel se abre de golpe, Josh tira de mí, cierra y me empuja contra ella. Me murmura al oído:

—¿Te has acostado con él?

—Sabes que no.

—¿Modestia?

—No me he acostado con él.

—No he podido dejar de pensar que te follaba. Me estoy volviendo loco.

Durante los doce días que no nos hemos visto, esta cosa posesiva que comenzó en el aeropuerto de Belgrado se ha convertido en una especie de juego. Y no me gusta. Pero estar aquí con él pasa por encima de cualquier pensamiento racional. Acerco su cara a la mía y, Dios, el calor de su boca, el placer embriagador de besarlo, de ser besada. Cuando nos separamos, suspiro:

—Te he echado de menos.

Qué gusto estar con él, oír su voz, aspirar su olor, ese lugar secreto en el cuello, tocar su piel, deslizar las yemas de los dedos por su espalda.

Estoy quitándole la sudadera y él está desabotonándome el vestido con manos torpes.

—Te deseo tanto que se me enredan los dedos —dice.

Me levanta y le rodeo la cintura con mis piernas, presionando su dureza contra la parte de mí que más lo anhela. El alivio y el deseo me arrancan un gemido.

—La cama —ordeno.

Me tumba en ella y me levanta el vestido para quitarme las bragas.

—Ponte encima —digo—, necesito sentir el peso de tu cuerpo.

Se tiende sobre mí y empuja su erección contra mi hueso púbico, haciéndome gemir otra vez.

—¿Se ha ido de casa? —Se refiere a Hugh.

—Ya sabes que sí. —Josh y yo hemos hablado casi cada día desde el viaje a Serbia.

—¿Ha vuelto a la casa desde entonces?

—Ya sabes que sí. —Estoy abriéndole el tejano y tomándolo entre mis manos, esa piel suave y delicada cubriendo una dureza tan prometedora—. Tengo que olerte. —Ruedo sobre él y entierro la cara en su calor almizcleño, pero noto algo más, un vago aroma a limón.

—Josh, los martes no te duches.

—¿Por qué?

—Porque hueles muy bien y no quiero que el gel de ducha se interponga.

—Deja de cambiar de tema. ¿Cuántas veces ha ido Hugh a tu casa?

Casi todos los días. Para recoger su ropa, ver a Kiara y a Sofie, hay centenares de razones válidas por las que necesita pasarse.

—Josh, no hables de él.

—¿Por qué? ¿Tienes algo que ocultar?

—Te lo ruego, Josh. El tiempo que paso contigo es demasiado valioso para…

—Lo dices en serio. —Se pone contento.

Lo digo en serio. Esta noche con Josh constituye el único punto brillante en el horizonte de los últimos doce días. Estar en casa ha sido duro: Hugh apareciendo a cada rato con el rostro desencajado por la pena; Kiara enfadada y triste; Neeve destilando desconfianza; Sofie con el ánimo extrañamente alegre.

En cuanto a mí, no puedo contener mi tristeza. Intento mantenerla escondida, pero se empeña en filtrarse y, en momentos de gran dolor, emerger a la superficie.

El motivo son las frecuentes visitas de Hugh. La casa de Carl y Chizo está a solo quince minutos en coche de la nuestra. Para colmo, Chizo no le ha permitido a Hugh trasladar sus pertenencias a su casa, por lo que tiene que pasarse a menudo para coger cosas.

Debo decir, en su defensa, que siempre hay una buena razón.

Por ejemplo, pidió una cita con el banco para hablar de rehipotecar el estudio de sonido que tiene con Carl y necesitaba venir a casa para coger el único traje que tiene. O Sofie quería que la ayudara con un trabajo de física para el colegio.

Hasta *yo* he sido cómplice. El sábado por la noche se fundió un fusible y nos quedamos a oscuras. Darle a un interruptor tras otro mientras sostenía precariamente una linterna no nos devolvió la luz. De modo que cuando Sofie dijo:

—Podríamos llamar a papá —enseguida me mostré de acuerdo.

Llegó en un cuarto de hora y después de que encontrara el fusible correcto le ofrecí una cerveza.

—Ya voy yo —dijo.

En cuanto abrió la nevera mi cabeza dio un salto atrás en el tiempo y durante una fracción de segundo olvidé que esto era ahora. Pensaba que era *entonces*, cuando mi vida era estable, cómoda y hasta un poco aburrida, cuando Hugh era mi marido y vivíamos todos juntos, felices la mayor parte del tiempo aun cuando raras veces fuéramos consciente de ello.

Durante un breve instante esa sensación de seguridad me invadió y cambió la visión que tenía de mí misma en este mundo: estaba segura, a salvo, tenía mi lugar y me llevaban. Entonces recordé y me di de bruces con la cruda y fría realidad. Esos saltos en el tiempo y el consiguiente sentimiento de pérdida, como si cayera en un abismo, todavía me ocurren. Es muy probable que nos ocurran a los cinco.

Prefiero las rupturas sin concesiones. El roce continuo con Hugh hace que el suelo bajo mis pies se mueva constantemente, y si no fuera por las chicas, me encargaría de que no nos viéramos.

Pero las chicas son las personas más importantes en todo este asunto.

Cuanto puedo hacer es aceptar las cosas como son y confiar que con el tiempo resulten más fáciles. Hasta las situaciones más extrañas y dolorosas acaban normalizándose.

—Dime —pregunta Josh con una sonrisita—, ¿qué te pareció nuestro sexo por FaceTime?

Trago saliva.

—Uau, supererótico…

Fue, estoy segura, el sexo más electrizante y más excitante que he tenido en mi vida. Lo hicimos en Nochevieja. Josh estaba solo en su casa y yo estaba sola en la mía, y entré en el nuevo año viendo a Josh… hacerse *eso*. El mero hecho de pensar en ello me acelera el pulso y provoca en mí una vibración que precisa atención inmediata.

—Podríamos repetirlo —dice—. Durante la semana…

—No, y ya sabes por qué. No quiero hacerlo con Marcia en tu casa.

—Puedo pedirle que se vaya.

Ruedo sobre el costado para mirarlo.

—Ni se te ocurra —replico con vehemencia—. Bastante culpable me siento ya sin necesidad de eso. No tientes a la suerte.

99

Miércoles, 11 de enero

Vuelvo de Londres. Pasa el jueves, también el viernes, le sigue el fin de semana y cuando quiero darme cuenta es lunes otra vez. El tiempo pasa. Sí, tan despacio que resulta angustioso. Pero ya estamos a mediados de enero. *Está* ocurriendo.

El lunes por la tarde, en la oficina, Alastair no para de darle a Actualizar, esperando el último vlog de Neeve, porque tiene la «corazonada» de que sale mamá.

¡Y ahí está!

—¿Cómo lo sabías? —le pregunto con suspicacia.

—Pura intuición. —Se encoge de hombros, pero se detiene a medio gesto—. ¡Ostras, creo que se está haciendo un tatu!

—¿Un *qué*?

—¡Un tatuaje!

—¿Mi *madre*? —Corro hasta la pantalla de Alastair seguida de Tim y Thamy. Alastair tiene razón.

Mamá está recostada en un sillón y una mujer —llena de piercings y tatuajes— está inclinada sobre ella, sosteniendo una aguja.

—¿Está preparada para el dolor, Lilian? —pregunta la tatuadora. Se llama Micki.

—No será para tanto —dice mamá.

—¿Que no? —espeta Neeve fuera de plano.

—Si quieres saber lo que es el dolor prueba a parir un hijo —suelta mamá. Algo preocupada, añade—: No lo digo en serio. No tengas hijos, Neevey. Te destrozan la vida. —Mira directamente a la cámara—. Sin ánimo de ofender a mis cinco criaturas.

Alastair, Tim y Thamy se parten de risa.

—No pienso tener hijos —responde Neeve con desdén—. Pero ahora en serio, abuela, los tatuajes son muy dolorosos.

—Pero me pondrá el espray anestésico, ¿no? Y nos tomaremos nuestros descansos, ¿no?

—Uau —dice Alastair—. Lomdec es mi heroína. Los tatuajes son una tortura.

—¿Tú tienes? —pregunta Thamy.

—Déjame adivinar —interrumpo—. Alguna chorrada en sánscrito en la parte baja de la espalda que crees que dice «La verdadera generosidad es el no apego», cuando en realidad dice «2 por 1 en las bolsas familiares de nubes de azúcar».

—Que te den —dice Alastair mientras me desternillo.

—Callad —ordena muy serio Tim—. ¡Estamos viendo el vlog!

—Perdón. —Adopto una expresión grave pero enseguida digo con los labios «Nubes de azúcar» y Alastair me responde «Te odio».

En la pantalla, Micki pregunta:

—¿Por qué quiere un Lapras?

—Jugaba a Pokémon Go con mis nietos durante las Navidades...

—¿*Es* cierto? —me pregunta Tim.

Ni idea, la verdad. Estaba tan absorta en la vuelta sorpresa de Hugh y después en mi escapada a Serbia que ni me enteré de que mamá estaba jugando a Pokémon Go con mis sobrinos.

—Me enganché un poco —confiesa mamá.

—Uau. Caray. —Micki ve cuestionados sus prejuicios con respecto a la edad—. ¿Y Lapras es su favorito?

—No, Lapras es superescaso...

—¡Superescaso! —exclama Alastair—. ¡Me la como!

—¡Que te calles! —dice Tim.

—No conseguimos cazar ninguno.

—¿Y quiere un tatuaje de Lapras para que sus nietos puedan «cazarlo»?

—¡No! ¡Lo quiero para fastidiarles! Para refregarles por la cara su ineptitud.

Todos —Micki, Neeve, yo, Alastair, Tim y Thamy— prorrumpimos en carcajadas.

—Me trataban como si fuera burra, pero cazaba más que ellos.

Un momento, ¿puedo repetir este trocito, Neeve? Elimina lo último. Cazaba *mogollón* más que ellos.

Otra ronda de carcajadas.

—No lo eliminó —dice Thamy.

Eso es porque Neeve no es tonta y sabe lo que quiere la gente.

—*Ajáááá* —dice Micki—. ¿Y está mogollón segura de que lo quiere en la muñeca? Porque si luego se arrepiente, no le será fácil esconderlo.

—Lo estoy —dice mamá—. La parte azul de Lapras es del mismo color que mi rebeca favorita y así no tendré que ponerme una pulsera.

El resto del vídeo no se regodea en los detalles. De tanto en tanto mamá, sudando de dolor, se toma un respiro y habla a la cámara.

—Duele, pero no tanto como un parto, y por lo menos al final tendré algo que deseo de verdad y no un bebé.

Guiña un ojo y Alastair murmura:

—Estoy enamorado.

Pasan a cámara rápida al acabado, una venda ancha cubre la zona tatuada, y de ahí saltan al momento de la gran revelación, diez días después, cuando se retira la venda. He ahí *mi madre* con un tatuaje del personaje de Pokémon Go en el brazo.

—Diga lo que diga la gente —asevera con una sonrisa pícara—, si quieres hacer algo, nunca es demasiado tarde.

Y el vídeo termina ahí.

—No te acabes —gime Alastair.

—Es su mejor vlog hasta el momento —opina Tim mientras regresamos de mala gana a nuestra mesa.

—¿Sabías lo del tatuaje? —me pregunta Thamy.

—Estos días tengo muchas cosas en la cabeza —respondo a la defensiva.

El viernes pasado, en la cena semanal, mamá se debió de cubrir la venda con la manga. Pero aunque no hubiera sido así, como he dicho, estoy segura de que tampoco habría reparado en ella.

Intento volver al trabajo, pero estoy dispersa. Llevo así desde que comenzó el año. Deseo con todas mis fuerzas recuperar la capacidad de concentración; hay tanta incertidumbre en mi vida que necesito mantener el control de mis ingresos. Pero me cuesta, las conexiones en mi cerebro sencillamente no se producen, las ideas no vienen…

—¡Amy! —grita Alastair, sacándome de mis cavilaciones—. ¡Ven a ver esto!

—¡Dios, qué susto! ¿Qué pasa?

—Te va a encantar.

Tiene abierta la página de *guardian.com*, la leyenda dice «InstaGranny» y la foto es una instantánea borrosa de mamá extraída del vídeo.

Una abuela irlandesa que ha hecho algunas apariciones como invitada en el canal *¿Qué coño…?* de su nieta, se ha convertido en la última estrella sorpresa de YouTube. El último post de Lilian O'Connell, donde le hacen un tatuaje de un personaje de Pokémon Go, ha recibido cuarenta mil visitas desde su publicación esta mañana.

—Ostras —digo, y miro a Alastair—. Es… ¡Es una locura!

—Te dije que tu madre era especial.

—Lo siento por Neeve. Llevaba más de un año dejándose la piel en *¿Qué coño…?* y de repente su abuela sale un par de veces y la cosa despega.

—Pero fue idea de Neeve incluir a Lomdec y hay que felicitarla por ello. Además, el negocio es el negocio. Sea como sea, Neeve saldrá beneficiada. Más ingresos por publicidad, más emplazamiento publicitario…

—¡Alastair! —Le estrujo el brazo—. ¿Te imaginas que gana lo bastante para independizarse?

—¿No la echarías de menos?

—Sí… sí. Pero no puede vivir conmigo toda la vida.

100

Camino de casa compro una botella de Prosecco —a la porra la abstinencia de enero— para celebrar que el vlog de Neeve se ha vuelto viral. Pero Neeve no está en casa y Sofie y Kiara se han puesto en modo empollón y no quieren acompañarme. Por un momento me planteo abrir la botella de todos modos, pero existe el riesgo de que me la beba entera. Así pues, saco fuerza de voluntad de debajo de las piedras y la entierro en el fondo de la nevera. Nos la beberemos otro día.

Estoy en mi cuarto, metiendo cosas sin ton ni son en la maleta, cuando llaman al timbre. Me encojo. Por favor, que no sea Hugh.

Bajo y, para mi enorme sorpresa, es Steevie. La miro atónita. Está como siempre: la misma carita de elfo, el mismo corte de pelo excelente, el mismo abrigo envidiable. Es la última persona que esperaba ver esta espantosa tarde lunera de aguanieve.

—¡Oh! —Me he quedado sin habla—. Hola...

—Amy, lo siento. —Parece al borde de las lágrimas.

—Eeeeh. —No sé si me veo capaz de estar por ella. Me siento exhausta. Últimamente tengo la sensación de que siempre estoy cansada—. Entra.

Vamos a la cocina, donde abro una botella de vino. No el Prosecco, no se lo merece. Pero un té tampoco serviría, para esto no.

Deja caer el abrigo sobre el respaldo de su silla y endereza los hombros.

—Lo siento, Amy —repite.

Como no sé qué hacer, bebo un trago de vino. Caray, qué *rico*.

—Cuando Hugh se fue... —Habla como si lo tuviera ensayado. He de reconocer que me conmueve. Se traga media copa y empieza de nuevo—. Cuando Hugh se fue, me volvió todo lo que sentí cuando Lee me dejó y se me fue un poco la olla.

Asiento.

—Era un consuelo no ser la única humillada, pero cuando te negaste a despotricar contra él, me sentí... Lo siento, Amy, me sentí traicionada.

Ahora recuerdo que, después de ver aquellas fotos en Facebook, deseé que a Hugh se le pusiera la polla verde y se le cayera. Toda esa rabia, no obstante, se disipó en torno a la época en que empecé a acostarme con Josh. No quiero contarle eso a Steevie. Todavía no. Hace mucho que somos amigas y detesto estar peleada con ella. Ha sido muy valiente al presentarse aquí sin avisar, pero no puedo olvidar de repente que ha estado dos meses evitándome, que me borró de su lista de amigos y volvió a Jana contra mí.

—Entonces ¿ha vuelto? —pregunta.

—No estamos juntos.

—Pero ¿qué tienes previsto *hacer*?

No la entiendo.

—¿A qué te refieres?

—¿Rayarle el coche? ¿Cortarle una de las perneras a todos sus pantalones?

—Eh... —¿Es una broma?

—¡Me han contado una buenísima! —De repente se anima—. Una mujer pilló a su marido con otra y le tiró todos los zapatos del pie izquierdo al Támesis. El tipo *adoraba* sus zapatos, coleccionaba Nikes, y la tía lo dejó con docenas de zapatillas sueltas que no le servían de nada.

Se me ocurre una idea.

—Podría hacer algo con su colección de discos de vinilo, como partirlos en dos.

—Hugh adora su colección de vinilos, ¿no? —Ahora está riendo—. Le sentaría como una patada en el culo. Y has de colgarlo en YouTube.

—¡Por supuesto!

—Podríamos hacer una fiesta. —Se inclina hacia mí con la mirada brillante. Dios, cuánto echaba de menos esto—. Podríamos invitar a Jana. A Tasha y a Mo no. Siento mucho lo de aquella comida. Pero a mujeres buenas. Petra. Derry. ¿Qué me dices? ¿El viernes? ¿Este viernes por la noche?

No le pillo del todo el tono, pero ya ha sacado el móvil y empieza a escribir.

—¿A qué hora les digo? —pregunta.

—¿Hablas *en serio*?

—Sí. —Steevie me mira sorprendida y el alma se me cae a los pies. Se da cuenta de que nos hemos malinterpretado.

—Pero, Amy —dice casi enfadada—, no puedes quedarte de brazos cruzados. Tienes que castigar a Hugh.

No quiero castigarlo, solo quiero no volver a verlo. No obstante, como Steevie y yo somos amigas desde hace tantos años, le ofrezco:

—Le pegué varias veces. ¿Sirve?

Con una carcajada, dice:

—Tiene que ser algo mucho peor. Él te engañó, tú le castigas. Después podrás dejarle volver con tu amor propio intacto.

—Eso no va a ocurrir.

—Basta, Amy, a mí puedes decirme la verdad. He oído que Hugh quiere volver contigo.

Salto por encima del malestar que me produce saber que la gente habla de nuestro matrimonio.

—Hugh y yo hemos terminado.

Empalidece.

Tras unos segundos, intento aligerar los ánimos.

—¿*De verdad* la gente hace esas cosas a los maridos infieles? ¿Cortarles las pelotas y clavarlas en una farola? ¿Meter langostinos en las barras de las cortinas de su nuevo picadero?

Pone una cara entre entrañable y graciosa.

—Las mujeres se chalan cuando su hombre la caga.

—Yo no me he chalado.

—¿Por qué no? —Está desconcertada.

—Lo que siento es tristeza.

Después de una pausa larga, larguísima, Steevie dice:

—Eres demasiado pasiva.

—No voy a volver con él. Eso no es ser pasiva.

Nos miramos con recelo. Ni ella ni yo sabemos qué decir, lo cual es extraño y trágico.

—Bien. —Se levanta y se pone el abrigo—. Me alegro de haberte visto. Pero es lunes, ya sabes, mañana hay que trabajar, montones de cosas que hacer. Nos veremos pronto, ¿sí?

—Eh… sí, pronto, claro.

Nos damos un incómodo semiabrazo y Steevie sale disparada a la fría y oscura noche.

No estoy segura de lo que acaba de suceder, salvo que, una vez más, Steevie piensa que le he fallado.

Su inesperada aparición me hizo creer que ya no estaría tan sola. Ahora, mientras la veo poner pies en polvorosa, comprendo que Steevie no llenará ninguna de mis lagunas y me siento desamparada.

De inmediato pienso en todas las cosas buenas que se me ocurren —KiaraVinoDerryComidaSofieNeeveZapatosNuevos— para intentar ahuyentar el sentimiento de soledad, y nada funciona. Pienso entonces en Josh y es como si de pronto saliera el sol. Lo veré mañana por la noche. Doy gracias a las noches de los martes. Mientras las tenga, puedo seguir adelante.

101

Martes, 17 de enero

—Josh, háblame de tus guiones cinematográficos.

Estamos tendidos en la cama, abrazados, y noto que se tensa. Hace una pausa antes de responder.

—Eso forma parte del pasado.

Lo he intentado un par de veces en las últimas semanas y las dos veces me paró los pies, pero sé que es una parte importante de su vida.

—Háblame de todos modos.

Después de otro silencio tenso, farfulla:

—Ha pasado mucho tiempo.

—Quiero saberlo todo de ti.

—Odio hablar de ello.

—¿Por qué?

Otro vacío, luego:

—Cuando tenía veintiún años creía que poseía mucho talento, que era original e iba a comerme el mundo. No era consciente de que a esa edad todos los jóvenes son arrogantes y no tienen ni idea de nada. Pero mi talento no era ni de lejos tan grande como mi confianza en mí mismo.

—¿Y qué ocurrió?

Se encoge de hombros.

—Escribí guiones cinematográficos, muchos, y hasta contraté a un agente, pero no salió nada de eso.

—¿Nada?

Suspira.

—Los productores se reunían conmigo, me pedían que hiciera cambios en el guión y los hacía. Después me pedían más cambios o salía una película que se parecía demasiado a mi guión o simplemente perdían el interés.

Lo estrecho contra mí.

—Los diez años que van entre los veintiuno y los treinta y uno me llevé un palo detrás de otro. Al principio me sorprendía que la gente no valorara mi talento, pero era joven y me creía Dios y ponía al mal tiempo buena cara. Al final abrí los ojos y mi estúpido sueño se vino abajo. Comprendí que nunca iba a ser lo bastante bueno.

No sé qué decir que no suene paternalista.

—Y ahora soy un hombre maduro y me cuesta aceptar que mi brillante futuro ha quedado atrás, que nunca sucederá.

—No eres un hombre maduro. Ese concepto ya no existe, ¿no te parece?

Me mira sorprendido.

—Créeme, sí existe.

—Pero… —En realidad no hay nada que pueda decir.

—Tuve que reconciliarme con el hecho de que ninguno de mis sueños se cumpliría, y no fue fácil.

—Pero en tu vida hay cosas buenas. Tu… —Iba a decir «mujer e hijos» pero me freno a tiempo—. Tienes un trabajo estupendo en el *Herald*. Eres editor de contenidos.

—Por Dios —farfulla.

—¿Qué? Es un trabajo reconocido y gratificante, ¿no?

—Lo odio.

Caray. Todo el mundo se queja de su trabajo, incluida yo, pero creía que Josh se sentía realizado con el suyo.

—Odio el politiqueo interno —dice—. Odio la mierda que publicamos. Odio el daño que hacemos con nuestras posverdades.

Señor…

—Y lo peor de todo es que no puedo quejarme. Estoy entre los afortunados que tienen un trabajo bien remunerado.

—Eso es bueno —digo en un tono débil.

—Estoy atrapado. Tengo dos hijos, una hipoteca, lo típico. —Suspira hondo—. Soy un hombre maduro y mediocre. Oye, Modestia, no me quejo. No soy diferente del resto. Todo el mundo se estampa contra esa verdad tarde o temprano.

No sé qué decir. Sabía que Josh no estaba demasiado contento con sus elecciones de vida, pero me impacta verlo tan desencantado.

—Tengo cuarenta y dos años y cuando contemplo mi futuro —empieza—, no veo nada bueno. Seguiré tirando como ahora, seguiré siendo mediocre, peleándome con Marcia, deseando que mis hijos se marchen de casa y sean económicamente independientes, pero tal como funciona el capitalismo del siglo XXI no lo serán. Todo seguirá exactamente igual hasta que desarrolle alzhéimer, como mi padre, y muera.

Trago saliva.

—Lo único que podemos hacer es buscar la ilusión y la felicidad donde podamos —continúa.

Supongo que eso es lo que soy para él.

—¿Y tú, Modestia?

—Pues más o menos como tú. —Aunque no tan deprimida.

—¿Cuál era tu gran sueño?

Me cuesta recobrarme, pero me obligo porque esto hay que rescatarlo antes de que los dos nos ahoguemos en las gélidas aguas de la realidad.

—Quería hacer algo creativo, como diseñar ropa o dedicarme al interiorismo, pero nunca hice nada al respecto y ya no va a ocurrir.

—No voy a venirte con el cuento de «nunca es tarde» —dice—, porque a los de nuestra edad ya no nos ocurre nada. O te ocurre cuando eres joven o ya no te ocurre.

Pero no todo el mundo puede ser Angela Merkel o Malala o Beyoncé, la mayoría de nosotros tenemos que ser corrientes. Si no hubiera tanta gente corriente, las personas extraordinarias no sobresaldrían. Y no me importa, no me duele, o por lo menos no me duele tanto como a él.

—Se acerca San Valentín —dice de repente, cambiando de tema—. Hagamos una escapada.

Leí un artículo en *Grazia* sobre una mujer que vivía en Manchester y tenía una relación secreta con un hombre de Düsseldorf. Cada mes quedaban en una ciudad —Ámsterdam, Praga, Madrid—, se alojaban en un hotel de lujo, follaban como descosidos, comían fresas, bebían champán y hacían algunas compras caras antes de volver a casa saciados y felices, junto a sus respectivos cónyuges, que vivían en la inopia. Por un momento me pregunto si sería capaz de algo así. Eso sí, necesitaría una maleta mejor...

Al fin prevalece la cordura.

—Josh, no te embales. No nos sobra el dinero. —Luego, suavizando el tono—: Es a tu *mujer* a quien deberías llevarte a algún lado por San Valentín.

—Quiero ir contigo, Modestia —gruñe.

—No puedes.

—Será difícil encontrar un lugar lo bastante modesto para llevaros a ti y a tu culpa —dice—. Aun así, lo intentaré.

—No iré —digo—. Y no vuelvas a proponérmelo.

—¿Por qué? ¿Tienes planeado hacer una escapada con Hugh?

—Para. —Ahora sí estoy mosqueada—. Hugh y yo hemos terminado.

—¿Estás segura?

—Del todo. Y deja de preguntármelo, Josh, por favor. No me gusta.

—Está bien. —Luego—: He estado pensado que para ahorrar dinero, en lugar de venir aquí los martes podríamos ir a casa de tu amiga Druzie.

No. Ni hablar. Está hablando del piso de Druzie. Es cierto que no siempre está, pero a veces sí está. ¿Josh y yo dándole que te pego en la habitación de invitados mientras Druzie pone lavadoras y se hace la cena a unos metros de nosotros? No. Eso no estaría bien, nada bien. Sentiría que soy una maleducada y que he traspasado todos los límites.

102

Martes, 24 de enero

Pasa una semana —otros siete días de enero grises y agotadores— durante la cual una áspera gravilla de inquietud se abre paso hasta mi corazón: Josh me tiene preocupada.

No quiero que vuelva a mencionar lo de trasladar nuestras noches de los martes al piso de Druzie. Existe una gran diferencia entre una noche en un hotel y una noche en la habitación de invitados de una amiga. Lo primero me parece aceptable, lo segundo… *sórdido*. Esta semana, acabamos de despegarnos, jadeando y resoplando, cuando Josh dice:

—¿Con qué frecuencia está tu amiga Druzie en Londres?

Me vengo abajo.

—¿Me has oído? —insiste.

—Josh, no podemos ir a su casa, no estaría bien. —Como no responde, añado—: No puedo hacerlo.

Tras un largo silencio, pregunta otra vez:

—¿Harás una escapada conmigo en San Valentín?

—Josh.

—¿Qué?

—No. La respuesta es no. Te lo ruego, deja de hacer esto. Tenemos muy poco rato para estar juntos.

Suspira, se saca la almohada de debajo de la cabeza, la ahueca con el puño, vuelve a lanzarla sobre la cama y se derrumba en ella. Suelta otro suspiro y empiezo a preguntarme si debería irme. ¿Qué sentido tiene estar aquí tumbada mientras el estómago me arde de aprensión?

—Oye —dice, sobresaltándome—. ¿Es tu *madre* la que sale en el *Mail* de hoy? ¿La que se hizo un tatuaje? ¿Es esa la página de tu hija?

—Eh, sí. —¡Señor, hasta Josh la conoce!

—Reconocí su nombre. —Ahora sonríe—. Debes de estar muy orgullosa.

—Sí. —En los ocho días transcurridos desde que el *Guardian* puso el enlace del vlog, Neeve y mamá han recibido mucha atención—. Es fantástico. Neeve ha trabajado duro y ahora se ha hecho viral, bueno, un poco. Zoella no tiene de qué preocuparse por el momento. Es genial.

—Puede que hable con mi equipo. —Esboza una sonrisa astuta—. Como tengo acceso a un miembro de la familia, podríamos conseguir una exclusiva jugosa.

—Será mejor que espabiles. —Me alegro de que le haya mejorado el humor—. Saldrán en el *This Morning* del viernes. Después de eso, puede que hasta yo tenga que pedirles hora para hablar con ellas.

103

Viernes, 27 de enero

—¿Pasó entonces una gran parte de su vida en el hospital? —Holly Willoughby pregunta afable a mamá.

Es viernes por la mañana y Alastair, Tim, Thamy y yo hemos puesto la tele de la oficina para ver la entrevista de mamá y Neeve en *This Morning*.

—Lomdec está fantástica —dice Alastair.

Lomdec, en efecto, *está* fantástica con su pelo rubio y su conjunto de falda y blusa, una copia descarada de un diseño de Gucci.

—Bien mirado —responde mamá—, probablemente no pasaba tanto tiempo en el hospital, pero cada vez que me daban el alta sabía que tarde o temprano volvería.

—¿De qué manera le afectó eso? —interviene Phillip Schofield.

—Supongo que me volvió un poco... timorata —dice mamá.

—¡Timorata! —exclama Alastair—. Me encanta esa palabra.

—Nunca tomaba parte en nada —dice mamá—. Había cosas que quería hacer, pero pensaba que no valía la pena.

—Mírala —dice Alastair con admiración—, ahí sentada, charlando con total naturalidad.

—¿Y cuáles son algunas de esas cosas que quería hacer? —Es evidente que Phillip ha recibido instrucciones de propiciar un «momento divertido».

—Quería ser batería en un grupo de música —reconoce mamá con un rubor adorable—. Las chicas que tocan la batería molan.

—Y millones de personas de las islas Británicas acaban de enamorarse —dice Alastair.

Por la razón que sea, Alastair está consiguiendo irritarme.

—¿Y tú, Neeve? —dice Holly—. Tu padre es nada menos que

Richie Aldin. —Y enseguida añade para los espectadores que no lo saben, o sea, casi todos—: Richie Aldin jugó en el Rotherham United en los noventa. Digamos que la fama no es para ti algo extraño.

—*Bueeeeno*… —trata de disimular la pobre Neeve—, mi padre siempre procuraba pasar desapercibido.

—Sobre todo para nosotras, Neevey —grito al televisor—. Pedazo de *gilipollas*.

—¡Bien! —Phillip toma las riendas cuando se percata de que no tiene sentido explotar la veta de la «conexión famosa»—. Tu canal de YouTube. No puedo mencionar el nombre porque contiene una palabra un poco fuerte. —La reprende ligeramente con el índice—. Solo diremos que rima con «moño». Tenemos aquí un par de clips.

—Esto es muy bueno para Neeve —dice Tim, y de repente también estoy furiosa con él. Ya *sé* que es bueno para Neeve, sé *perfectamente* cómo funciona la publicidad.

El bloque termina con mamá subiéndose la manga de su blusa Gucci de imitación y enseñando el tatuaje.

—¿No se arrepiente? —le pregunta Holly.

—¡En absoluto! —asegura mamá—. La vida está para vivirla. Nunca dejes que nadie te diga que eres demasiado mayor. Si quieres hacer algo, hazlo ahora porque puede que la oportunidad no vuelva a llamar a tu puerta.

—Sabias palabras. —Phillip pone fin a la entrevista—. Y ahora pasaremos a nuestra cocina, donde…

—Es una estrella —es la conclusión de Alastair—. Una inspiración y una estrella.

—¿Quién la representa? —pregunta la señora EverDry. Al ver nuestra cara de póquer, sube el tono—. ¿Quién? ¿Es? ¿Su? ¿Agente?

Cuando Alastair, Tim y yo permanecemos mudos, la señora EverDry entorna los párpados.

—¿Me están diciendo que no está en una agencia de talentos?

—Es mi madre —digo, algo a la defensiva.

Lentamente, con desprecio, la señora EverDry dice:

—Lilian O'Connell es un Fe-Nó-Me-No.

«¿Mamá? Mamá es un prodigio de cinco minutos que solo podría haber sucedido en enero.»

—¿Y ustedes dicen ser una agencia de Relaciones Públicas? Señor, en cuanto tenga el dinero me largo a otra. Son tres lechuzos que no sabrían organizar una borrachera en un mueble bar.

—Señora Mullen… —dice Alastair con un gesto conciliador.

—¿Cuán continente es? —me ladra la señora EverDry.

—¿Se refiere a si es *in*continente? ¿Cómo voy a saberlo?

—Puede fingir —dice Tim.

—¿Va mal de dinero? —inquiere la señora EverDry—. A todos nos iría bien una ayudita, ¿no?

No replico y Alastair me mira extrañado.

—Creo que Lilian solo quiere divertirse —responde con cautela.

—Ya tenemos el eslogan: «Las chicas solo quieren divertirse». ¡Por el amor de Dios! —La señora EverDry está furiosa, puede que más que yo incluso, pero su enfado está, cuando menos, justificado—. ¿Para qué demonios les pago si toda esta campaña la estoy montando yo sola?

—¿Qué hay de los hombres? —pregunta Tim—. ¿Los *hombres* con incontinencia? Los hombres no compran cosas dirigidas a mujeres.

—La mayoría de los hombres no compran y punto. Son las desgraciadas de sus esposas las que tienen que ir a comprar. En cualquier caso, estoy pensando en hacer un modelo específico para hombres, un bonito gris oscuro para absorber todos los pipís masculinos. Y siempre nos quedará Pierce Brosnan.

—¿P… Pierce Brosnan?

—No he perdido la esperanza de que le vayan mal las cosas y acabe por responder a mis correos.

—Alastair —digo entre dientes—, no somos una agencia de talentos.

—Pero podríamos serlo —dice—. No a tiempo completo, pero podríamos representar a Lomdec mientras sea la cara de EveryDry. ¿Debería decir cara o vejiga?

—¡Maldita sea! ¿Piensa ese semáforo cambiar algún día?

Estamos en mi coche, camino de casa de mamá y papá. La visita de la señora EverDry nos hizo ponernos las pilas y Alastair nos suplicó que le diéramos la oportunidad de trabajar con mamá, así que se ha colado en la cena del viernes de los O'Connell.

—Amy, ¿estás bien?

—Genial —gruño.

—¿Sabes que la rabia es una de las fases del duelo?

—Cierra la boca, ¿quieres? ¡Solo estoy cansada!

—Vale. Cansada. Lo que tú digas. ¿Quién habrá esta noche?

—Es la noche de Derry, así que estarán todos.

—Por Dios... Lomdec, tu hermana sexy, la cuñada descarada, ¿Siena se llama?

—Espero que te comportes.

—Por supuesto. —Baja la visera, abre el espejo y se retoca el pelo. Me entran ganas de abofetearlo.

Neeve ya ha abierto la puerta antes de que bajemos del coche.

—¡Uauuu! —exclama al ver a Alastair—. Un madurito de buen ver.

—Hola, Neevey. —Alastair entra en el recibidor pavoneándose (sí, *pavoneándose*) y le dedica La Sonrisa—. Estuviste estupenda en la tele.

—Porque soy estupenda.

Neeve se sonroja y pienso: «Por Dios, contrólate, no es más que un maduro engreído que va de enrollado».

Ahora Alastair se acerca a mamá.

—Lilian O'Connell, madre de cinco —murmura—. Es un honor. —Le besa la mano.

—¿Q... quién eres tú? —Mamá parece abrumada—. ¿El nuevo novio de Amy?

—¡Qué va! —ladro.

—¡No sé por qué te pones así! —dice mamá--. Podría irte peor.

—Soy Alastair Donovan. Trabajo con Amy.

—Me gusta tu traje.

—¡Alastair! —Maura se ha enterado de que está aquí y se acerca con paso presto—. ¡No lo dejéis en el recibidor! ¡Pasa, Alastair, pasa!

Alastair es arrastrado hasta la concurrida sala de estar, donde su glamurosa presencia electriza a todos los presentes. Pip y Finn lo miran intimidados, Dominik adopta una actitud recelosa, como si se dispusiera a derribar a alguien, y papá grita:

—¡QUIÉN DEMONIOS ES ESTA ETRELLA DE CINE!

—Os presento a Alastair —dice Maura—, el jefe de Amy.

—*¡No es mi jefe!*

Sucede entonces algo del todo inimaginable: El Pobre Desgraciado habla.

—Hola. —Tiene la voz rasposa, como si llevara mucho tiempo sin utilizarla, pero no hay duda de que ha emitido un sonido.

Solo Derry permanece distante, con una sonrisa fría en los labios. Bueno, bueno, bueno. Va a liarse con Alastair...

Si Neeve no se le adelanta.

Que hagan lo que les plazca. Todos. Lo que quiera que eso signifique.

Sin el menor miramiento, me llevo a Neeve, a mamá y a Alastair al dormitorio de arriba donde llega el wifi de los Flood, y, con cara de palo, escucho a Alastair camelarse a mamá diciéndole lo bien que lo hace todo y la fortuna que podría ganar. Pero a mamá no le atrae la idea de ser la embajadora de EverDry.

—Me gusta hacer los vlogs con Neevey. Lo pasamos muy bien.

—Puede seguir haciendo los vlogs, Lilian. La campaña de EverDry no será un trabajo a tiempo completo.

—Pero la incontinencia... es una cosa embarazosa. Además, ¿no soy demasiado joven?

—Tiene razón, Lilian —dice Alastair—, lo es, pero todos los anuncios utilizan modelos más jóvenes para vender a un público mayor.

—No puedo imaginarme a mucha gente diciéndote que no —señala mamá—, pero creo que yo he de hacerlo.

Por millonésima vez en mi vida, mamá me rompe el corazón.

—Bien, Alastair. —Me levanto—. Hemos terminado aquí.

—¿Os vais? —pregunta mamá—. Es la noche de Derry.

—Nos vamos.

—¿Y tu pan especial?

—A la mierda el pan. Vamos, Alastair.

—Alastair puede quedarse y comerse tu cena —me dice Neeve.

—Es cierto —digo en un tono desagradable—. Alastair, tú quédate y atibórrate, que yo me largo.

—¿Amy? —pregunta, angustiada, mamá—. ¿Te ayudaría profesionalmente que hiciera lo de la incontinencia?

—Oh, no preocupes a tu preciosa cabecita con eso.

—Eeeeeh, me lo he pensado mejor y voy a hacerlo —suelta a borbotones—. No fue ningún chollo tenerme de madre cuando erais niños, para ninguno de vosotros. —Me mira a los ojos, esperando que afloje—. Y con ese dinero extra podría pedirle a Dominik una relación exclusiva con nosotros.

—Una relación exclusiva. —Neeve propina un codazo a mamá y las dos prorrumpen en carcajadas al pensar en una relación exclusiva con Dominik.

Dios, son patéticas.

104

Sábado, 28 de enero

Estoy disfrutando de un sueño profundo cuando suena el timbre de la puerta. «Lo ignoraré.» Aunque es sábado, he dedicado la mañana a organizar todo el papeleo para la contratación de mamá como embajadora de EverDry y de repente ya no daba más de mí. Estaba tan agotada que me he metido en la cama y me he quedado frita.

Llevo una temporada en que siempre estoy cansada. Todo me cuesta un esfuerzo enorme y hay días que tengo literalmente la sensación de llevar pesas en los tobillos. El único momento en que veo la vida con optimismo es cuando estoy con Josh o pienso en que voy a verlo.

«Váyase, Visita Misteriosa, necesito dormir como el aire que respiro.»

Pero el timbre vuelve a sonar y de repente me entra un ataque de rabia. ¿Quién diantres es? ¡Algún pelmazo, seguro! Buscando apadrinamiento para alguna chorrada. O una de las chicas, que ha perdido la llave. Pandilla de inútiles.

Tengo ganas de pelea, así que bajo briosa, abro la puerta de golpe y pregunto:

—¿Qué?

Es Hugh. Me impacta verlo. Siempre me impacta verlo. Con lo unidos que estábamos y ahora somos dos extraños.

Si sigo viéndolo *nunca* me repondré.

—Lo siento, Amy —dice—. Te escribí un mensaje para preguntarte si te iba bien que pasara. ¿No lo has recibido?

—Tengo el móvil en silencio. ¡Porque estaba durmiendo!

—Siento haberte despertado. Solo necesito recoger mi...

—¿Por qué has llamado a la puerta? —Elevo el tono de voz—. Tienes llave. ¡No he cambiado la cerradura!

—No me parecía bien entrar sin llamar. Lo habría hecho si no me hubieses abierto, pero esta ya no es mi casa.

—¡Que no se te olvide! Por el amor de Dios. —Emprendo el regreso a mi cuarto—. No solo te has cargado mi matrimonio, también mi siesta.

Hugh parece apenado y contrito y me detengo en medio de la escalera.

—¿Para qué has venido?

—Para coger mi saco de dormir.

—¿Qué? ¿Chizo te ha echado? ¿No tienes casa?

—Voy a quedarme unas semanas en el taller de Nugent. Tiene un colchón inflable pero no hay edredón.

—¡Oh, por el amor de Dios, no intentes darme pena!

—No lo hago.

—Chizo tiene tres habitaciones de invitados, es ella la que te echa y soy *yo* la que ha de preocuparse.

—Espera la visita de unos familiares de Nigeria. Estaré en casa de Nugent un par de semanas y luego podré volver.

Erróneamente, le acuso:

—Y ahora me dirás que tenemos que hablar de dinero.

—No me parece el mejor momento.

—¿Lo dices por mi mal humor? Estoy de mal humor porque...

—Sí, ¿por qué *estoy* de mal humor?

—Porque estás muy cansada.

—Exacto. Estoy de mal humor porque estoy muy cansada. —Y estoy muy cansada porque estoy... algo más. Triste, tal vez. Pero es más fácil estar de mal humor.

—¿Puedo hacer algo para ayudarte? —pregunta.

Lo fulmino con la mirada.

—De hecho, sí puedes.

Se le ilumina el rostro.

—Puedes hacer retroceder el tiempo hasta el septiembre pasado y quedarte aquí conmigo, en lugar de largarte a Tailandia para tirarte a todo quisqui.

—Amy —susurra—, lo siento mucho.

—Ya.

—Amy, te suplico que escuches lo que voy a decirte. No soy un hombre infiel. Hasta… esto, jamás había mirado a otra mujer. En serio. Y nunca volveré a hacerlo.

—Si fuera tú me repensaría eso último —digo—, porque tú y yo hemos terminado. *Para siempre.*

Tras un titubeo, dice con la voz entrecortada:

—Iré al cobertizo a coger el saco de dormir y no te molestaré más.

—Tu querido cobertizo. —Mi tono es amargo—. Donde tramaste tu Gran Escapada.

Subo el resto de los escalones y me encierro en mi habitación con un portazo. Vuelvo a la cama y sin saber de dónde me viene me acecha la pregunta sobre cómo debió de sentirse Hugh hace dos años, cuando estuve coqueteando con Josh.

Dijo que sabía que algo pasaba. Debió de ser duro para él. Muy duro.

No quiero pensar en eso. Me hace sentir incómoda y avergonzada. En cualquier caso, seguro que lo llevó bien. Y aunque no fuera así, es agua pasada y han sucedido tantas cosas desde entonces que poco importa ya.

Pero algo dentro de mí necesita averiguarlo. Salto de la cama, corro escaleras abajo y pillo a Hugh en la puerta.

—¡Eh! —lo llamo—. Quiero hablar contigo.

Parece escamado.

—Está bien.

Me siento en la escalera y él se instala dos peldaños más abajo.

—Hace dos veranos —digo—, cuando tuve una cosa inocente, una atracción, con Josh… —¿Cómo expresarlo sin dar la impresión de que estaba haciendo algo malo?—. ¿Cómo te diste cuenta?

Me mira a los ojos.

—¿Quieres hablar de eso ahora?

—Eeeeh, sí.

—De acuerdo. Estabas diferente. Ausente. A veces te hablaba y estabas a varios kilómetros de aquí. Desconectaste emocionalmente.

Bueno, no era ningún drama. Esas cosas pasan en todos los matrimonios.

—Y cambiaste tu aspecto.

¿En serio?

—Te compraste ropa nueva...

—Siempre estoy comprando ropa nueva...

—Esta era diferente. Los zapatos eran más altos, las faldas más ceñidas... Y tu pelo. Empezaste a alisártelo con el secador todos los lunes por la noche.

No me había dado cuenta de que fuera tan evidente, pero, mirando atrás, reconozco que tiene razón.

—Los lunes por la noche siempre estabas de buen humor. Y de mal humor cuando regresabas de Londres los miércoles.

—¡Porque estaba cansada! Sigo estando de mal humor los miércoles por la noche.

—Me has preguntado por qué lo sabía y te lo estoy diciendo —señala con calma.

—Vale.

—Querías sexo más a menudo.

—¡Eso es bueno!

Aprieta los labios y sacude la cabeza.

—No, no lo era.

Me arde la piel. Esto no me gusta, pero lo he empezado yo.

—¿Cómo te sentías?

—¿Cómo crees que me sentía? —Me toca la rodilla y suaviza el tono—. Estaba asustado, Amy. Muerto de miedo. Aterrorizado. Te quiero, te *quería*, eres mi vida, y la idea de perderte...

—¿Y por qué no dijiste nada?

—Porque eso lo habría hecho real. No quería que fuera real, así que confié en que se te pasara.

—Y se me pasó.

—*No* es cierto —replica, ahora enfadado.

—Sí lo es. Dejé de verlo.

—Ahora estás con él.

—Solo porque te fuiste.

Por un momento creo que Hugh va a perder el control. Se le nubla la mirada y ahoga las palabras vehementes que es evidente que desearía poder descargar.

—No te fuiste por eso, ¿verdad? —pregunto—. Por Josh. Fue por tu padre y por Gavin.

—Sí, pero...

Es todo lo que necesito saber. Con frialdad, digo:

—Te agradezco que me hayas hablado de esto. Ya puedes irte.

Regreso a la cama. La conversación con Hugh no ha ido como me habría gustado. No ha diluido mi sentimiento de culpa, no del todo, y no me gusta llevar encima esa carga.

Pero en la vida todo va y viene, es algo que he aprendido con los años. Las emociones no permanecen. Lo que crece, con el tiempo decrece. En un momento dado esta irritante llama de vergüenza se apagará.

Cierro los ojos y hago lo posible por recuperar el sueño, pero me suena el móvil: Maura.

—¿Qué?

—¿Vas a volver con Hugh?

—No.

—Tenía miedo de que lo hicieras.

—No es asunto tuyo.

—Lo siento. —Suena contrita—. Sé que soy una controladora. Estoy intentando cambiar.

Existe el riesgo de que se embarque en su trillado discurso sobre su dolorosa infancia y estoy demasiado irritable para escucharlo.

—Buena suerte con eso —digo.

En cuanto cuelgo, la puerta de la calle se abre y se cierra y alguien sube a toda pastilla.

—¿Mamá? ¿Mamá?

Es Neeve. Irrumpe en la habitación y declara:

—Mis anunciantes me han ofrecido un paquete nuevo. ¡Más dinero!

—Me alegro —digo en un tono desinflado.

—¿Estás bien? ¿Ha estado Hugh aquí?

—¿Cómo lo sabes?

—Porque siempre estás de mala leche después de sus visitas.

—Ya estaba de mala leche antes de que viniera.

—Dios mío, está extendiéndose. Ahora estarás siempre de mala leche. Uf, como ayer en casa de la abuela.

—Solo porque Alastair se comportó como un payaso. Y tu abuela como una egoísta… —Me contengo.

—¿Y qué pasa con ese Alastair? —dice Neeve con una sonrisa pícara—. ¿Le apetecería un rollete? ¿Busca una amiga?

—Tú no tienes amigas. —Ni siquiera es cierto.

Se le escapa una risita.

—¡Me hace gracia verte cabreada! Puede que me estuviera refiriendo a Derry. Me encantó cómo pasó olímpicamente de Alastair.

Me da igual. Neeve y Alastair, Derry y Alastair, Neeve y Derry, por mí como si hacen un trío.

—En cuanto a esa nueva oferta, Neevey, no firmes nada hasta que se la mire un abogado.

Debería ir al despacho de abogados que utiliza Hatch, cuidarían bien de ella.

Me mira sorprendida.

—Ya tengo abogado. Me lo ha buscado papá.

Oh.

—Vaya, genial. —Sencillamente genial.

105

Martes, 31 de enero

Josh dice despacio:

—Marcia encontró el libro... El que me regalaste por Navidad.

Aguardo. No cometí la estupidez de escribir una dedicatoria, no hay nada incriminatorio, nada sospechoso.

—Me echó la bronca por gastar dinero.

Vale. Podría haber sido peor.

—Pero le dije que era un regalo.

¿Qué?

—De una mujer.

Dios mío, es un completo idiota.

—Se puso como loca.

—¿Y qué esperabas? Josh, ¿dónde estaba el libro cuando lo encontró?

—En mi mesita de noche. Oculto a simple vista, digamos.

—O justo delante de las narices de Marcia, *digamos.*

—¿Qué insinúas?

—Eres... —Estoy intentando ordenar mis pensamientos—. ¿Quieres que la cosa estalle con Marcia? ¿Qué te dijo?

—Me dijo que terminara con quienquiera que fuese esa mujer. Le dije que lo pensaría, pero, Modestia, no tengo la menor intención de hacerlo.

—Josh, ¿en qué estás *pensando*?

—Tarde o temprano los matrimonios se acaban. Creo que el mío ha terminado.

Todo se ha vuelto de repente demasiado grande, demasiado serio, demasiado transformador, y no quiero ser parte de ello.

Hay algo más: no estoy segura de que Josh sea sincero. Algo me dice que esto es un patrón que se repite entre su esposa y él.

—Josh, dime la verdad, ¿soy parte de algún juego que te llevas con Marcia?

—¿*Qué?* ¿Cómo puedes…? No, voy *en serio* con esto. Contigo.

No sé qué pensar. Estoy desconcertada, recelosa y muy asustada. Si no se lleva ningún juego con Marcia, la otra opción es aún peor.

Con expresión mohína, me dice:

—Quiero hablarle de ti…

—¡No!

—De lo adorable que eres, de lo diferentes que sois.

—¡Para, Josh, por favor! ¿De qué serviría? Nuestras vidas transcurren en países diferentes.

—Eso puede cambiar.

Me siento como si hubiese caído en un pozo profundo y angosto.

—Hablo en serio, Amy —dice—. Podrías vivir conmigo en Londres. No he pensado en otra cosa. Podrías buscar trabajo aquí.

No sé qué objeción mencionar primero.

—Tengo tres hijas.

—Son casi adultas. Y todas tienen un padre. Klara podría vivir con Hugh.

—¿Te refieres a Kiara?

—Eso, Kiara. Perdona. Y también Sofie.

—¿Y Neeve?

—Tiene veintiséis años, no es tu responsabilidad.

—Tiene veintidós.

—Es lo mismo —replica, exasperado.

Esto se está descontrolando.

—¿Y qué me dices de ti? —De pronto necesito escuchar sus «planes» de futuro.

—Marcia y yo nos separamos, vendemos la casa y los niños se quedan con ella…

—¿Y si ella no quiere? —Porque yo no querría acabar viviendo con dos preadolescentes traumatizados.

—Podemos compartir la custodia.

—¿Qué pasa con Yvonne y Buddy? —Los perros.

—Los perros los quiero yo —dice enfático.

Yo nunca he tenido perro, los encuentro adorables, hacen feliz a la gente, pero ¿no dan mucho trabajo?

—¿Y dónde viviríamos tú y yo? —Mis preguntas son puramente teóricas, no va a ocurrir de ninguna de las maneras.

—Compraríamos una casa. Marcia y yo nos repartiríamos lo que nos dieran por la nuestra y tú pondrías tu parte con lo que te dieran de la tuya.

—Casi no nos conocemos, Josh. Esto es una locura, toda esta conversación es una locura.

—Sé lo que quiero. Y te quiero a ti.

«Pero yo a ti no.» Lo siento como un golpe en el corazón y me digo que soy la persona más horrible del mundo. Quería a Josh cuando todo era pasión y diversión, y cuando pensaba que eso era cuanto él deseaba de mí.

—Josh, por favor... —titubeo—. Esto es descabellado. No quiero venirme a vivir a Londres.

—Entonces buscaré trabajo en Dublín.

Mi oleada de pánico me sorprende.

—Josh, tú no quieres separarte de Marcia.

—Sí quiero. Hace mucho que quiero. Nos amargamos la vida el uno al otro.

Quizá sea cierto, pero...

—Si Marcia y tú os separáis, no lo hagas para estar conmigo.

Su exasperación se desvanece y se vuelve frío.

—¿Qué cojones significa eso? ¿Te estás echando atrás?

—Significa... —Ay Dios, estoy nerviosa—. Tu mujer y tú tenéis que solucionar vuestros problemas entre vosotros.

—¿Estás cortando conmigo?

¿Es eso lo que estoy haciendo? No lo pretendía, pero la repentina propuesta de un cambio completo de vida me ha dejado aterrorizada. Y se ha cargado el deseo. Una cosa es tener sexo fabuloso y clandestino cada siete días y otra muy diferente cambiar de casa, cambiar de trabajo, cambiar de país... Josh me gusta, pero no tanto como para hacer todo eso.

—Josh... —elijo las palabras con cuidado—, esto es un asunto muy serio. Nos veremos el martes que viene. Que esta semana nos sirva para pensar en lo que realmente queremos el uno del otro.

—¿Estás cortando conmigo? —repite.

—No, en absoluto. —No quiero que esto termine, pero he de reconocer que se ha desviado *mucho* de lo que era en un inicio.

—Es porque tu marido ha vuelto. Lo sabía, joder, lo sabía.

Es tal mi exasperación que casi no puedo hablar.

—Echo de menos la familia que Hugh y yo hemos creado, pero Hugh y yo hemos terminado para siempre.

Me fulmina con la mirada.

—Eres tan fría.

Por Dios, no hay manera de acertar.

—Oye —digo en un tono conciliador—, pensemos en lo que esto representa para nosotros y hablemos la semana que viene, ¿te parece?

—No tengo nada que pensar. Sé lo que quiero. Te quiero a ti.

106

Viernes, 3 de febrero

Steevie y yo no hemos vuelto a hablar desde su visita sorpresa. Nuestra amistad parece que se ha acabado. Qué extraño se me hace, después de treinta años.

Ha sido un final torpe y desagradable, y sé que si me la encuentro por la calle será muy violento. Nuestro problema es que no veíamos del mismo modo —no podíamos ver del mismo modo— el tema de los maridos infieles. Steevie tiene sus propias reglas: después de infligir dolor a Lee, habría aceptado volver si él hubiese querido. Pero mi regla —que no sabía que la tenía hasta que me vi en la situación— es que no puedo darle a Hugh otra oportunidad. No he «decidido» ser así, simplemente soy así.

Ojalá Steeve hubiese podido aceptar eso. Estoy dolida y resentida con ella por no haberlo hecho. Por lo menos me mantengo firme en mi posición, lo cual es un pequeño consuelo.

Aunque he perdido una segunda relación importante —primero Hugh, ahora Steevie— no creo para nada en la astrología. No miro ni el horóscopo, pero ¿habrá algo en mi carta astral que desvele que esta es una época de rupturas?

Hablando de rupturas, me llega un mensaje al móvil. Una palabra: **Kabul?**

Josh lleva desde el martes enviándome propuestas de destinos para un fin de semana, todas ellas lo bastante deprimentes para no herir la sensibilidad de mi modestia. Probablemente solo se trate de una broma, pero su tono es más pasivo-agresivo que jocoso.

Alastair levanta la vista de su pantalla.

—¿Estás bien?

—Otra propuesta de Josh para el fin de semana de San Valentín que no va a ser.

—Déjame adivinar. ¿Alepo?

—Casi. Kabul.

—Qué cachondo. ¿Hoy es qué? ¿Tres de febrero? Le aconsejo que se meta rapidito en lastminute.com. Yo reservé mi fin de semana de Niza hace un mes y ni siquiera tengo novia.

—Cierra el pico, te lo ruego —murmuro. Luego—: Perdona.

—No hace falta que te disculpes —dice con desenfado—. Estás en la fase del duelo correspondiente a la rabia.

Ojalá dejara de decirme eso.

—Has pasado por la negación y la negociación. Solo te queda pasar por la depresión y estarás en la aceptación.

—Eso no funciona así y todo el mundo lo sabe. En los duelos saltas de una fase a otra sin ningún orden. Voy a tirarme años saltando. No puedo imaginarme estando bien nunca más.

—Lo estarás. El duelo es un proceso.

Ahora mismo me cuesta mantener la fe.

—Lo único que me hacía feliz era Josh —confieso—. Y hasta eso se ha torcido. Hay que estar chiflado para hablar de dejar a Marcia y de que yo me vaya a vivir a Londres.

—¿Y qué pensabas que ocurriría? ¿Que seguiríais viéndoos los martes hasta el fin de los tiempos?

—No. Tarde o temprano habríamos llegado al final del camino.

—Quizá este sea el final del principio.

Lo dudo mucho.

—Sería un trastorno espantoso para todos.

Le dije a Josh que debíamos utilizar este fin de semana para pensar qué queremos realmente el uno del otro, pero en realidad solo me refería a que debía calmarse. *Yo* ya sé lo que quiero: nada serio o profundo. Solo diversión. Y, sí, sexo frenético.

Puede que para otras personas que tienen aventuras sean diferente, puede que su conexión sea auténtica y vaya mucho más allá del sexo. Están enamorados y cambian su vida para estar juntos: dejan el trabajo, se mudan a otra ciudad, rompen familias.

Pero yo no amo a Josh, y Josh —diga lo que diga— no me ama a mí. Sospecho que me está utilizando y de maneras que no comprendo. Lo único que sé con certeza es que no quiero que esto acabe porque sin Josh no tengo nada. En realidad eso no es cierto, y me siento culpable por haberlo pensado siquiera. Tengo a Neeve, a Sofie, Kiara, mamá, papá, Derry, incluso Alastair…

Miro el móvil. Son las cinco menos diez.

—Suficiente por hoy —digo—. Es viernes, después de todo.

—Apago el ordenador, me pongo el abrigo y miro a Alastair—. ¿Qué harás si no tienes novia para San Valentín? —Me intriga de verdad.

Se encoge de hombros.

—Alguien se dejará convencer, aunque no sea la mujer de mis sueños.

Con un cariño innegable, digo:

—Te detesto.

—Y yo te *quiero*, aunque no de esa manera. Que tengas un buen fin de semana.

Eso sería maravilloso. No hay que perder la esperanza.

Cuando llego a casa de mamá y papá, no obstante, descubro que Sofie, Jackson y Kiara han quedado para ir al cineclub del domingo… ¡con Hugh!

—¿Por qué no vienes tú también, mamá? —dice Kiara. (Kiara, tras sus temores iniciales de que un recién llegado Hugh fuera a insinuarse a todas las mujeres de Dublín, vuelve a ser su amiga.)

—Sí, Amy. —Jackson es todo sonrisas.

—Va, ven —dice Sofie.

Los miró sin dar crédito a mis oídos. ¿Se han vuelto *locos*? No quiero pasar ni un minuto con Hugh. Cada vez que nuestros caminos se cruzan —cuando recoge a las chicas o las devuelve a casa— se me corta la respiración por la avalancha de emociones. Pena, celos, rabia, culpa…

Pero ir al cineclub… ¡no se me ocurre nada peor! Hace siglos que no voy, desde antes de que Hugh regresara, y no tengo intención de volver. Es el lugar donde más expuesta y juzgada me siento. Demasiadas «amigas» mías van allí. Además, aparecer con Hugh, fingir que somos una familia feliz, saber que todo el mundo está especulando sobre nosotros, sería demasiado humillante.

Todos esos pensamientos estallan en mi cabeza mientras Sofie, Kiara y Jackson me miran con una sonrisa alentadora.

—No —digo—. Gracias, pero no.

Es tal el clamor de objeciones —«¡Ostras, mamá!» y «¡Oh, Aaa-myy!»— que tengo que salir de la estancia, irme arriba y esperar a que la marea de sentimientos amaine.

Como consecuencia de ello, el miedo y la rabia impregnan cada segundo del sábado y el domingo. No quiero que esas zorras —Genevieve Payne y otras como ella— se acerquen a Hugh.

Aunque quizá no vayan, a lo mejor Hugh caiga en la cuenta de que es una pésima idea.

A las cuatro y media del domingo, no obstante, Hugh se presenta en casa para recoger a Sofie, Kiara y Jackson. Me duele horrores verlo tan guapo. Siempre ha sido un hombre corpulento, algo que me encantaba, pero cada vez que lo veo estos días está un poco más delgado. Ahora mismo se encuentra en la fase en que la ropa le va un poco ancha, lo cual despertaría el instinto maternal de cualquier mujer. Me ocurre incluso a mí. Quiero tomarlo en mis brazos y consolarlo, sentarlo a la mesa de la cocina y darle de comer.

—¿No hay manera de convencerte? —pregunta en un tono amable.

—No —farfullo.

Sofie, Kiara y Jackson bajan y salen de la casa en tropel. Cierro la puerta tras ellos, pero en cuanto el coche se aleja, la abro de nuevo y la estrello contra el marco, me siento en la escalera y rompo a llorar de rabia. Poco a poco mis sollozos se transforman en alaridos de pesar porque el estúpido y burgués hasta la vergüenza cineclub representaba para mí algo especial y valioso. Era la única parte de mi vida donde la gente que más quiero se reunía en armonía: Hugh, yo, las tres chicas, incluso Jackson.

Si miro atrás, puedo decir sin temor a equivocarme que nunca he sido tan feliz como un domingo por la noche en Pizza Express después de ver una película iraní rarísima.

Primero vendrá la separación, después el divorcio… Sin lugar a dudas es una de las experiencias más duras por las que pasa la gente. Bueno, puede que no todo el mundo pase por ella. Hay personas que se desenamoran poco a poco y en perfecta sincronía, de manera que cuando se dan cuenta de que su relación está terminada el aterrizaje es supersuave para ambas y son capaces de ser amigas.

Mi caso y el de Hugh es diferente. Teníamos un vínculo muy fuerte y la ruptura ha sido brutal y traumática. Su partida fue demasiado súbita; el corte, desgarrador e implacable. Nos hemos separado con la misma ligereza con que alguien arranca un trozo de baguette. La destrucción no podría haber sido más violenta y estoy *magullada*.

Pero algún día dejaré de estarlo, me digo. Aunque no lo sienta, ya estoy sanando porque cada segundo que pasa me acerca un poco más a una nueva normalidad. Algún día estaré haciendo algo y de repente me daré cuenta de que estoy contenta y de que todo va bien.

Ese día llegará. Solo tengo que ser paciente.

107

Martes, 7 de febrero

—¡Fóllame más fuerte, Josh!

Me embiste con más fuerza. Gimo y me revuelco en la cama del hotel... pero algo no va bien.

No quiero estar haciendo esto. De hecho, no he querido nada de todo lo que ha pasado: que me metiera bruscamente en la habitación, encontrarme a Josh ya desnudo, mis bragas arrancadas, sentarme a horcajadas sobre él, moverme con deliberada parsimonia, oírlo rogar que me quite la blusa y observar sin pasión su cara cuando desaparece en su clímax.

Siempre hacemos lo mismo: me mete de un tirón en la habitación y empezamos a arrancarnos la ropa. Si no hubiese sido algo tan habitual, no lo habría hecho, hoy no.

En lugar de eso tendríamos que haber hablado. La semana pasada surgieron temas muy serios y ha sido un error pensar que podríamos eludirlos a través del sexo.

No voy a correrme. Quiero parar. Josh está detrás de mí, dale que te pego, y me pregunto si debería fingirlo.

Pero fingir me parece horrible, es una completa violación de la intimidad entre una pareja y hace décadas que no lo hago, desde que estaba con el simpático-pero-soso padre separado de la guardería de Neeve.

Además, no tengo energía para fingir.

Por otro lado, si no me corro el drama está asegurado. Josh se lo tomará como algo personal.

Pero parece que ocurre algo peor... Por un momento me digo que es mi imaginación, hasta que vuelvo a notarla, la flacidez, la falta de control. Josh sigue embistiendo, pero ha bajado el ritmo y no soy tan estúpida como para restregárselo con otro grito de «Fóllame más fuerte».

Suelta un bufido de frustración y el alma se me cae a los pies.

Se acabó. Es el fin. Se levanta y desaparece irritado en el cuarto de baño. Cuando vuelve, se mete en la cama pero me evita la mirada.

Guardo silencio. Josh no es un hombre con el que se habla de esa clase de fallos masculinos.

—¿Quieres que te…?

—¡No! —Lo que sea que me está ofreciendo para ayudarme a correrme, no lo quiero.

Otro silencio mientras algunas frases cruzan por mi mente. «No es ninguna vergüenza. A todos los hombres les pasa alguna vez. Además, Josh ya se ha corrido. Aunque normalmente se corre dos o tres veces conmigo.» Ninguna me parece acertada.

—Será mejor que me vaya —dice.

—Vale.

Con movimientos secos, airados, se viste y se larga en cuestión de segundos. Espero diez minutos para asegurarme de que se ha ido del todo y me marcho también.

El día siguiente es igual de malo, una resaca emocional de la noche previa. Es como si todo estuviera muriendo.

Vuelo a Dublín, voy a casa, y estoy desmaquillándome con desgana cuando Neeve entra sigilosa en mi habitación. Enseguida intuyo que se avecina otro final.

—Mamá —dice—, prométeme que no vas a llorar.

—¿Te vas de casa?

Asiente con timidez, como si temiera estallar de felicidad.

Finjo que me alegro.

—¡Oh, Neeve, es fantástico! Bueno, me rompe el corazón, pero quiero que me lo cuentes todo.

—Es papá —explica con una gran sonrisa—. Tiene un apartamento.

De repente Richie parece *mucho más* involucrado en las cosas de Neeve. Me gustaría que su interés no tuviera que ver con el reciente éxito de Neeve, pero eso sería pedir demasiado.

—Espera a saber dónde está. —Hace una pausa dramática—. En Riverside Quarter.

—Uau.

Riverside Quarter es un complejo de apartamentos de alto standing situado en Liffey. Tiene gimnasio y sala de proyección y se encuentra en pleno centro.

—En realidad tiene cuatro apartamentos allí. Los compró justo después del crash inmobiliario por *nada y menos* y ahora los alquila.

Dios, cómo le odio. Los alquileres en Dublín están más altos que nunca y la gente no puede hacer frente a los pagos. No hay pisos disponibles para compradores de primera vivienda porque buitres como Richie Aldin están al acecho y se aprovechan de la insolvencia de otros. Su propia hija —Neeve— es una víctima de esa situación: no puede permitirse alquilar y no puede permitirse comprar. Sofie y Kiara también lo serán. Incluso Hugh.

—Entonces ¿te deja vivir en uno de ellos?

—Sí.

No me es fácil preguntar lo siguiente, pero he de hacerlo.

—¿Gratis?

—¡Qué va, mamá! Ha de cubrir el pago de la hipoteca.

Pero los intereses están bajos, seguro que paga una ridiculez.

—Solo me cobrará la mitad del precio de mercado.

—Vaya, qué bien.

—Y me ayudará a encontrar un piso de compra. Lo buscaremos juntos. Dice que no puede entrar en las inmobiliarias porque en cuanto los agentes lo ven, el precio sube automáticamente un veinte por ciento. ¡Es el impuesto Richie Aldin! —Su tono es alegre.

Vale, así funciona el capitalismo. Pero Richie es *detestable*, y lo peor de todo es que Neeve lo admira.

—Papá se dará una vuelta por el barrio para ver si hay gente cutre.

¡Gente cutre! Si Kiara la oyera se echaría a llorar.

—¿Cuándo te vas?

—El sábado.

—¿Este sábado? ¿Dentro de tres días?

—Ajá. Papá ha alquilado una furgo.

No, no, no, no, no. Es demasiado pronto.

108

Sábado, 11 de febrero

A las nueve y media de la mañana la furgo de Neeve aparca delante de casa. Me siento como si me hubiesen aplastado el corazón, frágil como una cáscara de huevo vacía.

Quería que Neeve fuera independiente y tuviera una vida divertida, pero no a este precio. No pasándose al lado oscuro bajo la influencia de Richie Aldin. No tengo derecho a desaprobar su elección y no puedo desear que sea independiente solo según mis condiciones. Mi mente es muy consciente de eso, pero mi corazón va por otro lado.

—¡Bien! —Neeve está superanimada—. ¡Me voy!

—No te olvides de nosotras, ¿vale? —He conseguido no llorar en todo el día, pero ahora tengo la cara cubierta de lágrimas.

—¡Oh, mamá, no seas boba! Solo estoy a seis kilómetros.

¿Cómo contarle que me asusta que su traslado no sea meramente geográfico? Mientras le digo adiós con la mano, me asalta el ridículo presentimiento de que no volveremos a verla.

Me paso el domingo en la cama llorando la ausencia de Neeve y el lunes por la mañana es una tortura: me cuesta Dios y ayuda levantarme y llego treinta y cinco minutos tarde al trabajo. Funciono a medio gas y respiro aliviada cuando la jornada toca a su fin porque puedo liberarme de las miradas penetrantes de Tim. Esta noche no será mucho mejor: Hugh ha de venir a casa para una conversación adulta. Hace seis semanas que volvió a Irlanda, es hora de que hagamos frente a nuestra problemática situación económica e ideemos un plan para que todos tengamos un lugar donde vivir.

Siento que la vida solo hace que ponerme pruebas. Mi único

consuelo era Josh y presiento que se acerca un final ignominioso. Rezo con todas mis fuerzas para que Hugh cancele, pero a la hora acordada suena el timbre de la puerta. Mierda. Puede que la conversación se ponga desagradable, así que he enviado a Sofie y a Kiara un par de horas a casa de Derry.

Abro la puerta y ahí está, con semblante tristón y todavía más flaco. Empieza a estar demacrado.

—Pasa —digo—. Supongo que una botella de vino nos ayudaría con esto, pero como necesitamos estar sobrios, tomaremos té. ¿Te parece bien?

—Sí.

El archivador con todos los papeles aguarda en la mesa de la cocina. Nos sentamos frente a frente y nos observamos con recelo. No hemos estado solos más que un par de veces desde que volvió.

Odio tener que hacer esto. Estar con él, incluso el mero hecho de verlo de pasada cuando deja a las chicas en casa, me agota.

—Antes de empezar a hacer números —dice—, ¿puedo decir algo?

—¿Qué? —Se me encoge el estómago—. ¿Qué pasa?

—Falta menos de un mes para que terminen mis seis meses. Tenemos que hablar de cómo vamos a decírselo a las chicas.

—Dios. —No será fácil. A Neeve le dará igual, pero Sofie y Kiara se llevarán un disgusto tremendo. Estoy demasiado derrotada para surgir con una buena estratagema, así que digo—: Creo que debemos ser sinceros con ellas.

—Yo también.

Quien más me preocupa es Sofie. Tiene la prueba final de bachillerato a finales de mayo. Es muy mal momento, sí, pero Hugh no puede instalarse aquí, sencillamente no podría soportarlo. Y tampoco podemos tener engañadas a las chicas otros tres meses.

—Ya no son unas niñas —dice.

—Lo sé, pero no será fácil para ellas. Hemos de darles todo nuestro apoyo.

—Sobre todo a Sofie.

—¿Cómo la encuentras? —Me interesa su opinión, ha sido muy duro cargar sola con esa preocupación.

—Bien, diría incluso que mejor que antes. Menos angustiada.

—¿Te habla de su aborto?

—A veces. Parece en paz consigo misma.

—¿Y por qué no iba a estarlo? —replico seca.

Me mira sorprendido.

—No pretendía insinuar nada.

Pero una pelota de rabia que no sabía que estaba ahí emerge bruscamente, como aquella cosa en *Alien*.

—¡Me dejaste sola! —estallo—. ¡Sofie estaba embarazada! ¡Tuve que llevarla a Londres!

—Lo sé, y lo siento.

La cara me arde y de repente me saltan lágrimas de ira.

—¡Mientras tú follabas por toda Asia, yo estaba manejando una crisis médica! —Casi se me escapa la saliva—. ¡Una crisis que podría haberme llevado a la cárcel!

—Lo siento —susurra.

Me preocupa que pueda pegarle otra vez, como la noche que regresé de Serbia, así que opto por golpear la mesa con el puño.

—¡Maldito cabrón!

—Amy... —Se levanta.

—¡Ni se te ocurra *tocarme*! ¡Siéntate!

Obedece mientras me mira de reojo.

Sollozos coléricos emanan de mi garganta y lloro y lloro y lloro. Lloro hasta que tengo los ojos hinchados y la cara irritada por la sal.

Pasan varios minutos. De vez en cuando Hugh hace ademán de aproximarse y yo chillo «¡Ni se te ocurra *acercarte*!».

—Eres un egoísta —le acuso. Necesito hacerle daño, insultarlo, avergonzarlo—. Eres débil. ¡Y patético!

—Lo sé.

—El sexo que tengo con Josh es *muuuuucho* mejor que el que tenía contigo.

Se queda blanco.

—¡Es la hostia!

De pronto se me hace evidente que Josh y yo terminaremos mañana. Pero no voy a decírselo a Hugh.

Otra tanda de lágrimas amargas trepa por mi garganta.

—Yo solo me acosté con una persona, mientras que tú te acostaste con miles.

—Puedes acostarte con más personas —dice Hugh—. Con tantas como quieras.

—¿*Fueron* miles? —pregunto con la voz pastosa.

—Dos y media.

—¿Qué quiere decir eso de media?

—Que no tuvimos sexo. Solo quería dormir con ella y pensar que eras tú.

—¿Cómo fue el sexo que sí tuviste?

Titubea y antes de que le grite de nuevo, responde apresuradamente:

—Aterrador. Diferente. Nuevo.

—Di que fue fantástico. Porque seguro que *fue* fantástico.

—Fue fantástico.

Pensaba que era lo que quería oír, pero no es así.

—Pero ellas no eran tú —dice.

—¡*Ellas!* —Me muero de celos y rabia al pensar en todos los pasos que Hugh tuvo que dar a fin de meter la pilila en otras vaginas: el cruce de miradas en la playa, la sonrisa, la invitación a una copa, el roce de manos, la promesa en sus ojos, los besos, las caricias, la desnudez, la intimidad, todo—. ¡Se suponía que eras mío!

Y se suponía que yo era suya, pero ahora mismo eso me trae sin cuidado.

—Esto es saludable —comenta con timidez—. Tienes derecho a sacar tu enfado.

—¡No me vengas con tus putos tópicos! ¡Tú y Alastair! —No puedo con esto. Me levanto, voy hasta la nevera, me pongo vino, me voy a la sala con la copa y la botella y me dejo caer en el sofá. Segundos después Hugh me sigue, manteniendo la distancia.

Nos quedamos callados un buen rato, yo dándole al vino, él mirándose las manos.

Al fin, digo:

—Steevie dijo que debería romper todos tus vinilos.

—¿Eso te haría sentir mejor?

—No.

—¿Hay algo que te haría sentir mejor?

—No. —Entonces—: Salvo que te murieras. —Enseguida añado—: No lo he dicho en serio.

—O a lo mejor sí.

—¡Deja de ser tan razonable, joder!

Un ruido procedente del recibidor me sobresalta. Solo pueden ser Kiara o Sofie. Las esperaba más tarde, pero un rápido vistazo al móvil me indica que *es* más tarde. Hugh y yo hemos estado dos horas y media atrapados en esta agria discusión.

—¡Papá! ¡Papá! —Están encantadas de verlo—. Pensábamos que ya te habrías ido.

—No… eh…

La expresión de Sofie cambia; ha captado el mal rollo que flota en el ambiente, y ahora también Kiara. Nerviosas, nos miran a Hugh y a mí y retroceden con disimulo.

—He de subir a… —dice Kiara.

—Yo también —la secunda Sofie, poniendo rumbo a la escalera—. Hasta el sábado.

Cuando las puertas de sus cuartos se cierran, Hugh suspira y dice:

—Me voy.

—Eso, vete. Es algo que se te da muy bien.

109

Martes, 14 de febrero

Josh me pide que nos veamos en el bar del hotel en lugar de nuestra habitación de siempre. Imagino que no la ha reservado, lo que significa que sabe lo que se avecina. *Tiene* que saberlo. ¿Por qué iba a soltar ochenta libras si no iba a haber sexo? De modo que aquí estamos, en el pequeño bar del hotel.

Qué ironía que hoy sea San Valentín.

Murmuramos un hola y tomo asiento.

—Adelante —dice Josh.

Mierda. ¿He de hacerlo yo?

—Adelante —repite.

Planto los codos en la mesa e intento articular las palabras.

—Pensaba que tendrías preparado un discurso —dice.

De hecho, tenía preparados varios, pero ahora ninguno me parece apropiado. En su lugar, me sorprendo a mí misma preguntando:

—Josh, ¿te ha pasado antes?

—¿Que alguien como tú me deje? —Asiente. Por un instante vislumbro un brillo sospechoso en sus ojos.

—Lo siento. —Le cojo la mano con suavidad—. Pero yo no soy tu respuesta.

—¿Respuesta a qué?

—Crees que el vacío que sientes se llenará si comienzas una vida nueva conmigo, pero no lo hará.

—¿Y cuál es tu excusa?

—La misma. Me gustabas mucho y quería escapar de mi vida.

—Me has utilizado.

Siento vergüenza.

—Yo diría que nos hemos utilizado mutuamente.

A lo largo de esta semana he acabado por ver nuestro arreglo como algo sórdido y trágico, como dos personas imperfectas intentando huir de su decepcionante vulgaridad. Siempre he sabido que lo nuestro no tenía futuro, pero no pensaba que terminaría de una manera tan brusca. Porque ha terminado.

—La gente que hace locuras en la madurez —digo—, y por lo que veo por ahí es la mayor parte de la raza humana, está intentando desafiar a la muerte, pero en nuestro caso creo que estábamos llorando promesas de juventud que no se cumplieron.

—Si viviéramos en la misma ciudad —dice—, no hubiera otras personas y no estuviéramos casados, ¿crees que habríamos...?

—No lo sé.

—Sí lo sabes.

Suspiro.

—De acuerdo, no lo creo. Somos muy diferentes. Yo no soy excesivamente alegre, pero con el tiempo mi parte jovial te irritaría.

—¿Y qué te pasaría a ti con respecto a mí?

—Creo que te encontraría demasiado... pesimista. Y no es que te juzgue —añado de inmediato—. La gente es como es. No tienes que cambiar, solo has de encontrar a alguien a quien no le importe tu pesimismo.

Eso le arranca una media sonrisa.

—Como Marcia. Desconozco los pormenores de vuestra relación, pero parece la mujer para ti.

Asiente.

—Puede. ¿Y tú? ¿Volverás con tu marido?

—No.

—Vamos, Modestia. En cuanto volvió supe que lo nuestro estaba acabado.

Esforzándome por no levantar la voz, digo:

—Hace dos semanas dijiste que era fría y puede que tengas razón, porque eso no va a suceder. Echo de menos nuestra relación de antes, y no quiero que le pase nada malo, pero él y yo hemos terminado.

—Vale. —¿Está convencido? Quién sabe, ¿y acaso importa?

—¿Qué piensas hacer ahora para llenar tu vacío? —me pregunta.

—Nada. No hay nada que pueda hacer. —Es una verdad difícil de aceptar. Tendré que aprender a vivir con ese vacío imposible de llenar—. Josh, gracias. Por todo. —Me refiero, en especial, al sexo, pero no voy a mencionarlo porque no quiero que piense que estoy tonteando—. Fue… *bonito*.

—Sí —dice.

Ahora tengo ganas de llorar. Me levanto.

—Espero que seas feliz. Adiós, Josh.

Todas las burbujas de la galaxia han estallado. Los millones de chispas suspendidas en el aire se han convertido en ceniza mojada. Los colores se han apagado y el mundo se ha vuelto gris, gris, gris.

110

Lunes, 27 de febrero

En los días que siguen me siento como si me hubiera estampado contra una despiadada montaña de granito. El tiempo que he estado con Josh ha sido como bailar en un universo luminoso donde senderos de estrellas se formaban bajo mis titilantes pies. Ahora aquella música mágica se ha detenido y lo único que me queda soy yo y mis sentimientos.

Paso una semana sin noticias de Josh. Ni un correo, ni un mensaje de texto, ni siquiera un me gusta en Facebook. Comienza otra semana y Josh sigue sin dar señales de vida. Cuando la segunda semana está a punto de tocar a su fin, empiezo a relajarme.

Parece que lo nuestro ha terminado de verdad. Siento un gran alivio, pero no es completo: me avergüenza lo que le he hecho a su mujer. Incumplí mis propias normas y me siento fatal por ello. También me avergüenza haber utilizado a Josh. Aunque no fue un acto deliberado o cínico, ocurrió. A menos que todas las relaciones sean transaccionales. En cualquier caso, se acabó y no volveré a hacerlo. No con un hombre casado. De hecho, con ningún hombre. No quiero ningún hombre. No lo necesito. Me las apaño muy bien sola.

Reconozco, no obstante, que mi vida dista mucho de ser agradable o alegre.

Lo del trabajo me está costando porque paso la mayor parte del tiempo con la cuenta de EverDry, o sea, trabajando con *mi propia madre*. Si tenemos en cuenta que no quería ser embajadora, es increíble lo exigente que se ha vuelto: no le gustó la ropa cómoda que le pusimos para la sesión de fotos («Parezco una vieja»), no quiere el anuncio en ninguna de las paradas de autobús de su barrio («No vaya a verme algún conocido»), se niega a conceder entrevistas al *Guardian* («¿Con esta pinta?»), etcétera. Eso, sumado a que la señora EverDry le lleva la contraria con la misma testarudez, estos días ir a trabajar es como ir a la guerra.

No he visto a Neeve desde el sábado que se largó con su coche detrás de la furgo. Le envío muchos mensajes, puede que demasiados, y aunque mi tono es desenfadado, no encuentra el momento para venir a verme.

Y después de lo mal que fue nuestra última reunión, Hugh y yo no hemos vuelto a quedar para hablar de números. Sabe Dios que hemos de tener esa conversación; al parecer, sigue viviendo en el taller de Nugent. Desde la bronca solo nos hemos cruzado una vez, un día que dejó a Sofie y a Kiara en casa e intercambiamos un violento saludo con la cabeza. Ahora el asunto está congelado. De hecho, tengo la sensación de que todo está suspendido en un invierno perpetuo.

Y entonces, un lunes por la mañana, Alastair llega al trabajo con un gran ramo de llamativos tulipanes naranjas. Una explosión de vida y luz.

—¡Es como si hubieses declarado inaugurada la primavera! —digo.

—He pensado que necesitábamos algo.

—Sé que febrero es el mes más corto del año —digo—, pero este se me está haciendo eterno.

—Pasado mañana, 1 de marzo —señala Alastair—. ¡Tenemos razones para animarnos!

—Anoche tuve otro sueño horrible —anuncio a toda la oficina.

—*Nooooo* —gime Alastair.

Llevo una semana teniendo sueños sumamente vívidos que luego relato a mis colegas.

—No nos lo cuentes —me suplica Alastair—. Es peor que tener que admirar fotos de los bebés de los amigos.

Me da igual.

—Había un hombre —digo—. Era un vagabundo, hacía mucho frío y necesitaba unas botas nuevas, así que sacaba un billete de cien euros para él pero antes de que pudiera dárselo, me desperté.

—Me caen lágrimas por la cara—. Me puse muy triste.

—¿Está llorando otra vez? —pregunta Thamy desde la recepción.

—Sí —dice Alastair.

—Seguramente tenías los pies fríos —dice Tim—. Nuestro cuerpo crea historias para mantenernos dormidos.

Alastair menea la cabeza como si él tuviera la respuesta.

—¿Qué? —inquiero.

—Nada.

—Crees que estoy pensando que Hugh se ve obligado a dormir en el taller de Nugent, ¿es eso? Crees que me da pena.

—Te la da.

—Se lo merece, pero tengo derecho a que me dé pena.

—Me sabe mal verte llorar —dice Tim—, pero por lo menos has dejado de saltarnos a la yugular.

—Yo nunca te he saltado a la yugular. Solo salto a la de Alastair.

—Y a la mía —interviene Thamy.

—Porque me reservaste el vuelo que no era.

—¡No es cierto! —aúllan Tim y Alastair—. Te equivocaste tú.

Puede, pero me siento mejor culpando a otro.

—¡Ya ha salido! —dice Tim. Está hablando del vlog de Neeve y corro a echar un vistazo porque estos son los únicos momentos que la veo desde que se fue de casa.

Esta semana nos enseña su piso nuevo.

—¡Uau! —Alastair recula—. ¡Es un poco…!

—¿Ostentoso?

—Sí.

—Se ha pasado al lado oscuro. —Otra vez empiezan las lágrimas—. La han seducido el dinero y los contactos de ese capullo.

—Amy —dice Tim, y en su voz hay un tono de advertencia—, ¿por qué no te vas a casa y lloras a gusto?

Y mañana empiezas de nuevo, recuperada y lista para actuar con profesionalidad. Eso es lo que quiere decir.

—Hugh viene a casa esta noche —digo—. Tenemos que decidir cómo vamos a decirles a las chicas que no va a volver.

Tim y yo nos aguantamos la mirada.

—Exacto —digo—. El llanto va para largo.

—Si estás tan triste —dice exasperado—, ¿por qué no vuelves con él y punto?

Por el amor de Dios, ¿por qué *insiste* la gente en ser tan básica?

—No quiero estar con él, pero tengo derecho a estar triste.

Hugh y yo nos sentamos a la mesa de la cocina.

—El lunes que viene —digo—, o sea, el 6 de marzo, una semana antes de que termine el plazo, se lo diremos.

—Vale.

—Empezaremos diciéndoles lo muchísimo que las queremos —propongo.

—¿Quién de los dos debería decirlo?

—¿Qué tal si improvisamos sobre la marcha?

—Debemos presentar un frente firme. No podemos dudar porque eso las hará sentirse inseguras.

—Vale, tú dirás la primera parte y yo asentiré y sonreiré. Luego yo diré que aunque tú y yo ya no estemos juntos, siempre seremos una familia.

—¿Y yo asiento y sonrío mientras lo dices?

—Sí. —Señor, cómo me gustaría que ya hubiese ocurrido—. Pero puede que se enfaden, Hugh. O que lloren.

—Dejaremos que hagan lo que necesiten hacer.

—A lo mejor se enfadan contigo —digo.

—Me lo merezco. Lo soportaré.

Siento una punzada de culpa. Puede que Hugh no sea el único responsable del fracaso de nuestro matrimonio.

—¿Dónde se lo decimos? —pregunto—. ¿En qué estancia?

—Creo que en la sala de estar. Sentados a esta mesa sería demasiado formal.

—¿Nos sentamos juntos o yo en el sofá y tú en la butaca?

—La percepción externa es tu especialidad.

—Vale, nos sentaremos juntos en el sofá. ¿Cogidos de la mano?

—No.

—¿Para mostrar un frente unido?

—Eso solo las confundiría. ¿Crees que Neevey vendrá?

Lo dudo. Ya no viene nunca por aquí. De hecho, ni siquiera me escribe, excepto cuando quiere algo. La última vez necesitaba una foto suya de bebé con Richie. Por lo visto, han hecho la entrevista de «Valores familiares» para el *Sunday Times*.

—No contemos con ella —digo.

—Qué lástima que nos perdamos su cara de felicidad. —Su tono es irónico.

Tiene razón. Neeve estará encantada. O puede que hasta le dé igual.

—Bien —digo—, vamos a ensayar. Empieza tú.

—¿Te refieres a decir las palabras? ¿Ahora? Espera, dame un minuto. Bien. —Respira hondo y mira al vacío—. Sofie, Kiara —tiene la voz ronca—, Amy y yo os queremos mucho, mucho.

Yo asiento e intento sonreír, pero los labios me tiemblan.

—Te toca —dice.

—Hugh y yo no estamos juntos... ¿o debería decir «no vamos a volver»? —Lo miro en busca de confirmación y me seco las lágrimas con la manga—. Creo que es mejor «no vamos a volver».

—Amy...

—Qué triste todo, Hugh, qué triste.

—Lo sé, cielo. Ven aquí... Ven aquí —repite.

Y aunque sé que es una mala idea, me levanto, rodeo la mesa y me siento en su regazo. Es lo que siempre hacía cuando estaba disgustada. Lo más seguro es que luego lo lamente, pero durante unos instantes maravillosos me permito sumergirme en el consuelo de sus brazos, el calor de su cuerpo, el olor de su piel... Me estrecha con fuerza y luego, haciendo un gran esfuerzo, murmuro:

—Límites.

Me enderezo y contemplo su cara y ahí está, Hugh. *Mi* Hugh. Ocurre uno de esos saltos en el tiempo.

—Dios. —Me agarro la cabeza y me levanto.

—¿Qué?

—Nada, uno de esos saltos en el tiempo. A veces me olvido y creo que las cosas son como antes.

—Te entiendo, cielo, a mí también me pasa.

—¿En serio?

—Pues claro.

De vuelta en la seguridad de mi lado de la mesa, digo:

—Pero pasará, la situación se irá normalizando con el tiempo.

—¿Tú crees? —Me mira acongojado.

—Desde luego. Así es como funciona la vida. —Estoy de nuevo en mi silla—. Bien, volvamos a lo que estábamos haciendo...

Creo que después deberíamos decir que siempre nos ayudaremos. Todos. —Me interrumpo—. ¡Oh, Hugh! —Otro ataque de llanto.

—¿Qué pasa, cariño?

—Estás tan *flaco*.

—Estoy bien.

Esta noche soñaré con un hombre famélico y me despertaré justo cuando voy a darle de comer.

—¿No puedes comer? —pregunto.

—Bueno…

—Lo siento. —Soy sincera—. Siento no poder sanar mi corazón. Siento no poder sentir lo que sentía antes de ver esas fotos, pero no puedo evitar ser como soy.

—Por eso te quiero.

—No digas eso, Hugh, por favor. Oye, estaremos bien, los dos. Al final todo irá bien.

—Y si no va bien…

—¡No!

Ni Hugh ni yo podemos con esa cita de *Hotel Marigold*. La broma relaja el ambiente.

—Será mejor que lo dejemos por hoy. —Parece agotado—. Hasta el lunes.

—Hasta el lunes.

111

Lunes, 6 de marzo

La semana que paso aguardando tener esa conversación es la más dura hasta el momento. Estoy casi segura de que me siento peor ahora que al principio, cuando Hugh se fue, y eso me extraña.

Pero en aquel entonces estaba en estado de shock, ahora lo veo claro. Estaba conmocionada y desconcertada. Todavía no era consciente de todo lo que representaría su partida. Así conseguimos las personas soportar lo insoportable: nos exponemos al dolor que podemos aguantar en un día o un instante, y solo cuando hemos procesado ese dolor somos capaces de absorber otro poco.

Quizá eso explique por qué tardamos tanto en digerir las grandes pérdidas que sufrimos en la vida.

Con todo, voy dando pasos. A veces puedo medir mi progreso: mi incredulidad del principio ha desaparecido y las compras descontroladas han descendido a niveles normales. He dejado de intentar comportarme como si nada ocurriera, de manera que cuando me encuentro a gente como, por ejemplo, Bronagh Kingston, no adopto aquella actitud agotadora de falsa alegría. En lugar de eso, sin echarme a llorar en el hombro de nadie, digo que mi situación sigue siendo difícil.

Hasta la rabia ha amainado, al menos por el momento. Ahora mismo la emoción que predomina en mí es la pena, y con el tiempo también pasará. La ruptura de mi matrimonio nunca dejará de ser triste, pero el dolor no me paralizará como ahora.

A veces miro atrás y me pregunto cómo ha podido ocurrir. Viéndonos desde fuera, jamás habrías dicho que Hugh y yo podríamos separarnos algún día. Nunca nos hablábamos mal, no éramos personas gritonas. Pero supongo que las cosas no tienen por qué terminar con una explosión, también pueden acabar con un gemido.

Otras veces parecía evidente que Hugh y yo no duraríamos. No solo por el doble revés que supuso la muerte del padre de Hugh seguida muy poco después de la de Gavin y el impacto existencial que tuvo en Hugh. Yo debía examinar mis andanzas con Josh de hace dos veranos. ¿Por qué lo hice?

Todavía hoy sigo sin entenderlo. Lo único que se me ocurre es que lo hiciera porque no sentía ilusión por la vida. Pero millones de personas tienen vidas difíciles —no puede decirse que la mía fuera dura— y no por eso se ponían a flirtear con quien no debían.

Yo quería a Hugh, quería la familia que habíamos creado, y aun así quería más.

Se supone que debemos aprender de nuestros errores, pero si no entiendo *por qué* lo hice, nada impedirá que vuelva a cometerlos.

—Bien. —Intento sonreír a Kiara y a Sofie—. Hugh y yo tenemos algo que deciros.

—¿No deberíamos esperar a Neeve? —pregunta Sofie.

—Neeve no vendrá.

—Oh —dice Kiara—. En cualquier caso, ya sabemos lo que vais a decirnos.

Hugh y yo nos tensamos.

—Papá no va a volver a casa, ¿es eso?

—Sí, cielo —digo con la voz entrecortada.

—No os preocupéis —dice Sofie con dulzura.

Esto no está saliendo según lo planeado. Hugh y yo teníamos que soltar nuestro discurso tranquilizador a cuatro manos.

—Ya me lo suponía —dice Kiara—. Las tres nos lo suponíamos. Lo entendemos y nos sabe mal que estéis tristes.

—No debéis inquietaros por nosotras.

—Hemos tenido tiempo para acostumbrarnos a vivir sin ti —dice Sofie a Hugh.

Caray, eso está bien. Era la idea, después de todo.

—Pero seguro al cien por cien que seguiremos viéndote, ¿no? —pregunta Sofie.

—Al cien por cien —responde Hugh—. Siempre que queráis.

—Pero nosotras queremos veros a mamá y a ti juntos —dice Kiara—. No a ti por un lado y a mamá por otro, sino todos juntos.

—Eh... —Hugh me pasa la pelota con la mirada.

—Esto... ¡faltaría más! —respondo en un tono espantosamente jovial—. En los cumpleaños y esas cosas.

Sofie y Kiara cruzan una mirada. Está visto que Hugh y yo no somos los únicos que lo llevamos preparado.

—No solo en los cumpleaños —dice Sofie—. Queremos hacer cosas normales en familia.

—Por ejemplo, ver juntos *Crazy Ex-Girlfriend* los lunes —explica Kiara—, como hacíamos antes.

—Pero...

—No hemos hecho ningún drama de esto —nos recuerda Kiara—, ninguno, pero hay condiciones.

Miro impotente a Hugh. Está tan perplejo como yo.

—De acuerdo —digo, porque está claro que no tenemos opción.

Pero será extraño y agotador.

—¿Dónde vas a vivir? —pregunta Kiara a Hugh—. ¿Con Carl y Chizo?

—Eh, no. Estoy buscando piso.

¿Ah, sí? Bueno, ¿qué esperaba?

—Buena suerte con eso —dice Sofie—. Puede que Richie Aldin te alquile uno de los suyos.

—¡Claro! —dice Kiara—. De su «cartera de propiedades».

—¡Y solo te cobrará la mitad del precio de mercado!

—Qué tío *tan* legal.

—Tope legal.

Sofie y Kiara se tronchan y chocan los puños, y debo decir que me pone de buen humor oírlas pitorrearse de Richie.

—Así que no os preocupéis por nosotras —dice Kiara—. Siempre que actuemos como una familia una buena parte del tiempo, estaremos bien.

—Va... vale.

—Os quiero a los dos de aquí a la luna —declara Kiara.

—Yo os quiero de aquí al sol —dice Sofie.

—Pues yo os quiero de aquí a *Venus*.

—Venus está más cerca que el sol, boba.

—¿Ah, sí? ¡No!

—¡Seguro al cien por cien que sí! Entonces ¿hemos terminado aquí? —pregunta Sofie—. Porque tengo que estudiar. Tú también, Kiara, un *montón*… ¡«De aquí a Venus»!

—Sí, claro, desde luego. —El pobre Hugh intenta reponerse.

—Hasta mañana —dice Sofie.

—Hasta mañana. Clase de física —me recuerda Hugh.

Sofie y Kiara suben a sus cuartos y Hugh y yo nos miramos.

—Ha ido bien —digo.

—Sí. —Está pasmado.

—Son unas chicas muy maduras —digo—. Y serenas.

—Más que yo —asegura.

—Y que yo. Supongo que se han hecho mayores.

—Aunque siempre serán nuestras niñas.

—¡Para, Hugh, por Dios! —El subidón por lo bien que ha ido todo se esfuma de golpe y ahora quiero morir de pena.

—Odio hacer esto, Amy… pero tenemos que hablar de dinero.

Lo miro en silencio. Luego:

—Esto es interminable, ¿verdad? La separación que no acaba nunca. Está bien, ¿cuándo? Tendrá que ser en fin de semana porque estoy a tope de trabajo.

—¿El sábado?

—Vale.

112

Viernes, 10 de marzo

Cuatro días más tarde salen los anuncios de EverDry protagonizados por mamá. Su cara sonriente y algo retocada aparece de súbito en paradas de autobús y estaciones de tren de (una parte de) Irlanda y Gran Bretaña, con el eslogan inmortal: «Sigo divirtiéndome».

Veo uno cuando me escapo a la hora de comer para comprar un sérum difuminador y casi me da algo. Sabía que iba a ocurrir —después de todo, soy yo la que ha negociado con Adshel— pero es superextraño que tu madre pase de repente a ser un bien público.

Solo hace dos meses que se convirtió en embajadora, pero como estamos en una época del año tranquila para la publicidad, fue fácil agilizar el asunto.

Escribo un mensaje a Neeve para ponerla al corriente. En realidad solo es una excusa para comunicarme con ella. Son demasiadas las veces que le he dejado un mensaje patético donde río débilmente y digo: «¿Vamos a volver a verte algún día? Ja, ja, ja. Tus hermanas te echan de menos».

Así que me alegro de tener algo concreto que transmitir.

Neeve casi siempre ignora mis misivas. A veces me responde con un par de besos o corazones. La única vez que he recibido palabras de verdad desde que se independizó fue cuando le dije que Hugh no volvería a casa. **Bien**, escribió. Luego: **Ver Crazy Ex-Girlfriend con él cada lunes? Antes me pego un tiro.**

A mí tampoco me hace gracia la idea. De hecho, me hace tan poca gracia que el lunes por la noche, mientras esperaba a Hugh para jugar a la familia feliz, fui incapaz de comerme la cena.

«No puedo hacerlo», pensaba. «No puedo.»

Pero tenía que hacerlo, así de simple. Con el tiempo me acostumbraría. La gente acaba habituándose a circunstancias de lo más tremendas. Por ejemplo, a veces pienso en cómo sería trabajar en un matadero, o degollando pollos, trabajos que nadie *quiere* hacer. Pero si no te queda más remedio, los haces. Y es imposible que el asco se mantenga siempre en el mismo nivel, ¿no?

Estoy observando un cuenco gigante de palomitas dar vueltas en el microondas cuando Kiara dice:

—Ya está aquí papá.

Efectivamente, aquí está Hugh, entrando, según las instrucciones recibidas, con su propia llave.

—Hola otra vez —me dice.

—Caray —respondo, esforzándome por echarle humor al asunto—, ¡te veo tanto que es como si vivieras otra vez aquí! —Me refiero a la reunión que tuvimos el sábado por la tarde para poner orden en nuestras cuentas.

Señala su llave.

—¿Te parece bien que la use?

—¿No quedamos en eso? —Mi tono sigue siendo exageradamente desenfadado. En fin, es un proceso. Poco a poco. Pronto seremos de esas parejas divorciadas que siempre están entrando y saliendo de la vida del otro y son excelentes amigos.

Bueno, quizá no tan pronto. Pero algún día.

—¡Por cierto! —exclama Hugh—. He visto uno de los anuncios de tu madre en una parada de autobús. De la impresión casi me estampo con el coche —ríe—. Está fantástica.

—¡Sí! —aúlla Kiara—. ¿No es increíble? ¿La *abuela*?

—Me alegro por ella.

Y yo. También me alegro por mí, porque la señora EverDry ha pagado una prima a Hatch, un generoso fajo que ha ido directamente al enorme agujero de la cuenta conjunta que tengo con Hugh. Ahora estamos un poco más desahogados.

—Vamos, mamá, vamos, papá. —Kiara nos empuja hacia la sala de estar.

—Hay cerveza en la nevera —digo a Hugh.

—Oh. Ah. Gracias.

Parece un poco aturdido.

—¿Salto en el tiempo? —pregunto.

—Salto en el tiempo.

Le doy unas palmaditas torpes en el brazo.

—Es una mierda, lo sé, pero con el tiempo pasará.

—¡Sofie! —llama Kiara desde la escalera—. ¡Baja!

Sofie desciende a la carrera y los cuatro nos apretujamos en el sofá. Hugh y yo nos instalamos en los extremos, lo más alejados posible el uno del otro. Pese a lo mucho que se nota su ausencia, nadie menciona a Neeve.

Las palomitas pasan de mano en mano, Hugh y yo bebemos cerveza y todos vemos *Crazy Ex-Girlfriend*.

Es algo que antes hacíamos todos los lunes por la noche, pero somos incapaces de reproducir la experiencia. Es como comer brownies hechos con edulcorante artificial: tienen el mismo aspecto pero no saben igual.

Cuando se acaba el episodio tengo el ánimo por los suelos, pero Hugh y yo nos hemos tratado bien y estoy dispuesta a calificar la velada de éxito. Con excesivas prisas, las chicas se despiden de Hugh con un abrazo y se van a la cama, dejándome a solas con él en el recibidor.

—Ahora que me acuerdo —dice—, ya tenemos fecha para esparcir las cenizas de mi padre. El Sábado Santo.

—¿Oh? ¿Significa eso que... estoy invitada?

Se le nubla el semblante.

—¡Pues claro! Tú y las chicas sois parte de la familia.

—¿Todavía?

—¡Desde luego! Eso no ha cambiado.

—Dios, es tan extraño todo este nuevo protocolo para cubrir a las parejas separadas. Ya sabes, quién es invitado a los funerales y quién no.

Asiente con tristeza.

—Todavía no puedo creer que haya ocurrido. Nunca pensé que tú y yo nos separaríamos. Nunca pensé que seríamos de esas parejas.

—Yo tampoco. Creía que éramos diferentes.

—Supongo que todo el mundo se cree diferente.

—Hugh. —Las lágrimas que pujan por salir me oprimen la garganta—. Cuéntame lo de las cenizas.

—Como decía, será el Sábado Santo por la mañana, o sea, de aquí a cinco semanas, en Howth Hill. Luego comeremos en Maldive...

—¡Maldive! ¡Qué nivel! —En realidad quiero decir «Qué exageración».

—Lo sé —dice con expresión burlona—. Decisión de Chizo.

—Ahora lo entiendo.

—Lleva meses probando los restaurantes más caros de Irlanda.

—¿Y quién irá?

—Todos. John, Rolf y Krister desde Upsala, Brendan, Rita y sus hijos desde Manchester, Carl, Chizo y Noah, el Niño Prodigio, desde Foxrock, y tú, yo, Neeve, Sofie y Kiara desde Dundrum. —Se sonroja—. Quiero decir... quería decir... Sé que yo no vivo en Dundrum.

—Para.

Cruzamos una de esas miradas de estoica aceptación.

—¿Y Neeve? —pregunto—. ¿Estás seguro de que quieres que vaya?

—Papá la adoraba.

—¡Solo Dios sabe por qué!

—Venga, Neeve es buena chica. Así que, sí, Neeve también.

De golpe me asalta la pregunta:

—Hugh, ¿cómo llevas lo de tu padre y Gavin? —Estaba tan enfadada con él por haberme dejado que no sentía el menor interés por el duelo, sin duda en curso, de su doble pérdida.

—Bien.

—Hugh, responde como es debido.

Se revuelve.

—No lo sé, Amy. Los echo de menos. Pienso mucho en papá, en la época de mi infancia. Era un hombre muy bueno.

—¿Te sientes solo?

—Sí, pero... —Se interrumpe. Estoy segura de que iba a decir que se sentía solo por mí y por las chicas, además de por su padre y Gavin, pero no quiere dar la impresión de que me está culpando.

—¿Estás triste? —pregunto.

Pensativo, dice:

—Más que triste, asustado. —Suspira—. No sé, Amy, no conozco los nombres de la mayoría de mis emociones. Lo único que sé es que no estoy pirado, como lo estaba el año pasado, cuando sentía que tenía que largarme y vivir la vida a tope.

113

Viernes, 17 de marzo

El viernes por la tarde todavía es de día cuando me dirijo en coche a casa de mamá y papá. Es la primera vez en meses que a las seis y media no es de noche. Hago un cálculo rápido: los relojes se adelantarán una hora dentro de dos semanas. No hay duda de que la primavera ya está aquí.

Debería estar contenta por esta muestra visible de que el tiempo pasa: cada segundo me acerca un poco más a ese lugar mágico donde mi dolor habrá sanado. Hoy, sin embargo, estoy mal. Cada acontecimiento nuevo, cada cambio de estación, cada comienzo de un nuevo mes, es otro hito que me aleja un poco más de los tiempos en que Hugh y yo éramos una familia.

Cuando aparco frente a casa de mamá y papá hay dos niños jugando en el jardín de delante. Entonces veo que son Sofie y Jackson haciendo verticales. Sus carcajadas llenan el aire del atardecer.

—¡Hola, Aaa-myy! —exclaman cuando salgo del coche.

Me detengo a observarlos.

—Ayúdame —ordena Sofie a Jackson. Consigue una vertical pasable y Jackson le sujeta las piernas—. Ya puedes soltarme. —Pero en cuanto retrocede, Sofie se desploma sobre la hierba, donde yace boca arriba muerta de la risa.

—Ahora yo —dice Jackson—. Ayúdame.

Son adorables. De aquí a menos de tres meses ambos tendrán la prueba final de bachillerato. Están rompiéndose los codos y me alegra verlos divertirse de una manera tan inocente.

Temía que no fueran capaces de superar el trauma del embarazo de Sofie. Pensaba que acabarían separándose, pero parecen tan unidos como siempre.

—¡Amy!

Me doy la vuelta. Derry tiene abierta la puerta de la calle.

—¡Ven! —grita.

—¿Qué pasa? —Corro hasta ella.

—Mamá.

—¿Qué?

Pero la oigo hablar, por lo que no está muerta.

Instintivamente me precipito hacia la fuente de toda esa agitación: la sala de estar. Mamá tiene la palabra.

—... a mí —está diciendo—. ¡Sí, a esta vieja! Bueno, no tan vieja.

Joe está allí con Siena y Finn, Pip y Kit, además de Maura, El Pobre Desgraciado, Declyn, la Pequeña Maisey y Kiara. Y el pobre papá, naturalmente, con cara de no entender nada.

—¡Amy! —Mamá repara en mí—. *Espera* a oír esto. ¡El *Late Late Show* de esta noche! ¡Han quitado a Ed Sheeran para ponerme a MÍ!

Caray, es una gran noticia. Mamá ha de comenzar la parte mediática de su labor de embajadora el lunes, pero *The Late Late Show* había rechazado todas mis solicitudes para una entrevista.

—¿Soy increíble? —pregunta mamá—. Soy increíble, ¿verdad?

—Lo eres, uau... —La voz de Joe se va apagando.

—Insoportable —interviene Derry—. Esa es la palabra. O insufrible, si prefieres.

—Insufrible me gusta —dice Joe.

—¿PUEDE ALGUIEN CONTARME QUÉ ESTÁ PASANDO? —suplica papá.

—Kiara —ordena mamá—, llama a Neevey y dile que tiene que acicalarme. Dile que es *urgente*.

Se me acelera el corazón. ¿Cómo reaccionará Neeve? ¿Vendrá como una bala para ayudar a su abuela cuando a mí no me ha dedicado ni diez minutos desde que se fue de casa?

—COMO EL CABEZA DE ESTA FAMILIA, INSISTO EN QUE SE ME EXPLIQUE QUÉ ESTÁ PASANDO.

—Calla, abuelo —dice Kit.

—¡CALLA TÚ, MOCOSO!

Sofie ha aparecido a mi lado. Me tira de la manga.

—¿Puedo hablar contigo, Amy?

El estómago me da un vuelco.

—Tranquila —dice con una risita—, no estoy embarazada. Oye, en Semana Santa hay un curso intensivo de repaso en el Institute. ¿Puedo hacer los módulos de física y química?

Mis aspiraciones con respecto a Sofie siempre han sido modestas, solo deseaba que fuera feliz, pero de repente tiene ambiciones. Ha hecho la solicitud para estudiar fisicoquímica en la universidad y se lo está tomando muy en serio.

—Pero cuesta dinero. —Tuerce el gesto—. Mucho dinero.

—Deja que hable con Hugh —digo—. Pero no te preocupes, encontraremos la manera.

Nerviosa, vuelvo a lo mío. ¿Vendrá o no vendrá Neeve?

—Vendrá —me confirma Kiara.

En efecto, media hora después aparece con un aspecto caro y rutilante.

—¿QUÉ TE HA PASADO? —Papá la mira alarmado—. TE BRILLA TODO.

Me abalanzo sobre ella y la abrazo con tanta fuerza que dice:

—¡Ay! Por Dios, mamá.

—Mi pequeña. —Le cubro la cara de besos.

—¡No seas empalagosa! —Pero sonríe.

—Te he echado mucho de menos, cariño.

—No es razón para que me llenes de babas.

—¿Podemos hablar un momento en privado?

—Mierda. —Neeve lanza una mirada rauda a Sofie y a Kiara.

—No es nada malo, pero… mejor subamos.

Una vez en el dormitorio que funciona como sala adicional, digo:

—Resérvate el Sábado Santo. Vamos a esparcir las cenizas de Robert.

—¿Robert?

—El padre de Hugh. Cielo, ya *sabes* quién es Robert. Era.

Se le endurece el semblante.

—No voy a ir.

—Pero…

—No voy a ir. No era mi verdadero abuelo, no estoy obligada a ir.

—Pero… —Robert siempre fue muy cariñoso con Neeve.

—No. Voy. A. Ir. Ahora, si no te importa, he de arreglar a la abuela.

De repente, me enfurezco.

—¡Oye, ten un poco de respeto! Robert te quería. ¿Y sabes qué? ¡Que se lo debes a Hugh!

—¿A Hugh? —farfulla—. Estás de broma, ¿verdad? Hugh no es mi padre…

—Cuidó de ti muchos años, iba a recogerte a las fiestas y…

—¡Yo ya tengo un padre! Y no entiendo por qué vas *tú*. Hugh y tú ya no estáis juntos.

—Quiero que vayas —digo, inflexible.

—*¿Por qué?*

—Por *Hugh*. —Nuestras caras casi se tocan y estamos hablando casi entre dientes. Así fueron todos sus años de adolescencia.

—¿A qué viene tanta consideración? ¡Hugh se largó! Te humilló públicamente. No se merece que te preocupes por él. Es. Un. Capullo.

No lo es. Es un hombre que cometió un error. Un gran error, lo reconozco. Pero no fue cruel conmigo, no de manera deliberada. Durante mucho tiempo se portó muy bien con todas nosotras y se merece que estemos a su lado cuando se despida por última vez de su padre.

—Voy a ir. —La agarro del brazo—. Tú también irás, y no se hable más.

114

Lunes, 20 de marzo

La entrevista de mamá en *The Late Late Show* es un poco decepcionante. El éxito se le ha subido a la cabeza y no se acuerda de que está ahí solo para promocionar un producto. Apenas menciona EverDry, razón por la cual la señora Mullen lleva todo el fin de semana acribillándome con correos furibundos.

Además, *no* quitaron a Ed Sheeran para poner a mamá. Nadie sabe de dónde sacó esa idea absurda.

El lunes por la mañana Tim, Alastair y yo celebramos una reunión urgente para hablar de la necesidad de meter a mamá en vereda.

—Alguien tiene que ponerle los puntos sobre las íes. —Tim está muy serio.

—Yo no, te lo ruego—digo.

—De acuerdo. —Hasta Alastair parece asustado—. Yo lo haré.

¡Menos mal!

Últimamente casi no puedo con mi alma y Petra me ha ofrecido una explicación que tiene sentido: «Las personas que padecen un dolor físico constante están agotadas. Aguantar lo inaguantable las deja sin fuerzas, y deduzco que lo mismo ocurre con el dolor emocional».

Lo que me chupa la energía es tener que ver a Hugh. Ese miedo crónico está erosionando las paredes de mi estómago y la sensación de quemazón me despierta por las noches.

Pero Sofie y Kiara insisten en el juego de la familia-feliz-frente-a-la-tele de los lunes por la noche.

Hoy, una vez que Sofie y Kiara se han largado después de la serie, dejándome a solas con Hugh, hablamos de las clases de repaso de Sofie. Es mucho dinero, una suma de la que no disponemos.

—¿Aumentamos nuestro descubierto? —sugiero.

Tuerce el gesto.

—Dudo que el banco lo acepte.

—¿Pedimos un préstamo?

—Es una posibilidad. Lo más lógico sería utilizar el depósito de mi piso.

Tal como me temía, Chizo no permitió que Hugh regresara a su elegante choza. No sé si tragarme la historia de los familiares de Nigeria. Hugh, por tanto, sigue viviendo en el taller de Nugent, pero hemos reunido dinero suficiente para el depósito y el primer mes de alquiler de un piso pequeño.

—Pero Hugh, estás prácticamente en la calle.

Pone los ojos en blanco.

—Tengo un techo sobre mi cabeza, wifi y acceso a un cuarto de baño. ¿Qué más puedo pedir?

—Estás viviendo en un taller. ¡Oh, Hugh, qué triste todo!

—Ya basta, Amy. El taller es más acogedor de lo que crees y solo estamos posponiendo mi traslado unas semanas. Dentro de un mes tendré mi propio piso.

Si no nos cae encima otro gasto inesperado.

—Vamos, Amy, no te desanimes, no es ningún drama. Sofie podrá hacer el curso y yo tendré un piso dentro de un mes.

—Sí. —Casi con admiración, digo—: Míranos, Hugh, hablando de nuestras hijas, actuando como personas adultas y civilizadas. Vamos progresando.

—Sí. —Traga saliva—. Es cierto.

Nos miramos un poco desesperados.

—Hugh… quiero preguntarte algo.

—¿Sí? —Se pone en guardia.

—Cuando estábamos juntos, antes de que le diagnosticaran el cáncer a tu padre, ¿eras feliz? No respondas automáticamente que sí, medítalo, por favor. ¿Qué habrías cambiado de nosotros? No estoy hablado de dinero u otros aspectos externos. ¿Qué habrías cambiado de nuestra relación? Y no digas «Nada». Sé sincero.

Guarda silencio. Actúa como si estuviera pensando, pero estoy segura de que ya tiene la respuesta. Simplemente le da corte decirlo.

—El sexo —contesto por él—. Te habría gustado mejor sexo. ¿Diferente, quizá?

—Me habría gustado más sexo. Contigo —añade—. Solo contigo.

—Pero ¿te habría gustado que te enviara Snapchats picantes o mensajes subidos de tono?

—No habría estado mal, pero sobre todo me habría gustado que lo hiciéramos más a menudo. No era agradable sentirse como una bestia caliente sobándote cuando a ti no te apetecía.

—Siempre estaba cansada —digo a la defensiva.

—*Lo sé*. —Ahora es él quien se pone a la defensiva—. Sé que trabajas mucho, pero me has pedido que sea sincero. Era duro para mí desearte y saber que no tenía la menor posibilidad de arrimarme a ti. Y antes de que me taches de salido —añade con vehemencia—, echaba de menos la intimidad tanto como la parte física.

No me gusta lo que está diciendo. Me duele su crítica. Pero es lo que le he pedido, no es más de lo que ya sospechaba, y sé que tiene razón.

—Una vez que nos poníamos —digo—, me gustaba. Pasar de la posición vertical a la horizontal era la parte que encontraba...

—Inoportuna, irritante, una pérdida de tiempo cuando siempre había una comida que preparar, una lavadora que poner, ropa que mirar en internet—. Pero una vez que mi cuerpo reaccionaba, era... —De hecho, ahora que lo recuerdo, era fabuloso.

Hugh dominaba en la cama. Era grande, seguro de sí mismo y sabía lo que quería, nada que ver con su actitud relajada y amable fuera de la cama. No tenía un supercuerpo, durante los años que estuve con él nunca tuvo tableta de chocolate, pero era decidido y firme.

—Sentía que era el último de la lista —dice.

Y tenía razón. Tener sexo con él era un punto más de mi lista de tareas y estaba muy abajo.

—Es difícil saltar de repente de ser compañeros de casa y... colegas, a vernos el uno al otro como ardientes objetos sexuales —digo.

—Para mí no.

Pero para mí sí. Nadie espera convertirse en un cliché, pero es lo que ocurre.

—¿Cómo es la vida sexual de los demás? —me pregunto en alto. Porque la gente no habla de sexo—. Antes pensaba que el resto de la gente no paraba, que lo hacían mucho más que tú y yo. Luego me dije que era una simple fachada. Es difícil saber qué es lo normal.

—¿Qué habrías cambiado tú? —me pregunta Hugh—. Y no digas «Nada».

—Yo sentía que era la última en la lista de todo el mundo. Aunque ignoro si eso podría haberse evitado, porque no teníamos dinero suficiente para todo lo que cada uno de nosotros quería hacer.

—Lo siento. —Parece desolado—. ¿Es eso lo que te gustaba de Josh? ¿Que hiciera cosas como llevarte a Serbia?

—Me trataba como si fuera especial. Si tú me hubieras tratado de manera especial, habría pensado que lo hacías para llevarme a la cama.

Claro que cuando Josh me trataba de manera especial era por la misma razón, ¿no? Si nos hubiésemos autoengañado lo suficiente para construir una vida juntos, nuestra ardiente actividad sexual se habría apagado en menos que canta un gallo.

—Si hubiésemos tenido estas conversaciones hace dos años, quizá las cosas serían diferentes ahora.

—Pero no las tuvimos. Y no lo son.

115

Viernes, 14 de abril

Sigo al pie de la letra mi previsible rutina: *Crazy Ex-Girlfriend* con Hugh los lunes por la noche, Londres los martes y los miércoles, Dublín el resto de los días, Derry o Petra los fines de semana.

El trabajo sigue siendo demasiado frenético para poder con todo y genera ingresos demasiado modestos para calmar mi preocupación económica crónica.

La campaña de EverDry me mantiene ocupada hasta Semana Santa. Desde que Alastair le leyó la cartilla, mamá se ha comportado. Durante un par de semanas, entre finales de marzo y principios de abril, parecía estar en todas partes: en cada periódico, en cada programa de entretenimiento. Reconozco que una buena parte de toda esa cobertura era ligeramente condescendiente, pero ¿a quién le importa? No deja de ser publicidad.

El Viernes Santo, cuando terminamos de trabajar, se respira un ambiente de conclusión: una campaña de éxito que llega a su fin de manera satisfactoria.

La señora EverDry pasa por la oficina y nos regala a Tim, a Alastair, a Thamy y a mí un huevo de Pascua hecho con Maltesers. Con una alegre sensación de vacaciones, abro mi caja, retiro el aluminio, propino un golpe seco al huevo con el móvil y me llevo un buen pedazo a la boca.

—Lo mismo para mí —dice Alastair, y ataca el suyo. Un segundo después Thamy hace lo propio.

Tim nos mira con desdén.

—Vamos —se burla Alastair—, cómete el tuyo.

—Todavía no es Domingo de Pascua.

—Suéltate —dice Thamy.

—Por lo menos pruébalo —le tiento yo.

Borrachos de azúcar, insistimos hasta que sucumbe. La verdad es que nunca he visto a Tim tan distendido: corbata aflojada, pelo revuelto, pegotes de chocolate alrededor de la boca.

Alastair y yo nos desternillamos.

—¡Tim, pareces la monja que se zampa el chocolate en *Father Ted*!

Existe el peligro de que el comentario saque a Tim de su estado relajado. En lugar de eso, nos dice que nos larguemos a casa.

—No eres nuestro jefe —dice Alastair.

—Pero el mío sí. —Thamy está poniendo pies en polvorosa antes de que Tim anule la orden—. Y ha dicho que puedo irme. Feliz Semana Santa a todos.

—Marchaos —dice Tim—. Amy, Alastair, marchaos. Buena Semana Santa, que descanséis.

Mi plan es dormir, dormir y dormir. Pero primero hay que esparcir las cenizas de Robert.

El Sábado Santo luce ventoso y soleado cuando emprendemos el ascenso al cabo de Howth, donde Robert paseaba a su perro cada mañana y cada tarde. Le encantaba este lugar. Lleva la urna John, el mayor de los Durrant, que ha venido desde Suecia con su marido Rolf y su hijo Krister.

Apiñados detrás del fotogénico trío avanzan Brendan, Nita y sus tres hijas.

Yo voy detrás, flanqueada por Kiara y Sofie. Hugh camina con Carl, Noah, el Niño Prodigio, y Chizo, que va gritándonos instrucciones.

Neeve no ha venido y, ahora mismo, la odio.

La peor parte fue abajo, en el aparcamiento, cuando, al ver que el tiempo pasaba sin rastro de su veloz Audi, comprendí que no iba a venir.

—¿Neevey no viene? —me preguntó Hugh.

—Eso parece.

—En fin… —Parecía tremendamente apenado.

—Hugh. —Tenía la garganta hinchada y dolorida—. Lo siento.

—No pasa nada —dijo.

Pero sí pasaba. Era un rechazo a Robert, que había hecho el papel de abuelo biológico, y una bofetada aún mayor para Hugh, que ha querido y cuidado a Neeve durante tantos años.

—Deteneos —grita Chizo—. Este es un buen lugar.

Obediente, la procesión se para.

—Poneos en fila —ordena—. Coged un puñado de cenizas, decid algo y antes de esparcirlas miradme para la foto.

Nerviosa, pregunto a Hugh:

—¿Yo también?

—Claro —dice con vehemencia—. ¡Eres parte de esta familia!

John es el primero en coger un puñado de cenizas.

—Gracias, papá, por ser un gran padre. Me alegro de que ya no sufras. —Y lanza las motas al viento.

Después va Nita.

—Gracias, Robert —dice—, por criar a cuatro hijos fantásticos y acogerme en tu familia con los brazos abiertos.

Uno a uno, todos nos despedimos.

—Gracias, abuelo —dice Sofie—, por enseñarme a hacer agujeros con el taladro y por hacer de papá una persona tan bondadosa.

Me llega el turno. Para mis adentros, digo: «Gracias, Robert, fuiste un hombre maravilloso. Gracias por portarte tan bien con mis chicas, y aunque ya no estamos juntos, gracias por Hugh. Es un buen hombre porque tú le enseñaste a serlo». Y dejo que la brisa se lleve las cenizas.

—¡Bien! —Chizo da unas palmadas—. ¡Nos vamos!

El comedor privado del Maldive está suspendido sobre unos pilotes encima del mar. Un mantel blanco, cubiertos relucientes y copas que reflejan la luz cubren la larga mesa. Repartidos por la estancia hay preciosos —nada fúnebres— arreglos florales.

Chizo, una experta en esas cosas, retira con toda discreción la tarjeta de Neeve y ordena a un camarero que haga desaparecer su cubierto.

—La muy cerda me ha desmontado la distribución de los invitados —me susurra al oído.

Nos sentamos, yo entre Chizo y Kiara. Enfrente está Rolf y a su lado, Hugh. Preferiría que se hubiese sentado en otro sitio. Tenerlo delante todavía me hace daño.

Dirijo mi atención al menú cerrado. Hay opciones vegetarianas y veganas, la carne es ecológica y de proximidad, las verduras provienen de un huerto propio.

—Tiene muy buena pinta. —Rolf examina el menú. Muy educados, los suecos.

—Mmm, sí, deliciosa. —Para mi desconcierto, empiezan a caerme lágrimas.

—¿Amy? —Hugh suena preocupado—. ¿Estás bien?

—Sí. —Aunque al parecer estoy llorando. A lágrima viva.

—Pero...

—Ya la has oído. Está bien. —Chizo me planta un pañuelo de papel en la mano. Con ello me está ordenando que ponga fin al torrente de lágrimas.

Pero no puedo controlarlo.

—¿Por qué lloras? —susurra Chizo.

Porque Robert está muerto. Porque amaba a Hugh y Hugh me amaba y todo se ha ido a la mierda. Porque esta era antes mi familia y ya no lo es. Porque algo se torció y puede que la responsable sea yo. Porque todo es perdible. Porque el dolor es inevitable. Porque ser humano es insoportable.

—Síndrome premenstrual —respondo.

—No, hoy no. Serénate, Amy.

Se ha invertido mucho trabajo en esta comida, lo sé, y mucho dinero. Se ha cuidado hasta el último detalle y se espera que la gente muestre su dolor, pero con elegancia: algunas sonrisas tristes y, si las lágrimas resultan inevitables, que sean discretas y silenciosas, nada de hipos y llantinas.

—Deja de llorar —me dice Chizo entre dientes.

Y lo intento con todas mis fuerzas porque le tengo pánico.

—No puedo.

—Entonces ve al baño.

—Vale. Con permiso.

En cuanto la puerta del servicio de señoras se cierra tras de mí, mi llanto gana fuerza. Oh, no, ya está aquí Chizo.

—¡Contrólate! Este no es tu día. Vete a casa. Toma un taxi. No conduzcas.

—... ale.

Hugh está dando vueltas frente al servicio de señoras.

—¡Oh, Hugh! —Me arrojo a sus brazos y cuando me envuelve con ellos berreo en su pecho.

—Lo sé, cielo, lo sé.

Levanto la vista.

—¿Lo sabes?

—Claro. —Él también está llorando, y nuestras lágrimas están siendo derramadas por mucho más que la pérdida de Robert.

—Voy a llevarte a casa —dice.

La gratitud me vuelve débil.

—¿Qué? —espeta Chizo—. Ni hablar. No puedes irte.

Tiene razón.

—Quédate —le digo a Hugh—. Por favor. Estoy bien.

—No estás bien.

—Tú has de quedarte. —Chizo chasquea los dedos y, como por arte de magia, Kiara se materializa, seguida de Sofie.

—Llevaos a vuestra madre a casa —ordena Chizo.

—Necesito mi bolso —digo—. Y debería despedirme.

Me cuelo en el comedor antes de que Chizo pueda frenarme, pero me da alcance, agarra mi bolso y me empuja hacia la puerta mascullando:

—Quería mucho a Robert, mucho. Está desconsolada. Pero seguid disfrutando. Enseguida llegan los *amuse-bouches*.

116

Lunes, 1 de mayo

Pasan los días y sigo sin saber nada de Neeve. Eso me causa un dolor terrible. La semana toca a su fin y empieza otra, y me pregunto si algún día volveremos a hablarnos.

Pero hay otras cosas de las que preocuparse: hemos entrado en mayo, lo que quiere decir que falta poco más de un mes para los exámenes de Sofie. Solo tiene cinco semanas para aprender todo lo que necesita saber. No estoy sola en mi preocupación; todos los padres y madres del país con hijos a punto de terminar el bachillerato están como yo.

Sofie necesita alimentarse bien para sobrevivir a esta maratón, de modo que, confiando en que se las coma, le compro veinte barritas energéticas. Entonces, aunque parezca un milagro, me planta delante una lista de alimentos: aguacates, huevos, salmón, bayas, almendras y pipas de calabaza.

—¡Por supuesto! —respondo eufórica—. Ahora mismo voy a comprarlos.

—Tranqui. —Se está riendo—. Oye, he pensado que necesito un trabajo para el verano. Tengo que ahorrar dinero para cuando empiece la universidad en septiembre.

Suponiendo que la empiece. *Si* saca las notas exigidas. La física es su asignatura hueso y, pese a lo mucho que me gustaría ayudarla, le sería más útil si necesitara clases de marciano. Hugh, sin embargo, sabe de ciencias y ha estado trabajando con ella. (A veces me pregunto si Sofie eligió ciencias solo para demostrar lo mucho que se parecen ella y Hugh.)

—¿Crees que Derry podría ayudarme a encontrar trabajo? —me pregunta.

Caray, no lo sé. Puede.

—¿En qué clase de trabajo has pensado?

—Camarera de hotel, por ejemplo. Preferiblemente en Europa, porque pagan mejor que en Irlanda.

Caray, lo tiene todo pensado.

—¿Solo para ti o también para Jackson?

—Solo para mí. Y puede que para Kiara.

—¿Y Jackson no? ¿Ocurre algo?

—Este verano va a trabajar con su padre. No hemos cortado, si es lo que estás pensando.

Bien, me alegro. Pero… tengo que decirlo.

—Cariño, Jackson y tú estaréis tres meses separados. Estáis en una edad en que la gente cambia mucho.

Su mirada se torna brillante y sorprendentemente sabia.

—Los dos somos conscientes de eso. Pero seguiremos juntos. Lo hemos hablado y lo tenemos claro.

Ya, pero ¿y si Sofie conoce a otro chico y le asalta el sentimiento de culpa?

—Conocerás a gente de todo tipo. No es tan inimaginable que te guste otro…

—Estoy con Jackson. Nos pertenecemos el uno al otro.

—Lo único que digo, cielo, es que separarse tres meses tiene sus riesgos.

—Todo tiene sus riesgos, Amy. En las relaciones no hay garantías de nada. Pero queremos seguir juntos y hemos decidido luchar por lo nuestro.

—Eh, muy bien, entonces. —Tengo la sensación de que debería decir algo más, pero no se me ocurre qué.

Por suerte me suena el móvil.

—¿Mamá?

—Amy, ¿vais a darme más trabajo de embajadora?

—No, mamá. ¿No te lo dijo Alastair?

—Sí, pero pensaba que a lo mejor todavía les podía interesar.

—Estoy segura de que interesas mucho. —¡Dios, la fragilidad del ego!— Pero la señora EverDry ya está satisfecha con todo lo que has conseguido, de modo que no hay ninguna necesidad de hacer más.

—A mí no me importa. Ni siquiera tiene que pagarme.

Pero tendría que pagarnos a los chicos y a mí y eso no va a ocurrir.

—Mamá, la campaña ha terminado. Ha sido todo un éxito y deberías estar orgullosa.

—Me cuesta volver a mi vida ordinaria, atrapada en casa con papá.

—¿No está Dominik? Puedes salir cuando te apetezca.

—*Síí*. Lo sé. Es solo que…

He visto esto antes, la caída después de la fama. Es brutal.

El segundo martes de mayo se celebran en Londres los Premios de la Prensa. Fue en ese mismo evento hace dos años donde me insinué a Josh y lo invité a subir a mi habitación. Me cuesta creer que yo —*yo*— me comportara de aquella manera tan atolondrada. Puede que Josh esté aquí esta noche y me da miedo encontrármelo, pero todo discurre sin contratiempos. Los discursos y la entrega de los premios tienen lugar sin que mis ojos tropiecen con él.

Entonces, justo cuando finaliza la parte formal de la noche y la gente empieza a circular, lo vislumbro charlando animadamente con un grupo de unas seis personas.

Se me seca la boca. Es la primera vez que lo veo en casi tres meses. No está mirando en mi dirección y eso me permite observarlo con disimulo. Para mi sorpresa, es muy diferente de como lo recordaba.

Entonces lo encontraba muy atractivo, muy sexy, pero aquí, en el salón de baile de este hotel, en medio de toda esa gente, parece, en fin, parece un hombre *vulgar y corriente*. Debí de proyectar en él una buena dosis de mis fantasías porque durante todo ese tiempo me pareció extraordinario.

Me vienen imágenes de aquella noche de hace dos años. Solo era la tercera vez que veía a Josh y lo invité a mi habitación. ¿Cómo pude hacerlo? En serio, ¿*cómo pude*?

Para colmo, al día siguiente volví a casa, me senté con Hugh en la cocina y lo atormenté con turbias alusiones.

Más tarde Hugh me dijo que había sabido que algo pasaba y le creí. Pero ahora, y eso me sorprende, puedo *sentirlo* de una forma visceral. Es como si la culpa hubiese iluminado cada una de mis células: mi cuerpo entero rezuma culpa.

¡*Por supuesto* que Hugh lo sabía! Mi atolondramiento, mis astutas insinuaciones, mi empeño en tener sexo la noche que volví de Londres: todas las señales de que había pasado algo con otro hombre estaban allí.

Y Hugh tenía razón cuando dijo que durante el tiempo que duró el flirteo estuve diferente: tenía cambios bruscos de humor y me irritaba con facilidad. De vez en cuando lo compensaba con una simpatía desbordante que me duraba muy poco.

Me compraba ropa más sexy, zapatos más altos. Hasta mi ropa interior era más sugerente. Me recuerdo sentada frente a Josh en aquel restaurante donde solíamos comer, excitada por el mero hecho de saber que mi sujetador y mis braguitas eran de delicado encaje negro.

Me doy la vuelta en el concurrido salón de baile. No quiero que Josh me vea. Y lo que es más importante, no quiero verlo *yo* a *él*. Porque estoy avergonzada. Estoy terriblemente avergonzada.

Peor aún, estoy triste. Qué solo debió de sentirse Hugh durante los tres meses que duró aquello. Hasta ese momento yo era su mejor amiga, compartíamos un mismo cerebro, y de la noche a la mañana me convertí en una extraña insensible. Fruto del egoísmo, más que de una crueldad consciente, pero aun así.

117

Miércoles, 17 de mayo

Cuando me despierto en la habitación de invitados de Druzie, la vergüenza sigue ahí y me acompaña todo el día. Necesito hablar con Hugh. Tengo que disculparme.

Mientras espero en el aeropuerto la salida de mi vuelo, Derry me escribe para decirme que ha conseguido trabajo para Sofie y Kiara. Impulsivamente, la llamo porque necesito desahogarme con alguien.

—¡Bien! —Se embarca en la buena nueva—. Trabajarán de camareras de piso en un lujoso balneario de Suiza. Pagan muy bien. Espero que no me dejen mal.

—Seguro que no, seguro que no. —Por supuesto confío en que se comporten, y debo decir en honor a ellas que limpian muy bien.

—Ames, ¿estás bien?

—Eeeh. —Me agito—. Anoche vi a Josh.

—*¿Qué?*

—No de esa manera, él no me vio, pero tengo un terrible ataque de culpa. Con respecto a Hugh, quiero decir. Todas aquellas semanas que quedaba a comer con Josh, Hugh sabía que algo ocurría, y sé que han pasado ya dos años, Der, pero aun así estoy fatal. Me siento muy culpable.

—Y luego Hugh se largó a Tailandia. Relájate, estáis empatados.

—No se trata de empatar, Derry. Los dos nos equivocamos. Me cuesta reconocerlo, pero fui mala con Hugh.

—¿Y qué piensas hacer?

—Quiero arreglarlo. Quiero aliviar su dolor.

—Lo más probable es que ya lo haya superado.

Eso no me hace sentir mejor, así que me despido y llamo a Hugh. Contesta al segundo tono.

—¿Amy? —Suena preocupado—. ¿Va todo bien?

—Genial. Pero ¿puedes venir a mi... a nuestra... a casa más tarde? Solo para charlar un momento. Estoy a punto de tomar el avión. Estaré allí dentro de un par de horas.

Cuando entro en casa, Hugh ya está allí. Sofie y Kiara van de aquí para allá. Parecen nerviosas. Imagino que cualquier reunión inesperada entre Hugh y yo es causa de preocupación. Los matrimonios rotos son un auténtico horror.

Hugh se levanta al verme.

—Nosotras... esto... —Sofie y Kiara se esfuman.

—¿Te apetece algo? —me pregunta Hugh—. ¿De beber? ¿De comer?

Su actitud solícita me remonta inevitablemente a aquella noche de hace dos años: Hugh acababa de recoger los quesos de la oficina de correos y me sirvió un plato cuando llegué.

—No, gracias —farfullo—. Vamos a la sala. —Necesito salir de la cocina, no soporto ese recuerdo.

Una vez que nos hemos sentado, comienzo.

—Hugh, quiero pedirte perdón.

—¿Por?

—Por el verano de hace dos años, cuando estuve flirteando, esto, con Josh y tú lo sabías. Siento haberte hecho daño y causado angustia. Entonces ya me sentía culpable, pero ahora es aún peor.

—No importa.

—Sí importa. Hice algo terrible, no puedes... dejarlo pasar sin más.

—Entiendo tus razones —dice—. La monotonía, el estrés, la preocupación constante por el dinero. Josh fue una válvula de escape. Hay gente que bebe o le da por correr, algo que le genere endorfinas.

—No. —No merezco su absolución—. Tenía una vida estupenda, pero quería más. Algo que me motivara. No entiendo por qué.

—Pero...

—Cuando te fuiste, fue porque querías dos vidas: ser un hombre de familia y un hombre soltero. No me gustaron tus razones pero ahora las entiendo, de hecho, las entiendo mejor que las mías.

—Oye. —Su voz suena cansada. O puede que solo triste—. Lo hecho, hecho está.

—Ojalá no. Todo esto es un desastre, y muchas veces no entiendo cómo pudieron torcerse tanto las cosas.

—Amy, si pudieras volver al momento en que conociste a Josh, ¿actuarías de otra manera sabiendo cómo han ido las cosas?

—Sí. —No me cabe la menor duda—. Tú y yo hemos perdido algo muy… —siento una opresión en la garganta— muy bonito. Pero es demasiado tarde.

Asiente.

—Por cierto, he encontrado piso.

Es una buena noticia, pero la siento como otra vuelta de la cuchilla que está partiendo en dos nuestra vida en común.

—Está en Tallaght.

Tallaght se encuentra en el extremo oeste de Dublín. Pobre Hugh, tan solo allí, tan lejos de su familia. Pero nosotras ya no somos su familia. Bueno, yo no.

—¿Es… agradable? —pregunto.

—Está bien. Pequeño, pero bien.

—Siento pena por ti.

—No la sientas. Me lo merezco.

—Ya basta, deja de hablar así. ¿Hugh? —pregunto—. ¿Seguiremos haciéndonos regalos de cumpleaños?

—Eeeeh. —El brusco cambio de tema lo desconcierta—. ¿Por qué lo preguntas?

—¿Qué pasará cuando mi suscripción del club de los quesos se acabe en julio? ¿Dejaré de recibir los quesos cada mes?

Se ríe.

—Un mundo sin queso, ¡qué ocurrencia! —Se lleva la mano al corazón—. Cielo, te prometo que mientras viva recibirás tus quesos cada mes.

Entonces ocurre: mi corazón se llena de un sentimiento cálido. Es amor. Amor por Hugh. Debe de ser la última fase del duelo.

Obviamente, esto no es el *final*, final: dos pasos adelante, un paso atrás. No se ha producido una parada total, a partir de ahora no reinará un completo equilibrio. Lo más seguro es que retrocederé de vez en cuando a la amargura, la tristeza y la rabia. Pero he experimentado la paz de la aceptación, por lo que existe una prueba de que es posible.

118

Jueves, 1 de junio

—La gente bromea sobre el tema. —Entro en mi cocina un jueves por la tarde y me encuentro allí a Hugh—. Pero juro que los padres con hijos en época de exámenes lo pasan peor que los alumnos. —Dejo un montón de bolsas del súper en la mesa—. ¿A qué debo el honor? —pregunto—. ¿Física?

—Física. —Parece muy, muy cansado.

Como falta menos de una semana para la prueba final de bachillerato, se está fraguando una feroz ola de calor. Ocurre cada año en época de exámenes.

—¿Qué hay aquí? —Hugh me ayuda a vaciar las bolsas.

—Multivitaminas para tener buena salud todo el año, B6 y B12 para los nervios de Sofie, *kava* para mantenerla tranquila, *ginkgo biloba* para la atención. Rescue Remedy, aunque puede que me lo tome yo. Y esas botellas de vino son para mí… y supongo que para ti. Ten. —Abro el frasco de multivitaminas y le tiendo una—. Tómatela. Nosotros también hemos de aguantar el ritmo. —Los exámenes de Sofie duran hasta el 20 de junio.

—Van a ser dos semanas intensas.

—Casi no quedaba nada en los estantes de la tienda naturista —digo—. Parecía que la hubieran saqueado. Todos los padres del país deben de estar con el mismo rollo.

Decido abrir una botella de vino y dejar que Hugh vacíe el resto de las bolsas.

—Uau. —Está mirando paquetes de espinacas y cajas de huevos—. ¿Son para ella?

—Ricos en vitamina B —digo, sintiéndome como una supermami. Dos sorbos de vino y ya me noto achispada.

—¡Percy Pigs! —exclama.

—¡Ni los toques! Son de Sofie, para cuando empiecen los exámenes.

—Pensaba que el azúcar era un invento del diablo.

—Pero proporciona pequeños chutes de energía mental. —Luego añado—: O eso dicen. Es tan difícil saber qué es lo mejor. —Le tiendo una copa de vino—. Hay veces que me entran ganas de presentarme yo a los exámenes. Pero ¿qué sé yo de física y química? Podrías presentarte tú.

—Dudo que pudiera pasar por Sofie.

—Y yo. —Es demasiado corpulento, demasiado peludo—. Necesitas un corte. —Entonces exclamo—: Ostras, lo siento. ¡Salto en el tiempo! Aunque cada vez son más espaciados.

—Sí.

—Y al final cesarán del todo.

—Qué ganas tengo. —Hugh sonríe y, transcurridos unos segundos, yo también.

—¡Bien! —Sofie irrumpe en la cocina—. Manos a la obra. ¿Eso es *vino*? ¡No, papá! Te necesito con la cabeza superclara.

Se sientan a la mesa de la cocina y se enfrentan a una ecuación que tiene aspecto terrorífico. En un arrebato de conmiseración, dejo, con mucha discreción, la bolsa de Percy Pigs junto a Hugh.

Hace una noche tan calurosa que Kiara y yo nos sentamos en el pequeño jardín de atrás. Me excedo con el vino, me tumbo sobre la hierba y disfruto de la sensación de tomarme un descanso en medio del agotamiento. Aguantar los duros horarios de Sofie es tan extenuante que me duele todo el cuerpo. Mis lumbares disfrutan de la sensación de ser empujadas contra el suelo. Cuando Kiara me da un codazo y dice «Mamá, estás roncando», me doy cuenta de que me he dormido.

En la cocina, Sofie y Hugh siguen lidiando con el problema de física.

—Buenas noches —digo—, me voy a la cama.

—Yo también. —Kiara bosteza.

Sofie y Hugh levantan la cabeza. Tienen los ojos rojos.

—Papá —dice Sofie—, creo que deberíamos parar, dormir y hacer otro par de horas por la mañana.

—Vale.

Hugh se pone en pie y al estirar los brazos para desperezarse se le levanta la camiseta y le veo la barriga. Siento el deseo de posar mi mano en ella. Cruzamos una mirada y me pongo roja.

—Quédate —dice Kiara.

—Sí —la secunda Sofie—. Duerme en el sofá y mañana nos levantaremos a las seis. Mamá, ¿hay un edredón extra?

—Puede usar el de Neeve.

Kiara sube los escalones de dos en dos y reaparece con un juego de sábanas, una almohada y un edredón. Sofie y ella le hacen la cama en el sofá de la sala de estar y se empeñan en arroparlo.

—Que duermas bien, papá —dice Kiara, y le da un beso.

—Sí, que duermas bien. —Sofie le da otro beso—. Mamá, dale un beso de buenas noches a papá.

—¿Que le dé un beso? A saber dónde ha estado esa boca. —Lo he dicho en broma, pero mi tono es amargo.

—¡Mamá! —se escandaliza Kiara.

—Lo siento. —Miro a Hugh—. Lo siento, ¿vale?

—Vale. —Ha adoptado su voz templada, pero sospecho que no es así como se siente.

En cuanto Sofie y Kiara se han ido a la cama, me vuelvo hacia el sofá y digo con frialdad:

—Puedo estar resentida el tiempo que me plazca. No hay un plazo para eso. —Estoy furiosa, tan furiosa como la noche que regresé de Serbia.

Justo cuando creía que el final estaba cerca, la rabia y la tristeza arremeten de nuevo. ¿Cesarán algún día?

Fue el calor de su cuerpo lo que me dijo que había entrado en el dormitorio. Se acercó a la cama con sigilo y me incorporé para recibirlo, tomando su cara entre mis manos, deslizando las palmas por la aspereza de su barba. Dejé ir un suspiro de alivio y acerqué mi boca a la suya. Él movió los labios para acoplarlos a los míos y, oh, el impacto de la amada familiaridad. «Hola, te he echado de menos.»

Todo, su sabor, su piel, era perfecto.

«Es él, es el adecuado.»

Fue exactamente como siempre: su tamaño, su seguridad, el

aplomo con que manejaba mi cuerpo. Nos movíamos juntos en perfecta sincronía. Hugh siempre había tenido un don para intuir lo que me gustaba. Sin torpezas, sin dudas, solo una fluida mezcla de sexo y familiaridad.

Tras llegar a un cierre increíblemente apasionado, me sentí —quizá sea una manera extraña de describir el sexo— profundamente reconfortada.

¿Qué norma dice que el sexo solo puede ser genial si es salvaje y frenético? El sexo manido puede ser tan bueno como el sexo con un desconocido.

Cuando me despierto, tardo unos segundos en comprender que solo ha sido un sueño. Era tan gráfico, tan intenso, que estoy convencida de que todavía puedo oler a Hugh en la habitación.

¿Por qué he tenido ese sueño? A lo mejor es un aviso de que Hugh y yo estamos acercándonos más de lo conveniente y he de ir con cuidado.

Lo más probable es que solo sea una parte más del duelo. He soltado la parte sexual de nuestra vida en común. Pronto no quedará absolutamente nada y seré libre.

119

Jueves, 22 de junio

Sofie hizo su último examen el miércoles y en cuanto acabó, ella y Jackson salieron a celebrarlo. Sigue desaparecida en combate cuando llego del trabajo el jueves por la tarde.

De hecho, no hay nadie en la casa. Kiara está cuidando a los hijos de Joe.

Esto es algo a lo que tendré que acostumbrarme, porque dentro de unas semanas Sofie y Kiara se irán a Suiza. Viviré sola por primera vez en toda mi vida.

Sabía que este momento llegaría, pero como toda mi energía estaba en modo exámenes, no he tenido tiempo de interiorizarlo. Se me hará extraño. Sentiré la casa tremendamente vacía. Pero me acostumbraré. Pese a lo doloroso que ha sido, me he acostumbrado a vivir sin Hugh.

En general, los dos lo llevamos bien. Es cierto que mis recurrentes explosiones de ira no son agradables, pero podría ser peor.

Me paseo por la casa incapaz de concentrarme en nada. Después de la extenuante maratón de exámenes de Sofie, este vacío repentino me hace sentir como si me cayera por un abismo. Hugh, mi compañero de armas las últimas semanas, parece la persona adecuada a la que llamar.

—¿Qué haces? —le pregunto.

—Nada en especial. Me siento extraño, de repente no sé qué hacer conmigo.

—¡Yo tampoco! —contesto—. Estaba pensando que nosotros también nos merecemos una celebración por el final de los exámenes. Hemos trabajado tanto como Sofie, bueno, tú por lo menos. ¿Salimos a tomar una copa?

—Vale.

—El Willows tiene terraza. ¿Cuánto tardas en llegar?

—Depende del tranvía.

—Yo salgo ahora. Date prisa.

Me pongo unas sandalias de tacón y un vestido años cincuenta de algodón azul lavanda y paro un taxi. Una vez dentro, he de esforzarme por aplacar la ira del taxista cuando se entera de que mi destino está a menos de tres kilómetros.

—Podría ir a pie —protesta.

—Con estas sandalias, imposible. Le daré una buena propina. Ahora a callar, que estoy de buen humor y quiero que me dure.

—¿Ha quedado con un hombre? —Me mira por el retrovisor.

—No. Bueno, sí.

Cuando llego, Hugh, ante mi sorpresa, ya está en la terraza y ha encontrado una mesa.

—¿Cómo es posible? —le pregunto.

—Dijiste que me diera prisa. Estás muy guapa —dice—. ¿Uno de los hallazgos de Bronagh?

—Sí. Lo estreno hoy. Tú también estás guapo.

—Este vestido resalta el azul de tus ojos.

—Esta camisa resalta el azul de tus ojos. —Es la de cuadros negros y azules, una de mis preferidas.

—Búscate tus propios cumplidos —dice—, no me copies los míos.

El camarero deja en la mesa una copa de vino blanco para mí y una botella de cerveza para Hugh.

—¿Por qué brindamos? —pregunto.

—¿Por que Sofie saque excelente en todo?

—¿No es demasiado ambicioso? —pregunto nerviosa—. Quizá deberíamos brindar solo por su felicidad.

—¿Qué tal «Por que Sofie sea feliz, y si esa felicidad incluye sacar excelente en todo, tanto mejor»?

—¡Perfecto! —Chocamos las copas.

—Me siento como si hubiéramos pasado un mes en un sótano sin lavarnos y comiendo solo guarradas… Estoy hecha polvo —digo—. ¿Tú no?

—Sí.

No lo parece. Tiene un aspecto estupendo. Demasiado delgado

aún, pero tiene buena cara y va bien arreglado. Lleva la camisa planchada, la barba recortada y el pelo...

—¡Oh! Te has cortado el pelo.

—Me dijiste que me lo cortara.

—¿Haces todo lo que te digo? —Comienzo la frase en un tono ligero y burlón, pero cuando llego al final me descubro al borde de las lágrimas.

—¿Estás bien, cielo?

En tono acusador, digo:

—Ahora que han terminado los exámenes, ya no hay razón para que vengas cada día a casa.

Me mira angustiado.

—Me he acostumbrado y tendré que empezar otra vez a desengancharme —digo.

—Lo siento.

—No tendrías que haberte ido.

—Ojalá no lo hubiera hecho.

—No se te ocurra volver a hacerlo.

—No lo haré.

—Oye, haz lo que quieras. Ahora eres un hombre libre.

—No lo soy. Siempre seré tu hombre.

Lo miro en silencio y recojo apresuradamente mis cosas.

—Será mejor que me vaya —digo—. Lo siento, creía que iba a poder con esto, pero...

Cuando llego a casa, Sofie ha reaparecido. Está flanqueada por Kiara y, para mi sorpresa, Neeve. Que yo sepa, Sofie y Kiara apenas han cruzado palabra con Neeve desde su no-aparición en el homenaje a Robert de hace dos meses.

—Mamá —dice Neeve sin preámbulos—, tienes que ver algo.

—¿Ah, sí? —Me inquieto al instante.

—No estoy pidiéndote permiso, te lo enseño solo por cortesía.

¿Qué demonios...?

—Adelante.

Pulsa play en su iPad y algo se pone en marcha. Un vídeo casero, por la manera en que baila. Está filmado en blanco y negro y alguien —una mujer, a juzgar por los zapatos— camina por un espacio concurrido que al principio me parece un centro comercial pero luego, con creciente pavor, veo que es el aeropuerto de Dublín.

Entonces la voz de Neeve dice: «Una de cada tres mujeres en el mundo tendrá un aborto durante su vida».

El alma se me cae a los pies.

«El índice de abortos en Irlanda es el mismo que en el resto del mundo», dice el iPad de Neeve, «pero en Irlanda el aborto es ilegal, por lo que las mujeres tienen que viajar a otros países para tener acceso a ese servicio.»

Me vuelvo rauda hacia ella.

—¡Neeve, no! ¡No puedes hacerle eso a Sofie!

—No sale nada que la identifique —dice la Neeve Real al mismo tiempo que Sofie dice:

—Amy, quiero que Neeve cuente mi historia.

La Neeve del iPad dice: «Mi amiga se saltó la píldora un día y aunque se tomó la pastilla del día después, se quedó embarazada. Es joven, no tiene dinero y no estaba preparada emocionalmente para ser madre. Viajé al Reino Unido con ella.

La película es todo movimiento, no se ve ninguna cara, pero sí se ve el aeropuerto de Dublín, el panel de salidas, el interior del avión, el metro. Por lo visto Neeve tuvo el móvil encendido todo el rato. Pero cuando sale la habitación de invitados de Druzie, me sulfuro.

—¿Sabe Druzie que su piso sale en tu…?

—Está de acuerdo.

Después de dejar claro que «la amiga embarazada» está representada por una actriz, una mujer a contraluz describe todo lo que le pasó a Sofie como si le hubiera ocurrido a ella: el pánico, la vergüenza, el malestar físico, el coste exorbitante.

«¿Por qué nuestro país hace eso a nuestras mujeres y chicas?», pregunta la Neeve del iPad mientras vemos a Sofie (pixelada) montándose en el carro del equipaje, demasiado débil para poder caminar.

«Nuestro índice de abortos es el mismo que el del resto de los países del mundo desarrollado. ¿Podemos dejar de hacer ver que no ocurre?»

Neeve siempre pone en sus vlogs el enlace de los productos que muestra para que la gente pueda comprarlos. Esta semana ha puesto el enlace de Aer Lingus, los taxis londinenses, la oficina de turismo de Londres, la web de Marie Stopes, etcétera, y la suma total supera los dos mil euros.

—Esto ocurrió hace seis meses —dice la Neeve del iPad—. Mi amiga ha seguido adelante con su vida y no lamenta su decisión.

No sé qué decir. Me preocupan Neeve y Sofie, y también —para mi vergüenza— mamá: dada su conexión con la web de Neeve, podría ser vista como una proabortista.

—No puedo no hacer esto —me dice Neeve—. Tengo una opinión muy clara al respecto, tengo una plataforma...

—Neeve, no todo el mundo estará de acuerdo contigo.

—Es cierto. Perderé suscriptores y quizá gane otros, pero no lo hago por eso.

—¿Qué hay de tus anunciantes? —¿Y si deja de ingresar dinero debido a esto?

—He hablado con ellos. Les parece bien.

—¿Qué dice tu padre?

—Está encantado.

—¿Y la abuela?

—Sabe lo de Sofie y está de nuestra parte.

—Serás el blanco de mucho odio. Los provocadores. Toda la clientela que te has creado...

—Estoy dejando clara mi postura, tendiendo una mano a quienes piensan como yo. Estoy encontrando mi tribu. Se emitirá el lunes por la tarde.

120

Lunes, 26 de junio

—Ha salido —anuncia Tim.

Mierda. Alastair, Thamy y yo nos congregamos frente a su pantalla para ver el vlog de Neeve sobre el aborto. He estado nerviosa todo el día. Vemos en silencio los cuatro minutos y cuarenta segundos que dura el corto.

—Es valiente. —Tim lo dice como si creyera que está para que la encierren.

—Tendrías que estar orgullosa de ella —me dice Alastair—. Es una heroína.

No todo el mundo lo verá como él.

Soy incapaz de seguir trabajando. Consulto las webs de noticias, Twitter, esos horribles foros, y comienza el goteo de comentarios. Sigo los comentarios en YouTube y, por suerte, todas las publicaciones son positivas. Continúo mirando. Han pasado más de dos horas y puede que la cosa no pase de ahí. Entonces...

—Dios mío... un hombre dice que va a clavarle un cuchillo.

Alastair corre hasta mi mesa y mira la pantalla.

—Cree que Neeve es «la amiga».

—¿Qué hago? —le pregunto.

—Puede que sea un caso aislado.

Pero minutos después otra persona dice de Neeve que es una asesina de bebés que arderá en el infierno.

—Era de esperar —farfulla Alastair.

—¿Se puede parar los pies a esa gente y sus amenazas? —pregunto.

—Quizá. —Alastair hace unos cuantos clics y es lo que sospechaba—. Son cuentas con identidad falsa. Imposibles de rastrear.

Tal vez la policía pueda hacer algo más con su sofisticada tecnología.

Vuelvo a Twitter: «Neeve Aldin» es tendencia en Irlanda.

Al rato compruebo, horrorizada, que una cabeza anónima ha tuiteado la dirección de Neeve de Riverside Quarter. Todo el mundo puede verla y la están retuiteando delante de mis narices.

—Llámala —dice Alastair.

Ya estoy en ello.

—Neeve. —Me tiembla la voz—. ¿Estás en casa? Tienes que irte ahora mismo.

—Estoy bien, mamá.

—No, tu dirección ha sido publicada en Twitter.

—Mierda… ¿Cómo?

Fácil: Neeve ha hecho vlogs desde su elegante choza. Ha dicho públicamente que está viviendo en el apartamento de su padre. Irlanda es un país pequeño.

—El edificio tiene portero —dice—. Entrada con clave. Vigilancia electrónica. Estoy a salvo.

—Prométeme que no te moverás de ahí.

—Las cosas se habrán calmado en un par de horas —dice.

—Entretanto, quédate en casa. No abras a nadie. Creo que deberías llamar a la policía.

Neeve ríe.

—¡Mamá, por favor!

Cuelgo y pregunto a Alastair:

—¿Estoy exagerando? ¿Se trata solo de frikis solitarios que se masturban delante de la pantalla?

—Puede.

Pero todo lo que necesitas es una persona malvada decidida a rehacer el mundo a su gusto.

Paralizada, observo el hilo de comentarios. Me da miedo desviar la atención por si algo todavía peor sucede. Hay muchas muestras de cariño hacia Neeve, pero hasta la gente que está de su parte cree que ella es «la amiga», y el odio supera la corriente de positividad.

—Dios mío —digo—, ahora está recibiendo Richie.

Muchos guerreros del teclado mencionan el artículo en el *Sunday Times* donde Neeve y Richie alardeaban de lo unidos que estaban.

«¿Se lo pagó Richie a su hija? Perdón, a la "amiga" de su hija, quiero decir.»

Y «Richie Aldin abortó a su propio nieto.»

En casa, Sofie y Kiara fingen estar tranquilas pero no esperaban que Neeve recibiera tanto odio.

—Era… *es* lo correcto —insiste Kiara.

Se oye el tintineo de una llave en la puerta. Hugh aparece en el recibidor.

Claro, es lunes, la noche de *Crazy Ex-Girlfriend*. Se me pasó por completo.

—¿Estás bien? —me pregunta Hugh.

—¿Te has enterado?

Asiente.

—No te preocupes por Neeve —dice—, todo irá bien.

—Ojalá estuviera aquí.

—Probablemente esté más segura en su casa.

—Hugh, ¿te importa que cancelemos lo de hoy?

—Ah, no —dice Sofie—. Queremos que se quede.

—Por favor, mamá —dice Kiara—, deja que se quede.

—Está bien, pero yo paso de ver la serie. —Necesito sentarme a la mesa de la cocina y controlar las redes sociales, ver si la cosa va a más.

Pero cuando empieza la serie, Hugh se asoma a la puerta de la cocina y dice:

—¿Por qué no intentas verla? Necesitas desconectar. —Se acerca y todo en él es reconfortante.

—¿Neeve estará bien? —le pregunto.

—Estará bien.

Nos sentamos juntos en el sofá, me coge la mano y le dejo.

Cuando Hugh se va, decido que mañana no puedo ir a Londres. Tal vez la cosa no pase de aquí, pero puede que sí, y quiero estar cerca de Neeve.

Me siento en la cama, envío una docena de correos para cancelar mis reuniones e intento dormir.

121

Martes, 27 de junio

Me despierto supertemprano y lo primero que hago es buscar a Neeve en Google. Lo importante aquí es cómo están enfocando el tema los principales medios de comunicación.

Hay un artículo absolutamente a favor de Neeve en el *Irish Times* y otro positivo en el *Examiner*. El *Independent*, no obstante, tiene un renombrado columnista que se ceba con Neeve, a la que llama cría estridente, inmadura y patética que solo busca atención. En el *Mail* aparece un artículo todavía más duro. Nada sorprendente.

Un periodista arremete contra Richie. Apenas estaba en la vida de Neeve en diciembre, cuando viajamos a Londres, pero el hecho de que hayan sido uña y carne los últimos meses le está afectando negativamente. La semana pasada acudieron juntos al estreno de una película y hay hasta una foto del «baile por los pobres niños ciegos». El periodista menciona varios hechos que los relacionan: que Neeve vive en el apartamento de Richie, que Richie ha intervenido como invitado en un par de vlogs de Neeve e incluso lo mucho que se parecen.

Mientras Neeve esté bien, todo lo demás carece de importancia. Quiero llamarla pero es muy pronto, de modo que me conformo con un mensaje y no obtengo respuesta. Enseguida pienso que la han asesinado y está tendida en su lujoso apartamento en medio de un charco de sangre.

Pero ¿qué puedo hacer, salvo actuar con normalidad?

Llevo poco rato en la oficina cuando me llama.

—Papá me ha echado.

—¿Qué?

—Me ha echado del piso y me ha quitado el coche.

—¿No dijiste que estaba de acuerdo con todo esto?

—No esperaba recibir tantos ataques. Está muy cabreado, mamá. ¿Puedo ir a casa?

—¡Claro! Iré a buscarte.

—Mamá. —Por un momento suena como si estuviera sonriendo—. Tomaré un taxi.

—Pero… Oye, ten cuidado, ¿vale? ¿Hay gente delante de tu casa? Manifestantes, quiero decir.

—Ay, mamá. —Ahora está sonriendo de verdad—. Sí, hay mogollón de gente fuera agitando pancartas.

—Asegúrate de que no te siga nadie. Te veré en casa. —Cuelgo y digo a Tim y Alastair—: Lo siento, chicos, pero he de irme.

Cuando llego a casa, exactamente una hora después de marcharme del trabajo, Neeve ya se encuentra allí. Está pálida y aturdida.

Solo hay una mochila en el recibidor, por lo que deduzco que Richie no la ha echado, que es solo un berrinche.

—No, mamá. —Neeve me lee el pensamiento—. Me quería fuera ya. Ha contratado una empresa de mudanzas para que embalen mis cosas y las traigan.

Señor, justo cuando pensaba que Richie no podía ser más cruel. Esto será un duro golpe para Neeve.

—Papá me dijo que le parecía bien que diera mi opinión. No lo entiendo. —Se le llenan los ojos de lágrimas.

Yo sí lo entiendo. Richie es un gilipollas sin principios. Pensó que mostrarse a favor del derecho a decidir sería bueno para su imagen, pero la publicidad negativa lo ha asustado. Me pregunto qué pasará a medio plazo, si Neeve será declarada ganadora o perdedora. Richie no tiene el coraje que hace falta para mantenerse firme, ni siquiera por su hija.

No obstante, como siempre, mantengo la boca cerrada.

El timbre de mi móvil nos sobresalta. Es Hugh.

—¿Amy? —Parece nervioso—. ¿Dónde estás?

—En casa. ¿Qué ocurre?

—¿Está Neeve contigo?

—Sí. ¿Por…?

—Han colgado tu dirección en uno de esos foros. La gente sabe que Neeve está contigo, o se lo imagina. Sea como sea, es…

Temblando, entro en internet. Joder, esto no puede ser real, no puede estar pasando. Hugh tiene razón, sale nuestra dirección.

Bastante duro era saber que Neeve estaba recibiendo amenazas de violaciones y muertes dolorosas cuando estaba a salvo en su apartamento de tecnología punta, pero ¿aquí? ¿En esta casita de las afueras?

Una película cruza por mi cabeza a la velocidad del rayo: un ladrillo rompiendo la ventana, hombres coléricos dentro de la sala de estar en veinte segundos y en el rellano de arriba en otros diez. Nosotras en nuestras camas sin nada con lo que protegernos y nadie que nos ayude. «¿Quién de vosotras es Neeve?» Si la alarma de la casa se dispara, los vigilantes tardan quince minutos en llamar para ver si está todo bien. Para entonces ya nos habrían descuartizado.

Si esto le estuviera pasando a otra persona, pensaría: vale, no es agradable, pero nadie saldrá mal parado, esos cobardes del teclado solo fanfarronean para asustar a la gente.

Pero ahora que me está pasando a mí, estoy aterrorizada. Miro por la ventana de la cocina medio esperando ver hombres haciendo equilibrios en el alféizar o una mano enguantada probando el pomo de la puerta de atrás.

—Voy para allá —dice Hugh—, pero llama a la policía.

Llamo a la comisaría del barrio; estoy petrificada y me siento tonta y avergonzada, todo a la vez.

—Mi hija ha recibido amenazas de muerte.

A los veinte minutos llegan dos agentes, una mujer y un hombre, que insisten en que las amenazas deben tomarse en serio. El hombre se larga a comprobar cuán expuestas estamos a una invasión y la mujer empieza a anotar todos los detalles. De pronto vislumbra algo en el recibidor. Se levanta de un salto y grita:

—¿Qué hace usted aquí?

Es Hugh. Gracias a Dios, solo es Hugh. Ha debido de entrar con su llave.

—No pasa nada, agente-sargento. —*No* sé nada de jerarquía policial—. Es mi marido, mi ex marido... el padrastro de Neeve.

—¿Vive aquí?

—Ya no, pero no se preocupe, lo conocemos.

El agente regresa y dice a Neeve:

—No puede quedarse aquí. ¿Tiene alguna amiga con quien alojarse unos días, hasta que se calmen las cosas?

—Sí, voy a llamarla. —Neeve pulsa un botón y se embarca en un diálogo agudo con muchos «¡Alucinante!» y «¡Lo sé!», como si recibir amenazas de muerte fuera la cosa más emocionante del mundo. Pero cuando hace su petición de cobijo, el tono cambia por completo—. Ya. Entiendo. Tranqui. Claro. Adiós.

Llama a otra amiga y mantiene con ella una conversación casi idéntica. Cuando cuelga, Hugh pregunta:

—¿Qué ocurre?

—Les da demasiado miedo que me aloje en su casa.

—¿Y un hotel? —propongo.

Pero no es la opción preferida de los agentes: demasiadas probabilidades de que la reconozcan.

Con timidez, Hugh dice:

—¿Y mi piso? Casi no hay nada que me relacione con Neeve. Hace nueve meses que no vivo aquí y Neeve y yo tenemos apellidos diferentes.

Los agentes se muestran interesados y tras averiguar que Hugh vive solo, sin compañeros dispuestos a delatar a Neeve, dan su visto bueno.

—¿Cuánto tiempo? —Neeve tiene lágrimas en los ojos.

—Es imposible saberlo. ¿Usted también estará allí, señor Durrant?

Hugh mira a Neeve.

—No tengo por qué. Puedo quedarme en casa de Nugent.

—¿Hay sitio para los dos en el piso? —pregunta Neeve—. Me sentiría más segura si te quedaras conmigo.

Los agentes sueltan la noticia de que han de llevarse el portátil de Neeve y por primera vez pienso que Neeve va a desmayarse de verdad.

—Tampoco es aconsejable que los demás ocupantes de la casa se queden aquí —dice la agente—. Al menos por unos días.

—Llamaré a mi madre.

Por suerte, mamá está en casa y no tomando gin-tonics por ahí. Le explico la situación y la entiende enseguida.

—Entonces ¿podemos Sofie, Kiara y yo quedarnos unos días?

—¿Y Neeve?

—Se quedará con Hugh.

—¿Con Hugh? ¿A pesar de no ser su papá de verdad? —La risa de mamá es triste—. Qué suerte que Hugh nunca se lo haya tenido en cuenta, ¿eh?

Mamá y papá están tomando té en su descuidado jardín.

—LLEGAS EN EL MOMENTO JUSTO —dice papá cuando me ve—. ¡ESTA MUJER ACABA DE ACEPTAR CASARSE CON-MIGO!

—Síguele la corriente —dice mamá.

—Felicidades, papá.

—ES LA MUJER DE MIS SUEÑOS. NO PODRÍA SER MÁS FELIZ.

—Es una gran noticia. —En cierta manera, lo siento así.

Papá enseguida necesita volver a sus asesinos en serie. Mamá y yo nos quedamos en el jardín.

—Pobre mamá. —Mi compasión es profunda—. ¿Todavía quedas con tus amigos de los gin-tonics? —Es una pregunta sincera, no la estoy juzgando.

Se queda callada un largo rato, mirándose el regazo. Al fin, levanta la vista.

—Es duro convivir con un chiflado, Amy.

—Lo sé.

—No, no lo sabes. No tienes ni idea. Y lo de mis amigos de los gin-tonics solo era una diversión inocente. —Me agarra por la muñeca y me obliga a mirarla—. Yo jamás haría nada que pudiera hacer daño a tu padre. Para bien o para mal, es el compromiso que adquirí cuando me casé con él.

—No podías saber que pasaría esto.

—Justamente, Amy. Es fácil amar a alguien cuando su comportamiento es impecable, puedes hacerlo con los ojos cerrados. La verdadera prueba llega cuando, usando una expresión de Neeve, se convierten en un coñazo. En eso consiste *realmente* el amor.

—¿No te convierte eso en un felpudo?

—Existe una diferencia —dice con una gravedad inusitada en ella— entre ser un felpudo y perdonar a alguien por ser humano.

—Ya. Vale. Genial. —Estoy deseando escapar de mamá y su extraño humor—. Será mejor que vaya a buscar las sábanas y me organice con las chicas.

—Eso mismo, Amy, eso mismo —dice mientras me alejo—. Huye.

122

Viernes, 30 de junio

Las redes sociales seguían hirviendo con promesas de muertes lentas y dolorosas para Neeve; los principales periódicos y programas de entrevistas la llamaban niñata tonta y estridente.

No obstante, el jueves por la mañana casi podía sentir que el interés bajaba como baja la marea. Las publicaciones en Twitter, Facebook y YouTube se redujeron a un goteo y el jueves por la tarde cesaron por completo.

Neeve pudo volver a casa, y ahora que todo ha pasado me pregunto, con las orejas gachas, si nuestra reacción no fue desproporcionada.

El viernes por la mañana Sofie y Kiara se marchan a Suiza. Hugh y yo quedamos en el aeropuerto para despedirlas. Después de incontables abrazos y comprobaciones, de consejos bienintencionados y más abrazos, llega el momento de dejarlas ir. Kiara es la primera en desaparecer tras el control de seguridad. Pero justo antes de esfumarse también, Sofie se da la vuelta y nos mira a Hugh y a mí. Muy despacio, se lleva la mano al corazón y dice con los labios: «Gracias». Está sonriendo, pero incluso desde esa distancia puedo ver que tiene lágrimas en los ojos.

Y al instante yo también.

Me vuelvo hacia Hugh.

—¿Recuerdas…?

—¿… cuando llegó de Letonia? —También a él le brillan los ojos.

—¿… y estaba tan asustada? Solo se fiaba de ti.

—¿… y recuerdas el día que le compramos la cama?

—¿… y la pintamos de rosa?

—¿… y le hiciste aquellas cortinas mágicas?

—Y mírala ahora, Hugh.

—Hicimos un buen trabajo, ¿no crees, cielo?

—Sí. —Me tiemblan los labios.

—Podemos estar orgullosos. —Esboza una gran sonrisa reconfortante y siento el deseo de apretujarme contra él—. He de irme —dice—. Ya nos veremos.

—¿Cuándo?

Parece sorprendido.

—En septiembre —me respondo a mí misma.

No existen razones para que nos veamos hasta que regresen las chicas.

—Bueno, podríamos… —dice.

No, septiembre está bien. Quería tiempo alejada de Hugh para recuperarme como es debido. Esta es mi oportunidad.

Son las once y media cuando llego al trabajo.

—¿Has llorado? —me pregunta Alastair.

—Solo al final.

—Vaca insensible.

—¿Alastair? No veré a Hugh hasta septiembre.

—Eso está bien. Por fin se ha roto el yeso y puedes dedicar el verano a olvidarlo. —Entonces—: ¿Qué? ¿Qué ocurre?

—No soporto imaginarme dentro de un año o de cinco o de veinte sin Hugh.

—Oh. —Parpadea—. Eso… eso es toda una declaración, Amy.

—Creía que ya me había liberado de ese tipo de sentimientos…

—Eeeeh, pues quizá deberías revisarlo.

—No entiendo qué me pasa.

—Siempre dices que las relaciones de pareja funcionan como cualquier otra relación, que dos personas pueden estar muy unidas, luego distanciarse y volver a unirse. Predica con el ejemplo.

—Necesito pensar.

—Podrías hacer un retiro de silencio. —Se está animando—. ¿Qué tal la abadía de Glenstal? Puedo darles un toque. Me harían el favor de hacerte un hueco.

—Paso de abadías. Este fin de semana mi casa estará vacía como un cementerio. Haré el… —me siento idiota incluso diciendo la palabra— «retiro» allí.

A las dos en punto bajo la persiana.

—¿Qué ocurre? —pregunta Tim.

—Lo siento, he de irme. Trabajaré desde casa. Neeve tiene que venir a recoger sus cosas. La furgoneta de Richie las dejó anoche en mi casa.

—¿Ya tiene otro piso?

—A diferencia de nosotros, tiene un montón de dinero. —Siento que debería añadir algo—. Tim, después de este fin de semana todo volverá a la normalidad. No faltaré más.

—Me alegra oírlo.

—Déjala en paz —aúlla Alastair—. ¡Lo ha pasado fatal!

—Todo bien. Calla. Genial. Adiós.

Cuando me dirijo a la puerta, Alastair vocifera:

—¡Buena suerte con tu retiro!

Neeve no parece afectada por el juicio público al que ha sido sometida.

—En los momentos de crisis descubres quiénes son tus amigos —dice con filosofía—. ¿O debería decir descubres quiénes *no son* tus amigos?

No sé si está hablando de las colegas que le negaron cobijo o de Richie. Enseguida queda claro.

—¿Siempre ha sido así papá? ¿Un egoísta? ¿Un egocéntrico?

Me lo pienso antes de arremeter contra Richie. Neeve es sangre de su sangre, la mitad de su ADN lo ha heredado de él. ¿Qué puedo decir que no reste validez a lo mal que la ha tratado o haga temer a Neeve que pueda volverse como él?

—Cuando lo conocí no era así —digo—. Era un tío genial. Muy cariñoso.

—Entonces ¿qué ocurrió?

—Creo que… demasiado éxito demasiado joven. —En realidad no lo sé, pero es lo único que se me ocurre.

—Últimamente me he portado de puta pena —dice—, y ha coincidido con el momento en que he empezado a tener éxito.

Siento el impulso de quitar hierro, pero es cierto que se ha portado *fatal*.

—Lo siento, mamá. Y siento lo de las cenizas de Robert.

Me obligo a decirlo.

—Hugh se llevó más disgusto que yo. Es con él con quien deberías disculparte.

—Lo haré. Por cierto, ¿has estado en su piso? —me pregunta—. Uf, *mamá*. Lo tiene muy limpio, pero es enano y el techo está cubierto de placas de corcho que se caen a trozos... en fin, un horror. No se merece vivir así.

Nos quedamos calladas. Al rato, dice:

—Siempre le he tenido manía a Hugh. Pensaba que no era lo bastante bueno para ti.

—¿En serio? No me había dado cuenta.

Me da un codazo juguetón.

—Estaba equivocada, mamá. Hugh es un buen hombre. Pensaba que era amable porque quería caerme bien, pero creo que es así de verdad.

—Vaya. —Ahora ya no importa.

—Richie me quiso mientras le hice quedar bien y me abandonó a la primera de cambio. Pero Hugh, que ni siquiera es mi verdadero padre, me dejó su cama. Él dormía en el suelo de la cocina. Me compraba bollos y me hacía la cena. Me dejó su portátil y también su coche.

—Siento mucho lo de Richie —digo.

—Es un asco. —Suspira y se seca una lágrima—. Ignoro por qué, pero nunca me querrá.

Señor.

—¡Neeve!

—No te preocupes, sé que no es culpa mía. Que él no me quiera no significa que no sea digna de amor.

—Creo que Richie solo se quiere a sí mismo —digo—. Yo te quiero. Todos te queremos.

—Gracias, mamá, yo también te quiero. ¿Entonces qué? ¿Crees que tú y Hugh volveréis? Porque está claro al cien por cien que deberíais.

—Venga ya. Tú misma viste las fotos en las que salía con esa chica escocesa.

Frunce el ceño.

—Es cierto. Todos pensarían que eres una completa tarada por volver con un traidor. Lo siento, mamá, no debería meterme donde no me llaman. Te veo en casa de los abuelos.

En cuanto llego a casa de mamá, Derry me grita desde la otra punta de la cocina:

—¡Tengo grandes planes para ti este verano!

Maura levanta enseguida la cabeza.

¡No! Lleva meses sin meter las narices en mis asuntos y no quiero que vuelva a las andadas.

Hay gente paseándose por la cocina: Dominik, Siena, los brutotes de Joe, Declyn, mamá…

—Tú y Hugh lleváis nueve meses separados. ¡Es hora de que conozcas a otro hombre! —declara Derry.

—Ni pensarlo. No quiero volver a estar con ningún hombre. —Me acerco a ella—. Derry, no quiero hablar de eso aquí.

—Entonces, siéntate. —Se lleva dos sillas a un rincón.

Pero mamá se instala en una de ellas.

—Soy tu madre —declara—. Puedo darte buenos consejos.

Sería toda una novedad.

—Adelante —insta a Derry—, díselo.

—Amy, solo tienes cuarenta y cuatro años —comienza Derry.

—Cumplo cuarenta y cinco el mes que viene.

—Todavía tienes mucha vida por delante. Te sentirás sola.

—Un hombre no me hará sentir menos sola.

—No lo entiendes. Si lo quisieras, te haría sentir menos sola.

—Eres *tú* la que no lo entiende: no lo querría. Se acabó, ya he querido a suficientes hombres. Se me ha agotado el amor.

—Lo que estás diciendo es que todavía quieres a Hugh.

Con cautela, replico:

—Es cierto, todavía quiero a Hugh, pero de otra manera.

—¿De *qué* manera?

—Como amigo. —Después de cierta insistencia, explico a mamá y a Derry la noche que Hugh dijo que siempre mantendría mi suscripción del club de los quesos—. Sentí mucho amor por él cuando lo dijo.

—¿Amor de amigos? —Derry no parece muy convencida—. ¿Seguro que solo era eso?

—Amor seguro.

—*Ajáááá.* Oye, Neevey, ¿tú qué opinas?

Neeve acaba de llegar e irrumpe en nuestro pequeño corrillo.

—Mamá. —Parece contrita—. Me siento muy mal por lo que te dije antes. Lo de que serías una tarada si volvieras con Hugh.

—No te preocupes, Neeve. Es lo que pensaría todo el mundo.

—¿Quién crees que te juzgaría? —interviene mamá. Ha estado escuchando en silencio hasta este momento.

—Por ejemplo, Steevie y Jana.

—¿A quién le importa lo que piensen los demás? —dice Derry—. Además, tú también fuiste infiel. Técnicamente, antes que Hugh. ¡Amy se la pegó primero! Podrías emitir un comunicado de prensa para contarles a todos que tú fuiste infiel antes que él, así nadie te tachará de boba.

—¿En serio se la pegaste? —Neeve está alucinando.

—Ahora no, Neevey, *por favor.*

—Bien, lo importante aquí es: si volvieras con Hugh, ¿te sentirías como una boba?

—Sí. —He de ser sincera—. Pero no estoy segura de que me importe.

—Recuerda lo que te dije —señala mamá— acerca de amar a las personas en sus peores momentos.

—¡La receta ideal para el maltrato!

—¡Las cosas nunca son blancas o negras! —Mamá se está animando—. La vida está hecha de grises. Si Hugh tuviera por costumbre hacerte el salto, no te aconsejaría que le dieras otra oportunidad. Pero Hugh es un sol.

—¡Parece que todas queráis que vuelva con él!

—¡Queremos que vuelvas con él!

123

Sábado, 1 de julio

Me despierta un pensamiento: Esta es mi vida. Solo tengo una. Debería vivirla como yo quiera.

Justo cuando estoy intentando precisar exactamente cómo sería esa vida, me suena el móvil: Alastair. No debería contestar, pero contesto.

—¿Qué?

—Hola a ti también, Amy.

—Sabes que estoy haciendo mi retiro de silencio.

—Lo sé, pero tienes que escuchar esto. —Su voz destila entusiasmo—. Estoy en un taller y acabo de oír algo que *seguro* que te ayuda. ¡*Tienes* que oírlo! Hazte la siguiente pregunta: ¿qué haría si no tuviera miedo?

—¿Miedo de qué?

—No lo sé. ¿Miedo de que vuelvan a hacerte daño? ¿Miedo de que la gente te juzgue? ¿Miedo de estar sola?

—No tengo miedo de estar sola.

—Entonces ¿de qué tienes miedo?

—Necesito hablar de esto con alguien.

—Ya lo estás haciendo.

—Me refiero a un amigo.

—Yo *soy* tu amigo.

—Sí, pero… —¿Qué he querido decir?

He querido decir que solo hay una persona que me entiende de verdad. Y mi mayor temor ahora mismo es tener setenta años y que haga veinticinco que rompí con Hugh.

—Llámalo, Amy, por lo que más quieras. —Alastair cuelga sin más.

Salimos al jardín con una cerveza y nos sentamos el uno frente al otro con las piernas cruzadas.

—Necesito hablar contigo —digo—. Estoy hecha un lío sobre lo que debería hacer.

—¿Sobre qué?

—Necesito una persona sabia, alguien como Oprah, que me diga «Es tu vida, Amy. Eres tú quien ha de vivirla. Haz lo que te haga más feliz». Necesito alguien que me dé permiso.

—Puedes dártelo tú misma.

—¿Debería volver contigo? ¿Sin romper todos tus discos?

—Rómpelos, por favor —dice—. Puedes destruir todas mis cosas con tal de que me dejes volver contigo.

—Eso iría en contra de mi objetivo. Necesito hacerte daño.

—Ya me *estás* haciendo daño. Cada segundo sin ti es un suplicio. —Se le llenan los ojos de lágrimas.

—No quiero hacerte daño —digo—. Bueno, a veces sí. Me entran ataques de rabia y quiero ser cruel contigo.

—Pues selo. Estoy dispuesto a aguantarlo.

—Pero ¿y si decides que no quieres aguantarlo y vuelves a irte?

—No lo haré.

—Durante los seis meses que llevas aquí, ¿te has... acostado con alguien?

—No.

—Podrías estar mintiendo.

Hurga en el bolsillo de su tejano.

—Toma, mi móvil. Conoces la clave. Puedes mirar los mensajes y llamadas, si quieres. Vamos. —Me lo planta en la palma.

—Podrías haberlos borrado.

—Pues busca en «basura».

—Podrías tener dos teléfonos.

—No tengo dos teléfonos, pero puedes registrarme a fondo si quieres.

—No esperarás siempre —digo—. La vida no funciona así.

—Así funcionaba en *El amor en los tiempos del cólera*.

—Eso es para los sudamericanos. Tú eres irlandés.

—Te esperaré toda la vida —dice—. Eres la mejor. La más dulce, la más sexy, la más bonita, la más interesante. Te prometo que nunca volveré a hacerte daño.

—No puedes prometer eso. Nadie puede.

—Cariño, yo no soy esa clase de hombre. Hay gente que es infiel por naturaleza. Pueden hacerlo y quedarse tan anchos. Yo no soy así. Cuando estaba de viaje, era a ti a quien deseaba. Te extrañaba incluso cuando estaba con esas otras chicas.

—¿Lo ves? Ahora quiero pegarte por recordarme lo de las otras chicas.

—Pues pégame.

No. Espero y la rabia remite.

—¿Qué significo yo para ti? —me pregunta—. Olvídate por un momento de lo «bueno» que soy por «aceptar» a Neeve y a Sofie. ¿Qué significo yo para *ti*?

—Eres la persona con la que más me gusta ver la tele. Eres mi mejor amigo y te quiero. Y eres un hombre —añado—. Un hombre muy sexy. —Hago una pausa. Porque *es* muy sexy—. Pensaba que mi amor por ti había muerto cuando vi aquella foto, pero ha vuelto.

—Uau. —Tiene la voz ronca y la cara le brilla.

—Pero no he aprendido de mis errores, Hugh. Todavía no sé por qué empecé a… tontear, ya sabes, a coquetear… con Josh.

—Por supuesto que has aprendido. Has dicho que, si pudieras volver atrás, no habrías empezado a quedar con él.

—Pero ¿y si me siento atraída por otro hombre? No quiero, pero ¿y si me ocurre?

Se encoge de hombros.

—Que no te ocurra.

—¿Así de simple?

—La vida es impredecible, todo tiene sus riesgos, pero si te ocurre, puedes decidir no actuar.

—Eso es muy sabio. ¿Y si decides que quieres volver a huir?

—Eso no pasará.

—¿Cómo puedes estar tan seguro?

—Porque puedo estarlo.

—Vale. —Despacio, digo—: Entonces yo no me sentiré atraída por otro hombre y tú no huirás. ¿Lo he entendido bien?

—Sí.

—Vale. ¿Vale?

Me mira divertido.

—Vale.

—¿Ya está?

—¿Ya está qué?

—Pensaba que si volvíamos sería todo más dramático.

No se mueve, pero su mirada se oscurece.

—Si quieres drama, puedo darte drama.

Epílogo

Neeve retocó la rosa blanca en el ojal de Hugh.

—Estate quieto, ¿quieres?

—Estoy *quieto*.

Mentira. Hugh se hallaba totalmente fuera de su zona de confort dentro del chaqué —dentro de cualquier traje, de hecho—, pero estaba impresionante.

—Mírate —dije—. El paterfamilias.

—Mírate —dijo él—. La esposa cañón.

—Voy a vomitar. —Neeve puso los ojos en blanco.

—Ya baja —anunció Kiara desde arriba.

Mamá, Derry y Maura estaban entre las personas que corrieron hasta el pie de la escalera para ver a Sofie comenzar su lento descenso. El vestido era sencillo, de raso y con forma de tubo, y en la enredada melena rubio platino solo lucía unas flores naturales. Parecía una criatura sacada de un cuento de hadas.

Le cogí la mano a Hugh y la estreché con fuerza.

—Estás a tiempo de cambiar de opinión —aulló Neeve.

—Calla.

—En serio —dijo Derry—, solo tienes veintiséis años, eres demasiado joven para casarte.

—Cerrad el pico —espetó, escandalizada, Maura. Sofie era la primera en casarse de la nueva generación. Le habría gustado encerrarlas a todas en un armario. No podía permitir que nada pusiera en peligro ese momento.

—Solo porque Alastair no quiere llevarla al altar —replicó mamá.

—Ja. —Derry ni se inmutó—. Se casaría conmigo mañana mismo.

—No me creo una palabra.

—Porque te gustaría que fuera *tu* novio.

Mamá se llevó una mano al pecho.

—Tu pobre padre solo lleva muerto tres años, ¿cómo te atreves?

—Ojalá estuviera hoy aquí —dijo Sofie.

Pese a lo cascarrabias que era, todos echábamos mucho de menos a papá.

—No habría sabido dónde estaba —dijo mamá—. Donde está ahora es más feliz.

Papá tenía la cabeza completamente ida para cuando falleció plácidamente mientras dormía. Ya no nos reconocía, lo cual era duro. Pero eso significaba que habíamos hecho buena parte del duelo cuando todavía vivía.

El fotógrafo, que iba de un lado para otro, dijo:

—Por favor, que se acerquen la novia y las damas de honor. —Las colocó en los escalones de fuera, donde formaban un trío de lo más variopinto: Sofie, una brizna luminosa, Kiara, sobria y sin adornos, y Neeve arreglada en exceso, como suelen hacer las estrellas mediáticas.

—Menuda pinta. —Neeve pasó un dedo por el rostro sin maquillar de Kiara.

—Anda que *tú*. —Kiara le apartó la mano y se echaron a reír.

Kiara había rechazado los servicios de peluquería y maquillaje que Neeve había conseguido gratis. Lo único de su aspecto que recibió el visto bueno de Neeve fue el bronceado. Pese a mis sospechas de que con la edad Kiara abandonaría sus tendencias altruistas, una ONG le había ofrecido trabajo nada más terminar los estudios. Había ido ascendiendo y año y medio atrás la habían destinado a la sede de Uganda.

En la mesa del recibidor pitó un móvil.

—Es Jackson —dijo Derry a Sofie—. Te suplica que le des otra oportunidad.

Eso fue recibido con risas. Sofie y Jackson habían roto a los tres años de terminar el colegio pero seguían siendo muy buenos amigos.

El futuro marido de Sofie, David, era investigador en el laboratorio del hospital donde ella trabajaba. La entendía de la manera que la había entendido Jackson.

(Así y todo, pensé, eran *demasiado* jóvenes para casarse. Pero todos debíamos vivir nuestra vida. Nadie podía hacerlo por nosotros.)

—Deberíamos irnos —apuntó Maura.

—Pues vete —respondió mamá—. Nadie te lo impide.

—Tú te vienes conmigo —dijo Maura.

—Ni lo sueñes. Yo me voy en el descapotable de Derry. ¿Podemos bajar la capota, Der?

—*No*, mamá. El *pelo*.

—No quiero ir sola. —De repente, a Maura le tembló la voz.

—¿No se reunirá allí contigo El Pobre Desgraciado?

—Sí, pero quiero tener compañía durante el trayecto.

Hugh se acercó a mí y murmuró:

—Pronto se habrán ido todos y volveremos a tener la casa para nosotros. —Me guiñó un ojo.

—¿Ah, sí?

—Ah, *sí*.

Eso me trasladó de repente a aquel verano, todos esos años atrás, en que Hugh volvió a casa.

Fueron dos meses extraordinarios: la casa vacía, toda esa libertad, la interminable adrenalina del redescubrimiento. Era casi como si acabáramos de conocernos y estuviéramos viviendo los atolondrados comienzos de un idilio. Nos sentíamos jóvenes y actuábamos como tal. Nos largábamos pronto del trabajo para vernos, salíamos y nos emborrachábamos juntos y pasábamos fines de semana enteros en la cama.

Un desmadre total.

Dejamos de cocinar. Si comíamos, eran cenas improvisadas en restaurantes supercaros o, igual de divertido, ya borrachos nos comprábamos un kebab a altas horas de la noche. Abandonamos las tareas domésticas y dejamos de mirar el dinero. Hugh me llevó de compras a Brown Thomas, donde descolgaba las prendas de las perchas e insistía en que me las probara. Había un vestido de Sandro que me encantó pero no me dejó comprarlo. Al día siguiente, cuando llegué a casa del trabajo, me esperaba una bolsa de Brown Thomas.

Así pasamos los dos meses enteros, disfrutando de esa fase de nuestra relación que nos habíamos perdido la primera vez.

—Estamos recuperando el tiempo perdido —solía decir Hugh.

Y no era solo el sexo —aunque hubo mucho—, era la novedad de tener la atención plena del otro. Hablamos mucho durante esos dos meses, raras veces de temas serios y profundos, más bien de cosas divertidas y ligeras y de alguna que otra perla que sorprendía a uno u otro. ¿Cómo era posible que llevara dieciocho años con Hugh y no supiera que en su adolescencia había trabajado tres meses de mensajero? ¿O cómo era posible que él no supiera que en una ocasión yo había ordeñado una vaca? Después de todo, ¡era una de las cosas de las que estaba más orgullosa!

De vez en cuando me salía la vieja rabia y la tomaba con Hugh durante medio día, pero él lo aceptaba sin rechistar y jamás me recordaba el flirteo con Josh que había precedido a sus correrías.

No me cargué su colección de vinilos, de hecho, no lo sometí a ningún castigo cruel. No me salía. Los dos habíamos sufrido y me repelía la idea de seguir acumulando dolor.

Podía imaginar lo que Steevie pensaba de mí, pero me daba igual.

Lo único que sabía era que quería ser todo lo feliz que pudiera lo que me quedara de vida, y todos los segundos eran mucho mejores con Hugh que sin él.

Finalizado el verano, Sofie y Kiara volvieron de Suiza. En cierta manera la vida era más fácil: no estábamos tan apretados ahora que Neeve tenía piso propio. Y por esa misma razón, contábamos con más dinero. Además, Sofie había madurado, de modo que los problemas eran menos, la angustia menor.

Era como si Hugh y yo hubiéramos comenzado un matrimonio nuevo. Nuestras expectativas con respecto al otro eran más realistas y la inocencia había desaparecido. Eso, en cierto modo, me entristecía.

Pero en un momento dado dejó de hacerlo. Y seguimos adelante con nuestras vidas.

Con el tiempo mis arranques de rabia cesaron. (Probablemente en torno a la misma época que nuestra vida sexual descendió a niveles normales.)

—Tenemos que largarnos. —Kiara me devolvió al presente—. Sofie y papá no pueden salir hasta que nosotros nos hayamos ido.

La gente echó a correr hacia los coches y el jardín se vació enseguida, hasta que solo quedamos Hugh, Sofie y yo.

—Hasta luego. —Besé a Hugh.

—¡Mamá! —gritó Neeve desde su coche. Kiara y yo íbamos con ella—. Venga.

—¿No puedes venir conmigo? —me preguntó Hugh.

—¿En el coche nupcial con Sofie y contigo? No, tontorrón.

—No quiero estar sin ti.

—Me verás dentro de cuarenta minutos. —Pero sabía a qué se refería. Con los años nos habíamos vuelto más dependientes el uno del otro.

—¿Y si hago el numerito mientras la acompaño al altar? ¿Y si me echo a llorar? ¿Y si tropiezo y la arrastro al suelo conmigo?

Me reí.

—Eso no pasará.

—¡Mamá!

—¡Voy!

Mientras conducía, Neeve volvió a sacar el tema de que la boda de Sofie fuera al aire libre.

—Una ceremonia al aire libre en *Irlanda*, incluso en agosto, es un riesgo que solo correría una psicópata. —A pesar de las incontables personas que habían tenido una «pequeña charla» con Sofie, nadie había conseguido disuadirla de celebrar la boda en Apple Blossom Farm.

—Pero hoy hace un día precioso —señaló Kiara.

—Por ahora —repuso Neeve—. Pero podría cambiar en cualquier momento. Lo más fuerte de todo es que Sofie va de blandengue cuando, en realidad, es la persona más terca que conozco.

—Puede que todo salga genial —dije.

Podía ser.

—¿Dónde demonios está ese lugar? —preguntó Neeve.

Había salido de la autopista y tomado una carretera angosta que la exuberante vegetación de finales de verano que sobrepasaba muros y vallas volvía aún más angosta.

—Tanta planta es un peligro.

—¡Ahí está! —grité. Doblamos por un camino de baches y dejamos atrás una granja de paredes encaladas—. ¡Han llegado todos!

Había mucha gente paseando bajo el sol y sus elegantes galas encajaban a la perfección con el hermoso verdor de los jardines. Localicé a Joe y Siena, a Declyn y Hayden, y al novio, que estaba un poco pálido. Cerca se encontraban su madre y sus dos hermanas con unas señoras pamelas. Miré de reojo a mamá: parecía indignada.

Y ahí estaba Urzula, tan demacrada y flaca como siempre. Me alegraba de verla: a Sofie le habría dolido mucho que no hubiese venido.

Los hijos de Joe, Finn, Pip y Kit —a cual más larguirucho y desmañado—, hacían de acomodadores. Kit, con una nuez del tamaño de un coche, dijo:

—Amy, ¿quieres que te escolte?

—Por favor.

—Por aquí. —Señaló un sendero a través de retorcidos árboles con las ramas rebosantes de fruta.

Por fortuna, había una pasarela de madera y los tacones no se me hundían en la tierra.

El camino desembocaba en un extenso claro con un centenar de sillas blancas, divididas en dos bandos para crear un pasillo que conducía a una delicada pérgola festoneada de flores y manzanas diminutas.

Las sillas estaban adornadas con cintas lustrosas que ondeaban en la suave brisa. De hecho, me llegaba el olor de las manzanas que crecían en el huerto. Entonces Neeve me dijo al oído:

—Como caiga un chaparrón, adiós a las sillas y la pérgola.

—Calla, aguafiestas. Está todo precioso.

—Ya llega —anunció alguien—. ¡Todo el mundo a sus puestos!

David se dirigió raudo a la pérgola, seguido de su padrino y el oficiante. Los invitados corrieron a ocupar sus asientos y empezó a sonar la música.

Por el pasillo, a paso de tortuga tal como le habían indicado, avanzó primero Maisey con los anillos, seguida de Kiara y, detrás, Neeve con una sonrisa de suficiencia. Finalmente, donde comenzaba la alfombra roja, aparecieron Sofie y Hugh. Sofie estaba preciosa e irradiaba felicidad. Yo sabía que no podía derramar ni una lágrima porque si empezaba, me sería imposible parar.

Hugh le dijo algo a Sofie. Ella le dio unas palmaditas tranquilizadoras, introdujo la mano por la curva de su brazo y echaron a andar.

Tragándome el doloroso nudo que se me había formado en la

garganta, los observé. Hugh parecía un apuesto desconocido con ese chaqué. Era tanto el amor que sentía por él y por Sofie y por Neeve y por Kiara, que me dolía el corazón.

Hugh lucía una gran sonrisa y los ojos le brillaban, como si fuera a estallar de orgullo. Cuando él y Sofie llegaron a la pérgola, le soltó suavemente la mano y la «entregó» a David antes de retroceder y ocupar el lugar que yo le estaba guardando. Deslizó su mano en la mía.

—Sí —susurré, respondiendo su pregunta tácita—, has estado fantástico. No podrías haberlo hecho mejor.

Agradecimientos

Gracias a toda la gente de Michael Joseph por publicar mis obras con tanto entusiasmo, estilo y preciosismo, y en especial a la renombrada Liz Smith.

Gracias a Jonathan Lloyd, rey de los agentes, y a todos los miembros de Curtis Brown por cuidar con tanto mimo de mis libros y de mí.

Gracias a Annabel Robinson y a toda la gente de FMcM por mantener mis libros en el punto de mira.

Gracias a mis editores en lengua extranjera de todo el mundo, agradezco enormemente la oportunidad de conectar con tantos lectores.

Varias personas leyeron esta novela a medida que la escribía y aportaron observaciones de inestimable valor. Mi más sincero agradecimiento a Suzanne Benson, Jenny Boland, Roisin Ingle, Cathy Kelly, Caitriona Keyes, Mamá Keyes, Rita-Anne Keyes, Colm O'Gorman y Louise O'Neill.

Un agradecimiento especial y profundo a Kate Thompson, que leyó incontables borradores de este libro y mantuvo la fe cuando yo la perdía.

Gracias a Betsey Martian, de Twitter, por la palabra «Escandirótico».

Gracias a Bronagh Kingston, que hizo una donación a Carol Hunt para tener un personaje con su nombre.

Gracias a Caroline Snowdon, que hizo una donación a Highgate Has Heart (asociación que ayuda a los refugiados) para tener un personaje con su nombre.

Gracias a Él Mismo, que siempre está en mi corazón. Su fe en mis libros es inquebrantable, su respaldo, constante y sus críticas, amables y constructivas. Nada de esto sería posible sin él.

Gracias a vosotros, mis queridos lectores, por acompañarme todos estos años y, en especial, por la paciencia que habéis tenido esperando a este libro. Espero que el próximo no tarde tanto en llegar…

He aquí algunos datos sobre el viaje que hace Amy a Serbia: Dušanka Petrović existe en la vida real y vive en Jagodina, ciudad situada a hora y media en coche de Belgrado. Me encantan sus cuadros, pero apenas podía encontrar información sobre ella. En noviembre de 2016, no obstante, tras algunas gestiones, viajé a Serbia para conocerla.

Gracias, Ljiljana Keyes, por hacer las llamadas que por fin nos llevaron hasta Dušanka. Gracias a Marica Vračević, a Nina Krstić y al maravilloso personal del Museo de Arte Naif y Marginal de Jagodina, quienes facilitaron el encuentro. Gracias a mi querida sobrina, Ema Keyes, que nos acompañó a Él Mismo y a mí y tan admirablemente nos hizo de intérprete en el museo y en el hotel y con la propia Dušanka.

Por desgracia, el hotel Zaga de Belgrado es imaginario. En realidad, me alojé en un hotel llamado Square Nine. Es fantástico, pero en lugar de la decoración tradicional del hotel imaginario, es elegante y moderno, de mediados de siglo.

Por último, Louise Moore ha sido mi correctora, editora y querida amiga durante los últimos veinte años. Desde el primer momento abogó por mi obra y movilizó equipos enteros de gente para que apostaran por mí. Es visionaria, apasionada, generosa y defensora acérrima de mis libros. Ha impulsado mi carrera y como muestra de gratitud, este libro está dedicado a ella.